河出文庫

楽園への道

マリオ・バルガス＝リョサ
田村さと子 訳

河出書房新社

目次

楽園への道

生涯の友、カルメン・バルセルスに

存在しないものの助けがなければ、
私たちはいったいどうなるのだろうか。

ポール・ヴァレリー『神話についての短い書簡』

1　オーセールにおけるフローラ――一八四四年四月

フローラは明け方の四時に目を覚まして考えた。〈今日、おまえは世界を変えはじめるのよ、フロリータ〉組織を作りあげていく見通しについて彼女は思い悩んではいなかった。何年か後には人々も変わり、不公正もなくなるだろう。彼女は、行く手に立ちはだかるであろう障害に立ち向かおうとする気力に満ち、心は穏やかだった。十年前のあの午後、初めて参加したサン＝ジェルマンでのサン＝シモン主義者たちの集会で、プロスペル・アンファンタンが、救世主たる一組の男女が世界を救済するであろうと述べたとき、「その救世主のひとりは、おまえなのだ」と自分自身にきっぱりと誓ったように。かわいそうなサン＝シモン主義者たちよ。おかしな位階制にこだわり、科学に熱狂し、発展を達成するためには企業家を政治権力の座につけて、社会を一つの企業のように管理すればこと足りると考えるなんて！　アンダルシア女よ、おまえは彼らをはるかに引き離してしまった。

彼女はゆっくりと起きあがり、顔を洗って服を着た。昨晩、画家のジュール・ロールが行脚の旅の成功を祈って訪ねてきてくれたあとで、荷造りは終えてしまっていたし、女中のマリー＝マドレーヌと水売りのノエル・タファネルが荷物を階段の下まで運んでくれていた。彼女自身は刷り上がったばかりの本、『労働者の団結』を詰めたバッグを降ろすだけだったが、あまりの重さに階段を数段降りるたびに一息つかなければならなかった。船着場まで連れていってくれる馬車がバック通りの家に着いた頃には、目を覚ましてから数時間経っていた。

まだ夜は閉ざされていた。街角のガス灯は消えていて、深々とマントに身を埋め目だけを外気にさらしている御者は、鞭を鳴らして馬たちを発奮させていた。サン＝シュルピス教会の鐘が聞こえる。ひっそりとした暗い街並みは幻想めいて見えた。だが、セーヌ河畔の船着場は出発の準備をする乗客や船員や荷運び人夫たちで沸きかえっていた。指示したり叫んだりする声が聞こえた。船が河のどんよりした水面に泡立つ航跡を描きながら出航する頃には、春の空に太陽が輝いていて、フローラは船室で温かい紅茶を飲んだ。時を置かずに日記に一八四四年四月十二日と記した。それからただちに旅の仲間たちの観察におもむいた。オーセールには夜になる頃に着くだろう。この水上のショールームで、貧乏人と金持ちについてのおまえの知識を豊かにするための時間が十二時間もあるんだよ、フロリータ。

ブルジョワたちはあまりいなかった。ジョワニーやオーセールから農産物をパリに運んできた船の乗組員がかなりたくさんいて、それぞれ元の出港地へ戻るところだった。彼らは、赤毛の毛むくじゃらで無愛想な五十がらみの親方の周りを囲んでいたが、フローラは彼と打ち解けたおしゃべりをした。デッキでは親方は乗組員たちの真ん中に坐り、朝の九時になると、好きなだけのパンと七、八個のラディッシュ、一つまみの塩、固茹卵を二個ずつふるまった。そして手回しされる錫のコップでワインをひっかけた。このような貨物船の乗組員たちの日当は一フラン五十サンチームで、長い冬のあいだ生き延びるのが精一杯だった。雨の季節には戸外の労働は厳しい。けれども、これら乗組員たちと親方との関係は、雇用主と目を合わせることさえ憚られるようなイギリスの船員たちほど隷属状態ではないと、フローラは気づいていた。三時になると親方はその日の最後の食事をふるまった。スライスハム、チーズ、パン。それを彼らは輪になって坐り、黙々と食べた。

オーセールの船着場でフローラは荷物を降ろすのに一苦労した。錠前師のピエール・モローが町の中心にこぢんまりした古い宿を予約してくれていたが、そこに着いたのは明け方だった。荷物を解いているうちに曙光が射しはじめた。一睡もできないことはわかっていたけれど、ベッドにはいった。しかし、クレトン地のカーテン越しに陽が高くなっていくのを眺めながら横たわっているわずかな時間だったが、自分の使命についても、悲惨な状況にある多くの人々についても、労働組合を結成するために募っている労働者たちについても、思い煩うことがなかったのは初めてだった。彼女は、パリ郊外のヴォージラール通りの、今となっては嫌悪感を抱くあのブルジョワ階級の地区にある、生まれた家のことを思っていた。おまえは、あの広くて居心地のよい、手入れのゆき届いた庭があって、使用人たちがせっせと働いている家を覚えているのか。それともそれは、もう金持ちではなくなり貧乏になってしまった哀れな母親が、ファール通りの雨漏りのする、ゴミゴミした汚らしい小さな二間の耐え難さを、あの心地よい思い出で紛らしていた頃に、おまえに語りきかせた光景なのか。スペインのビルバオで、亡命者のフランス人神父によって執り行なわれたおまえの両親の結婚が法的根拠をもたないことや、ペルー出身のスペイン人だった父親、ドン・マリアノ・トリスタンが、フランスの敵国の市民であることを理由に、当局はヴォージラールの家を奪ったのだ。だからおまえたちは、ファール通りの小さな住まいに避難しなければならなかった。

フロリータよ、幼い頃のおまえの思い出は、おそらくおまえの母親が話してくれたものだけなのだ。庭や使用人や絹やビロード張りの家具、どっしりしたカーテン、応接間や食堂を飾っていた銀・金・クリスタル製品や手描き絵付けの陶磁器を覚えているには、おまえはまだ小さすぎたのだ。トリスタン夫人は、乞食や浮浪者や暮らしのままならない人々がひしめいている、悪臭漂うモベール広場の貧しさや惨めさから、また、居酒屋だらけのファール通りから目をそらすために、ヴォージラール通りの輝かしい過去に逃げこんだ。おまえが幼い頃に数年を過ごしたこのファール通りはよく覚えているよね。金だらいを上げたり下ろしたり、ゴミ袋を上げたり下ろしたり。ギシギシ軋む虫食いだらけの踏板の急勾配の狭い階段で、紫っぽい顔に腫れたような鼻のあの年寄りの酔っ払い、おまえを舐めまわすように見つめてつねってくることもあった痴漢のジョセッペおじさんに遭うのが怖かった。貧しさ、恐怖、空腹、悲しみの歳月。わけてもこの頃、おまえの母親は、なんと言われようとも神の御前で正しく認められた夫、ドン・マリアノ・トリスタン・イ・モスコーソ――スペイン国王軍の大佐で、一八〇七年六月四日、おまえがまだ四歳と二か月だったときに脳卒中でその早い死を迎えた――とともに女王のように暮らしたあとで、自らの逆境を受け入れることができず、打ちのめされ、正気をなくしてしまっていた。

おまえが父親のことを覚えているというのもありえないことだった。おまえの記憶に浮かんでくるドン・マリアノの肉付きのよい顔立ち、濃い眉、先がカールした口髭、ほんのりと薔薇色の肌、指輪をはめた手、灰色の揉上げは、おまえを抱きあげてヴォージラールの庭の花々のあいだで飛びかう蝶を見たり、ときには哺乳瓶でおまえに授乳することを買って出たりした生身の父親のものではない。何時間も書斎にこもり、ペルーを旅したフランス人たちの紀行文を読んで過ごしていたその人、ドン・マリアノを、後にベネズエラ、コロンビア、エクアドル、ボリビア、ペルーの解放者となる若き日のシモン・ボリーバルが訪ねてきたこともあった。そのような父親像は、ファール通りの小さなアパートのおまえの母親のナイトテーブルに飾られていたポートレートによるものだった。またはアレキーパのサント・ドミンゴにある家で、トリスタン一族が所有していた油絵のドン・マリアノの肖像の姿であり、おまえはそれらを何時間も見つめて過ごした結果、そこに描かれた端正でエレガントで裕福そうな紳士が、記憶の中に生きる父親となったのだ。

オーセールの街に朝の物音が聞こえてきた。フローラにはもうそれ以上眠れないことがわかっていた。九時から会合の約束があった。錠前師のモローや好意的なアグリコル・ペルディギエが、その地域の労働者相互扶助協会の友人たち宛に紹介状を書いてくれたおかげで、いくつかの会合を実現できることになっていた。まだ時間があるのだよ。あと少しだけベッドにいれば、おまえの置かれている状況に対処する元気が出てくるだろうよ、アンダルシア女。

もしドン・マリアノ・トリスタン大佐がもっと長生きしていたら、どうなっていただろうか。おまえは貧乏というものを知らなかっただろうね、フロリータ。たくさんの持参金のおかげで、おまえはブルジョワ男と結婚して、ヴォージラール通りの大庭園に囲まれた美しい館に住んでいたかもしれないね。空腹のあまり腹を捩らせながらベッドに行くこともなかったし、差別とか搾取といった概念の意味だって知らなかっただろう。不公平という言葉はおまえにとって抽象的なものだっただろう。おまえの両親はおまえを学校に通わせ、おまえは教師たちや家庭教師による教育を受けていただろうか。いや、それはわからない。なぜなら良家の娘は、夫を捕まえるため、そしてよき母、よき主婦になるためだけに教育を受けていたのだから。おまえが必要にせまられて学ばなければならなかった何もかもを、きっと知ることはなかっただろう。でも、おまえが生涯を通して恥じいっていた綴りの間違いはしなかっただろうし、おまえがこれまで読んだ本よりももっとたくさんの本を読んだかもしれない。衣裳部屋に入り浸り、手や目や髪やウエストに気を配り、夜会や舞踏会、劇場、お茶会、散策、戯れの恋という上流社会の生活を送りながら、歳月を過ごしたかもしれないね。幸せな結婚生活にどっぷり浸った美しい寄生虫だったろう。おまえは父や母、夫や子供たちの陰で、幽閉されたかのように生活しながら、その砦の向こうの世界がどんなものなのかを知ろうともしなかっただろう。子を産む機械、満ち足りた奴隷のまま、おまえは日曜日にはミサに行き、月初めの金曜日には聖体拝領を受けて、四十一歳という今のおまえの年齢の頃には、チョコレートと九日間の祈禱に対して抗い難い情熱をもつ、ふくよかな上流夫人になっていただろうね。おまえはペルーに旅することもなかったし、イギリスへも行かなかっただろう。またオランピアの腕に抱かれる喜びを見出すこともなかったし、間違いだらけの綴りにもかかわらず、本を書くこともなかっただろう。もちろん女性たちの隷属状態についておまえは何の意識ももたなかっただろうし、女性解放のためには女たちがほかの搾取されている人々と団結して、一八四四年前にキリスト教が出現したと同じように、人類の未来にとってとても重要な平和的な革命を実現することが不可欠だとも思いつかなかっただろう。〈大好きなパパ、死んでよかったのかもしれないわね〉フローラはベッドから飛び起きながら笑った。疲れてはいなかった。もう二十四時間のあいだ、彼女の背中にも子宮にも痛みはなかったし、胸に冷たいものも感じなかった。

最初の会合は午前九時に作業場で行なわれた。錠前師のモローが同席してくれるはずだったのだが、家族に不幸があって急いでオーセールを離れなければならなくなった。だからひとりで踊るんだよ、アンダルシア女よ。オーセールの相互扶助を唱えながらも、まだ結束していない人々が加入している協会の一つで、「自由の務め」という素晴らしい名前をもつ会の会員たちが約三十人ほど、約束したとおり彼女を待っていた。そのほとんどが靴職人だった。やってきたのが女とわかって、疑り深げで居心地の悪くなるような視線、小馬鹿にしたような視線を投げかけてくる者もいた。数か月前、パリやボルドーで小さなグループに向かって労働組合に関する自分の考えを表明しはじめて以来、そのような視線には慣れていた。声が震えないようにしながら、精一杯信頼感をこめて話しかけた。労働者たちが団結することによって、熱望していたもの——仕事、教育、健康、人並みの生活条件に関する権利——をいかに手に入れることができるか、ばらばらのままでは金持ちや権力者によって不当な扱いを受けつづけることなどを彼女が説明していくうちに、聴衆の不信感は消えていった。ピエール・ジョゼフ・プルードンの論議の的の著書『財産とは何か』を、その考えを支持しながら引用したときには全員がうなずいていた。この本は四年前に出版されて以来、「財産とは人から盗んだものである」との説得力ある主張によってパリでは話題に上りつづけていたのだ。出席者のうちフーリエ主義者とおぼしき二人が彼女を攻撃するつもりできていたが、フローラはそのことをすでにアグリコル・ペルディギエから聞いていた。彼らの質問は、もし労働者がわずかな賃金から何フランかを労働組合の分担金として差し出さねばならないとしたら、どうやって子供たちを食べさせていけばよいのか、というものだった。すべての異論に対してフローラは根気よく答えた。分担金については少なくとも納得してもらえた。しかし結婚に関しての抵抗は執拗だった。

「あなたは家族制度を攻撃していますが、家族が消滅することを望んでいるのですね。それはキリストの教えに反しています」

「いいえ、そんなことはありません」かっとなりそうになりながら、フローラはそう答えた。そして声を和らげて言った。「家族という神聖な名のもとに、男性は女性を買い、子供を産む機械や荷役用の動物のように扱っていて、その上、酔っ払っては痛めつけている状態で、なにがキリスト教徒でしょうか」

　耳にしたことに困惑して参加者たちが目をぱちくりさせているのに気づいたので、フローラはこのテーマをはなれ、労働組合が農民や工芸職人や彼らのような労働者たちにもたらす利点について考えることを提案した。例えば、労働者のためのユニオン殿堂。その風通しのよい清潔で近代的な建物では、仕事中に事故にあったとき、腕のよい医者や看護師の治療を受けることができる。必要があれば組合員の家族もみてもらえるし、子供たちも教育を受けることができる。体力がなくなったときや作業をするにはあまりに年を取ってしまったときには、ここの保護施設に迎えいれてもらえる。彼女を見つめていたどんよりと疲れきった目が生き生きとしてきて、輝きはじめた。このようなものが手に入るのならば、賃金の中からわずかな分担金を差し出す価値があるとは思いませんか。何人かがうなずいた。

なんて無知で、なんて馬鹿で、なんてエゴイスティックな多くの労働者たち。参加者たちの質問に答えたあとで自分が質問をしはじめたときに、彼女は気づいた。何もわかっていない。知ろうという気持ちもなく、動物のような生活に甘んじている。同胞のため闘うことに自分の時間とエネルギーを割くなんて、彼らにとってはうんざりなのだ。搾取と貧困が彼らを愚かな人間にしてしまったのだ。民衆は自らを救うことができない、それができるのはエリートだけだ、と唱えるサン＝シモンに道理があるという気持ちにさせられることもあったよね、フロリータ。おまけにブルジョワ風の偏見にまで染まってしまっているなんて！　彼らに行動を起こすように勧めているのが女――ひとりの女！――であることが受け入れがたいのだ。彼らの中でもっとも利口で口の達者な者たちが――特権階級風を吹かせて――耐えられないほど横柄だったので、フローラは爆発しないように努力しなければならなかった。彼女が癇癪を起こすので、ジュール・ロールやほかの友人たちはときとして「怒りんぼ夫人」と呼んでいたが、フランス中を説得してまわるこの旅の一年間は、その渾名に相当するようなことはただの一度だってするまいと、彼女は誓っていた。最終的には三十人の靴職人たちが労働組合に登録することを約束してくれたし、今朝、話し合ったことを「自由の務め」の協会の仲間の大工や錠前師や彫金師たちに話してくれるだろう。

オーセールの曲がりくねった石畳の道を宿に向かって帰る途中、真っ白な葉が芽吹いたばかりのポプラの木が四本ある小さな広場で、女の子たちのグループがいくつかの役割を担いながら、進んだり退却したりして遊んでいるのが見えた。フローラは立ち止まって眺めることにした。子供たちは楽園遊びをしているのだ。あの遊びはおまえの母親によれば、ヴォージラールの庭でドン・マリアノの微笑みに見守られながら、おまえが近所の幼い女友だちとしていたものだった。フロリータ、覚えているかい。「ここは楽園ですか」「いいえ、お嬢さん、次の角ですよ」そしてその子が角から角へとつれない楽園を探しているあいだ、他の子供たちはこっそりと場所を変えて楽しむのだった。一八三三年、当時滞在していたアレキーパのメルセード教会の近くで、家の入口の広いホールで走りまわっている男の子と女の子のグループに出くわして驚いたことを思い出した。「ここは楽園ですか」「いいえ、次の角ですよ、旦那さま」おまえがフランスの遊びだと思っていた遊びはペルーの遊びでもあったのだ。そうだよね、何もおかしなことなんかないよ。楽園に辿りつきたいと思うのは世界共通の願いだものね。その遊びを自分の二人の子供、アリーヌとエルネスト＝カミーユに教えたこともあった。

彼女は、村や町ごとに適切なプログラムを作った。労働者や新聞社、もっとも影響力のある経営者との会合、もちろん聖職者とも。ブルジョワたちに対しては、世間で自分について言われていることと実際はまったく反対で、構想しているのは市民戦争ではなくて、正真正銘キリスト教的な愛と友愛に基づく無血革命である、だから労働組合こそが正義と自由を貧乏人や女性にもたらして、今のままではフランスでは不可避となる暴力的な爆発を防ぐことができるだろう、と説明することにしていた。大多数の人々の貧困のおかげをもって一握りの特権階級がいつまで太りつづけられるのか。男たちにはすでに強いられることがなくなった屈従が、女たちにはいつまで強いられたままなのか。フローラはどのように説得すればよいかわかっていた。彼女の考えは大勢のブルジョワや司祭を納得させることができるだろう。

しかしオーセールではどこの新聞社も訪問できなかった。つまり新聞社がなかったのだ。一万二千人もの町で、新聞社が一社もない。ここのブルジョワはまるまる太った無知な奴らなのだ。

カテドラルでは主任司祭と話をしたが、口論に終わってしまった。背が低くて太っていてほとんど禿頭、おどおどした目つきをした息遣いの荒い、脂まみれの法衣《スータン》を着たフォルタン神父は、狭量にも彼女を受けつけもせず、追い返してしまった。（おまえの気性ではだめだよ、フロリータ）

カテドラルの傍の自宅にフォルタン神父を訪ねたとき、彼女はその家の広さと内装の素晴らしさに驚いた。頭巾をかぶりエプロンをつけた年寄りの女中は、足を引きずりながらフローラを司祭の書斎に案内してくれた。司祭は十五分も彼女を待たせたあげく面会してくれた。彼が姿を現したとき、ずんぐりむっくりした体つきもずるそうな目つきも不潔な身なりも、彼女に反感を抱かせた。フォルタン神父は黙ったまま聞いていた。できるだけ愛想よくしようと心がけながら、フローラはオーセールに来た目的を説明した。彼女が構想している労働組合とはどのようなものか、このすべての職種の労働者が参加する同盟はまずはフランスから、それからヨーロッパへ、さらに全世界へ、隣人愛にあふれた真にキリスト教精神にかなった人間を創り出すであろう、と。司祭は疑わしげな目つきで彼女を見ていたが、次第に不信感を募らせていき、フローラが、労働組合が結成されたあかつきには代表者が権力者――ルイ＝フィリップ国王も含めて――を訪れて、男女の権利を完全に平等にすることをはじめとした社会変革を要求することを断言したとき、それはついに恐れに変わった。

「しかしそれでは革命ではありませんか」と主任司祭は唾を雨のように飛ばしながら言った。

「まったく反対ですわ」とフローラは明言した。「労働組合は革命を回避するために生まれるもので、血を一滴も流すことなく、正義が勝利するのです」

そうでなければ一七八九年の革命時よりも多くの死者が出るだろう。主任司祭は告解室を通して貧乏人の悲惨さを知ってはいないのだろうか。何十万、何百万もの人間が一日に十五時間も十八時間も動物のように働いている。そしてその賃金といったら、自分の子供たちを食べさせることさえできないではないか。毎日、教会で女たちの言うことを聞いたり目のあたりにしている司祭が、女たちがどんなに両親や夫や子供たちから虐げられ、不当に扱われ、搾取されているか、気づいていないのだろうか。女たちの境遇は労働者たちよりずっとひどい。それが変わらなければ、社会で憎悪が爆発するだろう。

労働組合はそれを阻止するために誕生しようとしているのだ。カトリック教会は啓蒙宣伝活動中の労働組合を援助するべきである。カトリック教徒たちは平和や哀れみ深さや社会的協調を望まないのか。

「わたしはカトリック教徒ではありませんが、キリスト教の原理と道徳がわたしのあらゆる行動を導いてくれているのです、神父さま」と彼女は言った。

フローラが、自分はキリスト教徒であってもカトリック教徒ではないと言うのを聞くと、フォルタン神父のまん丸な顔が青ざめた。ぎくっとしながら、それではあなたはプロテスタントなのか、と訊ねた。フローラは、そうではない、キリストは信じているが、教会を信じていないのです、と答えた。彼女の考えでは、カトリックはその階層的体制ゆえに人間の自由を束縛している。その教条主義的な信仰は知的生活や自由意志や科学的な進取の精神を妨げている。そのうえ、精神的純潔の象徴のような貞操に関する教えは、女性を奴隷に近い状態に追いやる偏見を煽っているのだ。

主任司祭は蒼白を通り越して脳卒中寸前のように真っ赤になった。うろたえ怯えて目をパチパチさせている。震えながら仕事机に身をもたせかけているのを見てフローラは黙った。彼は失神寸前のようだった。

「あなたは自分の言っていることがわかっているのですか」と、彼はつぶやいた。「そのような考えでもって教会に支援を求めに来たのですか」

そうです、そのためです。カトリック教会は貧しい人々の教会であろうとしているのではないですか。不正義、欲得精神、人間に対する搾取、強欲を批判しているのではなかったでしょうか。それがすべて本当なら、教会には愛と友愛の名のもとにこの世に正義をもたらすことを意図する構想を支持する義務があります。

　壁かラバに向かって話しかけているようだった。フローラは、なおかなりの時間、わかってもらおうと努めた。むだだった。主任司祭は彼女の主張する道理に対して反論さえ行なわなかった。苛立ちを隠そうともせずに、彼女を嫌悪と恐れをこめて見つめていた。とうとう、それは教区の司教の判断するところだから援助を約束することはできないと、口の中でぶつぶつつぶやいた。司教のところへ行ってあなたの意向を説明すればよろしいでしょう、もっとも公然と反カトリックの印を掲げる社会的行為をいかなる司教も支援することはないでしょうが、と彼は警告した。もし司教が禁止したならば、信者は誰一人あなたを支援しないでしょう、カトリックの信徒団は司教に従うものですから。司祭の言葉を聞きながら、〈サン＝シモン主義者によると、社会を正しく機能させるためには権力の原理を強化しなければならないのだ〉と、フローラは考えていた。〈この不幸な司祭のように、カトリック信者を思考のできない人間にしている権力に対しても同様に考慮しなければ〉

　フォルタン神父に気持ちよく別れを告げたいと思いながら、フローラは『労働者の団結』を一冊差し出した。

「神父さま、せめて目を通していただけますか。わたしの構想がキリスト教の心情に満ちたものであることがおわかりいただけると思います」

「いや、読みません」とフォルタン神父は強く頭を振りながら言い、本を受け取らなかった。「あなたの話を聞いただけで、その本が不健全なものであることは十分わかりましたから。おそらくあなたがそれと気づかぬうちに、悪魔のベルゼブル自身がその着想を与えたのでしょう」

「神父さま、あなたはこの世のあらゆる自由な考えの持ち主や知識人を火焙りにするためのかがり火で、広場を再びいっぱいにしようとしている司祭のお一人ですわ」と、フローラは別れの挨拶代わりに言った。

フローラは熱いスープをとったあと、宿の部屋に戻り、オーセールの旅の総括を行なった。悲観的にはならなかった。悪い時にこそ、笑顔だよ、フロリータ。すごくうまくはいかなかったけど、それほど悪くもなかったじゃないか。人間に奉仕することはつらい仕事だよ、アンダルシア女。

2　死霊が娘を見ている——マタイエア、一八九二年四月

コケという渾名は、島での最初の妻テハッアマナがつけたものだった。タヒチに来て初めの数か月をともに暮らしたおしゃべりのティティは、ニュージーランド系のマオリ人で、パペエテとパッエア、後にはマタイエアで一緒に生活したが、正確に言うと、妻というよりは情婦だった。その頃は、皆は彼をポールと呼んでいた。

パペエテには一八九一年六月九日の夜明けに到着した。マルセイユを出てから、アデンとヌメアに寄港し、船を乗り換えて、二か月半の航海の後だった。ついにタヒチの地を踏んだとき、彼は四十三歳になったところだった。ヨーロッパとパリに永遠に決別してきたことを誇示するように、身の回りの品すべてを携行していた。百ヤードのキャンヴァス布、絵の具、油、筆、狩猟用角笛一管、マンドリン二挺、ギター一挺、ブルターニュ製パイプ数本、古い銃、それまで着ていたわずかな洋服などだった。頑丈そうな男で——だがそのときすでに、身体はひそかに蝕まれていたのだったね、ポール——、その青い目は出っ張ってきょろきょろしていて、一の字のような唇はしかめっ面の中でたいていすぼめられており、鼻は獲物を狙う鷹の嘴のように鉤状に折れていた。カールし

た短い顎鬚に、赤味がかった栗色の頭髪を長く伸ばしていたが、その髪は人口三千五百人（そのうちの五百人がポパアと呼ばれるヨーロッパ人）ほどのこの小さな町パペエテに着いてまもなく切った。というのもここに着いて初めに仲よくなった友人の一人、フランス海軍のジェノ准尉は、そんなに髪を伸ばし、バッファロー・ビルのようなカウボーイ・ハットを被っていると、マオリの人々は男‐女のマフーと間違えると言ったからだ。

彼は多くの夢を抱いてやってきた。パペエテの熱い空気を吸い込むと、真っ青な空から降り注ぐ強烈な光に目がくらくらした。どこへ行っても突然に目の前に現れて、街の埃っぽい小路を香りでいっぱいにしている果樹——オレンジ、レモン、りんご、椰子、マンゴー、生い茂るグアバ、栄養のあるパンの木——の爆発しているかのような自然が、自分の周囲を取り囲んでいるのを感じると、しばらく忘れていた仕事をはじめたいという思いがこみ上げてきた。だがすぐには取りかかることができなかった。というのも、あれほど憧れていた土地で、彼は幸先のよいスタートを切れなかったからだ。到着して数日後、フランス領ポリネシアの首都でマオリ族最後の王、ポマレ五世の壮大な葬儀が行なわれたので、ポールは鉛筆とスケッチブックを手に葬列を追いかけ、クロッキーとデッサンを描きまくった。その数日後、彼は自分も死んでしまうのではないかと思った。というのも、一八九一年八月初旬、やっとパペエテの熱い空気と染みいるような香りに慣れてきたその頃、ひどい喀血と心悸亢進の発作に襲われ、彼の胸はふいごのように膨らんだり萎んだりした後で、呼吸困難に陥ったのだ。面倒見のよいジェノは、海に注ぐ川の近くにあるその川の名を冠したヴァイアミ病院に彼を運んでくれた。病院は広大な敷地に建っていて、病棟には虫除けの金網に覆われた窓と洒落た木の手すりがついており、病棟と病棟の間の庭には、マンゴーやパンの木があって、天辺あたりで鳥が群がり囀っている大王椰子が聳えたっていた。医師たちは、心臓の衰弱を阻止するためにジギタリスを主成分とする薬を処方し、足の炎症止めに芥子軟膏を塗り、胸には吸い玉をあてた。また医師たちは、この発作は数か月前パリで診断された、人前では口にするのが憚られる病気の新たな症候だと認めた。ヴァイアミ病院を委ねられているサン＝ジョゼフ・ド・クリュニー会の修道女たちは半ば冗談、半ば真面目に、彼が下品な船員言葉を使うことや（「シスター、俺はかなりの間それを職業としていたのですよ」）、病人のくせにのべつパイプをふかしていること、コーヒーにブランデーを垂らしてくれと横柄な態度で要求することなどを非難していた。

退院する――医師たちは止めたのだが、一日十二フランの入院費が資金計画を狂わせるので拒否した――とすぐに、中国人街にある、パペエテで最も安いホテルの一つに引っ越した。それは、海辺から数メートルのところに建てられた不恰好な石造りの建物の「無原罪の御宿り」派のカテドラルの裏にあって、そこからカテドラルの赤い屋根のある木造の塔が見えた。そのあたりには、赤いランタンを飾り中国語の書かれた木造の掘建て小屋が固まっていて、約三百人の、ここではかなりの数となる中国人が住んでいた。

彼らはタヒチに農場労働者として畑仕事をするためにやってきたものの、収穫が思うようにあがらなかったり、農園主が破産してしまったためにパペエテに移り住み、こまごまとした商売で身を立てるようになったのだった。市長のフランソワ・カルデラが、中国人街に中国人専門のアヘン窟を作ることを許可していたので、ポールは落ち着くとすぐにそこにうまくもぐりこむことに成功し、パイプをくゆらしてみたが、それは彼を夢中にはさせなかった。麻薬の幻覚的快楽は、活発な創作活動に取りつかれている彼にとっては、あまりにも受け身なものだった。

中国人街にある安ホテルはほんのわずかな金で生活することができたが、狭くて悪臭が漂っていた——周りには家畜小屋があり、近くにはあらゆる種類の動物の畜殺場もあった——ので、絵を描くような気分になれず、彼は押し出されるように通りに出かけていった。海に面して建っている港の小さな酒場のひとつに行き、一杯の砂糖入りアブサンを前にドミノゲームをして何時間も過ごした。ジェノ准尉——痩せてエレガントで、教養があり繊細だった——は、パペエテの中国人の中で生活するのは植民者の目にはよく映らないと忠告してくれたが、それはポールの望むところでもあった。彼は野蛮人になることを夢見てきたのだから、タヒチに住むヨーロッパ人たち、ポパアに軽蔑されたっていいじゃないか。

ティティと知り合ったのは、寄港した船員が酔っぱらったり女を求めたりするパペエテに七つある酒場のいずれでもなく、大きなマルシェ広場だった。そこは小さな鉄柵をめぐらした四角い噴水の周りを囲む空き地で、噴水からはちょろちょろと水が流れていた。ボナール通りとボザール通りに挟まれ、市庁舎の庭に隣接しているマルシェ広場は、朝早くから夕方までは食料品と家庭用品、小間物などを取扱う商売の中心だ。しかし夜になると、この場所では何もかもが不道徳とセックスに結びついていると見ているパペエテに住むヨーロッパ人の言葉を借りれば、肉市場に変わるのだった。オレンジ、西瓜、椰子の実、パイナップル、栗、糖蜜菓子、花、ガラクタなどを売り歩いている中で、暗闇に太鼓が響いて、青白いオイルランプの輝きのもとでのパーティとダンスがはじまるのだが、それはいつも乱痴気騒ぎで終わった。そこには先住民だけではなく兵士、船員、立ち寄った商人、ごろつき、興奮しやすい若者など、あやしげなヨーロッパ人も加わっていた。群衆がそれぞれしたい放題をしている中で値段の交渉をし、その場で愛の行為を行なう開けっぴろげな様子は、ポールをわくわくさせた。中国人街に住みついただけではなくて、肉市場の常連になったことが知れ渡ると、パペエテに住みはじめたばかりのパリの画家のイメージは、植民者社会のあいだで最低のものになった。到着してすぐにジェノが連れて行ってくれた軍人クラブからも、到着当時は丁重に歓迎してくれた市長のカルデラや総督ラカスカードらの主催する催しからも、招待を受けなくなった。

ティティはその夜、営業するために肉市場に出ていた。ニュージーランド人とマオリ人の混血で、愛嬌があるおしゃべりな女だった。荒れた生活ですぐに衰えてしまったようだが、若い頃はきれいな娘だったにちがいない。ポールはまずまずの値段で彼女と話をつけて安ホテルに連れてきた。だが、ポールと一緒に過ごした夜があまりに楽しかったので、ティティは金を受け取るのを拒んだ。彼女はポールに夢中になり、一緒に暮らすことにした。年齢の割には若さを失っていたものの、飽くことを知らない情婦で、タヒチにおける最初の数か月、新しい生活になじみ、世間と渡り合ってゆくうえで彼の助けになった。

一緒に暮らすようになってから間もなく、パペエテから離れて島の内部で生活しようとする彼についてゆくことを彼女は承知した。ポールは彼女に、ポリネシアにやって来たのはヨーロッパ人のようにではなく先住民と同じように生活をするためなのだから、西洋化された首都の町を離れる必要があるのだと説明した。パッエアで数週間暮らしたが、そこはまったくポールの気に入らなかったため、パペエテから数キロ離れたマタイエアへ行った。入江のすぐ前に小屋を借りたが、そこからは海へ飛び込むことができた。正面に小さな島が浮かび、背後にはうっそうと木々が茂り、切り立つ山々が高い柵のように並んでいた。ポールはマタイエアに落ち着くとすぐに、真の創造的熱情をもって描きはじめた。しかし、何時間もパイプをくゆらせ、デッサンをしたり、イーゼルに向かって坐り込んでいるあいだに、ティティへの関心をすっかり失くしてしまい、それまで楽しかった彼女のおしゃべりが苦痛になった。絵筆を置いたあとも、彼女のおしゃべりから逃れるため、ギターを爪弾いたり、マンドリンに合わせてはやりの歌を口ずさんだりしていた。〈いつ出て行くのだろうか〉と思いながら、ティティがあきらかに退屈そうにしているのを、ポールは好奇心をもって観察していた。出て行くまでにたいして時間はかからなかった。三十ほど作品を仕上げ、タヒチに来てからちょうど八か月経った頃、ある朝、彼が目を覚ますと、別れを告げるメモがあった。それは簡潔さの見本のようなものだった。「さよなら、恨みっこなしよ。大好きなポール」

彼女が出て行ったことを彼は少しも残念には思わなかった。本当のところ、絵に専念している今となっては、ニュージーランド系マオリの女は、よき連合いというよりは邪魔者だったのだ。彼女のおしゃべりがうるさかったので、もし出ていかなければ、おそらくこちらから追い出してしまっていただろう。とうとう集中して落ち着いて仕事ができるようになった。さまざまな困難や病気や障害の後で初めて、原始的世界を求めて南洋の海に来たことがむだではなかった、と感じられた。そう、ポール、むだではなかった。おまえはマタイエアに閉じこもってから三十ほどの絵を描き、その中に傑作というほどのものはなかったが、おまえの作品はおまえを取り巻く自然のままの世界のおかげで、より自由でより大胆になった。でもおまえは満足していなかったね。そう、満足していなかった。

ティティが出て行って数週間経つと、ポールは女をほしいと思うようになった。マタイエアでの隣人はほとんどが先住民のマオリで、ときには小屋に招いてラム酒を振る舞ったりして仲よくしていたが、彼らの助言によると、東海岸にある集落には結婚したがっている娘たちが多いので、その辺りで連合いを探したらよいとのことだった。思っていたよりことは簡単だった。ポールは「サビニの女を探しに」と名づけた探検に馬に乗って出かけたが、ファッアオネという小さな集落で、冷たい飲み物を飲もうと思って立ち寄った店の女が、このあたりで何か探しものでもしているのか、と訊ねた。

「探しものは俺と一緒に暮らしてくれる女だよ」とポールは冗談を言った。

腰の太い、まだ十分に魅力的な女は、再び口をきく前にいっとき考えていた。彼の心の内を探るかのように彼女はポールをじっと見つめた。

「たぶんわたしの娘がぴったりだと思うよ」とうとう真顔で彼に話を持ちかけた。「娘に会ってみるかい」

彼はどぎまぎしながら同意した。しばらくして女はテハッアマナを連れて戻ってきた。発育はよかったがまだ十三歳だと言う。胸と太腿はがっちりしており、厚ぼったい唇が開くと真っ白のきれいな歯並びが覗いた。ポールはいくぶん戸惑いながら彼女に近づいた。俺の妻になりたいかね。娘は笑いながらうなずいた。

「俺のことを知らないのに、怖くはないのか」

テハッアマナは首を振って否定した。

「病気をしたことがあるか」

「ない」

「料理はできるのか」

三十分もすると、手に入れたばかりの掘り出し物、肩に身の回りのものすべてを担いだ、ゆったりしたフランス語を話す田舎の美しい少女を徒歩で従えながら、彼はマタイエアへの帰途につくこととなった。ポールは一緒に馬の尻に乗るように勧めたが、なにか神聖なものを汚すようなことを提案されたかのように、娘は拒否した。その最初の日から娘は彼をコケと呼んだ。その名前はあっというまに広まり、すぐにマタイエアのすべての住民たちが、後には何人かのヨーロッパ人を含めてタヒチのすべての住民たちがそう呼ぶようになった。

一八九二年末から一八九三年の初めにかけて、マタイエアの小屋で暮らしたテハッァマナとの結婚当初の数か月間は、タヒチにおける、いやおそらく全世界における最もよき日々だったと、後になって彼はよく思い出したものだ。若妻は尽きることのない喜びの泉だった。彼が求めるといつでも身を任せ、もったいぶらずにのびのびと刺激的な喜びを楽しんだ。そのうえ働き者で——ティティとはなんという違いだろう！——セックスをするときと同じ情熱をもって、衣服を洗ったり、小屋の掃除をしたり、料理をした。海や湖で泳ぐと、テハッァマナの青味を帯びた肌はきらめきに満ちて、彼を感動させた。彼女の左足には五本ではなく七本の指があった。二本は肉が異常増殖したもので少女は恥ずかしがっていたが、コケは面白がって撫でたりしていた。

ポーズをとるようにテハッァマナに頼んだときだけ口論になった。テハッァマナは同じポーズで長いこと動かずにいると飽きてしまい、ときどき膨れっ面をして断りもなく姿を消してしまうことがあった。きちんと金が届かなかったり、あるいは友人のダニエル・ド・モンフレーがヨーロッパで彼の絵を処分してくれた金が届いても、指の間からこぼれるようになくなってしまう慢性的な金銭問題がもしなかったなら、その時期、コケは、とうとう幸せが自分に巡ってきてくれたと言っていたかもしれない。だが、いつになったら傑作を描くのだ、コケ。

彼は日常生活の些事を神話に置き換える癖があったが、テハッアマナと暮らしはじめた頃に抱いた、エデンの園に遂に辿りついたという夢を、死霊トゥパパウたちが壊してしまったと、後になって言ったかもしれない。けれども、タヒチにおける最初の傑作は、マオリの墓地に住むというその死霊のおかげで描けたんだろう。不平を言うものじゃないよ、コケ。彼はここに来てから一年になろうとしていたが、死体から抜け出して、生きている人間の生活を台無しにしてしまう邪悪な精霊の存在をまだ知らなかった。精霊については、この島きっての金持ちである農園主オーギュスト・グーピが貸してくれた本で知ったのだが、なんという偶然の一致か、ちょうどその頃その存在を証明するような出来事があった。

いつものようにパリからの送金を調べようとパペエテに出かけたときのことだった。乗合馬車は、行きに九フラン帰りに九フランかかるし、悪名高い道は揺れに揺れ、ぬかるんでいるときはとりわけひどかったので、彼は出かけるのをなるべく控えていた。日が昇るとすぐに出発し、午後には帰ろうと思っていたが、大雨のため道が寸断され、馬車が彼をマタイエアに連れ帰ったのは真夜中過ぎだった。小屋は暗かった。おかしい。

テハッアマナは小さな灯りをつけたままでなければ眠りにつけないはずだ。彼女がいなくなってしまったのではないか、と胸騒ぎを覚えた。この地では女はシャツを取り替えるように結婚したり、別れたりしていた。少なくともこの点で、マオリの人々にキリスト教社会のきちんとした家族のあり方を受け入れさせようとする宣教師や牧師の努力は、まったく実を結んでいなかった。家庭生活に関して先住民は祖先の精神的遺産を少しも失ってはいなかったのだ。ある日突然、夫または妻がこっそり姿を消してしまっても誰も驚かなかった。ヨーロッパでは考えられないほど簡単に、家庭がつくられたり壊されたりしていた。もし出て行かれてしまったら、おまえはどれほど寂しく思っただろうか。テハッアマナなら、そうだっただろう。

彼は小屋に入り、敷居をまたぎながら、あちこちポケットをさぐってマッチ箱を探した。そして一本に火をつけたとき、指のあいだでパチパチ燃えている青味がかった黄色い炎の中、彼はけっして忘れることのできないあの光景を見たのである。恍惚としたまま興奮状態で、そのあとの数日間、数週間、彼はその光景を再現しようと試みた。最高傑作が生まれるときはいつもそうだった。彼は文明が消滅させ、ヨーロッパではもう見つけることのできないものを求めてこの南洋にやってきた。そしてほんの一瞬であったが、求めてきたものに触れ、体験することができた。それはタヒチの生活においても類まれな幻想的な経験の一つだった。その光景は時が経過しても、彼の記憶にずっと留まりつづけることだろう——床に敷いた敷布団の上で、裸でうつ伏せになったテハッアマナが、丸みを帯びた尻を少し浮かせ、背中をやや曲げて、顔を半分彼のほうに向けながら、動物のようにひどく怯えた表情で、目も口も鼻も引きつらせたまま顔をしかめるようにして、彼を見つめていた。彼もぎくっとした。心臓がどきどきした。指先を火傷してしまったので、マッチを振り落とさなければならなかった。彼がもう一本マッチを擦ったときにも、娘は同じ姿勢で同じ表情のままで、恐怖で身体が硬直していた。「俺だよ、俺、コケだよ」と彼は彼女に近づきながら、落ち着かせようとした。「怖がらなくてもいいんだよ、テハッアマナ」

テハッアマナはわっと泣き出し、ヒステリックな声で、つじつまの合わないことをつぶやいていたが、トゥパパウ、トゥパパウと言っているのを彼は何度か聞きとめた。その言葉を耳にしたのは初めてだが、以前本で読んだことがあった。彼の膝に坐り、その胸に抱きしめられ、なだめられているうちに、テハッアマナはショックから立ち直ったが、彼の記憶は一瞬のうちに過去を遡って、かつてこの地域の諸島のフランス領事であったアントワーヌ・ムーレンハウトが書いた『オセアニア諸島紀行(パリ、一八三七年)』と題する本に、その奇妙な言葉が載っていたのを思い出した。今、テハッアマナは、トゥパパウが現れるから暗闇を怖がっているのを知っているくせに、ランプに油を入れないで暗闇の中に彼女を置き去りにしたおまえが悪い、と途切れ途切れに彼を非難していた。それだよ、コケ、おまえが暗い部屋に入ってマッチを擦ったとき、テハッアマナはおまえを亡霊だと思ったのだ。

このように死者の霊——洞穴、茂みの中の隠れ処、木の幹の洞に住み、生きた人間を怖がらせ、脅かすために隠れている場所から出てくる、猛禽類の鉤爪と狼の牙を持った悪魔——は存在していた。植民者のグーピがおまえに貸してくれた本の中で、ムーレンハウトはそう書いていた。その本には、ヨーロッパ人がこの島にやってきて先住民の信仰や習慣を抹殺する以前の、今では消滅したとされるマオリの神々や悪魔についての話が非常に詳細に記載されていた。もしかすると、これらの神々や悪魔については、フィンセントが夢中になり、おまえに初めてタヒチに行くことを思いつかせたあのロティの小説でも取り上げていたかもしれない。結局のところ、死霊は完全に消滅したわけではなかった。その美しい過去のある部分は、宣教師や牧師が彼らに強要したキリスト教の衣服の下に見え隠れしていたのだ。そのことについて彼らは決して話さなかった。ひまそうなときを見計らってコケが、原始人だけに許された、何ものにも拘束されない時代の古い信仰について何か聞き出そうとするたびに、彼らは何のことかわからないといった表情で彼を見るのだった。「何のことをいってるんだよ」と彼らの先祖が行なってきたこと、崇め、恐れてきたことが自分たちの生活から消滅してしまったかのように、彼を嘲笑した。それは事実ではなかった。少なくともその神話はまだ生き残っていた。そのことを、おまえの腕の中で娘がうめくようにしてつぶやいたトゥパパウ、トゥパパウという言葉が証明していた。

彼はペニスが硬くなっているのを感じた。興奮に震えていた。それに気づいた娘は、先住民の女たちが彼を惑わしそそらせる猫のような動きで、敷布団の上でゆっくりリズミカルに身体を広げて、彼が裸になるのを待っていた。彼は熱くなった身体を、彼女の脇に横たえた。その身体の上に覆いかぶさる代わりに、彼女をうつ伏せにさせ、彼女を驚かせた時のあのポーズをとらせた。目にはまだ、彼女が恐怖のあまり持ち上げた引き締まった尻の、消しがたい光景が焼きついていた。彼女の身体に入るのは骨が折れた——彼女は喉を鳴らしたり不平を言ったり身体をすくめたりし、しまいにはわめいていた——が、やっとペニスが収まったと感じると、押さえつけられた痛みで、うなり声を上げて放出してしまった。彼はテハッアマナを獣のように犯して、一瞬、原始人になったような気がした。

翌朝、日が昇ると彼はすぐに描きはじめた。空気は乾燥していて空にはまばらな雲が浮かんでいた。もう少しすると、彼の周りでは祭りのようにさまざまな色が爆発するだろう。裸で滝に飛び込みながら、ここに来てすぐの頃、クラヴリという名の無愛想な憲兵が、川で何も身につけずに水浴びをしている彼を見て「公衆の道徳に反する」と罰金を科したことを思い出した。おまえの夢と対立する現実との初めての出会いだったね、コケ。彼はそれから、急いでお茶の用意をした。じりじりして興奮していた。三十分ほどしてテハッアマナが起きてきたときは、絵を描くためのデッサンとスケッチに夢中になっていたので、おはよう、という挨拶にも気づかなかった。

コケは休息もとらずに一週間のあいだ、閉じこもって仕事をしていた。アトリエを離れるのは、正午に小屋の傍にある鬱蒼としたマンゴーの木陰で果物を食べるときか、缶詰の缶を開けるときだけで、陽が傾くまで描きつづけた。二日目にはテハッアマナを呼んで裸にさせ、敷布団の上に横たわらせて、彼が見つけたトゥパパウに怯えていたときのポーズを取らせようとした。しかしすぐに、それは馬鹿げたことだと悟った。彼が絵の中に表現したいものを、娘が再現することはできないだろう。彼が表現したがっているその恐怖は、遠い過去から伝わる信仰と結びついており、彼女はあのときあまりにも恐ろしかったから、悪魔トゥパパウの姿が見えてしまったのだ。今、娘は笑いながら、あるいは笑いをこらえながら、彼が必死で頼んでいる恐怖の表情を取り戻そうとしていた。その身体はあのときの緊張感も、コケがそれまで見たこともないほど淫らに尻を持ち上げた、あのときの背中の反りも再現できなかった。娘にポーズをとるように要求すること自体愚かなことだった。生の素材は頭の中にあり、『マナオ・トゥパパウ』の絵を描いたり筆を加えたりしているあの頃は、目を閉じれば再び甦るイメージと欲望が、夜ごと、ときには日中も、アトリエにおいてさえ、彼女を求めさせた。以前はほとんどなかったことだが、絵を描きながら、ブルターニュの下宿屋グロアネック館で、ポールの弟子と自称し彼の言うことに熱心に耳を傾けていた若者に、「本物の絵を描くには文明化された我々を払い落として、内部にある野蛮人を引き出さねばならない」と断言したのはなんと正しかったのだろうと感じるのだった。

　そうだ、これは本当の野蛮人の作品だった。仕上げられたかなと思ったとき、彼は満ちたりた思いで絵を眺めた。その作品の中では、野蛮人たちの頭の中のように、現実と幻想がひとつの真実を作り上げていた。生命と死、宗教性と願望が染みこんだどこか陰鬱な暗い真実。作品の下半分は客観的で写実的で、上半分は主観的で非現実的だったが、下半分と比べてけっして作りものっぽくはなかった。目に恐怖を浮かべ、口を歪めかけていなければ、裸の少女は猥褻な感じがしたかもしれない。けれども、少女が非常に意味ありげに尻をすくませているので、その恐怖は彼女の美しさを損うことなく、より際立たせていた。人間の肉体の祭壇があり、その上で異教の残酷な神に捧げる野蛮な儀式が執り行なわれている。作品の上部の亡霊は、実際のところタヒチのというより、むしろおまえの世界の姿だろうね、コケ。ムーレンハウトが述べていたような鉤爪と竜の牙を持った悪魔には似ていない。ポン゠タヴェンやル・プールデュで暮らしていた頃、フィニステールの道々で出会ったブルターニュ地方の老女たち。彼女たちの姿は時を経てもおまえの記憶にいつも鮮やかに存在しているね。作品の中の亡霊、老婆は、その老女たちに似た頭巾を被っている。老女たちは生きた亡霊、生きながらにして半分死んでいるようにおまえには見えた。統計学的分析が必要と考えるならば、少女の髪の毛のようなこげ茶色の敷布団、黄色い花、樹皮を叩きのばした緑がかったシーツ、青緑色の枕と少女の上唇の色が移ったかと思われるような薔薇色の枕などは、客観的世界のものだ。この現実世界の配置は上半分と釣り合っている。その空に浮かぶ花は火花、閃光であり、燐光を放つ隕石でもあり、青味がかった薄紫色の空に漂っている。その空の絵筆の一刷け一刷けは、針葉が滝のように流れ落ちる様を思わせる。

　亡霊は横を向いており、赤茶色と水色で繊細に着色されたトーテムの円い柱に、ひっそりと背をもたせかけている。この上半分は移ろいやすく、このうえなく捉えどころがなくて、いつなんどき消え失せてしまうかもしれないようだ。近くで見ると、亡霊はまっすぐな鼻、分厚い唇、インコのようにじっと動かない大きな目をしている。おまえは全体に完璧なハーモニーを与えることができたね、コケ。作品からは死者が奏でる音楽が流れていた。そして光が、緑がかった黄色のシーツとオレンジ色がかった黄色い花から発せられていた。

「何という題にしようかな」彼はいろいろ考えてみたがどれも気に入らなくて、テハッアマナにたずねた。

　少女は真面目に考えていた。しばらくするとふと思いついたらしく、彼女は命名した、『マナオ・トゥパパウ』。テハッアマナの説明を正確に訳すと「彼女は死者の霊について考えている」あるいは「死者の霊は彼女を思い出している」となるのか、彼は理解するのに苦労した。だがその不明瞭さが彼は気に入った。

　傑作を描き上げてから一週間、彼は筆を入れつづけ、何時間もキャンヴァスをじっくり見つめて過ごした。ついに手に入れたね、コケ。その作品は、文明化された者の、ヨーロッパ人の、キリスト教徒の作品とは思えなかった。というよりも、それは元ヨーロッパ人、元文明人、元キリスト教徒の手による作品だった。意志と冒険と苦しみのおかげで、彼は頽廃的なパリっ子の軽薄な気取りを自分のうちから排除でき、自分の原点へ、宗教も芸術も、この世もあの世も、唯一の現実である輝かしい過去へ、戻ることができたのだった。『マナオ・トゥパパウ』を描き終えてからの数週間、ポールは久しく味わったことのなかった精神の落ち着きを感じながら過ごした。二年ほど前、ヨーロッパを発つ少し前に足にできた潰瘍が、出たりひっこんだりしていたのだが、不思議なことにすっかりなくなっていた。だが、用心のため、パリでフェルヌイユ医師に処方され、またタヒチでもヴァイアミ病院の医師たちに助言されたように、彼は芥子を塗ったガーゼをふくらはぎに当てて包帯で巻いていた。タヒチに着いてまもなく苦しんだ吐血にはしばらくのあいだ襲われていなかった。コケは、自分の持っている写真のコレクションにある異教の神々を基に、ポリネシアの神々を創作しながら、小さな木の彫刻を彫ったり、あるいは大きなマンゴーの木の下でデッサンをしたり、はじめてすぐに投げ出していた新しい作品の構想に着手したりした。『マナオ・トゥパパウ』のあとでいったいどのような作品を描けようか。たしかにそうだよ、コケ。おまえはル・プールデュ、ポン＝タヴェン、パリのカフェ・ヴォルテールで一席ぶったり、狂ったオランダ人とアルルで議論したりしたが、絵を描くために解決すべき問題は技術ではなく環境であり、熟練ではなく想像力と生命とを賭けて専心することなのだ。「トラピスト修道院へ入り、神にのみ仕えて一人きりで生きることと同じなんだよ」テハッアマナが怯えた夜、おまえは日常のベールが剝ぎとられて深い現実が現れたと言っていたね。その深い現実においてこそ、おまえは人類の曙へ移行することができ、神や悪魔が普通の人々に混じって存在していた、いまだに魔術的な世界の中で、歴史に初めの一歩を記した祖先たちと交流することができるのだ。

トゥパパウが現れた夜のように、「時」の壁が破られる状況を人工的に作ることは可能だったのだろうか。それを見極めようとして彼はあのタマラア（ポリネシアの蒸し焼き料理。またはその料理を囲むパーティ）を準備したが、それは彼の人生にいくつかある思慮を欠いた行為の一つだった。ダニエル・ド・モンフレーが、ブルターニュで描いたコケの二作品をロッテルダムの船主に売って送ってくれた大切な金（八百フラン）の大部分を、彼はタマラアに費やしてしまったのだ。金が手に入るとすぐに、多くの友人を招いて、歌をうたい食べて踊って、一週間にわたり羽目をはずして過ごす計画を、テハッアマナに打ち明けた。

二人はマタイエアの中国人店主、アオニのところへ行き、溜まっていた借金を支払った。亀のように目蓋が垂れ下がった太った東洋人のアオニは、厚紙を扇子のように使ってあおぎながら、支払ってもらえるとは思っていなかった金をびっくりして眺めていた。コケは気風《きっぷ》のよさを見せて、缶詰や牛肉、チーズ、砂糖、米、豆、ボルドー産赤ワイン数リットル、アブサンを数本、ビールと島の製糖工場で蒸留されたラム酒を数本など、驚くほど買い込んだ。

そして、マタイエア付近に住む十組ほどの先住民の夫婦とジェノ准尉、ドロレ夫妻とサハス夫妻、総督府の役人などパペエテに住む友人を招待した。よく気がつき親切なジェノは、いつも軍人専用の雑貨店で仕入れ値で手に入れた食料や飲み物を持参してくれた。魚に芋、野菜を中心にバナナの葉に包んで地中に埋め、焼けた石で調理したタマラアはおいしくできあがった。食事を終えると陽はすでに傾いていて、太陽が火球となり、きらめく珊瑚礁に落ちていった。ジェノと二組のフランス人夫婦はその日のうちにパペエテに帰りたがっていたので見送った。コケはギター二挺とマンドリンを持ってきて、ブルターニュ地方の民謡とパリで流行していた歌をうたって客を楽しませた。彼は先住民たちに囲まれているほうがよかった。ヨーロッパ人の存在はいつもブレーキとなって、タヒチ人たちを本能の赴くままに、心から楽しませてくれなかった。そのことはタヒチに着いたばかりの頃から、マルシェ広場で行なわれる金曜の夜のダンスでよくわかっていた。楽しみはもっぱら、船員たちは船へ、兵隊たちは兵舎に戻って、大衆の中にポパアがほとんどいなくなってから、本格的にはじまるのだった。マタイエアの友人たちは男も女もみな酔っ払っていた。ラム酒をビールやフルーツ・ジュースで割って飲んでいた。ある者は踊り、ある者は数人でグループになって、祖先から伝わる歌をゆったりとしたリズムでうたっている。マンゴーの大木からさして遠くないところで、コケは焚き火をおこすのを手伝っていた。マンゴーの大木の、触手のように伸びた枝の深い緑越しに見える藍色の空で、星が瞬いていた。もうかなりタヒチのマオリ語を理解するようになっていたが、歌はわからなかった。火のそばで炎に赤く肌を反射させながら、足を踏ん張って腰を振っているチュシティルがいた。コケの小屋の土地の持ち主で、まだ若くてむっちりしている妻マオリアナと一緒だったが、彼女の弾力的な太腿が花柄模様のパレオから覗いている。タヒチの女に特有の丸太のような脚で、土の中に溶け込んでしまいそうな平べったい大きな足で支えられていた。ポールは彼女が欲しくなった。彼はビールにラム酒を混ぜた飲み物を持ってきて、二人に差し出した。そして皆がうたっている歌に調子を合わせて口ずさみながら、酒を飲み、乾杯して二人と抱擁した。夫婦は共に酔いが回っていた。

「裸になろうよ」とコケは言った。「それとも蚊がいるかな」

彼が身体の下半身を覆っていたパレオを取って裸になると、焚き火の弱い光の中で、ペニスが半分起き上がっているのがはっきり見えた。誰も彼の真似をしなかった。関心なさげに、あるいは好奇心でちらっと見たりしていたが、気にも留めていないようだった。「何を恐れているのだ、ゾンビか」誰も返事をしなかった。彼がそこにいないかのようにうたい、飲みながら踊りつづけていた。コケは隣家の夫婦と踊り、その動きを真似ようとしてみた――その不可能に近い腰の回し方、両膝を打ち合わせながら二つの足でリズミカルにぴょんぴょん飛ぶ――が、踊りの真似はうまくできなかったものの、幸福な気持ちで楽しみ、陶酔していた。彼はチュシティルとマオリアナのあいだに割って入っていき、今度は妻のほうに寄って身体をぴったりくっつけた。彼は彼女の腰に手を回し、自分の身体で相手をゆっくり押して、焚き火が照らしているサークルから遠ざかった。マオリアナは抵抗もしなければ、表情も変えなかった。空気か影と踊ってでもいった。

るかのように、コケの存在を気にしていないようだった。少しもみあうようにしながら、コケは何もいわずに女を地面に横たわらせた。マオリアナは彼にキスされるままになっていたが、自分からはキスをしようとはしなかった。コケが自分の唇で彼女の口を開けようとしているあいだも鼻歌を口ずさんでいた。招待客はまだ立ったまま、火の周りを囲んで歌をうたっていたが、その単調なメロディにいらいらしながら彼はセックスをした。

一日か二日あとで――よく思い出せないのだが――太陽の光に目を射ぬかれてコケは目が覚めたが、身体中、虫に刺された跡だらけで、どうやって自分でベッドまで辿りついたのかわからなかった。テハッアマナは、身体を半分ほどシーツから出していびきをかいていた。ミックスして飲んだアルコールのせいでひりひりして息が重く、慢性となっている体調の悪さも感じられた。彼は、〈俺はここに残るべきなのか。それともフランスに帰るべきなのだろうか〉と考えた。タヒチに来て一年が経っていた。彼は数え切れないほどのデッサン、一ダースほどの木彫のほか、六十枚ほどのキャンヴァスを仕上げていた。それから一番大切なもの、一枚の傑作だね、コケ。パリに帰り、この一年間ポリネシアで描いた作品から精選したものを展示する。やってみたくないか。パリの人々は、その光の爆発やエキゾティックな風景に、そして自分たちの身体や感性を誇りとしている自然のままの男と女の世界に唖然とし、大胆なフォルムと衝撃的な色彩のコンビネーションに圧倒される。印象派たちの芸術なんて子供の遊びみたいなものに見えるだろう。どうだ、やってみないか、コケ。

　テハッアマナが起きてお茶の支度に取りかかった頃、彼の目はしっかり開いていたが、成功の白日夢にうっとりしていた。賞賛に満ちた記事が新聞や雑誌を飾り、美術収集家たちが、モネも、ドガも、セザンヌも、狂ったオランダ人も、ピュヴィス・ド・シャヴァンヌもとうてい及ばないような破格の値段を、彼の作品に競い合ってつけているのを見ながら、画商たちがほくそえんでいる。ポールはフランスが有名人に与える栄光と富を驕ることなくゆったりと享受していた。彼を評価しなかった画家仲間たちを記憶に甦らせる。「あなたたちにわたしの方法論を話しましたね。お忘れですか、皆さん」若者には忠告と助言だ。

「あたし、妊娠したわ」湯気のたっているお茶を運んできて、テハッアマナが言った。チュシティルとマオリアナがやってきて、金が入ったなら貸した金を返してほしい、と言った。

　この二人と他の近所に住む人たちに借金を返した結果、ダニエル・ド・モンフレーからの送金はたった百フランしか残らないことがわかった。どのくらい食べてゆけるだろうか。キャンヴァス地もフレームもほとんど残っていなかったし、ブリストル紙もないうえ、絵の具のチューブもわずかになっていた。フランスへ戻ろうか、ポール。おまえが置かれた状況と見込みのない未来を考えると、タヒチから得るものがまだあるのか。それはそれとしてヨーロッパに戻りたいのなら、ただちに行動に移したほうがいいだろう。おまえに旅費を工面できる可能性はほとんどなかった。国に送還してもらうしかない。フランスの法律ではおまえにその権利がある。けれども法律上はそうであっても、現実とのあいだには開きがある。すぐに、パリにいるモンフレーとシュフネッケルに、教育・美術省と掛け合ってもらわなければならなかった。彼らに動いてもらってから公式な返事が届くまで、少なくとも六か月から八か月はかかるだろう。さあ、一刻も早くとりかからなければ。

タマラアで飲んだ酒でまだ体調は悪かったが、その日のうちにコケは友人たちに手紙を書き、ただちに教育・美術省に出向いて美術局長（タヒチに来るまえ、彼に数通の紹介状を渡してくれたアンリ・ルージョン氏は今もその地位にあるだろうか）に彼の本国送還に同意してもらう手続きにかかってほしいと頼んだ。ルージョン氏にも長い手紙を書き、健康上の問題と完全に破産状態であることなどの事情を述べた。そして最後にもう一通をコペンハーゲンに住む法律上の妻メット宛に、南洋での仕事の成果を展示するためにフランスに帰ることを決めたので、数か月もしたら再会できるだろう、と書いた。そのような計画についてテハッアマナには何も知らせず、彼は服を身につけ、手紙を出すためパペエテに向けて出発した。背の高い果樹と指導者階級の大きな家々が並ぶ首都の目抜き通り、リヴォリ通りにある郵便局はもう閉まりかけていた。一番年配の局員が（フォンシュヴァルだったかフォントヴァルだったか）、ケリガン号は出港の準備を終えているので、郵便物は間もなくオーストラリア経由で送られるところだと教えてくれた。

航海の時間は長いが、船荷の積み換えが少ないので、サン・フランシスコ経由よりも送ったものが失くなる可能性は少ないとのことだった。

コケは港の酒場に一杯やりに行った。まだ一年しか経っていないのに、彼はパリに帰る決心をしていた。もう後には引けなかったが、心の内は穏やかでなかった。はっきり言えば、敗北の結果逃げ出すわけだった。狂ったオランダ人とはアルルで、またブルターニュ、それからパリでは、ベルナールやモーリス・ドニ、善人シュフと、夢を語るときはいつもヨーロッパ美術に描かれたことのない未開の世界へ足を踏み入れる必要性を話したものだが、本心は、金を稼ぐための日々の苦労や生き延びるための日常的なあがきから逃げ出すことだった。彼は自然のままに生きること、大地の恵みだけで原始人――健全な人々――のように生きることを望んで、パナマとマルティニックへの冒険を思い立ったのだった。そのあとタヒチに行こうと決心する前には、マダガスカルとトンガについていろいろ調べていた。けれどもおまえの夢とは裏腹にここでも「自然のままに」生きることはできなかったね、コケ。木々の枝が無償で差し出してくれる椰子の実やマンゴー、バナナだけで生活していけるわけではなかった。そのうえ、バナナは山の中にしか生えていなくて、もぎとるためには急勾配の丘を登っていかねばならなかった。おまえは土地を耕作することを習得できなかった。土地を耕作しようとする者は農作業にそれなりの時間を費やさねばならなかったが、そんなことをしていたら、おまえには絵を描く時間がなくなってしまう。だから風景や先住民の中に豊かなマオリ文化がわずかに残っていたとしても、ここでもまた金が人々の生や死を支配していて、芸術家たちを富の神マモンに隷属させるように強要しているのだった。もし餓死したくなかったなら、中国人の店に行って缶詰の食料を買い、芸術の市場を取り仕切っている軽蔑すべきスノッブに理解されず拒否されながら、わずかな、そしてこれからも決して手に入ることのない金をすってんてんになるまで使い果たさなければならなかった。けれども、いいじゃないか、これらの色彩でパレットを豊かにしながら絵を描いて、おまえのモットー「あらゆることに大胆に挑戦する権利」に従って、偉大な創作者たちのようにすべてを危険にさらしながらも、おまえは生き残ったのだからね、コケ。

おまえがフランスに帰るつもりでいることを、テハッアマナには最後の瞬間になって告白するつもりなのだろう。それももう迫っていた。おまえはあの娘に感謝しなければならないよ。あの若々しい身体、ゆったりしたおおらかさ、頭のよさがおまえを楽しませ、若返らせ、ときには原始人であるかのように感じさせてくれた。その自然な快活さ、その勤勉さ、その従順さ。彼女が伴侶でいてくれたからこそ、おまえはしのいでこられたのだ。けれどもおまえの人生の中で、愛は存在する余地を与えられていなかった。芸術家としてのおまえの使命にとって、どうしようもない障害だった。なぜなら愛とは人間をブルジョワ化してしまうものだからだ。今、おまえの子を宿して、娘はだんだんふっくらしてきているが、やがてその辺にいるおそろしくでっぷりした先住民の女の一人になってしまい、おまえは愛情や欲望ではなくて嫌悪を感じるかもしれない。不幸な最後を迎える前にその関係を断っておいたほうがよい。生まれてくるおまえの息子、あるいは娘はどうするのか。それはこの私生児だらけの世界に、もう一人の私生児が加わるというだけだろう。理性的にはフランスに帰るほうがいい結果をもたらすことを、おまえは確信していた。けれどもおまえの中にはそう信じることができない何かがあった。八か月後の一八九三年六月、ついにヨーロッパに帰国するための最初の行程であるヌメアに向けて、デュシャフォー号に乗船するまで、おまえは大きな間違いを犯すことになるのではないかと恐れて、不安なままうろたえていた。

その八か月の間、コケはさまざまなことをした。タヒチでの第二の傑作となる優れた作品が描けそうに思えたチャンスは何回かあったが、そのうちの一度、彼は判断を誤った。マタイエアからパペエテへ手紙か送金が届いていないか確かめに行ったとき、町に住む友人、サハスの家で騒ぎが起こっていた。一歳と八か月の息子が死にかけていたのだ。彼が着いたとき、子供は腸カタルで亡くなったばかりだった。亡くなった子供の、ほっそりとした青ざめた顔を見るうちに、コケはむずむずする刺激を感じた。ただちに、悲しんでもいないくせに悲嘆にくれたふりをして、サハス夫妻を抱擁し、亡くなったお子さんの肖像画を描いてお二人に差し上げたい、と申し入れた。夫妻は涙があふれる目で互いを見つめあって、申し出を受け入れた。彼らのもとに息子の面影を留めておくもう一つの方法かもしれないと考えたのだ。

コケはすぐにデッサンに取りかかり、通夜のあいだ続けた。それから彼は残っていた最後のキャンヴァスの一つに、細部に注意を払いながら用心深く絵の具を塗った。昇天の瞬間を表している目を閉じた子供の顔、ロザリオをかけて合わせられた両手を、何度も注意深く彼は見つめた。しかしできあがった作品を両親のもとへ持っていくと、贈り物に喜ぶどころか、夫人は怒り出した。その絵を彼らの家に置くことには、頑として同意しなかった。

「でも、どこが悪いのでしょうかね」植民者の夫人のとった反応がまったく理解できなかったので、コケは訊ねた。

「この子はわたしの息子ではありません。この子は島に侵入しはじめている黄色人種の子供です。わたしたちの天使を中国人の顔に描いて、わたしたちの悲しみを嘲笑うなんて、あなたに何か悪いことでもしましたか」

笑いをこらえきれなかったコケは、サハス夫妻の家から追い出された。マタイエアへの道々、新たな目でその絵を眺めた。確かに、自分では気づかなかったが子供は東洋人風に描かれていた。それで、真新しい作品にはマオリの神話上の名前をとり、『アティティ王子の肖像』と名づけた。

その後しばらくして、子供ができたと言った日から四か月が経っているにもかかわらず、テハッアマナの腹部が大きくならないことに気づいたので、彼は訊ねてみた。

「出血して亡くしてしまったのよ」と彼女はしゃあしゃあと出まかせを言った。「あんたに言うのを忘れていたわ」

3　私生児、そして逃亡者——ディジョン、一八四四年四月

旅の計画には入っていなかったが、フローラはオーセールからディジョンに直接向かわずに、アヴァロンとスミュールにそれぞれ一日ずつ行った。双方の町の書店に、『労働者の団結』とポスターを置いてきた。これらの町では紹介状も推薦状もなかったので、彼女は労働者を探しに居酒屋へ出かけた。

ペルーの先住民の礼拝堂を思い起こさせる飾り立てられた聖人像やマリア像のあるアヴァロンの教会の広場に、居酒屋が二軒あった。夜になってフローラはそのうちの一軒、レトワール・デュ・ジュールに入った。暖炉の火が常連客の顔を赤く染めていて、煙が混雑した店に充満していた。女性は彼女だけだった。喧騒の中にどよめきと笑い声がおこった。パイプから漂う白い雲越しに、男たちがウインクをしたり好色そうな表情をしているのが見えた。汗まみれの人々は道を開けて彼女を通し、また背後で閉ざしたが、そのあいだ野次めいたざわめきが彼女の後を追いかけていた。

不快ではなかった。背の低い、脂ぎった店の主人が近づいてきて、誰かを探しているのか、と訊いたので、誰も、と短く答えた。

「どうしてそんなことを訊くの」と、みんなに聞こえるような声でフローラは反対に訊ねた。「ここは女性が入ってはいけないの」

「まともな女ならいいんだよ」とカウンターからしゃがれ声が叫んだ。「商売女はだめだがね」

〈彼は詩人なんだわ〉とフローラは思った。

「みなさん、わたしは売春婦ではありません」彼女は静かに聞いてもらうように努めながら、冷静に説明しはじめた。「わたしは労働者の友人です。労働者の搾取の鎖を壊すためにやってきました」

するると、彼らの顔つきから見て、彼女は売春婦ではなくて酔っ払いだ、と受けとめたようだった。フローラはくじけることなく話しかけた。男たちは珍しい鳥の歌を聞くかのように興味ぶかげに耳を傾けた。話の内容にはさして気を留めないで、言葉よりもスカートや手ぶり、口や腰、胸に注目していた。彼らは疲れてぐったりした顔つきをしており、自分たちの生活を忘れたがっていた。少し経つと好奇心が満たされたのか、彼女のことは忘れて、何人かが自分たちの会話に戻りはじめた。アヴァロンで入った二軒目の呑み屋ラ・ジョワでは、煤だらけの煙突のついた小さな暖炉の最後の埋み火が消えかけていて、六、七人のすっかりできあがった常連客に話しかけて時間をむだにしてしまった。

しばしば襲ってくる苦い思いを噛みしめながら、彼女は宿に戻った。なぜなの、フロリータ。アヴァロンみたいな無知な百姓の村で時間をむだ使いしたからだろうか。いや、そうではないよね。あのような居酒屋を訪ねることで思い出したのだろう。おまえが幼い頃から青春時代を過ごしたモベール広場界隈の、ひどい暮らしをしている人々や賭博師や酔っ払いがうようよしている巣窟のアルコールの臭気が、今、鼻をついているだろう。そして四年間の結婚生活もね、フロリータ。酔っ払いって、なんておぞましいんだろう。ファール通りの周辺では、居酒屋の戸口で、街角で、建物のホールの入口や石畳に倒れて眠りこけ、げっぷしたり、吐いたり、寝ぼけて卑猥なことを喚いている酔っ払いがうようよしていた。彼女は十六歳になってまもなく、母親が見つけてきて彩色工の見習いとして入ったアンドレ・シャザル親方の版画・石版印刷工房から、暗くなって帰宅したときのことを思い出して鳥肌が立った。絵を描くのがうまかったことが、なにがしかおまえの役に立ったんだね。別の環境だったら、画家になっていたかもしれないね、アンダルシア女。けれども彼女は、若い頃に職工だったことを後悔していなかった。初めは、ファール通りのむさ苦しい巣窟に毎日閉じ込められずにすみ、早朝家を出て、シャザル親方の抱える二十人ほどの女の職人たちと版画・石版印刷工房で十二時間働くことの解放感が素晴らしいと思った。フランスでは、職人として生きようとする女にとって、工房は真の大学であった。工房の仲間たちは、親方には植物園の花や動物を描く画家として有名なアントワーヌという兄弟がいると話してくれた。アンドレ・シャザルは、ときには酔っ居酒屋で飲んだり賭け事をして過ごすのが好きだった。彼は酔っ払うと、払っていなくても、職人の女たちに好き勝手な振る舞いをした。まったくそのとおりだった。見習いとして雇うかどうかの面接をしたまさにその日、あいつはおまえの胸や腰のあたりをいやらしい目つきでじろじろ見ていたね。

ああ、アンドレ・シャザル！　おまえに災難をもたらした貧相な悪魔、いや、もしかすると、おまえが純潔を捧げるための神だったかもしれないね、フロリータ。背が高く、いささか猫背で、麦藁のような髪、広い額、図々しいごろつきのような目、周囲の匂いをたえず嗅ぎまわることのできる隆起した鼻。一目おまえを見たときから、おまえの深々とした黒い目と漆黒の巻き毛が彼の心を捉えたのだよ、アンダルシア女（このような渾名でおまえを初めて呼んだのはアンドレ・シャザルではないか）。彼はおまえより十二歳年上で、あの乙女の禁断の実に憧れて涎を垂らしていたにちがいない。仕事を教えてやると口実を作っておまえに近づき、手をとったり、腰を抱いたりした。そうして酸を混ぜ合わせたり、インクを変えたりし、そこに触ったらだめだよ、火傷をするからね、などと言いながら、おまえに覆いかぶさり、脚や腕、肩、背中を撫でまわした。おまえの仕事仲間たちは「親方を征服してしまったのね」と冗談を言った。一番の仲よしのアマンディーヌはこう予言した。「負けないで抵抗していたら、あんたと結婚するわよ。あいつはあんたに夢中よ。絶対よ」

そのとおり、版画家で石版師で居酒屋に入り浸りの賭博師で呑ん兵衛のアンドレ・シャザルは、おまえに夢中だった。彼はあまりに熱をあげすぎて、ある日、安ワインの匂いをプンプンさせながら、飛び出したような目をして、平然とおまえの胸を両手で触った。おまえが平手打ちをくわせるとよろめき、青ざめてびっくりしたようにおまえを見つめた。彼はフローラが恐れていたように彼女を解雇するどころか、後悔しながら、ファール通りの粗末な家にやってきて、百合の一枝を手にトリスタン夫人に弁解した。「奥さん、お宅の娘さんに対するわたしの気持ちは真面目なものです」その行為はアリーヌ・トリスタンに大きな喜びを与え、彼女は笑い声をあげながら娘を抱きしめた。感激して幸せそうにしている母親を見たのは、このときだけだったね。「おまえはなんて運がいいのだろう」とやさしくおまえを見つめながら、母親は繰り返していた。「神さまに感謝するんだよ」

「シャザルさんがわたしと結婚したがっていることが運がいいっていうの」

「そりゃそうだよ、私生児のおまえと結婚しようっていうんだからさ。こんなことがちょくちょく起こるとでも思ってるのかね。ひざまずいてあの人に感謝するんだよ、フロリータ」

この結婚が、母親との破局のはじまりだった。このときからフローラは、母親が好きではなくなっていった。自分が私生児だということは知っていた。なぜなら両親の婚姻がビルバオで、あの亡命フランス人の神父によって執り行なわれたため、民法では無効だったからだ。しかし今になって初めて、私生児である自分は、生まれながらにして原罪のように恐ろしい罪を背負っていることを彼女は意識した。事実上のブルジョワである経営者のアンドレ・シャザルが、彼の名前を与えてくれようとしていることは祝福に値することで、心から感謝しなければならない幸運なのだろう。しかしフローラ、おまえにはそれらすべてに対して胸が弾むどころか、今、アヴァロンの安宿で、ベッドに入る前にハッカ水でうがいをして吐き出したときと同じような、不快な味わいがしたのだった。

シャザル氏に対しておまえが感じていたものが愛であるならば、愛とは偽りであった。揺れ動く心、詩的な高揚、胸を焦がす想い、小説の情景などとは無縁のものだった。おまえにとってアンドレ・シャザルは雇い主で、まだ夫ではなかったが、職工仲間の娘たちが帰ってしまうと、仕事場の事務所のギシギシ軋むバネ入りの長椅子でセックスをした。それはおまえにはロマンティックでも美しくもなく、また感傷をそそるものでもなかった。痛みを伴う不潔な行為と言ったほうがあたっていた。フローラを押し倒す汗臭い身体、煙草とアルコールがないまぜになった息、べとべとした舌、両腿と腹に挟まれて壊れてしまいそうな感覚に、吐き気をもよおした。それなのに馬鹿なフロリータ、うかつなアンダルシア女、おまえはあの嫌悪感を抱かせた暴行――そうだったよね――のあと、アンドレ・シャザルにあの手紙を書いたんだね。十六年も経ってから、この哀れな男がパリの法廷で公開してしまう手紙を。恋する娘が処女を捧げたあとで恋人に言うような、どこにでもあるような偽りのばかばかしい短い手紙。しかも綴りは間違いだらけで文章になっていない。それが読み上げられ、裁判官や弁護士や傍聴人たちの忍び笑いを聞いていたときの恥ずかしさ。おまえはあの長椅子から嫌悪感に打ちのめされながら立ち上がったというのに、どうしてあんな手紙を書いたんだ。小説の中で処女を失ったヒロインがすることだったからだろう。

その一か月後の一八二一年二月三日、十一区の区役所で二人は結婚し、フォッセ＝サン＝ジェルマン＝デ＝プレ通りの小さなアパートに住んだ。アヴァロンの安宿のベッドで身を丸めながら、自分の目が潤んでいるのに気づいたとき、フローラはこの悲しい思い出を追い出す努力をした。大切なのは逆境と失望だよ。おまえを打ち砕くどころか、もっと強くしてくれるよ、アンダルシア女。

スミュールではアヴァロンよりうまくいった。ブルゴーニュ公爵の有名な塔、その塔は彼女に何の感動も与えなかったが、そこから数歩のところに居酒屋があって、昼間は軽食を出していた。十数人ほどの農民が誕生日祝いをしていたが、何人かの樽職人もいた。二つのグループと言葉を交わすのは難しいことではなかった。二つのグループが合流したので、彼女はフランス国内を旅しているわけを話した。彼らは尊敬と困惑がないまぜになった面持ちで彼女を見ていたが、話していることの大半は理解されていないだろうとフローラは思った。

「だが、わしらは農民で、労働者ではないよ」と彼らのうちの一人が申し訳なさそうに言った。

「農民も労働者です」と彼女は明言した。「職人も奉公人もそうです。事業主でなければば、労働者なのです。ブルジョワによって搾取されているすべての人々がそうです。もっとも数が多く、もっとも苦しんでいるあなた方だからこそ、人類を救済できるのです」

そんな預言めいた言葉に驚いたように彼らは互いに目を見合わせていた。とうとう彼らは思い切って質問をしてきた。そのうちの二人は『労働者の団結』を買ってくれること、組織ができたら入会することを約束してくれた。彼らの気持ちを傷つけたくなかったので、彼女は帰る前に少しばかりワインをつき合わなければならなかった。

一八四四年四月十八日の明け方、フローラは子宮と膀胱にかなりの痛みを感じながら、ディジョンに着いた。その痛みは乗合馬車ではじまったが、吸いこんだ粉塵が内臓の中で衝撃と刺激を与えているせいらしかった。ひりひりするような渇き――砂糖水を少しずつ飲みながら我慢した――をもたらす下腹部の痛みに耐えながら、彼女はうんざりするような一週間を過ごした。だが、気力は満ちていた。三万人が住む清潔で美しく居心地のよいこの町では、一時たりとも何にもしないでいることなどできなかったのだ。ディジョンの新聞三紙がフローラの来訪を報じていたし、パリのサン＝シモン主義者やフーリエ主義者たちのおかげで、前もってたくさんの集会が準備されていた。

ラマルティーヌが詩の中で、その芸術的才能と障害を克服する力、またその正義感によって「女性のための模範」と呼んだ、ディジョンのお針子で詩人のアントワネット・カレ嬢に会うのをフローラは楽しみにしていた。だが「ジュルナル・ド・ラ・コート・

ドール」の編集室で彼女と少し話をしてみて、うぬ惚れ屋のお馬鹿さんだとわかった。背中と胸が曲がっていて、ひどく太っている小人みたいだった。彼女は貧しい家の生まれだが、文学上の成功がブルジョワ気取りにさせていたのだ。

「奥さま、わたくしがお手伝いできるとは思えませんわ」とじっくりフローラの話を聞きもしないで、子供みたいな手を振りながら、彼女はぞんざいに言った。「あなたが今おっしゃったことは労働者向けのお説ですわね。わたくしはこの町の方たちとはめったにお目にかかりませんの」

〈そりゃそうでしょうよ。あんたが行ったら、町の人たちはぎょっとしちゃうわよ〉と怒りんぼ夫人は思った。フローラは贈呈するつもりで持参していた『労働者の団結』も渡さずに、そそくさと別れを告げた。

サン＝シモン主義者はディジョンに根をおろしていた。彼らは独自の拠点を持っていた。プロスペル・アンファンタンから予め知らされていたので、訪ねた日の午後、フローラを迎えて厳かな集会が行なわれた。博物館の隣にある拠点の建物の入口に立って、フローラはサン＝シモン主義者たちを眺め、観察してただちに類別した。そこにはあの社会主義に傾倒する典型的なブルジョワ、理論倒れの空想家、あのやさしくて儀式好きなサン＝シモン主義者たち、特権階級の崇拝者で、予算を調整することで社会が変革できる、と信じている人々がいた。パリでもボルドーでもどこでも同じだった。専門家あるいは役人、事業主と資産家、高度の教育を受けていて身なりのよい人、科学や進歩の信奉者、ブルジョワを批判しつつブルジョワのままの人、労働者に猜疑心を抱く人たち。

ここでもパリの集会と同様、教母であり、女救世主である、高位の雌の到来を待ち望んでいることを象徴する一つの空席が設けられていた。女性は教父（教父プロスペル・アンファンタンのことである。創設者の教父クロード・アンリ・ド・ルヴロワ、つまりサン＝シモン伯爵はすでに一八二五年に亡くなっていた）と聖なる契りを交わすことによって、最高位の一組の男女が形成され、教父と教母は人類を変革する指導者となり、現在奴隷状態にある女性や労働者を救済し、公正な時代を作りはじめるのだ。フロリータよ、あの誰も坐っていない席に坐って周りの人々に、女優ラシェルばりの劇的な身ぶりで、待つ年月は終わった、あなたたちの前に女救世主がいるではないかと言って驚かせることに、おまえは何を期待していたのか。パリでそうしたいと、彼女は思ったことがあった。だが、少数の選民に権力を委ねたがっているサン＝シモン主義の偶像崇拝に対して、意見の相違があるので思い留まった。そのうえ、たとえ教母として受け入れられたとしても、教父アンファンタンとカップルにならなければならない。そのことによって人類の鎖を砕くことができたとしても、そしてアンファンタンが美男の誉高く、たくさんの女たちが思いを寄せているとしても、受け入れることはできなかった。

交尾すること。愛の営みではなくて交尾すること。豚や馬のように、それを男たちは女たちにやってきたのだ。女たちの上にのしかかり、脚を広げて、びっしょり濡れたペニスを入れ、孕ませ、永遠に子宮を痛めつけるのだ、アンドレ・シャザルがおまえに対してやったように。なぜならその下腹部の痛みは不幸な結婚以来続いているのだから。「愛の営み」、その繊細で甘美な儀式には心情や感覚や本能が介在しており、その中で二人の恋人たちが平等に楽しみ味わうものであるというのは、詩人や小説家の作り話であり、下劣な現実を認めようとしない幻想に満ちた物語だった。いずれにしても男と女の間のことではない。少なくともおまえはフォッセ＝サン＝ジェルマン＝デ＝プレ通りの小さなアパートで夫と暮らしたあのぞっとする四年間に、一度として愛の営みをしたことがなかった。毎晩、交尾した、いや、交尾させられたのだ、毎晩、のしかかる重みでおまえを押さえつけ、撫でまわしたり、やたらにキスをして最後は倒れこんでしまう、アルコールの匂いをプンプンさせたあの好色な獣によって。嫌悪と屈辱で何度泣いただろうか、フロリータ、おまえの自由を操る暴君がおまえを屈服させる夜の強姦のあとで。シャザルはセックスがしたくなると、おまえにその気持ちがあるかどうか、その愛撫で――あの耳障りな喘ぎ、舐めまわしたり噛んだりするのをこう言っていいのだろうか――おまえが喜んでいるかどうか、あるいはおまえを傷つけたり、うっとうしさや惨めさや嫌悪感を感じさせているのではないかなど、まったくおかまいなしだった。もしもやさしいオランピアがいなければ、おまえは肉体の喜びについて、なんと乏しい考えを抱いていただろうか、アンダルシア女よ。

　だが、交尾よりももっと嫌だったのは、夜の屈辱の結果として妊娠することだった。それはさらにひどかった。身体がふくらみ、変形し、おまえの肉体と精神は変調してしまい、喉が渇いたり吐き気がしたり身体が重かったりして、どんなささいなことをするのにも、いつもより二倍も三倍もの気力が必要だった。それが母性の幸せというものなのか。秘められた使命を遂行しながら、女たちが望んでいるものなのだろうか。夫の奴隷であるだけではこと足りないかのように、腹がふくらみ、出産し、子育ての奴隷になるのか。

フォッセ＝サン＝ジェルマン＝デ＝プレ通りのアパートは小さかったが、ファール通りのアパートよりも清潔で風通しもよかった。だがフローラは、囚われの身になったように思われ、このアパートのほうが嫌だった。それ以来、彼女は価値判断の基準を、何にもまして自由に置くことになったのだった。四年間の結婚生活の隷属状態は、男と女の間の真実と偽り、生きていくうえでやりたいこと、やりたくないことについて、目を開かせてくれたのだった。おまえはアンドレ・シャザルに快楽と子供を与える腹であり、もちろんそれが嫌になったのだ。

一八二二年、長男のアレクサンドルが生まれてからは、夫の腕から逃れるためにフローラはさまざまな口実を作りはじめた。扁桃炎、発熱、頭痛、吐き気、体調の悪さ、抗い難い睡魔。これだけで十分でないときは、所有者で飼主が癇癪を起こそうと罵倒しようと、結婚の義務は果たしている、と言って抵抗した。夫が初めておまえに手をあげようとしたときには、ベッドから飛び起きて、おまえは箪笥から鋏をひっつかんだ。

「あたしに触ったら、殺すからね。今か、明日か、明後日か。眠ったり、ぼんやりしているときを見はからって。あんただって誰だってあたしには指一本触れさせないんだから。絶対に」

彼女があまりに断固としてあまりに逆上しているのを見て、アンドレ・シャザルはぎょっとした。そうだね、結局、彼を殺さなかったね、フロリータ。それどころか、哀れな大馬鹿者がおまえをもう少しで殺してしまうところだった。またおまえに交尾と妊娠を繰り返させて二番目の息子（エルネスト＝カミーユ、一八二四年六月）を出産させたあとで、さらに三人目を妊娠させた。だが、三人目のアリーヌが生まれたとき、すでにおまえはおまえの鎖を壊していた。

ディジョンのサン＝シモン主義者たちはフローラの話をじっくり聞いた。その後、質問がなされたが、そのうちの一人が、彼女のユニオン殿堂のアイデアは、サン＝シモンの弟子たちが考え出した社会のひな型に多くを負っているのではないか、と遠まわしに言った。彼らは間違っていなかったよね、フロリータ。おまえはサン＝シモンの教えの勉強熱心な弟子だったし、一時期はサン＝シモンの水に対する異常な固執——人間の知識や貨幣、関心、権力の流れは、進歩を生み出すために河川や滝のように自由に循環している、と彼は考えていた——におまえは夢中になったのだ、彼の人柄同様に。そして、彼の伝記を飾っている偉大な行為にも。例えば、「人民という肩書きより劣っていると見なす」と言って、伯爵位を放棄したことなど。しかしサン＝シモン主義者たちは道の途中で止まってしまった、つまり、女性を保護したものの労働者には公正ではなかった。

彼らは教育があり親しみの抱ける人々だったことは確かだ。出席者全員が労働組合に登録すること、彼女の著書を読むことを約束してくれた。だが、おまえが彼らを説得しきれていないことは明らかだった。すべての労働者の団結によってのみ、女性解放と社会正義は達成できるとのおまえの考えに対して、彼らは懐疑的だった。彼らは底辺の民衆と腕を組んで行なう、下からの変革を信じていなかった。事業主や役人や資産家の本能的な不信感をもって、高みから労働者たちを見ていた。一握りの銀行家、実業家が科学的な知識をめぐらせて予算を立てれば、社会のあらゆる諸悪に対処できると信じている、世間知らずであった。しかし、結論として言えば、少なくとも彼らの教義には基本として、あらゆる束縛からの女性の解放、離婚制度の確立が重きをなしていた。それだけであったとしても、おまえはありがたく思っていた。

サン＝シモン主義者たちとの出会いよりもさらに興味深かったのは、ディジョンの大工、靴職人、瓦職人との集会だった。彼女はそれぞれの職人たちと個々に集会を持ったが、コンパニョナージュという相互扶助組合は彼らの自治に執拗にこだわって、他の業種の労働者と一緒になることを嫌がっていた。フローラはその先入観を取り除こうと努力したが、失敗に終わった。一番成功した集会は瓦職人とのもので、十二人ほどの職人が郊外にある作業場にぎゅうぎゅう詰めになって集まってくれ、夕暮れから夜中まで、彼女と数時間を過ごした。ごわごわしたウール地の質素な仕事着を着て、磨り減った大きな靴を履いた、中には素足の者もいるような貧しい人たちが、しばしばうなずきながら興味深げにじっと耳を傾けてくれた。労働組合がいったんフランスに設立されたら、次は全ヨーロッパに広げていき、その結果、政府や議会は労働者の権利を法律化することになるだろう、という言葉を聞くと、彼らの疲れきった顔がぱあっと輝くのをフローラは見た。失業から永遠に労働者を守る法律である。

「でも、この権利を持つ者の中に、女たちも入れるつもりですか」質問の番が巡ってくると、職人の一人が咎めるように訊いた。

「女たちは食べないのですか。衣服は着ていませんか。女たちも生きるために働くことが必要ではないですか」フローラは詩を朗読しているかのように、言葉を区切りながら言った。

彼らを納得させるのは容易ではなかった。女性にまで働く権利を拡大すると、失業が広がると心配していたのだ。それほど大勢の人たちに職場があるわけではなかったから。同じように、読み書きを覚えるために学校に行くことができるよう、十歳未満の子供たちの工場や作業所での労働を禁止するべきだということも、フローラは説得することができなかった。彼らは驚き憤慨して、子供の教育とかもっともらしいことを言いながら、家族のわずかな収入が減らされることになるのではないかと言った。フローラは彼らの恐れがよく理解できたので、自分の焦りを抑えるようにした。彼らは二十四時間のうち十五時間以上の労働に、週に七日間従事していて、栄養状態も悪く、痩せ細っていて病弱で、動物のような生活のために老けこんでいる。これ以上、何を求めることができるだろうか、フロリータよ。作業場から出るとき、この話し合いはいずれ多くの実を結ぶことになるだろうと、彼女は確信した。そして疲れてはいたが、翌朝、小旅行を決行した。

有名なディジョンの黒いマリア、良き信徳の聖母は、カテドラルの主祭壇に特別な場所を占めるに値しない彫像で、フローラには醜い蛙のように見えた。偶像にマントを着せ、サテンや紗やオーガンジーのベール、腕輪、王冠で飾っている二人の聖母信徒会の娘に、フローラはこう言った。

「マリアさまをトーテムのように崇めるのは迷信ですよ。あなた方を見ているとペルーの教会で見た偶像崇拝を思い出すわ。主任司祭たちは何もおっしゃらないのですか。わたしがディジョンに住んでいたら、三か月以内に異教徒の反啓蒙主義の展示を止めさせるわ」

娘たちは十字を切った。その一人が、この像はブルゴーニュ公爵が東方へ巡礼の旅に出たときに持ちかえったものだと、小さな声で言った。何百年も前から黒いマリアはこの地方でもっとも人気のある崇拝の対象だった。そしてもっとも霊験あらたかであった。

フローラは——あの二人の信徒たちともっと話し合えればよかったのにと、後ろ髪を引かれながら——慈善事業の募金の発起人で老人施設のスポンサーである四人の著名な婦人たちとの約束の時間に遅れないために、そこから通りに出た。婦人たちは当惑気味にフローラを迎えた。パリからやってきた、本を書いている風変わりな女を、頭の天辺からつま先までじろじろと眺めた。非宗教的なこの聖女は、恥じ入ることなく人類の救済計画を述べたてている。フローラのために一脚の椅子と冷たい飲み物とお菓子が用意されていたが、手をつけなかった。

「皆さま、キリスト教の精神に深く根ざしている行動を支援していただくためにまいりました」

「でもあなたは、わたくしたちのやっていることをどのように考えていらっしゃるのかしら」とエネルギッシュな表情をした、一番年上の青い目の老女が言った。「毎日を慈善の理想のために捧げていますのよ」

「いいえ、あなた方は慈善行為をなさっているわけではありません」とフローラは訂正した。「施しをしているのです。それと慈善行為とはずいぶん違います」

呆気に取られているのを幸いに、理解してもらおうと彼女は努力した。施しというものは、自分が道徳心の高い篤心家であると信じ込むためにしているにすぎません。しかし贈り物をしても貧乏人を貧困から抜けださせることはできません。施し物をするのではなく、そのお金とあなた方の影響力を労働組合のために、その機関紙や支部を開設するために使うべきです。労働組合は苦しんでいる人間に正義を与えるでしょう。婦人たちのうちの一人が混乱した様子で、扇であおぎながら、誰も慈善というものについて教えてくれなかった、週のうち四日は家族を犠牲にして敬虔な仕事に従事してきたのに、こんな泥だらけの穴の開いた靴を履いている高慢ちきな小娘から教わるなんて、とつぶやいた。彼女たちを侮辱することなんかできないよ、間違ってしまったね、マダム。フローラは彼女たちの好意を信じてはいた。ただ、彼女たちの努力をもっと効果的なものに変えようと試みただけだった。緊張した雰囲気は少しは和らいでいたが、支援を取りつけられる見込みはまったくなかった。フローラは陽気に彼女たちに別れを告げた。あの四人の目の見えない婦人たちは、きっとおまえのことを忘れることはないだろう。おまえに良心の呵責というものを植えつけられて、少しは目が見えるようになったのだから。

今のおまえは、その傑出した理念をもって世界中のブルジョワと対峙できると確信しているね、アンダルシア女よ。おまえは善と悪、加害者と被害者に関する明確な概念を持っていて、社会の悪徳を正す方法を知っていた。あの悲惨な時期からどんなに変わったことだろう。アンドレ・シャザルが三度目の妊娠をさせたとわかったとき、母親にさえ相談することなく、夫を棄てる決心をひそかにした。〈もう、いやだ〉そしておまえは実行した。

二十二歳で男の子が二人、そしてお腹の中では女の子が育っていた。フローラにはお金も、支えてくれる友人も、家族もなかった。それにもかかわらず、すべての女にとって重要な、安全とまっとうな家名を棄てるという自殺に等しい行為を、彼女は決意したのだ。隷属生活を続けずにすむのなら、どうでもよかった。ひたすら結婚という名の、かんぬきのかかった檻から逃げ出したかったのだ。自分にどんなことが降りかかろうとしているのか、おまえにはわかっていたのだろうか。いや、まったくわからなかった。あの家出のもっともドラマティックな結末が、おまえの胸に留まる銃弾になるとは想像もしなかった。激しく咳込むときや具合の悪いとき、無力感に陥ったときに、突然その冷たい金属をおまえは感じるのだ。おまえは後悔しなかった。まったく同じことを繰返しただろう。なぜなら二十年経った今でも、もしアンドレ・シャザル夫人として生きつづけていたならば、と自分の人生を想像するだけで、鳥肌が立ってくるのだった。

ある不幸が彼女の門出を容易にしてくれた。一八三〇年に八歳で亡くなることになる長男のアレクサンドルは身体が弱く、いつも病気をしていた。医者はパリの汚染された空気を避けて、綺麗な空気を吸うために田舎に行くことをずっと勧めていた。アンドレ・シャザルは同意した。ヴェルサイユの近くの、エルネスト＝カミーユに母乳を与えた乳母の家に一部屋借りて、出産が終わるまでそこにいることをフローラに許した。乗合馬車の駅でアンドレ・シャザルと別れた日に感じたなんともいえない解放感。二か月後の一八二五年十月十六日、アリーヌはこの田舎で生まれた。三時間近くのあいだ産婆の手が押し動かして、フローラにうめき声をあげさせたあげくだった。こうしておまえの結婚生活は終わったのだ。おまえが夫に再び会うことになるのは何年もあとのことだ。

フローラが三度申請を行ない、サイン入り『労働者の団結』を一冊送ったあとで、ディジョンの司教猊下はようやくお目通りを許してくれた。気品ある風貌で、教養に満ちた言葉遣いをする老人と議論をしながら、彼女はとても気持ちのよいひとときを過ごした。司教館では親愛の情をこめて歓待してくれた。すでに彼女の著書に目を通していて、フローラが口を開く前に、惜しみない称賛を与えてくれた。娘よ、あなたの意図するものは純粋で気高い。あなたには人間の苦悩に関する明快な理解と、それを軽減しようとする熱意がある。しかし……しかし……この不完全な世の中にはあらゆる人に対して「しかし」がある。フローラの場合はカトリック信者でないことだ。カトリックの教義の外にいながら、魂のために有効な、道徳に適った大きな事業を成し遂げることができるであろうか。その気高い志は歪曲して受けとめられ、彼女が期待するような結果は得られず、その試みは有害な結果をもたらすであろう。だから——司教は胸を痛めながら言った——あなたを援助することはできないのです。さらに、司祭としてあなたに警告する義務がある。もし労働組合を結成するならば、それはあなたの誇る活力と意志の力をもってすれば可能ではあろうが、司教としては一戦を交えざるをえないだろう。カトリックではない組織で、それほどの重要性をもつ組織の結成は、社会にとっての大変革を意味する。二人は長い時間議論した。フローラはまもなく、自分の論法ではフランソワ＝ヴィクトル・リヴェ氏をけっして論破することはできないと気づいた。しかし芸術や文学や音楽や歴史に精通し、洗練された審美眼をもっている司教と話していると、その素晴らしさにうっとりとなった。そのような人物の話を聞くと、彼女は自分の過去を惜しむ気持ちになるのを抑えることができなかった。フローラには知らないことが多すぎた。何も本を読んでいなかったし、これからも読むことはないだろう。その教育の空白を埋めるには遅すぎたのだ。だから、ジョルジュ・サンドはおまえを相手にしなかったのだよ、フロリータ、だからこそおまえも、フランス文壇の大御所であるあの夫人と我が身をくらべて、麻痺するような劣等感をいつも感じていたのだろう。「彼女よりあなたのほうが優れてるわよ、お馬鹿さんねぇ」といつもオランピアが慰めてくれたものだった。

〈貧しいうえに教養もないなんて、二重にかわいそうね、フロリータ〉アンドレ・シャザルの頸木《くびき》から解放されたあの年――一八二五年――、何度も自分にそう言ったものだ。その頃、田舎の乳母に二番目の息子を預け、病気の息子と生まれたばかりのアリーヌをかかえ、家族の束縛から逃れることばかり考えていたときには予想もつかなかった状況に直面した。子供たちを食べさせていかねばならなかったのだ。「一サンチームもなしにどうやって」その頃、ヌーヴ＝ド＝セーヌ通りの、以前よりはむさくるしくない場所に住んでいた母親を、フローラは訪ねていった。トリスタン夫人は、おまえがなぜ夫であり子供たちの父親である男の待つ家庭に帰りたくないのか、理解できなかった。フローラ！　フローラ！　気でも狂ったの。アンドレ・シャザルを棄てるだって。どうりでかわいそうなあの男は、あんたから手紙がこないって嘆いていたわ。自分の妻は田舎で子育てしていると信じているのよ。この数週間のあいだに、アンドレは突然財政的な危機に陥り、借金取りに責めたてられていた。フォッセ＝サン＝ジェルマン＝デ＝プレのアパートも手放さなければならないし、工房も裁判官によって差し押さえられていた。

おまえの夫がいつにも増しておまえを必要としているまさにこんなときに、おまえはあの人を棄てるのかい。フローラの母親は目にいっぱい涙をためて、唇を震わせていた。「もうそう決めたのよ」とフローラは言った。「あの人のところへは絶対に帰らない。二度とわたしの自由を手放したりしないわ」

「家庭を放棄する女は売春婦にも劣るんだよ」とびくびくしながら、母親は非難した。「法律で禁止されているんだよ、犯罪なんだからね。もしアンドレがおまえを告発したら、警察が捜しにきておまえは監獄に行くことになるんだよ、罪人としてね、そんな恐ろしいことはしないでおくれ」

おまえはやってしまったね、フローラ、危険も顧みずに。たしかに世間はおまえに敵対するようになり、人生は困難になった。まずおまえはあのアルパジョンの乳母に三人の子供たちを見てくれるように頼みこみ、その一方で子供の養育費を払えるような仕事を探した。けれども、満足に文章も書けないおまえに、いったいどんな仕事があるというのか。

雇ってくれる可能性はあったが、アンドレ・シャザルに見つからないように、印刷工房は避けた。そしてパリを離れて地方に身を隠すこととした。下積みの仕事からはじめなければならなかった。ルーアンの小さな店で、針や縫い糸や刺繍用品の売り子になった。客がいないときには洗い物をし、床を磨き、埃を叩いて得たほんのわずかばかりの稼ぎも、そっくりそのままアルパジョンの乳母に送った。その後、ヴェルサイユの近くの田舎で、大佐夫人の双子の子供の子守りをした。大佐は戦争に行ったり、兵舎の管理をしていた。給金も悪くはなかったので——お金を使うこともなかったし、相応の部屋ももらえた——、もし、太っちょの豚のようなこの双子に彼女の神経が耐えられれば、もっと長い間いてもよかったのだが、この二人はウンチをもらしたり吐いたりして、せっかく服を取り替えてやっても、また服に吐いたりおしっこをもらしたりして、鼓膜が破れんばかりに大声で泣いた。ある日、大佐夫人は、双子のわめき声に怒りんぼ夫人がカッとなって、つねりながら二人が黙るかどうか見ているのに気づいて、彼女をお払い箱にした。

若い頃からできる限り自分に欠けているものを補おうとフローラは努力してきたが、ディジョンの司教のように美しいフランス語を話し、素晴らしく学識のある人物と出会ってしまうと、いかに自分が教養がなく無知であるかという思いにいつも苛まれた。しかし、司教館を出たとき、彼女は落ちこんではいなかった。むしろ刺激を受けていた。司教の話を聞いたあと、いま自分が押し進めている偉大な無血革命のおかげで世界中の子供たちがユニオン殿堂に迎え入れられ、フランソワ＝ヴィクトル・リヴェ猊下が受けたにちがいないような完全な教育を受けられる日がきたら、どんなにか素晴らしいだろうと、思わずにはいられなかったのだ。

ディジョンを発つ前日、フーリエ主義者のグループとの集会のあと、フローラは老慈善家のガブリエル・ガベットを郊外に訪ねた。フランス革命の時代には革命の闘士——

ジャコバン党の——だったが、今は裕福な男やもめで、正義や法に関する哲学書を書いていた。彼はシャルル・フーリエの思想のシンパだと聞いていた。しかし、フローラは再び激しい絶望感に打ちのめされることとなった。ロベスピエールのかつての信奉者は、労働組合を「めっそうもない幻想」としてその構想を退け、労働組合に対する援助は何も得られなかったのだ。さらにフローラは、八十歳すぎの寒がりやの老人――ウールのガウンとマフラーの上に就寝用の帽子までかぶっていた――が話す近辺のローマ遺跡についての一時間もの蘊蓄を我慢して聞かねばならなかった。老人は、法や倫理、哲学、政治だけではあきたらず、余暇に趣味として考古学に手をそめていたのだ。彼が抑揚のない口調で話を続けているあいだ、彼女はガベット氏の若い女中が行ったり来たりしているのを目で追っていた。機敏でにこやかな娘は、廊下の赤みをおびたタイルをモップがけしたり、食堂の陶磁器に毛ばたきをかけたり、慈善家が退屈な演説に一息いれるために命じたレモネードを運んできたりして、一秒たりともじっとしていなかった。それは何年か前のおまえだったね。おまえはその娘のように三年間、メイド、召使い、住み込み家政婦として昼も夜も磨き、拭い、掃き、洗い、アイロンがけをし、給仕をすることに明け暮れた。もっといい仕事を見つけるまで。そのせいで、まるで黄熱病かコレラででもあるかのように、イギリスに対して激しい憎しみを覚えるようになったのだ。しかし、スペンス家でのそれらの歳月がなかったならば、この涙の谷をまともで人間らしいものに変えるために何をしなければならないかについて、今、おまえはそれほど確信を抱いていなかっただろう。

ガブリエル・ガベットの郊外の家への実りのない外出から安宿に戻ってきたフローラを、驚きが待っていた。女中をしている一人の若い内気な娘が部屋のドアをノックしたのだ。手に一フランを持ち、小さな声で言った。「あなたのご本を買うのにこれで足りるでしょうか」

彼女は『労働者の団結』についての話を聞いて、読みたくなったのだ。字が読める彼女は、時間があるときに読書をするのが好きだった。

フローラは彼女を抱きしめて、彼女のためにサインした一冊をもたせ、お金は受け取らなかった。

4　神秘の水——マタイエア、一八九三年二月

フランスに帰ろうと決心してからそれが実現するまで、すなわちチュシティルの妻マオリアナとのセックスでしめくくられたあのタマラアの日から、パリにいるモンフレーとシュフネッケルの骨折りのおかげで、フランス政府が送還を受諾し、デュシャフォー号で一八九三年六月四日に船出するまでのあいだに、コケはかなりの数の絵を描き、スケッチや彫刻をしたが、『マナオ・トゥパパウ（死霊が見ている）』のときのように傑作を描けたという自信はもてなかった。サハス夫妻の死んだ子供の肖像がうまくいかなかったことから（サハス夫妻とはしばらく経ってからジェノが仲立ちしてくれて和解した）、タヒチに住む植民者たちの肖像画を描いて生計をたてようとする気もなくしてしまった。数少ないヨーロッパ人の友人たちによると、彼は社会的に受け入れがたいほど常軌を逸しているとみなされていた。

送還を希望していることをテハッアマナに言っていなかったのは、コケがまもなく彼女を置き去りにしようとしているのがわかったら、彼の女《ヴァヒネ》が先に出ていってしまうのではないか、と怖れたからだ。テハッアマナにはどんなことでも話すことができた。少

女は美や芸術、古代文明など、彼にとって重要な多くのテーマについては知らなかったが、頭の働きがとても鋭くて、文化的空白を頭のよさで補っていた。彼女はいつも率先して何かをしたり、冗談を言ったり、思いがけないことをしたりして彼を驚かせた。彼女はおまえを愛していたのだろうか、コケ。それについてはおまえはあまりよくわからなかっただろう。おまえが必要としているときには快く応じてくれ、セックスのときも年季の入った高級娼婦のように熱烈で巧みだった。だがときどきテハッアマナはマタイエアから二、三日姿を消してしまい、戻ってきても何も理由を言わなかった。どこに行っていたのか、おまえがしつこく問いただすと、彼女はいらいらしながら「でかけたのよ、でかけたのよ、もうそう言ったよ」と言うだけだった。彼女は彼に対してまったく嫉妬の表情を見せなかった。タマラアの夜、コケがマオリアナを地面の上で抱いていたとき、焚き火のまたたきの中から黒い大きな目でからかうように見ていたテハッアマナの顔を、夢の中での出来事のように彼は覚えていた。伴侶が行なっていることを目のあたりにしながらのまったくの無関心ぶりは、マオリの伝統においては愛の自然な姿、自由であることの証なのだろうか。疑いなくそうなのだろう。マタイエアの隣人たちにそのことを訊いてみても、あいまいな笑みを浮かべるだけで答えようとしなかったが。コケがポーズをとってもらうために村の女や近くの村の女たちを連れてきても、テハッアマナは彼女たちに対してなんの敵意も示さなかったし、ときにはコケを助けて、裸になるのをしぶりがちな女たちを、服を脱ぐように説得することすらあった。

おまえのヴァヒネはジョテファとの出来事にどんな反応をみせたのか、コケ。わかるはずがないよね。だっておまえはあえて話そうとはしなかったものね。どうしてかな。いまだにおまえがヨーロッパ文明の道徳的偏見を持っているからなのか。それとも単におまえは自分で認めていた以上にテハッアマナを愛していたので、あの遠出のさいに起こったことを彼女に知られたら、怒った彼女に見捨てられてしまうのを怖れていたのか。それなのにだよ、コケ。困窮した画家として本国送還してもらうことが可能になるやいなや、おまえ自身がまったくためらいもせずに彼女を見捨てようとしているのではないか。そう、そのとおりだ。けれどもそれまでは、おまえは自分の美しいヴァヒネと——最後の日まで——暮らしつづけていたかった。

それからの数か月の暮らしは楽しく、とりわけ創造面では充実した日々だったと、後になって耐え難い困難におそわれたときにコケは思い出したものだった。もちろん恒常的な金銭の不安がなければ、もっとよかっただろう。モンフレーや善人シュフからたまに届く送金は、支出にはまったく追いつかず、二人はずっとマタイエアの中国人食料店主アオニに掛買いをしながら過ごしていた。

彼は陽の光とともに起きて近くの川で水浴びをし、質素な朝食——いつもの一杯のお茶とマンゴーかパイナップルの一切れ——をとり、衰えることのない意欲で仕事にかかった。強烈な陽の光、鮮やかなコントラストをなす色彩、上昇する気温と次第に高まってゆく動物や植物や人間のざわめき、はてしなく続く単調な波の音、そうした環境の中で、気分は爽快だった。ジョテファと知り合った日、彼は絵を描かずに彫刻をしていた。彫刻は小さなものばかりで、近所のタヒチ人たちのぺちゃんこの鼻に大きな口、分厚い唇のがっちりした顔と丸太のような身体を、簡潔な線でとらえようと試みたラフなスケッチを基にしていた。そこには彼が自分で創り出した偶像もあった。残念なことに島にはマオリの古い神々の彫像もトーテムも残っていなかったから、創造せざるをえなかったのだ。

若者はコケの小屋の周囲で木を切っていた。コケが声をかけなければ自分からはめったに彼の小屋を訪れようとしないマタイエアの隣人たちと比べると、積極的で好奇心が強かった。この辺りの者でなく、島の内部の小さな村の者だった。斧を肩に、顔も身体も汗だくになりながら懸命に働いていたが、ある朝、ポールが砂糖黍の茎で作られた日除けの下で、少女のトルソーのつや出しをしていると近づいてきて、子供のような好奇心あふれる眼差しで、しゃがんだままじっと見つめだした。若者の存在をわずらわしく感じて、もう少しで追い出してしまうところだったが、何かがおまえを引きとめた。その少年が美しかったからだろう、ポール。それも理由だった。それにまた何か漠然と直観的に感じるものがあったから、おまえはしばしば手を休めてちらちらと観察していたね。彼は男性だったが、タヒチ人がタアタ・ヴァヒネと呼ぶ両性具有者もしくは半陰陽、あの第三の中間的な性との曖昧な境界近くにいた。マオリは偏見に満ちたヨーロッパ人とは異なり、偉大な異教文明ならではの自然さで、宣教師や牧師の目の届かないところでいまも彼らを受け入れていた。テハッァアマナには何度かそのことについて話してみようとしたが、マフーの存在は少女にとってわかりきった当然のことらしく、ありきたりのささいなことしか訊き出せなかったり、あるいは肩をすくめるだけだった。そう、もちろん、男‐女は存在している。それでどうしたって。

少年の埃にまみれた赤銅色の肌は、木に斧を入れるときや、買い手がやってきてパペエテや他の町に運ぶための荷車の止めてある小道までそれを肩に担いで運んで行くとき、たくましい筋肉の隆起を見せた。けれどもポールが一心に取り組んでいる彫刻の仕事には、目に映るもの以上の何か、隠れている何かがあるのではないかと、少年が探るようにしゃがみ込んで見ているとき、髭のはえていない顔を近づけ、長い睫毛の黒くて深々とした目を見開いた。その姿勢、表情、唇を開けて白い歯を見せる顔つきは、穏やかで少女っぽいものになった。名前をジョテファァといった。彼はフランス語がかなりでき、会話も成り立った。ポールは仕事に飽きるとおしゃべりをした。やっと尻と性器が隠れるだけの小さい麻布を腰に巻きつけた少年は、ポールが先住民やタヒチの神や悪魔を想像しながら作った小さな木彫りの像について、あれこれ質問攻めにしては困らせた。ジョテファァの何がそれほどおまえの気を引いたのだろうか、ポール。どうして彼にそんなに親しみを覚えたのだろうか、ずっと以前からおまえの記憶の一部であったかのように。

樵夫《きこり》の少年は仕事のあとで、ときどき彼のところに寄って話をしていった。テハッァアマナはジョテファァにもお茶と食べ物を用意した。ある日の午後、少年が帰ったあとで、コケはふと思い出した。小屋に走っていって、写真、古い寺や彫像や絵画が掲載された雑誌の切り抜き、それにかつて彼を感動させた画などのコレクションが入っている長持を開けた。そのコレクションは彼が折りにふれて繰り返し眺めている、他の人にとっては家族の形見の品にあたるようなものだった。乱雑に放りこまれたあれこれを引っ掻き回していると、一枚の写真が指に張りついた。そこに答えがあった。漠然とではあるがおまえの意識と直観が、マタイエアでの新しい友である樵夫の若者と結びつけていたのは、このイメージだったのだ。

その写真は「リリュストラシオン」の写真家シャルル・スピッツが撮ったもので、ポールがそれを見たのは一八八九年、パリ万国博覧会でスピッツが構成を手伝った南洋を主題にしたコーナーだった。そのイメージに心を奪われて、彼は長い間立ち止まって見入っていた。翌日、彼は再び見にいき、そしてとうとう数年前から知り合いだった写真家に、プリントを売ってくれるよう頼み込んだ。シャルルはそれをプレゼントしてくれた。それには『南洋諸島の草木』というタイトルがつけられていた。その中で重要だったのは、巨大なシダでも、山腹から湧き出る細い滝の傍らにロープのように垂れ下がりながら葉を絡ませた蔦でもなく、横を向き茂みに手をかけながら前かがみになって滝の水を飲もうとしている、あるいは単に下の泉を見つめているだけなのかもしれないが、上半身裸で裸足の人物だった。少年だろうか。それとも少女だろうか。写真からはどちらも同じ確率で二つの可能性があると考えられたが、第三の可能性——ときには男でときには女であったり、あるいは同時に男でもあり女でもあるという可能性も除外できなかった。ポールは、あるときにはあれは横を向いた女のシルエットだと確信したが、また別なときには男だと思った。その姿はポールの気をもませ、想像をかきたて、興奮させた。今見てみるとたしかに、あの写真とマタイエアの樵夫ジョテファは、神秘的なほど似ている。そのことがわかると喜びがこみあげてきた。あのタヒチの死者の霊がおまえを彼らの神秘の世界に引き入れはじめようとしているのだよ。その日、シャルル・スピッツの写真をテハッアマナに見せた。

「これは男か、女か」

少女はしばらくその上質厚紙を眺めていたが、ついにわからないと頭を振った。彼女ですら見分けられないのだ。

ポールが偶像を彫っているのを少年が見ているあいだ、二人は長い会話をした。少年はとても礼儀正しく丁重で、ポールが話しかけなければ邪魔をしないようにじっと黙っていた。だがポールが話しかけると、とめどなく話しつづけた。彼は子供のように好奇心の塊だった。絵画や彫刻についてはポールが説明できる以上のことを知りたがったし、またヨーロッパ人の性習慣についてもとても興味をもっていた。純粋な無邪気さから出てきた好奇心でなければ、彼の質問は俗っぽくばかばかしいものにもなっていただろう。ポパアの男のペニスはタヒチの人たちと同じ大きさで同じ形をしているのか。ヨーロッパの女の性器はここの女たちと同じなのか。股間に生えている陰毛はもっと多いのか、少ないのか。不十分なフランス語にタヒチの言葉や感嘆語や表情に富んだ身ぶりを交えながら、ジョテファがこれらの質問を次々浴びせかけてくるのは、不健全な好奇心を満足させようとしているというよりは、一般的にはフランス人同士の会話では避けてしまうテーマではあるが、知識を豊富にしたい、ヨーロッパ人とタヒチ人では何が同じで何が異なるか調べたいとの気持ちからのようだった。「本当の原始人だ、真の異教徒だ」とポールは独りごちた。「タヒチ人でもなくキリスト教徒でもない名前をつけられて、屈辱的に扱われてきたにもかかわらず、彼は飼いならされていない」ときにはテハッアマナも二人の話を聞きにきていたが、少女の前ではジョテファは自制して黙ったままだった。

コケは中くらいか大きい彫刻を彫るときには、パンの木やタコノキ、棕櫚、ココ椰子の木などを好んだが、小さい作品にはタヒチの人が丸木舟を作るバルサと呼ばれる木を使っていた。それは粘土みたいにやわらかくて扱いやすく、節目もなければ木目もなくて、人肌のような感触だった。だがバルサの丸太はマタイエアの付近では手に入れにくかった。樵夫は、心配しなくてもいいよ、と言った。バルサの木がたくさんほしいのか。丸ごと一本か。彼はバルサの木が生えている小さな森を知っていた。一番近い切り立った山の中腹を指差した。ポールを連れていってくれるらしい。

夜が明けるとすぐ食料を肩に結わえ、腰布ひとつの姿で二人は出発した。ポールは先住民のように裸足で歩くことに慣れていた。夏にはブルターニュでも、それ以前にはマルティニックでもそうしていた。この島で過ごした数か月の間あちこちへ出かけたが、いつも海岸沿いの道を通っていた。太陽を覆い隠すほど頭上に密生している樹木や灌木、藪の深い茂みに分け入り、自分の目には見えないがジョテファには簡単に見分けられる道を抜けて、タヒチ人のように、何が起こるかわからない森に向かうのは初めてだった。ちらちらとかすかな光が差し込み、聞いたこともない鳥のさえずりに揺れている緑の薄明かりの中で、身体の隅々まで染みこんでくる湿気をはらんだ油っぽい植物の匂いを吸い込みながら、ポールは魔法の妙薬によって引き起こされるくらくらするような充足感、刺激を感じた。

少年はポールの二、三メートル先をリズミカルに腕を振りながら、どんどん進んで行った。一足ごとに少年の肩や背や脚の筋肉は汗を光らせながら、魅惑的に動いていた。その姿は敵を探してうっそうとした密林に入っていった太古の戦士、狩人が敵の首を刎ねて、残忍な彼らの神に捧げるために肩から下げて帰途につくイメージを髣髴とさせた。コケの血は騒ぎ、睾丸と男根が熱くなり、狂おしい気持ちになった。だが——ポール、ポール！——、それはその堂々とした肉体に襲いかかって自分のものにしたいといういつもの欲望とちがって、むしろ彼に身を任せ、男に女が所有されるように自分が所有されたいというものだった。彼の心のうちを見抜いているかのように、ジョテファが振り返って微笑みかけた。ポールはひどく赤くなった。腰布の襞のあいだでのぞいている硬くなったペニスに少年は気づいたのだろうか。まったく気にしていないようだった。

「ここで道は終わりだ」と少年は指差しながら言った。「向こう岸に続いているからね。水に入るよ、コケ」

少年が水の中に入ったので、ポールは従った。冷たい水の感触がとても気持ちよかった。耐えがたかった緊張感から解き放たれた。樵夫は、ポールが大きな岩で流れから身を守りながら川の中でじっとしているのを見て、向こう岸に食料を入れた袋と腰布を置くと、笑いながら再び水の中に身を沈めた。水は少年の均斉の取れた身体に当たって、ぴちゃぴちゃと音をたてながら、波となり、泡となった。「すごく冷たいね」と言いながら少年はポールに近づいてきて、身体を寄せた。青碧色の空間、鳥のさえずりもなく、聞こえるのは岩に当たるせせらぎの音だけで、静寂と安らかさ、解放感が、ここはまさしく地上の楽園にちがいないとポールに思わせた。またもやペニスが硬くなり、かつてないほどの欲望に気が遠くなりそうだった。身を任せ、なすがままにされたい。樵夫によって女のように愛され、乱暴に扱われたい。ポールは恥ずかしい気持ちを克服しながら、背を向けたままジョテファに近づき、頭を若者の胸にもたせかけた。あざけるような様子もなく明るく笑いながら、少年は彼の肩に両腕を回して、自分の身体にぴったりと引き寄せた。身体がうまく収まり一つになったのを感じた。ポールは眩暈《めまい》に襲われ、目を閉じた。少年の固くなったペニスが背中にこすりつけられるのを感じた。ルツィターノ号やチリ号、ジェローム＝ナポレオン号で仲間に女扱いされようとしたときに幾度となくやったように、突き飛ばしたり殴りかかったりすることもなく、拒絶するどころか満足して――ポール、ポール！――うっとりしていた。ジョテファの片手が水の中で彼の性器を探っているのを感じた。愛撫されているのを感じるとすぐに小さな声を上げて射精してしまった。その少しあと、ジョテファも彼の背後で同じように射精した。少年はずっと笑っていた。

二人は水から出て、腰布で身体から滴り落ちる水を拭いた。それから持ってきた果物を食べた。ジョテファはいま起こったことはなんてこともない、あるいはもうすっかり忘れてしまったかのように、一言も触れなかった。なんて素晴らしいのだろう、ポール。キリスト教のヨーロッパでは、嫌悪感や後悔、罪悪感や恥辱をもたらすような行為を、彼はおまえにしたのだ。だが、自由な人間である樵夫にとっては単なる娯楽であり、気晴らしだった。いわゆる不完全なヨーロッパ文明が人間から肉体の喜びを奪い、自由と幸福を破壊してしまったことのよき証明ではないだろうか。明日、さっそくおまえはキリスト教の去勢された道徳による堕落を免れたタヒチ人や異教徒の、第三の性を取り扱った作品を、性のあいまいさ、不思議さを描くつもりだろう。四十四歳になって、自分自身を理解してすっかり知り尽くしていると信じていたのに、このエデンの園とジョテファのおかげで、おまえの逞しい男らしさの中で見えなくなっていたもの、心の奥底に一人の女がうずくまっていることに気づいたのだった。

二人はバルサの木のある森に着いた。丸くて長い幹を一本切り倒した。それでポールが望んでいたタヒチのイヴを彫ることができるだろう。すぐに二人は肩に木材を担いでマタイエアへの帰途についた。夜になって村に着いた。テハッアマナはもう眠っていた。翌朝、ポールはジョテファに自分が彫った小さな神々の像のひとつを贈った。それを受け取ると、材木を探すために友人に同行するという思いやりから出た行為の意味が変わってしまうかのように、少年は受け取るのを固辞した。ポールがどうしてもと言い張ると、ようやく少年は受け取った。

「タヒチ語では『神秘の水』って何て言うのかな」

「パペ・モエだよ」

その絵はそう呼ばれることとなる。翌朝早く、いつものお茶を自分でいれてからポールは描き出した。手にはシャルル・スピッツの写真を持っていたが、ほとんど参考にしなかった。それはもう記憶していたし、新しい作品の最良のモデルは網膜に完璧に残っている、神秘の世界の森の奥深くで、彼の前を歩いていた樵夫のあの裸の背中だった。

彼は一週間の間『パペ・モエ』を描いていた。そのほとんどの時間、『マナオ・トゥパパウ』を描いて以来、感じたことのなかった幸福感と不安とがないまぜになった不思議な状態に身を置いていた。何人かの限られた人だけが『パペ・モエ』の本当のテーマを理解するだろう。ポールはそのことを、自分の作品について話したことのないテハッアマナに話そうとも思わなかったし、ダニエルやシュフネッケル、女ヴァイキングやパリの画廊の人宛の手紙でも書こうとは思わなかった。彼らが見ることになるのは、花や葉、水、淫らな形をした石の森の真ん中で、岩にもたれ、渇きをいやすためか、その土地の見えない神をあがめるためか、その陰影のある美しい身体を小さな滝のほうに傾けている一人の人間である。ほんのわずかな人だけが、その謎、別の性を具現化しているあの小さな人物の性的不確実さ、道徳と宗教が格闘し、迫害し、否定してすでに消滅してしまったと信じている、ひとつの選択肢を見抜くだろう。みんな間違っていたのだ！『パペ・モエ』がその証拠だ。両性を具有している人間が身体を傾けているその「神秘の水」の中でおまえも漂っていたのだよ、ポール。一八八九年の万国博でシャルル・スピッツの写真がおまえにかけた魔法にはじまり、あの日、流れの中でジョテファのペニスを背中に感じながら、時間も歴史もないあの孤立した場所で、おまえが彼のタアタ・ヴァヒネ（男‐女）であることを受け入れるまでの長い過程を経て、おまえはそれを悟ったばかりだった。『パペ・モエ』がおまえの自画像でもあるなんて、誰もわからないだろうよ、コケ。

その出来事はもう何年も前から憧れていた、未開人と共に生活していることを感じさせたものの、彼を悩ませた。おまえはオカマなのか、ポール。何年か前にそう訊ねられたら、おまえはそいつの顔を殴ってへこませていたことだろう。彼は幼少の頃から男らしさを誇りにしていたので、拳にかけても男らしくありつづけてきた。実際に遠い青春時代、船員だった頃、外洋でルツィタ－ノ号やチリ号の船倉や船室で、何度も彼はそのように振る舞った。それらの商船で三年を過ごし、その後、戦艦のジェローム＝ナポレオン号で、プロイセンと戦争状態にあった時期に二年を過ごした。その頃、おまえが絵や彫刻をやるようになるなんて誰が思っただろうか、ポール。芸術家になるなんて、一度だっておまえの頭をかすめたことさえなかった。その頃のおまえは、世界のあらゆる海や港を、あらゆる国や民族や風景を訪ねながら、ベテランの船員として経験を積み、やがては船長になることに憧れていた。一艘の船と、おまえの指揮に従う大勢の乗組員だ、ユリシーズ。

海軍兵学校に入るには齢がいっていたので、一八六五年十二月に見習い水夫として受け入れてもらった三本マストのルツィターノ号では、おまえは尻に触られないために最初の頃から拳固と足を使って、噛み付いたり、ナイフを振りかざしたりしなければならなかった。気にしない水夫もいた。酒を飲むと、多くの仲間がその船員となる儀式を受けたと自慢した。だがおまえにとっては重要な問題だった。どんな男の慰み者にもなるまい、おまえは男なのだ。見習い水夫としての最初の航海はフランスからリオ・デ・ジャネイロまでで、三か月と二十一日かかった。もう一人の見習い水夫、ブルターニュ出身の赤毛のジュノは、三人の罐焚き《かま》から機械室で強姦されたが、そのあとで三人は、船員の世界では当たり前のしきたりだから何も恥ずかしがることはない、誰にとっても避けられない洗礼だ、だから気分を悪くするんじゃない、実際、乗組員たちは兄弟愛を築いているではないか、などと言いきかせながら、ジュノを泣き止ませようとした。もちろんポールはそれを免れた。女がいないためにいらいらしているベテランの船乗りたちに対して、ウジェーヌ＝アンリ・ポール・ゴーギャンと寝たいなら、殺すか殺されるかの覚悟でこい、とはっきり示したからだ。彼の強さは並はずれていたが、とりわけそのすぐれた決断力と獰猛さによって身を守った。一八七一年四月二十三日、ジェローム＝ナポレオン号で兵役を終えて自由の身になったときも、六年前に船乗りを職業に選んだときと同様、尻は無傷であったのに、今となって終わりを迎えたというわけだ。ルツィターノ号やチリ号、ジェローム＝ナポレオン号の船員仲間は、あの森の流れの中の、もう年をとってマオリのタアタ・ヴァヒネとなっているおまえを見たなら、どんなに笑っただろうか。

情欲と興奮の時代である青年期には、通常はセックスは重要なことだが、彼の人生の中ではそうではなかった。あの六年間の船乗りの日々には寄港地――リオ・デ・ジャネイロ、バルパライソ、ナポリ、トリエステ、ヴェネツィア、コペンハーゲン、ベルゲンやもうほとんど思い出すことのできないその他の港――ごとに、楽しむためというよりもどちらかと言うと仲間にくっついて、変な奴と思われたくないだけで彼は売春宿に通った。あんなむさ苦しくて悪臭のする、酔っ払いだらけの穴倉で、おまえが上になっている間中、疲れてあくびをしたりうとうとしたりしている、歯抜けで乳の垂れた廃人のような女たちとセックスをしながら、おまえには快楽なんか感じられなかった。おまえの口にもの悲しい葬式の灰の味を残したあの侘しいつかの間の性交をなんとか成し遂げるためには、焼酎を何杯も引っ掛けなければならなかった。それならば波に揺れるクッションの上で、夜に自慰をしていたほうがましだった。

船員時代も、そののち後見人ギュスターヴ・アローザの推薦で、ラフィット通りにあるポール・ベルタン代理店で株式仲買人として働きはじめ、パリの証券取引所でブルジョワとして生きようと考えていたときも、そんなことはなかったのに、世の男ならもう自分の運命が定まっている年齢になって、彼は生き方を変えようとした。家庭のよき父、よき夫としての順調で規律正しい平穏な生活から、結局はこの南洋に彼を連れてくることになる、夢を追いかけての貧しく不安定で向こうみずの生活に変わっていくにつれて、ポールは強迫的とも言えるほどセックスに心を奪われるようになった。

セックスがポールにとって重要なものとなったのは、ポール・ベルタン代理店に働く友人で同僚のエミール・シュフネッケルから誘われて、絵を描きはじめるようになってからだった。初めのうちは暇つぶしでしかなかったが、ある日、木炭デッサンと水彩画の収められたスケッチブックを示しながら、シュフネッケルはポールに、自分の夢は芸術家になることだと打ち明けた。善人シュフはポールと同様に、ポール・ベルタン代理店の専門知識を信頼してパリの証券取引に投資してくれる金持ちの家族を探しているとき以外は、暇さえあれば絵を描いていたが、アカデミー・コラロッシでデッサンの夜間クラスを受けるようにポールに勧めた。善人シュフはそうしていて、カードで遊ぶよりも、あるいはクリシー広場のカフェのテラスで一杯のアブサンをちびちびやりながら、相場が上がるか下がるか推測して夜を過ごすよりもずっと大きな楽しみを得ていた。そうやっておまえをタヒチにまで連れてきた冒険がはじまったのだよね、コケ。それで良かったのか。悪かったのか。パリで幼いクロヴィスを抱えて、いつまで宿なしの生活が続くのかと思いながら、修道女の施設で皿一杯のスープにありつくという、食べるものにも事欠いていた孤立無援の時期には、パリ証券取引所の金融コンサルタントとしての仕事を続けていたなら、どんなによい暮らし向きだったろう、どれほどきれいな家をヌイイやサン＝ジェルマン、ヴァンセンヌあたりに構えることができただろうなどと想像して、シュフのあの勧めを呪ったものだ。もしかしたら、おまえは今頃、あのギュスターヴ・アローザのような金持ちになって、おまえの後見人と同じように現代絵画の素晴らしい収集をする身分になっていたかもしれない。

その頃すでに彼は、堂々とした体軀にやや男っぽい顔立ち——ポール！　ポール！——のデンマーク人の女ヴァイキング、メット・ガッドと知り合っていて、一八七三年十一月には彼女と結婚して、九区にある役所で入籍手続きを済ませ、ルーテル派の贖罪教会で式を挙げた。そして二人はブルジョワのトップクラスが住む地区のサン＝ジョルジュ広場の高級アパートで、ブルジョワとしての生活をはじめた。この時期、セックスはポールにとってやはりたいした意味を持っていなかったから、結婚当初は性的に堅い妻を尊重し、ルーテル派の道徳に従ってセックスすることになんの異存もなかった。ボタンのいくつもついた長い寝巻きに身を包んだメットは、便秘で腹部が石のように固く張った患者が仕方なくひまし油を飲むように、逆らわずに受け入れなければならない義務であるかのごとく夫の愛を受けとめ、大胆な振る舞いもなければ艶かしい仕種もなく、魅力を振りまくようなこともせず、まったくの受け身だった。

かなり後になって、ポール・ベルタン代理店での仕事をまだおろそかにはしていなかったが、夜になると絵になりそうなイメージが頭の中にあふれだし、ありとあらゆる対象をありとあらゆる道具——鉛筆、木炭、水彩、油彩——で描きはじめた頃、彼は突然の欲望に襲われるようになった。そのようなとき、彼はメットに対し、裸になるように、彼の望むポーズを取るように、恥部を愛撫してキスさせてくれるように、頼んだり命令したりして、彼女を困惑させた。毎年子供が生まれたのも家族の調和が乱れはじめたことの最初の陰りであって、とげとげしい夫婦喧嘩の原因になった。女ヴァイキングの抵抗にあったり、あるいは彼に取りついたセックスに対する欲望がますます強くなっても、妻を裏切ったことはなかった。友人や同僚たちのように愛人も作らなければ、売春宿にも出入りせず、お針子を囲ったりすることもなかった。女ヴァイキングがしぶしぶ与えてくれる喜びを夫婦の寝床以外で求めようともしなかった。一八八四年末、三十六歳で、彼の人生がコペルニクス的な転回を迎え、もう仕事には戻らず、画家になろう、画業のみで生活をたてて行こうと決心したときも、また彼を貧困に追いやる破産状況に除々に陥りはじめていたときも、メット・ガッドには相変わらず忠実だった。その頃には、セックスは中心的な関心事、絶え間ない欲望であり、きわどい幻想とバロック的誇張の源泉になっていた。彼がブルジョワであることをやめ、芸術家としての生活、貧しく、ざっくばらんで、危険で創造的で無秩序な生活を送るようになると、快楽の源として、また古いしがらみを断ち、新たな自由を勝ち取るための源として、セックスが彼を支配するようになった。ブルジョワとしての保証された生活を手放してしまったため、おまえは耐え難いほどつらい思いをしたね、ポール。だが、感覚や精神面ではより濃密で豊かな生活になったのではないか。

　今、おまえは自由に向かって新しい一歩を踏み出した。ボヘミアンで芸術家の生活から、原始人で異教徒で野蛮人の生活へ。大きな進展だよ、ポール。今、おまえにとってセックスは、ヨーロッパの多くの芸術家が考えているような精神の頽廃を洗練させたものではなく、よりよい創造を行なうための、よりよく生きるための気力と活力と意欲の源であり、おまえを新しくするための手段であった。おまえがついに到達した世界では、生きることとは永遠の創造なのだから。

　このようなあらゆる過程を経て、『パペ・モエ』のような作品を生み出すことができたのだ。筆を加える必要はなかった。絵の中で、シャルル・スピッツの写真がきらめきながら震えていた。両性具有の人物と自然とはばらばらの存在ではなく、汎神論的世界を新しい形で統合しているのだ。水や木の葉、花や枝や岩はきらきら輝いていて、人間は大自然のおごそかさを有している。肌や筋肉、黒い髪、黒っぽい苔に覆われた岩の上でどっしりと踏ん張った頑丈な両足は、ヨーロッパの植民地にされながらも、ひっそりとした森の奥深い場所で、祖先から受け継いだ純粋さを保持している異なる文明の人間に対する敬意、畏敬の念、愛を表していた。『パペ・モエ』を描き終えるとおまえはさびしい気持ちになったね。いつものことだが、自信作に最後の一筆を置くと、この作品以降は芸術家として衰退してしまうのではないか、との思いにおまえはつきまとわれた。
　二、三日後に満月の夜がやってきた。空から降りてくる甘美な月の光に魅せられて、テハッアマナ――軽く規則正しい寝息をたててぐっすり眠っている――の身体を乗り越えて『パペ・モエ』の作品を抱えたまま、住まいを取り囲んでいる平地に降りた。彼は絵をじっと見つめた。青味をおびた月の黄色い光が、光とも光の反射とも取れる水生植物がしげっているあの沼を、謎めいた緑青色にしている。作品の中で、自然もまた雌雄同体であった。この堕落した文明の境界を越えて、古代からの伝統と一体となるために免疫性をつけていかねばならないことに、感傷的ではなかったものの、おまえは目が潤んでくるのを感じていた。おまえが描いた作品の中でもよい出来栄えの一つだったね、ポール。確かに『マナオ・トゥパパウ』のような傑作ではなかったが、それに近かった。一八八八年の秋も終わりの頃、愛とヒステリーがないまぜになった二人の関係が終焉を迎える前、アルルであの狂ったオランダ人画家は、絵画の真の革命はヨーロッパでは起こり得ず、二人が感銘を受けたあの小説――ピエール・ロティの『ロティの結婚』――の舞台のようなどこか遠いところ、熱帯で起こると、確信をもって繰り返し述べていた。『パペ・モエ』の中で、それは圧倒的な現実となっているのではないか。その画の中には、西洋文明に束縛されていない原始人が見ている世界の無垢さや自由に由来する力強さ、精神力があった。

一八八七年の冬、ポールが狂ったオランダ人と知り合った夜、クリシーのグラン・ブイヨンにあるレストラン・デュ・シャレで、フィンセントは展示してある自分の作品をポールが褒めることさえ許さなかった。「俺が君の作品を称賛しなければならない」と手を強く握り締めながら、彼はポールに言った。「ダニエル・ド・モンフレーの家で、マルティニックで描いた君の作品を何点か見たよ。なんて素晴らしいのだろう。絵筆ではなく、ペニスで描かれたものだね。絵画とは芸術であると同時に罪悪なのだよ」二日後にフィンセントと弟のテオは、友人ラヴァルと一緒に出かけたパナマとマルティニックへの冒険旅行から帰ったあと、ポールが滞在していたシュフネッケルの家を訪ねてきた。狂ったオランダ人は、作品をあらゆる角度から目を凝らしながらじっと見つめて、判定を下した。「これは人間の血と臓腑から生まれた大作だ。性器から放出される精液のようだ」ポールを抱擁しながら懇願した。「俺も自分のペニスで絵を描きたい。教えてくれないか」このようにしてはじまった友情だが、悲惨な結末を迎えることとなってしまった。

狂ったオランダ人はその天才的直感の一つで、おまえより先に言い当てたね、ポール。そのとおりだった。一八八七年五月から十月まで、初めはパナマ、次いでマルティニック島のサン＝ピエール郊外での苦難続きの滞在をとおして、おまえは本物の画家になったのだ。フィンセントがそれを最初に見抜いた。それに比べれば、蚊に刺されながらレセップス氏の運河の工事現場でつるはしを手に日雇い労働者として働き、マルティニックでは赤痢とマラリアで死にそうになったが、それくらいのひどい目はどうってことはないだろう。そのとおりだった。カリブのまばゆい太陽に照らされたあのサン＝ピエールの絵の中では、色彩が熟した果物のように炸裂し、赤、青、黄、緑、黒などの色彩が主導権争いをするかのように剣闘士の獰猛さで互いに競い合っていて、それまでの描いたり彫ったりの創作活動から臆病さを取り除き解放して、ついにおまえのキャンヴァスの中に生命が大火のように雪崩れこんでいた。実際、その旅では空腹と病気で、おまえはもう少しで死ぬところだった――椰子の葉で葺いただけの屋根の雨の漏る小屋で消耗して――が、目脂が取れてはっきりものが見えはじめた。画法の健全さはパリを逃れて、異国の空の下で新しい生活を求める中で生まれたのだ。

彼の人生でセックスも、彼の作品における光と同様、強引に雪崩れこんできて、それまでセックスにブレーキをかけていたあらゆる気取りや偏見を取り去った。将来、運河の閘門が開かれることになる疫病菌だらけの沼地で、シャベルを持って働く仲間と同じように、パナマの簡易宿泊施設に群がるムラータ（黒人と白人の混血の女性）や黒人の娘を求めに行った。安い料金で寝てくれたし、セックスの最中に暴力を振るうこともできた。女たちが泣いたり、ぎょっとして逃げ出そうとでもしようものなら、女の上に押しかぶさって、征服し、誰が主人なのか教えてやるときのなんという桁外れの満足感、なんという獣のような楽しさ。おまえは女ヴァイキングをけっしてそのようには愛さなかったな、ポール、乳房の大きい、動物のような歯をした、火桶のように燃える貪欲なセックスをする黒人女に対するようには。だから、おまえの絵は活気がなく堅苦しくて、型にはまっていて大胆さに欠けていたのだよ。なぜなら、おまえの精神も感性もセックスもそうだったのだから。おまえは誓っただろう――それを果たすことはできないだろうね、ポール――、サン＝ピエールでのうだるような夜、燃えるようなクレオール語を話す、腰のほっそりした黒人女の一人を組み伏すことができたとき、女ヴァイキングに再会したら、遅ればせながら教えてやろうと。ある夜、安物のラム酒を飲んで酔っ払って、シャルル・ラヴァルに言ったものだ。

「この次、二人で過ごすときには、生まれもっての北欧人の冷感症を女ヴァイキングからすっかりはぎとってやるんだ。殴りつけて服を引きはがし、噛んだり息苦しいほどきつく抱きしめたりして、身もだえさせて泣かせたり、死ぬほどのたうちまわらせてあがかせてやってな。黒人女のようにだよ。あいつも裸、俺も裸の愛の戦いの中で、あの上品ぶったブルジョワ女は、サン＝ピエールの雌のように罪を犯し、快楽に悶え、また快楽を与えながら、熱くて従順でおいしい女になるのを学ぶんだよ」

シャルル・ラヴァルは何と言っていいかわからず、きょとんとしておまえを見ていた。コケは、月の青白い光に照らし出された『パペ・モエ』をじっと見つめたまま、大声を上げて笑い出した。いや、だめだ。女ヴァイキングは絶対にマルティニックやタヒチの女のようなセックスをしないだろう。彼女の宗教や文化がそうさせないのだ。永遠に不完全な人間で、生まれる前から性的活力が衰退した女なのだ。

狂ったオランダ人は、最初からそれをよく理解していた。マルティニックでの作品は熱帯の桁外れの色彩のおかげで描かれたのではなく、絵を描くことと同時にセックスすること、本能を大切にすること、自分の内にある自然なものと悪魔を受け入れ、自然のままに生きる人間として欲求を満たすことを学んだ画家、未開人としての新参者が勝ち取った、因習からの自由と精神の自由のおかげだった。

おまえの肉体に吸いついておまえの血液に害をあたえ、十キロも体重を奪ったマラリアからまだ回復しないまま、あの不運続きのパナマとマルティニックの旅からパリに戻ったとき、おまえは野蛮人だっただろうか。そうなりはじめていたところだったね、ポール。いずれにしても、もうおまえの振る舞いは文明化されたブルジョワのものではなかった。パナマの密林の中、情け容赦なく照り付ける太陽の下でシャベルを振るって汗を流し、混血女や黒人女を、カリブの泥や赤土や汚れた砂の上で愛したあとで、どうしてそんなふうに振る舞えようか。その上、おまえの内部を口に出すのが憚られる病気が蝕みはじめていたね、ポール。不名誉な烙印だが、同時にいかなる制約も受けない男の証でもあった。おまえは感染したことを知らなかったし、それからもしばらく知らないでいた。けれどおまえはもう気取りや世間体や、タブー、慣習から解放されて、自らの衝動のまま情熱のまま生きることを誇りに思っていた。そうでなければどうしておまえを自宅に泊め、食事を与え、カフェでアブサンを引っかけるための数フランさえ与えてくれたおまえの親友、善人シュフの思いやり深い夫人の胸に手を伸ばし、触ったりできようか。シュフネッケル夫人は青くなったり赤くなったりし、抗議の言葉を口ごもりながら逃げた。だが、彼女はあまりに慎み深く、羞恥の念が強かったので、多大な援助をしている親友がとった無礼な行動を善人シュフに話そうとしなかった。それとも話したのだろうか。二人きりになったときにシュフネッケル夫人を愛撫することは、スリリングなゲームになった。おまえはおおいに楽しんで、イーゼルに向かったのだったね、コケ。

小さな雲が月の光をさえぎったので、ポールは壊れ物を扱うように『パペ・モエ』に細心の注意を払いながら小屋に戻った。狂ったオランダ人がこの作品を見ることができないのは残念だ。特別なときに見せる彼特有のうっとりした目つきで穴が開くほど見つめてから、おまえを抱擁しキスをして、声を震わせながら叫んだことだろう。「おまえは悪魔と寝たのか、おい」

一八九三年五月中旬、ついにフランス政府からフランス領ポリネシア統治政府に宛てた本国送還の命令が届いた。ラカスカード総督はじきじき彼に連絡を取り、受け取った指令に従い――ポールに向かい省庁令を読みあげた――、その破産状況を考慮してパペエテ―マルセイユ間の二等船客の費用を支給することを決定した、と伝えた。ポールはその日のうちに、乗合馬車に揺られて五時間半の道のりをマタイエアに戻り、テハッアマナに出発することを告げた。彼は長い時間をかけて、なぜフランスに帰らなければならなくなったか、その理由をじっくり話して聞かせた。マンゴーの木の下のベンチの一つに坐ったまま、娘は何も言わず、涙も流さず、恨みがましいそぶりひとつせずに、じっと聞いていた。右手で指が七本ある左足を機械的に撫でていた。ポールが話し終わったときも何も言わなかった。ポールはパイプに火をつけ最後の一服をしたあとで、寝ようとして上がっていったら、テハッアマナはもう眠っていた。翌朝、コケが目を覚ますと、彼のヴァヒネは自分のすべての荷物をまとめて出ていったあとだった。

一八九三年六月初め、ポールがフランスに向けてデュシャフォー号で船出したとき、パペエテの埠頭に見送りにきてくれたのは、海軍大尉に昇進したばかりの友人、ジェノだけだった。

5　シャルル・フーリエの影――リヨン、一八四四年五月〜六月

一八四四年四月の最後の週と、五月の初めの何日かを過ごした、ブルゴーニュのシャロン＝シュル＝ソーヌでもマコンでも、フローラの旅のほとんどは、いつもの論争相手であるファランステール（フーリエの理想とする生活共同体、その共同住宅）主義者、つまりフーリエ主義者の支援によるものだった。彼らが寛容にも支援を申し出てくれたので、フローラは良心の戸惑いを感じていた。乗合馬車の駅や船着場まで送ってくれ、迎えに来てくれ、一所懸命に集会や会見の手配をしてくれるシャルル・フーリエの弟子たちとの意見の違いを、彼らを傷つけることなく、どのように説明できるだろうか。だが、フーリエ主義者たちを失望させるのは心苦しいけれども、彼女が真剣に取り組んでいる人類の解放という課題とは相容れない理論や手段に対する批判を、彼女は隠すことはできなかった。

シャロン＝シュル＝ソーヌでは、到着した日の翌日、フーリエ主義者たちはフローラのためにフリーメイソンの「完全なる平等」支部の広い会場で集会を開いてくれた。二百人もがぎっちりつめかけている満員の会場を一瞥しただけで、フローラは気が滅入ってしまった。集会はいつも人数を制限し、三十人からせいぜい四十人でと、おまえは書

いていなかったか。小人数のほうが話もしやすいし、人間関係も作りやすい。このような大勢では距離がありすぎて、よそよそしく、聴衆はただ聞いているだけで参加できない。

「ですが、マダム、あなたのお話を聞きたいと、関心を持っている方がとても多いものですから。あなたがあまりに有名でいらっしゃいますので」とシャロン＝シュル＝ソーヌのフーリエ主義者の指導者であるラグランジュは言い訳した。

「名声はどうでもいいのです、ラグランジュさん。効果的にしたいのです。目に見えない不特定多数の人を相手にしたら、効果的ではありません。わたしは人間として話しかけたいのです。わたしが皆さんと話し合いをすることを望んでいると感じてもらうためには、顔が見えなければなりません。法王がカトリック信者を前になさるように、わたしの考えを強要したくありません」

聴衆の数よりももっと不安だったのはその構成であった。ラグランジュ氏がフローラを紹介しているあいだ、花をいけた花瓶が飾られ、壁にはフリーメイソンのシンボルでいっぱいの舞台からフローラは聴衆を眺めてみて、四分の三が雇用主で四分の一が労働者だとわかった。労働組合について搾取者たちに説明するためにシャロン＝シュル＝ソーヌにやってこようとは！　一八三七年にフーリエが死去したあと、ヴィクトル・コンシデランという男性がフーリエ主義者たちの運動を引き継いだのだが、その知性と誠実さをもってしても、ファランステール主義者たちはいかんともしがたかった。彼らの原罪はおまえと彼らとの間に乗り越えがたい亀裂を作っていたが、それはサン＝シモン主義者とも同様だった。彼らは社会制度の犠牲者たちによる革命を信じていないのだ。両者とも、これらの無知で貧しい大衆を信用していなくて、自分たちの理論に啓発されたブルジョワの資金と善意によって社会を変革することができると、天使の純粋さで信じていた。

現実離れしているのは、ヴィクトル・コンシデランとその一派が一八四四年現在、一握りの金持ちを彼らの理想によってファランステール主義に転向させ、「社会変革」の資金を融通させることができると確信していたことであった。一八二六年、創始者のシャルル・フーリエはパリで、正義感に満ちた高貴な精神をもち、フーリエ主義者に資金援助をする意志のある産業主や資本家に、彼の社会改革についての構想を説明するために、毎日、正午から午後二時までのあいだ、サン＝ピエール・ド・モンマルトルの自宅で待っている、との広告を新聞に出した。それから十一年後の一八三七年、死の当日にも、いつもの黒い燕尾服と白いネクタイを身につけ、善良そうな青い目をした愛想のよい老人——思い出すたびに悲しくなるね、アンダルシア女——は、きっちりと十二時から二時まで、来るはずもない訪問者を待ちつづけていたのだった。一度として！たった一人の金持ちも、たった一人のブルジョワも、人類の不幸に終止符を打とうと彼の自宅にわざわざ出向いて質問したり、その構想について訊ねたりする人はいなかった。彼の計画への支持を求めて書き送った手紙の受取人たち——ボリーバル、シャトーブリアン、レディ・バイロン、パラグアイのフランシア、王政復古時代の大臣全員、ルイ＝フィリップ王、その他――は返事もくれなかった。盲目で耳の聞こえないファランステール主義者たちはいまだにブルジョワを信じ、労働者に猜疑心を抱いているのだ！

人生の秋のすべてを、そのつつましい家で、毎日正午になるとむなしく坐っていた哀れなシャルル・フーリエを想像しているうちに、突然、過去に対する憤りがこみ上げてきて、フローラは話のテーマを変更した。未来のユニオン殿堂の役割について話していたのだが、現在のブルジョワの心理的な描写を行なうことにした。雇用主というものは概して寛容さに欠け、了簡が狭く、けちで臆病で凡庸で人が悪い。すると聴衆たちは蚤の一群に襲われでもしたかのように、席でもぞもぞ身体を動かした。質問の時間になると、ぴりぴりする沈黙になった。とうとう家具工場の持ち主で、まだ若いけれどもいかにも成功者らしく腹の出ているルージョン氏が立ち上がって、マダム・トリスタンが雇用主について抱いている評価からすると、労働組合になぜそんな雇用主を招き入れようとするのかわからないと言った。

「簡単な理由です。ブルジョワはお金を持っていて、労働者は持っていないからです。計画の実現のためには組合は資金が必要です。わたしたちが求めているのはブルジョワのお金であって、ブルジョワの方々ではありません」

ルージョン氏は真っ赤になった。怒りのあまり、額の静脈が浮かびあがった。

「おたずねしたいのですが、もし私が組合に入って分担金を払っても、ユニオン殿堂に入ったり、そこの設備を利用する権利はないのですか」

「そのとおりです、ルージョンさん。あなたはそのような奉仕を受ける必要がありません。お子さんの教育、医療費、老後の不安に対処する自分のお金をお持ちですから。労働者の場合、そうではないですよね」

「利益を受けとることもないのに、なぜ私の金を与えなければならないのでしょうか。私が間抜けだからですか」

「寛容の心から、利他精神から、虐げられた人々への連帯の精神からです。お見かけしたところ、あなたはこのような精神に反対のようですね」

ルージョン氏は、こんな組織なんかぜったいに支援しないとつぶやきながら、これ見よがしに席を立った。何人かが彼の憤懣に連帯して後を追った。扉のところから、そのうちの一人が感想を述べた。「マダム・トリスタンが反体制というのは本当だ」

しばらくしてフーリエ主義者が用意してくれた夕食の席で、傷つき失望している人々の顔を見て、フローラはなだめようと試みた。シャルル・フーリエの弟子と意見の相違点はあるが、彼女はヴィクトル・コンシデランの教養、知性、誠実さについては深く尊敬しており、労働組合が結成された暁には、国会の場で労働者の権利を守るために選出される、労働者階級の利益を守るための初めての代表者、労働階級の人民の守護者として、彼の名前をためらうことなく進言するだろうと言った。とても善良なヴィクトルは、イギリスの国会におけるアイルランド人のオコンネルのように、評判のよい代表者となることだろう。彼らの指導者であり助言者である人物に対して彼女が敬意を示したことで、人々は気持ちが高揚したようだった。宿で別れの挨拶をしたときにはもう和解していたが、彼らのうちの一人が、今晩あなたの話を聞いて、なぜあなたの渾名が怒りんぼ夫人なのかよくわかりましたよと、にこやかに言った。

フローラはよく眠れなかった。彼女はフリーメイソンの集会所で起こったことに失望していたし、ブルジョワに対して労働者に歩み寄るよう熱心に働きかけもしないで、侮辱したいと思う衝動を抑え切れなかったことを後悔していた。おまえは逆上する性格だね、フロリータ。四十一歳にもなってまだおまえは激情を抑えられないのだね。だが、その反抗的な精神と癇癪の破裂のおかげで、おまえは自由を保ちつづけてこられたし、また自由を失うたびに取り戻せたのだった。アンドレ・シャザル氏の奴隷だったときのように。あるいはスペンス家でまるでロボットか荷役馬同然だったときのように。その頃はまだ、サン＝シモン主義もフーリエ主義もイカリア派の共産主義も知らなかったし、スコットランドのニュー・ラナークでのロバート・オーエンの活動も知らなかった。

名高い詩人で議員でもあったラマルティーヌの生地マコンで過ごした四日間、あたかもフローラの不屈の精神を試すかのように病気が再び襲ってきた。身を捩るような子宮と胃の痛みに疲労が加わり、彼女は面会の約束や新聞社訪問、労働者の勧誘――ここの労働者たちは他の町以上に無愛想だったが――などを取り止め、きれいなオテル・デュ・ソヴァージュの部屋に戻って花柄のベッドに横たわりたいという衝動に駆られた。

フローラはそのような衝動を必死の思いでこらえていた。夜は疲労と神経の高ぶりで眠れず、スペンス家での三年間にわたる苦しい奉公を——自分の闘いがこれ以上成果をあげられないことを罰するかのように、ときとして自虐的なことを思い浮かべるのが好きだったが、これはその一つであった——フローラは思い出していた。あのイギリス人の家族は裕福だったにちがいないが、倹約の精神とピューリタン精神、また、想像力の欠如から、せいぜい旅行を楽しむぐらいで、それ以外はあまり金銭を使わなかった。マークとキャサリン夫妻は五十歳ぐらい、マークの妹の独身のアニーは四十五歳くらいだった。三人とも痩せていて不恰好でどこか陰気で、いつも黒い服を身につけており、好奇心というものがなかった。スイスの山へ行く三人の付き添いとしてフローラは雇われた。そこで彼らは、きれいな空気を吸って、ロンドンの工場から排出される煤に汚れた肺を掃除しようというのだった。給金はよかった。その金で彼女は、子供たちの世話をしてくれる乳母に支払うことができたし、その残りで身の回りのあれこれを揃えることもできた。付き添いというのは婉曲な言い方で、実際は三人の召使いだった。フローラは三人のために、とても喉を通りそうもないポリッジとトーストとまずい紅茶の朝食をベッドへ運んだ。彼らは日に三度か四度、紅茶を飲んでいた。洗濯をし、アイロンをかけ、ぞっとするほど冷淡な義理の姉妹、スペンス夫人とアニー嬢が朝の沐浴のあと服を着るのも手伝った。使い走りをして、手紙を郵便局に持っていったり、紅茶に添える味のないクッキーを買いにマーケットに行ったりもした。また彼女は部屋を掃除し、ベッドを整えて、便器を空にし、食事時には日々、屈辱を受けた。彼女に出された食事の量はスペンス家の人々の半分だったのである。この家族の日常的な食材である肉やミルクはもらえなかった。

しかしスペンス家で働いた三年間で、最悪だったのは、彼女を明け方から夜中まで走りまわらせた、気の遠くなるような日課や単純な作業ではなかった。働き始めてすぐに気がついたのだが、この夫婦とオールドミスの妹は、フローラの存在を消し去り、彼女から女であることや人間であることを奪い、感情も尊厳も、もしかしたら魂もない、単なる道具として見ていたのだ。そして、命令を下している短い瞬間だけこの世に存在する権利を認めてやろう、という風だった。頭に皿が飛んでくる虐待のほうがまだましだった。少なくとも、生きていることを感じさせられただろうから。物として扱うような無関心——気分はどうかと訊いてもらった覚えもないし、彼女に対する心遣いも、親しさをこめた仕種ひとつなかった——は彼女の心を傷つけた。主人たちとの関係は、家畜のように毎日単純な作業をする役目だけだった。そして誇りも自尊心も感情も生きているという感覚もなくしてしまうのだ。それなのに、スイスでの奉公期間が終わって、イギリスへ帰るスペンス家の人々に一緒に来ないかと言われたとき、彼女は受け入れた。なぜだ、フロリータ。たしかに、そうだよね、おまえが子供を育てていくために、ほかにどんな仕事があったというのだろう。その頃はまだ子供たちは三人とも生きていたのだから。それにロンドンなら、アンドレ・シャザルがおまえを見つけて、家庭放棄の罪で警察におまえを告発することもなかった。あの頃のおまえには監獄の恐怖がずっとつきまとっていた。

陰鬱な思い出だったね、フロリータ。彼女は女中をしていたその三年をとても恥じていたので、自分の伝記から消していたが、かなり後になって裁判にかけられたとき、アンドレ・シャザルの弁護士が公にしてしまった。今、マコンでその思い出が彼女を襲ったのは、体調がすぐれず、また十万の人々が住むこの忌まわしい都市が彼女を苛立たせていたからだった。そのうえ、そこの人々も、彼らの住んでいる家も、通りも、すべてが同じように忌まわしく思えていた。四つの同業組合を走りまわって、連絡先と労働組合のパンフレットを置いてきたが、彼女を訪ねてきたのは樽職人と鍛冶屋のたった二人だけだった。誰も関心を持っていなかった。二人の話では、マコンでは同業組合は消滅しようとしていた。なぜなら今、工場はさらに低賃金ですむやり方を見つけ、常勤の従業員を雇う代わりに、人手が必要なときだけ一時的に農民や出稼ぎの刈り入れ労働者を雇うようになっていた。職人たちは一団となってリヨンの工場へ仕事を探しに出かけてしまったのだった。農民兼職人たちは、自分たちはプロレタリアではなく農民であり、一時的に臨時収入を得るために工場に雇われているのだと考え、同業組合の問題に関わりたくなかったのだ。

マコンで唯一楽しかったのは、シャンヴァン氏との出会いだった。彼は、あの有名なラマルティーヌがパリからの通信によって編集している新聞、「ル・ビアン・ピュブリック」の責任者だった。この気品ある教養に満ちた人物は、彼女を優雅に丁重に扱ってくれた。ブルジョワたちの政治や道徳観については受け入れられない面があったにもかかわらず、フローラはうっとりとなった。彼女が労働組合について話し、どのように人間社会を変革してゆくのかを説明しているあいだ、シャンヴァン氏は礼儀正しくあくびを噛み殺していた。しかし、彼はマコンの一流レストランに昼食に招いてくれ、郊外のラマルティーヌの領地ル・モンソーへ連れていってくれた。この偉大な芸術家で民主主義者の城は、これ見よがしで苛立たしいほど悪趣味に思えた。彼女が見学するのに飽きた頃、私生児として生まれ、結婚してまもなく、二十八歳で結核で亡くなった詩人の息子の未亡人、ピエールルクロ夫人が案内のために現れた。若くて美しい未亡人はまだ娘のようだったが、自らの悲劇的恋愛について、そして夫が死んでからの寂しさについてフローラに語り、死がその長い受難から解き放ってくれるまで、いっさいの楽しみを二度と享受することなく、隠遁生活を過ごすのだと言った。

美しく若い娘が目に涙をためてそのように話すのを聞いていて、フローラはひどくいらいらしてきた。ル・モンソーの花々に満ちた庭園を歩きながら、彼女は直ちに説教をはじめた。

「悲しい話ですわね。でも、奥さま、わたしはこのような話を聞くと怒りがこみ上げてくるのです。あなたは不幸な犠牲者ではなくて、エゴイズムの塊です。はっきり申し上げますが、お許しください。でもわたしの申し上げることがもっともだとおわかりになることでしょう。あなたは若く、美しく、裕福な方です。そしてそのような類まれな幸運を得られたことを天に感謝し、それを生かすことなく、女性を苦しませるひどい隷属状態である結婚から救われたのに、生きたまま墓に埋葬されていらっしゃいます。何千、何万もの人が妻を亡くしたり、夫を亡くしたりしているのに、あなたは夫を亡くしたことを人類の大惨事のように受けとめていらっしゃいますよね」

若い女は立ち止まった。死人のように青白かった。この女は頭がおかしいのか、それともここで気が触れてしまったのではないかと思っているように、いぶかしげに彼女を見つめた。

「生涯を賭けた愛に忠実であるわたくしがエゴイストなのでしょうか」と若い女はつぶやいた。

「このようなせっかくの好機を見逃してはいけません」とフローラはうなずいた。「悲しみはもう忘れて、この棺から出ることです。生きることをはじめるのです。学び、善行をし、飢えや病気、失業、無教育など、現実の具体的な問題に苦しみながら立ち向かうことのできない何百万もの人々を救うのです。あなたは問題を抱えているのではなくて、解決したのです。女性にとって結婚は隷属状態であると気づくところを、未亡人になったことで救われたのです。ロマンティックな小説の女主人公になったりして戯れないでください。わたしの助言に従いなさい。人生に戻り、自分の悩みを育むことより、もっと高邁なことに専念しなさい。それから最後に、もしあなたが善行を行ないたくないのなら、楽しみなさい、気晴らしをし、旅をし、恋人を見つけなさい。もしあなたが結核で死んでいたら、あなたのご主人がやったことです」

死人のような蒼白から、ピエールクロ夫人は苺のように真っ赤になった。それから彼女は突然、狂ったかのように笑い出し、鎮まるまでしばらくかかった。フローラは楽しそうに彼女をじっと見ていた。別れる段になると未亡人は当惑しながらも、フローラが自分に真面目に言ったのか、冗談で言ったのかはわからないけれども、フローラの言葉は自分を見つめ直すきっかけになるだろうと、口ごもりながら言った。

リヨン行きの船に乗ったとき、フローラは重荷を下ろしたように感じた。彼女はもう小さな村や町にはうんざりしていた。早く大都会の地を踏みたかった。

リヨンの最初の印象は、兵舎のような暗い家並みが悪夢のように続いているし、尖った小石が敷き詰められた通りは足の裏に痛くて、最悪だった。灰色がかった街や、金持ちの中の金持ちと貧乏人の中の貧乏人のコントラスト、その様子は、労働者の搾取に対する大都会の記念建造物のような役割を果たしていて、彼女にスペンス家のあるロンドンを思い出させた。しかし、最初の日のその気の滅入るような感覚は、いろいろな人との出会いや面会や集会に飛びまわっているうちになくなってしまった。また、彼女は生まれて初めて警察の捜査を受けた。フローラはここでついにあらゆる分野の労働者、瓦職人、靴職人、石工、鍛冶屋、大工、ビロード織工などとの数え切れないほどの出会いがもてた。彼女の名前が先行していた。大勢の人が彼女を知っていて、通りでは称賛の眼差しで、あるいは軽蔑の眼差しで、また、珍しい虫でも見るように見つめるのだった。キャンペーンの旅の残りの数か月の中で――パリを出て以来、リヨンで三か月目を迎えていた――、一か月半に及ぶリヨンの日々をいつも思い返すことだろうと、彼女は思った。数週間の滞在中のぎっちりつまった予定の中で貧乏人を犠牲にしている過度の搾取の存在と同様に、最底辺の生活環境にありながら、労働階級の人々の有する勇敢さや道徳的無垢さ、節度などを、圧倒される思いでフローラは確認したのだった。「リヨンでの六週間で、社会に関してそれまでの人生で知りえたことよりも、もっと多くを学んだ」と、彼女は日記に書きつけた。

最初の週は、クロワ＝ルース地区の絹織物の工場で二十回もの集会があった。そこではそんなに昔でもない一八三一年と一八三四年に、有名な絹織り職人たちの主導で革命が起き、ブルジョワはおびただしい流血の果てに彼らを制圧した。クロワ＝ルースの山にある狭くて汚くて暗い仕事場まで長く続く階段で、フローラは息切れしてしまった。一本の蠟燭の光に――集会は仕事が終わった夜になって開かれた――照らし出されている、暗がりに消えてしまいそうな、引っ込み思案で、裸足で、ボロをまとったひどい身なりの、疲れの余り知性の欠片もないような顔つきをした男たち、昼にたった一度の短い休憩があるだけで、早朝五時から夜の八時まで働きつづける男たちと、軍隊の銃剣や銃弾や大砲に対して、石やシャベルで立ち向かった戦士たちとを結びつけることが、彼女にはなかなかできなかった。男たちの大半が、『労働者の団結』を書いたのが彼女であることを疑っていた。女に対する偏見はどの階級でも浸透していた。スカートをはいていては労働者救済の思想を発展させていくことができないと考えていたのだ。少しまごついていたが――相手が女性であるのでうろたえたようだった――、彼らはたくさんの質問をした、そして彼女が、彼らの抱える問題について質問をしたとき、彼らは信頼して包み隠さず意見を述べてくれた。彼らの中には多くの知能の低い者たちもいたが、同様に、社会が磨くのを妨げたため粗削りではあったが、高い知性の持ち主もいた。そのような集会が終わると、彼女は疲れ果ててしまったが、精神は高揚していた。おまえの計画は支持されているんだよ、フロリータ、労働者たちは計画を受け入れているのだ、労働組合は実現しはじめているのだ。

到着してから九日目に、四人の警官とリヨン市の警察署長のバルドス氏が家宅捜索令状を持ってオテル・ド・ミランに現れた。彼らは一、二時間ほど部屋のあらゆるところを引っ掻き回したあげく、フローラの書類、ノート、プライベートな手紙――その中の一通はオランピアからきた情熱的な手紙だったが――そして書店に置いてもらおうと思っていた『労働者の団結』を没収した。立ち去るとき、王の訴訟代理人であるジラルダン氏の前に出頭するようにとの令状を、彼女に手渡した。ジラルダンはナイフのように痩せた男で、修道士のような服を着ていた。彼女が職務室に入っていっても、立ちあがって挨拶しようともしなかった。

「あなたがリヨンでやっていることは破壊活動です」とジラルダンは冷ややかに言った。

「捜査がはじまりましたから、あなたは煽動者として処罰される可能性があります。ですから、捜査の結果が出るまでクロワ＝ルースの絹織り職人との集会を禁止します」

フローラはいささか軽蔑をこめながら、頭から足の先までその男をじろじろ見た。爆発しないように懸命にこらえていた。

「あなたがお召しになるようなエレガントな服の布地を織る人たちと意見交換をすることを、あなたは破壊活動とお考えなのですか。なぜそうお考えになるのか、説明していただきたいのですが」

「あのような巣窟はご婦人方の行くところではありません。そのうえ、社会秩序について煽動的な考えをもっている者が労働者たちに話しに行くのは危険なことです」と王の訴訟代理人はうすい唇の口をほとんど動かさずに言い返した。「あなたに警告しなければなりません。捜査が行なわれているあいだ、あなたに監視をつけます。ですが、お望みでしたら、即刻リヨンから立ち去られてもけっこうです」

「わたしが立ち去るのは力ずくでなさるときだけですわ。わたしはここが気に入っています。わたしもあなたに警告しなければなりません。わたしの身に起こっている人権蹂躙の事実を、ここの新聞やパリの新聞で、世論に訴えかけてもらうように行動をとりますから」

フローラは挨拶もせずに王の訴訟代理人の職務室を出た。反体制派の三紙「ル・サンスール」「ラ・デモクラシー」「ル・ビアン・ピュブリック」が、家宅捜索と書類が押収されたことを報じたが、いずれもそのやり方を批判してはいなかった。その日以降、オテル・ド・ミランの入口に二人の警官が配置されて、フローラを訪ねてくる客を記録し、彼女が外出すると跡をつけた。しかし二人とも怠け者で間抜けだったので、尾行をまくのは簡単だったし、ホテルの客室係に協力してもらって、調理場の窓から見張りのいない裏通りに出られた。そんなわけで、彼女は禁止されていたにもかかわらず、用心に用心を重ね、集会の裏切り者の通報を受けた警官が来るのではないかと恐れながらも、毎日、職人たちとの集会を続けた。恐れていたようなことは起こらなかった。

同時に彼女は、社会実態調査という緊張を伴う仕事も実行した。調査対象は、工場、病院、慈善院、精神病院、そして最後はラ・ギヨティエールの娼婦街であった。この最後の調査には二人のフーリエ主義者たちが同行してくれたが——二人ともとてもよくしてくれて、王の訴訟代理人に対して彼女の立場を弁護する弁護士をつけてくれた——、彼女はここではロンドンでのように男装はしないで、マントを着て、顔の半分が隠れるような奇妙な鍔広帽をかぶった。居酒屋や、うきうきさせるような名前——「恋人の家」とか、「熱い腕」とか——がつけられている売春宿の入口や街角に群れている娼婦の実態は、ロンドンのステップニー・グリーンほど哀れで悲惨な光景ではなかったが、フローラを苛立たせた。中でももっとも若く見える女性たち何人かに年を訊ねてみると、十二、十三、十四歳であった。そのうちの何人かは十分発育していないにもかかわらず、女っぽくふるまっていた。まだ少女期を出てもいないのに肺病や梅毒に冒されているか、冒されそうになっている、そんな骨と皮ばかりの子供に対して、どうして男たちは欲望をもつことができるのだろうか。心がぎゅうっと摑まれるかのようだった。フローラは怒りと悲しみで何も言えなかった。ロンドンと同様、ここでも悲惨さと同時に、笑いを誘うようなところがあった。売春宿の土間で、売春婦と客——その多くは労働者たちだった——のあいだを縫って、その頽廃の真ん中で、二歳、三歳、四歳の子供が這いまわり、遊んでいるのだった。母親が仕事に従事しているあいだ、そこへ置いておかれたのだ。

そこを彼女が訪ねたのは道義上の務めから——自分の知らないことは変革できない——だったが、心底不快だった。彼女にはアンドレ・シャザルとの結婚生活の初期から、セックスに対する反発があった。政治的知識や社会問題について洞察する以前から、セックスは女性を搾取し支配するための不可欠な道具だと、彼女は直感していた。だからこそ、純潔とか修道女のような隠遁生活を説かないまでも、未来の社会の目標の一つとして肉体の快楽や性生活を褒め称える理論には、フローラはいつも不信感を抱いていた。それは賞賛し、また親しみを感じていながらも、彼女がシャルル・フーリエから距離を置くことになったテーマの一つであった。師について不思議に思うのは、少なくとも表面上はいつも完全な禁欲生活を送っていたことだ。フーリエは女嫌いで通っていた。しかし彼の説く未来社会では、やがて訪れるエデンの園は「文明」の時代に続く「調和」の時代で、そこではセックスは人間生活の主役なのである。フローラには受け入れ難かった。師の良き意図に反して、真のカオスを引き起こす可能性があった。数人のフーリエ主義者たちが試みたように、セックスを基盤とする社会を構築するのは無用で、馬鹿げていて、不可能であった。フーリエの構想するファランステールには、セックスに興味をもたない処女もいれば、初々しい少年や吟遊詩人と節度を守りつつ付き合う娘もいる。またもっと解放された女たち、若い女たちは職人たちとセックスをするだろうし、このようにして自由度と奔放さの度合いに応じて――ハーレムの女奴隷、芸妓《ファキレッサ》、バッカスの女信徒――舞姫《バヤデール》まで、老人や身体障害者、旅人、そして一般的に年齢や病気や醜さのため現在の不公平な世の中では相手にされず、手淫や禁欲を強いられている男たちへの慈愛に満ちた愛を実践する女たちが存在するのだった。この社会構造においてすべての人は自由で、自分の意思に基づいて行動するのだが――ファランステールでは、誰をセックスの相手とするのか、各自が選び、また放棄することもできる――、フローラにはこの制度は適切とは思えなかったし、その施設の中で新たな不公平が生じることを懸念していた。『労働者の団結』で述べている彼女の構想では、男女の絶対的な平等と離婚する権利を除いて、セックスの主題を避けていた。

フーリエの教義の中で一番ぎょっとするのは、「愛に関してはどんな気まぐれも許される」「恋愛とは本来道理のない熱情なのだから、あらゆる情熱的な想念は当然である」というところだった。彼の「高潔な乱交パーティ」、集団セックスの擁護、そして未来社会においてはサディストやフェティシズムのような少数派の嗜好――彼はユニ・セックスと名づけていた――が禁止されるどころか、人間の弱さや移り気にもかかわらず、一人一人が自分にぴったりした相手を探し出せて幸せになれるという理由で推奨されているのに、彼女は当惑していた。もちろん誰にも危害を与えることはない、なぜならすべてそれらは自由に選択されて是認されているのだから。フーリエのこのような考えが彼女をあきれさせていたので、改革者プルードンにある程度の正当性を認めていた。このピューリタンは少し前の一八四二年、その著書『所有権者に告ぐ』の中でファランステール主義者たちの「反道徳性と男色」を非難した。それが引き起こした議論のため、ヴィクトル・コンシデランは最近になって創始者のセックスに関する理論の過激さを和らげていた。

その大胆な革命観を理解し賞賛していたものの、シャルル・フーリエのセックスの問題をめぐるふしだらと思えるほどの寛容さは彼女を怯えさせた。と同時に、ときとして面白がることもあった。彼女とオランピアはある午後、ベッドを共にしていたときに、師が「レスビアンに対して抑えられないほどの激しい情欲を感じる」と告白したことを思い出して、涙が出るほど笑った。彼の計算と調査によれば、世界中には同じ性癖をもつ二万六千人の仲間がいて、それだけの人数がいれば未来の「調和」の社会では協会、あるいは「組織」が形成でき、彼やその賛同者たちは妨害されずに誰はばかることなくレスビアンの光景を楽しめる。幸せそうな覗き魔たちの前に身をさらすレスビアンたちは、自ら選択してその行為を行なうのだ、なぜならそうすることによって彼女たちは自己顕示の才能を磨いているのだから、というのである。「ねえ、フーリエを招待しましょうよ」と言ってオランピアは笑った。

　フロリータ、今でこそシャルル・フーリエの分類好きは、おまえの笑いの種だろうが、十年前、ペルーから戻ってきたとき、女性や貧しい人に対する不公正な状況を認め、ファランステールとともに出現する新しい社会を通してそれを軽減していこうと提案しているこの教義と出会って、どんなにうれしかったことだろうか。人類は、その初期段階である野蛮、未開、文明化に別れを告げて、今、新しい思想のもとで新しい調和の段階に入ろうとしている。ファランステールは四百の家族を擁し、各所帯四人で完全な社会を、不幸のあらゆる源が消滅するように創り出された小さな楽園を建設するはずだった。人類に幸せをもたらすものでなければ、公正であることの意味がない。師、フーリエはそのことを想定し、あらゆることをあらかじめ指示していた。ファランステールでは、もっとも退屈でくだらなくて献身的な仕事をする人がより多くの収入を得て、もっとも面白くて創造的な仕事をする人はより少ない収入を得る、なぜなら後者は仕事をすること自体が喜びなのだから。だから炭焼きやブリキ職人は医者や技術者よりも報酬が高い。知能の低い者や肉体的に欠陥のある者も、社会の役に立つように配慮されるだろう。子供たちは泥んこになるのが好きだから、ファランステールでのゴミの収集を受け持つ。当初、フローラにとってこれは思慮の極致と思われた。フーリエの教義では同様に、男性も女性もずっと同じことをしてうんざりしないように、やる気を失わないように、ときとしては一日のうちに仕事を替えていくようになっていた。庭師から教師に、左官から医者に、洗濯女から女優にというふうにしていけばけっして飽きないだろう。

しかしながら、思いやりがあり哀れみ深いフーリエの説得力に満ちた多くの主張も、最終的にはフローラに不安を抱かせることとなった。「私は二十世紀にわたる愚かな政治に対する反論をなんとか成し遂げただけである」との彼の主張は大げさだった。師は実証し難い主張を科学的事実として紹介した。地球はぴったり八万年間存続し、その間、一人一人の魂は地球と他の星の間を八百十回転生し、千六百二十六もの異なる人生を生きるであろう。これは科学なのか、魔法なのか。結局、彼は変人だっただけなのではないか。そして、自分の知識はフーリエ主義の教義の創始者の知識には及ばないことはわかっていたが、彼女の提唱した労働組合はより謙虚なものであるがゆえに、ファランステール主義者の計画よりもより現実的だと、自分に言い聞かせていた。

売春宿を訪ねたあと、精神障害者といかがわしい病気を患う売春婦たちの病院、ランティカーユに回ったが、ここはもっとひどかった。二つの集団は分離もされず、狂暴で倒錯的な監視員の管理下におかれていた。半裸で歩きまわっている精神障害者たちが大声で喚きたてると、監視員たちは彼らをぶちのめし、汚物にまみれ蠅でいっぱいの中庭に鎖でつなぐのだった。片隅では廃人同様の女たちが看護師を兼ねたカリタス会の修道女たちの指揮のもと、聖歌を歌おうとしながら、血を吐いたり、梅毒の膿疱をさらけだしたりしていた。病院長は進歩的な考えを持った親切な男性で、これらの悲惨な状態を引き起こした原因のほとんどは貧困であるとのフローラの考えに同意した。

「そのとおりです、先生。このリヨンの工場で十四時間も十五時間も働いて、一人の女性労働者がいくら貰えるかご存じですか。五十サンチームですよ。同じ仕事をして男性の三分の一から四分の一です。もし食べさせなければならない子供がいたならば、一日にこれだけでどうやって生きてゆかれるのでしょうか。だから大勢の女が売春に走り、気が狂ってしまうのです」

「修道女たちに聞こえますよ」と医者は声をひそめた。「あの人たちは、気が狂うことでいかがわしい行為が罰されていると、受けとめているのですから」彼女らの論理はキリスト教の教えにはそぐわないように二人には思えた。

　フローラが司祭や宗教関係者の姿を見たのは、ランティカーユだけではなかった。いたるところで見かけた。リヨンは革命的労働者の町であると同時に、聖職者の町でもあり、彼女は香と聖具保管室にうんざりした。フローラは多くの教会に出入りしたが、そこには狂信的な貧しい人たちがいっぱいいて、膝をついて敬虔なようすで祈りを唱えたり、権力者に対しては卑屈な神父が、諦観を説きながら撒き散らしている反啓蒙主義的たわごとに耳を傾けたりしていた。とりわけ悲しいのは、貧しい者たちが熱心な信者の大部分を占めているのを目のあたりにすることだった。盲目的な崇拝を実際に見てみようと、フローラは息を切らしながらもがんばってリヨンで一番の高台に登った。そこには小さな礼拝堂があり、フルヴィエールの聖母が祀られていた。印象に残ったのは醜いマリア像よりも、彼女と同じように登ってきたこの教区の信者の一団が、押し合いへしあいしながら像に近づき、ひざまずいて指先でマリアのガラスケースに触ろうとしている、悲惨なまでの偶像崇拝の光景だった。世界でもっとも工業化された近代的な町のど真ん中にある中世！

リヨンの中心街への帰り道、彼女は山の中腹にある浮浪者収容施設を訪れようと試みた。そこは家も仕事もない老人たちの避難所で、屋根があり、スープを一杯もらえて、キリスト教徒として埋葬してくれた。彼女は中には入れてもらえなかった。マスケット銃を持った憲兵が監視していた。鉄格子越しに、市街にも貧しい人たちのための学校を経営しているカリタス会の修道女たちの姿が見えた。やっぱり！　修道会と警察が手を組んで、子供から年寄りまで貧乏人を閉じ込め、祈りと説教で、あるいは力ずくで従順を教えこもうとしているのだ。

このような調査のための訪問と、リヨンの絹織り職人や他の職人たちの小さなグループとの集会をくらべてみると、なんという違いがあったことか。職人たちとは、ときには議論が激突した。その度にフローラは努力が報われていることを感じ、自らの信念に確信を深めていった。ある晩のこと、エティエンヌ・カベ支持者であるイカリア派の労働者たちとの集会で、激しい論争をしている最中に、フローラは気を失ってしまった。エティエンヌ・カベの小説『イカリア旅行記』はいわゆる共産主義の教義で、この地方では多くの信奉者を集めていた。彼女が目を開けたときはもう明け方だった。織物工場の床で横になったまま、一晩過ごしてしまったのだ。工場に泊まり込んでいた職人たちは、交替で手をさすってくれたり、額を冷やしたりして看病してくれた。女工の一人、エレオノール・ブランは他の集会でも見かけたことがあった。フローラは、彼女がどれほど熱心に自分の話に耳を傾けているかに気がついていたし、非常に明晰な頭脳の持ち主であることを見抜いていた。まだ若いけれども彼女はリヨンの労働組合の指導者になれるのではないかと、フローラは予感し、彼女をオテル・ド・ミランでのお茶に誘った。何時間も話しこんだが、彼女の監視係である警官は穏やかな眼差しを向けていた。予感どおり、エレオノール・ブランは優秀な女性で、リヨンの労働組合の組織委員会の一員となるのである。

　予審判事から呼び出されると、フローラはさらにリヨンで有名になった。通りでは人々が彼女を取り囲んだ。ブルジョワの中には目をそむける男性がいたり、「ここから出ていってください、わたしたちのことに口をつっこまないでください」などと言う女性もいたが、大半の人は好意的な言葉をかけてくれた。おそらく有名になったおかげなのだろうが、予審判事のフランソワ・ドミ氏は二時間ほど尋問――とても楽しい会話だった――した後、裁判に訴える根拠はないとして、警察に押収したものを返還するように命じた。

〈この数週間はとにかく素晴らしかった〉と、警察署長のバルドスが不承不承に直接返してきたノートや手紙や手帳を手にしたとき、フローラは自分自身に言った。そうだよ、

そうだよ、フロリータ。リヨンでの六週間で何百人もの労働者に考えを伝え、社会の不公正な現状についての見識も深めたし、十五人からなる委員会も結成したしね。労働者自身からの助言で、ごく貧しい人でも買えるように低価格で売るための『労働者の団結』の第三版の印刷も進行中だったね。

フローラの言葉は、敵である教会の心にも届いた。この地方での最後の集会には驚いた。神父ギルマン・ド・ボルドーの指導の下、ウーランの共同体で生活している司祭たちがこっそりやってきて、フローラを彼らの共同体に招待した。「あなたの考えとは共通点がたくさんある」というのだ。彼女はあまり多くを期待せずに、興味半分で出かけた。しかし驚いたことに、ウーランのペロン城では革命的宗教家たちのグループが彼女を待っていた。自らを「反乱司祭」と名のる彼らは、プルードンやサン＝シモン、カベ、フーリエの著書を読み、議論していた。最近ではヴァチカンから破門された司祭のラメネが指導し助言していた。彼は共和制を支持し、君主制やブルジョワ社会に敵対し、また信仰の自由と社会改革の支持者であった。サン＝シモンやフローラと同様にこれらの「反乱司祭」は、革命はキリストを、そして教会の権威主義にも権力の特権にも堕落しないキリスト教を、維持しなければならないと考えていた。楽しい一夕を過ごしたフローラは、労働組合にも彼らの占める場所があるでしょうと言い、また冗談半分本気半分で、こんなによい方向に歩み出しているのだから、もう一歩踏み出して、宗教家の独身主義に反旗を翻したらどうか、と言って別れた。

出発の日、エレオノール・ブランとの別れがつらかった。娘は泣き出した。フローラがエレオノールを抱きしめて、その耳元でささやいた言葉は彼女をびっくりさせた。

「エレオノール、本当の娘よりも愛しているわ」

6　ジャワ女、アンナ――パリ、一八九三年十月

一八九三年のあの秋の朝、パリのヴェルサンジェトリクス通り六番地にある彼のアトリエのドアが叩かれたとき、ポールは口をあけたまま立ちつくした。目の前にはとても背が低く色黒で、カリタス会の修道服に似たチュニックに身を包み、一匹の猿を腕に抱いて、髪には一輪の花を飾り、首から「私はジャワから来たアンナです。あなたの友人アンブロワーズ・ヴォラールよりポールへの贈り物」と書かれた札を下げた子供‐女がいた。

彼女を見るやいなや、若い画商からこのような贈り物を贈られた当惑から抜け出すより早く、ポールは絵を描きたいと思った。タヒチを出て三か月間のあの不運な旅のあと、八月三十日にフランスへ戻ってきて以来、彼は初めてその気になった。なにもかもうまく行かなかった。ポールはわずか四フランをポケットにマルセイユで船を降り、空腹と不安で死にそうになりながら友人が出払ってしまっている暑いパリに着いた。パリはポリネシアで過ごした二年の間に、奇妙で悪意に満ちた町になっていた。ポール・デュラン＝リュエル画廊で開いた四十二点の「タヒチの絵画」展は失敗に終わった。売れたの

は十一点のみで、新たに借金して用意した額縁やポスターや宣伝にかかった費用を埋めあわせられなかった。好意的な批評もいくつかあったが、そのときからパリの美術界が彼を無視したり、冷ややかな慇懃無礼さをもって扱っているのを感じるようになった。

展覧会ではかつての師であり友人でもあるカミーユ・ピサロが、おまえの芸術論とタヒチでの作品を辛辣に批評して簡単に切り捨てたことが、何にも増しておまえを打ちのめした。「この芸術は君のものではないよ、ポール。以前のやり方に戻りなさい。君は文明人なのだから、人食い人種の野蛮な芸術を真似するのではなく、調和的な作品を描かなければならない。私の言うことに耳を貸しなさい。間違った道を引き返すのですよ。オセアニアの未開人たちから略奪するのは止めて、本来の自分に戻りなさい」おまえは反論しなかったね。軽い会釈をして別れただけだ。作品を二点買ってくれたドガの好意あふれる振る舞いも、おまえを元気づけてはくれなかった。ピサロの手厳しい意見を他のたくさんの画家、批評家、収集家も共有していた。かの地、南洋でおまえが描いたものは、文明から数光年隔たった原始人たちの迷信や偶像崇拝の安っぽい模倣だというのだ。それが芸術と言うべきものだろうか。穴居人のなぐり描きや判然としない形や呪術への回帰ではないか。だがそれは、この二年間にタヒチで多くの犠牲を払って獲得した、おまえの絵画の新しいテーマや技法に対する拒絶だけではなかった。おまえ個人に対する、ひそかでどろどろとした陰険な拒絶でもあった。なぜだろうか。まさしく狂ったオランダ人のせいだった。アルルでの惨事、サン＝レミの精神病院への収容、そして自殺、とりわけそれに続いて弟のテオ・ファン・ゴッホも自ら死を選んだあとで、ファン・ゴッホの絵は（生前は誰も関心を示さなかったのに）、話題に上るようになり、売れはじめ、値が上がってきていた。ファン・ゴッホの異常な流行が生まれるとともに、美術界全体が過去のことをもちだして、このオランダ人画家を理解することも助けることもできなかったと、おまえを責めはじめたのだ。ろくでなし！　もしかするとおまえの機転が利かなかったために、ゴッホをアルルにおける耳切り事件に駆りたててしまったのではないかとまで言う者もいた。このようなことやもっとひどいことを、画廊やカフェ、サロン、パーティ、社交上の集い、画家たちのアトリエなどで、おまえの背後で、おまえを指差しながらささやきあっているのを聞くために耳をそばだてる必要はなかったね。悪評はパリのジャーナリズムが日々の出来事を論評するやり方で遠回しに表現されて、雑誌や新聞に浸透していた。オルレアンに住む生涯独身で通した父方の叔父ジジが、八十歳と幾つかで折よく死に、数千フランの遺産を残してくれたおかげで、しばらくは貧困と借金苦から脱け出せたのに、おまえはやる気になれなかった。こんな状態をいつまで続けるつもりだったのかね、ポール。

　モンパルナスの片隅の古い建物の二階に借りたアトリエに手を加えて、光あふれるエキゾティックな南洋の島のように模様替えした部屋に、あの変てこな札を首から下げ、目つきの悪い落ち着きのない猿のタオアを繋いだ革ひもを手にしたジャワ女アンナが、椰子の木のように気取って腰を振りながら入ってきて、ポールと同居するようになるあの朝までそうだった。アンブロワーズ・ヴォラールは、おまえの女中にと彼女を送ったのだった。アンナはそれまでオペラ歌手の家で女中をしていた。けれどその夜のうちに、ポールはアンナを自分の愛人にしてしまった。そしてそれからは、遊びの、夢想の、悪ふざけの仲間となった。そして結局、彼のモデルに。彼女はどこからやってきたのだろうか。知るのは不可能だった。ポールが訊くと、アンナは地理的に矛盾するいい加減な物語を語ってくれたが、間違いなく作り話をしていたのだろう。おそらく哀れなこの女自身も知らなかったので、世界の国々や領土に関する驚くほどの無知をあらわにしながら、話しているうちに自分の過去を作り上げていたのだろう。何歳だったのだろうか。彼女は十七歳だと言ったが、ポールはもっと若く、テハッアマナと同じくらいの、未開の国の早熟な少女たちが大人の世界へと入ってゆく、おまえにとって刺激的な年齢、おそらく十三か十四歳だと推定していた。発育のよい乳房に引き締まった腿、そしてもう処女ではなかった。けれども不快なパリが与えてくれたその伴侶が一瞬のうちに彼を虜にしたのは、その小さくて成熟した肉体——ポールの逞しい身体の傍では小人、ほんの飾りだった——ではなかった。

それはその灰色がかった浅黒い混血人種の顔、素晴らしくくっきりしたその容貌——上を向いた鼻、黒人の祖先から受け継いだ分厚い唇——、そして、見つめるあらゆるものに対して、不安や好奇心や嘲りを浮かべるその目の、傲慢さや辛辣さだった。彼女は外国人特有の間違いだらけのフランス語を話し、ポールが船員だった青春時代に通った港の売春宿を思い出させる、俗っぽい言葉と表現を使った。死に場所もなく、読み書きもできず、猿のタオア以外に持ち物はなく、着の身着のままのくせに、敬意を払うものなど何もない。彼女にとっては社会的慣習も意味がないかのように、すべての人間、すべての物を平然と見下しながら、図々しくもったいぶって、女王のように尊大に振る舞っていた。彼女は何かが、あるいは誰かが気に入らないときには、舌を出してしかめっ面をしたが、それをタオアがキーキー喚きながら真似ていた。

ジャワ女がベッドで満足しているのか、そう見せかけているだけなのかを知るのは難しかった。いずれにしても、おまえに喜びを与えてくれたし、またおまえを楽しくさせてくれた。おまえがフランスへ帰って以来失ってしまったのではないかと怖れていたもの、絵筆を取りたいという欲求やユーモアや生きる意欲を、アンナは取り戻させてくれた。

アンナがアトリエに現れた翌日、ポールは彼女をオペラ大通りにある店に連れていき、見立てながら洋服を買ってやった。それからショートブーツとアンナが大好きな帽子を六つも買ってやった。彼女は家の中でも帽子を脱がなかったし、朝起きてはじめに身につけるのも帽子だった。カンカン帽をかぶっただけの裸の少女が踊りながら台所や浴室に行くのを見ると、ポールは笑い転げた。

ジャワ女の陽気さと独創性のおかげで、ヴェルサンジェトリクス通りのアトリエでは木曜日の夕方、仲間が集まって宴会が行なわれるようになった。ポールはアコーディオンを弾き、ときにはタヒチのパレオを腰に巻いて、身体中を偽物の刺青だらけにした。夜会《ソワレ》には古くからの友人が夫人や愛人同伴でやってきた——ダニエル・ド・モンフレーとアネット、シャルル・モリスとその貧乏を分かち合っている大胆な伯爵夫人、シュフネッケル夫妻、歌ったりギターを弾いたりするスペイン人の彫刻家パコ・ドゥリオ、彫刻家イダと作曲家ウィリアムというスウェーデンから移住してきた隣人のモラール夫婦、そしてこの二人が時々連れてくる同国人のアウグスト・ストリンドベリという名のちょっと頭のおかしい劇作家兼発明家。モラール家には活動的でロマンティストで画家のアトリエに夢中になっている、ジュディットという名前の思春期の少女がいた。ポールはアトリエの壁に黄色い紙を貼り、窓枠は琥珀調に塗り、部屋のいたるところをタヒチ時代の彫刻や絵画で飾りたてた。壁からは植物が茂った低湿地や真っ青な空、エメラルド色の海と湖沼、自然のままの官能的な肉体が飛び出してくるかのように見えた。アンナがやってくる以前は、ポールは隣人のスウェーデン人夫婦の娘とは距離をおいて、少女が彼に心酔しているのを手出しをしないまま楽しんでいた。けれども彼の感覚と夢想を刺激する風変わりなジャワ女が来てからは、両親が近くにいないときに、ジュディットともふざけるようになった。ジュディットの腰に手を回したり、唇を撫でたり、ふくらみはじめている胸をぴったり自分の身体にくっつけたりしながら、「これは全部俺のものだ、そうだね、お嬢ちゃん」とささやいたりした。ぎくっとしながらも幸せそうに少女はうなずいた。「そう、そうよ、あなたのものよ」

そうこうしている内に、モラール家の娘のヌードを描くという考えが頭に浮かんだ。そう申し出ると、ジュディットは蠟のように真っ白になり、なんて答えていいかわからなくなってしまった。「裸って、まったくの裸なの」「もちろんそうだよ。芸術家はよく裸のモデルを見ながら絵を描いたり彫刻していないかい」誰にも気づかれないだろう、なぜならポールは、作品を描きあげたら、それを彼女が成人するまで隠しておくだろうから。ジュディットが成熟した女性になってから公開するだろう。引き受けてくれたのか。少女はついに同意した。しかしたった三度の機会が得られただけで、その冒険はすんでのところで劇的な事件になるところだった。ジュディットがアトリエに上がってくるのは、動物愛護の活動に情熱を燃やしている母親のイダが、病気や怪我をした捨て犬や捨て猫を探しに、アンナをつれてモンパルナス界隈に出かけているときだった。イダはそうした犬や猫を家へ連れ帰って、手当てをし、飼い主を見つけていたのである。数枚の鮮やかなポリネシアの敷物の上の裸の少女は、床に目を落としたままだった。彼女は秘密を探ろうとしている目からできるだけ見えないように、ちぢこまって彼女自身の中に閉じこもっていた。

三度目のとき、ポールが彼女の痩せたシルエットと驚いたような大きな瞳をした面長な顔の輪郭をスケッチしたところへ、イダ・モラールがギリシア悲劇のような大仰な身振りでアトリエに押し入ってきた。彼女を鎮め、おまえの少女に対する関心は審美的（そうだろう、ポール）なものだけで、彼女を大切に扱っているし、彼女を裸にして描くという意図には何の悪意もない、と納得させるのは容易なことではなかった。おまえがこの計画を断念すると誓って、イダは初めてやっと落ち着きを取り戻した。彼女の目の前でおまえは描きかけのキャンヴァスにテレピン油を塗りたくり、パレットナイフでジュディットの輪郭を削り取った。それでやっとイダは機嫌を直してくれ、皆でお茶を飲んだ。びっくりしてむっつりしてしまった少女は、二人のおしゃべりに加わらずに黙って聞いていた。

しばらくして、ポールがアンナのヌードを描く決心をしたとき、あるアイデアが浮かんだ。中断してしまったキャンヴァスの未完のジュディットの姿に、愛人の姿を重ねようというものだった。そのとおりにした。ジャワ女のどうしようもない性格のために、仕上げるのにひどく苦労した作品だ。アンナはこれ以上ないといっていいほど落ち着きがなくて制御しにくいモデルだったな、ポール。彼女はよく動き、ポーズを変え、退屈を我慢できずにおまえを笑わせようとしかめ面をして見せたり――それは木曜日の集まりでは、交霊術と同様にお気に入りのゲームだった――、最初は我慢していても、ポーズをとるのに飽きると、立ち上がってその辺にあるものを引っ掛け、通りへ逃げて行ったりした。テハッアマナがそうしたように。筆を置いて翌日まで仕事を延ばす以外、どんな方法があるだろうか。

この絵を描くことは、デュラン＝リュエルでの展覧会の後、タヒチでの作品についてあちこちで耳にし、また目にした攻撃的な批評やゴシップに対する、おまえの答えでもあった。これは文明人によって描かれた絵ではなく、野蛮人のものだ。南洋にあるおまえの本当の故郷に帰る前、たまたま立ち寄ったセメントとアスファルトと偏見に囲まれた牢獄のパリで、二本足の首輪のない狼によって描かれたものだ。パリの洗練された芸術家や気取った批評家、教養ある収集家たちは、この正面を向いた裸体が、自分の感受性や道徳、嗜好を侮辱しているように感じるだろう。フランス人どころかヨーロッパ人でも白人でもない少女は、自分ほどの生命力にあふれる、豊満で官能的な者はいるか、と対峙する者に挑みかかるように、乳房や臍、ヴィーナスの丘、陰毛の茂みを堂々と披露している。アンナは彼女のままでいつづけることを特に望みもしなかったし、生まれつき祖先から受け継いできた、彼女の生まれた野生の森がアンナにもたらしている神がかりの力に気づいてさえいなかった。一頭の黒豹であり、人食い人種だった。アンナ、型にはまったパリジェンヌと比べて、おまえはどれほど優れていたことか。

挑発的なのはキャンヴァス上にだんだんと姿を現す肉体――上半身と太腿、そして猛獣のような爪が生えている大きな足、金色に光っている刺激的な黄土色、そしてそれよりも黒っぽい頭部――だけではなく、思いつく限り調和を欠いたその周囲の状況も同様だった。青いビロードの中国風の椅子、そこにおまえはアンナを、神を冒瀆するような卑猥なポーズで坐らせていたね。ジャワ女の両脇、木製の肘掛では、おまえが創り出した二つのタヒチの偶像が、力強い異教徒の権威をもって西洋とその上品ぶったキリスト教をきっぱりと放棄しているかのように、反旗を翻していた。また、アンナが足をのせている緑色のクッションにも思いがけないものが描かれているが、それらの生き生きとした小さな花々は、絵を描きはじめた頃に日本の版画を見出してからずっと、おまえのキャンヴァスにはいつもちりばめられているものだ。象徴主義とそれらのイメージの精緻さを学びながら、おまえは今、直観的に察知していたものが、ついにはっきりと見えるようになったのだ。大勢の画家たちの命を奪った肺結核の影響もあるが、ヨーロッパ美術は脆弱になっており、ヨーロッパによっていまだ損なわれていない原始的文化――そこではまだ地上の楽園が存在している――に湯浴みして活力を取り戻すことだけが、それを頽廃から救ってくれるのだ。キャンヴァスの中、物思いに耽るともぼんやりしているともつかない表情でアンナの足元にいる赤い猿、タオアの存在は、絵画全体を覆っている非順応主義と密かな性的なものを強調している。ジャワ女の頭上、ピンク色の背景に浮かんでいるりんごまでが、パリの芸術家たちが崇拝している左右対称や慣例や論理性に違反している。やったじゃないか、ポール。

アンナの落ち着きのない性格によってひどくのろのろとしか進まない仕事は、刺激的だった。手で描いているだけでなく、タヒチの風景や人々の思い出――彼らに対しておまえは抑え切れないほどの郷愁を感じていたね、ポール――とともに、彼らの幻影とともに描いていることを了解しながら、確信をもって再び絵を描きはじめることはよいことだった。そしてそれは狂ったオランダ人のお気に入りだった言葉を借りれば、おまえのペニスで描くことだった。そいつは仕事をしている真っ最中に、時折、裸の少女を目の当たりにして興奮し、少女を両腕に抱えてベッドに運ぶよう駆りたてた。セックスのあと、部屋中に精液の匂いがたちこめる中で絵を描くことは、おまえを若返らせた。

　タヒチから帰ってから、何枚かの絵を売って旅費を手にしたら、妻や子供たちに会いにコペンハーゲンに行くと、彼は女ヴァイキングに手紙を書いた。メットは、彼がヨーロッパの地を踏むとすぐに飛ぶように家族に会いに来なかったことにあきれ、また傷ついた旨の返事をよこした。妻や子供たちの姿が頭に浮かぶたびに、彼は煩わしさを感じた。またそれか、ポール。もう一度、一家の父親になるだって、おまえが。叔父のジジの僅かな遺産を手にするための法的手続きや、彼の生活にアンナが出現したこと、そしてまた、彼女が目覚めさせた再び絵を描きたいとの願いが、家族との再会を後回しにさせていた。春が来ると、急に思い立ってアンナをブルターニュへ、いくつもの季節を過ごし、彼が画家として出発した、かつての逃避所ポン＝タヴェンへ連れて行った。原点の地に戻るためだけではなかった。いつもながらの懐具合のために、ル・プールデュのマリー・アンリに支払いが遅れたり、十分でなかったり、払わず仕舞いだった家賃の形《かた》に預けてきた、一八八八年と一八九〇年に向こうで描いた作品を取り返したかったのだ。今、叔父ジジが遺してくれたお金のおかげで、あの頃の借金を返すことができそうだった。おまえは不安を抱きながら、数枚のキャンヴァスを思い出していたね。今でこそおまえはより成熟した画家となっているが、当時はまだ世間知らずだった。深遠で神秘的で、信心深く伝承の豊かなブルターニュに行けば、文明化したパリが干からびさせてしまった原始世界の根源を見つけられると信じて、あの頃、ポン＝タヴェンに赴いたのだった。

今回ポールがポン＝タヴェンに着くと、ひどい騒ぎになった。彼が引き起こしたのではなく、アンナと、両手を叩きながら飼い主の頭の上からポールの肩へ、逆にポールの肩から飼い主の頭へ飛び移ることを覚え、跳ね回りながらわめき立てるタオアによるものだった。着いてまもなく、パナマとマルティニックへの冒険旅行をともにしたシャルル・ラヴァルがエジプトで死んだこと、そして彼の美しい婚約者マドレーヌ・ベルナールが重い病の床にあることを知った。その知らせはポールをとても落ち込ませ、数年前、ブルターニュの幻想をともに追いつづけた古い友人たちを思い出させた。マイエル・デ・ハーンはオランダに閉じこもり神秘主義に没頭していたし、エミール・ベルナールも隠遁して宗教に専念していて、今はおまえについて悪口を言ったり書いたりしており、善人シュフはパリで絵も描かずに、毎日を夫婦喧嘩に費やしていた。

しかしポン＝タヴェンで、新しい若い絵描きの友人たちができた。彼らはポールの作品と、遠いポリネシアの海にインスピレーションを求めてパリを棄てた異国趣味の探求者との伝説を知っていて、ポールを崇拝していた。アイルランド人のロドリック・オコーナー、アルマン・セギャン、エミール・ジュールダンらは彼らの夫人あるいは愛人とともに両腕を広げて彼を受け入れてくれた。彼らは競うように彼に愛情を示し、ポールに対してもアンナに対しても親切にしてくれた。それに反して、人形のマリーと呼ばれていたル・プールデュの下宿屋のマリー・アンリは愛情のこもった挨拶はしてくれたものの、断固とした態度をとった。作品は貸してもらったものでも担保でもない。部屋代と食事代なのだ。返すつもりはない。聞くところによると、今はまだたいして値打ちはないだろうが、将来はおそらく価値あるものとなるようだ。取るべき手立てはなかった。

ポールとアンナがポン＝タヴェンの近所の人々から受けた心からのもてなしは、日が経つにつれてよそよそしいものとなり、しばらくするとひそかな敵意に変わっていった。それは、ポン＝タヴェンに住むオコーナーやセギャン、ジュールダン、その他の若い芸術家たちの子供じみた振る舞いや乱痴気騒ぎやいたずら、ときにはぎょっとさせるような悪趣味な悪ふざけのせいだった。このボヘミアンたちの無軌道ぶりを喜んだアンナが、彼らをたきつけたのだった。彼らは酔っ払って通りに繰り出しては、近所に住む奥さん連中をうんざりさせた。ジャワ女がヒロインになって即興の茶番劇を演じたのだ。アンナの傲慢な表情と態度、そして耳をつんざくようなその笑い声が近所の人々を仰天させ、夜になると近所の家の窓から、彼らの振る舞いを非難し、静かにするように命じる声が飛んだ。ポールは消極的な傍観者のように、この茶番劇を遠くから眺めていた。しかしそこに居合せていることは、その弟子たちの乱痴気騒ぎを無言のうちに是認することであり、ポン＝タヴェンの人々は、その年齢や影響力から、ポールに責任があるとみなしていた。

もっとも話題になった破廉恥な事件は、手に負えないジャワ女が思いついた鶏騒動だった。ジャワ女がポールの若い弟子たち——彼らはそう自称していた——をそそのかして、その地域では一番立派なガナックおじさんの鶏小屋にこっそり忍び込ませ、鶏が酔っぱらうように飲み水をりんご酒と取り替えた。その後、瓶入りの絵の具を鶏に浴びせかけて、鶏小屋を開け放ち、鶏たちを広場に向かうよう追い立てたのだった。広場は日曜日の野外演奏の真っ最中だったが、そこにけたたましくこっこっと鳴きながら、その場でくるくる回ったり、転んだりふらついたりしながらジグザグに歩く、色とりどりの騒がしい異常な鶏の行列がなだれ込んだのだ。村人たちの怒りは大きかった。村長と司祭はゴーギャンに苦情を言い、思慮分別のない輩にブレーキをかけるように勧告した。「こんなことをしていると、いつかとんでもないことになりますよ」と司祭は断言した。

実際、とんでもない結果となった。酔っ払わせて絵の具を塗りたくった鶏事件の数週間後、晴れ渡った一八九四年五月二十五日、グループ全員——オコーナー、セギャン、ジュールダン、ポールとそれぞれの愛人、妻、それにタオア——が揃って、好天を幸いに、ポン＝タヴェンから十二キロほどの、中世の古い城壁や石造りの家が保存されている昔からの漁村、コンカルノーに出かけることになった。港に隣接する海沿いの通りに入ったときから、ポールは何か嫌なことが起こるような予感がしていた。素晴らしい陽光の下、居酒屋のテラスは漁師や船員であふれていたが、彼らが目にしたのは、髪の毛をひどく長く伸ばしてけばけばしい服装をした男たち、人目を引く夫人たち、そして歯を剥き出してわめいている猿の首にかけた革ひもをもつ、サーカスの曲芸師まがいの黒人女という、風変わりな一団だった。男たちはこの一団が、派手に騒ぎながら通り過ぎるのを、何事かといった面持ちでビールやりんご酒のジョッキをテーブルに下ろし、ぼんやりした目で見ていた。画家の一行は、「出て行け！　ピエロどもめ」という嫌悪をこめた叫び声を不意に耳にし、住民の攻撃的な態度に気づいた。ポン＝タヴェンとはちがって、コンカルノーの住民は芸術家に慣れていなかった。まして彼らに向かってしかめ面をする黒いちび女には。

海岸沿いの通りの途中で大勢の子供たちが彼らを取り囲んだ。彼らをじろじろと珍しそうに見たり、ある者は笑いかけたり、別な者は明らかにあまり好意的ではないと思われることを、かさかさしたブルターニュ語で言ったりした。子供たちはいきなりポケットに入っている小石や砂利を一行に向かって投げはじめた。特にアンナと猿を標的に狙いを定めたので、猿は怖がって女主人のスカートにしがみついた。ポールはアルマン・セギャンが一団から飛び出して走り出し、石を投げている子供たちの一人に追いつき、耳を引っ張ったのを見た。

それからは、ポールが後になって思い出してもくらくらするほど、すべては急速に展開した。近くの居酒屋にいた漁師が何人か立ち上がって、全速力で彼らのところにやってきた。数秒のうちにアルマン・セギャンは、木靴に船員帽姿で「息子に手出しできるのはこの俺さまだけだ」と怒鳴る大男に体当たりをくらって、空中に舞い上がっていた。転びよろめきながらアルマンは後退に後退を重ねて、防波堤にぶつかって泡立っている海に転がり落ちた。若者たちの勢いに応じて、ポールが暴力を振るった男に対し拳骨を放ったところ、男はうなりながら顔を両手で覆い、崩れるようにしゃがんだ。それが覚えている最後だった。というのはすぐそのあと、彼の上に木靴を履いた大勢の人々がのしかかり、あらゆる方向から身体のいたるところを殴ったり、足蹴にしたりしたからだ。せいいっぱい防御したものの滑って転んでしまい、右の踝が割れて砕けてしまったように感じた。痛みのため意識を失ってしまったが、目を開けたとき、耳に女たちの悲鳴が響いた。看護師が彼の足元に跪き、剝き出しになった足――状態を調べるためズボンを切り裂いていた――をポールに見せた。血まみれの肉のあいだから砕けた骨が一本飛び出していた。「脛骨が折れています。絶対安静にしていなければなりません」

ポン＝タヴェンへの帰路では、馬車が揺れるたびにポールはうめき声を上げてしまい、気分は悪いし痛いし、吐き気を催したりで、悪夢を見ているようだった。痛みを和らげるために苦いラム酒を少し振る舞われたが、喉がひりひりするだけだった。

グロアネック館の天井の低い、窓の小さな部屋が病室となって、二か月のあいだ床についていた。脛骨が折れたのだからパリに帰ることなどまったく不可能だし、両足で立とうとすることすらもっての外である。骨を元の位置に戻し、くっつけるには、絶対安静しかなかった。いずれにしても歩行が不自由になるだろうし、将来は杖を突かねばならなくなるだろうとの医師の言葉は、彼を落胆させた。残されたおまえの人生でずっと、ベッドの中で動けずにいたこの八週間の諸々の痛みを思い出すだろうよ、ポール。一つの痛みと言ったほうが適切かもしれない。荒れ狂う激しい痛みが、おまえに脂汗をかかせ、身震いさせ、すすり泣かせ、狂ったように罵らせて、正気を失ってしまうのではないかとおまえは思った。精神安定剤も、鎮痛剤もまったく役に立たなかった。その間、絶え間なく飲んでいたアルコールだけがおまえの感覚を麻痺させ、落ち着きを取り戻す平穏な時間をわずかに与えてくれた。しかしすぐに、アルコールでさえもその激痛を鎮めてくれなくなり、医師に——週に一度来ていた——「足を切断してくださいよ。先生」と哀願することとなった。その地獄の拷問に終止符を打ってくれるなら、どんなことでもよかった。医師はおまえにアヘンチンキを処方する決心をしたね。アヘンはおまえの痛みを和らげてくれた。ぼうっとした中で、ゆったりとしたその無秩序な安らぎの中で、おまえは踝のことも、ポン＝タヴェンのことも、コンカルノーでの出来事も、なにもかも忘れてしまった。頭の中にはたった一つだけ、確固とした思いが留まっていた。〈これは警告だ。できるだけ早く出発しなさい。ポリネシアに戻り、もうヨーロッパには絶対に帰ってはいけないのだ、コケ〉

途方もなく長い時間が過ぎ、やっと悪夢を見ずに眠ることができた夜のあと、ある朝、素晴らしい目覚めをした。アイルランド人のオコーナーが、ベッドの脇で寝ずの番をしてくれていた。「アンナはどうした」もう何日もアンナを見かけていないような気がした。

「パリに帰りました」とアイルランド人は言った。「とても悲しそうでした。タオアが近所の人たちに毒殺されてから、ここにはいられないようでした」

少なくともそれはジャワ女が予想していたことだった。ポン＝タヴェンの隣人たちは彼女と同じくらいタオアを嫌っていて、猿に薬を混ぜたバナナを与えたので、それが消化不良を起こさせて死に至らせたのだ。猿を埋葬せずに、アンナは泣きながら自分の手で内臓を取り除き、亡骸を自分でパリへ運んでいったのだった。ポールは、マタイエアに退屈してしまい、彼を置き去りにしてパペエテの賑やかな夜の社会に戻っていったティティを思い出していた。また悪ふざけが好きなジャワ女に会うことがあるだろうか。おそらくはないだろう。

ポールは起き上がれるようになると――実際、足を引きずっていたし、杖も必需品となっていたが――、パリに帰る前に、コンカルノーでの事件について警察署に出頭しなければならなかった。裁判官たちにはあまり期待していなかった。裁判官たちは襲撃者たちと同郷人であるし、たぶん彼らの秩序を乱したボヘミアンたちに、彼らと同じくらいの敵意を持っているだろう。予想どおり、裁判官たちは漁師たち全員に対して、世間にありがちな気持ちでからかっただけだとして無罪を言い渡し、治療費としてほんのおしるし程度の額をポールに支払うよう命じたが、それは治療にかかった全費用の十分の一にも満たなかった。出発だ、できるだけ早く出発だ。ブルターニュから、フランスから、ヨーロッパから。こちらの世界はおまえの敵になってしまった。急がなければおまえも駄目になってしまうぞ、コケ。

ポン＝タヴェンでの最後の週に歩行の練習をしていたところへ——十二キロも痩せてしまっていた——、詩人で小説家の若者、アルフレッド・ジャリがおまえを訪ねてパリからやってきた。ジャリはポールを「師匠《マエストロ》」と呼び、気の利いた冗談を言って彼を笑わせた。デュラン＝リュエルや収集家たちの家でポールの作品を見たことがあり、あふれるばかりの尊敬の念を示した。ポールの作品についてたくさんの詩を書いており、読んで聞かせてくれた。青年は、ポールがフランス美術やヨーロッパ美術に対して言いたい放題言っているのを、心酔しきって聞いていた。駅に見送りに来た彼や、ポン＝タヴェンの他の弟子たちに、ポールは自分と一緒にオセアニアにくるようにと誘った。狂ったオランダ人がアルルで夢見ていた熱帯地方のアトリエを皆で立ち上げようではないか。戸外で絵を描き、異教徒と同じような生活をして、失ってしまった力と大胆さを美術界に吹き込んで、革命を起こそうではないか。皆は、行きます、と誓った。あなたと一緒にタヒチに出発しましょう。しかしパリに向かう汽車の中で、シャルル・ラヴァルやエミール・ベルナールら、かつての友人たちがタヒチに来なかったように、彼らもまた口にした言葉を実行には移さないだろうとポールは思っていた。このポン＝タヴェンの親しい仲間たちともう会うことはないだろうね、ポール。

パリでは何もかもがひどくなる一方だった。ブルターニュで回復に努めた数か月のあとで、これ以上事態が悪くなるなんてありえないと思っていたが。芸術界を卑しい駆け引きによる不信感と猜疑心が支配していた。無政府主義者によるサディ・カルノー大統領暗殺、抑圧的雰囲気、密告と迫害が、無政府主義のシンパである彼の知人や友人（または、かつての友人）、たとえばカミーユ・ピサロ、あるいは反政府主義者のオクターヴ・ミルボーなどを亡命に追いやっていた。美術界はパニックに陥っていた。革命家で無政府主義者でもあったフローラ・トリスタンの孫であるおまえに、何か問題が生じるのではないか。間抜けな警察は、もしかしたらおまえに遺伝上の理由で反体制者の烙印を押すかもしれなかった。

ポールはヴェルサンジェトリクス通り六番地の仕事場に入っていって、びっくりした。ブルターニュで半死の彼を置き去りにしてこっそり逃げ出しただけでは満足せず、スカートをはいた悪魔アンナは、家具や絨毯、カーテン、装飾品、洋服、贈り物や宝飾品を手当たり次第、アトリエから持ち出してしまっていた。もうすでに蚤の市やパリの高利貸しの巣窟で競売にかけられてしまっているだろう。だが――ひどい屈辱だね、ポール！――油絵やデッサン、素描ノートは何ひとつ持ち出されていなかった。それらの作品は役に立たないがらくたのように、今ではすっかりがらんとしている部屋に置き去りにされていた。怒り狂って罵ったあとで、ポールは突然笑い出した。この見事に野蛮な女に対して、敵意は感じなかった。あいつはまったくたいしたやつだ、ポール。本物の野蛮人、骨の髄まで、身も心もね。彼女ほどのレベルに達するには、おまえはまだまだ修業を積まなければ。

パリでの最後の数か月は、ポリネシアに最終的に戻る準備をしながら、ポールはジャワ女（彼女はひょっとしたらマレーシアかインドの女だったかも知れないし、本当のところはわからない）が巻き起こしたあのつむじ風を懐かしく思い出していたが、彼女の不在を慰めるように裸の彼女の肖像画がそこに残されていた。完成した、と納得できるように手直しをしていると、モラール家の娘、ジュディットがうっとりと見つめていた。「ほらあそこ、背景のピンクの壁から、アンナの色白で金髪の分身みたいなおまえの姿が、浮かび上がるのが見えるだろ」

ジュディットがどんなに目を大きく見開いてみても、キャンヴァスを穴が開くほど長いこと見つめていても、アンナの背後のポールが示したところにそのシルエットを識別することはできなかった。けれども嘘ではなかった。少女の輪郭は、母親のイダの心を鎮めるためにテレピン油で消してパレットナイフで削ってあったが、完全には消されていないなかった。一日のうち数時間、ぼんやりした光によって、はかない魔術的な幻影のように一時的に現れて、作品にひそやかな多義性と神秘的な背景を与えていた。アンナの頭の上の部分の、浮遊する果物の上にタヒチ語でタイトルを書きこんだ。『アイタ・タマリ・ヴァヒネ・ジュディット・テ・パラリ』

「どういう意味なの」少女は尋ねた。

「子供‐女のジュディットはまだ純潔を失っていない」とポールは訳した。「もう、わかっただろ。ぱっと見たところアンナの肖像だけど、この作品の本当の主人公はあんたなんだよ」

床に寝ないですむようにモラール家が貸してくれた古いマットに横になりながら、このキャンヴァスは、これほど無意味でうんざりすることばかりだったパリ滞在での、たった一つのよい思い出になるだろう、とポールはしばしば独りごちたものだった。タヒチへ戻る準備は整ったが、出発を見合わせなければならなかった。リマでトリスタン一族の世話になって暮らしていたとき、「不幸は連れを好む」と母親はよく言っていたが、両足が湿疹だらけになってしまったのだ。ひりひりする痛みに苦しめられたが、湿疹の斑点が膿をもった腫瘍の被膜になった。ラ・サルプトリエールの伝染病病棟に三週間入院しなければならなかった。二人の医師は、おまえがもう自分でもわかっていたのに現実を受け入れようとしなかったあのことを、はっきりと告げた。再び、口に出すのが憚られる病気だ。身体の奥に潜んで六か月から八か月、おまえに休息を与えてくれたが、けれどもひそかに、おまえの血液に毒を盛りながら、死に至らしめる作用を続けていた。それが今、足の皮をはぎ、血を噴きだすクレーターのような吹き出物となって、おまえの両足に現れていた。これから胸に腕に上ってゆき、両目に届いて、おまえは闇の中に留まることになるだろう。そうなれば、たとえ生きながらえたとしても、おまえの人生はお終いだね、ポール。邪悪な病はあっちでも動きを止めないだろう。おまえの脳に入り込んで明晰さや記憶を奪い、錯乱状態にさせるだろう。そしておまえは無惨な廃人となる前に、唾を吐きかけられ、だれも寄りつかなくなる存在になるだろう。おまえは疥癬にかかった犬のようになるのだよ、ポール。精神的な落ち込みと戦うために、おまえは紳士的なダニエルや寛大なシュフがコーヒーポットやジュースの瓶に入れて差し入れてくれる酒をこっそり飲んでいた。

瘢痕は残っていたものの足の腫瘍が乾いたので、ポールはラ・サルプトリエール病院を出た。痩せてしまって洋服はぶかぶかだった。大きなアストラカン帽の下のちらほらと灰色の毛が混じっている栗色の長い髪、折れ曲がった攻撃的な鼻、その上の絶えず煽動的にぎらぎらしている青い瞳、下顎のヤギ鬚。その存在感は圧倒的だった。アトリエは空《から》になってしまったので、代わって集まり場所となった友人の家やカフェで議論を行なうときの、態度や言葉も同様だった。その身体つきや奇抜な恰好から、人々はよく彼を振り返って見たり、指で差したりしたものだ。タヒチ風の配色のシャツ、ブルターニュ地方の上着、それに青いビロードのズボンに赤味がかった黒いマントを翻している彼を、人々は魔術師か、どこか見知らぬ異国の大使かと思った。

叔父のジジから相続した遺産は入院費や治療費でかなり少なくなっていたので、マルセイユを一八九五年七月三日に出港し、スエズ運河を通って八月の初めにはシドニーに到着する予定のオーストラリアン号の三等の切符を買った。そこからはニュージーランドを周ってパペエテへ行く船に乗るつもりだった。乗船する前に、自分の手元に残っていた絵画や彫刻の作品を売却しようと試みた。友人たちに手伝ってもらい、スウェーデン人のアウグスト・ストリンドベリの書いてくれた謎めいた招待状の助けを借りて、自分のアトリエで展覧会を開いた。ストリンドベリの芝居はパリで大変な成功を収めていたので、なんとか何人かの収集家が来てくれた。売り上げはわずかだった。残った作品をすべて、オテル・ドルオで競売にかけたところ、ポールの期待ほどではなかったが、多少はましだった。彼はあまりに急いでタヒチに戻ろうとしていたので、その思いを隠すことができなかった。ある夜、モラールの家で、スペイン人のパコ・ドゥリオが、なんでヨーロッパからそんなにも遠い場所にノスタルジーを感じるのかと訊いた。

「俺はもうフランス人でもヨーロッパ人でもないからだよ、パコ。見てくれはそうではないけどね、俺は刺青をした人食い人種で、あちらの黒人たちの一人なんだよ」

友人たちは笑った、しかしポールはいつもの誇張した表現の中で、真実を語っていたのだ。

荷物――アンナが持って行ってしまったものの代わりに買ったアコーディオンとギター、何枚もの写真、大量のキャンヴァス地、フレーム、刷毛、筆、瓶入りの絵の具など――を用意している最中に、彼はコペンハーゲンの女ヴァイキングから怒り狂った手紙を受け取った。彼女はオテル・ドルオにおける絵と彫刻の公式の競売のことを知って、売上金を要求していた。どうして妻や五人の子供に対してこれほど非人道的な扱いができるのだろうか。この子供たちのために妻は驚異的な努力――フランス語を教えたり、翻訳をしたり、親戚や友人たちに援助を請うたり――をして何年にもわたって養ってきたというのに。ときどき送金をして家族を援助するのは父親として、夫としての義務です。今ならそれができるのに、自分勝手ね。

メットの手紙はポールを苛立たせ悲しくもさせたが、彼女には一銭も送ってやらなかった。ときおり襲う良心の呵責——とりわけやさしく繊細な少女アリーヌを思い出すときに——よりもっと強かったのは、出発したい、絶対に立ち去るべきでなかったタヒチに戻りたいという、せっぱ詰まった願望だった。女ヴァイキングよ、おまえにとってはさらに不正なことだろうよ。競売で得たわずかな金は、凍えるような冬と不感症の女たちのこの大陸ではなく、骨を埋めたいと願っているポリネシアへ戻るためには不可欠だった。彼女には、まだ所有している彼の絵でなんとかしてもらおう。それに彼女の信仰（ポールの信仰ではない）が慰めとなってくれるだろう。彼女の信仰では、家族を見捨てた夫の犯した罪は、未来永劫、地獄で焼かれることで償われるはずだから。

出発の前夜、モラール家で送別会が持たれた。食べて、飲んで、パコ・ドゥリオはアンダルシアの歌をうたい踊った。ポールが友人たちに、翌朝、マルセイユ行きの汽車に乗る駅に見送りにくることを禁止すると、幼いジュディットはわっと泣き出した。

7　ペルーからの知らせ――ロアンヌおよびサンテティエンヌ、一八四四年六月

一八四四年六月十四日、フローラがリヨンを出てロアンヌに着いた夜、空には星がいっぱいで、芳香をはらんだ夏の心地よい風が吹いていた。彼女は窓から星の瞬きに満ちた夜空を眺めながら、安宿で眠れないでいたが、頭の中では好意を感じたリヨンの若い女工エレオノール・ブランのことをずっと想っていた。もし、世界中の貧しい女たちが彼女のように活動的で、彼女のような知性や感受性をもっていれば、革命は数か月で達成できるだろう。エレオノールが参加する労働組合委員会は完璧に機能するだろうし、フランス南部地域全体に大きな労働者同盟を作るための原動力となってくれるだろう。

あの娘が懐かしいのだね、フロリータ。ロアンヌの星降るような静かな夜に、彼女を抱いてあのほっそりした身体を感じていたかったのだろうね、リュゼルン通りにあるみすぼらしいバラックに迎えに行ったとき、泣いている彼女を見て、そう感じたように。

「まあ、どうしたの。どうして泣いているの」

「あなたが期待してくださるようなことを全部こなすには、わたしは強くも賢くもないので不安なのです」

そんなふうに彼女が言うのを聞いて感激で胸がいっぱいになり、彼女を愛情と敬意をこめて見つめながら、自分も同じように泣いてしまわないようにと一所懸命こらえなければならなかった。フローラはエレオノールを両腕で抱き起こして、額と頰に口づけをした。両手に染料が染みついてしまっている染織工の夫は何も理解していなかった。

「エレオノールは、ここ数週間でこれまで経験してきたどんなことよりずっとたくさんのことを、あなたから教えてもらったと言っているんですよ。それなのに喜ばないで泣いてるんだから！　わからん奴だ」

かわいそうな娘、こんな馬鹿な男と結婚して。彼女も結婚によってめちゃくちゃにされてしまうのだろうか。いいや、おまえは彼女を保護できるし救えるよね、アンダルシア女。彼女は労働組合によって実現するであろう新たな社会での、新しい形の人間関係を想像してみた。女性の売買のような現在の結婚制度は、自由意志による結びつきに変わるだろう。お互いに愛し合っていて共通の目的があるから、男と女は一緒になる、もし少しでも不一致が生じた場合は友好的に別れる。セックスは人類愛に基づいており、本人の意志によるもので抑制可能なものであると、フーリエのファランステールの概念の中でも示されているように、セックスとは支配的な性格のものではない。性的欲望とはそれほど自己本位なものではないのだ、なぜなら夫婦とは、他者に対して、共同生活の向上のために愛や慈しみを捧げるものなのだから。新しい社会では、おまえとエレオノールは人類に対する連帯と理想によって結ばれた母と娘、二人の姉妹、あるいは恋人として共に暮らし、愛し合うことができるだろう。その関係は、おまえとオランピアとの愛のように排他的でも自己本位でもないだろう——それゆえおまえはおまえの人生で唯一経験することのできたセックスの喜びを諦めて、彼女と別れたのだが。それどころか、正義を愛することや社会活動によって結ばれた愛を支えるものとなるだろう。

翌朝、彼女は早くからロアンヌでの仕事をはじめた。自由主義者でカトリック教徒ではあったが、フローラを敬愛し、彼女のペルーとイギリスについての本に熱烈な書評を書いてくれたことのある新聞記者、オーギュスト・ギヤールが、フローラのためにそれぞれ三十人ほどの労働者が集まる集会を二つ用意してくれていた。集会はあまりうまくいかなかった。意識が高く活動的なリヨンの絹織工たちと比較すると、ロアンヌの人たちはなんて消極的なんだろう。けれども三つの木綿織物工場——この地方の重要な産業で、四千人もの労働者を雇用している——を訪問したあとフローラは、このような労働条件の下で働いている不幸な労働者たちは、そんなに後ろ向きではないのかもしれないと、驚きながら思った。

彼女が一番ひどいと感じたのは、かつては職工だったが、今はこの地方でも有数の資本家の一人になり、昔の同僚から搾取しているシェルパン氏の織物工場だった。背が高く、がっちりして毛深く、むっとするほど腋の下の臭う、下品な態度をとるこの男は、馬鹿にしたようにフローラを頭から足の先までじろじろ見ながら、自分は成功者で、こいつはどうでもいいような人間の救済に打ちこんでいる小娘、という軽蔑心を隠そうともしないでフローラを迎えた。

「下に降りたいって本当かね」と地下にある工場への入口を指しながら、シェルパン氏は訊ねた。「言っておくがね、きっと後悔すると思うよ」

「シェルパンさん、あとでお話ししましょう」

「生きて出られたらだがね」と言って、彼は大笑いした。

立っていられないほど天井が低く、織機がぎっちり三列に並んでいる窒息しそうな洞窟に、八十人もの不幸な人々が身動きも取れないほど詰めこまれていた。鼠の巣だね、アンダルシア女。彼女はくらくらして気が遠くなってゆくのがわかった。炉から立ちのぼる熱い蒸気、悪臭、八十台の織機がいっせいに立てる耳をつんざくような騒音で、フローラは気分が悪くなってきた。半裸の汚れて痩せこけた身体をかがめて織機に覆いかぶさるようにしている人たちに、彼女は質問するのがやっとだったが、そこにいる人たちの多くはブルゴーニュの方言しか話さないので、彼女の言っていることがほとんど理解できなかった。幽霊、亡霊、まだ息のある死者の世界だった。朝の五時から夜の九時まで働いて、男は二フラン、女は八十サンチーム、十四歳未満の子供たちは五十サンチームを稼いだ。こめかみが締めつけられ、心臓は早鐘のように打ち、汗でびっしょりになりながらフローラは地上に戻ったが、不快な工場主の冷たさをはっきりと感じていた。シェルパン氏は胸糞の悪くなるような笑みを浮かべながら、コップ一杯の水を手渡した。

「だから前もって言ったでしょ。おたくのような上品な奥さんの行くようなところではないって、マダム・トリスタン」

平静さを保とうと努めながら、怒りんぼ夫人は音節を区切りながらはっきりと言った。

「職工として出発した方が、神の許の隣人をあのような状態で働かせるなんて、ご自分のことを正しいと思っていらっしゃるのですか。この工場はわたしの知っているどの豚小屋にも劣ります」

「正しいにちがいありませんね。毎日、明け方には何十人もの男女が仕事をくれって俺に頼みに来るんだから」とシェルパン氏は自慢した。「あなたは一部の特別な者たちに同情しているんですよ。もっと給金を上げてやっても、居酒屋で頭がおかしくなるまで安ワインを呑んで酔っ払うのに使ってしまうだけなんだよ。奴らのことをわかってませんね。俺にはわかってますよ、昔、奴らと一緒だったんだから」

次の日、ロアンヌの書店をまわって『労働者の団結』の普及版を置いてもらい、またシェルパンの工場と同じように劣悪な織物工場を訪問したあと、オーギュスト・ギヤールが彼女をサンタルバンの温泉へ連れていってくれた。そこの所有者である医師エミール・ゴワンはフローラの熱心な読者だったが、とりわけペルー旅行記『ある女賤民《パリア》の遍歴』がお気に入りで、サインを求めたほどだった。揉み上げに白髪が混じり、洞察力のある目つきをした、愛想のよい上品な五十がらみのゴワン医師は、物静かな夫人とクリノリンのペチコートを身につけた三人の娘たちと、庭に囲まれ、たくさんの絵画と彫刻がある豪邸に住んでいた。招待された夕食の席で、フローラは家の主人が敬愛をこめて自分を見つめているのに気づいた。おまえの知的業績だけではなく、カールした豊かな黒い髪にも、愛らしく生き生きした目にも、均斉のとれた目鼻立ちにも惹かれたんだよ、アンダルシア女。フローラはとてもうれしかった。〈こういう男性ならば、家庭でうまくやっていけたかもしれない〉と彼女は思った。ゴワン医師は『ある女賤民《パリア》の遍歴』で語られていることはすべて本当なのか、それとも想像で脚色されたものかを知りたがった。いいえ、脚色ではありません。彼女はルソーが『告白録』でそうしたように、真実のみを語ろうと大変な努力をした。それならば、あの信じがたい冒険が、パリの安宿で、あのペルー帰りの船長と偶然会ったことからはじまったというのは、本当なのですか。

実際、そのようにして、現在のおまえを作り上げた物語がはじまったのだね、フロリータ。あの人のよいシャブリエは、ころころ太り、ぼうっとしているエミール・ゴワン夫人のような活気のない寄生虫になって、借り物の人生を送ることから、おまえを救ってくれたのだ。スペンス家で召使いとしてこき使われて精神をすり減らした三年間ののち、アリーヌを連れて逃げこんだパリのあの安宿で。長いあいだ逃げつづけてきた夫アンドレ・シャザルに絶対見つかることはないと考えた場所。何という偶然の一致が人間の運命を左右するのだろうか、ね、フロリータ。あの夜、泊まり客たちが夕食をとっていたパリの安宿の小さな食堂で、もし隣の席の男性が声をかけてくれなかったら、おまえの人生はどんなにちがっていただろうか。

「失礼ですが、今、ホテルの主人があなたのことをマダム・トリスタンと呼んでいるのが聞こえたのですが。そういう名字なのですか。ひょっとしてあなたはペルーのトリスタン家のご親戚の方ですか」

船長のザシャリ・シャブリエはその遠い国を旅したことがあり、アレキーパでもっとも金持ちでその地方全体に影響力を持っているトリスタン一族と知りあった。貴族の一族！　フローラは三日間にわたって昼、夜と食事をともにして、この親切な船乗りに質問を浴びせかけながら、一族について彼が知っているすべてを聞き出したのだった。おまえの一族のトリスタン家の家長であるドン・ピオは、おまえの父ドン・マリアノの実弟その人であった。この血のつながったドン・ピオに助けを請うために、夫を亡くしてから、おまえの母親は何度手紙を書いたことだろう。しかし何の返事もなかった。人生は巡りあわせだね、フロリータ。一八二九年、シャブリエ船長と話をしなければ、アレキーパに住む大権力者の叔父ドン・ピオ・トリスタン・イ・モスコーソに宛てて、愛情にあふれた劇的な手紙を書くことなんかありえなかっただろう。その手紙には両親の結婚が法律上無効とされた結果、マリアノの死後、残された母親とおまえがいかに困難な状況に置かれているかが、天真爛漫に語られていた。

十か月後、フローラがほとんど希望をなくしていた頃になって、ドン・ピオから返事が届いた。抜け目なく計算しつくされたその手紙には「親愛なる姪」と書かれている一方で、非嫡出子という身分——ああ、法律の容赦ない厳しさ——ゆえに彼女は、彼の「最愛の兄マリアノ」の遺産に対するあらゆる権利から除外されていると、はっきりと告げていた。それ以外に遺産はほとんどなかった。借金と税金を払ったら、フローラの父親の財産はすっかり消えてしまっていた。それにもかかわらず、ドン・ピオ・トリスタンはパリに住む会ったこともない姪のために、ボルドーに住む従兄弟のドン・マリアノ・デ・ゴジェネチェを介して、気前よく二千五百フランを贈り物として、さらに三千ピアストラを贈ってくれた。こちらはドン・ピオとドン・マリアノの母親、九十九回目の春を迎えているかくしゃくとした祖母からのものであった。

その金は、フローラにとって天の恵みのようであった。アンドレ・シャザルの情容赦のない追跡があり、ひどく困っていた時期だったからだ。パリでの所在が突きとめられてしまい、彼女は堕落した母として妻として裁判所に告訴されていた。シャザルは生存している二人の子供を要求していた（長男のアレクサンドルは亡くなったばかりだった）。この金のおかげで、フローラは弁護士に支払いをすることができ、自分の身を守り、訴訟手続きを引き延ばして、家庭放棄した女性に対しては不利な状況にある現行法での判決が出るのを先送り——弁護士が彼女にそう助言した——することができた。ヴェルサイユに住むフローラの母方の叔父、レスネイ少佐の家で和解を試みる話合いがあった。四年ほど会っていなかったアンドレ・シャザルは酒を飲んで現れ、とろんとした目つきで怒りと非難の言葉を浴びせかけた。彼は怨みと敵意で半分正気を失くしていたようだった。「よくもわしを侮辱してくれたな」と身体を震わせながら何度も繰り返した。弁護士に我慢するように言われていたのでしばらく堪えていたが、怒りんぼ夫人はもう堪え切れなくなった。彼女は一番近くの棚にあった陶器の皿を一枚手に取り、夫の頭めがけて投げつけた。皿は床に落ちて粉々に砕け、同時に驚きと痛みの悲鳴があがった。その混乱に乗じてフローラは小さな娘アリーヌ——裁判により父親に養育を託されていた——の手をとって逃げ出した。母親は狂人のような娘の振る舞いをなじって、匿ってはくれなかった。母親は娘の行動に不満を抱いていたので、フローラがアリーヌとエルネスト＝カミーユとともに身を隠していたラテン地区のセルヴァンドーニ通りにあるみすぼらしい小さなホテルを、シャザルにこっそり教えた（おまえはそうにちがいないと確信していたね）。ある朝、フローラが息子を連れて出かけようとしたとき、夫が彼女に向かって歩いてきた。彼女が駆け出すとシャザルが追いかけてきて、ソルボンヌ大学の法学部の入口でつかまってしまった。シャザルは彼女に飛びかかり殴りはじめた。フローラは持っていたハンドバッグで拳から身を守ろうとし、エルネスト＝カミーユは怖がって頭を抱えて泣きわめいた。学生の一団が二人を引き離した。するとシャザルは、この女は自分の正式な妻であり、夫婦間の揉め事に誰も干渉する権利はないと吠えたてた。未来の弁護士たちは戸惑った。「奥さん、本当ですか」フローラがその男と結婚していることを認めると、若者たちはぎょっとして引き下がった。「もしあなたのご主人なら、あなたを守ることはできません。法律では彼が正しい」「あんたたちはこのろくでなしの豚よりもっと豚よ」と叫びながらフローラは、アンドレ・シャザルにサン＝シュルピス広場の警察署に力まかせに引きずっていかれた。そこで彼女は警察署長に調書をとられ、諭され、セルヴァンドーニ通りのホテルから移動することを禁止する、直ちに裁判官から出頭命令を受けるだろう、との警告を受けた。落ち着きを取り戻したアンドレ・シャザルは、大声で泣き叫んでいる幼いエルネスト＝カミーユを抱いて出ていってしまった。

数時間後、フローラは六歳のアリーヌを連れて再び逃亡の旅に出た。アレキーパから送られてきたフランとピアストルのおかげで、ペストから逃れるようにパリを離れて、フランス国内を六か月近く放浪することができた。行き当たりばったりの生活で、フローラは偽名で貧相な宿か農家に間借りしたりしていたが、どの場所にも長くは滞在しなかった。自分に対する逮捕状が出ているだろうと、彼女は確信していた。もし警察の手が及ぶとアリーヌまで奪われてしまい、監獄に行かねばならないのだ。フローラは、夫を亡くして嘆き悲しんでいる未亡人、政治的な理由で祖国を離れたスペイン女性、イギリスからの旅行者、船員の夫が中国へ航海中なので気晴らしに旅をしている妻などになりすました。手持ちの金を長持ちさせるため、彼女はほとんど食事をとらず、いつも一番質素な宿を探していた。ある日、アングレームで疲労と恐れと不安が彼女を打ちのめした。病気になってしまったのだ。フローラは高熱に浮かされ、錯乱状態に陥った。部屋を借りていた農場の持ち主のブルザック夫人がフローラの守護天使に、アリーヌの救世主になってくれた。彼女はあれこれ世話をしてフローラの病気を癒し、気力を取り戻させてくれた。そのあとフローラが泣きながら真実を語ると、彼女は心底やさしく慰めてくれた。

「心配しなさんな。娘さんはこんなふうにジプシーみたいな旅を続けていくことはできませんよ。状況が落ち着くまで、ここに置いていっていいんだよ。かわいい娘だから、わたしが自分の娘として育ててあげるからね」

「あの方はこれまで出会った人の中で一番立派で寛大な方です」とフローラは感嘆の声をあげた。「彼女がいなければ、わたしもアリーヌもあの悲惨な時期に死んでしまっていたかもしれない。ブルザック夫人！　自分の名前さえ書けない素朴な農家の主婦」

「もうペルーに行くことを決心していたのですか」エミール・ゴワンにうっとりと見つめられ、フローラは赤面した。

「わたしに他に選択の余地があったでしょうか。アンドレ・シャザルと悪評高いフランスの裁判制度から逃れて、どこに逃げ込むところがあったでしょうか」

アングレームからボルドーに住むドン・ピオ・トリスタンの従兄弟、ドン・マリアノ・デ・ゴジェネチェに彼女は手紙を書いた。フローラは以前にもアレキーパから送ってきたお金を受け取るために彼と手紙のやり取りをしたことがあった。急を要する込み入った用件があるので会ってほしいと、彼女は頼んだ。会って直にお話ししたい。ドン・マリアノ・デ・ゴジェネチェはすぐに心のこもった手紙をくれた。自分の従兄弟、ドン・マリアノ・トリスタンのお嬢さんならいつでもお越しください。両手を広げて大歓待いたしましょう。ドン・マリアノ・デ・ゴジェネチェには家族がいなかったので、彼女が好きなだけいてくれれば幸せだった。

「ここでお話をやめなければ」と、フローラは立ち上がりながら、突然言った。「もうかなり遅いですし、明朝早くサンテティエンヌに向けて発ちますので」

別れるとき、ゴワン医師はフローラの手に口づけしたが、その濡れている唇を思わせぶりに長いあいだ押しつけているのに気づいた。〈わたしを欲しがっているんだわ〉と思ってぞっとした。その不快感で彼女はロアンヌの最後の夜を眠れずに過ごした。そして翌日、サンテティエンヌに向かう汽車の旅のあいだも、そのことが彼女をいらいらさせて気分が悪かった。偏狭な信仰心が強く、無知であらゆる知的好奇心に欠け、利他精神の欠片もなければ社会的自発性もない労働者と、愚鈍か愚鈍に近い軍人の町で過ごした一週間のあいだ、その不快さがフローラに少なからず付きまとい、悩ませた。サンテティエンヌに滞在中、唯一うれしかったのは、エレオノール・ブランから長くてやさしい二通の手紙が届いたことだった。それに対してフローラも同じように長い手紙を書いた。

彼女が訪問した四工場――二つは男性のみ、一つは女性のみ、もう一つは男女混合――では就業時間の始めと終わりにお祈りをしていたので、びっくりした。そのうちの一工場で祈りに加わるように誘われた。それで、自分の考えでは教会というものは人間の自由を抑圧する制度なので、わたしはカトリック教徒ではないと彼女が説明したところ、皆がひどく怯えてしまい、罵られてしまった。彼女はどの集会からも、時間のむだだという思いを抱えて戻ってきた。フローラの努力にもかかわらず、労働組合には誰も確保できないだろう。実際、通常は構成員が十名の労働委員会も結成することができなかった。七人で結成せざるをえなかったのだが、心配していたとおり、彼女がその町を発つと半分が辞めてしまった。

サンテティエンヌへの訪問がすべてむだに終わってしまわないように、彼女は政治運動の次に好きな社会研究に専念した。朝昼の食事をとっている感じのいいカフェ・ド・パリのテーブルで、親しくなったその店の女主人と一緒に、カフェ・ド・パリを司令部の出張所として使っている駐屯軍の将校たちの観察に没頭した。

上級の軍人たちは生まれつきの薄のろで、砲兵隊の将校は人間として並みの資質はどうにか備えているものの傲慢さが鼻につき、吐き気をもよおさせるほど気取っているとの結論に、すぐに至った。見たところそれらの将校はブルジョワの中でも上のクラスか貴族の息子で、任務を果たすべき戦争が起こるのを待っているあいだ、何もすることがないので、カフェ・ド・パリに集まってドミノやトランプをして遊んだり、酒を飲んだり、煙草をふかしたり、冗談を言ったり、歩道を通る女性をからかったりして過ごしていた。彼らは最初、フローラにもちょっかいを出してきた。だが、物怖じしない冷ややかな態度に腹を立てて、やめてしまった。彼らが気に入るのは下級兵や馬のように従順な女だった。フローラはサン＝シモン伯爵の教えに従って、労働組合によって創設される新しい社会ではあらゆる種類の兵器の製造を禁止し、軍隊を廃止するのはとても賢明なことね、と心の中で思っていた。

ロアンヌのゴワン家の夕食の席で火のついた思い出のかがり火が、サンテティエンヌ滞在中もパチパチと音を立てていた。ボルドーのドン・マリアノ・デ・ゴジェネチェの信じられないような立派な館で、フローラが「マリアノ叔父さま」と呼び、「姪のフロリータ」と呼ばれて暮らした日々は、現実になったおとぎ話だった。おまえはあんな豪華な家に住んだことはなかったし、あれほど大勢の召使いも見たことはなく、あんな裕福な生活をするなんて想像したこともなかった。おまえはこんなにも特別扱いをされ、お追従を言われ、快適に暮らしたことはなかった。けれどもボルドーで過ごした日々、おまえはまったく幸せではなかったね、アンダルシア女。まだ嘘をつくのに慣れていなかったからね。おまえは恐れ、後ろめたく思い、迷って、矛盾したことを言ったり、前言を撤回したりして、ドン・マリアノ・デ・ゴジェネチェと彼に影のように従う信頼厚い秘書兼香部屋係の「聖なる去勢男」イスマエリージョによって真実を見破られ、侮辱され、本当の自分の環境に戻されるのではないかと、びくびくしながら暮らしていた。

ドン・マリアノ・デ・ゴジェネチェは、フローラの嘘をまったく疑うことなく信じた。最近、母親が死んだため、親戚も友人もなくパリで天涯孤独になってしまった。そのような状況で、ペルーのアレキーパに行って父の生まれた土地を知り、父方の親戚の人たちと仲よくし、父が生まれた家を訪ねてみたいとの思い――憧れ、夢――を抱くようになったという話を信じた。そこに行けばおまえは庇護を受け、寄辺なさも寂しさも癒されるだろう。フローラは手にしたガーゼのハンカチで目頭を押さえ、声色を変えて、泣き声を真似た。いつものように黒っぽい服を着たいかめしい顔つきの白髪の老人は、同情し、フローラが自分の身に起こった不幸を語っているあいだ、彼女の手をとり、うなずいていた。そうだよ、そうだよ、フロリータ、彼女のような若い娘が、この世に一人で取り残されることがあってはならない。従兄弟のマリアノ・トリスタンの娘はペルーに行くべきだ、そこでは、彼女の叔父や祖母や従兄弟たちが温もりと愛情を与えてくれて、母親の死がもたらした空虚さを埋めてくれるだろう。旅行に先立ってピオに手紙を書き、自分自身が上等の船を探して、長旅を安全にできるよう手配しよう。アレキーパからの手紙を待っているあいだ、フロリータはボルドーからも「叔父」の家からも離れなかった。その家では彼女の若さが雰囲気を明るくしていた。ドン・マリアノ・デ・ゴジェネチェはとても楽しかったので、「姪」が数か月間一緒にいてくれることを望んでいた。

ドン・マリアノ・デ・ゴジェネチェの豪邸に、おまえはほぼ一年滞在した。もし、彼がまだ生きているならば、十一年前、おまえをかわいがり大切にしただけに、おまえを憎み、蔑むだろう。おまえが未婚の処女だと信じていた男。実際は、逃亡してきた妻で三人の子の母親だったし（二人は生きていて一人は亡くなっていた）、そのうえ、おまえの母親は死んでなんかいなくてパリに住んでいた。アンドレ・シャザルに加担するような振る舞いをしたとはいえ、母親はおまえのせいで死んだようなものだ、おまえは二度と会いに行かなかったし、手紙も書かなかったのだから。もしドン・マリアノ・デ・ゴジェネチェが『ある女賤民《パリア》の遍歴』を読んで、信じこまされた嘘のあれこれについて本当のことを知ったら、どんな顔をしたことだろう。ペルーまでの旅費を支払ってやった純真で世間知らずのかわいい「姪」が、結婚もしていれば、破廉恥な母でもあり、警察のお尋ね者だったのだ！　その夜、彼は素肌の上に苦行衣をぴったり巻きつけて懺悔したことだろう。

ドン・マリアノ・デ・ゴジェネチェは、「聖なる去勢男」の異名をもつイスマエリージョとともに、フローラが知っている中でもっとも信心深いカトリック教徒であった。ドン・マリアノはカトリックの教義にあまりにも忠実であまりにも取りつかれていたので、信者というよりも、戯画的な人物であった。彼の一番の自慢は（おそらくひそかな妬みが育んだのであろう）、弟がアレキーパの大司教であることだった。〈一族に教会の王子とは、フロリータ！　なんという名誉、なんという責任！〉彼は神に対して貞潔、清貧、従順を誓ったわけではないが、教会と神への義務を最善の方法で果たしているうちにそれを実行してしまって、結婚を逸してしまったのだ。それに引き換え、イスマエリージョはおそらく神に対する貞潔、清貧、従順を誓っていたのだろう。ドン・マリアノは毎日、カテドラルのミサに行き、週に何度かは祝福を受け、ロザリオの祈りを唱えるために教会に足を運んだ。ミサ、降誕祭、九日間の祈禱、香の焚きしめ、聖体行列にはフローラを引っぱり出した。お祈りのときにフローラは祈禱台を使わずに冷たい石の上に跪き、手は胸に組み、目を閉じて、懺悔の気持ちと謙虚さを身体全体で示し、祈りに没頭しているように見せるなど、ドン・マリアノを手本にして、信心深げに振る舞う努力を一所懸命した。屋敷には司祭、教区主任司祭、慈善事業の指導者、カリタス会修道女、信徒会の人々が訪ねてきた。ドン・マリアノはすべての人を愛情をこめて迎え、「クスコ産」の湯気の立つチョコレートと砂糖の衣で包んだケーキや菓子でもてなし、帰るときには寛大な施しを行なった。

ボルドーの中心、サン＝ピエール地区にある石造りの屋敷は修道院に似ていた。十字架、聖像、宗教的テーマを描いたタペストリーや絵画だらけで、古い礼拝堂のほかに、隅には聖母や聖人像の飾られた祭壇や壁龕やガラスケースがあって、乳香が焚かれていた。どっしりした厚手のカーテンが引かれていることが多くて、古くて広い邸内はいつも薄暗く、隠遁と世俗を放棄した雰囲気が漂っていて、フローラを驚かせた。薄暗がりと厳粛な雰囲気に影響されて、このように陰鬱で宗教的な場所で音を立てたりして無礼なことをしないように気遣い、人々は声を潜めて話していた。

ドン・マリアノの話によると、「聖なる去勢男」はスペインの若者で経済分野に精通していた。今のところ、デ・ゴジェネチェ氏の財産と収入を管理していたが、もしかすると将来は神学校に入るかもしれなかった。彼は豪邸の一翼に住んでいたが、その執務室と寝室は隠遁生活を送る修道院の僧坊のように質素だった。夕食の席ではドン・マリアノがその日の糧のために神の祝福を求め、昼食の席ではイスマエリージョが同じことをしたが、あまりにもったいをつけた声色で恍惚とした天使のような表情をするので、フローラは笑いをこらえるのに一苦労した。彼は端整というよりもかわいくて、つるつるのピンク色の顔をして、蜂のように腰がくびれていて、生まれたての赤ん坊のような肌をしており、爪はきちんと切られて磨かれていた。家の主人と同じように地味な装いをしていたが、身も心もすべて神への愛と信仰の実践に捧げることに安らぎを感じているドン・マリアノ・デ・ゴジェネチェとちがって、スペインの若者――フローラと同年輩の三十歳か、あと二歳くらい上かもしれない――のしぐさや表情や行動のどこかが、解決できない葛藤、彼の行動と内面の溝のようなものを語っていた。フローラにはときとして、イスマエリージョが自分の魂の救済と神への献身のためならば長い年月をもいとわない、燃えるような信仰心によってすべての欲望や快楽を否定している天使のような存在に思えた。しかし別のときには、彼は二重人格ではないか、謙虚さと禁欲、善良さの仮面の下に厚顔であることを隠し、本当の彼とは違う人物を装い、また実際には信じてもいないことを信じているふりをして、ドン・マリアノの信頼をかちとり、彼の庇護を受け、遺産を相続しようとしている恥知らずな人間なのではないかと疑った。

まもなく、フローラはイスマエリージョの瞳の中に、彼女に思いを寄せているような狂おしげな輝きがあることに気づいた。ときどき集まりがあるときに、フローラは何気なくスカートを持ち上げて華奢な踝が彼の目に触れるようにしたり、イスマエリージョの話す言葉を一言も聞き漏らすまいとしているかのように装って彼に近づき、スペインの若者が彼女の匂いを嗅ぎ、その肌が触れているのが感じられるようにしたりして、悪戯心で挑発してみた。すると彼は自制できなくなって、青くなったり赤くなったりし、声が上ずったり、しどろもどろになって話の脈絡がなくなってしまうのだった。彼は教会の香の匂いがするような古い館でその若い女を見たときから、魅せられてしまったのだ。フローラは最初の日から気づいていた。おまえに恋をしていたのだよ、そしてそのことが彼の心をかき乱したはずだった。けれども友人としての語らいを超えるようなことは何も彼女に言おうとしなかった。それでも彼の目は彼を裏切り、フローラはしばしばその目の中に、自由になって感じていることを伝えることができれば、手を取ってその手に接吻したい、愛を告白し、愛したい、結婚を申し込んで、愛とは何かを教えてほしい、との熱望の光を見て、驚いていた。

ペルーへの旅が決まるまでこの館で過ごした一年は、ひっきりなしの宗教的慣行にうんざりしながらも、フローラはお姫さまのように暮らした。読書――ドン・マリアノの立派な図書室で、数か月のうちにいまだかつてないほど本を読んだ――と、「聖なる去勢男」という話相手と、その献身的な愛情がなければ、ずっと退屈だっただろう。イスマエリージョは、ガロンヌ川の岸辺やその近くの見渡す限りの葡萄畑を、長い時間をかけて散歩するのに付き合ってくれた。スペインのことやドン・マリアノのこと、親しくしているボルドー地方の名家にまつわる興味津々の話で、フローラを楽しませてくれた。ある日、暖炉の傍でトランプをして遊んでいるとき、虫でも取り除こうとしているように、あるいは痛みが我慢できないというように、彼がせわしなくズボンを触っているのにフローラは気づいた。気づかないふりをして彼のようすをそれとなく観察したが、疑いの余地はなかった。フローラの傍でエクスタシーを感じてしまった彼は、止めようと思いながらも、揺り椅子で羊皮紙装の本を読んでいるドン・マリアノとフローラの目の前で、自慰をしていたのだ。ちょっと気まずい思いをさせてやろうと思い、フローラは突然、水を一杯持ってきてほしいと頼んだ。イスマエリージョは松明のように赤くなったが、よく聞こえなかったふりをして時間を稼いでいた。ついに前かがみになりながら椅子の脇に立ったが、そのようにしていても、フローラがそれとなくちらっと見てみると、ズボンの前が膨らんでいた。その夜、礼拝堂で彼が跪きながら泣いている声が聞こえた。鞭を当てていたのだろうか。そのときからスペインの若者との関係に同情と嫌悪の入り混じった感情が入りこんだ。心を痛めていたね、フロリータ、でも、それと同時にぞっとしたんだよね。彼が善良な人間で、苦しんでいたのはたしかだ。でも人生それ自体がもたらす苦しみに、さらなる苦しみを加えたがるなんて、彼はいったいどういう人だったのだろうか。

　サンテティエンヌ滞在でフローラがもっとも鮮明に思い出すのは、兵舎に隣接した武器工場の見学だった。連隊長である大佐の友人だった三人のファランステール主義のブルジョワのおかげで、見学を許されたのだった。大佐は副官の一人の髭をはやした魅力的な大尉を彼女に付けてくれた。そこで鋳造されている武器について説明を受けたが、フローラは退屈だったので、その間、別のことを考えていた。見学を終える段になると、民間人である工場長と砲兵所の軍人数人が軽い食事を用意してくれていた。とりとめのない話をしていたら、突然、案内してくれた大尉が大変遠回しな言い方で、マダム・トリスタンは平和主義者的傾向があるという噂がありますが、本当なのでしょうかと訊いた。フローラは適当にごまかそうとしたが――サン＝ブノワ街のリボン職人の工場で約束があったので、無用な議論で時間をむだづかいしたくなかった――、周りを取り囲んでいる将校たちの驚いている顔やあからさまな非難や馬鹿にしたような表情を見て、抑えが利かなくなってしまった。

「大尉、本当ですのよ。わたしは平和主義者です、そのとおりです。ですからわたしの労働組合のための構想では、未来の社会では武器を禁止し、軍隊を撤廃することになっています」

二時間経ってもまだ、憤慨する者たちを相手に彼女は激しく議論していたが、そのうちの一人がひどく腹を立てて、厚かましくも、そのような意見をお持ちの方は「フランス女性にふさわしくない」と言った。

「わたしの祖国はフランスである以前に人間性という国です」と彼女は言って集会に終止符を打った。「お付き合いくださってありがとうございました。もう行かなければなりませんので」

フローラは議論に疲れてそこを出たが、卑劣な考えの気取った砲兵たちに一泡ふかせてやったので、気持ちが晴れ晴れとしていた。ドン・マリアノ・デ・ゴジェネチェのジロンド風の屋敷に滞在し、アンドレ・シャザルの追跡を逃れるためにペルーに向かう準備をしていた頃から見ると、なんという変わりようだろうね、フロリータ。おまえは不従順な娘だった、そのときすでにおまえは反抗的だったが、だが、まだ混乱と無知のさなかにあり、革命家というには程遠かった。結婚という偽装で女性の隷属を許している社会に対して、組織的に闘うことができるなんて、おまえの頭をかすめさえしなかった。ペルーでの経験がおまえの役に立ったのだ。アレキーパとリマでのあの年が、おまえを変えたのだ。

あまり気乗りしないようだったが、ドン・ピオ・トリスタンはフローラの来訪を承認した。一族はフローラの父が生まれ、幼年期から青年期までを過ごした家に彼女を置いてくれることになった。その後の数週間、ドン・マリアノ・デ・ゴジェネチェとイスマエリージョは、南アメリカに向けて出航する船を探しはじめた。カルロス・アドルフォ号、フレート号、メキシカン号が見つかった。三隻とも一八三三年の二月中に出発することになっていた。ドン・マリアノは自分の足で調べて回った。最初の二隻は除外した。カルロス・アドルフォ号はとても古いつぎはぎだらけの船だった。フレート号は立派な船だったが、南アメリカに行く前に、アフリカ大陸に沿って大陸の半分程航海することになっていた。メキシカン号が一番望ましかった。小さな船だったが、マゼラン海峡を経てバルパライソに着くまで、たった一箇所にしか寄港しなかった。航海は三か月とすこしかかった。
船を選び、船室を決めて出発を待つのみとなった。ボルドーに住むようになってから、ドン・マリアノとイスマエリージョは彼女のひどいスペイン語を正す訓練を行なった。フローラはヴォージラールの家で過ごした幼年時代に父親の口から聞いたいくつかの言葉やフレーズを覚えていた。二人はとても真面目に教師役を務めてくれ、数か月もするとフローラは、彼らのスペイン語の会話を理解したり、たどたどしいながら話せるようになった。

ボルドーの人々がイスマエリージョにつけた不名誉な渾名について知ったのは、デ・ゴジェネチェ氏の使用人からではなくて、その被害者たる本人からだった。川幅の広いガロンヌ川の岸辺や町に近い野原を、彼女に抱く想いを告白しようか、止めようかという若者の心の中の激しくて静かな戦い、葛藤を感じながら長い散歩をしていたときのことだった。

「あなたはきっとボルドーの人たちが陰でぼくを何て呼んでいるのかをご存じでしょう」

「いいえ、聞いていませんけど。渾名のことを言ってるのですか」

「俗悪で冒瀆的な渾名です」と若者は唇を嚙みながら言った。「聖なる去勢男」

「俗悪ねえ」とフローラは困惑しながら、声を上げた。「いくらか冒瀆的なところもあるけど、それより馬鹿げているわ。どうしてそんなことを話してくれるの」

「あなたに対して何も隠しごとをしたくないのですよ、フローラ」

彼は口をつぐみ、頭をたれ、致命的な不運に打ち負かされてしまったかのように、その後の散歩のあいだ、一言も口をきかなかった。おまえはこう思っていたのじゃないのか、フロリータ。その若者は信仰の誓いをもう少しで破りそうだった、と。彼は自分が清浄で汚れのない者などではなく、普通の人間なのだと、おまえにわかってほしかったのだ、そしておまえのように美しくて聡明な女性をその腕に抱くことを夢見ていると。そうしなくてよかった。ときに感じてしまう嫌悪感にもかかわらず、おまえは同情がないまぜになった愛情を彼に対して抱きはじめていたのだから。

サン＝ブノワのリボン職人訪問は彼女を激怒させ、また意気消沈させた。二十人ほどの労働者は聞く耳をもたず、字も読めず、愚鈍で最低限の好奇心もなかった。木か石にでも話しかけているようだった。ここにいる空腹と搾取で感覚も失くしてしまい、ブルジョワに最後の一滴まで知性を搾り取られてしまった者たちよりも、カフェ・ド・パリに集まるめかしこんだ将校たちを革命家に変えるほうがまだ簡単だと思った。質問の時間になって職人の一人が、突然、あなたは『労働者の団結』を売って金を貯めこんでいるという噂がありますが、と言い出したが、彼女は怒る気にもなれなかった。

ボルドーの港からペルーに向けてメキシカン号が出港する日——一八三三年四月七日、満潮を利用して朝の八時——を最終的に知ったとき、フローラは乗船予定の船の船長が、ザシャリ・シャブリエであることも知った。ドン・マリアノ・デ・ゴジェネチェからその名前を聞いたとき、彼女は雷に打たれたような気がした。ザシャリ・シャブリエ！パリの安宿で出会った、アレキーパのトリスタン一族について話してくれたあの船長だ。船長は娘のアリーヌを知っているし、ドン・マリアノ・デ・ゴジェネチェとイスマエリージョに付き添われてフローラが現れたら、「奥さん」と呼びかけ、「かわいいお嬢さん」について訊ねるだろう。おまえがついてきたすべての嘘がその上に落ちてきて、おまえを押し潰してしまうだろうよ、アンダルシア女。

眠れない一夜が過ぎた。フローラの胸は不安でいっぱいだった。だが、次の朝、心は決まっていた。一人でやり遂げると聖クララに誓ったからと言い訳しながら、彼女は外出した。馬車を雇って港までやってきた。三十分ほど待っていると、ザシャリ・シャブリエ船長が建物の入口に現れた。見覚えのある上背のある体格、薄い頭髪、ブルターニュの田舎出身の紳士らしい丸顔、好意に満ちた目。彼は一目でフローラだとわかった。「マダム・トリスタン！」手を取って、身をかがめてキスをした。「乗客名簿を見たとき、あなたではないか、と思ったんですよ。私と一緒にメキシカン号で旅するのですよね」

「少しだけ、二人だけでお話しできるでしょうか」芝居がかった身振りで、フローラは同意を求めた。「とても重要なお話なんです、シャブリエさん」

当惑した様子で船長は船室に彼女を通し、自分の椅子を空けて彼女を坐らせた。足台付きのゆったりしたソファだった。

「あなたを紳士と信じて申し上げます」

「ご心配にはおよびません、奥さま、何をお望みでしょうか」

フローラは数秒間、躊躇していた。シャブリエは昔気質のブルターニュ男の典型だった。世界中の海を駆け巡ってはいたが、倫理面でも信仰の上でも伝統的価値観を守っている人だと思えた。

「お願いですから、何もお訊きにならないでください」フローラは目に涙をためながら頼んだ。「出港したら、お話しいたします。出港の日にはここへ人に付き添われてやってきますが、わたしには初めて会ったというふうに挨拶をしていただきたいのです。どうぞそうなさってくださいますよう。これがわたしの願いです、船長。どうぞそうしてくださるとおっしゃってください」

ザシャリ・シャブリエは真面目な顔をしたまま、うなずいた。

「何も説明する必要はありません。あなたを存じあげません、お会いしたこともありません。火曜日の八時、出発の時刻に初めてお目にかかることにしましょう」

8　アリーヌ・ゴーギャンの肖像——プナアウイア、一八九六年五月

一八九五年七月三日、ポールはマルセイユからオーストラリアン号に乗船した。疲れてはいたが満足していた。最後の数週間は、自分はここで死んでしまうのではないかという怖れで、不安のうちに過ごした。自分の亡骸がおのれが選び取った故郷ポリネシアではなく、ヨーロッパで朽ち果てるのを、彼は望んではいなかった。少なくともその点では、祖母フローラの国際主義者的情熱を共有していたな、コケ。どこで生まれるかは偶然で、真の祖国はその人の肉体と精神で選ぶものだ。おまえはタヒチを選んだ。あの美しい未開の地で未開人のように死ぬのだ。そう考えると気が楽になった。おまえの子供たちにも友人たちにも、もう会えなくなるが、かまわないのか、ポール。ダニエルに、善人シュフに、ポン＝タヴェンの最後の弟子たちに、モラール家の人々に。ばかばかしい、おまえはちっともかまわなかったよね。

スエズ運河を通過する前の寄港地ポート・サイドで、船のタラップ脇にできたにわか造りの市場へひやかしに降りてみると、布地やがらくたやナツメ椰子の実、香水、蜂蜜菓子をすすめるアラブ人やギリシア人、トルコ人の物売りの声や金切り声が飛び交う雑

踏の中から、彼に向かって卑猥なウインクをし、汚い手の間に半分隠した何かを示している赤っぽいターバンのヌビア人が突然、目に入った。それは保存状態のいい堂々たるポルノ写真のコレクションで、想像しうる限りのありとあらゆる体位と性交の様子が写っていて、ハウンド犬に犯されている女のものまであった。彼は即座に四十五枚の写真を購入した。パペエテの倉庫に置いてきた、写真や骨董品や面白い物をつめた長持を賑わすものとなるだろう。この不埒な写真を見せたら、タヒチの女たちはどんな反応をするだろうかと想像すると、愉快になった。

それらの写真をためつすがめつ眺めたり、それらの姿からいろいろ想像をふくらませたりすることが、タヒチに到着するまでの果てしなく長い二か月の数少ない気晴らしの一つとなった。シドニー、オークランドを経由したが、オークランドでは三週間、南洋の島々を航海する船を陸上でじっと待ちながら過ごした。パペエテには九月八日に到着した。船は夜明けの素晴らしい光の饗宴の中で潟湖に入った。家に帰り、たくさんの親戚や友人が港で待ちうけ歓迎してくれているような、言葉にならない幸せを彼は感じた。けれども、誰も彼を迎えに来ていなかったし、大量の荷物や、巻かれたキャンヴァス地、絵の具の瓶などすべてを、町の中心のボナール通りにある、以前から知っている小さな下宿屋に運んでもらえる大きな馬車を見つけるのに手間どった。

パペエテは彼が留守にしていた二年のあいだに変わってしまっていた。電気が引かれ、夜にも、かつての神秘的で闇に包まれた感じはなくなっていた。とりわけ港と酒場は変化が著しく、以前は六軒だった酒場が十軒になっていた。軍のクラブは相変わらず植民者や役人が利用していたが、杭を打った柵の向こうにはできたてのテニスコートがあった。ポールよ、コンカルノーで痛めつけられてから、杖を突いて歩くことを余儀なくされているおまえには、もうスポーツはできないだろうね。

踝の痛みは旅のあいだ弱まっていたが、タヒチの地を踏むとまたぶり返して、ひどい時には何日かうめき声を上げながら、ポールはベッドに横たわっていた。鎮痛剤は効き目がなく、ただアルコールだけがたよりで、ろれつが回らなくなるほど飲むとようやく立つことができた。それに加えて彼は法外なチップを払って、医者の処方なしでパペエテの薬剤師に売ってもらったアヘンチンキの助けも得た。

アヘンがもたらすもの憂い恍惚状態のおかげで、彼はパペエテで滞在していた質素な下宿屋の部屋か、さもなければテラスの椅子でごろごろしていたが、その間に首都パペエテから十二キロほどのところにあるプナアウイアでは、彼がわずかな代金で手に入れた土地に、編んだ椰子の葉で屋根を葺いた竹製の小屋が建てられた。彼は前の滞在のときに残していった品々、フランスから持参したわずかな物、他にパペエテの市場で購入した物で家具を揃えて家を整えた。たった一つの部屋を一枚のカーテンで二つに仕切り、一方を寝室に、もう一方をアトリエにした。イーゼルを据えつけ、キャンヴァス地を張って絵の具を用意すると精神が高揚してきた。光を十分に取り入れるため、踝の慢性的な痛みをこらえながら、自分自身で天井に天窓を開けた。それでも、何か月ものあいだ、絵を描くことはできなかった。いくつかの木のパネルを彫り、小屋の壁に掛けた。足の傷の痛みと痒みが許すときには——口にするのが憚られる病気は星の運行のような正確さで再び現れていた——木の彫刻、ヒナ、オヴィリ、アリオイ、テ・ファトゥ、タァッアオラといったマオリの古い神々の名をつけた偶像を制作していた。

　この頃は時間の大部分を、昼も夜も、意識が冴えているときも、アヘンが彼の脳を溶かして意識が混濁しているときも、アリーヌのことを思い出していた。自分の娘アリーヌ——メット・ガッドとのあいだにできた五人の子供のうちでただ一人の娘——ではなく、アリーヌ・シャザル、その後、マダム・アリーヌ・ゴーギャンとなった自分の母親のことだ。祖母フローラが死んだあと、政治的同志や知識人仲間が、孤児となった少女の将来を安定したものにしようと心を砕き、一八四七年、共和派の新聞記者、彼の父親であるクロヴィス・ゴーギャンと結婚させた。悲劇的な結婚だったね、コケ、おまえの家族は悲劇的な一族だよ。ポールがプナアウイアのでき立てのアトリエの壁にポート・サイドで買った写真を並べて貼りはじめた日に、記憶の滝がどっと荒れ狂ったのだ。写真のモデルの少女は、彼女と同様に裸のもう一人の少女の腕の中で、カメラを正面から見つめていたが、パリの人々がアンダルシア女と呼ぶ漆黒の髪をしており、目が並外れて大きくて物憂げだった。その目は誰かを髣髴とさせた。ポールはなぜだかわからないが、なんとなく落ち着かなかった。何時間かして、思い当たった。おまえの母親だよ、ポール。写真の娼婦の少女は、アリーヌ・ゴーギャンの顔立ちや髪、さびしそうな瞳とどこか似ていた。笑ったあとで苦い思いがこみ上げてきた。何で今になっておまえは母親のことを思い出したのか。一八八八年に母親の肖像を描いて以来、こんなことはなかった。七年間も母親を思い出さずにいたのに、今では昼も夜もおまえの意識に入り込んでくる。なぜそのような感情が、刺すような悲しみが、タヒチでの二度目の滞在をはじめるときになって、何週間も何か月もおまえにつきまとうのだろうか。不思議だったのは、もうかなり前に死んだ母親を思い出したことではなく、その思い出が不幸と絶望的な気分にどっぷり浸っているときにやってきたことだ。

未亡人だった母アリーヌの死の知らせを受けたのは一八六七年——あれからもう二十八年も経ったのだよ、ポール——、二等船員として乗り組んでいた商船チリ号がインドの港へ寄航したときだった。アリーヌは遠く離れたパリで、祖母のフローラが死んだ年と同じ四十一歳で亡くなった。そのときおまえは今感じているような引き裂かれるほどの悲しみを感じなかった。チリ号の航海士や船員たちからお悔やみの言葉を受けると、近親者を亡くした者の顔つきをして、「まあ」とおまえは繰り返していた。「人はみんな死ぬのですから。今日は俺の母、明日は俺たちです」

おまえはずっと母親を好きではなかったのか、ポール。たしかに死んだときは愛情を感じていなかった。けれども子供の頃、母の大叔父ドン・ピオ・トリスタンの住むあのリマにいた頃は大好きだったよね。おまえの幼年期の鮮明な思い出の一つは、リマの中心にあるサン・マルセロ地区でおまえたちの一族が王さまのように暮らしていた大きな屋敷の中で、若い未亡人がどんなに美しく愛らしかったかということだ。アリーヌ・ゴーギャンはペルーの貴婦人のように装い、ほっそりした身体を銀の刺繍の入った大きなマンティーリャで包んで、リマの婦人たちのあいだで流行していたタパーダと呼ばれるやり方で頭と顔半分を覆い、片目だけを見せる装いをしていた。ポールと姉のマリア・フェルナンダは、トリスタン家とエチェニケ家の姻戚関係にある大家族が、「なんて美しいのでしょう」「絵から抜け出たようだ」と、ゴーギャン未亡人、アリーヌ・シャザルを誉めそやすのがどれだけ誇らしかったか。

一八八八年、がらくたの入った長持に埋もれていた、たった一枚の写真と記憶を手がかりにして描いた母の肖像画は、今どこにあるのだろうか。おまえの知っている限りでは売却していなかった。コペンハーゲンにいるメットが持っているのだろうか。今度手紙で尋ねてみなければ。ダニエルや善人シュフに預けたキャンヴァスの中に混じっているのだろうか。二人に送り返してくれるように頼むべきだよ。彼はその絵のことは隅々までしっかりと覚えていた。背景はロシアのイコンに見られるような少し緑がかった黄色で、その色にアリーヌ・ゴーギャンの美しく長い黒髪が際立って映えていた。可愛くカールして肩まで垂れた髪をうなじの辺りで日本の花の形にまとめ、紫色のリボンで結んでいた。本当のアンダルシア女の髪だね、ポール。おまえの記憶の中の母の目と同じになるように一所懸命工夫したね。大きくて黒くて知りたがりやで、ちょっと内気で、とても寂しそう。誰かに話しかけられたり、知らない人がいる部屋に入ったりするときには、恥ずかしさで頰に赤みが差して、真っ白な肌が生き生きした。引っ込み思案と内に秘めた意志の強さは、彼女の性格を印象づける際立った特徴だった。不平をもらさず黙って耐えるその資質、祖母のフローラ、怒りんぼ夫人を憤慨させるほどの――母親自身がおまえに語ってくれたね――禁欲主義。おまえの『アリーヌ・ゴーギャンの肖像』はそれらすべての特徴を示していたし、母親の生涯の長きにわたった悲劇を画面に表現しえたと、おまえは固く確信していた。おまえはあの絵の行方を調べて手元に取り戻さなければならないよ、ポール。ここプナアウイアではおまえと一緒にいてくれるだろう。そうすれば、足の傷口が塞がらない潰瘍やブルターニュの藪医者たちが完治させてくれなかった踝を抱えていても、おまえはもうそれほど一人ぼっちだと感じないだろうよ。

おまえはなぜあの肖像画を一八八八年の十二月に描いたのだろう。失敗に終わったおまえとギュスターヴ・アローザの関係修復の最後の機会に、彼の口から、あの不快な訴訟の経過について聞かされたからだ。意外な新事実はやがて母親の死後、おまえと母親を和解させてくれた。だが、自分の後見人とは和解できなかった、母とはできたが。おまえは心の底から母親と和解することができたのか、ポール。そうではないだろう。おまえの母親が少女の頃にどのような苦難を経験したかについて理解できるほど、おまえはすでに逞しかったのに――ギュスターヴ・アローザはおまえに裁判の書類をすべて読むことを許したが、それはアリーヌの精神的苦痛を共有することによって、おまえがアローザに心を開いてくれると思ったからだ――、リマから戻ってオルレアンで叔父のジジと一緒に暮らしたあとで、アリーヌがおまえをデュパンルー猊下の許、神父たちが営む寄宿学校に入れて、パリに出てしまって以来、おまえの心を蝕んでいた母親に対する怨みを捨て去ることはできなかった。もちろんギュスターヴ・アローザの愛人となって囲われるためにそうしたのだった！　おまえは決して彼女の行為を許さなかったね、コケ。オルレアンにおまえを置き去りにしたことも、大金持ちで好事家で絵画の収集家でもあるギュスターヴ・アローザの恋人になったことも。何て容赦がなかったのだろう、偽善家のポール。下劣な俗物的偏見のごった煮、それがかつてのおまえだった。「ママ、今はあなたを許しています」と彼は叫んだ。「あなたも俺を許してください、そうできるなら」すっかり酔いが回っていて、両腿のそれぞれに小さな地獄があるかのようにひりついていた。彼は父親、クロヴィス・ゴーギャンのことを思い出した。政治的理由でフランスを逃れてリマへ向かう航海の途中で死に、マゼラン海峡の近く、ひっそりとしたプエルト・アンブレに埋葬された。そこは誰も彼の墓に花を手向けに行きそうもない場所だった。そして未亡人となったアリーヌ・ゴーギャンは小さな子供を二人抱えて、絶望のさなかにリマに到着したのだった。

踝の傷が痛んで小屋から出られず、見捨てられたように感じていた頃のこと、わずかの絵画と本を彼に遺すと記された遺言書の中の、母の予言めいた言葉を思い出した。彼女はおまえが自分の道で成功することを願っていた。それからいまだにおまえに苦い思いを起こさせる一文が書き足してあった。「ポールは、わたしの友人たちがみな自分に反感を抱くように振る舞っていたから、このかわいそうな息子は、いつかまったくの一人ぼっちになってしまうことでしょう」あなたの予言はぴったり的中しましたね、ママ。あなたの息子は狼のように一人ぼっち、犬のように一人ぼっちです。おまえの母親は、おまえが自分の真の本性に気づく以前に、その内に潜んでいる野性を見抜いていたね、ポール。それはそれとして、おまえがアリーヌ・ゴーギャンのすべての友人に対して感じ悪く振る舞ったというのは正確ではない。ただ一人、おまえの後見人でもあるギュスターヴ・アローザに対してだけだった。彼に対してはそうだった。彼がいくらおまえに愛情を示し、贈り物をして、よい助言を与えてくれても、船員を辞めたときには実業界で成功するように支援してくれても、おまえは彼に微笑みかけることも、彼に好意をもっていると思わせることもできなかった。パリの証券業界でおまえが運を試せるようにと、パリのポール・ベルタン代理店で働けるようにしてくれ、ほかにもいろいろ願いを聞いてくれた。けれどあの男は、おまえの友人にはなれなかった。なぜならおまえの母を愛していたのなら、彼はおまえの母をたまさかの快楽をみたすためのひそかな愛人にとどめずに、妻と別れて、ゴーギャン未亡人アリーヌ・シャザルに対する愛を公にすべきだったからだ。けれども、野蛮人にとってそんな馬鹿げたことはどうでもいいことだろう。すごい偏見だったね、ポール。本当のところ、当時はまだ野蛮人ではなくて、ギュスターヴ・アローザのような金持ちになることを夢見てパリ証券業界で稼いでいるブルジョワだったんだよ。ポールの大きな笑い声がベッドを震わせたので蚊帳がはずれてしまい、一匹の魚がかかった網のように彼を包んだ。

痛みが少し引くと、ポールは昔のヴァヒネ、テハッアマナについて調べた。彼女はマッアリという名のマタイエアの青年と結婚して、新しい夫と今でもあの村に住んでいた。彼は期待はしていなかったものの、プナアウイアのプロテスタント教会で掃除をしている少年に、また一緒に生活してほしい、たくさん贈り物をするからと、伝言を頼んだ。驚いたことに、またうれしいことに、数日後、テハッアマナが小屋の戸口に現れた。最初のときのように洋服を入れた小さな包みを持って、まるで昨日別れたように彼に挨拶した。「おはよう、コケ」

以前より太っていたが、彫像のようにふくよかな胸、腹、臀部、女らしい魅力的な肉体をしていて、相変わらず美しい娘だった。コケは彼女が来てくれたことがとてもうれしかったので、気分がよくなった。踝の痛みも消えうせ、また絵を描きはじめた。しかし縒りは戻ったものの、彼女とはわずかな期間しか続かなかった。痛みを和らげる砒素を含んだ軟膏を塗ったあと、いつも包帯を巻いていたにもかかわらず、娘は湿疹に対する嫌悪感を隠せなかった。今の彼女とのセックスは、彼が覚えているかつての肉体の祝宴のお粗末な模倣だった。テハッアマナは言い訳を探しては拒んでいたが、どうしようもなくなったときには――それとなくポールにはわかっていたが――、表面的には満足しているように装っていたが、不快そうに顔を歪め、嫌悪感でいっぱいで、快楽を感じるどころではない様子だった。彼女にたくさん贈り物をして、湿疹は一時的な感染だからすぐ治ると言ったが、避けがたいことが起こった。ある朝、テハッアマナは小さな荷物を背負って、別れの挨拶もせずに出ていってしまったのだ。しばらくしてポールは、彼女が再びマタイエアで夫のマッアリと一緒に生活していることを知った。「なんて運のいい男なんだ」あの娘は別格だった、彼女の代わりはそう簡単には見つからないぞ、コケ。

見つからなかった。ときどき近所のいたずらな少女たちがプナアウイアのプロテスタント教会とカトリック教会——どちらも彼の小屋から等距離にあった——での公教要理のクラスの帰りに、絵筆や塗料の瓶やキャンヴァス地やまだ完成半ばの木の欠片に囲まれて、半裸の大男が絵を描いたり彫刻をしたりしているのを見に立ち寄って面白がっていたので、彼は少女の一人を寝室に連れていくことはできたし、少女を存分に、あるいは幾分かにしても、楽しむことはできた。しかし、彼のヴァヒネになってほしいという申し出を受け入れる少女はいなかった。しかも、少女たちの出入りは厄介な争いをもたらした。最初はカトリックのダミアン神父、次いでプロテスタントの聖職者リケルム牧師とのあいだで。二人は別々にやってきて、先住民の少女たちに対する彼の抑制を欠いた不道徳で堕落した行動を非難した。裁判沙汰になるかもしれないと、二人とも彼を脅した。プロテスタントの牧師にもカトリックの神父にも彼はこう答えた。自分は生涯の伴侶がほしいだけだ、浮気男のするような遊びは自分にとっては時間の浪費にすぎないから。けれども自分は男としての生理的要求がある。セックスをしなければ、インスピレーションは干上がってしまいます。単純なことなのですよ。

テハッアマナが出ていってから六か月ばかり経って、別のヴァヒネ、パウッウラを得た。彼女は――当然――十四歳だった。集落の近くに住んでいて、カトリック教会の聖歌隊で歌っていた。夕方の練習のあと、二、三回コケの小屋に立ち寄ることがあった。彼女は、アトリエの一方の壁に並べられたポルノ写真を、忍び笑いをしながらかなり長いあいだ見つめていた。彼は贈り物をし、パペエテに行ってパレオを買ってやった。とうとうパウッウラは彼のヴァヒネになることを承諾して小屋にやってきた。彼女はテハッアマナほど美しくもなければ賢くもなく、ベッドで燃えることもなかった。また、テハッアマナとちがって家事をほったらかしにした。というのも、彼女は掃除も料理もせず、村の少女たちと遊びまわっていたからだ。だが、小屋に女性がいることは、とりわけ夜に眠りを妨げていた不安を減少させ、彼をほっとさせた。パウッウラのゆったりとした寝息を聞き、すっかり眠り込んでいるその姿態が闇の中にぼんやりと見えると、彼は穏やかな気持ちになり、ある種の安堵感が戻ってきた。

何がそんなにおまえを眠らせなかったのか。何がおまえをずっとそんなにいらいらさせていたのか。叔父の遺産やオテル・ドルオでの競売で得たわずかな金が残り少なくなったからではないだろう。おまえは文なしで過ごすことには慣れていたし、それがおまえの睡眠を妨げたこともなかった。口にするのが憚られる病気のせいでもなかった。かなりのあいだ彼を脅かしたあとで、潰瘍は再び塞がっていたからだ。踝の痛みも今のところ耐えられないほどではなかった。じゃあ、どうしたと言うのだ。

フランスを逃れてペルーに渡る途中、大西洋のど真ん中で死んだ政治亡命者の父親のことを考えていて、『アリーヌ・ゴーギャンの肖像』を思い出したのだ。あれはどこにあるのだろう。ダニエル・ド・モンフレーも善人シュフも持っていなかったし、彼らはこの絵を見たことすらなかった。結局、メットがコペンハーゲンで隠し持っていたのだった。しかしポールが手紙の中で二度ほどその作品の所在について教えてほしいと頼んだにもかかわらず、彼がタヒチに着いてから受け取ったたった一通の彼女からの手紙では、その肖像について一言も触れていなかった。彼は三度目の問いあわせの手紙を出した。答えが来るのはいつだろうね、ポール。少なくとも六か月は待たなければならない。彼は絶望に打ちひしがれた。もう見ることはないのではないか。アリーヌ・ゴーギャンの肖像画はもう一つの潰瘍となり、おまえの頭から離れることはなかった。

おまえに付きまとっているのは単なる肖像画ではなく、生身のアリーヌ・シャザルだった。なぜ今になって、祖母が産んだ三人の子供のうち、唯一生き残った娘の人生に傷痕を残した不運の数々が、おまえの脳裏に繰り返し浮かんでくるのだろうか。かつてシャザル姓を名のっていた、フローラ・トリスタンの不幸な娘は、生き残らないほうが、二人の兄のように死んでしまったほうが、よかったのではないだろうか。

後見人ギュスターヴ・アローザと最後に面会したとき、彼はアリーヌ・シャザルが被った数々の受難を細部にわたって知っていて、それを思い出しながら目に涙をためているのをポールは見た。これは自分の母親と億万長者の関係について抱いていた疑念を確信へと変えた。アリーヌはひどく口数が少なく、自分の心の奥底にしまっていることについて極端に用心深かったので、愛人でもない人間にその忌まわしい歴史を話すだろうか。おまえはアリーヌ・ゴーギャンの人生の背筋の凍るような詳細な報告を読みながら、そう思っていた。そして後見人のように泣くどころか、嫉妬と恥辱で気が変になりそうだった。けれども今、アリーヌの肖像画の背景におまえが描いたような黄色い大きな月の光がそそぎ、風もなく、草や木々の芳しい匂いの立ち込めるこんな暖かい夜には、おまえも泣きたい気持ちになったね。おまえのために、不運な新聞記者クロヴィス・ゴーギャンのために、だがとりわけ母のために。確かに母の幼年時代はとても悲しいものだった。祖母のフローラがすでに祖父――その血を受け継いでいると認めることがどんなにおまえをぞっとさせるとしても、あの悪魔のような獣アンドレ・シャザル、あの卑劣なハイエナは、おまえの祖父だったのだ――の家から逃げ出したあとで生まれ、幼い頃の数年は行き当たりばったりのその日暮らしで、家庭や家族がどんなものかも知らないまま、下宿屋や小さなホテル、みすぼらしい宿泊所などで、捨てられた夫の執拗な手を振り切りながらいつも逃げまわって、慌てふためいているフローラのスカートのもとで、もっとひどいときは百姓女の乳母にゆだねられて過ごした。父も母もない少女の幼年期は、惨憺たるものだったにちがいない。祖母のフローラ自身が『ある女賤民《パリア》の遍歴』で語っているところによると、彼女がペルーに行き、アレキーパやリマで過ごし、大洋を航海して不在だった二年間は、アリーヌを哀れんだアングレームの田舎の慈悲深い婦人のもとで忘れ去られていた。その旅行記をここに持ってこなかったことをおまえはどれほど後悔しただろうね、ポール。

フランスに戻ると、フローラはアリーヌを引き取り、アリーヌはやっと三年間だけ母親の温もりを知ることができた。ギュスターヴ・アローザがそう言っていたが、それは本当にちがいないだろう。というのはアリーヌ自身が彼に話したからだ。その時期、フローラはペルーから戻ってきて、アングレームからおまえの母を連れ出し、一緒にパリのシェルシュ＝ミディ通り四十二番地の小さな家に連れていき、近くのアッサ通りにある女学校へ通学生として入学手続きをした。アリーヌが、母親がいて、家庭があり、ごく普通の穏やかな学生生活を過ごすことができた唯一の、彼女の人生でもっとも幸せな時期だった。だが、それも一八三五年十月三十一日までのこと。この日、その三年後バック通りでのピストル事件でようやく終わる悪夢がはじまったのだ。その日、アリーヌ・シャザルは女中に付き添われて学校から帰宅途中だった。真っ赤に充血した目が飛び出しているひどい身なりの酔っ払い男が、道の真ん中で行く手を阻んだ。その男は強烈な平手打ちを加えて女中をひるませ、アリーヌを待たせておいた馬車に押しこみながら叫んだ。「おまえのような小さな娘は自堕落な母親ではなく、善良な父親といるべきなのだ。俺はおまえの父親のアンドレ・シャザルさ。覚えておくんだな」一八三五年十月三十一日はアリーヌの地獄のはじまりだった。

「父親の存在を教えるにしてはなんというやり方だろう」と深い悲しみを込めてギュスターヴ・アローザは言った。「君のお母さんは十歳になったばかりで、アンドレ・シャザルに会ったのはそれが初めてだった」これが娘が経験した三回におよぶ誘拐の一回目だった。何度も誘拐されたせいで、アリーヌはいつも沈みがちでメランコリックな、心に深傷を負ったままの性格となったが、それをおまえは、行方のわからない肖像画に描いたのだね、ポール。けれどもそのようなむごくて乱暴なやり方で、アリーヌの前に突然、姿を現して誘拐したことよりももっとひどかったのは、あの人間の屑が娘を誘拐するに至った理由だった。強欲！　金！　ペルー金貨を身代金として奪うという幻想！いったいどこからそのような噂や作り話が、腹をすかせて死にそうな屑野郎のおまえの祖父、アンドレ・シャザルに届いたのだろうか、彼を棄てた妻が、アレキーパのトリスタン一族の富をあふれるほど持ってペルーから帰って来たなんて。彼女を誘拐したのは父性愛からでも侮辱された父親の自尊心からでもなかった。彼は祖母フローラを恐喝し、南米から持ち帰ったであろう彼の想像上の富を、毟り取ってやろうと考えたのだ。「ある種の人々にとっては、卑劣さも下劣さも際限がないのです」とギュスターヴ・アローザは嘆いていた。実際、アンドレ・シャザルの振る舞いは、禿鷲やジャッカル、蝮など、最悪の生き物と同類だった。そして、下劣な男には法律という味方があった。ルイ＝フィリップ王制時代の宗教的な倫理では、家庭から逃げ出した妻は売春婦のような恥ずべき存在で、売春婦同様、何の法的権利もなかったのだ。

このとき、怒りんぼ夫人はなんと立派に振る舞ったことだろう。そうじゃないか、ポール。その逸話を聞いたおまえは、おまえが生まれる四年前に亡くなった祖母に対して、たちまち限りない尊敬と心からの連帯感を抱いた。娘を誘拐されて、打ちのめされ、ぼろぼろになっていたにちがいない。けれども彼女は気力をなくさなかった。一か月にわたって、母方の親戚レスネイ家（主として叔父のレスネイ少佐）をあいだに立てて、夫との話し合いの場を持つことについて交渉した。なぜなら、アリーヌを誘拐した人間は法的には夫だったからだ。話し合いは誘拐から四週間後に、ヴェルサイユのレスネイ少佐の自宅で行なわれた。おまえは十分その様子を想像できたのだろう、いつかスケッチを何枚かなぐり描きしたことがあったね。冷ややかな議論、非難、怒号。そして突如、あっぱれな祖母は花瓶を手に取り、いや鍋か椅子だったかもしれない、シャザルの頭めがけて投げつけた。混乱に乗じてアリーヌの手をとり、一緒にヴェルサイユの人っ子一人いないびしょぬれ道を逃げた。突然、降り出した神の恵みの雨が逃走をたやすくしてくれた。なんという祖母だろうね、コケ！

素晴らしい救出劇のあとで、その実話はポールの記憶の中でもつれ、どろどろしたものとなり悪夢のように繰り返された。告発され起訴されて、おまえの祖母フローラは、警察から警察へ、検察官から検察官へ、法廷から法廷へと移動した。スキャンダルは弁護士を有名にしてくれるから、後に政治家となる若い野心家、あさましい悪徳弁護士のジュール・ファーヴルは、秩序、キリスト教に基づく家族、道徳という三つの名のもとに、アンドレ・シャザルの弁護を引き受けた。そして家庭を放棄した女、母親失格者、不実な妻としてフローラの信用を失わせることに専念した。それでは少女はどうしていたのか。この間ずっと、おまえの母親はどこにいたのか。彼女は裁判官によって孤児のためのいくつかの寄宿学校に送られて、シャザルと祖母フローラはそれぞれ別に、月に一度だけ彼女を訪ねることを許されていた。

一八三六年七月二十八日、アリーヌは二度目の誘拐にあった。父親はアッサ通りのマドモワゼル・デュロシャーが管理する寄宿学校から娘を力ずくで連れ去って、こっそりとパラディ＝ポワソニエール通りの劣悪な貸部屋に閉じ込めたのだった。「このような怯えきった少女の心理状態を君は想像できるだろうか、ポール」とギュスターヴ・アローザはすすり泣いた。七週目にアリーヌは窓からぶら下がって降り、監禁状態から逃げ出し、その頃はもうバック通りに住んでいたおまえの祖母フローラのいる場所に辿りついた。少女は数か月間、母親の家での生活を楽しんだ。

シャザルは悪徳弁護士ジュール・ファーヴルのおかげで、親権の名のもと、裁判所と警察に少女の捜索をはじめさせることができた。一八三六年十一月二十日、アリーヌは母親の家の入口で、三度目の誘拐にあった。今回手を下したのは警察署長で、彼女は父親に引き渡された。同時に、王の訴訟代理人と裁判官はフローラに、アリーヌを親権者から奪ういかなる試みも、刑務所行きを意味すると通告した。

さて、ここから話はもっとも卑劣で醜悪な部分になる。あまりに卑劣で醜悪だったので、あの日の午後、おまえの気持ちをつかもうとしたギュスターヴ・アローザは一八三七年四月の手紙をおまえに見せた。それは三度目の誘拐から五か月が経った頃、少女が母親のフローラにやっと届けさせた手紙だった。おまえは読みはじめてすぐに吐き気がするほど気分が悪くなり、目を閉じたまま、後見人に手紙を戻した。この手紙は裁判で重要な役割を演じたが、新聞に掲載されて、裁判の関係文書の一部となり、パリのサロンや酒場の噂話やゴシップとなった。アンドレ・シャザルはモンマルトルのむさくるしい部屋に住んでいた。綴りの間違いだらけのその手紙で、少女は母親に、自分を救い出してほしいと懇願していた。夜になると、彼女は怯え苦しみ、パニックに陥った。なぜなら、いつも酔っ払っている父親――「シャザルさん」と少女は書いていた――が、部屋にあるたった一つのベッドで裸で彼と一緒に寝るように強制して、彼自身も裸になり、彼女を抱きしめたりキスをして、その身体をこすりつけ、少女にも自分を抱きしめ、キスするように求めてきたから。あまりの卑劣さ、醜悪さに、ポールはこの手紙も、祖母フローラがアンドレ・シャザルに対して強姦と近親相姦のかどで行なった告発も、さっと目を通すだけにした。予想されたとおりのスキャンダルを引き起こした最悪の我慢ならない告訴だったが、もう一人の法廷の冷酷な男、ジュール・ファーヴルの弁護士としての完璧な手腕のおかげで、近親相姦の暴行犯に対して、わずか数週間、刑務所への収監が言い渡されただけだった。証拠は有罪を示していたが、裁判官は「近親相姦の具体的犯行を、反駁不能の事実として立証することができなかった」との見解を述べた。判決文は少女に、またしても、母親と離れて寄宿学校で過ごすことを申し渡した。『アリーヌ・ゴーギャンの肖像』の中で、おまえはこれらすべてのドラマをグラン＝ギニョール座風の猟奇劇と混ぜあわせることができたのだろうか、ポール。おまえには確信がなかった。おまえはそれを調べるためにあのキャンヴァスを手元に取り戻したかったのだ。あれは傑作だろうか。おそらくそうだろう。おまえは憶えているだろう、絵の中の青白い顔を少しゆがめている母の眼差しは、生来の内気さの中から静かに暗く燃える火を投げかけていて、見る者を通り抜けて空間のどこか特定できない一点に消えていた。「俺の絵の中から何を見つめているんだい、ママ」「わたしの生涯、わたしの貧乏で悲惨だった生涯をよ。そしておまえの人生もよ、ポール。おまえにはちがった生き方をしてほしかったの、おまえのおばあちゃんとも、わたしとも、海の真ん中で死んで世界の果てに埋められた可哀想なおまえのお父さんともちがった生き方をね。穏やかで安定していて空腹や恐れを感じることのない普通の人の一生を。でも、そうはならなかったみたいね。おまえにわたしの運の悪さを譲ってしまったみたいよ、ポール。許してね、わたしのぼうや」

少し経って、コケのすすり泣く声で目を覚ましたパウッウラが、どうしてそのように泣いているのかと尋ねたので、ポールは嘘をついた。

「足の痛みがまたはじまったのだよ、なんて運が悪いんだろう、軟膏がもうないんだよ」

プナアウイアの空にじっと留まり、葉の絡みついた四角い窓の真ん中で光を放っている月――古代マオリの宗教結社アリオイの女神、輝けるヒナも、悲しんでいるように見えた。

もう叔父のジジの遺産も、パリから持参した金も一銭も残っていなかった。ダニエルも、シュフも、アンブロワーズ・ヴォラールも、フランスで作品と彫刻を預けてきた他のギャラリー主たちからも音沙汰がなかった。いつももっとも頼りになるのはダニエル・ド・モンフレーだった。しかし、そのダニエルも、わずか一枚のキャンヴァスにも一つの彫刻にも、安いスケッチにすら買い手を見つけることができなかった。食料が底を突きはじめたので、パウッウラが愚痴を言った。ポールはプナアウイアにあるたった一軒の店の中国人店主に交換条件を申し出た。フランスから金が届くまでデッサン画と水彩画を店主に差し出す代わりに、食料を自分たちに融通してほしいと。不承不承店主は受け入れてくれた。

数週間後、パウッウラの報告によると、中国人はデッサン画を保管したり、壁に掛けたり、売ろうとしたりしないで、品物を包むのに使っていた。彼女は染みがついてしわになり、魚の鱗がこびりついている、プナアウイアのマンゴーの木々の風景画の残骸をポールに見せた。ポールは足を引きずりながら、今では小屋の中のほんのわずかの移動にも使っている杖にすがって店に出向くと、主人の感受性の欠如を罵った。彼があまりに大きな声を上げたので、店主は警官を呼ぶと脅した。それ以来ポールはプナアウイアの店主をはじめ、タヒチに住むすべての中国人に対して憎しみを募らせていった。

ポールがいつもささいなことで癇癪を起こしてしまいそうになるのは、金欠と体調不良のせいだけではなかった。母親と行方知れずの彼女の肖像画に憑かれたように執着していたせいもあった。どこへ行ってしまったのだろう。何だってあのキャンヴァスが消えてしまったことで——おまえはいくつものキャンヴァスを失っても平然としていたのに——、不吉な予感でいっぱいになって落ち込んでしまうのか。狂ってしまうのか、ポール。

しばらくのあいだ、絵は描かないで、ノートにデッサンをしたり小さな仮面を彫ったりするに留めていた。確信がもてないまま、心配事や体調がすぐれないことから気をまぎらわせるために仕事をしていた。左の目に炎症が起こっていつも涙が出ていた。パペエテの薬剤師は結膜炎の点眼薬をくれたが、少しも効果がなかった。その炎症を起こした左目の視力がひどく衰えてきたので、ポールは怯えた。おまえは盲目になってしまうのだろうか。ヴァイアミ病院へ行くと、ラグランジュ医師は入院するように強要した。そこからポールはヴェルサンジェトリクス通りの隣人、モラール家の人々に苦い思いを込めた手紙を書いた。その中で彼はこう言っている。「俺には子供の頃から悪運が付きまとっているようだ。これまで幸運だったことも楽しかったこともない。いつも苦難だ。だから俺は叫ぶのだ。神よ、もし存在するのなら、おまえの不公平と悪意を告発するぞ」

ラグランジュ医師は、フランスの植民地に来て長かったが、ポールは彼に親しみを感じなかった。あまりにブルジョワ的で真面目すぎる五十代の男で――禿頭で、鼻の先に縁なし眼鏡をのせており、タヒチの暑さにもかかわらず、固く糊付けしたカラーに蝶ネクタイを結んでいた――、ポールのような、先住民と同居するなど節度を越えた振る舞いをし、パペエテ中に最悪の噂話が流布しているボヘミアンにも愛想がよかった。医師は誠実な専門家で、ポールに対して適切な検査をした。彼の診断にポールは驚かなかった。目の炎症は口にするのが憚られる病気の新たな症状だった。足の発疹と化膿の具合から見ると、病気はより深刻な段階にまで進んでいた。ではもっと悪くなるのでしょうか。どこまででしょうか、ラグランジュ先生。

「これは息の長い病気です」と医者は返事を避けた。「あなたはご存じでしょう。きちんと治療を続けることです。アヘンチンキには注意してください。処方された量以上は使用しないように」

医師はためらった。他にも付け加えたかったが、おまえの反応を恐れて決心がつかなかった。なぜならおまえはパペエテでは節度のなさで知られていたからだ。

「俺は悪い知らせでも動揺したりしませんから」とポールは彼を促した。

「あなたもご存じでしょう。この病気は非常に伝染性の強い病気です」と舌の先で唇をしめらせながら医者はつぶやいた。「特に性的関係がある場合には。その場合、疾病の伝染は不可避です」

ポールはもう少しで卑猥なコメントをしてしまうところだったが、自分が抱えている問題をこれ以上悪化させてはならないと、かろうじて思いとどまった。入院して八日目に、病院の事務所は百十八フランの請求書を彼に渡して、すぐに全額支払わなければ治療は打ち切りますと警告した。その夜、ポールは窓から病室を抜け出し、鉄柵を飛び越えて通りに出た。そして乗合馬車に乗ってプナアウイアに帰った。パウッウラは彼に妊娠四か月であることを告げた。また、食料品店の持ち主の中国人は、ポールが大声で怒鳴った仕返しに、ポールがハンセン病だとの噂を村中に流したとも話した。この怖れを抱かせる病気にびっくりした近所の人々は話し合って、彼を村から追い出すなり、ハンセン病患者隔離施設に入れるなり、あるいは島の中央の集落から遠ざかるよう要求するなりしてほしいと当局に求めることで、一致していた。ダミアン神父もリケルム牧師も、村人の意見を支持した。おそらく中国人の陰口を信じてはいなかっただろうが、この機会を利用して、淫乱で不信心な輩から、村を救いたかったのだ。

ポールはこんなことくらいで怖れたり心配したりしなかった。一日の大部分を小屋に横たわり、うとうとしていたので、頭から思い出やノスタルジーがすっかりなくなってしまった。唯一の食料供給先がだめになったので、彼もパウッウラも、マンゴーやバナナ、椰子の実やパンの木の実を食べて生活した。果物はパウッウラが近くで採ってきて、ときどき魚も彼女の友だちが家族に内緒で持ってきてくれたものを食べた。

その頃になってようやくポールは、母親の肖像画のことを忘れはじめていた。彼はアリーヌ・ゴーギャンに代わる新たな強迫観念に取りつかれた。それは、アリオイの秘密結社がまだ存在しているとの確信だった。彼は植民者オーギュスト・グーピが貸してくれた、マオリの古い信仰について領事のムーレンハウトが書いた本の中で、そのことを読んだことがあった。ある日突然ポールは、タヒチの先住民たちは、ヨーロッパ人や中国人のよそ者たちを極端に警戒し、その神話的結社の存在を秘密にしていると断言した。パウウラはポールが夢でも見ているのだろうと言った。いまもポールを訪ねてくる村のマオリ人たちは、ばかげたことを言っていると取り合わなかった。あのアリオイの神秘的な社会、古代タヒチの神々や首長たちのことを、先住民の大部分はまったく知らなかった。結社アリオイのことを聞いたことのあるわずかのマオリ人だけが、それははるか彼方の過去に埋れてしまった信仰であって、そのように時代遅れのことを先住民はもはや信じていないと断言した。けれどもポールは頑固で一途な男だったので、アリオイについて昼も夜も、数か月のあいだ、固執しつづけていた。彼はそれらの空想上の人々に着想を得た油絵を描いたり、木彫りの偶像や彫像を作ったりしはじめた。結社アリオイが彼に、また絵を描く気持ちを取り戻させてくれたのだった。

「奴らは俺を騙している」とおまえは思っていたね。精神的にはすでにもう野蛮人になっているのに、人々はおまえのことをまだヨーロッパ人、ポパアだと見ているのだ。まだわずか数十年のフランスの植民で、何世紀も続いた信仰や祭儀や神話が消えるはずはなかった。先住民の神々の敵であるプロテスタントの牧師やカトリックの神父の手の届かない精神的な聖地に、あの宗教上の慣習をマオリたちが隠していたとしても、それは防衛上、やむをえないことだった。この島々のすべてのマオリにもっとも繁栄を誇った時代を過ごさせた秘密結社アリオイは、まだ存続している。森の一番奥深い場所に集まって、古代の踊りを踊り、歌をうたっている、そして彼らの刺青にきっと描かれているのだ。マルキーズ諸島のものほど精巧なものでも神秘的なものでもないが、禁止令にもかかわらず、タヒチではパレオの下でひっそりと刺青は栄えてきた。それらの刺青は、その読み方を知っている者に、アリオイの階級制の中で個人の占める地位を明らかにしていた。森の深い静けさの中では、いまだに神聖な売春や食人の儀式、人身御供が行なわれているとポールが主張しはじめると、画家がハンセン病を患っているというのは嘘かもしれないが、たぶん正気をなくしているという噂が、プナアウイアで広まった。ポールが人々に、ときには哀願するように、ときには狂ったように、刺青の秘密を明かしてほしい、アリオイの成員にしてほしい、もうコケは準備ができている、コケはもうマオリなんだと言って頼むと、人々は大笑いした。

メットからの手紙が最後の一撃となって、この忌まわしい時期を終わらせた。二か月半前に書かれた冷たくそっけない手紙だった。彼の娘アリーヌが二十歳を過ぎてまもなく、コペンハーゲンでダンスから帰宅するときに、寒さにさらされて肺炎にかかり、この一月に亡くなったとあった。

「ああ、今、やっとわかった。なぜヨーロッパから戻ってからずっと、母の思い出と肖像画のことが頭からはなれなかったのか」と、メットからの手紙を手にポールはパウッウラに言った。「あれは虫の知らせだったのだ。俺の娘は母からアリーヌという名をもらった。娘も同じように繊細でかなり内気な娘だった。あの娘の子供時代がもう一人のアリーヌ・ゴーギャンほど不幸なものでなかったならいいのだが」

「お腹がすいたわ」とパウッウラがお腹をさわりながらおどけた調子で彼の話を遮った。「食べなきゃ生きていけないのよ、コケ。自分がすっかり痩せてしまったのに気がついてるの。あたしたちが食べていけるように何とかしてね」

9　航海――アヴィニョン、一八四四年七月

一八四四年六月末、サンテティエンヌからアヴィニョンに向けて出発するために荷造りをしていたとき、不愉快な出来事が起き、フローラは予定を変更せざるをえなかった。リヨンの進歩的な新聞「ル・サンスール」が、フローラのことを平和主義を説きながら「労働者を骨抜きにする」任務を帯び、革命運動の動向を王政側に報告するためにフランス南部に送りこまれた「政府のスパイ」として告発したのだ。誹謗記事を取り上げたページには、編集長のリッティエ氏による囲み記事も掲載されていて、「贋伝道者の偽善の罠」にはまらないために警戒を強めるよう、労働者に忠告していた。リヨンの労働組合委員会は、本人がやってきてこの偽りの記事に反論するよう求めた。

フローラはこの侮辱的な行為に憤り、すぐに行動に移った。リヨンでは委員会全員で迎えてくれた。彼女は不愉快でいらいらしていたが、エレオノール・ブランに再会できたことはうれしかった。抱きしめたとき、彼女はフローラの腕の中で震えており、その顔は涙にぬれていた。フローラは宿に入ってから、妄想的な告発記事を何度も何度も読み返した。「ル・サンスール」によると、フローラのスパイ容疑はリヨンの警察署長バ

ルドス氏がオテル・ド・ミランで押収した物が訴訟代理人に渡ったときに判明した、その押収品の中に、フローラ・トリスタンが労働者の指導者との会見について当局に送った報告書の写しが見つかった、というものだった。

ベッドに入ってから、エレオノール・ブランが無理やり一口ずつ飲ませた冷たいレモン水にもかかわらず、フローラは驚きと怒りで目を閉じることができなかった。翌朝、彼女は慌しく紅茶を一杯飲んだだけで、何としてでも編集長に会おうと「ル・サンスール」の入口に陣取った。仲間たちには一人で行かせてほしいと頼んだ。もし仲間と一緒だと、リッティエ氏が会おうとしないのは確実だろうと思ったからだ。

リッティエ氏には以前、彼女がリヨンに来たとき、少しだけ会ったことがあった。彼女は通りで二時間近く待った。彼がフローラを迎え入れたとき、用心深く、いや臆病にも、七人の編集者たちの取り巻きを引き連れていた。彼らは面会のあいだ中、反吐が出そうなほど追従的な態度で編集長を援護し、人いきれと煙草の煙が充満する応接間に居座っていた。こんなみすぼらしいごろつきが進歩派新聞の執筆者だなんて！

イエズス会の学校で学んだことのある抜けめのないリッティエは、あのでっち上げ記事に関するフローラの質問を鰻のようにのらりくらりとかわしていたが、殺し屋のような雰囲気の七人の男たちで彼女を威嚇できるとでも思っていたのだろうか。冒頭、フローラはこう言ってやりたかった。十一年前、三十歳で、まだ若く世間知らずだった頃に、女一人で十九人の男たちと一つの船で五か月を過ごし、少しも怖気づくことがなかった、さらに経験を重ねて四十一歳になった今、臆病で平気で人を中傷するような七人のインテリのおべっかつかいなんか、恐れるどころか、闘志をかきたててくれるだけよ、と。「わたしがスパイだなんてひどい嘘がどこから出てきたのですか」「バルドス署長によって押収された書類の中に見つかった証拠なるものは、どこにあるのですか、わたしは彼が署名したリストを持っていますし、それらの書類は警察から返却されてすべてわたしの手元にありますが、その中にあなたが言っているようなものはありませんよ」「労働者のために全精力を傾けて戦っている者に対して、あなたの新聞はなぜあのような誹謗中傷を行なうのですか」などのフローラの抗議に答える代わりに、リッティエ氏は一、二度おうむ返しに同じ言葉を繰り返し、あたかも議会での答弁のようだった。「私は中傷などしておりません。私はあなたの思想に反駁しているのです。平和主義は労働者を武装解除させ、革命の実現を遅れさせるからです」彼はあれこれごたくを並べた挙句、彼女はファランステール主義者で、雇用者と労働者の協力を説くような思想は資本家側を有利にするだけであるなどと、またちがった虚言を言ってフローラを非難した。

むだな議論——耳の聞こえない者との会話のように——に二時間も費やしたことを後になって思い出すだろうよ、フロリータ。フランス遍歴の旅の中でも、もっとも気を滅入らせる出来事だったと。話は単純だった。リッティエとその取り巻きは証拠を押さえたわけでもなく、騙されたわけでもなく、虚偽の情報をでっち上げただけだったのだ。おまえがリヨンで収めた成功への妬みかもしれない、でなければ、スパイとして告発することで、おまえの名声を汚そうとしたのかもしれない、そうすることが、彼らの主張とは異なるおまえの革命思想を一掃するための最良の方法だと考えたのかもしれなかった。それとも、奴らの憎しみはおまえが女だからなのか。彼らにとっては、雄だけがやるべきこの解放の仕事を、雌がやろうとしていることが我慢できないのか。進歩派、共和派、革命家と呼ばれる人々も似たような恥ずべき過ちを犯していた。二時間にわたる議論のあいだにフローラは、リッティエ氏が「ル・サンスール」に取り上げた記事の根拠を聞き出すことができなかった。彼女はうんざりしてドアを乱暴に閉め、名誉毀損で訴えてやると脅かしながら、新聞社を後にした。けれども労働組合委員会は、「ル・サンスール」は王政に反対する新聞で、名声もあり、彼らに対して訴訟を起こすと民衆運動に悪影響を与えるから、公に反論することによって虚偽のニュースを無効にしたほうがいいと言って、フローラを思いとどまらせた。

翌日から、彼女はそのために行動した。工場や組合で話し合いを持ち、他のすべての新聞社を訪問した。その結果、少なくとも二社が訂正を訴える手紙を掲載してくれることとなった。エレオノールは細々とした心遣いを示しながら一時も離れず、献身的に尽くしてくれて、フローラを感激させた。こんな娘に出会えたなんて、なんて運がいいのだろう、理想家で果敢な娘がリヨンで見つかるなんて、労働組合はなんて幸先がいいのだろう。

動揺と不快感はフローラの身体を衰弱させた。彼女はリヨンに戻って二日目から熱っぽく感じられるようになり、身体が震えて胃がむかつき、ひどく消耗していた。だからといって情熱を注ぐ活動を控えはしなかった。自分の新聞を使って民衆運動に不和の種を播いたリッティエを、行く先々で彼女は非難した。

夜は熱のために眠れなかった。おかしなことだった。十一年前、ザシャリ・シャブリエ船長の指揮する船で過ごした五か月間と同じような気持ちを、おまえは感じていた。大西洋を横切り、ホーン岬を過ぎて太平洋を北上し、おまえは父親の一族に会うためにペルーを目指していた。彼らが両手を広げて歓迎し、新しい家族を与えてくれ、父親の遺産の五分の一を分けてくれることを期待しながら。そうなれば経済的問題はすべて解決するだろう、貧困から抜け出して、子供たちを教育することができ、飢えることも、危険な目にあうこともなく、アンドレ・シャザルの鉤爪に落ちることもなく、静かな生活ができるだろう。海上の五か月は、腕がようやく伸ばせるくらいの小さな部屋で、十九人の男たち――船員、航海士、コック、見習い水夫、船主と四人の乗客――に囲まれていた。おまえはあの恐ろしい船酔いを思い出した。今、リヨンで胃の痛みに苦しんでいるように、それはおまえから力を奪い、平衡感覚も精神秩序も失わせて、混乱させ不安に陥れた。今、おまえはあのときのような状態になっている。いつ何時崩れ落ちてしまうかわからなかった。まっすぐに立っていられない、地面に足をついてもバランスがとれなくて、リズミカルに足を運ぶことができない。

ザシャリ・シャブリエは、あのパリの安宿で初めて会った夜に想像したように、ブルターニュ人の紳士として振る舞ってくれた。吐き気止めの煎薬を自らフローラの船室にまで運んでくれたり、屋外にいるほうが船酔いは軽いし気晴らしにもなるからと、甲板の鶏小屋と野菜の箱の間に小さな寝床を造るように指示してくれたりして、あれこれ気を遣ってくれた。フローラに対して気を配ってくれたのは船長のシャブリエだけではなかった。もう一人のブルターニュ人の二等航海士ルイ・ブリエも同様だった。皮肉屋を装い、人類や未来の大災害などについてひどく否定的な意見を述べる船主のアルフレッド・ダヴィドまでが、彼女にはやさしく接し、かいがいしく世話をやいてくれ、愛想がよかった。船酔いはともかくとして、船にいる誰もが、船長から見習い水夫にいたるまで、ペルー人の乗客からプロヴァンス地方出身のコックにいたるまで、航海がおまえにとって楽しいものになるように、みんなが信じがたいほど尽くしてくれたのだった。

けれども、あの旅行はおまえが期待していたようには運ばなかったね、フロリータ。だからといって、おまえは旅に出たことを後悔してはいなかった。人類の幸福のための闘士であるおまえが、今おまえであるのは、あの経験のおかげなのだ。想像していた以上に限りなく世界は残酷で悪意に満ちていて、貧しく苦しいものであることにおまえは目を開かされた。おまえは自分の結婚をめぐるちっぽけな悩みで、不運のどん底にまで落ちてしまったと信じこんでいたのだ。

二十五日目にメキシカン号はカーボ・ヴェルデ諸島のプライア港に錨を下ろして、浸水の見られた船底部の塡隙作業を行なった。そこでおまえは数日間、足下で何も揺れ動かない大地にしっかり足を下ろせるのをどんなにうれしく思っただろうか。だが、プライアはおまえに船酔いよりももっとひどい思いをさせることになった。四千人の住むこの町で、それまで話で聞いたことしかなかった制度、奴隷制度の、言語に絶する身の毛もよだつ現実を目のあたりにしたのだった。プライアの小さなアルマス広場でおまえを迎えたあの光景を忘れることはないだろう。メキシカン号から下船したばかりの乗員たちが岩だらけの黒い土地を横切り、海面からつき出た高い岩島を登っていくと、その岩裾の浜辺に町が広がっていた。灼熱の太陽の下、蠅が雲のように群がる中で、汗だくの二人の兵士が罵声を浴びせながら、裸で柱に縛られた二人の黒人を鞭打っていた。血まみれになった二つの黒い背中と唸る鞭の音がおまえをその場に釘付けにした。おまえはアルフレッド・ダヴィドの腕にすがりついてしまったね。

「あの人たちは何をしてるの」

「盗みか、もっと悪いことをした二人の奴隷を鞭打っているのですよ」と不愉快そうに船主は説明した。「奴隷の主人が罰を決めたのでしょうが、小遣いをやって兵隊にやらせているのですよ。この暑さでは鞭を打つのも大変な労働ですから。哀れな黒人たちだよ」

プライアの白人と混血の住人はみな、黒人を捕まえ、売買することで生計を立てていた。このポルトガルの植民地では人身売買が唯一の産業だった。メキシカン号の船底を補修するのにかかった十日間に、この土地でフローラが見聞きしたことすべてが、そして知り合った人間すべてが、彼女の胸に同情や驚愕、怒り、恐怖の感情をかきたてた。背が高く中年太りのどっしりとしたミルクコーヒー色の産婆、ワットリン未亡人のことをおまえはけっして忘れることはないだろう。その家は彼女が崇拝するナポレオンと帝国の将軍たちを描いた銅版画で埋めつくされていたが、彼女はおまえにチョコレートとケーキをご馳走してくれたあとで、居間においてある、他所では絶対に見られないというすごい置物、ホルマリンを満たした水槽の中で漂っている、二体の黒人の胎児を見せてくれた。

この島で一番の土地所有者は、バイヨンヌ出身のフランス人のタップ氏だった。彼は元神学校生で、アフリカ布教団で伝道の仕事をするために派遣されたのだが、精神性は低いがより実入りのよい、黒人売買の仕事に専念するために義務を放棄したのだった。五十代の丸々と太った赤ら顔の男は、牛のような首をしていて血管が浮き出しており、好色そうな目つきで舐めまわすようにフローラの胸や首を見るので、平手打ちをくらわせてやりたくなった。けれどもそうはしないで、人身売買に対する清教徒の馬鹿げた偏見のために「商売に壊滅的打撃を与え」て、奴隷商人を破産させようとしているいまいましいイギリス人たちを彼がこき下ろすのを、呆然としながら聞いていた。

タップはワインの入った水差しと缶詰を手みやげに、乗員たちと食事をしにメキシカン号へやってきた。奴隷商人がげっぷが出るほどワインをがぶのみし、その合間に子羊の骨付き腿肉や牛の焼肉にがつがつとかぶりついているのを見て、フローラは吐き気を催した。彼は現在のところ黒人奴隷を、男二十八人、女二十八人、子供三十七人所有しているが、「ヴァランタンさま」――腰に丸めてつけている鞭――のおかげでみな「行儀がよい」と言った。かなり酔っ払った奴隷商人は、召使いたちに毒を盛られるのではないかと怖れてその内の一人と結婚したが、生まれた三人の子供は「炭みたいに真っ黒」だ、食べ物も飲み物も全部女房に毒見させている、と打ち明けた。

もう一人フローラの記憶に刻まれたのは、すっかり歯の抜け落ちてしまったヴェネツィア出身のブランディスコ船長だった。彼の船はプライア港のメキシカン号の傍に停泊していた。彼はフローラたち乗員を自分の船での夕食に招待してくれたが、自身はオペレッタ喜劇の役者のような出で立ちで、孔雀の羽根のついた帽子にマスケット銃兵のブーツをはき、足にピッタリ張りついた赤いビロードのズボンと、縫いつけた宝石がきらきら光る玉虫色のフリル飾りのあるシャツを着ていた。数珠つなぎにしたガラス玉の入った長持を見せて、アフリカの村で黒人と交換するのだと得意げに話していた。彼のイギリス人に対する憎しみは、元神学生のタップよりも激しかった。イギリス人たちは、船一杯に奴隷を積んで航海中のこのヴェネツィア人を不意打ちし、船と奴隷、船荷のすべてを没収したあげく、彼を二年間投獄した。その間に彼は歯槽膿漏になり、すべての歯を失くしてしまったのだ。食後、ブランディスコはフローラに、十五歳になる利発な黒人少年を「召使い」として売りつけようとした。いかに健康であるかをフローラに納得させようとして、少年に腰巻を取るように命じると、彼ははにかむように笑いながらちらっと恥部を見せた。

フローラがメキシカン号を下船してプライアに行ったのは三回だけだった。そして三回とも、焼けつくような小さな広場で、植民地駐屯軍の兵隊が所有者から金をもらって、奴隷を鞭打っているのを見た。その光景は彼女をひどく悲しませ憤らせたので、彼女はもうあの光景を見るまいと決意した。それでシャブリエに出港のときまで船に留まっていると告げた。

あれは旅の最初の大きな経験だったね、フロリータ。奴隷制度の惨たらしさ、人間性を取り戻すために是正されなければならないこの世の不正義中の最悪の不正義。それなのに、一八三八年におまえが出版した『ある女賤民《パリア》の遍歴』では、ペルーへの旅でプライアに立ち寄ったときの話の中に「たとえようもない黒人の匂いは、吐き気を催させ、どこにでもついてくる」というくだりがある。おまえは後悔しても後悔しすぎることはないだろう。黒人の匂いだなんて！　その軽率で愚かな言葉を、おまえは後になってどれほど遺憾に思ったことだろう。この言葉はパリのスノッブたちの決まり文句を引きうつしたものだった。あの島でおまえに嫌悪感を抱かせたのは、「黒人の匂い」ではなくて悲惨さと残酷さの匂い、ヨーロッパの商人が商品にしてしまったアフリカ人の運命の匂いだったはずだ。不正義についておまえはあらゆることを学んだが、『ある女賤民《パリア》の遍歴』を書いた頃、まだおまえは無知だったんだね。

リヨンでの最後の日は、彼女が滞在した四日間のうちでもっとも忙しかった。フローラはひどい差込みで目が覚めた。エレオノールはベッドにいるようにと言ったが、彼女は「わたしみたいな者は病気になんかなっていられないのよ」と答えた。ほとんど身体を引きずるようにして、労働組合が彼女のために企画してくれた、三十人ほどの仕立屋と裁断師との集会に行った。全員がイカリア派の共産主義者たちで、彼らの聖書は、エティエンヌ・カベの最新の本（多くの人は文字が読めなかったので、聞いて知っているだけだったが）、一八四〇年に出版された『イカリア旅行記』だった。その本では、年老いたカルボナリ党員が、酒場もカフェもなく、売春婦も乞食もいない——しかし公衆便所はある！——嘘のような平等主義の国で、イギリス人貴族カリスドール卿がくりひろげる架空の冒険譚の体裁を借りて、未来の共産主義社会について語っていた。そこでは、所得や相続に累進税を課して経済上の平等を実現し、金銭や商業活動を廃止して、共同財産を築く、という持論を展開している。仕立屋や裁断師たちは、自分たちの理想とするエティエンヌ・カベの完璧な社会を建設するために、ロバート・オーエンのように、アフリカかアメリカに旅立つつもりで、新世界に土地を取得するための分担金の支払いもしていた。彼らは万人のための「労働組合」の構想にはあまり関心を示さなかった。彼らの理想としているイカリア主義の理想郷では貧乏人も社会階級も存在せず、怠け者も召使いも個人所有もなく、すべての財産は共有であり、国家「主権自治体イカール」がすべての人々に食事や衣類や教育や娯楽を与えてくれるので、彼らにとって労働組合は凡庸な代替策のように思えたのだった。フローラは別れの挨拶に、世界の他の人々に背を向けて自分たちだけエデンの園に逃避するなんて利己的であり、科学的でも哲学的でもない本『イカリア旅行記』で述べられているようなことを鵜呑みにするなんて単純すぎる、あれは文学的なファンタジーにすぎませんと、皮肉を言った。いくらかでも分別があれば、誰が革命の理論書や指導書として小説を選ぶだろうか。家族を聖なるものとみなし、夫による妻の売買行為を結婚と偽る現在の制度を保持しながら、カベ氏はどのような種類の革命を目指していたのか。

彼女が仕立屋たちに対して抱いた悪印象は、労働組合委員会が織物業者組合会館で企画してくれた送別の夕食会で消えてしまった。広い会場に三百人以上の労働者の男女がぎっちりとつめかけ、会が進むにつれて彼女に対して何度も拍手が起こり、ある靴職人が作曲した「労働者のラ・マルセイエーズ」が歌われて会場を盛り上げた。労働者たちは「ル・サンスール」紙の中傷がフローラ・トリスタンの仕事ぶりに箔をつけたし、また同紙がフローラの活動に嫉妬していることをはっきりと示すのに役立ったと言った。この歓待ぶりに深く感動したフローラは、今夜のようなご褒美がいただけるものならば、この世界の何人ものリッティエから侮辱されても、され甲斐がありますと言った。その超満員の会場の様子は、労働組合がもうなくてはならないものであることを証明していた。

エレオノールや委員会の他の仲間とは、明け方の三時に船着場で別れた。十二時間かけて、小船でローヌ川沿いにアヴィニョンに向かって進んでいくあいだ、川岸の背後にぼんやりと大きく現れる山々を眺め、山頂の糸杉越しに夜が明けるのを見ているうちに、再びカーボ・ヴェルデから南アメリカに向かうメキシカン号での航海の思い出が浮かんできた。四か月ものあいだ、大地を踏むことなく、囚われの身となっていた牢獄の中で、ただ海と空と十九人の仲間を見ながら、来る日も来る日も船酔いに苦しめられていた。一番大変だったのは赤道を越えるときで、大雨を伴った嵐が船を揺さぶり、壊れてしまうのではないかと思うほどぎしぎし音を立てて軋ませ、波にさらわれないように船員も乗員も甲板の手すりや輪にくくりつけられた。

メキシカン号の十九人の男たちはおまえに恋していたよね、フロリータ。たぶん。たしかだったのはすべての男たちがおまえを欲していたことだ。強制的な監禁状態の中で、すぐ傍にいる大きな黒い瞳にアンダルシア女のような長い髪、モデルのように細いウエストで愛らしく振る舞うおまえが、みんなをそわそわさせ夢中にさせた。若い見習い水夫のみならず、ほかの船員たちの中にも、おまえを想像しながら、ボルドーで「聖なる去勢男」ことイスマエリージョがしていたのと同じ汚らわしい行為を、ひそかに楽しんでいる者がいることをおまえは知っていた。誰も失礼な振る舞いには及ばなかったけれども、みんながおまえを欲していたのだよ、おまえの魅力がひときわ目についた、あの不自由な閉鎖された空間で。ザシャリ・シャブリエ船長だけが礼儀正しく、おまえへの思いを告白した。

プライアに停泊中のある日の午後のことだった。黒人が鞭打たれるのを見たくなかったフローラを除いて、みんな下船していた。シャブリエはフローラに付き合って船に残っていた。あふれるほどにぎやかな色彩を撒き散らして夕陽が水平線の向こうに沈むのを舳先で見ながら、教養あるブルターニュ人のシャブリエと話をするのは楽しかった。燃えるような暑さも収まり、生暖かな風が吹いて、空は燐光を放っていた。テノール歌手になり損ねた、四十歳に満たない、小太りながら粋で身だしなみがよいこの男はとても礼儀正しく、やさしく振る舞ったので、そのときのおまえの目にはハンサムにさえ映った。セックスに対する嫌悪感にもかかわらず、おまえは女としての魅力を振り撒いてこの船乗りと戯れるのを慎むことができなかった。彼の目にどう映るかを意識しながら、おまえは大きく口をあけて笑ったり、とっさのひらめきで答えたり、瞬きをしたり、大げさな手振りで話したり、スカートの下の足を伸ばして細い踝をわざと覗かせたりしながら楽しんでいたね。シャブリエは顔を赤らめながらも、幸せそうだった。ときにはおまえを楽しませるために、バラードやロッシーニのアリアやウィンナワルツを力強い美しい声で歌ってくれた。けれどもその午後は、夕闇が彼を大胆にさせたのだろうか、それともいつもよりもっと、おまえが愛らしく見えたのか、ブルターニュ紳士は我慢できなくなって、おまえの片手をその両手でそっと包み、口元に近づけながらつぶやいた。

「マドモワゼル、私の無礼をお許しください。もう我慢できなくて、あなたに告白いたします。あなたを愛しています」

震えながらの長い愛の告白には、彼の誠実さ、慎み深さ、礼儀正しさ、育ちのよさが感じられた。おまえは当惑しながら聞いていたね。こんな男性もいたのかしら。恋愛小説の中のように、女は花びらのように扱われるべきだと信じている、堂々として感じやすく繊細な男。船乗りがあまりに恥ずかしそうにしながら震えていたので、おまえはその求愛を正式に受けたわけではなかったが、同情して彼に希望を与えてしまった。大変な過ちだね、フロリータ。その男らしくて純粋な態度に感動したおまえは、一番親しい友人として愛している、と言ってしまった。あとになって厄介事の種となるかもしれないのに、おまえは上気した面持ちのシャブリエの顔を両手ではさみ、その額に口づけした。メキシカン号の船長は十字を切って、この瞬間に世界でもっとも幸せな人間にしてくれたことを神に感謝した。

この十一年間におまえは後悔したことがあるのか、フロリータ、あの航海のあいだ、善人のザシャリ・シャブリエの心を弄んだことを。

ローヌ川をゆく船がアヴィニョンに近づく頃、おまえはそう自問していた。その答えは、いつものように「いいえ」だった。おまえは後悔しなかったが、バルパライソに着くまでのあいだ、おまえは冗談や戯れや嘘で、シャブリエをたきつけつづけた。彼は、恋は進行している、近いうちにマドモワゼル・フローラ・トリスタンから決定的な受諾の返事をもらえるものと、信じていたのだ。おまえは恥知らずにも、彼を巧みに弄び、曖昧な受け答えでじらしたかと思うと、あるときは計算された奔放さで、海が凪いでいるときに船室にやってきた彼が両手に口づけするのを許し、あるいはいきなり衝動的に膝の上に彼の頭をのせて、まばらな髪を撫でつけながら、それまでの人生の物語——旅の話、ロリアンの青春時代に抱いたオペラ歌手になる夢、おまえに出会う前に愛したただ一人の女性との失恋——をするよう、うながしたりした。そして一度ならずシャブリエの唇がおまえの唇に触れるのを許した。おまえは後悔したのだろうか。「いいえ」

ブルターニュ男は、フローラがボルドーでの乗船の折に、自分を知らないふりをしてくれ、と頼んだときについた嘘、フローラが未婚の母であることをすっかり信じていた。フローラが結婚もせずに母となったことを知ったら、敬虔なカトリック教徒である船長はあきれてしまうだろうと彼女は思った。けれども予想に反して、「彼女の不幸」を知ったシャブリエは、勇気をふるって結婚を申し込んだ。娘を養女にして、フローラを汚した男の卑劣な行為を誰も彼女に思い出させないように、フランスから離れた土地に行こう。リマでもカリフォルニアでもメキシコでも、あるいはインドでも、彼女がいいと思う場所へと。シャブリエに愛を感じなかったが、そうだったよね、フロリータ、おまえは彼の申し出を受けようと思ったこともあった。彼と結婚して、遠くの異国の地に住みつく、そこでは誰もおまえを知らないし、重婚で訴えられることもない。その地で、申し分のない紳士の庇護のもとで、恐れとも飢えとも無縁の静かで裕福な生活を過ごせるだろう。そうして生きることにおまえは耐えられただろうか、アンダルシア女よ。もちろん無理だった。

アヴィニョンの船着場はもう目の前だった。もう過去をあれこれ引っ掻き回すのはやめて、現実に戻らなければ。ぐずぐずしている時間はないのだ、フロリータ、人類の救済に遅れは許されない。

アヴィニョンの労働者たちに救いの手を差し伸べるのは容易ではなかった。彼らの大部分は方言しか話さなかったので、意思の疎通がなかなかとれなかった。パリで、労働団体の最古参兵アグリコル・ペルディギエ、別名「アヴィニョンの有徳の人」が労働組合の理念に賛同していなかったにもかかわらず、生まれ故郷の人々宛の紹介状を書いてくれた。そのおかげでフローラは織物工場の労働者と、この地方ではもっとも高給を得ている（一日につき二フラン）アヴィニョンとマルセイユ間を走る鉄道の労働者との集会を持つことができた。だが、そこで働く人たちは驚くほど無知で、むごいほど搾取されていたにもかかわらず、自らを取り巻く状況について考えることもせず、何事も運命と諦めてしまい、無為に過ごしていた。織物工場の労働者との集会では『労働者の団結』が四冊、鉄道の労働者との集会では十冊、ようやく売れたという状態だった。アヴィニョンの人たちはあまり革命を起こしたいとは思っていないようだった。

アヴィニョン一の金持ちが所有する五つの織物工場では、労働時間が二十時間もあって、通常よりも三時間から四時間長いことを知ったフローラは、工場主に会いに行った。トマ氏は彼女を喜んで迎えた。マス通りのクリヨン公爵の元邸宅に住んでおり、朝早くそこで会うことになった。たいそう美しい屋敷だったが、内部はさまざまな時代と様式の家具や絵画のカオスだった。トマ氏――神経質そうで痩せぎすの、目からエネルギーがあふれ出ているような人物――の執務室は古くて汚く、壁の塗装は剝げ落ち、たくさんの書類や箱、ファイルが床に散らばっていたので、そのあいだをフローラはやっとのことで通りぬけた。

「わし自身ができないことを労働者に対して要求してはいないね」来訪の目的を告げたフローラが、たった四時間しか労働者を眠らせないなんてと非難すると、彼は吠えた。「わしも明け方から夜中まで働いているのだよ、工場の稼動状況に直接目を配りながらね。一日一フランはあの役立たずどもには大金なんですよ。奥さん、見かけに騙されてはいけません。奴らが貧乏暮らしをしてるのは、貯蓄することを知らないからですよ。稼いだものを全部酒につぎこんでしまうんだから。断っておきますが、わしは酒はやりませんからな」

労働時間を「強制」している覚えはないと、彼はフローラに言った。このやり方が気に食わない奴は他で仕事を探せばいいだろう。彼にとってなんてことはない。アヴィニヨンで手が足りなければ、スイスから連れてくればいい。アルプス山脈に住んでいる野蛮人とは何も揉めたことがない。彼らはむだなことは言わずに働き、渡される給金で満足している。スイスの奴らは薄のろだがね、貯蓄することを知っているんだよ。

フローラの構想する労働組合に一サンチームも出すつもりはないと、取り付く島もなく彼は言った。よく理解したわけではないが、フローラの構想にはアナーキストや破壊分子が思いつきそうなものがある。だから一冊たりとも買うわけにはいかない。

「はっきり言ってくださってありがとうございます、トマさん」とフローラは立ち上がりながら言った。「もう二度とお目にかかることはないと思いますので申し上げますが、あなたはキリスト教徒でも文明人でもなくて、人肉を貪り食う人食い人種です。いつかあなたはその報いを受けて、労働者たちによって縛り首にされるでしょう」

フローラが敬意でも表してくれたかのように、実業家は大声で笑った。

「わしは毅然としたご婦人が好きですよ」と彼は愉快そうに言った。「こんなに忙しくなければ、週末にでもヴォークリューズの別荘にお招きしたいところですな。あなたとは素晴らしく話があうでしょうよ」

アヴィニョンの企業家が全員、こんなふうに無教養だったわけではない。イスナール氏はフローラを礼儀正しく迎え入れると、じっくり話を聞き、労働組合に二十五フランを供出し、「知的な労働者たちに配布するために」『労働者の団結』を二十冊注文した。あらゆる意味で近代的なリヨンとちがって、アヴィニョンは政治的に時代遅れなのだとわかった。労働者たちは無関心だったし、指導者層は王政派とナポレオン派に分かれていたものの、ラベルがちがっているだけで似たりよったりだった。不正義撲滅キャンペーンの旅にあまり多くの成果は期待できなかったが、それでもやはり彼女は成果をあげたかった。

フローラはこの悪い予測にも、アヴィニョンでの十日間、のべつ苦痛を与えつづけた結腸炎にも、士気を奪われはしなかった。安宿で夜、暑かったり眠れなかったりするときには、風がはいるように、またプロヴァンス地方の無数の瞬く星で覆われた空が見えるように、窓を開けた。メキシカン号で赤道地帯を通過したあと、穏やかな夜に甲板での夕食の席で眺めたように。シャブリエ船長は、チロルの歌やお気に入りの作曲家ロッシーニのアリアを歌って盛り上げた。船主のアルフレッド・ダヴィドは天文学の知識を用いて忍耐強い教師よろしくフローラに星や星座の名前を教えた。嫉妬のあまりシャブリエは青ざめた。同様に、ペルー人の乗組員たちによるスペイン語の練習にも嫉妬を感じていたにちがいない。クスコ出身のフェルミン・ミオタ、その従兄弟のドン・フェルナンド、老軍人ドン・ホセとその甥のセサレオが、おまえに動詞を教えたり、構文を訂正したり、ペルーで話されているスペイン語の音声の違いについて競いあって説明していた。ほかの乗組員たちがおまえに示したあふれるような心遣いに、シャブリエは苦しんでいただろうが、何も言わなかった。彼はあまりにも礼儀正しく教養があったので、嫉妬のそぶりを見せられなかったのだろう。バルパライソに着いたら最終的な返事をするとおまえが言ったから、彼は待っていたのだ、夜毎、彼はおまえが受諾の返事をくれるようにと祈っていたにちがいない。

赤道地方の熱さとべた凪ぎ状態が数週間続いて、船酔いもおさまり、航海はしのぎやすいものとなった――ヴォルテール、ヴィクトル・ユゴー、ウォルター・スコットなど、持参した本をおまえは貪り読んだ――あとで、メキシカン号は航海中最悪の難所、ホーン岬にさしかかった。七月や八月にそのあたりを横切るのは、一刻一刻、身を危険にさらすようなものであった。暴風は次々に行く手に現れる氷の山に船を叩きつけるようで、雪と霙《みぞれ》の嵐が頭上から降ってきて、船室や船底が水浸しになった。昼も夜も怯えて凍えながら過ごした。その数週間、溺れて死ぬのではないか、との恐怖でフローラは目を閉じることができないまま、シャブリエを始めとしてメキシカン号の航海士や船員が、帆を張ったり下ろしたり、水を掻き出したり、機械類を保護したり、壊れた部分を修理したりして、十二時間も十四時間も休みも食事もとらずに、精魂尽き果てるまで働いているのを、尊敬の念を抱きながら見ていた。ほとんどの乗組員は防寒具を持っていなかった。船員たちは寒さに震え、熱を出して倒れてしまうこともあった。事故も起こり――機関士が第三マストから落ちて片足を折った――、おできができて痒くなる皮膚病が乗組員の半分に広がった。ついに岬をまわった船が、太平洋を南アメリカ大陸沿いにバルパライソに向かって北上しはじめたとき、シャブリエ船長はこの試練を生き延びたことを感謝するための宗教儀式を行ない、乗組員や乗客――不可知論者を宣言している船主のダヴィドを除いて――も皆、敬虔な様子で従った。フローラも。ホーン岬ほど死を身近に感じたことはなかったね、アンダルシア女。

ある朝、アヴィニョンで数時間の暇ができたとき、ちょうどあの宗教儀式とザシャリ・シャブリエの祈りの意味を考えていたので、ふと古いサン＝ピエール教会を訪ねてみようとフローラは思いついた。アヴィニョンの人たちはそれを自分たちの町の宝物の一つとみなしていた。教会ではミサが執り行なわれていた。信者たちの邪魔をしないように、教会内の長椅子に彼女は腰掛けた。少し経つとお腹がすいてきたので——腸の調子が悪かったので、粗末な食事しかとれなかった——、彼女はポケットに入れて持ち歩いていたパンを取り出して、こっそり食べはじめた。フローラの気遣いも役に立たなかったと見えて、しばらくすると頭巾をかぶり、祈禱書や数珠を手にした大勢の女たちに取り囲まれてしまい、神聖な場所に対する無礼だとか、神聖なミサの最中に教区民の心を踏みにじったとか責めたてられた。誰も侮辱するつもりはない、胃の病気なので、疲れたときに何かを口にしなければならないと、彼女は説明した。ところが、鎮まるどころか、フローラの説明でますます女たちは逆上してしまい、その中の何人かがフランス語やプロヴァンス語で、「ユダヤ女」とか「罰当たりのユダヤ女」とか叫びはじめた。騒ぎがそれ以上大きくならないように、フローラは教会を出ることにした。

翌日、織物工場へ入るときにフローラが妨害を受けたのは、もしかするとサン＝ピエール教会での出来事のせいだったのか。工場の入口を閉めたまま脅すようにしながら、その身なりから判断するとひどく貧しいと思われる女工たちや職人の妻や親戚の者たちの一団が、彼女を待ち構えていた。何人かは靴を履いていなかった。フローラは彼女たちと話し合って、何を非難しているのか、織工たちと会合を開くために工場に入るのをなぜ阻むのか、訊きたいと思ったが、うまくいかなかった。何人かのアヴィニョンの女たちは、いっせいに叫んだり、身振りで激しい怒りを表して、彼女を黙らせた。フランス語とプロヴァンス語が交じり合っていたが、なんとか理解することができた。彼女らは、フローラのせいで自分たちの夫が仕事を失ったり、逮捕されることを怖れていた。ある者は彼女の存在自体に嫉妬していたようで、歯を剝き出しにして「恥知らず」とか「売女、売女」とか叫んでいた。アグリコル・ペルディギエのアヴィニョンの弟子が二人、フローラに付き添っていたが、彼らは織工たちとの会合を取り止めるように彼女に助言した。これほど興奮していては乱暴なことをしかねない。警察がやってきたりすれば、フローラが責任をとらされることになるだろう。

そこで、今は兵舎になっている、かつての法王宮殿を訪れることにした。フローラは荘厳で重々しい建物にも、まして巨大な壁を飾るドヴェリアやプラディエの絵にも興味は持てなかった――社会を蝕む悪と闘っているさなかに芸術を鑑賞する時間もエネルギーもほとんどなかった――が、グロ＝ジャン夫人には関心を抱いた。彼女は、その牢獄にそっくりの宮殿を訪れる人々を案内する、玄関番の老女だった。太っていて片目で、フローラが汗をかいているほどの夏の暑い盛りにもかかわらず、毛布に包《くる》まりながら、精力的にとめどなくおしゃべりするグロ＝ジャン夫人は、熱狂的な王政支持者だった。案内のための説明というのは、フランス大革命をこき下ろすための口実だった。彼女によると、フランスのあらゆる不幸は、一七八九年、ジャコバン党の不敬な輩、特に怪物ロベスピエールとともにはじまった。ギロチンの渾名をもつロベスピエール派の無法者ジュールダンがアヴィニョンで犯した蛮行の数々、彼自ら八十六人の首を刎ねたこと、この法王の宮殿も潰してしまおうとしたことなどを、彼女は嬉々としながら激しい非難をこめて列挙した。幸いにも神は彼を許したまわず、ジュールダンはギロチンでその最期を迎えた。突然、フローラが、フランス大革命は聖ルイ以降のフランスの歴史の中で最良のものであり、人類の歴史上もっとも重要な出来事であると評価を述べると、グロ＝ジャン夫人は驚きと憤慨のあまり、柱にしがみつかなければならなかった。

南アメリカ大陸を海岸沿いにゆくメキシカン号の航海最後の日々は、あまり快適なものではなかった。穏やかな海という名前にふさわしく、太平洋はいつも凪いでいた。フローラは自分が持ってきた本以外に、船の小さな図書室にあったバイロン卿、シャトーブリアンなど、初めての作家の本をゆったりと読むことができた。一ページごとにわくわくさせるような思想を見つけたり学んだりして、メモをとった。それは彼女の受けた教育の空白部分を見つける作業でもあった。しかし、そもそもおまえは、教育というものを受けたことがあったのかな、フロリータ。アンドレ・シャザルではなく、それがおまえの人生の悲劇だったのだ。今日にいたるまで、女たちはどんな種類の教育を受けてきたのか。教育という名に値する真の教育を女たちが受けていたならば、サン＝ピエール教会で信心深い女たちがおまえをユダヤ女と罵ったり、織物工場で女たちがおまえを売春婦と非難したりしただろうか。だからこそ、労働組合が主張する女性のための義務教育によって、社会変革を起こすのだ。

メキシカン号はボルドーを出てから百三十三日目に、予定より約二か月遅れてバルパライソ港に着いた。バルパライソは黒い砂の海岸に平行してひどく長い通りが一本あるだけの町だったが、地球上のあらゆる民族の見本市ではないかと思えるほどさまざまな人間があふれていた。言葉の種類から判断すると、スペイン語以外では、英語、フランス語、中国語、ドイツ語、ロシア語などが話されていた。南アメリカで暮らしを立てようとやってきた世界中のすべての商人や傭兵や冒険家は、バルパライソから入っていた。

シャブリエ船長は、フランス人のオーブリ夫人が経営する小宿にフローラが落ち着けるように手助けをしてくれた。フローラの来訪は小さな港町を活気づかせた。誰もが彼女の叔父ドン・ピオ・トリスタン、一時期このバルパライソに亡命してきたことのある、ペルー南部一の金持ちの権力者を知っていた。ドン・ピオのフランス人の姪――しかもパリから――の来訪のニュースで町は大騒ぎになった。フローラは最初の三日間、ひっきりなしにやってくる来客の相手をせざるをえなかった。主要な家柄の家族はドン・ピオの姪に挨拶して、ドン・ピオの友人であると言いたがったし、また、噂のパリジェンヌの伝説――美人でエレガントで奔放――が本当かどうか、自分自身の目で確かめてみたがっていた。

訪問客とともに届いたニュースは、フローラの上に爆弾を落とした。トリスタン家に認知してもらいその一員となるために多くの希望を託していたフローラの年老いた祖母、ドン・ピオの母親は、一八三三年四月七日、アレキーパで亡くなっていた。その同じ日にフローラは三十歳を迎え、メキシカン号に乗船したのだった。南アメリカでのおまえの冒険には幸先の悪いスタートだったね、アンダルシア女。その青ざめた顔を見て、シャブリエは懸命に慰めてくれた。フローラはこの機会をとらえて、結婚の申し込みに対して返事をするにはあまりに取り乱しているから、と言うつもりだったが、それを察知したシャブリエは、彼女に言わせようとしなかった。

「いいや、フローラ、何も言わないでください。まだ、何も。今はこんな大事な決定を下すときではありません。あなたの旅をお続けなさい。アレキーパに行って、ご家族にお会いになって、ご自身の問題を解決してください。私はあちらまであなたにお目にかかりに参りますから、そのとき、あなたの心をお教えください」

一八四四年七月十八日、フローラはアヴィニョンを出てマルセイユに向かった。法王庁の置かれている町に着いたばかりの頃より、少し元気を取り戻していた。彼女は労働組合委員会を十人のメンバー――織物工場の職工、鉄道員、パン職人――で結成できたし、カルボナリ党員たちと秘密裡に真剣な集会を二回行なっていた。カルボナリ党員は激しく弾圧されていたにもかかわらず、プロヴァンス地方では活動を続けていた。フローラは、共和制の理想のために闘っている彼らの勇気を称賛したものの、秘密結社を結成して非合法活動をするのは、イカリア派の共産主義者がアメリカに渡って自分たちだけの天国を作ろうと計画しているのと同じくらい子供じみており、時代遅れのロマンティシズムにすぎない、闘いは白日の下で全世界を視野において、ここで、そしてすべての場所において、革命の思想が労働者や農民、搾取されている人々すべてに例外なく届くようにしなければならない、そういう人々が立ち上がることによってのみ、社会は変革されるのだからと、自分の考えを説明した。カルボナリ党員は困惑しながら聞いていた。頼みもしないのに批判されたことに対して、何人かは不快そうに抗弁した。しかし、何人かは彼女の勇敢さに感銘を受けたようだった。「あなたの訪問を受けて、カルボナリ党は組織への女性の参加禁止を再検討することになるでしょう」とリーダーのプロネ氏は別れ際に言った。

10 ネヴァーモア――プナアウイア、一八九七年五月

一八九六年の五月末、パウッウラが妊娠していると言ったとき、コケはそのことをあまり気にとめなかった。彼のヴァヒネも同様だった。彼女はマオリ風に妊娠を喜ぶでもなく不快に思うでもなく、運命として淡々と受け入れていた。彼はといえば、潰瘍と踝の痛みとがぶり返し、ジジ叔父から相続した遺産も底をついて経済的に困窮しており、最悪の時期だった。けれどもパウッウラの妊娠が、運命の転機とたまたま重なった。潰瘍の口がまたふさがりはじめると同時に、ダニエル・ド・モンフレーから千五百フランの送金が届いた。アンブロワーズ・ヴォラールがとうとう何点かの油絵と彫刻を売ったのだった。軍服を脱いでプナアウイア周辺の果樹園の小さな農場に住みついた元フランス兵、ピエール・ルヴェルゴが、ときどきゴーギャンの家へパイプをふかしたりラム酒を一杯やるために立ち寄ると、ゴーギャンは冗談半分真面目半分で主張した。

「タヒチの子供の親になることがわかってから、結社アリオイは俺を守ってくれることを決定した。これからはこの土地の神々の助けを得て、事はうまく運ぶだろう」

しばらくのあいだはそのとおりだった。金銭面も健康状態もよい方に向かい――踝は

ずっとこれからも痛みつづけるだろうし、生涯を通じて足を引きずったままとわかっていたが――、借金を返したあとで、ワインの大樽を再び買うことができた。日曜日には昼食に客を招き、小屋の入口で招待客を迎えて、ポール自らがコック長となり、ほとんど流動体のゆるゆるオムレツをメイン・ディッシュとして物々しく作った。パーティはまたもやカトリックの神父とプロテスタントの牧師の怒りを買ったが、ポールはまったく気にしていなかった。

彼はとても機嫌がよく、活力にあふれ、自分でも驚いたことにヴァヒネの腰や腹部が太くなっていく様子にとても感動していた。初期の数か月、妊娠のたびにメット・ガッドに付きまとった吐き気やむかつきは少女にはなかった。まったく対照的に、パウッゥラは今までどおり日常生活を続け、子宮の中で人間が生育していることに気づいていないかのようだった。九月に入ってお腹がふくらんでくると、落ち着いてきてゆっくりとした動きをするようになった。深く呼吸をしながらゆっくりと話をし、手をスローモーションのように動かして、歩くときは重心をとるために両足を広げて立った。コケは長いあいだ、その姿をこっそり観察していた。パウッゥラが赤ん坊の存在を確かめるように腹に手をあてて深々と呼吸をしている様子を見ていると、コケは今まで経験したことのない感情、愛しみで胸がいっぱいになった。コケ、おまえも年をとったのかな。たぶんな。未開人も父親になるという普遍的な共通の経験をして、感動することがあるのだろうか。そうだよ、もちろんまもなく生まれてくるおまえの精子《たね》から生じたこの子供に、おまえは幸せを感じているのだ。

ポールのやる気は、立てつづけに描きあげた母性を題材にした五点の作品、『テ・アリイ・ヴァヒネ（高貴な女性）』『ノ・テ・アハ・オエ・リリ（どうして怒っているの）』『テ・タマリ・ノ・アトゥア（神の子の誕生）』『ナヴェ・ナヴェ・マハナ（かぐわしき日々）』『テ・レリオア（夢）』に表れている。ほとんどおまえらしさのない絵画だったね、コケ。それらの絵にはドラマも緊張も暴力もなく、豊かな色調の風景の中で淡々と静かに日常が描かれていた。人間は楽園の草木の単なる似姿にすぎないかのようだ。満ち足りている芸術家の作品なのだ！

女の赤ん坊は一八九六年のクリスマスの三日前の夕暮れに、自宅の小屋で地元の産婆の手を借りて生まれた。何の問題もない安産だった。小屋の向こうでは、プアナウイアのプロテスタント教会やカトリック教会で、少年少女たちが練習しているクリスマスキャロルの合唱が聞こえていた。コケとピエール・ルヴェルゴは小屋の外で、コケが伴奏するマンドリンに合わせてブルターニュ地方の歌をうたいながら、アブサンで子供の誕生を祝っていた。

「鴉《からす》だ」とコケが突然、マンドリンの手を止め、近くの大きなマンゴーの木を指して言った。

「タヒチに鴉なんていないぜ」とびっくりしながら、元軍人は見ようとして急いで立ち上がった。「鴉も蛇もいないぜ。知らなかったのか」

「あれは鴉だ」とコケは譲らなかった。「これまで何度も見たことがあるんだよ。ル・プールデュのお人形と呼ばれるマリー・アンリの家で、一羽の鴉が毎晩、俺の部屋の窓辺に眠りに来たもんだよ。俺が予測できなかった不幸を知らせにね。俺らは友達になったよ。あの不恰好な鳥は確かに鴉だ」

確かめることはできなかった。二人がマンゴーの木に近づくと、黒っぽい塊、羽のある影が逃げていった。

「あれは縁起の悪い鳥だよ。俺はよく知っているよ」とコケは言い張った。「ル・プールデュの鴉は俺に悲劇を知らせに来たのさ。さっき見た鴉は俺に別の破滅を知らせに来たんだ。潰瘍が口を開けるか、次の嵐でこの小屋に雷が落ちて焼けてしまうか、そんなところだろう」

「あれはちがう鳥だよ。何だかわからんがね」とピエール・ルヴェルゴはしつこく主張した。「タヒチでもモーレアでも、このあたりのほかの島でも、鴉なんて絶対に目撃されたことなんかないんだから」

二日後、コケとパウッウラが娘にどこで洗礼を受けさせるか議論しているあいだに――パウッウラはカトリック教会を望んだが、コケは反対した。彼はリケルム牧師よりもダミアン神父ともっとうまくいっていなかったので、リケルム牧師のほうがやりやすかったのだ――、赤ん坊が急に硬直して、呼吸困難に陥ったかのように紫色になり、動かなくなってしまった。プナアウイアの診療所に運び込んだときにはもう息を引き取っていた。「先天的な呼吸器の欠陥の為」と保健所の役人が署名した死亡報告書には書かれていた。

赤ん坊は宗教儀式なしでプナアウイアの墓地に埋められた。パウゥウラはその日も翌日も泣かなかった。死んだ赤ん坊のことをまったく口にしないまま、少しずつ日常の生活に戻っていった。ポールもやはり赤ん坊のことは何も話さなかったが、昼も夜も起こったことについて考えていた。このことについて深く考えこむことは、数か月前の行方の突きとめられなかった『アリーヌ・ゴーギャンの肖像』のときのように、彼の心を苦しめた。

おまえは死んだ赤ん坊と不吉な怪鳥——あの鳥は鴉だった。間違いなかった。タヒチに鴉はいないと先住民や植民者は口をそろえて言っているが——について考えていた。あの羽のあるシルエットはおまえの古い記憶を呼び覚ましていた。あれからさほど時間は経過していなかったのに、今はずいぶん遠い昔のように感じられる。パペエテの軍人クラブの貧弱な図書室とオーギュスト・グーピの個人図書館——島で唯一その名にふさわしい——で、ひょっとしてエドガー・アラン・ポーの詩『大鴉』のフランス語訳を載せた出版物が見つかるかもしれないと、彼は探してみた。その詩を訳した友人で詩人のステファン・マラルメが、ローム通りの自宅で開いていた火曜日のサロン、おまえも一時期よく参加していた集まりで、その詩を大きな声で朗読するのを、おまえは聞いたことがあった。ポーがその作品の第一稿を書いた、彼の人生の中でも厳しい時期について、ステファンが行なったスマートで繊細な説明を、おまえははっきりと思い出した。そのときポーはフィラデルフィアで、酒と麻薬、飢え、家族の問題に打ちのめされていたのである。翻訳されたあの恐るべき詩は、陰鬱でありながら同時によく調和が取れており、官能的で不気味さに満ちていて、おまえを骨の髄まで揺さぶったんだよね、ポール。その朗読のあと、ポーの傑作をこれほど精妙にフランス語に移しおおせた人物に対するオマージュとして、マラルメの肖像画を描くというひらめきをおまえは得た。しかし、ステファンは肖像画を気に入ってくれなかった。おそらく彼が正しかったのだ。おそらく、とらえ難い詩人の顔をおまえは表現しきれなかったのだろう。

一八九一年三月二十三日、初めてのタヒチ旅行の前夜に、カフェ・ヴォルテールに彼との別れを惜しむ友人たちが集まって、夕食会を開いてくれた。主催者はステファン・マラルメその人で、『大鴉』の二つの翻訳を朗読した。ひとつは彼自身の、もうひとつは悪魔と言葉を交わしたと豪語する恐るべき詩人ボードレールのものだった。その後、肖像画の礼として、ステファンはポールに、一八七五年に出版された彼の翻訳書の私家版を一冊、サイン入りで贈ってくれた。あの本はどこに行ったのだろうか。がらくたをしまってある長持を調べてみたが見つからなかった。おまえの友人の誰かが持っているのだろうか。何度も引越しをするうちに紛失してしまったのだろうか、今すぐに——痛みが襲ってきたときのアルコールやアヘンチンキのように——読み返してみたいあの詩を。おまえは母親の肖像画を探したときのひどく不安な思いを覚えていたので、友人たちにそれを探してくれとは頼まなかった。

ポールは詩句を思い出すことはできず、各詩節の最後のリフレーン――「ネヴァーモア」――と、詩の展開と挿話だけを覚えていた。おまえの人生のこの時期の、タヒチ人のコケ、おまえのために書かれた詩だ。愛するレノアの死に打ちのめされて、暴風雨の真夜中に思い悩みながら読書に耽っていると、鴉がやってきて読書を中断させられてしまうあの学生は――おまえだ。嵐に運ばれてきたのか、闇から遣わされたのか、鴉は学生のいる部屋の窓から飛び込んできて、戸口を護るパラスの白い大理石の胸像の上に止まった。おまえは詩の憂愁と不気味なニュアンス、死や恐怖や不幸や地獄（「冥府の岸」）、闇、あの世への不安に対する暗示を強烈な明断さで覚えていた。恋人や未来に関する学生のあらゆる問いに、醜い鳥は不吉な鳴き声で（「ネヴァーモア」と）答えつづけて、不動の「時」の、永遠という苦悩に満ちた意識が生み出される。最後の詩行では、学生とその黒い訪問者が「時」が尽きるまで対峙しつづけるよう運命づけられ、ストーリーは終わるのだ。

描かなくてはいけないよ、コケ。もう久しくおまえに侵入してくることのなかった精神の爆ぜる音が再びそこに戻ってきて、おまえに絵を描くよう要求し、活気づけ燃え立たせていた。そうだ、そうなのだ。もちろん、絵を描くのだ。おまえは何を描くのか。刺激され興奮し、鳥肌を立たせるような血の熱狂はおまえの頭まで上ってきて、自分が信頼できる存在であり、強大で、勝利者である、と感じられて、おまえは木枠にキャンヴァスを張ってイーゼルの上にしっかりと平釘で留めた。古代マオリの信仰や迷信の中から死んだ赤ん坊を甦らせようと、描きはじめた。古代の信仰や迷信はもう跡形もなくなっていたし、現代のものは隠されていたり秘密にされていたので、おまえには見えなかったよね、コケ。おまえは一日中仕事に明け暮れた。午前も午後も、昼食時につかのま、昼寝のための小休憩をとる以外は、ちっちゃな身体と紫色に変わった顔を再現しようとした。三日目、日が傾いてきてもう満足に仕事ができなくなる頃になって、あれほど苦労して構成してきた画面に白い絵の具を叩きつけるように塗った。おまえを仕事に駆りたてた精神的高揚の突風のあとで、失敗したことを悟ったとき、耳や目からあふれ出る嫌悪感にげんなりし、いらいらした。キャンヴァスに現れたものは屑だったな、コケ。絶望、落胆、無力感が関節と骨に鋭い痛みを加えた。彼は絵筆をパレットの傍に置き、意識がなくなるまで飲もうと決めた。寝室を横切ってクラレットの樽が置いてある入口のほうへ行こうとしたとき、パウッウラが横向きに裸で寝ている姿が、ふと目についた。顔は壁に切られた四角い窓に向けられていて、そこではコバルトブルーの空に宵の星々が覗いている。彼のヴァヒネは、ちらっとなにげなく視線を彼に向けたが、静かに、おそらく無関心なままで、空を見るために目を戻した。パウッウラのあのいつもの超然とした態度には、彼の好奇心をそそる、どこか神秘的で謎めいたものがあった。彼は立ち止まって彼女に近づき、立ったまま彼女を見つめた。何か不思議な感情、ぞくぞくするものを感じた。

今、身をもって感じているものこそ、おまえが描かねばならないことだよ、コケ。直ちにだ。彼は何も言わずにアトリエに行き、スケッチブックと木炭を手に寝室に戻ってきて、筵の上に崩れるように腰を落とし、パウッウラの前に坐った。彼がしっかりした線で、二枚、三枚、四枚と横向きになって寝ている少女をスケッチしているあいだ、彼女は身動きもせず、質問さえしなかった。パウッウラはときおり眠気に負けて目を閉じ、そのあとまた開けて、無関心なままちらっとコケのほうに目線を向けたりしていた。母になったことでパウッウラの腰は豊満になっていたが、今はさらに丸みを増して、腹部に堂々とした威厳ある重みを持たせていた。それはおまえに、アングルの物憂げなオダリスクや、ルーベンスやドラクロワの王妃や神話の中の女たちの腹部や腰を思い起こさせた。けれども、ちがう、ちがうよ、コケ。この素晴らしい肉体、金色に反射するつややかな肌、固く引き締まった腿から伸びる力強く形のよい脚は、ヨーロッパ人のでもフランス人のでもない。タヒチ人の肉体なのだ。マオリのものなのだ。知らず知らずのうちに毛穴の一つ一つからにじみ出る官能の中で、パウッウラが気ままにのびのびと横になっている姿は、まさにマオリのものだった。それに加えて、彼女の絡み合った頭髪の黒さを黄色い枕が——その強烈な金色は、狂ったオランダ人の奔放な金色を思い起こさせた。その色をめぐって二人はアルルでずいぶん長いこと議論したものだ——、より際立たせていた。風が挑発的でいざなうような芳香を醸し出している。裸のおまえのヴァヒネを見たときの性的興奮が、飲もうと思っていたワインよりもおまえを酔わせた。その思いがけないポーズが、意気消沈していたおまえを救ってくれたのだ。

ペニスが固くなるのを感じたが、仕事を続けずにはいられなかった。今、この時点で絵を中断することは、冒瀆なのだ。このように魂を奪われるような状態が再び訪れることはないだろう。必要な材料を持ってきたとき、パウッウラはもう眠っていた。彼は素晴らしい結果を予感して精神に大きな安らぎを感じていたが、すっかり疲労しきっていた。明日、おまえは再び絵に取りかかることだろう、コケ、今度はためらわずに。おまえは自分の描くものを完璧にわかっていた。また、このキャンヴァスには、頭を黄色い枕に休めてベッドに横たわっている金色の裸の女の背後に、一羽の鴉がいるだろう。そしてこの絵は『ネヴァーモア』と名づけられるだろう。

翌日正午に友人のピエール・ルヴェルゴが、いつものように話をしながら一杯やろうと小屋に立ち寄った。コケは素っ気なく彼を帰した。

「俺から連絡するまで来ないでくれないか、ピエール。邪魔されたくないんだ。君にも他の誰にも」

パウッウラには同じポーズを取るようには頼まなかった。それは彼が自分のヴァヒネを見たときのあの最高の光、物体を闇の中に溶かして消し去り、暗がりに沈め、判然としないものにまさに変えてしまおうとする瞬間の光を再現してくれと、空に向かって頼むようなものだった。少女は、自然にとったあののびやかなポーズを、彼女を突然襲ったあの完全な放心状態を、決して再現することはないだろう。その光景はすばらしく生き生きとコケの記憶に残っていたので、思い出すのは容易だった。モデルの輪郭や表情などはまったく迷わなかった。それにひきかえ、『ネヴァーモア』を特徴づけ個性を与えるものとおまえが確信している、亡霊が現れ、魔力あるいは奇跡が起こりそうなあの雰囲気の中で、いくぶん青みを帯びた翳りゆく光の中に彼女の姿を浸すことは、並外れて困難な仕事だった。足の形は記憶を忠実に再現するよう十分気をつけて描いた。太く、しっかりとしていて、指は開いている。頑丈で、いつも地面にじかに触れ、自然と交情している。パウッウラの右足と下肢の傍に置かれた布にある血の染みにはとくに念入りに筆を入れた。それはその官能的な身体に活路を見出そうとしている血塊、またたく炎だった。

この絵と、一八九二年にテハッアマナをモデルにして描いた絵、タヒチで描いた最初の傑作『マナオ・トゥパパウ』のあいだには、緊密な関係があることに彼は気づいていた。この絵はもうひとつの傑作になるだろう、コケ。あれよりもさらに円熟していて深みがあった。より冷ややかで、あれほどメロドラマ調ではないが、より悲劇的だろう。テハッアマナは亡霊を恐れたが、この絵ではパウッウラは生まれたばかりの娘を失う試練のあとで、『マナオ・トゥパパウ』の悪霊と置き換えられた『ネヴァーモア』の目のない鴉によって表された運命を前に、マオリ特有の、すべてを運命として受け入れる賢明な態度で、諦観しながら横たわっていた。五年前、おまえがこの絵を描いた頃は、シャルル・ボードレールのように、悪や不吉なもの、陰鬱なものに対して、ロマンティックな眩惑の名残をまだ多く引きずっていた。悪の化身ルシフェルに魅せられ、ルシフェルと知己であることを公言していたボードレールとある夜、モンパルナスのビストロに坐って、美学について議論したことがあった。あの浪漫派文学的表現方法も、もう消失してしまった。おまえは鴉を熱帯風にした。緑がかった身体、灰色のくちばしにくすんだ煙のような斑点がある翼。この異教の国で、自分の限界を受け入れて横たわっている女は、人類を滅ぼそうと突然襲いかかってくる理解を超えた無慈悲な力に対して、無力であることがわかっている。そのような力に対して、未開人の知恵――アリオイの知恵――では、反抗したり、泣いたり、不平を言ったりしない。嵐に襲われた木々や山々、潮の満ち干で沈んでしまう海岸の砂浜のように、哲学的に自覚的に、諦観をもってその力と対峙するのだ。

　裸体を描き終えると、周りの空間を、とりどりの色を微妙に組み合わせて細部にわたり、豪華にたっぷりと描きこんだ。夕暮れ時の移ろいがちな神秘的な光は、それぞれの存在を曖昧さで満たしていた。おまえの主観的な世界のあらゆるモチーフがこの構図に固有の特徴を与えていたが、それにもかかわらずこの絵はタヒチ的だった。熱帯風に色付けされた目のない鴉の他に、それぞれの壁板に、輪郭が塊茎状に膨らんだ空想上の花や、帆を上げた船のように見える植物が配されていた。雲を浮かべた空は壁を覆う布に描かれているのだろう。あるいは部屋の開かれた窓から見える空なのかもしれない。横たわる少女の背後では、二人の女が、一人は背を向け、もう一人は横を向いて話しているが、彼女たちは誰なんだ。おまえは認識していなかった、見かけは平凡でも、女たちの中には不吉で忌まわしい何かが、『マナオ・トゥパパウ』の気味の悪い悪魔よりも邪悪な何かが存在していることを。横たわる少女に目を凝らせばすぐに、そのゆったりした姿勢にもかかわらず、目は横目づかいに見開かれ、彼女の心を乱している背後の人物の会話に耳をそばだてているのに気づくだろう。この作品の中に描かれているさまざまの物――枕やシーツ――には、画家としての初期に日本の古い版画を発見して以来、自然に手が動いて描いてしまう日本の花々があった。しかし、これらの花々には、未開社会の奥深くに潜んでいる不確実さがあった。なぜならこれらは見方によっては姿を変え、蝶々や、彗星などとなるからだ。

彼は絵を描き終えると――細部に筆を入れたりして、仕上げに十日近くかかった――、満足感や寂しさ、虚脱感を感じた。彼はパウッウラを呼んだ。彼女はしばらく無表情に見つめていたが、あまり気に入らなかったようで頭を振った。

「あたしはこんなじゃないわ。その女はもうおばあさんよ。あたしはずっと若いわ」

「そのとおりだ」と彼は言った。「おまえは若い。この女は、永遠なんだ」

しばらく眠ったあとで起き上がると、ポールはピエール・ルヴェルゴを探しに出かけた。パペエテに誘い出して、描き上げたばかりの傑作の完成を祝った。港の酒場で夜を徹してあらゆる酒を飲んだ。アブサンにラム酒、ビール、二人は酔い潰れるまで飲んだ。カテドラルの近くのアヘン窟に入り込もうとしたが、中国人に追い返された。二人は安ホテルの床で眠った。翌日、乗合馬車でプナアウイアに戻ると、ポールは内臓を引っ掻き回されたような感じで、吐き気がして、胃にはむかむかするような酸っぱいものが込み上げてきた。そのようなひどい状態だったが、キャンヴァスを注意深く梱包し、ダニエル・ド・モンフレーに短い手紙をつけて送った。「これは傑作だから、いい値がつかなければ売らずにおいてほしい」

四か月後に、モンフレーからの返事が来て、アンブロワーズ・ヴォラールが『ネヴァーモア』を彼の画廊に展示したその初日に、五百フランで売れたと言ってきた。ポールはその頃プナアウイアを出て、パペエテに住んでいた。総督府の土木局の製図係補佐の仕事が見つかったのだ。給料は百五十フラン。つつましく生きてゆくだけのことはできた。彼はパレオだけを身につけた半裸の恰好で通うのは止め、役人らしく西洋風に身づくろいし、靴も履いた。パウゥウラは、彼を見捨ててしまった――何も言わずに、ある日、わずかな身の回りのものを持って消えてしまった。パウゥウラが家を出てしまったことと、コペンハーゲンで娘のアリーヌが死んだという知らせは、彼を打ちのめし、時が経つにつれてますます彼を苦しめるようになった。ポールはプナアウイアの家を売り、友人の何人かを前にして、もう二度と、どんな切れ端にも、一筆だって絵は描かない、いかなる像も、小さな欠片だって彫刻しない、と公言した。これから先は何も計画を立てずに、ただ生き延びることを考える。まともにそう言ったのか、酒の酔いでそう言ったのか、ポールは覚えていなかったが、なぜそんな過激な決心をしたのかと訊かれたときに、『ネヴァーモア』のあとでは、どんな作品も駄作だろうから、と答えた。この作品は彼の白鳥の歌だったのだ。

それが彼の人生におけるある時期のはじまりだった。パペエテの人々は彼の様子をうかがい、その最期の苦しみはいつまで続くのだろうといぶかしんだ。彼はすでに人生の最終段階に入っていて、死期を早めようとあらゆる手を尽くしているようにもみえた。朝彼はパペエテの町が森に飲まれて果ててしまうあたりの、郊外の安宿に住んでいた。朝早くそこを出て土木局に向かった。その道程は彼の足では普通の人の二倍の時間がかかった。彼の仕事は――ギュスターヴ・ガレ総督のおかげで――形ばかりのものだった、というのも、仕事として割りあてられた図面を、彼はひどく不器用な上にいやいや作っていたので、もう一度製図し直さなければならなかったからだ。誰も彼を相手にしなかった。皆が彼の怒りっぽい性格、かっとなるとけんか腰になるのを恐れていて、今では酔っ払っているときだけでなく、しらふでも怖がられていた。

彼はほとんど何も食べないのでひどく痩せてしまった。目のまわりに紫色の隈ができ、顔のやつれのために、折れ曲がった鼻はより大きくより曲がって見え、それはまるで彼がかつて好んで木に彫り、マオリの墓地にある古代の神々だと主張していた偶像の鼻のようだった。

仕事が終わるとまっすぐ港にある酒場に行ったが、酒場は今では十二軒になっていた。船着場のコメルス通りへ、一人で杖にすがり片足を引きずりながらゆっくりと歩を進めた。その表情から明らかに身体の具合が悪いことが見てとれ、怒ってぷりぷりしていて無愛想で、誰に対しても挨拶を返さなかった。彼は先住民や植民者たちに対してとても社交的に振る舞っていた時期もあったが、今では人嫌いでよそよそしくなってしまった。酒場のテラスに席をとっていることもあれば、次の日は他の場所にいた。アブサンやラム酒、ワイン、ビール等を飲んでいたが、二杯か三杯飲むと目がうつろになり、舌がまわらなくなって、酒びたりの者特有ののろのろした振る舞いをした。

その頃は、酒場の主人たちや売春婦、浮浪者たちや周辺の酔っ払いたち、または孤独な彼に同情してプナアウイアから出かけてきて付き合ってくれるピエール・ルヴェルゴと語り合った。元兵士によると、彼が死ぬのではないかと思っていた人たちは思いちがいをしていたという。ピエールは、ポールにはもっと深刻なことが起こっており、正気を失いかけていて、頭の中が混乱していると受けとめていた。彼は別れの言葉もかけられないまま、コペンハーゲンで二十歳で死んだ娘のアリーヌのことを話したり、カトリック教団に対して最悪の背教と冒瀆の言葉を投げつけたりした。カトリック教団は、宗教結社アリオイや土地の神々を全滅させ、現地の人々の健全で自由で開放的な慣習を悪意に解釈して崩壊させ、ヨーロッパを現在の頽廃状態に追い込んだ精神的悪徳や抑圧や偏見を現地の人々に強要したと非難した。ポールの憎しみと怒りにはたくさんの標的があった。あるときはタヒチに定住している中国人に集中し、タヒチ人や植民者を排除して黄色人種の帝国を拡張するために、この島を自分の物にしようとしていると非難した。

そうでなければ、だらだらとわけの分からない独り言を言って、美術は、肌の白い均斉の取れた男女というギリシア人によって作り出された西洋の美の原型から、不均衡で非対称、原始民族の大胆な美意識の価値観に取って代わられるべきで、ヨーロッパに比べると原始民族たちの美の原型は、より独創的で多様性に富んでいて猥雑である、などと主張していた。

自分の話を聞いてくれているかどうかは彼には問題でなかった。もし誰かが話をさえぎって質問をしても、気づいているような気配を見せなかったり、下卑た言葉を投げかけて黙らせたりした。ポールは自分の世界に閉じこもり、だんだん他人とは打ち解けて話をしなくなっていった。悪いのは癇癪だった。パペエテに上陸したばかりの船員たちに誰彼かまわず悪態をついたり、運悪く目を合わせた教区の信者に椅子で殴りかかろうとしたりした。そんなときには憲兵が彼を警察署まで連れていき、留置所に一晩泊めた。近所に住む人たちはわかっているので、挑発に乗らないようにしていたが、航海中立ち寄った船員たちはそうはいかず、ときには彼と殴り合いをはじめた。今や分が悪いのはポールのほうで、顔に青あざを作ったり、身体に打撲傷を負ったりした。わずか四十九歳だったが、彼の身体は精神と同様、取り返しがつかないほど荒廃していた。

コケに新たに取りついた強迫観念は、マルキーズ諸島に移ることだった。タヒチ諸島の一番近くにある島からでも千五百キロメートルもある、あの遠く離れた植民地に行ったことのある人々は、その島々について夢のような考えを持っている彼を思い止まらせようとしたが、すぐにまったく耳を貸さないと気づいて、黙ってしまうのだった。彼の頭はもはや夢と現実の区別もできなくなっているようだった。彼が言うには、タヒチや周りの島々では、カトリックの神父やプロテスタントの牧師、フランス人植民者や中国人の商人たちが堕落させ、滅ぼしてしまったすべてのものが、マルキーズ諸島にはいまだ手つかずで純粋なかたちのまま残っている。向こうではマオリは昔のままで、誇り高く、自由で、野蛮で、自然や神々と一体化した原始のたくましい民族として存在している。裸であること、土着の宗教、祭りと音楽、聖なる儀式、刺青という情報伝達の芸術、集団でのセックスや儀式としてのセックス、再生を意図する人食などを天真爛漫に享受しながら生きているのだ。彼は幼年時代から囚われていたブルジョワの殻を砕き破って以来、それを求めて四半世紀あまりのあいだ、この世の中における楽園の痕跡を追跡しながらも、見つけられずにいた。信仰心と慣習を誇る伝統的なカトリックの土地ブルターニュ地方に彼はそれを探したが、すでに好奇心で見物にやってくる画家や、西洋の近代主義に損なわれてしまっていた。パナマでも見つけられなかったし、マルティニックでも、ここ、タヒチでも。タヒチでは、ヨーロッパ文化に取って代わられた未開の文化は、あの優れた文明のもっとも重要な中心部に致命傷を負っていて、そのわずかな残骸しか残っていなかった。だから彼はここを発たなければならなかった。まとまった金が手に入ったら、彼はすぐにマルキーズ諸島行きの船に乗るだろう。西洋の衣類もギターもアコーディオンも、絵筆もキャンヴァスも焼き払うだろう。森に入って孤立した村を見つけ、そこを自分の住処にするだろう。けっして理性に判断をゆだねたりしない、本能や夢、想像、人間を欲求のままにふるまわせる血に飢えた神々を祭ることを習おう。刺青の芸術を研究して、その記号の迷路のような体系や、豊かな過去の文化が無傷のままに保存してきた暗号化された知識を習得しよう。猟や踊りや、タヒチの言葉よりも古い基本的なマオリ語で祈ることを覚え、同胞の肉を食べて自分の身体に再生させよう。「おまえの歯が届くところに俺は絶対いないからな、コケ」と彼の冗談を唯一我慢できるピエール・ルヴェルゴは言っていた。

背後では隣人たちが彼を馬鹿にして笑っていた。彼の狂った支離滅裂な話を話題にしながら、野蛮人やびっこと呼ばないときは、人食いと呼んでいた。過去の生活を思い出しているときの矛盾によっても、彼の頭がすでにかなり正気を失っていることは明らかだった。モクテスマという名のアステカ最後の王の直系の子孫であると自慢していたが、もし、誰かが敬意を払いつつ、確か数日前、あなたはペルーの副王の直系の出だと聞きましたよと言うと、本当だ、そうだったよ、それにフローラ・トリスタンという名の祖母がいて、ルイ＝フィリップ王政時代の無政府主義者だった、子供の頃、祖母の手伝いで銀行家たちを襲撃するテロ活動のための爆弾や火薬を作ったことがあるね、と言ったりした。馬鹿げた主張をしようが、ひどい時代錯誤を犯していようが、彼は一向に構わなかった。彼の記憶は現実とかけ離れた誰かの、その場限りの作り話であり、想像によって作り上げられた過去であった。というのも、本当の過去は、病気や薬や精神錯乱や泥酔で溶けてしまっていたからだった。

植民者は誰一人、小さな駐屯部隊の将校も、役人も誰も、彼を自宅に呼ばなかったし、軍人クラブへの出入りも認められていなかった。ポールは、タヒチ・ヌイの小さな植民者の社会ではつまはじき者だった。彼のスキャンダラスな生活や先住民の女たちとの大っぴらな同棲、売春婦たちとの交わり、マタイエアでもプナアウイアでも起こしたあからさまな堕落ぶりを示すスキャンダル――噂話が誇大妄想的に誇張したスキャンダル――の主人公であることや、神父たちや牧師たち（特にダミアン神父）が流す悪い評判などが原因だった。彼らは先住民の心をそれぞれの教会に向けさせようと競い合い、熾烈なライバル関係にあったが、ポールのことを自堕落な酔っ払い絵描き、公衆にとって危険な存在、社会の面汚し、不道徳の源とみなす点では一致していた。食人行為を公然と褒め称える輩にいったい何を期待できるだろうか。

ある日、土木局にポールを訪ねて妊娠した少女がやってきた。パウッウラだった。昨日別れたばかりのようになにげなく「こんにちは、コケ」と言って小さく笑いながら、大きなお腹を示した。手には衣類の入った包みを持っていた。

「俺と暮らしに来たのかい」

パウッウラはうなずいた。

「お腹にいるのは俺の子か」

少女は目をいたずらっぽく輝かせながら、確信を込めて再びうなずいた。

ポールはとてもうれしかった。けれどもすぐに面倒なことが浮上した。おまえに関しては必ず何か面倒なことがついてまわったね、コケ。安宿の女主人はパウッウラがポールの部屋に住むのを認めなかった。自分が営むホテルは質素だが品格のあるところなので、この屋根の下に非合法カップルを住まわせることはできない、まして白人男性と先住民の女性の組み合わせなどもってのほかだというのだ。それから二人は部屋を貸しているパペエテの個人宅を、暗い気持ちで駆けまわった。どこも二人を受け入れることを拒んだ。ポールとパウッウラは、プナアウイアのピエール・ルヴェルゴの農園へ逃げていかなければならなかった。ピエールは住む所が見つかるまで二人を住まわせてくれたが、それが原因で元兵士は、ダミアン神父とリケルム牧師の不興を買うことになった。

プナアウイアに住みパペエテで働くコケの生活は、再びひどく困難なものになった。まだ暗いうちに朝一番の乗合馬車に乗らなければならなかったが、それでも土木局には三十分も遅れて着いた。その遅れを埋め合わせるために彼は、事務所が閉まったあと、三十分残ることを申し出た。

それでもまだ厄介事が足りないとでもいうかのように、常軌を逸する考えが彼の頭に浮かんだ。すなわち彼とそのヴァヒネの寄宿を拒んだパペエテの下宿屋とホテルを、人種や宗教の違いで市民を差別することを禁止しているフランスの法律に反するとして、提訴することだ。彼とパウッウラが蒙った損害に対してどのくらいの補償金を取れるかを、弁護士に相談したり検察官と話をしたりして、何時間も何日も時間を浪費した。相談された皆が皆、このような訴訟に勝てるわけがないと彼を説き伏せようとした。なぜなら法律では、ホテルや下宿屋の所有者と管理者は自分たちの判断で品位に欠ける人々を断ってもよいと、彼らの権利を保護していたからである。また、明白な不貞行為、違法結婚、あるいは重婚——しかもまさに先住民の女と——を犯し、また酔っ払って何度も騒動を引き起こして警察の取り調べを受け、その上、支払いもせずに病院から逃げ出したと非難されている彼自身に、どのような品位が証明できるというのだろう。ヴァイアミ病院の医師たちが彼を告発しなかったのは、同情したからだった。しかし、もしこの訴訟を決行するならば、病院の件も明るみに出て、コケも痛手を受けるだろう。

彼を断念させたのはこれらの論法ではなくて、一八九七年の半ば、空から舞い降りた恵みのように、ダニエル・ド・モンフレーと善人シュフの二人の友人から届いた連名の手紙だった。手紙には千五百フランの送金が添えられていて、次の送金も間もなく可能となるだろうと知らせていた。アンブロワーズ・ヴォラールがポールの絵や彫刻を売りはじめていた。一人の顧客にではなく、多くの客に。ヴォラールはいく人かと売買の約束をしていたので、いつでも話をつけることができた。こういったことはすべて、彼の運命の変換を予告するものに思われた。すでに何人かの批評家や画家が小声で認めていたこと、ポールが偉大な芸術家で、美的価値観に革命をもたらしたことを、収集家たちもついに認めはじめていると、二人の友人は喜んでいた。「フィンセントに起こったのと同じことが、君にも起きる可能性を無視するわけにいきません」加えて、「組織的に無視したあとで、今ではあらゆる人々が途方もない額を払って彼の作品を奪い合っています」。

その手紙を受け取った日に、ポールは土木局を辞めた。そして、プナアウイアのピエール・ルヴェルゴの農園からそれほど遠くない場所に小さな土地を手に入れた。ルヴェルゴの家は小さかったので、彼とヴァヒネは果樹園の端にある壁のない納屋で寝ていたのだ。間もなく送金することを知らせる友人たちの手紙と小切手を持参して、パペエテの銀行から新しい家を建てるための資金を貸しつけてもらい、彼が自分で設計図を描き、建設に当たっては熱心に監督した。

パウッウラが戻ってきてから、彼の健康の回復には眼を見張るものがあった。栄養をとって顔色もよくなったし、とりわけやる気が出てきた。再び笑い声が聞こえるようになり、隣人に対して社交的な態度をとるようになった。彼が陽気になった理由は、ヴァヒネがそばにいることだけではなく、タヒチ人の子供の親になるという期待のせいでもあった。それは、彼がこの地に最終的に腰を落ち着けること、この土地の祖霊たち、結社アリオイがとうとう彼を迎え入れたとの証を意味しているのだ。

数か月もすると、新しい住居は住めるようになった。前の家よりは小さかったが、壁で間仕切りをしたのでもっと頑丈だったし、屋根を雨風に耐えるようにした。絵を再開してはいなかったが、ピエール・ルヴェルゴはもう二度と絵筆をとらないという彼の言葉を信じていなかった。なぜなら、芸術や絵画の話題が頻繁に会話に上るようになっていたからだ。元兵士は実際以上に興味のあるふりをして、彼が聞いたこともない画家をポールが批判したり、彼には理解し難い思想を擁護するのを聞いていた。やり方はどうにせよ、絵を描くことでどのように「革命」を起こすことができるのだろうか。元兵士はすっかりあっけにとられていたが、ポールは精神が高揚してくると、フランスやヨーロッパの悲劇は、絵画や彫刻作品が人々の生活の一部であることをやめてしまったときからはじまったと主張した。中世まではそれらは生活の一部だったし、あらゆる古代文明、エジプト人やギリシア人やバビロニア人、スキタイ人、インカ、アステカ、それにここ、古代マオリのあいだでもそうだった。マルキーズ諸島にはまだ昔ながらの生活が生きている。彼とパウッウラと子供はまもなくそこに行くつもりだ。

口にするのが憚られる病気は、三月に突然、もっと激しさをましてぶり返し、コケの健康と精神の回復を阻んだ。足の潰瘍がまた化膿して口を開いた。今回は砒素をベースにした塗り薬では疼きを抑えられなかった。同時に踝の痛みがひどくなった。パペエテの薬剤師は、処方箋なしでアヘンチンキを売りつづけることを拒否した。ポールはうなだれ、屈辱で取り乱しながらも、ヴァイアミ病院へ運んで貰わなければならなかった。病院側は、以前、彼が窓から逃げ出して踏み倒した分を支払わなければ受け入れないと拒否した。その上、今回は費用の保証として前金を渡さねばならなかった。

彼は八日間入院していた。ラグランジュ医師は再びアヘンチンキの処方に同意してくれたが、この麻薬を乱用しつづけることはできない、今、彼が嘆いている記憶喪失や一時的な認識機能の喪失も——自分が誰だか、どこにいるのか、どこへ行こうとしていたのかもわからなかった——大部分が薬のせいだと警告した。医師が、彼の気持ちを傷つけまいと遠回しな言い方で、健康状態を考えるならフランスに戻るほうがよいのではないか、自分の生まれた国だし、よく知っている人たち、同じ言葉を話し、同じ血が流れる、同じ民族の人々に囲まれて最期の何年かを——つらい思いをするでしょうが、それはわきまえておかなければなりません——過ごすほうがよいのではないかと、思い切って勧めると、ポールは声を張り上げて反撃した。

「俺の言葉、血、民族はタヒチ・ヌイのものです、先生。フランスの土を踏む気はありません。挫折と、嫌な思い出しかない国です」

まだ脚に傷が残り、踝に痛みがある状態で彼は病院を出た。けれどもアヘンチンキが疼きと焼けるような痛みを和らげ、絶望感を鈍らせてくれた。すべてがすこしずつ現実から離れ、純粋な感覚やイメージ、ふわふわした幻想の領域に沈潜していく体験だった。その中で、自分が生きたまま腐りつつあること、また、軟膏を塗った包帯では消しきれないほど強くなっている足の潰瘍の膿の臭いは、自分がこれまで生きてきた中で犯した罪や卑劣さ、恥ずべき言動や悪行、間違いなどを顕にしているのだと悟ったとき、彼は苦しみや吐き気から解放された。あきらかにもうあまり長くはない人生だよ、ポール。マルキーズ諸島に着く前に、おまえは死んでしまうのだろうか。

一八九八年四月十九日、コケとパウッウラの息子が生まれた。元気な男の子で、体重も十分だった。二人で話し合ってエミールと名づけた。

11　アレキーパ――マルセイユ、一八四四年七月

〈直感的に好きになれない町っていうものがあるのね〉と、アヴィニョンから司祭と商人を相席にして運んでくれた四輪の箱馬車から降りたとたん、フローラは思った。そして、マルセイユの家並みを嫌悪感をこめて眺めた。これまで見たこともない町なのにどうして嫌いなのだ、フロリータ。あとになって彼女は、繁栄しているから気に入らなかったの、と言うだろう。強欲な投機家と移民であふれた小さなバビロンには、裕福な人々がたくさんいた。商業と富の過剰は、住民のあいだに重商主義精神と極端な個人主義を生じさせ、貧乏人や搾取されている人々までがそれに感染していて、そこには団結を目指す気配などほとんど感じることはなかった。むしろそこにあったのは、彼女が彼らに浸透させようとしている、労働者の団結や普遍的な兄弟愛という考えに対する、非情なほどの無関心だ。利益のことだけを考えている人々の、呪われた町よ！　金銭は社会の毒だった。すべてを堕落させ、人間を貪欲でガツガツした獣に変えてしまっていた。

まるでマルセイユの町が彼女の反感の正しさを証明したがってでもいるかのように、この地に足を踏み入れてからというもの、なにもかもうまくいかなかった。オテル・モ

ンモランシーではひどい目にあった。蚤がいて、一八三三年九月、ペルーに到着した最初の夜、イスライ港の郵便局の管理者ドン・フストの自宅で、無慈悲に彼女を責めたてるこの害虫のために死ぬ思いをしたことを思い出させた。翌日、マルセイユの中心街にある、スペイン人の家族が経営するホテルに逃げ込んだ。そこでは簡素で広い部屋に通され、室内に労働者を迎えることを禁止されなかった。労働組合賛歌の作詞者で、詩人で左官のシャルル・ポンシーに、マルセイユでの労働者との集会を企画してもらおうと当てにしていたが、彼は、疲れのため神経と肉体が休養を必要としています、とのメモを残して、アルジェに行ってしまっていた。詩人に何が期待できるというのか、たとえ職人だったとしても、だ。奴らは別の種類の利己主義の怪物で、隣人の運命に目をつぶり耳も貸さず、うたうために苦しみをでっちあげて、それにうっとりしているナルシストなのだ。アンダルシア女よ、未来の労働組合では、金銭だけでなく詩人も禁止することを考えるべきだろう、プラトンが彼の共和国で行なったように。

最悪の極みは、マルセイユに着いた初日から病気が悪化したことだった。とりわけ結腸炎がひどかった。彼女はほとんど何も食べられず、差込みが起こると身体を曲げて耐えなければならなかった。しかし負けるわけにはいかなかったので、フローラは訪問や集会は続け、口にするのは傷んだ臓器にも受けつけられるような味のないスープと赤ん坊用のパン粥だけだった。

マルセイユでの二日目に、ヴィクトル・コンシデランの紹介でパリから手紙を出しておいたフーリエ主義者の理容師たちが組織した、靴職人、パン職人、仕立屋のグループとの集会を行なったあと、波止場で、彼女は頭にかあっと血をのぼらせるような出来事を目撃した。着いたばかりの船から荷物が陸揚げされる作業をフローラは見ていた。そこではちょうど今、集会で報告されたばかりのような、「白人奴隷」制度がどのように機能しているか、自分自身の目で見ることができた。「沖仲仕たちはあなたに会いにやってきませんよ」と理容師たちは言った。「奴らは貧乏人を誰よりも酷使していますから」荷揚げ人夫の許可書は彼らに、船倉の仕事、商品の積み込みや陸揚げ、旅行客のスーツケースの運搬などの独占的権利を認めていた。彼らの多くは、船着場に押しかけてきて身振り手振りで指名を待っているジェノヴァ人やトルコ人、ギリシア人などに仕事を下請けさせたがった。沖仲仕は各荷降ろしごとに一フラン半といういい給金を受けとることができるので、下請けに五十サンチームを与え、指一本動かさずに一フランの手数料を懐に入れることができた。フローラをカッとさせたのは、沖仲仕の一人が巨大なスーツケース――ほとんど櫃のような――を、背が高くがっちりしているけれども妊娠して大きなお腹のジェノヴァ女に任せたときのことだ。女は肩に荷物を担ぎ、赤い顔をして力をふりしぼって汗をたらしながら、身をかがめ唸り声をあげて旅行客の馬車に向かった。沖仲仕は彼女に二十五サンチーム払った。女がたどたどしいフランス語で残りの二十五サンチームを要求しはじめると、沖仲仕は女を脅し、罵った。

フローラは、仲間と一緒に船に戻ろうとしている沖仲仕の行く手を阻んだ。

「あんたは自分が見下げはてた奴だってわかってるの」と我を忘れて彼女は言った。「裏切り者の卑怯者。搾取者があんたやあんたの兄弟にするようなことを、あんな貧しい女にして」

男は理解できないまま、きっと頭のおかしな女にちがいないと思いながら、フローラを見ていた。仲間たちが笑ったり冷やかしたりしたので、男はようやく事情が飲み込めたらしく、攻撃的に身構えながら言い返した。

「あんたは誰なんだよ。誰が俺のすることに口出ししていいって言ったんだ」

「フローラ・トリスタンよ」と怒りを込めて彼女は答えた。「よく名前を覚えておくのね。フローラ・トリスタンよ。生命を賭けて貧乏な人たちに対する不当な行為と闘っているのよ。ブルジョワだって、労働者がほかの労働者を搾取するような最低のことなんかしませんよ」

男――太鼓腹でがっちりしたX脚の不機嫌そうな――の目は憤怒で燃えていた。

「売女にでもなりな、そっちのほうが似合ってるぜ」と叫び、埠頭の野次馬に向かって馬鹿にしたようなしぐさをしながら、男は遠ざかっていった。

フローラは宿に戻ったが、悪寒がして高熱があった。コンソメ・スープを何口かとってベッドに入った。たくさん着こんでいたし、真夏なのに、寒く感じた。何時間かのあいだ、眠れなかった。ああ、フロリータ、その哀れな身体はおまえの心配事や義務、目標、意志に耐えられなくなっているのだ。おまえってそんなに年寄りだったただろうか。

四十一歳って働き盛りじゃないか。どれほど身体を痛めつけてしまったのだろうね、アンダルシア女。たった十一年前のことだ、フランスからバルパライソまでのひどい旅に、おまえは立派に耐えたじゃないか。それからバルパライソからイスライへ、挙句の果てに一晩中、そこの蚤に襲われたりして。ペルーはなんて歓迎ぶりだったのだろう！

イスライ。竹造りの掘立て小屋が数軒並んでいる小さな通りが一本、黒い砂浜、桟橋のない港では、乗客も貨物や動物と同様に、滑車で船の甲板から木造のランチに吊り降ろされて上陸した。権力者ドン・ピオのフランス人の姪のイスライへの到着は、人口千人ほどの小さな港町を動揺させた。だからおまえはここで一番いい家、郵便局長のドン・フスト・デ・メディーナ家に泊まらなければならなかった。それは一番いい家だったかもしれないが、それでもイスライで蔓延し蠢いている蚤から逃れることはできなかった。二晩目には足から頭までびっしり刺されてしまい、おまえがずっと掻いているのを見た夫人が、眠るための方法を教えてくれた。まず五脚の椅子を一列に並べて、最後の椅子はベッドの傍に置く。一番目の椅子の上に立ち、服を脱ぎ、脱いだ服は蚤ごと女奴隷に持っていかせる。二番目の椅子では下着を脱ぎ、身体の剝き出しになった部分をぬるま湯にオーデコロンをまぜたもので拭い、皮膚についている蚤をこそげ落とす。そうやって新しい椅子ごとに残りの服を脱ぎながら、あらわになった肌をこすりながら、五番目の椅子に到達する。そこにはオーデコロンに浸した寝巻きが置いてある。というのは湿らせてさえおけば、虫も寄りつかなかったからだ。これでやっと眠ることができた。二、三時間もすると蚤が戻ってきて果敢に襲撃してきたが、その頃にはすでにおまえはぐっすり眠っていたから、少しのコツと慣れで、それも感じなくなった。

それが、ドン・マリアノの遺産のいくらかでも取り戻せれば、との期待を抱いて相手の意向を探りにきた、おまえの父親や叔父ドン・ピオや父方の大家族の国で最初に学んだことだったね、フロリータ。そこでおまえは一年を過ごし、信じられないような世界に接して、経済的な悩みもなく、気取りに満ちた一族のまっただ中で暮らすことを、豊かさというものを、知ることになるのだ。

三十歳の頃のおまえはなんて強くて丈夫だったのだろう、アンダルシア女よ。そうじゃなければ、イスライからアレキーパまで馬の背にゆられて四十時間、アンデス山脈を越えて砂漠を横切る旅に耐えられなかっただろうよ。海岸から海抜二千六百メートルの高みへと、馬たちは汗をかき、いななき、くたくたになって絶壁を険しい山々——足元に雲が見えた——を登った。山頂の寒さに続くのは果てしない砂漠の暑さで、そこには木もなく木陰もなく、小川も水溜りもない、焼けた石の塊や白骨化した牛や驢馬や馬の死体が突然現れる。鳥も蛇も狐もいっさいの生き物のいない砂漠。耐え難い喉の渇きが不安を助長する。そこではおまえは十五人のキャラバンの男たちに取り囲まれたたった一人の女で、一人の医師、二人の商人、案内人と十一人の馬方全員が、欲望を隠そうともせずおまえを見ていた。おまえはアレキーパに辿りつけるのだろうか。生き延びられるのだろうか。

おまえはアレキーパに辿りついたし、生き延びた。今のような体調だったら、砂漠で死んでしまい、あの若い学生と同じようにその場に葬られていただろう。粗末な木の十字架だけのその若者の墓は、イスライ港から荘厳な火山のある白い町まで、太陰暦で二日の馬の旅の道のりで、人間の存在を示す唯一のしるしだった。

フローラは気分がすぐれなかったので、スペイン人が経営するホテルでの集会にやってきたマルセイユの労働者たちから馬鹿げた質問を受けると、すぐにいらいらしてしまった。リヨンと比較するとマルセイユの労働者は時代遅れで無知で、社会問題に対しても何ら関心がなかった。労働組合ができたら安定した仕事が得られ、ブルジョワの子供が受けているようなよい教育を子供たちに受けさせることができる、と彼女が説明しているのに、無関心であくびをしていた。フローラをもっとも苛立たせたのは、彼女が金銭を非難したとき、彼らが示したひどい疑り深さ、ときにあからさまな敵意だった。彼女は、革命によって商業取引はなくなり、原始キリスト教共同体のように、物質的な欲望のためにではなく、自分も満足し、他の人たちも満足する利他主義によって男も女も働くようになるだろう、そしてその未来社会では、すべての人は簡素な生活を送り、白人奴隷も黒人奴隷もなくなるだろう、また、男は誰一人として、多くのマルセイユの男のように、愛人を持ったり、重婚をしたり、一夫多妻のようなことをしないだろう、と訴えたのだ。フローラの金銭と商業に対する痛烈な批判は、労働者たちに警戒感を抱かせた。いぶかしげで咎めるような顔つきにそれが表れていた。男が愛人を作ったり、売春宿に行ったり、トルコの高官のようにハーレムを持つことは、不道徳で恥ずべきこと、とのフローラの考えが彼らには馬鹿げていると思えたのだ。彼らの中の一人が思い切って発言した。

「おそらくあなたには男の要求というものがわからないのですよ、女だからね。あなたたちは一人の夫で満足なのです。十分すぎるくらい十分でしょう。でもわしらは一生に一人の女だけだと飽きてしまうんだよ。あなたは気づいてないのでしょうが、男と女はすごくちがうものなのです。聖書だってそう言ってますよ」

こんな陳腐な文句を聞いて、おまえは眩暈がしただろうね、フロリータ。この町のように、商人たちがこれほどこれ見よがしに破廉恥に、性欲や性的搾取について誇示しているのを、おまえは他のどの場所でも見たことがなかった。またこれほど大勢の娼婦たちが、大胆にあつかましく客引きをしているところはなかった。港に近い酒場や売春宿のひしめく路地――ロンドンのその類の場所ほど淫らではなかったことを、おまえは認めなければならない――で、おまえは売春婦たちと話をしようとしたが、できなかった。彼女たちの多くはおまえの言っていることを理解しなかった。というのも女たちはアルジェリア人やギリシア人、トルコ人、あるいはジェノヴァ人で、たどたどしいフランス語をかろうじて話せる程度だったからだ。彼女たちはみんな、おまえが宗教関係の布教者か当局の回し者ではないか、と警戒して慌てふためきながら逃げ出した。おまえはイギリスでやったみたいに、信頼感を得るために男装すべきだったのだ。報道関係者やフーリエ主義者、サン＝シモン主義者、イカリア派のシンパの専門家、そして普通の労働者たちも含めた男たちとの集会で、参加者たちが銀行家や船主や海運業者、商人たちが囲っている愛人や、彼女らを住まわせている家、彼女たちが身につけている衣裳や宝飾品について、また彼らがいかに愛人たちを溺愛しているかを、「ラフェリエールさんは何人も愛人をお抱えのようでいいですな」「誰も女たちをあのように扱えませんよ。立派な紳士です」などと公然と称賛するのを聞いて、おまえは悪夢を見ているのではないか、と思ったものだ。こんな人たちと一緒にどうして革命なんか起こせるだろうか。

権力と富をひけらかす、ということに関して言えば、ここの商人たちはパリやロンドンの金持ちたちより、はるか遠方のアレキーパの金持ちたちに似ていた。あの一八三三年九月、ペルーに到着後、イスライからの旅をしてきて、ほとんどが家系によって、あるいは姻戚関係で親戚になる――アレキーパの主だった家柄は、その広範さと互いに縁続きになっている点で、聖書の世界のようだった――十人の女性が、全員パリの最新流行の服を身につけて、馬車を連ねてティアバヤの山頂まで出迎えてくれたとき、眩暈を起こさせるほどのスケールの「特権」や「富」が意味するものを初めて理解したのだ。彼女らはフローラを町の中心のサント・ドミンゴ通りにあるドン・ピオの屋敷まで送り届けてくれた。フローラは父の生まれ育った地でのあの凱旋を、走馬灯のように思い出した。チリ川から水を引いた谷間の緑と調和のとれた美しさ、耳のぴんと立ったリャマの群と、頂きを雪に覆われた荘厳な三つの火山、その麓に散らばる白い切り石造りの家、三万人が住む町、アレキーパ。ペルーは共和国になって数年経っていたが、白人たちが貴族のふりをし、また本当にそうなることを夢みているこの町では、あらゆることが今も植民地であることを明らかにしていた。町にはたくさんの教会、僧院、修道院があり、裸足のインディオや黒人があふれるほどいて、縁を削った石を敷いたまっすぐな通りの真ん中には用水路が掘られており、そこに人々はゴミを棄て、貧乏な人たちは大小の用を足し、驢馬や犬、浮浪児たちがその水を飲んでいた。みすぼらしい住居と、廃品と板と藁で造ったインディオの集落のあいだに、突如として壮大な宮殿のような立派な屋敷が聳えたっている。ドン・ピオ・トリスタンの屋敷は、その中の一つだった。彼はカマナーにある製糖工場に滞在中でアレキーパにはいなかったが、白い切り石のファサードのある豪邸はきらびやかに飾り付けられていて、爆竹のにぎやかな音とともにフローラを迎えてくれた。入口の大きな中庭では松脂のかがり火が焚かれて、使用人はすべて——家事係の女中も奴隷も——勢ぞろいして歓迎の挨拶をするために並んでいた。マンティーリャをかぶり、両手は指輪だらけ、何本ものネックレスをつけた一人の女性が彼女を抱きしめながら、「わたしはあなたの従姉妹のカルメン・デ・ピエロラよ。ここを自分の家だと思ってね」と言った。おまえには目に映るものが信じられなくて、自分がすごく豪華なものに取り囲まれた乞食のように思えただろうね。大きな応接間ではなにもかもが輝いていた。クリスタルガラスの巨大なシャンデリアに加えて、周囲には色つきの蠟燭を灯した燭台が並んでいた。次から次へ手を差し出しながら、おまえは眩暈を感じていた。紳士たちは腰をかがめて手に口づけをし、女性たちはスペイン風に抱擁した。たくさんの人がフランス語で話しかけてきて、全員がまだ行ったことのないフランスについて、芝居のことや最新流行のファッションの店や競馬、オペラ座の舞踏会のことなどについておまえに訊ねた。そこにはドミニコ会の白い修道服を着た、トリスタン一族付きの修道士たちも何人か来ていて――おや、まるで中世だね、フロリータ！――、歓迎会の最中に突然、修道院長が静粛を求めて、着いたばかりのフローラに挨拶をして、アレキーパに滞在中、神のご加護があるように、と彼女のために祈った。従姉妹のカルメンは夕食を用意していてくれた。でもおまえは旅の疲れと驚きと興奮とでほとんど死にそうだったから、中座することを申し出た。おまえは疲れきっていたから、休みたかった。

従姉妹のカルメン――とても真心に満ちていて感激屋で、猪首であばただらけの顔をしていた――が、広い屋敷の裏手にある、大きな控えの間とすごく高い丸天井の寝室のあるおまえの部屋まで付いてきてくれた。入口で彼女は、彫像のように二人を待っていた目のきらきらした黒人の少女をおまえに示した。

「この奴隷はあなたのものよ、フロリータ。あなたがさっぱりして休めるように、水に牛乳を混ぜた温かいお風呂を用意していますから」

アレキーパの金持ちたちと同じように、マルセイユの商人たちは困窮している人が近くに大勢いるのに、贅沢をひけらかすことがどんなに下劣なことであるか、わかっているように思われなかった。マルセイユの貧乏人たちは、あの背が低く、ポンチョに身を包んで、アレキーパの教会の入口で見えない目や障害のある手足を曝して哀れみを誘いながら施しを求めたり、アルマス広場のアーチの下で開かれる土曜市に生産物を運ぶリャマの群の脇をちょこちょこ走っていたインディオたちに比べれば、金持ちだろう。だが、ここマルセイユにも、大勢の貧窮者がいるのだ。ほとんどは移民で、移民であるがゆえに、工場でも港でも周辺の農場でも搾取されているのだ。

彼女はマルセイユには一週間足らずしかいなかったが、体調が悪かったにもかかわらず、かなりの数の集会をこなしたたし、『労働者の団結』も五十冊売れたたし、後になってときにはげらげら笑いながら、ときには憤然としながら思い出すような経験もした。ある夫人が姓を名のらずにヴィクトワールという名前だけを告げて、スペイン人が経営するホテルに何度かフローラを訪ねてきた。四回目か五回目のときにようやく会うことができた。年が定かでない女性で左足を引きずって歩いていた。暑さにもかかわらず黒っぽい服を着て、スカーフで髪を覆い、大きな布のバッグを腕にさげていた。彼女はぜひとも二人きりで話をしたいとしつこく言うので、部屋に通した。ヴィクトワール夫人はそのアクセントからイタリア人かスペイン人だと思われたが、もしかするとこの地方の人なのかもしれなかった。マルセイユの人たちの話すフランス語には訛りがあるので、フローラはときとして理解できないことがあった。ヴィクトワール夫人はフローラをやたら褒めちぎった。「すてきな黒曜石みたいな黒髪、夜の蛍のように輝く目、なんてほっそりした身体、足のなんて可愛らしいこと」などと言い、フローラも赤面するほどだった。

「まあ、ありがとうございます、奥さま」とフローラはさえぎった。「でも、わたしはたくさんの人と約束をしていて、あまりお相手できないのですが。どういうご用件でしょうか」

「あんたを金持ちで幸せにしてあげようと思ってさ」と豪華で幸運に満ちた世界を抱きしめるように両腕を広げ、目をみひらきながら、ヴィクトワール夫人は親しげに言った。「こうやってあたしがきたことで、あんたの人生は変わるかもしれないよ。あたしに感謝しても感謝しきれないと思うわよ、別嬪さん」

売春宿の女将だった。マルセイユの上流階級に属する大金持ちで寛大な美男子が、フローラを見初めて夢中になっている——ロマンティックなその紳士はひとめぼれを信じていた——ので、フローラをこのひどい宿から救い出し、家を用意して必要なものすべてを揃えて、今後は彼女の美貌にふさわしい生活をさせたいと言っている、と言いにきたのだ。「フロリータ、いい話でしょ」

開いた口がふさがらず、あっけにとられたフローラは、息もつけないほどの笑いに襲われた。商談成立と思いこんだヴィクトワール夫人も笑っていた。フローラの笑いが怒りに変わり、飛びつかんばかりにして罵り、すぐに出ていかなければ警察に突き出してやるから、と脅したとき、彼女はひどくびっくりしたようだった。売春斡旋業者は、頭を冷やして考えたら、こんな子供みたいに振る舞ったことを後悔するだろうよ、とつぶやきながら出ていった。

「幸運はやってきたときに摑むものだよ、別嬪さん、もう二度とやってこないんだからね」

フローラはあれこれ考えていた。憤慨するのをやめて、美人だと褒められたことについてひそかにあれこれ思いを馳せた。おまえの愛人でパトロンになりたいって、誰なんだろう。老い先短い老人かしら。興味のあるそぶりをしてヴィクトワール夫人から名前を聞き出すべきだったね。そしてその男に会って説教してやればよかったのに。けれども金持ちで好色なマルセイユの男からそんな申し出があるなんて、不幸続きで息つく間もない人生や病気にもかかわらず、おまえはまだ魅力的で、男を惑わし夢中にさせられるってことだろう。おまえは素敵な四十一年を生きてきたんだよ、フロリータ。おまえがすごく燃えているときにオランピアがこう言っていたことがあるだろう。「ねぇ、あなたって不死身なんじゃないかしら」

アレキーパでは着いたばかりのフランス娘は美人だと噂していた。最初の日から、叔父、叔母、従兄弟、従姉妹、甥、姪などがそう言っていたが、最初の数週間に親戚筋の者や一族の友人、「アレキーパのよき社交界」(彼ら自身がそう言っていた)が、敬意を表すとともに彼らの慢性病である、取るに足りない面白半分の好奇心を満たすために、贈り物を携えてやってきた。今、どれほどの隔たりと蔑みをもっておまえは見ているのか、ペルーに生まれ育ち、フランスやパリを夢見ているだけの人々を、特権階級を装っていたなりたてほやほやの共和主義者たちを、それ以上無知で寄生的でエゴイストで自堕落な生き方はできないような生活をしていた礼儀正しい紳士淑女たちを。今だったらおまえは厳しい判断を下すことができるだろう。あの頃はできなかった。まだできなかった。ブルジョワの金持ち連中に混じってお世辞を言われながら、父親の故郷の地でおまえが楽しく暮らした数か月間は。やさしく招待好きで、人懐っこく親切でぜいたくな搾取者たちが、おまえもまた金持ちで上品でブルジョワで上層階級の一員だと思わせていたのだよね、フロリータ。

もちろん彼らはおまえのことを処女で未婚だと思っていた。おまえが逃げ出してきたドラマティックな結婚生活なんか誰も想像していなかった。なんて素晴らしいのだろう、朝目覚めれば、おまえの指示を待つ奴隷にかしずかれ、金の心配なんて何ひとつらない、なんて。この家にいる限り、いつも食べ物と屋根と愛情と衣服があった。親族のおかげで、とりわけ従姉妹のカルメン・デ・ピエロラのおかげで、衣裳は数日で何倍にもなった。このもてなしようはドン・ピオとトリスタン一族がおまえが私生児であることを忘れ、正当な娘として認知することを意味しているのだろうか。ドン・ピオ・トリスタンが戻ってくるまで確信はできないが、見通しは明るかった。みんなが、いままで一族から一度も離れたことがないようにおまえを扱ってくれた。おまえの叔父ドン・ピオの心も軟化するかもしれない。おまえを兄マリアノの正当な娘として認め、おまえの祖母と父親の遺産からおまえに支払われるべき相続分をくれるかもしれない。おまえは一生、ブルジョワとして生きられる財産を手に、フランスへ帰れるかもしれなかった。

ああ、フロリータ！　そうならなくてよかったね。今、おまえが軽蔑している愚かな金持ち女の一人になっていたかもしれないのだ。アレキーパで失望を経験し、そして逆境のおかげで不正義を知り、不正義を憎み、それと闘うことを学んだことが、どんなによかったか。おまえの父親の故郷は、おまえを裕福にしてフランスへ帰すことはなかったが、おまえを反逆者、正義の人、おまえ自身が自分の人生について語った本の中で誇りをもってそう呼んでいるように、「女賤民《パリア》」に変えた。いろいろあったけれども、アレキーパには感謝することがおまえにはいっぱいあるね、フロリータ。

マルセイユでもっとも面白かった集会は、革具職人同業組合で行なわれたものだった。皮や染料や湿った木材の匂いの染みこんだ総勢二十人ほどの参加者がいる会場に、逞しくて堂々としたシャルル・フーリエの弟子ベンジャマン・マゼルが突然現れた。年頃四十歳くらいでロマン派の詩人のようなもじゃもじゃの頭髪をし、染みとふけがちらばったマントを着たエネルギッシュで多弁な男だった。彼はいたるところに書き込みをした『労働者の団結』を一冊手にしていた。彼の意見と批評はたちまちおまえを魅了した。スポーツ選手のような大きな身体から熱意がぴりぴり伝わってくるようなマゼルは、アレキーパのクレメンテ・アルトハウス大佐を思い起こさせたが、イタリア人のような活発な身振りで、労働組合による社会変革計画には、労働や学ぶ権利と同様に、日々のパンを無料で得られる権利を含める必要がある、と述べた。彼が自分の考えについて詳細な説明を行なっていくうちに、二十人ほどの革具職人もフローラ自身も納得させられた。来るべき社会では製パン業は国有化し、学校や警察のように公共事業とするべきである。そうすれば飢え死にする者はいないし、のらくらしている者もいなくなり、子供も若者も全員教育を受けることができる。

マゼルはちょっとした作品を書いたり、また小さな新聞を主宰していたが、破壊活動的だとして発禁となっていた。冷たい飲み物や紅茶のカップが置かれたテーブルの前で、フローラは彼が被った政治的理由による災難――煽動者として何度も逮捕されていた――の話を聞いていると、あの一八三三年にペルーでもっとも深い印象を与えた、アルトハウスと女元帥を思い起こさずにはいられなかった。マゼル同様、クレメンテ・アルトハウスは身体の隅々までエネルギーとヴァイタリティにあふれていて、冒険や危険を伴う行動や戦闘が好きだった。だが、マゼルとはちがって、不正義も著しい貧富の差も、少数の大金持ちが貧乏人をどのように惨たらしく扱っているかも意に介していなかった。アルトハウスの関心は世界中で起こる戦闘に参加し、鉄砲を撃ったり、殺したり、指揮をとったり、作戦を立てて実行したりすることにあった。戦闘を行なうのが、彼の使命であり職業であった。背が高く青い鋼のような眼をした金髪のドイツ人で、アポロのような体躯をしていたが、フローラが会ったとき、四十八歳という実際の年よりずっと若く見えた。ドイツ語やスペイン語同様、フランス語が流暢に話せた。彼は若い頃から傭兵として過ごしてきた。ナポレオン戦争時代は同盟側について戦い、ヨーロッパの戦場の端から端まで駆け巡りながら成長した。戦争が終わると、彼は技術将校の職を求めて南アメリカにやってきた。ペルー政府に雇われて陸軍の大佐に任命されていたが、ペルーが独立を宣言した日以来、誕生したばかりの共和国を揺るがせてきたあらゆる内戦のあいだ、戦闘員たちから提示される金額に応じてあちらからこちらへ、陣営を変えながら戦ってきた。フローラもすぐに気づいたが、叔父のドン・ピオ――スペイン植民地の副王で後のペルー共和国大統領――をはじめとして、陣営を乗り換えることは、ペルー社会ではもっともありふれた娯楽なのだ。滑稽なのはすべての人が、それが危機をうまく回避して、国が陥っている慢性的な戦闘状態の恩恵に浴する術策だと、自慢していることだった。けれどもクレメンテ・アルトハウス大佐のように、実際に誰のために戦うのか決定する段になって、節操も理想も忠誠心もなく、ぬけぬけと冒険と収入だけを求めている者はいなかった。彼がアレキーパに滞在しているのは、シモン・ボリーバルの大コロンビア共和国軍に加わって最初にこの町に来たとき、ドン・ピオとドン・マリアノの妹の娘であり、フローラの従姉妹であるマヌエラ・デ・フローレスに恋をして結婚したからだった。妻がドン・ピオやその配下の者と一緒にカマナーに滞在していたので、アルトハウスはフローラが行動を共にする相手となった。彼は百年前からある教会や修道院から宗教神秘劇まで、町のあらゆる面白い場所に案内してくれた。この劇はメルセーデス広場に集まったたくさんの観衆を前に野外で演じられたが、役者たちのパントマイムや朗誦が何時間も続いた。アレキーパにある二つの大競技場で行なわれる闘鶏やアルマス広場の闘牛、カルデロン・デ・ラ・バルカの古典喜劇や無名の作者の笑劇が上演されている劇場、しばしばある宗教行列にもフローラを連れて行ったが、それらを観ていて、ローマ時代のバッカス祭やサトゥルヌスの祭りはきっとこのようなものであったにちがいないとフローラは考えた。それは気晴らしをさせて、人々を無気力なままにしておくための低俗な喜劇だった。楽隊を先頭に、ピエロやアルレッキーノ、道化などに扮したサンボ（先住民と黒人の混血の男性）や黒人が、アクロバットをしたり滑稽な身振りをして一般大衆を楽しませていた。そのあとに、乳香と香煙に包まれた改悛者たちが鎖に繋がれて十字架を担ぎ、己の身に鞭を当てながら、大勢の名もないインディオたちに付き添われてやってきた。インディオたちはケチュア語で祈りの言葉を唱えながら、泣き叫んでいた。御輿の担ぎ手たちは焼酎やトウモロコシの醗酵酒――チチャと呼ばれる――を呑んで景気づけをしていたので、すっかり酔っ払っていた。

「この迷信深い国民は、世界中でもっとも質の悪い兵隊をつくるんだ」アルトハウスが笑いながらこう言うのを、おまえはうっとりしながら聞いていたね。「臆病で薄のろでずるくて規律に欠ける。戦闘中に逃げ出さないようにする唯一の方法は恐怖だ」

　将校の部下ではなく、将校自身が兵隊に体罰を加えるドイツ式のやり方をペルーに取り入れる許可を得たと、彼はおまえに話した。

「将校の鞭がよい兵隊を作るのだよ。調教師の鞭がサーカスの猛獣にやってるのと同じさ」とおかしくてたまらなさそうに、彼は断言した。おまえは彼のことを〈ローマ帝国を滅ぼしたあの野蛮なゲルマン人の一人だ〉と思っていたね。

　ある日友人たちと一緒に温泉（アレキーパの近くにはいくつかの温泉があった）とはどんなものかを知るためにティンゴに行ったが、彼女とアルトハウスは友人たちとは別行動をとって洞窟を見にいった。突然、彼は彼女を抱きしめて——彼の手につかまえられた小鳥のように、かよわく傷つきやすい自分をおまえは感じていた——、胸を愛撫して接吻した。フローラはそのときまで一度も感じたことのないような男の魅力に迫られて、その愛撫に屈しないために必死の努力をしなければならなかった。しかし、シャザルとの結婚生活以来のセックスに対する嫌悪感が勝った。

「悪いけど、こんな無作法をして、あなたにはがっかりよ。あなたに抱いていた好意もこれでだいなしじゃない、クレメンテ」

　そしてあまり力をいれずに平手打ちをしたが、それは驚いた表情を浮かべたブロンド男の顔をかすかに揺らしただけだった。

「悪いのは自分です、フロリータ」とアルトハウスは靴の踵を打ち鳴らして詫びた。「もう二度といたしません。名誉にかけて誓います」

　約束どおり、アレキーパで過ごした残りの月日に、彼はそのような無礼な振る舞いをしたり言い寄ったりしなかったが、ときとして緑色の瞳が欲望に燃えているのを見て、はっとすることもあった。

ティンゴの温泉での出来事から数日後に、フローラは初めて地震というものを経験した。彼女は控えの間で手紙を書いていたのだが、何もかもが揺れはじめる数秒前、町中でひどくけたたましく犬が吠えた——犬はこれから起こることを最初に察知すると聞かされていた——、その瞬間、奴隷のドミンガが膝をついて両手を高く上げ、両目に恐怖をたたえながら、ありったけの声を出して地震の神に祈りを捧げはじめた。

神よ、お慈悲を与えたまえ
神よ、あなたのお怒り
お裁き、厳格さをお鎮めください
わたしの命のやさしいイエスさま
あなたの聖なる創傷をもって
神よ、お慈悲を与えたまえ

フローラが親戚の者から言われていたように、扉の側柱まで走ってゆくのを忘れて立ちつくしているあいだ、とどろくような地響きを立てて二分ほど揺れつづけた。アレキーパでは地震の被害はたいしたことはなかったが、海岸沿いの二つの町タクナとアリカを破壊した。その後も三度か四度、地震があったが、この地震と比べるとたいしたことはなかった。あのいつまでも続くような揺れのあいだに感じた無力感と体験した大災害を、おまえは忘れることはないだろう。十一年も経って、ここマルセイユでもまだおまえは身震いをした。

地中海の港町での最後の数日を、熱と胃の痛み、身体全体の衰弱、ときどき襲ってくる神経痛にうちのめされながら、フローラはベッドで過ごした。まだやることがたくさんあるのに、こんなふうに時間をむだにしていることが腹立たしかった。その頃にはマルセイユの労働者に対するフローラの評価は少しましになっていた。彼女が病気だと知って、彼らは誠心誠意看病してくれた。果物や花束を手にした小さなグループが宿の前に列をなし、ベッドの裾に待機してベレー帽を手にもじもじしながら、心配そうにじっと見つめたり、何か役に立ちたいと、おまえが頼みごとをしてくれるのを待っていた。ベンジャマン・マゼルのおかげで、十人からなる労働組合委員会を結成することができた。この物書きの煽動者をのぞけば、全員が手仕事に従事する労働者で、仕立て屋、大工、左官が各一人、革具職人と理髪師がそれぞれ二人、お針子が一人、さらに沖仲仕さえ一人いた。

宿の寝室での集会は、くつろいだものだった。フローラは、身体が弱っていたのと気分がすぐれないのとであまり話ができなかった。その代わり、よく耳を傾けて、訪ねてくる人々の素朴さやまったくの無教養ぶりをおかしがったり、彼らがブルジョワの偏見に毒されているのを憤慨したりしていた。例えば、トルコ、ギリシア、ジェノヴァからの移民に対する偏見で、すべての盗みや犯罪は彼らのせいにしてしまうこと。女性に対しては、男性と同等の権利を持つ対等の存在であるとは見なしていないこと。彼らは彼女をいらいらさせないように、女性に対する彼女の考えを受け入れているようなふりをしていたが、フローラは彼らの表情や目つきが変わるのに気がついた。だが、彼女は説得しなかった。

そういった集会の一つで、マゼルから聞いてわかったのだが、ヴィクトワール夫人は単なる売春斡旋業者ではなくて、警察への情報提供者でもあった。マルセイユの人の集まる場所で何日もフローラについて探りを入れていたらしい。それでここでも警察がフローラのあとをつけていた。このことを聞いて、毎日来ていた大工のサランは不安になり、もしかして警察がフローラを逮捕して売春婦や女泥棒をぶちこむ牢獄に閉じ込めてしまうのではないかと恐れて、フローラに自分の持っている国家警備隊の制服を着せて、山中にある知り合いの羊飼いの避難所に匿おうと提案した。その提案に居合わせたみんなが笑った。フローラはサランが提案したような冒険を行なったことがあると語った。そして五年前に、ロンドンで行なった冒険では、動きやすいように、また社会調査のために、四か月間、ほとんどいつも男装していたことを話した。その話の最中に体力が尽きてしまい、フローラは気を失ってしまった。

同じようにおまえはアレキーパでもカーニバルのあいだ、仮面舞踏会に出るために男装——軽騎兵用の剣と羽根飾りのついた兜、ブーツに付け髭——したことがあったよね。アレキーパの「上流階級」では夜、紙ふぶきや紙テープや香水を投げあって楽しむが、昼間は一般の人と同じように手桶にくんだ水をかけたり卵の殻――卵の殻の中に色水を入れてある――をぶつけあって、まさに市街戦だった。おまえはドン・ピオの屋敷の屋上のテラスから、ここは自分の知っている場所となんてちがっているのだろうと、わくわくしながらその様子に見入っていた。

　アレキーパで見聞きすることすべてがおまえを驚かせ、まごつかせ、人類や社会、人生についてのおまえの考えを刺激した。例えば、修道会の一番儲かる商売は、死にかけている人に法衣を売ることだった。なぜならアレキーパでは死者に法衣を着せて埋葬する習慣があったから。また、この社交好きな小さな町の社会生活は、パリの生活よりも密度が濃かった。どの家庭も一日中、誰かを訪問したり、客を迎えたりし、午後にはサンタ・カタリーナやサンタ・テレサやサンタ・ロサの修道院の修道女たちが作る美味しいケーキや菓子を食べ、クスコから取り寄せたチョコレートを飲み、のべつ煙草を――男たちより女たちのほうが多く――吸っていた。ゴシップ、打ち明け話、陰口、私生活に関する不躾な言動や身内の口喧嘩、スキャンダルなどが、食卓を共にする者たちの話題だった。こういう集まりでは当然、郷愁と羨望、そして果たせぬ憧れをこめて、パリが話題に取り上げられた。パリはアレキーパの人々にとって天国の出張所だった。パリの人々の暮らしについておまえを質問攻めにして困らせたが、おまえは彼らよりも知識が少ないにもかかわらず、がっかりさせないようにあれこれと作り話をしなければならなかった。

アレキーパで一か月半が過ぎたが、叔父ドン・ピオはずっとカマナーにいて、帰ってくる気配もなかった。留守を長引かせて、おまえの要求を思いとどまらせようとの魂胆なのだろうか。おまえがドン・マリアノ・トリスタンの嫡出子で、遺産継承者第一位であることを裁判所に申請するための新たな証拠を持参しているのではないかと、恐れているのだろうか。このようなことに思いを巡らせているときに、アレキーパに着いたばかりのザシャリ・シャブリエ船長がその日の午後訪ねてくる、との知らせがあった。ブルターニュ出身の船長の出現は、バルパライソで別れてからずっと彼のことを忘れていたので、フローラはもう一つの地震に襲われたような気持ちだった。間違いなく結婚を迫るであろう。

シャブリエと再会した最初の日は、応接間に六人ほどの親族の者が一緒にいてくれたので、船乗りは胸に携えてきた熱い想いを口にすることができず、楽しく友好的に過ぎた。しかしシャブリエの目はその口が語れなかったものを語っていた。翌日、午前中にやってきたので、フローラは彼と二人きりになるのを避けられなかった。ザシャリ・シャブリエは膝をつき、フローラの手に口づけしながら、申し出を受けてくれるように懇願した。フローラの娘は自分の娘だから、アリーヌには模範的父親となるし、残りの生涯を彼女を幸福にすることに捧げましょう。圧倒されておまえはどうしていいかわからなくなってしまい、もう少しで本当のことを言ってしまいそうになった。実は結婚をしていて、娘が一人いるだけではなくて、子供は二人いて（長男は死んでしまっていた）、法的にも道徳的にも、もう一度結婚することは不可能なのだと。けれどもシャブリエが落胆のあまり、トリスタン家の人たちにこの秘密をぶちまけてしまうのではないかとの恐れが、おまえを踏みとどまらせた。そうしたらどうなるのだろう。両手を広げておまえを受け入れてくれたアレキーパの人々は、嘘つきで破廉恥、逃亡中の妻で、冷酷な母親として、おまえを彼らの社会から追放してしまうだろう。

それならば、どうやって彼から逃れられるのだろうか。マルセイユのベッドの中で、蟬時雨の降りそそぐ夕暮れどきの、うだるような暑さを扇であおいでやり過ごしながら、フローラは再び、胃に酸っぱいものを、罪の意識、良心の呵責を感じた。彼女がシャブリエを失望させるため、彼の激しい想いから逃れるためにとった策略を思い出すたびにそう感じるのだった。そしておまえは今、心臓の傍にピストルの弾の冷たい金属も感じているのだね。

「わかったわ。あなたがわたしを愛しているのが本当なら、それを証明してほしいの。一通の証明書を手に入れてくださいますか。わたしがわたしの両親の嫡出子であることを証明する出生証明書です。そうすれば、わたしは遺産相続を請求することができ、その遺産でわたしたちは落ち着いて安定した生活をカリフォルニアで送ることができるでしょう。やっていただけますか。あなたにはフランスに友人もたくさんいらっしゃるし、影響力もおありです。役人に賄賂を握らせてでも、その証明書を手に入れてくださいませんか」

この生一本な男、誠実なカトリック教徒の男は、聞いたばかりの言葉が信じられなくて、青ざめながら、両目を見開いた。

「フローラ、あなたは私に何を頼んでいるのか、わかっているのですか」

「真実の愛のためなら不可能なものはありませんよね」

「フローラ、フローラ、それがあなたの求める愛の証なのですか。罪を犯せ、法を破れと。それが私に望むことだと。あなたが遺産を受け取るために、私に犯罪者になれというのですか」

「わかりました。あなたはわたしを妻にしたいほど十分に、わたしを愛していないのですね」

　彼はさらに青ざめた。それから脳卒中を起こしたのではないかと思うほど、真っ赤になった。身体が揺れてもう少しで倒れるところだった。彼はようやくおまえに背をむけて、老人のように足を引きずりながら歩きはじめた。ドアのところまで辿りつくと、彼は振り向いて、おまえから悪魔を祓うかのように片手を高く上げて言った。

「フローラ、今は、かつて愛していたのと同じくらい、あなたを憎んでいますよ」

　あれからあのよきシャブリエはどうしたのだろう。おまえはあれ以来、彼の話を耳にすることはなかった。彼はおそらく『ある女賤民《パリア》の遍歴』を読んでいるだろう、そして彼の愛を退けるためにあのような不快なやり方をとったのだと、本当の理由もわかってくれただろう。おまえを許してくれただろうか。まだ憎んでいるのだろうか。もし、シャブリエと結婚して、フランスの土を二度と踏むことなく、シャブリエと骨を埋めるつもりでカリフォルニアに行っていたら、どんな人生だっただろうね、フロリータ。きっと心静かで穏やかかな人生だっただろう。でもそうなっていたら、おまえはきっと目覚めることもなかったし、本も書いていなかったし、女性を隷属状態から、また世界中の貧しい人々を搾取から解放するための革命の旗手にもなっていなかっただろう。アレキーパであの聖人のような紳士に、おまえはあんなひどい仕打ちをしてしまったけれど、結局はこれでよかったのだよね。

病状がいくぶん回復したので、トゥーロンに向かうための荷造りをしていると、ベンジャマン・マゼルが面白いニュースをもたらしてくれた。アルジェで休暇を過ごすからという理由でフローラとの約束を反故にした詩人で左官のシャルル・ポンシーは結局、地中海を渡れなかったそうだ。確かに船には乗ったが、出港前に、遭難するのではないかという恐怖に取りつかれて神経衰弱になり、泣き喚いて、タラップを降ろして岸に戻してくれるように頼んだ。航海士たちは、新米の水兵から海への恐怖感を取り除くためのイギリス海軍の方式をとって、彼を船の甲板から海中に放りこんだ。死ぬほど恥をかいたシャルル・ポンシーは、女神ミューズを求めてアルジェに行ったと思わせようと、時間稼ぎのために、しばらくのあいだ、マルセイユの小さな自宅に隠れていたのだ。近所の人がばらしてしまったので、今や彼は町の物笑いの種だそうだ。

「詩人のやりそうなことね」とフローラは言った。

12　われわれは何者か――プナアウイア、一八九八年五月

ポールはパペエテには暑さが厳しくなる前、ずいぶん早い時間に着いた。昨日、サン・フランシスコからの郵便船がすでに潟湖の船着場に入ったとの連絡があった。彼は港の酒場でビールを一杯やりながら、郵便局の職員たちが姿を見せるのを待った。彼らがコメルス通りをゆっくりした足取りの馬に引かせた馬車に乗って行くのをポールが目にすると、局員の中で一番古い、フォンシュヴァルだか、フォントヴァルだかが――おまえはしょっちゅう間違えたね――、会釈した。ポールは最後の数サンチームをつぎ込んだビールを、落ち着いて、誰とも言葉を交わさずにゆっくり味わいながら、二人の局員がリヴォリ通りの鳳凰木《ほうおうぼく》とアカシアの木々の下に消えるまで待った。局員たちが小さな郵便局の床に散らばった小包や手紙を、棚や郵便受けに収めるのに必要な時間を見計らいながら、彼は時間をつぶした。踝の痛みはなかった。一晩中眠れないまま、悪寒に汗をかいたふくらはぎの疼きはもう消えていた。今度は、最後に入った先月の船よりは運がいいかもしれないぞ、コケ。

馬車を引く小馬をせかせることなく、彼はゆっくりと郵便局に向かった。太陽がめら

めらと頭を舐めるのを感じていたが、時間が経つにつれて炎はさらに熱くなり、午後の二時、三時頃には耐え難い暑さに達するだろう。公園や木造の家屋のバルコニーに人の姿はあっても、リヴォリ通りにはほとんど人通りがなかった。高いマンゴーの木の緑のあいだから、遠くにカテドラルの塔が見えた。郵便局は開いていた。おまえは午前中の最初の客だったね、コケ。二人の郵便配達員は一所懸命に手紙や小包を整理しており、郵便受けにもうアルファベット順に並べ終えていた。

「あなた宛のはありません」と気の毒そうにフォンシュヴァル、だったか、フォントヴァルだったかが言った。「残念ですが」

「何もですか」ポールはふくらはぎに焼けつくような痛みを感じ、踝がずきずきした。

「確かかね」

「お気の毒ですが」と年かさの郵便配達員は肩をすくめて言った。

ただちになすべきことを悟った。代金を半分支払い済みの小さな馬車を引く馬のリズムに任せて、急ぐことなく、少なくとももう半年も音沙汰がないパリの画廊主たちをけなしながら、彼はプナアウイアに戻った。

シドニー回りで来る次の船は一か月以上経たないとやってこないだろう。それまでおまえはどうやって食いつなぐのだ、コケ。プナアウイアのたった一軒の食料品店の主人、中国人のテンは、二か月分の缶詰や煙草、酒類の支払いが滞っているのを理由に、掛けでの販売を断っていた。それくらいは最悪ってわけじゃないよな、コケ。世間の大半の人に借金して生活することにはもう慣れており、それだからといって自分に対する自信をなくしたわけでもないし、人生を愛するのをやめたわけでもない。けれども、幅四メートル、高さが二メートル近くのあの巨大な絵、それまで描いたこともないような大きさで、もっとも時間を——何か月も——かけた作品がとうとう仕上がったことを実感してから、ここ三、四日、空虚感や疲労感がおまえに取りついていた。これ以上一筆でも入れたら、作品はだめになってしまうだろう。おまえの五十年にわたる人生で一番よい作品を、湿気や雨ですぐに朽ちてしまうかもしれない黄麻《ジュート》の粗布に描くなんて、ばかげたことではなかったか。彼は〈誰にも見られないまま、消えてしまってもよいのか。いずれにしても誰も傑作だとは認めないだろう〉と思った。誰にもこの作品を理解できないだろう。ダニエル・ド・モンフレーさえおまえに手紙を書いてこないなんて、あり得るだろうか、三か月前、おまえは死にもの狂いで困窮を訴え、彼に助けを求めたのに。

彼がプナアウイアに入ったのは正午頃だった。パウッウラも小さなエミールも家にはいなかったので、ほっとした。パウッウラがおまえのやろうとすることの邪魔をするから、というわけではなかった。少女は完璧なマオリ人なので、夫がやること、あるいは望むことすべてに従うのに慣れていた。そうではなくて、もし彼女と話さなければならなくて、その馬鹿げた質問に答えてやらなければならないとしたら、今はそんなことに付き合うような暇も、気分も、忍耐もなかった。まして赤ん坊の泣き声なんてなおさらだ。彼はテハッアマナの頭のよさを思い出した。彼女と話すと、嵐をなんとかやり過ごすことができた。パウッウラとは無理だった。コケは脚の潰瘍につける砒素の粉が入った袋を探しに、揺れる外階段を上って寝室に入った。麦藁帽子と、握りの部分に固く立ったペニスを彫刻した杖を摑むと、乱雑に散らかった本やノート、洋服、絵葉書、グラス、瓶、そのあいだに寝ている猫には別れを惜しむ一瞥もくれずに、家を出た。この数週間、彼の全存在をそそぎこんだ巨大な作品に取り組み、忘我の状態で閉じこもっていたアトリエさえ見なかった。近くの学校から徒競走のどよめきが上がっていたが、彼は目もくれずに、元兵士で友人のピエール・ルヴェルゴの果樹園を急いで横切った。小川を歩いて渡り、プナルウ谷を目指して海岸から離れながら、緑濃く切り立った山へと彼は向かった。

もうひどく暑くなっていた。その夏の暑さは、太陽の獰猛さに長時間帽子も被らずに頭をさらしているようなうかつな人間から意識を奪いかねないほどだった。まばらに点在する何軒かの先住民の小屋から、笑い声と歌声が聞こえた。新年の祝いの催しが一週間前からはじまっていた。谷を抜けるまえに二度ほど人々が彼に（「コケ」、「コケ」と）挨拶した。彼はその渾名で呼ばれていたが、タヒチ人が彼の姓を発音すると実際にそれが一番近いのだった。コケは立ち止まらずに手を上げて応え、足を早めようとしたので、脚の疼きも踝の刺すような痛みも増した。

実際には、彼は杖にすがり、片足を引きずりながら、非常にゆっくり進んでいた。時々、額に浮かぶ汗を指でぬぐった。五十歳というのは死ぬには相応の年齢だ。若い頃、パリやフィニステールやパナマ、マルティニックで過ごした青春時代に、あれほど確固としておまえが信じていた死後の栄光は訪れるのだろうか。おまえの死の知らせがフランスに届いたら、おまえの人生と作品に対する好奇心を、パリっ子たちの気まぐれな心にかきたてることになるのだろうか。狂ったオランダ人が自殺をしたあとで起こったようなことが、おまえにも起こるのだろうか。好奇心、評価、称賛、忘却。そんなことはおまえにはまったくどうでもいいことだった。

半ば灌木の茂みに覆われ、ココ椰子やマンゴー、パンの木などが絡み合って日陰になっている細い道を通って、彼は山を登りはじめた。杖を山刀のように使って道を切り開かなければならなかった。「俺はこれまでやってきたことをまったく後悔していない」と彼は思った。嘘だ。おまえは口にするのが憚られる病に感染したことを、後悔していたじゃないか、コケ。道が険しくなったので、彼はもっとゆっくり登った。力を入れたらよろめいてしまった。今まさに、おまえを心筋梗塞が襲ったとしてもおかしくはなかった。おまえの死はおまえの計画どおりにやってくる、口にするのが憚られる病が、いつどのように、と決めるのではなくて。山腹の植物群に守られながら歩くことは、頭に突きささるようにぎらぎらと輝く空の下で、谷を歩くより千倍も望ましかった。小さな台地に登り着くまでに彼は何度も立ち止まって一息ついた。そこには数か月前、パウッウラに連れられてきたことがあった。彼は木々のない、大小さまざまのシダ類の茂るその平らな場所にどうにか辿りついた。そこからは、谷や海岸の白い線、薄水色の潟湖、珊瑚礁のピンク色の輝き、そしてその背後には空と混じり合っている海が見えた。彼は決めたのだ。「ここで死のう」と。そこはとても美しい場所だった。静かで荒らされていなくて非の打ちどころがなかった。たぶんそれは、七年前の一八九一年におまえがフランスを発って南洋へ向かったとき、頭の中にあった避難所にぴったりな、タヒチで唯一の場所かもしれなかった。あのときおまえは友人たちにこう宣言した。俺は金銭によって堕落してしまったヨーロッパ文明から逃げ出し、純粋な原始の世界を探しに行く、その冬空のない土地では、芸術は単なる投機の対象ではなく、神聖で活力に満ちた楽しい仕事であり、芸術家は腹がすけばただ手を伸ばして、たわわに実った果物を木からもぎとればよいのだ。まるでエデンの園のアダムとイヴのように。現実はおまえの夢と同じようにはいかなかったがね、コケ。

山腹から吊り下げられた小さな自然のバルコニーであるこの場所まで、やわらかい海からの風に運ばれて、タヒチの人々がノア・ノアと呼ぶ、雨季の木々から発散する強烈な香が昇ってきた。彼はうっとりとしながら空気を吸い、少しのあいだ、踝のことも脚のことも忘れていた。空をさえぎっているシダの茂みの根元の、わずかな乾いた地面の上に腰を下ろした。彼は取り乱さず、手の震えもなく、袋を開き、喉に詰まらないように何度か休み休みしながら、砒素の粉を全部、唾液で飲み下した。袋の残りも最後まですっかり舐めつくした。少し酸《す》っぱい土のような味がした。彼は恐怖を感じることもなく、あれほど好きだった残酷な物語のどれかを空想もしないで、冷ややかな好奇心で毒が効いてくるのをただ待っていた。ほとんどすぐに彼はあくびをしはじめた。おまえは眠ってしまうのだろうか。無意識のまま穏やかに、生から死へと移動していくのだろうか。毒で死ぬのは、おそろしく苦しく、痙攣し、内臓がひっくり返るような劇的なものだとおまえは思っていたね。そのようにはならずに、おまえは朦朧とした世界に浸って夢を見はじめた。

彼は一八八七年四月か五月に寝た、血の塊みたいな激しい性器を備えたパナマのあの黒人女のことを夢に見ていた。彼女の板張りのあばら家の入口には、作業キャンプ地の他のコロンビアの売春婦の小屋の入口よりも、いつも長い行列があった。運河建設に従事している労働者たちは彼女の「小犬ちゃん」がよくて彼女を好んでいた。ポールは気づくのが遅れたが、神話に出てくる恐るべき歯の生えた性器の、穏やかなパナマ版なのだった。運河で働く日雇い労働者の話によると、黒人女のそこは、上に乗っかる男たちの精力を奪うことなくやさしく嚙み、そのむずむずした刺激がたまらなくいいのだそうだ。彼は好奇心にかられて同じ組の労働者たちと同じように給料日に列に並んでみたが、黒人女の性器には何も特別なものを感じなかった。彼が思い出すのは、汗まみれの身体から発散する強烈な体臭と女の腹、腿、乳房の熱いもてなしだった。おまえに口にするのが憚られる病をうつしたのはあの女だったのだろうか。その疑惑はマルティニックで死ぬほどの目にあわされたひどい熱病以来、彼につきまとっていた。ひょっとしてあのパナマの黒人女のせいで、おまえの視力は弱くなり、心臓が衰え、脚が膿疱だらけになったのか。そう考えているとおまえは悲しくなって、突然、アリーヌを思い出して泣いた。もうアリーヌには何年も会っていなかったし、これからも決して会うことはないだろう。おまえの娘はデンマークで肺炎にかかって死んでしまったのだから。パウッウラと同じくらい下手なフランス語を話す美しいデンマーク娘に成長していただろうに。今、おまえはここ南洋の忘れられた小島、タヒチで死にかけている。それから絵描き仲間で友人のシャルル・ラヴァルの夢を見た。ポン＝タヴェンのよき時代に彼と出会い、楽園を探してマルティニックとパナマに一緒に出かけた。そこに楽園はなかった。というよりもおまえとシャルルは地獄と鉢合わせして、ばったり倒されたのだ。シャルルは黄熱病にかかり、自殺しようとした。けれども何だって今頃になってシャルルを哀れむのだ。疫病から回復しなかったからか。自殺を図ったからなのか。エルサレムを征服した後で十字軍が故郷に戻ってきたように、彼は自分の手柄を話すためにフランスに戻ってこなかったからなのか。画家として立派な名声を博することができなかったからか。そして、なによりもエミール・ベルナールの妹の、あの美しく繊細で透き通ったマドレーヌと彼が結婚しなかったからか。ブルターニュではおまえも彼女に心を奪われていたね。にわかにおまえの夢は悪夢に変わった。呼吸が苦しくなってきた。胃から何かどろどろとした熱いものが込み上げてきて、喉を塞いだ。おまえは吐き出すことができなかった。かなりのあいだ、そのように呼吸ができずにむかむかしたまま、身悶えしながら苦しんでいた、目を開けると、自分の身体の上に吐き出してしまっていて、赤い蟻の一団が列をなして胸に上ってきて、吐瀉物の周囲をうろついていた。

　おまえは生きていたのか。生きていた。両腕をあげるだけの気力もないまま、混乱してくらくらしながらうろたえていた。もう夕闇が迫っていて、遠くには夕暮れの最後の炎が見えていた。しばらくは意識を失ってしまったが、頭の中に次々とさまざまな像が現れた。特にその一つは何度も繰り返し現れた。ジェローム＝ナポレオン号の甲板の上だった。一人の将校がおまえに訊ねた。「どこで鼻を折ったのかね、ゴーギャン水兵」「折れてはいません、将校殿、生まれつきです。目は青く、姓もフランス人のものですが、俺はインカ人です。この鼻がその証です」もう夜になっていた。目を開けると、星が見え、彼は寒さに震えた。眠りに落ち、目を覚まし、また眠りにつく。そのうちに突然、意識が冴え渡ってきて、半年間絵筆を持たず、スケッチブックにデッサンさえしなかったあとで、この数か月間かかりきりで仕上げた絵のタイトルが頭に浮かんだ。その確信はポールをほっとさせて落ち着かせ、一八八七年の四月か五月、カリブで疫病に感染したシャルル・ラヴァルと同様に自殺に失敗した恥ずかしさを、ポールから消し去った。朝一番の曙光が頭をすっきりさせ、背筋を伸ばし、両足で立つ力をもたらした。脚は震えていたが焼けるような痛みもなかったし、踝もまったく具合悪くはなかった。帰途につく前に、かなり時間をかけて身体を歩き回っている赤蟻を手ではたき落とした。おまえが死ななかったので奴らはがっかりしただろうよ、コケ。おまえの朽ちはてた肉体で、奴らはどんな祝宴が張れたというのか。が、その朽ちはてた肉体は無感覚のまま、必死で生きようと努力していた。

　山の斜面を谷に向かって降りてゆくあいだ、喉の渇きに苦しめられたものの──蜥蜴のように舌が硬直していた——、気分は心身ともに悪くなかった。というより気持ちが高揚していて、彼はやる気に満ちていた。おまえは早く家に戻って、毎朝仕事に入る前にひと浴びするプナアウイアの川で水浴びをし、一リットルの水を飲んで、ラム酒（ラム酒はまだ残っていたかな）をぽたぽた垂らしたあつあつのお茶を飲んで、それから、パイプに火をつけて（煙草は残っていたかな）、アトリエに入り、たちまち失敗に終わった自殺のおかげで思いついたあの題を、ここ数週間、おまえを釘付けにしていた幅四メートルのあの麻布の左上の隅に、黒い文字で書き込みたかった。傑作だろうか。もちろんだ、コケ。上部の隅に書かれるとてつもない問いかけが、キャンヴァスを支配するだろう。答えについてはおまえには何の考えもなかった。けれども、その探し方を知っている人々は、時計の針と逆回りに弧を描いて、幼年期にはじまり屈辱的な老年に終わる、人生の軌跡を辿った十二の人物像の中に答えを見つけるにちがいなかった。

谷に着く少し前に、山の側面から流れ出し、黴が生えた溝に落ちている滝に彼は出会った。大喜びしてその水を飲んだ。顔、頭、腕、胸を湿し、小道の縁に腰を下ろして脚を宙にぶらぶらさせながら、心地よくぼうっとした状態で休んだ。残りの道は疲れてふらふらだったが、彼の気力は満ちていた。

正午近くに家に着いたときには、まるで世界一周でもしてきたかのようだった。小さなエミールは簡易ベッドで裸で仰向きに寝ていた。パウッウラはゴザの上で、何かメロディを奏でようとギターに取り組んでいた。脚の辺りには猫が丸まっていた。彼女はいつまでたっても弾きこなせないその楽器の弦を撫でながら、ポールを見て笑いかけた。どの音も調子が外れていた。

「死のうとしたけど駄目だったよ。毒をたくさん飲みすぎて吐いてしまったんだ、それで救われたんだがね。だが、脚に使う砒素がなくなってしまった」と、彼は言った。パウッウラはフランス語をうまく話せなかったが、ゆっくり言うと完全に理解した。「俺はダメ絵描きのうえに、腹ペコで死にそうだよ。おまけに死に損ないだし。さあ、お茶を一杯くれないか」

彼女は相変わらず上の空だった。機械的に笑みを浮かべながらも、その手はなんとかしてコードを引き出そうと、ギターをでたらめにかき鳴らしていた。

「コケ」と動かないままでパウッウラが言った。「お茶を一杯よね」

「お茶を一杯だ」とベッドに倒れこみ、手でパウッウラを急がせながら、ポールは繰り返した。「今、すぐにだ」

パウッウラは猫を追いたて、床にギターを置くと、ゆったりとした歩き方でドアに向かった。十六あるいは十七歳という彼女は、実際の年よりももっと年上に見えた。肉付きがよく、背はあまり高くはなかった。青みを帯びた長い黒髪は肩にかかり、絹のような肌は赤いパレオが映えて輝くようだった。きれいな若い娘だった。タヒチに来てから一緒に住んだヴァヒネの中では一番美しかったかもしれない。二度の出産にもかかわらず、身体の線は少しも崩れていなかった。依然すらりとして若々しかった。おまえはもう何年も彼女と一緒に暮らしているにもかかわらず、テハッアマナを愛したほど彼女を愛せなかった。テハッアマナのことを、おまえは今でもときどき抑えきれないほど懐かしく思い出していた。なぜ彼女を愛することができないのだろうね、コケ。彼女は美しく、従順で、かいがいしいじゃないか。なぜならパウッウラはあまりにも馬鹿だったからだ。最近ではこのタヒチ人の妻との会話も減ってきて、コケは最低限のことしか話さなかった。彼女が黙っているときは、パウッウラに対して愛しみを感じることもできた。連合いだったし、助けになったし、今では前ほど頻繁ではなかったが、彼女を欲しくなったときには、若々しく引き締まった官能的な身体があった。けれども彼女は口を開くと、ひどいフランス語か、彼にはいつも理解できるとは限らないタヒチ語で話し、陳腐な質問をしたり、彼が懸命に行なっている説明を理解できなかったりして彼を落ち込ませた。しかし何と言っても、精神的、知的、芸術的なもの、あるいは単に知力を働かせるものに対して関心を示さない、その底なしの無関心さが彼をいらいらさせた。おまえが自殺を図ったことを理解しているのだろうか。彼女にはそれはよくわかっていた。けれども、夫のなすことすべてが正しいのだから、それに対して彼女はどんなことが言えるだろうか。彼女は自分の所有者であり主人であるひとに関して、主張や意見もないのだろうか。女じゃないんだよ、コケ。若い肉体とマンコと乳房、それだけだ。

ポールは眠り込んでしまった。けれども長い時間ではなかった。というのも、目を開けると、パウッウラがベッドの傍においてくれたお茶のカップがまだ熱かったからだ。彼は食料貯蔵室に最後のラム酒の瓶を探しにいった。ほとんど空に近かったが、数滴垂らすとうまそうなお茶になった。彼は一口一口すすって味わいながら、恐る恐るアトリエに入った。建築用の足場のように特別に組んだ架台にぴんと張られた巨大なキャンヴァスに、彼はひとしきり目を凝らした。竹の隙間から差しこむ太陽の光線が、絵に動きを与え、奇妙な躍動感を生みだしていた。暑さが一番厳しい時期に、プナルウの木立や花に囲まれた心地よい場所を飛び交う蝶の乱舞のようだった。とりどりの色を置いたパレットと一番細い筆を取って、彼は左上の隅にきわめて小さな文字で書いた。「われわれはどこから来たのか。われわれは何者か。われわれはどこへ行くのか」

これが、おまえの描きたかった作品だろうか。死から甦って——素敵な言いまわしじゃないか、コケ——、あちら側の世界からの帰還がもたらした視点と冷静さをもって見直すと、おまえはそれほど確信できなかった。これはタヒチの島に住みついた一人の野蛮な画家によって再創造された楽園なのか。それはおまえが最初に漠然と意図したものだった。というよりも、おまえがここのところ落ち込んでいた残忍ともいえる逆境の地獄から描くエデンの園は、抽象的なものでも、ヨーロッパ的なものでも、神秘的なものでもなく、マオリのエデンの園だった。今ここに具現化された現実のエデン。だがそれはおまえの目の前にあるものではない。白い腰布をつけ、画面には描かれていない頭上の木から果物をもいでいる、キャンヴァスを二つに分けている中央の大きな人物は誰なのだ。明らかにイヴではない。それどころか女かどうかもわからない。皮膚や腰、腕などはどこかしら女性的だが、腰布をふくらませている膨らみは女性のものではない。それは立派な睾丸と固くなったペニスのようだ。もしかしたら頭をもたげているところなのかもしれない。

突然、彼は笑い出した。タアタ・ヴァヒネか！　マフーだ！　それをおまえは描いたのだよ、コケ。男‐女を。七年前、一八九一年の六月、おまえがタヒチに着いたとき、ジェノ准尉（彼はどうしているだろうか）が、おまえのなびく長髪とバッファロー・ビルが被るような帽子を見たら、先住民たちはおまえをタアタ・ヴァヒネ、マフーと思うだろうと言ったとき、おまえはぞっとした。おまえが男‐女だって。分別がつく年齢に達して以来、おまえは男らしさを有り余るほど証明してきたのに。気分が悪くなっておまえは長髪を切り、帽子を麦藁帽に替えた。けれども後になり、ヨーロッパ人とちがって、タヒチ人にはタアタ・ヴァヒネは普通の男や女と同様に受け入れられていると知って、おまえは考えを変えた。今では、おまえはマフーと思われたことを自慢していた。〈宣教師たちが先住民から唯一取り上げられなかった価値観だ〉とポールは考えていた。男はこちら、女はあちらと、厳格に男女を対称的な存在として扱い、性の中にどんな形であれ曖昧さがあればそれを排除しようと強制する、カトリック神父とプロテスタント牧師のすさまじい説教にもかかわらず、村では多くの家族の中にひっそりと、タアタ・

ヴァヒネが存在していたのではないか。それを先住民から奪うことはできなかったのだ、性に関する彼らの思慮深さを。滝の流れの中で樵夫のジョテファと行なった珍しい体験を、彼は楽しく思い出した。そんなに前のことではないのに、もうずいぶん経っているような気がするね、コケ。そうだ、タヒチにはまだたくさんのタアタ・ヴァヒネがいた。パペエテにはいなかったが、ヨーロッパの影響が及ぶのが遅れていたり、もしくはまったく及ぶことのない島の内部には存在した。そういう少年たちは、女性のように髪に花飾りをつけたり、料理をしたり、織り物をしたり、家事をしたりしていて、祭りで酔いが回ってきたりすると、男たちに可愛がられたり、ときにはごく自然に女のように扱われているのを、ポールはよく見かけていた。同じような状況で、少女たちや女たちが抱き合って愛撫しあっているのも見たことがあったが、誰も不思議に思ってなんかいなかった。そこにあったのは、おまえがむなしく探し求めてきた失われた文明の最後の名残だったのだ、コケ。それはあの原始的で健全で異教の幸せな文明、肉体を恥じることもなければ頽廃的な罪の観念によって汚されてもいない文明の、最後のあえぎといってよかった。おまえを南洋に連れてきたそれらのうち、残っていた唯一のものは、両性具有を含むあらゆる形の愛を、愛の真実を、ありのまま受け入れる賢明さだった。もう長くは残ってはいまい。ヨーロッパはタアタ・ヴァヒネも排除してしまうだろう。かつてのあの健全で陽気で力強い文明とともにあった、古代の神々や古代からの信仰、古くからの慣習、古くからの裸の生活、刺青や食人の習慣を排除したように。けれどもマルキーズ諸島にはまだ存在していた。なくなってしまう前に、おまえは向こうへ行かなければならなかった。

十分に理解しないまま、またその意図もなく、おまえはタアタ・ヴァヒネを重要な作品の中央に描いた。絶滅したもの、タヒチの人々から奪われてしまったものへのオマージュ。おまえがここに住むようになって以来ずっと、習慣や人間関係、日常生活がかつてはどうだったかを覚えている人に、まったく会ったことがなかった。おまえの作品に描かれている素晴らしい裸さえ放棄させられていた。宣教師たちは修道服に似たあのガウン風のチュニカに、彼らの赤銅色の身体をつめこませた。何という犯罪的行為！ 何世紀ものあいだ、太陽の前に動物の無垢をもって誇示してきたにちがいない黄土色や薄いグレー、あるいは青みを帯びたグレーのあの素晴らしい身体の輪郭を、隠してしまうなんて。強制的に身につけさせられたチュニカは、彼らからその魅力、機敏な動き、力強さを消し去り、奴隷のような存在という不名誉な烙印を押した。コケ、コケ、おまえはその滅びた文明を出現させるために、何から何まで創造しなければならなかった。これまでにマオリたちは、この絵に表れているような姿をしていたことがあるのだろうか。自然のままで自らの肉体を愛し、彼らに木の実を与えてくれる木々の兄弟たち。彼らは畏怖する女神ヒナによって災難から守られながら、海や潟湖で釣りをし水浴びをし、カヌーでその水面をすうっと割っていく。おまえはそのヒナでさえ、彼らのために創り出さねばならなかった。タヒチ人たちは一人として、彼らの祖先が崇めていたヒナがどんなものだったかを、覚えていなかったからだ。宣教師たちが彼らの記憶を奪い去り、記憶喪失にしてしまったのだ。

年とともに縁の部分が劣化していく古いフレスコ画の雰囲気を出すために、絵の上部の両端を淡い黄色に塗ったのは、うまくいった。背景の薄いブルーとヴェロナ風グリーンを基調とした風景の、調和のとれた色調も成功だった。そこには触手か蛇がくねくねと踊っているかのように、木の枝や幹が描かれていた。木々だけが絵の中で攻撃的な存在だった。それに反して動物たちは穏やかだ。猫や山羊、犬に鳥たちは、人間と仲よく共存している。画面の左にうずくまって死を待つ、あるいはすでに死んでいるのかもしれない老婆も。この老婆は、おまえにとって忘れがたいペルーのミイラの姿態からとったものだが、老婆は自らの死を受け入れているかのようだ。

中景のピンクのチュニカに身を包んだ二人の人物が、知識の木のそばで時の流れと反対の方向へ、死から生に向かって歩いているのはどういう意味なのだろうか。おまえは描きながら、その二人の人物は自分と不幸なアリーヌかもしれないと思ったね。だが、そうではない。あのひそひそ話をしている人物は、おまえとおまえの死んだ娘ではない。タヒチ人でもない。どこか不吉で、粗野で、狡猾で、怒りっぽそうで、周りには無関心そうに二人で内緒話をしていて、自分たちだけのことに夢中になっている。彼は目を閉じて自らの魂の奥を探った。その二人連れによっておまえは何を表現しようとしたのだ、コケ。わからなかった。これからもおまえにはわからないだろう。いい徴候だよ。単におまえの手、考え、想像力、おまえの熟練した作業だけで、おまえの優れた作品を描いたのではなかった。魂の底から湧き上がってくる漠然とした力、おまえの沸騰する情熱、おまえの本能の激昂、並外れた作品は、突然こみ上げてくるそのような衝動によってでも描かれるのだ。絵はけっして死ぬことはないんだよ、コケ。マネの『オランピア』のように。

ずいぶん長いあいだ、彼はその絵を吟味し、完全に理解しようと試みることに没頭していた。アトリエから降りていくと、パウッウラが夕食を調え終えて、食堂として使っている部屋の両側を開け放って彼を待っていた。パウッウラはエミールを抱いていて、赤ん坊は——彼はこの児に対して、生まれてすぐ死んでしまった小さな姉に抱いたような愛情を感じることはなかった——、目はパッチリ開いていたが、おとなしくじっとしていた。ほっとした。食卓の上にはとりどりの果物と、おまえが自分の好みの調理法をヴァヒネに教えこんだオムレツが並んでいた。ごくやわらかく、どろっとしたのがおまえの好みだった。見えない海の引き潮の音が近くで聞こえていた。

「じゃあ、中国人のテンは、もう一度、掛けで売ってくれたのだね」と、ポールはうれしそうに笑いながら言った。「どうやって話をつけたんだ」

「コケ」パウッウラはうなずいた。「中国人。卵。塩」

目には、成熟した女の丸みをおびた肉体と対照的な、落ち着いて穏やかで子供っぽい光があった。

「今晩、おまえを愛したら、俺は本当に生き返った気がするだろうよ」と食事の席に着きながら、コケは大きな声で言った。

「本当よ」とパウッウラは口をとんがらせながら言った。

13　修道女グティエレス――トゥーロン、一八四四年八月

一八四四年七月二十九日の明け方、フローラはトゥーロンに到着した。第一印象は最悪だった。〈軍人と犯罪人の町、ここでは何もすることがないわ〉悲観的になったのはトゥーロンが海軍工廠で成り立っている町だったからである。そこでは五千人の市民が、強制労働を科せられた服役中の罪人と一緒に働いていた。一方、マルセイユから続いていた結腸炎と神経痛は、フローラに絶えずついて回っていた。

トゥーロンでフローラを迎えに出たのは数人のサン＝シモン派のブルジョワたちだった。技術、科学の進歩、企業利益の生産高を計画することに関しては近代的意見を述べる人たちだったが、フローラの激しい言動が当局との問題を起こすのではないかと恐れていた。リーダーはジョゼフ・コレーズという名のきざな船長で、慎重にして節度を保つようにと助言して、フローラをうんざりさせた。

「もし慎重で節度を保つような人間だったら、このような旅は企てませんよ」とフローラは彼の立場をはっきりさせてやった。「そのためにあなたたちがここにいるのではありませんか。わたしは革命をはじめるためにやってきましたので、多少の真実は口にし

なければなりません。仕方ありません。もし当局が腹を立てたら、わたしに対する労働者の信頼度は増すでしょう」

実際、フローラが公衆の前で口を開く前に当局は立腹した。到着の翌日、髭をたくわえた五十代のトゥーロン警察署長が、ラヴェンダーの香水の匂いをぷんぷんさせてフローラが泊まっているホテルに現れ、この町での目的について三十分間尋問をした。公共の秩序を乱すようないかなる行動も厳しく罰せられるだろうと彼は警告した。それから数時間後、王の訴訟代理人から召喚状が届き、事務所のほうに出向くようにとのことだった。

「わたしは行きませんと、あなたの上司に伝えてください」怒りんぼ夫人は癇癪を爆発させながら、憤然と言った。「もし、わたしが罪を犯したというのなら、逮捕すればいいでしょ。でも、もしわたしを脅したり、時間を浪費させようというつもりなら、そうはいきません」

王の訴訟代理人助手の礼儀正しい若者はびっくりして、フローラをおどおどしながら見つめ、今、目の前で声を張り上げて、脅すように人差し指を自分の鼻の数ミリ先で震わせているこの女は、もしかしたら自分を襲ってくるかもしれないと考えていた。そんなふうにおまえを見ていたのだよ、フロリータ。アレキーパのサント・ドミンゴ通りにある一族の屋敷で、ドン・ピオ・トリスタンは同じようにびっくり仰天し、狼狽して肝をつぶしていた。初めて会った日から数日後、ついにおまえと叔父が、相続という厄介な話題を口にした十年前のあの朝。エレガントで、背が低く、人当たりのよい、白髪頭で、青い瞳のきゃしゃな紳士であるおまえの叔父のドン・ピオ・トリスタンは、その論争に対してすっかり準備を整えていた。彼は親しみをこめて長い前置きをしたあとで、ラテン語とよくわからない法律の引用を交えておまえを圧倒しながら、おまえが彼に宛てた手紙で認めているように、おまえは合法性を欠く結婚をした両親の非合法な子供であるから、自分の大切な兄、マリアノの遺産を一センタボたりとも受け取る望みはない、と告げた。

フランス人の姪と顔を合わせるのを恐れていたかのように、ドン・ピオはカマナーにある製糖工場から三か月も経って戻ってきた。父の弟と初めて会ったとき、その顔立ちが自分の父親を思い起こさせたので、おまえはひどく心を動かされ、涙をこぼした。おまえはまだセンチメンタルな娘だったね、アンダルシア女よ。おまえは震えながら叔父を抱擁し、その耳元で、叔父さまを好きになりたい、叔父さまにもわたしを好きになってもらいたいとささやいた。おまえは父方の家族を取り戻し、その一族のおかげで、ヴォージラール通りの家で幼い頃に体験したあと、接することのなかった家族の温かさと確かさを満喫して幸せだった。おまえはそう言ったし、実際にそう感じていたのだね、フロリータ！　そして叔父のトリスタンも見たところ同じように感情が高ぶっていたようで、青い瞳を曇らせておまえを抱きしめながら、つぶやいていた。

「おお、兄に生き写しだよ、おまえは」

それに続く数日間は、素晴らしく若々しいこの六十四歳になる老人——三十万フランの定期収入を得ていて、アレキーパでもっとも金持ちだった——は、姪に最大限の配慮と愛情を注いだ。けれどもとうとう二人だけの話し合いに応じ、フローラが、自分をドン・マリアノの実子として認めてほしい、またしかるべく祖母と父の遺産を五千フラン受け取りたいとの望みを表明すると、ドン・ピオは、法律は神聖なもので感情より優位に立つべきものである、そうでなければ文明は存在しない、と主張する、氷のように冷たい法律家、法の規範一辺倒のスポークスマンに変わった。法律によるとフローラには何も権利はないと言う。もし信用できないのなら、判事にでも弁護士にでも相談してくれとのことだ。ドン・ピオはもう彼らと相談をすませていたし、自分が話すべきことも心得ていた。

そのときフローラは、今、トゥーロンで若い王の訴訟代理人助手を真っ青にさせ、ほとんど逃げるようにこの場から出て行かせたのと同じような、これまで何度か起こした癇癪の一つを爆発させた。この恩知らず、卑怯者、強欲、弟であるおまえを育み、守り、フランスで教育を受けさせたドン・マリアノの献身に、こんなふうな形で報いるつもりなのか。おまえは身寄りのない兄の娘の弱みにつけ込んで、その権利を認めず、貧困生活を強いようとしている、自分は大金持ちのくせして。フローラがあまりに声を張り上げたので、ドン・ピオは紙のように真っ白になって、ソファの上に倒れこんだ。聴訴官、憲兵隊長、司教、副王、町長、将軍など、植民地統治の政府高官や重要人物だった祖先の肖像が飾ってある漆喰の壁の応接間で、彼は消え入るように縮こまった。少し後になって彼はフローラに告白した。彼の六十四年の生涯のうちで、家族そして家族以外の者も含めて、一家の家長に楯突くあのような反逆的な女に初めて会った。フランスでは今、ああいったやり方がふつうなのかね。

フローラは突然笑い出した。〈そんなことありませんよ、叔父さま〉彼女は思った。〈女性に関しては、フランスの風習はまだアレキーパの女性たちよりもかなり遅れていますよ〉トゥーロンのサン＝シモン派の友人たちは、警察署長が訪ねてきたことや訴訟代理人の出頭命令があったことを知って警戒した。ホテルの彼女の部屋は必ず捜索されるだろう。フランスの各県の労働組合の組織に関するフローラの書類は、ジョゼフ・コレーズ船長がすべて自分の家に隠した。けれどもなぜか不思議なことに捜索は行なわれず、王の訴訟代理人も滞在中、二度とフローラを呼び出さなかった。

この張り詰めた気持ちを和らげるために、サン＝シモン派の人々は港で行なわれる「海上試合」を見せにフローラを連れ出した。その催しはフランス各地だけでなく、イタリアからも大勢の見物人がやってくるトゥーロンの年中行事だった。いくつかの小型船の舳先に小さな台を据えて海上の駿馬のように仕立て、先を尖らせた長い竿で武装し木製の盾で防御した二人の槍兵が配置されていた。十二人の漕ぎ手が力いっぱい漕ぎながら最大のスピードで互いに勇ましく向かいあって全速力でぶつかると、一人、もしくはしばしば二人の槍兵が海に落ち、はしけや海岸通りに集まった群衆からどよめきの声が起こった。試合の見物が終わったとき、フローラが、一番印象に残ったことは、庶民やブルジョワたちを楽しませるため槍を持って戦った哀れな男たちが落ちたのは、市内の下水道が流れ込む汚水の中だということだ、と告げると、サン＝シモン派の人々は少々うんざりしたような顔をした。間違いなく彼らは伝染病に感染するだろう。

おまえは、庶民に支持されている、人間が動物と化し、自身の本能のコントロールを失い、野蛮人のように行動する、この種の大衆的な娯楽が好きになれなかったね。だからクレメンテ・アルトハウスが連れていってくれたアルマス広場の闘牛も、闘鶏も、まったく好きになれなかった。そこでは興奮した男たちが血を流している動物に金を賭け、けしかけていた。おまえは生来の、すべてを知りたい、調べてみたいという好奇心から出かけてはみたが、その結果、しばしば不快な何かを飲み込まざるをえないはめに陥った。

アルトハウス大佐は、やはりドン・ピオの強欲の犠牲者であったらしいのだが、フローラを慰めようとしてくれた。そしてなんとしても嫡出子であると認めさせるため、法に訴えようとするのを思いとどまらせた。なぜなら、アレキーパ一の権力者である人間にあえて楯突くような立派な弁護士も、ドン・ピオに何らかの罪を宣告するような大胆な判事も存在しないだろうから。「ここはフランスではありませんよ、フロリータ！　ここはペルーです！」このドイツ人もやはりフランスに甘い幻想を抱いていた。

実際、相談を持ちかけた六人ほどの弁護士は、まったく望みはありません、と断言した。おまえはドン・ピオ宛に両親の結婚について真実を語った手紙を出したことがあったが、その世間知らずの手紙がおまえを窮地に陥れていた。もし無謀にも裁判に訴えたとしても、けっして勝つことはできないだろう。フローラはまた、聖職者嫌いとの噂のためアレキーパの上流社会が敬遠している、急進派の弁護士にも相談してみた。その弁護士は二年前に起こった、いまなお町で噂の的となっている興味ある事件において、困難を覚悟で、修道女ドミンガ・グティエレスを弁護していた。若く、血気盛んなマリアノ・リョサ・ベナビーデスは、おまえに止めを刺した。

「ドニャ・フローラ、失望させて申しわけありませんが、法的に見てあなたはこの裁判にけっして勝つことはできないでしょう。たとえ書類が整っていたとしても、またたとえご両親の結婚が合法的であったとしても、いずれにしても敗訴するでしょう。いまだかつて訴訟でドン・ピオ・トリスタンに勝った者はおりません。アレキーパに住む人の半分が彼のおかげで生活していることをご存じありませんか。あとの半分もできれば同じように彼の庇護を受けたいと願っている者たちですよ。理屈の上では、われわれはいまや共和国の人間ですが、ペルーではまだ植民地は生きていて繁栄しているのです」

敗北を繰り返しながら、彼女は裕福なブルジョワになる夢をあきらめねばならなかった。よかったよね、そうだろ、フロリータ。そう、よかったんだよ。だからこそ、アレキーパの町がおまえの夢をことごとく打ち砕いたにもかかわらず、おまえはあふれんばかりの愛情をこの火山の町に感じている。あの町は、人間の不平等、人種差別、富裕層の無知ぶりや利己主義、宗教的狂信のもつ非人間性など、あらゆる抑圧の源となるものについて、おまえの目を開かせてくれたのだ。ドミンガ・グティエレス——ひそやかに近親相姦が繰り返されるこの町では、もちろんおまえの従姉妹でもあった——の話は、おまえを混乱させ、肝をつぶさせ、憤慨させ、そして彼女に何が起こったのか、考えをまとめるためにいろいろ調べてみようという気持ちを起こさせた。出来事を理解するためには、教会や建物を形作る白い切り石、地震、革命の他に、アレキーパの町を特色付けている別の一面、ペルーの都市の中で、全アメリカ大陸で、いや、世界中でもっともカトリック色が強い町という側面から、それらの修道院がどういう所なのか、知る必要があった。そしてそれを知ろうとおまえは決心した。

フランスからやってきた娘は、その岩をも通す並外れた意志力で友人や親戚筋に頼み、哀願し共謀してゴジェネチェ司教から必要な許可を取ることに成功し、アレキーパで隠遁生活を行なっている代表的な三女子修道院、サンタ・ロサ、サンタ・テレサ、サンタ・カタリーナを訪ねることができた。フローラが五泊滞在したサンタ・カタリーナ修道院は、アレキーパの中央に位置する小さなスペイン風の町で、城壁風のこぎり壁に囲まれていた。アンダルシアやエストレマドゥラ地方の名前のついた優雅な小道や、カーネーションやバラが咲き乱れる静かな小さな広場、心地よい音を立てている噴水があり、そしてたくさんの女性たちが食堂や祈禱室、娯楽室、礼拝堂、庭とテラスと台所つきの住居を行き来していた。修道女たちはみな、奴隷四人とお手伝い四人を連れて修道院に入ることが許されていた。

このような華やかな光景を前にして、フローラはわが目を疑った。隠遁生活を送るための修道院がこのように贅を尽くしているとは想像したことがなかった。絵画、彫刻、タペストリー、礼拝用の銀、金、アラバスターや大理石でできた美術工芸品のほか、僧房では絨毯、クッション、リネンのシーツ、手刺繡が施されたベッドカバーが輝いていた。軽食やおやつは、フランス、オランダ、イタリア、ドイツから輸入された食器に盛られ、ナイフ、フォーク、スプーンは銀細工だった。サンタ・カタリーナの修道女たちはフローラを大騒ぎしながら出迎えてくれた。彼女たちはそれ以上ありようのないほど屈託がなくて、にこやかで、魅力的で、女性的だった。「フランス女性はどのように装っているか」を調べるためにフローラがブラウスを脱ぎ、コルセットとボディスを披露するだけでは満足しなかった。スカートやガードルも見たがった。なぜなら彼女たちは、フランス女性が身につけている下着を、手で触ってみたくて仕方なかったのだ。彼女はケシの花のように真っ赤になって、恥ずかしさで口もきけず、長い間がやがや詮索されるまま、下穿きと靴下だけの出で立ちでその身を修道女たちにさらさなければならなかったが、やがてフローラを救いにやってきた修道院長もひどく笑い転げた。

教訓に満ち、また本当に愉快な数日を、フローラはこの貴族的な修道院で過ごした。そこへは修道会が要求する高い持参金を払うことのできる名門出の修練者だけが入ることが許された。終身にわたる隠遁生活、そして長い時間を瞑想と祈りに捧げているにもかかわらず、修道女たちは退屈していなかった。修道生活の厳格さは、暮らしの快適さと彼女たちが携わっていた社会活動により、やわらげられていた。一日の大部分を互いにもてなしあって、子供のように遊び、サンバ（先住民と黒人の混血女性）やムラータ、黒人の奴隷や先住民のお手伝いがちりひとつなく磨き上げた小さな住居を互いに訪問しあって過ごしていた。フローラが質問してみたサンタ・カタリーナ修道院のすべての修道女は、ドミンガは悪魔に取りつかれたにちがいないと固く信じていた。そして彼女たちは全員、サンタ・カタリーナ修道院ではこのようなおぞましい事件は起こるまいと言った。

　なぜなら実際、ドミンガの事件はサンタ・テレサ修道院で起きており、ここはサンタ・カタリーナ修道院よりずっと禁欲的で厳格でいかめしい跣足カルメル会の修道院だった。ここにもフローラは同様に滞在したが、三泊四日をひどく辛い思いをしながら過ごした。サンタ・テレサには、蔦やジャスミン、甘松《かんしょう》、バラ園、鶏小屋、それにそれぞれ修道女たちが自らの手で栽培し育てている果樹園が備わった三つの美しい内庭回廊があった。しかしこちらはサンタ・カタリーナのような、気楽で、世俗的で、いたずらっぽく、ちゃめっけのある雰囲気はなかった。サンタ・テレサでは気晴らしをしている者などいなかった。修道女たちは祈りを捧げ、瞑想にふけり、静かに働き、神への愛のため肉体も精神も苦難を耐え忍んでいた。修道女たちが閉じこもって祈る小さな独居房――そこは彼女たちの寝室ではなかった――は、贅沢さも快適さもまったくなく、壁はむき出しで、麦藁の質素な椅子と、粗板を釘で打ち付けただけの机、そして肉体を傷つけて神に犠牲的行為を捧げるために修道女たちが自らを打つ鞭が釘にかけられていた。夜、苦行者が振るう鞭の音とともに、うめき声がその独居房から漏れてくるのを聞いてフローラはぞっとし、そして従姉妹のドミンガ・グティエレスが十四歳の時からそこで過ごした十年の生活がどんなものであったかが、よく理解できた。

その年でドミンガは、母に懇願され、また恋愛に破れたこともあって――好きになった若者が別の娘と結婚してしまったのだ――、サンタ・テレサ修道院へ修練女として入門した。彼女は数週間で、いや、おそらく数日間で判断したのだろう、一日中祈りを捧げたり、賛美歌を歌ったり、自分の身体を鞭打ち、懺悔し、自分の手で大地を耕して働き、かろうじて眠り食べて生きているだけの、犠牲を求め、ひどく禁欲的で、完全な静寂と孤立を強いる戒律を、自分はけっして受け入れることはできない、と。彼女は面会室の仕切越しに、修道院から出してくれるよう母親に懇願したが、叶わなかった。悪魔が聖職者としての真の召命をドミンガに断念させようとしているのだから、この罠にはまらないよう耐えなければならない、との彼女の贖罪司祭の主張は、ドミンガを混乱させ、母親の主張をより確固たるものにさせた。

一年後、この石塀と戒律の中に彼女を死の時まで縛り付ける誓願を立てたあと、軽食の時間に、『サンタ・テレサの生涯』から数ページの朗読が行なわれたのをドミンガは聞いたが、それは悪魔に取りつかれたサラマンカの修道女の物語で、修道院から逃げ出すための不気味な策略を悪魔が修道女に吹き込む、という筋立てだった。ドミンガはそのとき十五歳になったばかりだったが、頭にひらめくものがあった。そうだ、これが逃げる方法なのだ。計画を成功させるためには、彼女は細心の注意と用心深さをもって事を運ばねばならなかった。計画を練るのに八年かかった。一歩一歩、細心の用心深さで、複雑な筋書きを練り、発見される恐れを感じたときには後戻りしてはまた翌日再開し――飽きることなく衣を織ってはほどき、また織る、疲れを知らないペネロペの心境で――、このように逃げ出すための策略を練りながら過ごしたその八年間が、おまえの従姉妹のドミンガにとってどのようなものであったかを考えると、おまえは戦慄を覚えた。おまえはすべてを壊したい衝動に駆られ、また修道院を燃やしてやりたい、精神と肉体の抑圧者であるそれらの狂信者たちを絞め殺すか、またはギロチンに掛けてやりたいと思っていたね、一七八九年の革命家のように。後になっておまえは自分の憤りが作り上げたこれらのひそかな大虐殺を後悔していたけれどね。

一八三一年の三月六日、二十三歳のドミンガ・グティエレスはついに計画を実行にうつすことができた。その前日、彼女の女中二人がサン・フアン・デ・ディオス病院の医師の手引で先住民女性の遺体を手に入れていた。夜陰に乗じてそれを大きな袋に入れ、その日のためサンタ・テレサ修道院の前に借りておいた店に運んだ。真夜中にその日最後の鐘が鳴ると、手筈どおりに門番の修道女が開けておいてくれた正面の扉から、二人は死体を教会内部に引きずりこんだ。そこでドミンガは待っていた。ドミンガは女中たちと一緒に死体を自分が眠っていた小さなベッドに置いた。先住民女性の洋服を脱がし、ドミンガが身につけていた修道服と肩衣を着せた。彼女たちは死体に油をかけて火をつけ、炎が顔を焼いて判別できなくなるようにした。逃げ出す前に、いかにも事故と見せかけるように独居房をかき乱した。

ドミンガ・グティエレスは借りておいた部屋に身を隠し、そこから、サンタ・テレサの尼僧たちが果樹園に隣接する墓地に遺体を埋葬する前に行なう葬式を見守っていた。これで終わった！　隠遁生活を逃れた若い娘は母親を恐れて自分の家には戻らずに、幼いとき可愛がってくれた叔父たちの住む家へ行った。叔父たちは責任を問われることを恐れて、ゴジェネチェ司教にこの信じがたい出来事を告発しに行った。それから二年経ってもそのスキャンダルは鎮まっていなかった。フローラはこの町がドミンガ派と反対派に分かれていることを知ったが、叔父の家から追い出されたあと、チュキバンバにある自分の兄弟の小さな農園へ逃げていったドミンガは、事件に関して法律上および宗教上の訴訟が進んでいるあいだ、そこに幽閉され、別な形での隠遁生活を余儀なくされていた。

彼女は後悔しているのだろうか。フローラはチュキバンバへ調べに出かけた。アンデス山地を越えてゆく過酷な旅の果てに、フローラはドミンガの俗界の監獄となっている簡素で小さな田舎の家に着いた。ドミンガは喜んで従姉妹を迎えた。二十五歳にしては彼女はずっと老けて見えた。その下唇は神経質そうに震えていて、苦悩や恐怖や不安が頬骨の高く出た顔の表情に刻まれていた。彼女は首と袖口の締まった百姓女が着る花柄の簡素な洋服を身につけ、両手の爪は短く切られており、皮膚は農作業で硬くなっていた。深遠で真剣な彼女の目には、降りかかろうとする何か大きな災難を注意深く見張っているかのような怯えが宿っていた。話し方は穏やかで、自分の状況を不利にするような間違いを犯さないように、言葉を選んで話していた。しかし同時に、フローラに請われて自分のことを話す段になると、その意志の固さは揺るぎなかった。確かにいけない行動だった。けれど自分の精神、考えがずっとずっと嫌悪していたあの幽閉生活から抜け出すために、他のどんな方法があったというのでしょうか。あきらめるのですか。自暴自棄になるのですか。それとも自殺するのですか。それが神の望んでいることなのでしょうか。ドミンガが一番悲しく思っていたのは、あの背信行為以降、母親が、娘は死んだものと思っていると言ってきたことだった。彼女はどんな未来を考えていたのか。この訴訟、裁判所や司教区とのごたごたがすべて片づいたら、リマに出て、名もない一人の人間として自由に生きることを許してほしい、たとえ女中をして働いてもいい。別れにおよんでフローラの耳元で彼女はささやいた。「わたしのために祈ってちょうだい」

ドミンガ・グティエレスはこの十一年の間どうしていただろうか。望んでいたように、いつまでも宗教論議と人々の好奇の対象とされるであろうアレキーパの地をついに離れて、旅立つことができ、リマの町並みの中に消えることができただろうか。ドミンガは『ある女賤民《パリア》の遍歴』のなかでおまえが、愛情と連帯をこめて彼女の物語を語っているのに気づいただろうか。おまえはけっして知ることはないだろう、フロリータ。ドン・

ピオ・トリスタンがアレキーパでおまえの回顧録を公衆の面前で焼却させ、それ以来おまえは、ペルーでの冒険の際に知りあった人からも親類からも、手紙を受け取ることはまったくなかった。

丸一日かかったトゥーロンの海軍工廠の見学のあいだ、フローラはイギリスで目にしたような監獄の世界を再び間近で見る機会があった。従姉妹のドミンガが経験したような監獄とは異なっていて、もっと劣悪だった。海軍工廠の施設で強制労働の刑に服している何千人もの囚人は、踝を鎖につながれており、大部分のものが皮膚を傷め、かさぶたを作っていた。工房や石切り場で一緒に働いている一般の労働者との区別は鎖だけではなく、縞模様のスモックを着せられているのだが、帽子は償う罪によって色が異なっていた。終身刑である緑の帽子を被らされている収監者たちを見ていると、フローラは動揺を抑えることができなかった。ドミンガと同様、これら哀れな悪魔たちは逃亡でもしない限り、武装した警備隊に監視されて、死が悪夢から解放してくれるまで残りの人生を、精神を破壊してしまうここの規律に従って生きて行かねばならないのだ。

イギリスの監獄と同じように、ちらっと見ただけで、ここでも精神障害者が多いのに驚いた。認知症や妄想症や精神錯乱などを患っているかわいそうな人たち。彼らは口をぽかんと開けて、唇から唾液をだらだら垂らしながら、正気をなくした焦点の定まらないうつろな目でぼんやりフローラを見ていた。大部分の者たちは、もう何年も近くで女性を見たことがないにちがいなかった。エクスタシーに達した表情、あるいは恐怖の表情で、フローラが通り過ぎるのを見ていた。数人の知的障害者は恥部に手を運び、動物のように自慰行為をはじめた。

知的障害者、身体に障害のある者、精神障害者が、健常者と同様に裁かれ、罪状を決められるのは公正なことか。ひどく不当なのではないか。精神に異常をきたしている者が、どうやって自分の行動に責任をとることができるのか。これらの強制労働者の中には、この場にいるより、精神障害者の収容施設にいるべきではないかと思われる人がかなりいた。けれどもイギリスの精神病院の状況を思い出すと、犯罪者として刑を言い渡されたほうがましなようにも思われた。ここには未来の社会のためによく考え、解決策を模索すべき課題があるね、フロリータ。

トゥーロンの海軍工廠の将校たちは、不愉快な事態を引き起こすかもしれないので、労働者――囚人にしろ職工にしろ――と会話を交わしてはならないとフローラに警告していた。しかし自分の性分に忠実に、フローラはいくつかのグループに近づいて、労働条件や、鎖につながれた収監者と職工たちの関係について質問してみた。同行していた二人の海軍将校と一人の地方役人がうろたえるのをよそに、彼女は突然、死刑についての熱い野外討論を開始した。フローラは人を裁く手段としてのギロチン廃止を訴え、労働組合がそれを実現するだろうと主張した。労働者の多くは激昂して抗議した。今、ギロチンが存在してさえ盗みや犯罪が多発しているのに、死刑という犯罪者に対する歯止めがなくなったらどうなるのか。討論は精神障害者グループが面白がって加わろうとしたため滑稽な形で中断された。彼らはひどく興奮して、身振り手振りを混ぜ、ぴょんぴょん飛び回りながら、皆いっせいに話しはじめたり、競い合うように支離滅裂なことを言ったり、みんなが笑っている中で注目を浴びるために歌ったり踊ったりしたので、ついに警備隊が棍棒を振り回して事態を収拾しなければならなかった。

フローラにとってはこの経験はたいそう有益だった。彼女が海軍工廠を訪ねたときの話を聞いて、かなりの人数の職工が労働組合に興味を持ち、どこでフローラと落ち着いて話ができるかを訊ねてきたのだ。その日からフローラは、一日に二つも三つもの集会を労働者たちと行なうことができた。やっとのことで一握りのブルジョワたちと一つか二つの集会を組織できたにすぎないサン＝シモン派の友人たちが、びっくりするほどだった。彼らは世界にあまねく正義を実現しようと決心しているこのスカートをはいた風変わりな人物に会うため、興味津々でやってきたのだった。彼女の目指す世界には搾取者も金持ちもなく、また、なかでも奇抜きわまりないのは、そこでは女性が法のもとで男性と同等の権利——家庭でも、さらには職場でも——を持っていることだった。この軍隊と船乗りの町にやってきた当初の悲観から一転、興奮の日々がフローラを待っていた。病気もどこかへ吹き飛んでしまうほどだった。彼女は調子もよかったし、健康な頃のエネルギーに満ちていた。朝早くから、真夜中まで熱狂的に活動に取り組んだ。フローラは洋服を脱ぎながら——なんて苦しいコルセットだろう。コルセットについては『メフィス』という小説の中でおまえは痛烈な批判をしていて、未来社会では不適切な衣類として禁止されるだろう、女性を腹帯を締めた雌馬のように感じさせるから、と述べている――一日の総括をしていてうれしくなった。結果は最高だった。五十冊ほどあった『労働者の団結』が品切れとなった。出版社にもっと注文を入れなければならない。運動への新しい登録者はすぐに百人を超した。

個人の家、労働者協会、フリーメイソンの集会場、職人の仕事場での集会に、ときどきフランス語を話せない労働者がやってきた。二か国語に通じている者がいつも誰かしらいて通訳を引き受けてくれるので、ギリシア人とイタリア人は問題なかった。アラビア人たちが問題だった。彼らは隅のほうにうずくまり、仲間に入れないのを苦々しく思っていた。

このような民族や言語を異にする人々の集まりにおいては、トラブルがしばしば起こって、おまえが間に入って、人種や文化や宗教による偏見に対して、熱弁を振るわなければならないこともあった。おまえはいつもうまくやれたわけではなかったね、フロリータ。肌の色、話す言葉、祈りを捧げる神がちがっても人間は平等だ、と仲間を説得するのがこんなに難しかったとは！　そのうえ、納得したように見えても、すぐに別の意見の相違が出てきて、嘲笑したり軽蔑したりいばったり、人種偏見や国粋主義的な発言が飛び交った。そのような議論のひとつで、あるフランス人の槇皮職人《まいはだ》が「イスラムの異教徒」をこういった集会に参加させないでくれ、と申し出たことに対し、フローラは腹を立て非難した。その職人は立ち上がり、戸口で「黒人相手の売女め！」とフローラに怒声を浴びせ、ドアを乱暴に閉めて出ていった。フローラはこれ幸いと話題を変えて、売春をテーマにして集会を盛りあげた。

討論は長引いた。というのもフローラが目前にいたので、男の出席者たちが勇気を出して率直な発言を行なうまでには時間がかかったからだ。売春婦たちを非難する者も確信をもっているわけではなく、本当に信じていることを言っているというよりむしろフローラを喜ばせるために言っているようだった。青白い顔をした少しどもる陶工——ジョジョと皆から呼ばれていた——が仲間に反した意見を述べた。みんなの悪意に満ちた笑いのあと、シーンと静まり返っている中で彼は伏し目がちに、売春婦をそんなに非難するのは合点がいかないと言った。なんと言っても彼女たちは「貧乏人にとって恋人であり愛人でもあるのだから」。貧乏人に、ブルジョワみたいに女を囲うだけの経済力があるでしょうか。売春婦がいなくなったら、貧しい者はもっと寂しくもっと退屈なものになるだろう。

「あなたが男だからそう言うのですよ」とフローラは憤慨しながら言った。「あなたが女だったら同じことを言いますか」

激しい議論がはじまった。その陶工に賛同する意見が他にもあった。議論を戦わせているあいだに、フローラはトゥーロンではブルジョワ階級がグループを作り、共同で愛人を囲う習慣があることを知った。四、五人の商人、企業家、資産家が一緒にお金を出し合って何人かの愛人を持ち、恥知らずにも共有して楽しむのだ。こうすることで出費を少なくして、それぞれがこの小さなハーレムを楽しむことができる。嘲りの表情、あるいは懐疑的な表情を浮かべた参加者を前に、未来社会では、泥棒も売春婦もその誤った行為で他人を堕落に導かないよう一般の人々から遠ざけられ、遠い島に追放されるであろう、とのフーリエ主義者とはまったく相容れない考えを表明したフローラの演説で、集会はおしまいになった。

売春に対するおまえの憎悪は長い歴史を持っており、それはシャザルと結婚してからオランピア・マレズースカと知り合うまで、セックスがおまえに与えた嫌悪感と不快感に根差していた。飢えや貧困が大勢の女たちに、金のため両の足を開かせるのだ、従ってロンドンのイースト・エンドで見かけたような哀れな同類の女たち同様、売春婦は嫌悪に値する存在というよりもむしろ同情に値する存在なのだ、とおまえがどんなに論理的に自分に言い聞かせても、男どもの欲望のために身体を売る女の、道徳の欠如や尊厳の喪失を考えたとき、おまえの心に何か本能的な、どうしようもない拒絶反応や怒りの連鎖が湧き起こってくるのだったね、フロリータ。「心の奥底ではあなたはピューリタンなのよ、フロリータ」オランピアがおまえの乳首を噛みながら、からかっていたじゃないか。「思い切って白状なさいよ、今のこの瞬間もちっとも感じていないって」

けれどもアレキーパではおまえの生涯で初めて、それも後にも先にもたった一度だけだが、一八三四年の初めの数か月、おまえがたまたま目撃することとなったオルベゴーソ派とガマラ派の市民戦争のあいだ、結局は形を変えた売春婦のようなものだと認識しながらも、従軍婦に対して、尊敬と感嘆の気持ちを抱くようになったことがあった。そのことは『ある女賤民《パリア》の遍歴』に取り上げているけれど、おまえは従軍婦たちを大いに褒め称えていたね。

ああ、あのおまえの父の国への旅行はすごかったね、アンダルシア女！　革命から内乱まで、おまえは身をもって経験したのだったね。しかも実際に小さな戦いにはおまえも加わったのだから。その原因も事情もほとんど思い出せなかったが、いずれにせよそれは、将軍や将軍もどきが誰しも取りつかれる権力へのあくなき欲望のまったくの口実にすぎなかった。そのために彼らは独立このかた、ペルー大統領の座をめぐって争いを続けてきたのだった。法的手段にのっとって、あるいは、もっとしばしば弾丸や砲撃で。今度の革命は、リマの国民会議が、任期を終了したアグスティン・ガマラの後継者として、ガマラおよびその夫人で女元帥の異名をとるフランシスカ・スビアーガ・デ・ガマラの秘蔵っ子ペドロ・ベルムーデス将軍ではなく、陸軍元帥ドン・ルイス・ホセ・デ・オルベゴーソを選出したことが原因だった。女元帥については、その冒険談や伝説について耳にしたその日から、おまえはとても興味を惹かれていた。女元帥ドニャ・パンチャは軍服を着て馬に乗り、夫と一緒に戦った。ガマラが大統領になったとき、政府の職務に関しては夫の元帥よりも力を持っていた。彼女は必要なときは平気でピストルを抜き、自分に従わない者、敬意を示さない者に対しては鞭で打ったり、平手打ちを食らわせたりして、もっとも好戦的な男のようにふるまった。

国民議会がベルムーデスではなくオルベゴーソを選んだとき、リマの駐屯軍はガマラと女元帥にそそのかされて、一八三四年一月三日に反乱を起こした。成功は部分的なものだった。なぜならオルベゴーソは軍隊の一部とともにリマからの脱出に成功し、抵抗を企てたからだ。国は二つの派に分かれ、各地の駐屯軍はそれぞれオルベゴーソ派、ベルムーデス派を表明した。クスコとプーノではサン・ロマン将軍を先頭にクーデターを支持してベルムーデス、すなわちガマラと女元帥側についた。反対にアレキーパでは法律上の大統領、オルベゴーソ支持を決め、ニエト将軍指揮下、反乱軍の攻撃に抵抗した。

楽しい日々だったね、フロリータ。彼女は目の前に繰り広げられていることのスリルに浸って身の危険すら感じなかった。内乱がはじまって三か月後、アレキーパの運命を決定したカンガージョの戦いの間でさえも。オペラの舞台を見るようにフローラは双眼鏡を手に、叔父ドン・ピオの邸宅の屋上テラスから一部始終を見ていた。叔父とその一族は、アレキーパの住民ともども、銃弾を恐れてというよりも、いずれが勝利したとしても、戦闘のあとに必ず起こる町の略奪を恐れて、僧院や修道院、教会などに逃げこんでいた。

その頃、フローラとドン・ピオは奇跡的にも仲直りしていた。叔父に対して法的な措置に訴えることができないことを姪がやむなく認めたときから、叔父は以前口論した日にフローラが脅したように、彼女にスキャンダルを起こされるのではないかと恐れていたので、妻や子供、姪たち、中でもとりわけアルトハウス大佐を動員して、トリスタン一族の家を出ようとするフローラをなだめて留まるように説得した。親族の心遣いを受けて大切にされて、ドン・ピオのお気に入りの姪としてもてなされているここに住むべきだ。不自由なことは何もないし、皆もフローラを愛しているだろう。フローラは――ほかにどんな選択があっただろう――同意した。

それ以降、彼女には何も不満に思うことはなかった。革命勃発からカンガージョの戦いまで、描写しがたい熱狂、動揺、騒乱と社会不安の渦の中にあったアレキーパのこの三か月を見逃したりしたら、そのほうが残念なことだっただろう。

ニエト将軍が町に軍隊を配備してガマラ派に対する抵抗の準備をはじめるやいなや、ドン・ピオはヒステリー状態になった。彼にとって内乱とは、自由と国家を守るという大義名分の下、兵士たちが彼の財産を略奪することにほかならなかった。彼は子供のように泣きながらフローラに、シモン・ボリーバルが彼に二万五千ペソを、スクレ将軍が一万ペソの分担金を要求したが、当然のこと、双方のごろつきは一センタボも返してくれなかったと話した。今度ニエト将軍は、いくらの分担金を要求するのだろうか。なお、この将軍を操っているのが、悪魔のような革命派神父、不敬虔な司教地方代理ファン・グアルベルト・バルディビアで、彼は自分が発行する新聞「エル・チリ」でゴジェネチェ司教は貧乏人の金を盗んでいると告発し、神父の独身制を廃止せよと主張していた。フローラはニエト将軍が分担金を決める前に彼のもとへ叔父がじきじきに出向き、自発的な援助として五千ペソを置いてくるように助言した。こうすれば将軍を味方に引きこむことができ、革命によるさらなる損失が防げるだろう。

「おまえはそう思うかい、フロリータ」と守銭奴はつぶやいた。「二千ペソくらいで十分じゃないか」

「いいえ、叔父さま。あなたは五千ペソ出すべきです。感激させて懐柔するのです」

ドン・ピオは彼女の意見に従った。そのときから彼は、行動を決めかねたときにはいつもフローラに相談するようになった。ほかのアレキーパの裕福な市民たちと同様、交戦中の派閥から金品を巻き上げられないようにすること、ただそれだけが彼の関心事だった。

アルトハウス大佐は、ガマラ軍を率いてプーノからアレキーパへ侵入しようと向かっていたニエト将軍の敵サン・ロマン将軍側につこうかと考えたあとで、ニエト将軍の参謀長として指名を受けた。アルトハウスはこの戦いの見通しをおおいに楽しみながら、フローラにありとあらゆる機密を打ち明けた。彼はニエト将軍をひどく馬鹿にしていた。アレキーパの資産家から現金で支払わせた分担金で――フローラはサント・ドミンゴ通りでうつむいた男性たちがその腕に金の入った袋をぶら下げて、将軍のいる総司令部に向かって行進していたのを見た――二千八百ものサーベルを、わずか六百人の兵隊からなる軍隊のため買い込んだが、その兵隊というのは切り石の敷き詰められた通りで集められた者たちで、靴すら履いていなかった。

町から五キロほど離れたところに軍隊の野営地が設営されていた。アルトハウスの指揮下、約二十人の将校が新兵たちに戦術を指導した。その中を紫の地のマントにくるまりカービン銃を肩にかけ、腰にはピストルをつけた、しかめ面をしたバルディビア司教地方代理が、驢馬に乗って歩き回っていた。彼はまだ三十四歳だというのにひどく年老いて見えた。フローラは二言三言彼と言葉を交わすことができたが、おそらくこのスペインからの独立に挺身した神父は、俗世界の利害によってではなく、理想に導かれてこの革命を戦っている唯一の人間だという結論にいたった。バルディビア司教地方代理は教練が済むと、あくびをしている兵隊たちによく響き渡る声で演説をし、「ガマラと彼の従軍婦である女元帥」は民主主義の秩序転覆の陰謀者であり破壊者であって許せない存在である、オルベゴーソ元帥によって具現化された憲法と自由を守るためには死ぬまで戦わねばならない、と熱心に説いた。バルディビア司教地方代理は話している内容に確信を持っており、自分の言っていることを心から信じていた。

無理やり集められた新兵からなる正規の軍隊と並んで、アレキーパの富裕層の若者たちの志願による大隊もあった。「不滅部隊」と彼ら自身が命名したその部隊は、この国でフランスを真似たもうひとつのまやかしものの見本だった。それは上流階級の若者たちの集まりで、野営地に奴隷や小間使いを連れて赴いており、彼らはご主人さまが洋服を着るのを手伝ったり、食事の用意をしたり、ぬかるみや川ではご主人さまを腕に抱えて渡った。フローラが野営地を訪ねたときには、若者たちは彼女のために音楽と先住民の踊り付きの宴会を開いてくれた。見たところ、日々うつつを抜かしているパーティの一つであるかのように野営地をみなしている、この育ちのよい若者たちは、戦場で戦うことができるのだろうか。アルトハウスが言うには、若者たちの半分は、戦いもすれば、人を殺しもするだろう、けれどもそれは理想のためではなく、フランスの小説に出てくるような英雄になりたいからで、後の半分の若者は、弾丸の音が聞こえるやいなや全速力で遁走してしまうだろう、とのことだった。

従軍婦は別だった。召集兵や兵士の愛人や妻たちで、野営地のためによく働いた。彼女たちは先住民やサンバで、色とりどりのスカートをはき、裸足で、農民がかぶる色鮮やかな帽子の下からはおさげがのぞいていた。彼女たちは塹壕を掘ったり、土嚢を積んだり、自分の男のために料理をこしらえ、着ているものを洗い、衣類についた蚤や虱を取り、使い走りや見張りをしたり、看護師役をしたり、心霊治療を施したり、兵士たちが望めば気晴らしにセックスもした。妊娠していたとしても、そのほとんどが、みすぼらしい身なりの幼児を後に従えて、他の女性と同じように働いた。アルトハウスによれば、戦闘時には彼女たちが一番の筋金入りで、自分の男をかばい、助け、煽り立て、男が倒れたときにはその代わりに戦いながら、いつも第一線にいた。軍隊の指揮者たちは移動に際して、彼女たちを先に送り、村を占領させ、軍の食事を確保するために食料や軍需品を押収させた。それらの女たちはやはり売春婦かもしれないが、だが、このような先住民の売春婦と、日が落ちるとすぐトゥーロンの海軍工廠のあたりをうろついている売春婦とでは大きな違いがあるのではないか。

フローラは一八四四年八月五日にニームに向かって出発したとき、トゥーロン滞在は単に有益という以上のものであったと独りごちた。労働組合委員会の幹部は八人となり、会員も百十人に達し、その中には女性も八人含まれていた。

14　天使との戦い――パペエテ、一九〇一年九月

一九〇〇年九月二十三日、ポールがパペエテの市役所で「中国人の侵略」に反対するカトリック党の集会を召集すると、大勢の人々は、その中にはプナアウイアの友人や隣人、元兵士のピエール・ルヴェルゴ、妻のパウッウラも含まれていたが、変わり者でスキャンダルの種である画家はとうとう狂ってしまったと結論づけた。プナアウイアの食料品店の店主、中国人のテンはポールに挨拶もしなかったし、もうしばらく前から商品を売ることを拒んでいた。それはそれとして、ポール自身、正しい判断ができて頭が明晰なときには、自分は病気や治療薬のせいで精神に異常をきたしており、たいていの場合、自分の行為をコントロールするのは無理であること、だから幼児やもうろくした老人と同じく本能や予感で事を決めていると認めていた。そうだとも、おまえはもう以前と同じではないよ、コケ。おまえは『われわれはどこから来たのか。われわれは何者か。われわれはどこへ行くのか』を描き上げてから、何か月も、もしかして何年も、もう一点も絵を完成させていなかった。病気や酒や薬物に打ちのめされていないときのおまえは、自分の時間のすべてを、フランソワ・カルデラが党首を務めるカトリック党の植民

者の機関紙で、風刺的で煽動的な月刊紙「レ・ゲープ（雀蜂）」に充てていた。この機関紙は、ギュスターヴ・ガレ総督やおまえの古い友人オーギュスト・グーピ率いるプロテスタント信者の植民者たち、また中国人の商人たちを激しく攻撃しており、この中国人商人たちに対しておまえは、「黄色いペスト」によってポリネシアのフランス人支配に取って代わろうと目論んでいる「フン族のアッティラよりも一層ひどい野蛮人の侵略」の尖兵たちだ、と熾烈きわまりない非難をしていた。

なんという狂気の沙汰だろうか。ピエール・ルヴェルゴにも他の友人にも理解できなかった。ガレ総督は植民者に対して絶対的権力や越権行為を制限し、封建領主のように振る舞わないよう、法律に基づいて行動することを義務づけていた。そのようなガレ総督を快く思っていない、薬剤師でアティマオノのサトウキビ農園の所有者であるカトリック党主カルデラ氏や他の植民者党員の利益に、卑劣とは言わないまでもこんなあくどいやり方で加担するようになるなんて、ポールはいったいどうしてしまったのだろう。ポールが今、力を貸しているこの植民者たちは、タヒチに住みついてからつい数か月前まで、彼をボヘミアンだとか、彼の考えはアナーキーだとか、絵のモデルの先住民とねんごろになるなんて！などと言って、彼を蔑んで屑扱いしてきたのだから、馬鹿げていると同時に理解し難いことだった。以前はマオリの人々の慣習と古い信仰を絶賛し、それが西洋の慣習や信仰に取って代わられようとしていることを嘆いていたのに、「レ・ゲープ」の中で、そのマオリの人々が、かつての擁護者によって泥棒だとか山のような欠点を並べたてられて非難されているのを、どう理解したらよいのだろうか。「レ・ゲープ」で彼は毎号、植民者の家庭に盗みを働いた先住民に対して裁判官たちが寛容すぎる、見て見ぬふりをしたり、非常に軽い刑しか与えていないのは司法に対する冒瀆だと、裁判官たちを非難していた。パウッウラはプナアウイアの隣人たちから毎日文句を言われた。「コケが今はわしらを憎んでいるってのは本当か」「わしらがあいつに何をしたと言うのかね」パウッウラはどう答えていいかわからなかった。

この変化は金によるものだった。カトリック信者の植民者たちはおまえを買収したのだね、コケ。以前は、パリの友人の送金が届いたかどうか調べるために、パペエテの郵便局まで煩わしい旅をしたり、おまえとパウッウラとエミールが飢え死にしないように大勢の人たちに借金をしたりしていた。今ではこの四ページの「レ・ゲープ」を風刺漫画や罵言で埋めることで、カトリック党がおまえに金を払ってくれるので、物質的な心配はなくなっていた。プナアウイアの家を食べ物や酒類でいっぱいにし、身体の具合が許す限り、日曜日の夕食会も再開することができたが、その夕食会も、あらゆることを見尽くしてきたと自負している元兵士のピエール・ルヴェルゴをも赤面させるような、乱痴気騒ぎになった。そうなのだ、物質的な窮乏と、呪われた病と治療薬によって脳を破壊されたことが、一年この方の信じがたいほどのおまえの変化の原因だった。そうだったよね、コケ。それともそれは、未遂に終わったこの前の自殺より時間はかかるが、もっと効果的な自殺の方法だったのだろうか。

一九〇〇年九月二十三日の集会では、ピエール・ルヴェルゴが怖れていた以上のことが起こった。ピエールは親しみを、いやおそらく憐れみを感じているポールをがっかりさせないために、嫌な思いをするのではないかと思いながらも、しぶしぶ出席していた。ピエールは誰よりもフランス人であることを誇りにしていたが(フランス軍の制服を着て武器を携帯することでそれを表していた)、愛国心や人種的純血の名の下、コルシカ生まれのカルデラや他の成金植民者たちが宣戦布告した、タヒチの中国人商人に対する戦いを支持していなかった。誰がそのようなでたらめを信じられようか。ピエール・ルヴェルゴは、タヒチ・ヌイの誰もがそう思っているように、彼らの中国人に対する憎しみは、この島の消費物資の輸入の独占を中国人が破壊してしまったことからきているとわかっていた。中国人の店では、カルデラや他の植民者の店よりも安く売っていた。ポールは、二世代にわたってタヒチに根を下ろしている中国人たちがフランスに脅威を与えつづけていると、黄色人種の帝国主義が太平洋地域におけるフランスの地位を奪い取ろうとしていると、黄色人種すべての夢は白人の女を強姦することだと、文字どおり信じていた唯一の人間だった。

このような馬鹿げたことを、パペエテの市庁舎での集会に出席した五十人ほどのカトリック教徒植民者の聴衆を前にして、ポールが言っているのをピエール・ルヴェルゴは聞いた。参加者の幾人かは、ガレ総督に対するフランソワ・カルデラの戦いを固く支持する人々だったが、ポールが身振り手振りをまじえ芝居がかった様子で島の中国人たちについて、「フランス国旗についたこの黄色いしみが恥ずかしくて、私は赤面しているのであります」と断言すると、その人種差別的で排外的な演説に不快感を示した。

参加者たちが演壇の前に長い行列を作って、演説を終えたポールに挨拶をし終えたあとで、ポールとピエール・ルヴェルゴはプナアウイアに帰る前に、港の酒場に一杯やりに出かけた。コケはとても青い顔をして消耗しきっていた。杖にすがって非常にゆっくりと歩かなければならなかったが、杖の柄はもはや勃起したペニスではなく、裸体のタヒチ女になっていた。いつもよりひどく足を引きずっていて、疲労困憊のあまり今にも倒れそうだった。酒場レジルに着くと、ポールは大きなパラソルで陽をさえぎっているテラスのテーブルに崩れ落ちるように腰を落として、アブサンを注文した。一八九五年九月、パリから戻ってきた彼とピエール・ルヴェルゴが知り合ってから、ポールはなんて年をとってしまったのだろう。この五年のあいだにポールは十キロ、あるいはそれ以上痩せてしまった。彼はもうかつての粋で逞しい男ではなくて、背中がかなり曲がった老人で、髪にも白髪がたくさんあった。皺が寄って灰色がかった顎鬚が生えた顔には、闘いつづけてきた者の苦悩が見て取れた。鼻までがさらに折れて曲がっていて、まるで葡萄の老木の蔓のようにみえた。痛みのせいか苛立ちのせいか、しばしば彼は顔をしかめた。その両手はアルコール中毒患者のように震えていた。

ピエール・ルヴェルゴは、ポールが彼の演説について何か質問してくるのではないかと恐れていたが、運のいいことに、港にいるあいだも、その後プナアウイアに戻る途中でも、その夜、パウッウラが小さなエミールと遊んでいるのを見ながら戸外で食事をしているあいだも、ポールはここのところ取りつかれている政治については一切、まったく何も触れなかった。彼は宗教についてずっと話していた。ああ、コケ、おまえは人々を困惑させせっ放しだね。今度は驚いているピエールを尻目に、自分は死後、画家として、かつ宗教改革者として人類の記憶に残るだろうとコケは話していた。

「俺はそういう存在なのだ」と彼は確信をもって断言した。「今、書き上げたばかりの小論が出版されたら、わかってもらえると思うよ、ピエール。この『カトリック教会と近代』の中では、真のキリスト教の権威をもって、カトリック信者たちに身の程をわからせてやるんだ」

ピエール・ルヴェルゴは引っ切りなしに瞬きをしていた。何ということだろう。これは、島の学校からプロテスタント教師を追放して、カトリック宣教師に代えようと、「レ・ゲープ」紙上で訴えていたのと同じポールなのだろうか。今度はカトリシズムを締めつけるような小論を書いている。疑いの余地はなかった。脳をやられてしまって、右の手は左の手のしていることがもはやわからないのだろう。ポールはずっとその主題について話しつづけていた。遅かれ早かれ人類は、「ペルーの野蛮人」は神秘主義の芸術家だったと、また、現代においてもっとも宗教的な絵画は、一八八八年の夏の終わりに、ブルターニュ地方フィニステール県の小さな村、ポン゠タヴェンで彼が描いた『説教のあとの幻影』であると理解するだろう。そのキャンヴァスは中世の最盛期以降、停滞していた精神的・宗教的探求心を現代美術の中に蘇生させたのである。

その後、ピエール・ルヴェルゴはもはやポールの独り言（酒を浴びるように飲み、ろれつが回らなくなっていた）の一語たりとも理解できなかった。独り言の中にはさまざまな人物や物、場所、出来事などが出てきたが、ピエールにはさっぱりわからなかった。プナアウイアの、このように月もなく、暑くもなく、虫もいない静かな夜に、きっと何かの理由で呼び起こされた記憶の中からそれらはやってくるのだろう。

「今年は、一九〇〇年だね、ちがったかな」ポールは隣人の膝を手のひらでポンと叩きながら尋ねた。「君に一八八八年の夏のことについて話そう。せいぜい十二年前のことだがね。時の神クロノスの歩む道程の中のほんの一粒の砂だ。けれども、あの時からもう何世紀も経ったような気がするよ」

それは、五十二歳になるまでおまえが引きずってきた、酷使され、病み、疲れ切って苛立ちに満ちた身体が、おまえに語ったものだ。四十歳の、頑強でやる気まんまんだったあの頃のおまえとなんというちがいだろう。その頃のおまえは、絵のために仕事を止めた時以来の、金欠による不自由さや障害にもかかわらず、自分の天職と才能について、人生の素晴らしさや芸術という信仰について、無敵の楽観主義にあふれ、あらゆる障害に打ち勝つことができると確信していた。ポールよ、過去を理想化してはいないか。一八八八年の夏、二度目のポン＝タヴェン滞在中、実際にはおまえはそんなに完璧ではなかったぞ。おそらく精神面ではそうだったかもしれないが、身体はそうではなかった。

一八八七年の十一月にフランスに帰ったが、その後すでに十か月経っていたのに、身体のほうはパナマでかかったマラリアと熱病の後遺症に苦しんでいた。『説教のあとの幻影』をひどい赤痢を患いながら、胃に溜まった胆汁が肛門から放出される前の痛みの発作に耐えながら描いた、というのはそのとおりだ。胆汁が肛門から排泄されるとき、大音響の放屁となってしまうので、グロアネック館に住む全員の物笑いの種となっていた。パナマとマルティニックでの不運な冒険旅行の間にかかってしまったあのマラリア熱（それとも口にするのが憚られる病の初期の症状だったのだろうか）の名残の、抑えようのない放屁の連続を、あの若くて美しく純粋で、この世の人でないようなマドレーヌ・ベルナールが耳にするのをおまえは恐れ、どんなに恥ずかしく思っていたことだろう。

今、彼の手に負えない小さな獣のようになった舌が、こういったことを、椅子に坐ったまま居眠りしている隣人ピエール・ルヴェルゴに説明しようとしながら、エミール・ベルナールに対する怒りをもうおまえはまったく感じていなかった。一八九一年に不和になって以来、エミールは「総合的絵画」の考えを最初に発展させたのは自分なのに、その功績をおまえは認めるのをしぶっている、と街角や広場で触れ回っていたのだった。たぶん今ではもう誰も思い出しさえしないであろう流派の創設者の役割に、おまえがいかにも関心あるかのように。おまえはむしろ別のことに心を痛めていた。美しく繊細で洗練された、おまえより二十歳も若いみずみずしい十八歳のマドレーヌの兄が、ある日、グロアネック館を訪ねてきて、口ごもりながら言った。「あなたの友人シュフネッケルさんが、コンカルノーから僕をあなたの許に遣わしました。あなたは世界で唯一、僕が真の芸術家になることを助けてくださる方だとおっしゃるのです」その彼がいまでは、『説教のあとの幻影』の構図や構想、忘我状態に陥っているブルターニュ女たちの帽子は、かつてベルナールが描いた『牧場のブルターニュ女』から盗用している、と主張しているのだった。

「馬鹿みたいな話だろう。ねえ、ピエール」コケはテーブルを拳固で叩きながら言った。「あの『牧場のブルターニュ女』なんて、題名しか覚えていないよ。俺の一番弟子が、突然嫉妬して、俺を嫌悪しはじめるなんて、どういうことだ」

何かもっと人間に起こりがちなことが、彼に起こったのかもしれないよ、ポール。彼は『説教のあとの幻影』が傑作だということは理解していた。ベルナールにとってそれを現実のものとして受け入れるのは強烈過ぎたのだ。その腹いせに、あれほど好きで尊敬していた人を憎みはじめたのだ。かわいそうなエミール。どうしたっていうのだろう。いろいろ考えてみたが、彼の非難はまったくの的外れというわけではなかった。一八八八年のあの夏に、ベルナールがいなかったなら、もしかしたらおまえはあの絵を描いていなかったかもしれなかった。おまえを指導者と認めてくれていた仲よしの画家たち――ベルナール、ラヴァル、シャマイヤール、マイエル・デ・ハーン――が群がって住んでいたあのグロアネック館の狭い部屋で、奇跡、あるいはただの幻影を描いたあの作品を。敬虔なブルターニュ女の集団は、画面の隅に追いやられたように描かれている横顔がおまえに似ている剃髪した教区神父から、日曜日の説教を聞いたあと、彼女たちの目の前で起こっている、あるいは彼女たちがただ想像しているにすぎない、創世記の気をもませる一コマ、ヤコブと天使の戦いに熱心にうっとりと見とれている。そのヤコブと天使の戦いは、りんごの木で二つの部分に分けられた、信じられないような朱色のブルターニュの牧場を舞台に再現されていた。あの作品の本当の奇跡は、聖書に出てくる人物が実際に、あるいはあの貧しい農民女たちの心の中に現れたことではなかったね、ポール。それは大胆な反自然主義の傲慢な色彩で、地面の朱色、ヤコブの服のガラス瓶の緑色、天使の群青色、女たちの服装のプロイセン風黒、戦いを見ている者や、りんごの木や、戦っている二人の姿のあいだに描かれている、帽子や飾り襟の連なりのピンクや緑、青色の色合いを帯びた白だった。驚くべきなのは、作品の内部を支配している軽やかさで、その空間の中で、木や牛、熱狂する女性群は信仰の魔力で、空中浮揚しているように見えた。奇跡は、あのキャンヴァスの中で平板なリアリズムを廃して、新しい現実を創造したことだった。その新しい現実の中で、客観的なものと主観的なものが、現実的なものと超自然的なものが、分かちがたく混ぜ合わさっていた。やったじゃないか！　ポール。おまえの最初の傑作だよ、コケ！

そのカトリックの信仰を、その頃のおまえは理解できなかった。おまえはかつて信仰心を持ったことがあったにしても、もう失くしていた。おまえがブルターニュを目指したのは、あの頃、教権拡張主義に反対してフランス国内の急進的な非宗教化を押し進めようとしていた第三共和制に対して、静かに、だが断固とした抵抗を行なっていたブルターニュの人々の、かたくなな反近代性や過去崇拝によって保護されてきたカトリック信仰を探求するためではなかった。そこに行ったのは、善人シュフに説明したとおり、偉大なる芸術が花開くためには打ってつけと思われた未開性や原始性を求めてだった。農村地帯であるブルターニュの、粗野で迷信深く、先祖伝来の宗教や慣習に固執しているところに、おまえは最初から惹きつけられていた。政府の近代化政策に敢然として背を向け、聖体行列を頻繁に行ない、教会をあちこちに建てて、いたるところで聖母出現を祝いながら、非宗教化に応戦している土地だった。それらすべてがおまえには気に入った。環境に溶けこむためにおまえはブルターニュ風刺繍を施したチョッキを着て、自分で彫って模様を入れた木靴を履いていた。ポン＝タヴェンでは特に参加者の多い、教会の周りを多くの信心深い人々が両膝をついて罪の許しを請いながら回る「贖宥」の儀式におまえは加わり、一番崇拝されているニゾンのキリストの磔刑像を手はじめに、この地方のあらゆるキリストの磔刑像を訪ね、トレマロの小さな礼拝堂を巡礼して、そこの彩色を施された古い木彫りのキリスト像から、もう一枚の宗教画『黄色いキリスト』のインスピレーションを受けた。

「俺の木靴の音がこの地の石畳の床に響くと、自分の絵の中に取り入れようと試みている、かすかな、くすんだ、力強いトーンが聞こえてくるんだ」と、おまえが善人シュフにおおげさに話したように、確かにおまえが描きたいと夢見ていた反自然主義の絵のためのあらゆる題材は、ブルターニュのあちこちにあった。ベルナールと妹のマドレーヌ抜きでは、おまえはそれを手にできなかったかもしれない。まさに彼らの洗練された容貌や、その立振舞や話すときの優雅さや気品と同様、彼ら二人にとっては生来のものである信仰心に少しずつ、最初は気づかないまま、おまえも満たされていることを感じるようになったのは、二人の存在のおかげだった。二人の兄妹は一日の二十四時間を信仰のために生きていた。エミールは、中世には人々が神と一体化していたこと、また公私すべての行事に宗教が存在していたことから、この時代を人間文明の至上の時期と考えていた。そしてその痕跡を求めて、ブルターニュとノルマンディー地方全土の教会や修道院、聖堂、僧院、礼拝や受難の地を、徒歩で訪ねていた。ベルナールは平修道士ではなくて、おまえがめったに出会ったことのない典型的な信者だった。若者の燃えるような宗教的情熱や信心を嘲笑ったあとで、徐々におまえ自身、キリスト教信仰のために生きているエミールに強い影響を受けるようになっていった。

忘れられない夏だったね、そうじゃなかったかい、ポール。「そうだったとも」と、ポールはもう一度テーブルを拳固で叩きながら叫んだ。パウッウラは子供を抱いて小屋に入っていて、いまごろは二人とも猫と一緒にからみあって、心地よい眠りについていることだろう。ピエール・ルヴェルゴは椅子の上で身を縮めてうとうとしており、時々いびきをかいていた。彼らが食事をするために席についたときは暗かったが、風が雲を運んでいって、今では半月の光があたりを照らしていた。おまえはパイプをふかしながら、ぐるっと小屋を取り巻いている黄金色のひまわりの輪を見ていた。ヨーロッパ種のひまわりはタヒチの熱帯の湿気の多い風土には合わないだろうと、皆はおまえに断言していた。けれども頑固なおまえは、種をダニエル・ド・モンフレーに依頼して手に入れ、パウッウラと種を植えて水をやり、心をこめて手入れしたのだった。今ではそこで、すくすくとまっすぐ伸び、エキゾティックに光り輝いていた。狂ったオランダ人があれほど熱意を込めて描きつづけたプロヴァンス地方のひまわりに比べると、色彩の輝きが少ないようだった。だがおまえのよき道連れだった。そしておまえにある種の精神的安らぎを与えてくれるのは、なぜなのだろうか、ポール。いっぽう、パウッウラはといえば、その珍しい花を面白がっていた。

一八八八年のあの夏、アヴェン川沿いのブルターニュの小さな村で、おまえは素晴らしい経験をした。おまえはヴィクトル・ユゴーの『レ・ミゼラブル』を読んでカトリックの信仰を理解して、傑作となった『説教のあとの幻影』を描き、聖母マリアの化身であるマドレーヌ・ベルナールをつつましく愛し、その兄エミールをいとおしく思っていた。その夏、狂ったオランダ人は、やむにやまれぬ気持ちを込めた手紙をあふれるようにおまえに送り、アルルで早く一緒に生活しようと、おまえを急《せ》きたてていた。その夏はパナマ滞在――牛乳の入った鍋にたかる蠅――のせいで、しょっちゅう排便と耳をつんざくような放屁をしていた。

それらのものの中で何が一番重要だったのだろうか。『レ・ミゼラブル』だよ、コケ。そのヴィクトル・ユゴーの小説は、マリー＝ジャンヌ・グロアネック未亡人（彼女すら読んでいた）のペンションでは、シャルル・ラヴァル、マイエル・デ・ハーン、エミール・ベルナール、エルネスト・ド・シャマイヤールら、おまえと共同生活をしていた絵描きたち全員が読んでいた。皆がその小説を褒め称えていた。門番から公爵まで、仕立て屋から知識人まで、芸術家から銀行家まで、フランス中を沸かせたその分厚い物語に熱中することに対して、おまえには抵抗感があった。けれどもマドレーヌが、その本が「彼女の魂を揺さぶり」「読んでいるあいだ中ずっと目に涙があふれていた」と言って読むように勧めたとき、おまえは屈してしまった。おまえはジャン・ヴァルジャンに降りかかるはらはらする出来事に涙を流しはしなかったが、確かにそれまで読んだどんな本より感動した。狂ったオランダ人の要請で、近々アルルで共同生活をするための準備行為として互いの肖像画を交換したのだが、おまえは小説の主人公、元囚人だが、司教ビアンヴニュ猊下が彼の盗もうとした大燭台を与えてくれ、その限りない慈悲のおかげで善人となり、模範的人物となったジャン・ヴァルジャンを模して、自分の肖像画を描いた。この小説はおまえに畏敬の念を抱かせ、はっとさせ、また動揺させた。このようなあさましい世界で、人間の汚れに打ち勝つ道徳の純粋さや寛容さ、無私無欲は存在するのだろうか。雨が降っていなくて、そうできるときの夕方には、グロアネック館のテラスに坐って夜の帳《とばり》が降りるのを待っていたやさしいマドレーヌは、そのやさしさゆえに恩寵《グラシア》という名を持っていた。けれどももしビアンヴニュ司教を通して、次にジャン・ヴァルジャンを通して悪に対して善を勝利に導いた手が神の蘇生した手であるならば――小説の最後で執念深いジャヴェールの魂に澱んでいる悪はセーヌの底に沈んでいくが――、それならば愚かな人間の価値とは何だろうか。

狂ったオランダ人に送ったジャン・ヴァルジャンになぞらえて描いた自画像の中で、おまえは周囲の人々の無知や物質主義や俗物根性のために社会的追放を余儀なくされた、真価を認められない芸術家を描いていた。しかしもしかするとおまえは、この自画像の数か月後に『説教のあとの幻影』で初めて完璧に現実のものとなるあの手法、歴史的なものから時間を超越しているものへ、物質的なものから精神的なものへ、人間界から神の世界へと移動してゆく手法を、この自画像の中で取りはじめていたのではないだろうか。絵が完成したときのポン＝タヴェンの友人たちの祝福や褒め言葉をおまえは覚えていただろうか。そして美しいマドレーヌの言葉、「あなたのこの作品は生涯の最期までわたしとともにあるでしょう、ゴーギャンさん」を。

気の毒なシャルル・ラヴァルが死んで、その一年後、信心深いマドレーヌがカイロで肺結核で亡くなりかけていたとき、『説教のあとの幻影』を覚えていただろうか。当然、覚えていなかっただろう。おまえのことも、絵のことも、それからおそらく一八八八年のポン＝タヴェンの夏のこともすっかり忘れてしまっていただろう。メット・ガッドとの恋のあとは、もう誰にも恋心をいだくことなんかないと、おまえは思っていたよね、ポール。事実その頃には、メットはコペンハーゲンで五人の子供たちと暮らし、おまえはポン＝タヴェンにと、二人はもう別々に暮らしていて、結婚の名をとどめているのは一枚の紙切れとたまに交わされる無味乾燥な手紙だけだった。けれどもそれにもかかわらず、また、おまえとメットが再び家庭を構えるとは思えなかったのに、気持ちのうえではおまえは一度だって自由だと感じたことはなかった。今でもだね、コケ。一八八八年には、もはや西洋風の愛は芸術家にとって障害であり、芸術家にとっての愛は原始人のように肉欲と官能に限定されたもので、感情や魂に影響を与えるものであってはならないとの結論に至っていた。だからおまえが肉欲に負けてセックスをするとき――とりわけ売春婦たちと――、身体をすっきりさせるための行為、その場限りの快楽にすぎなかった。十二年前のあの夏、兄エミールとともにポン＝タヴェンのグロアネック館にマドレーヌがやってきたとき、無垢さと高潔さをただよわせている華奢で均斉が取れた身体の、色白ですべすべした肌、水のような青い眼差しをした若々しい顔を前にして、何も言えずにどぎまぎしたり、うろたえてしまうような感覚がおまえに戻ってきたのだった。マドレーヌが食堂に入ったり、テラスに出たり、アヴェン川の岸で涼んでいたり、漁船が岸を離れていくのをぼんやりと眺めているのを、おまえは木々の間に隠れてこっそり見つめていたものだった。

おまえはひとことも愛の言葉を口にしなかったし、それらしきこともほのめかさなかった。彼女があまりにも若かったからだろうか。おまえが彼女の倍ほども年をとっていたからだろうか。どちらかと言えば、奇妙な道徳的自制だった。自分が彼女に言い寄れば、彼女の廉潔さや精神的な美しさを汚してしまうと、おまえは感じていた。だから年長の兄を装い、これから大人の世界に足を踏み出そうとする少女に、自分の経験から助言を与えるような振りをしていた。しかし、美しい若葉を思わせるマドレーヌに対する思いを皆が皆、抑えていたわけではない。例えばシャルル・ラヴァルだ。一八八八年の生暖かい夏、彼はすでに彼女に思いを打ち明けて、おまえが部屋の中で『説教のあとの幻影』を構成したり色をつけたりしているとき、彼女に愛の詩を朗読していたではないか。シャルルとマドレーヌは美しい燃えるような恋をしたのだろうか。そうだといいのだが。悲しいことに二人とも若くして、一年の間に相次いで亡くなってしまった。マドレーヌはあの異国のエジプトの地で、自分の国から遠く離れて死んだのだった。おまえがこれから死ぬようにだ、ポール。

それらの経験、『レ・ミゼラブル』、マドレーヌに対する純粋な愛、しばしば宗教がテーマとなった仲間の絵描きたちとの討論——エミール・ベルナールと同様、ユダヤ人でカトリックに改宗したオランダ人のマイエル・デ・ハーンも神秘神学に取りつかれていた——などが、おまえに『説教のあとの幻影』を描かせるために決定的なものとなった。描き終えたとき、おまえは何夜も徹夜して、寝室のほの暗いランプの明かりで友人たちに手紙を書いた。その中でおまえは、とうとうあの平凡な人々の田舎風で迷信深い純真さに迫ることができた、彼らは自分の簡素な生活と古くからの信仰の中で、現実と夢、事実と幻想、実際に見えるものと幻影との区別ができないようだ、と書いていた。シュフや狂ったオランダ人に対しては、『説教のあとの幻影』はリアリズムを爆破していて、芸術は自然界を模倣することなく、夢を通して直接肌で感じる生活を抽象化し、神の行為――創造すること――をしながら、神という模範に従っていく時代を創始したものである、と断言していた。これは芸術家の義務である――模倣するのではなく、創造すること。今後、芸術家は奴隷のような束縛から自由になって、現実とは異なる世界を創造するために、いかなることにも挑むことができるだろう。

『説教のあとの幻影』は今、誰の手に渡っているのだろうか。一八九一年二月二十二日の日曜日、タヒチへの最初の来訪を可能にするための資金を調達しようとオテル・ドルオで開催されたオークションで、『説教のあとの幻影』には一番高い九百フラン近い値がつけられた。今はパリのどこかのブルジョワの食堂でぞんざいな扱いを受けているだろうか。おまえは『説教のあとの幻影』を宗教的雰囲気に置きたいと思い、ポン＝タヴエン教会に寄付することを申し出た。主任司祭は、「ブルターニュのどこにそんな血のような色をした地面があるのですか」と言い、そこに使われている色が礼拝の場に必要な静粛な秩序を乱すと主張して、拒否した。もっと怒りを感じたのは、ニゾンの主任司祭が、そのような絵は教区の信者たちにショックを与えて顰蹙を買うと主張して、やはり拒否したことだった。

この十二年に、おまえをとりまく事情はなんと変わってしまったことだろうね、ポール。あの頃おまえは善人シュフにこう書いていた――セックスと健康面の問題は解決し、完全に仕事に集中することができるから、俺の生活はうまくいっている。ずっとうまくいってなんてないだろ、ポール。今だってそうだ。「レ・ゲープ」に掲載されるおまえの記事や挿画や戯画は翌日の食べ物に関しての心配は取り除いてくれたかもしれないが。今、フランソワ・カルデラや彼のカトリック党の仲間のおかげで、おまえはきちんと食べたり飲んだりすることができているが、このようなことはタヒチに住みはじめて以来、初めてのことだった。権力者カルデラは頻繁におまえを、ブレア通りの彼の自宅、木の柵で囲われた広い庭に、彫刻した手すりを巡らせたテラスの付いた二階建ての堂々たる邸宅に招待し、彼が経営するリヴォリ通りの薬局での政治談議にも呼んでくれた。おまえは満足していただろうか。そうではない。おまえは不快でうんざりしていた。一年以上ただの一枚の水彩画も描かず、小さなトゥパパウの木彫像の一つも手がけなかったからだろうか。そうでもあり、そうでもない。絵を描きつづけることにどのような意味があるのだろうか。おまえには、おまえの永久不変の作品は、すでに自分の過去の歴史を形成するものとなっていることがわかっていた。おまえの衰退ぶりと零落ぶりを証明するために絵筆を取れというのか。糞ったれ、だめだ。

おまえの中に残っていた創造性と攻撃性のすべてを「レ・ゲープ」に注ぎ込み、コルシカ生まれのカルデラや彼の友人たちの頭痛の種、パリから送りこまれて来た役人たちやプロテスタント信者、中国人を攻撃しているほうがよかったのだ。以前おまえを軽蔑し、おまえのほうでも軽蔑していた人々に金で雇われ仕える身となったことに、ときにはおまえは良心の呵責を感じていただろうか。いいや。おまえは何年も前から、芸術家になるためにはブルジョワの持つあらゆる類の偏見を捨て去ることが必要で、良心の呵責はそのような無用の長物の一つだときっぱり決断していた。食べるために鹿に噛み付く虎は後悔するのか。コブラは小鳥の身をすくませて生きたまま飲み込むとき、良心が痛むのか。一八九九年の四月か五月に出た「レ・ゲープ」の初期の数号の一つで、あの狂ったオランダ人を夢中にさせた小説『ロティの結婚』の中のピエール・ロティのでっち上げ話を借用して、中国人がタヒチにハンセン病をもたらしたとの狂気じみた情報を鳴り物入りで宣伝したときも、その中傷を広めることについて、おまえはなんら良心の呵責を感じていなかった。

「いい売春婦ってのはきっちり仕事するもんさ、親愛なるピエール君」椅子から立ち上がる力もないまま、コケはうわごとを言っていた。「俺ってすごくいい売春婦だろ。ちがうって言うのか」

ピエール・ルヴェルゴは大きないびきで返事をした。再び雲が月を隠してしまった。暗闇の中でちらちらと蛍が光っていた。

祖母のフローラは、おまえのやっていることをいいとは思わないだろうね、ポール。もちろん、そうだ。あの狂ったおせっかい女だったら、正義の側、ポリネシアにおけるラム酒のもっとも主要な生産者であるフランソワ・カルデラの反対の側についただろう。

昔のマオリの世界とは日々似ても似つかなくなっている一方で、腐敗したフランスにますます似ていくこのゴミみたいな島で、何が正義なのだ。フローラ祖母さんだったら、利他主義を装ったあさましい利害関係や陰謀、争いのもつれに鼻を突っ込んで、どちらが正しいのか調べて、断固とした判断を下したかもしれない。だからあなたはわずか四十一歳で死んでしまったのですよ、お祖母さん。その反対に正義を罵ってきた彼は、祖母のフローラより十二年も長生きして、もうすぐ五十三歳だ。だがおまえももう長くはないだろうよ、ポール。実際、おまえが心から価値を置いている美や芸術の世界ではおまえの経歴はもう終わっているのだ。

翌朝、骨まで沁みるスコールに打たれて目が覚めたとき、ポールは吹きさらしの戸外の同じ椅子に坐っており、頭の姿勢が悪かったのか首筋が痛んだ。ピエール・ルヴェルゴは夜のうちに帰宅してしまっていた。彼は雨がすっかり目を覚ましてくれるまでそこにいて、這うようにして小屋に入り、ベッドに身体を横たえて昼まで眠った。パウッウラと子供はもう出かけていた。

ポールは絵を描かなくなってから、以前のように早起きすることもなくなっていた。彼は朝遅くまでベッドでごろごろしてから乗合馬車でパペエテに向かい、「レ・ゲープ」の次の号を準備しながら夜までいた。機関紙は月刊で四ページにすぎなかったが、その内容――記事、漫画、挿画、祝祭の詩、風刺、ゴシップ、ジョーク――はすべて彼の手になるものだったので、毎号、大変な仕事だった。そのうえ、彼は原稿を印刷所に持ち込んで、色校正や文字校正をして印刷をし、新聞が購読者や公共施設に届いているかどうか確認をした。彼はそれらすべてを楽しみながら行ない、情熱を込めてその仕事に取り組んでいた。けれども、雑誌の経費を負担しポールの給料を払っていた、フランソワ・カルデラとカトリック党の友人たちとの頻繁な会合にはうんざりしていた。彼らは助言を装って命令するので、いつもポールをいらいらさせた。ガレに対する批判が過ぎるとか、辛辣さが足りないとか、平然と文句をつけた。ときには彼はあきらめて他のことを考えながら黙って聞いていた。ときには堪忍袋の緒を切らし、異議をさしはさんで話をさえぎり、辞職を申し出ることも二度にわたった。が、彼らは受け入れなかった。手紙さえろくに書けない烏合《うごう》の衆の誰が、ポールの代わりを務められるというのか。

しばらく鳴りをひそめていた病気が、一九〇一年初め、以前より激しく再び彼を襲わなければ、このような生活がもっと続いたかもしれない。新しい世紀がはじまった年の一月末のある夕方、ブレア通りのフランソワ・カルデラの家で、主人がブランデーを垂らしたコーヒーのカップをポールにすすめたとき、彼の心臓は狂ってしまった。心臓の動悸が極端に激しくなって、胸がふいごのように膨らんだりしぼんだりした。彼はほとんど息がつけないようだった。その週はずっと頻脈の発作と喘鳴に襲われて、とうとう吐血してしまったので、ポールはヴァイアミ病院に入院することを余儀なくされた。

「それでは、ラグランジュ先生、心臓にも問題があるってことですか」と、彼を診察した医師を前にして、ポールは自嘲しながら言った。

医師は頭を振って否定した。新たな病気ではありませんよ。これは例の病です。容赦なく進行しているのです。これまで皮膚、血液、頭へと進行してきましたが、今度は心臓を破壊しにかかっているのです。一九〇一年の一月から三月にかけて三度、何日間か入院しなければならなかったが、三度目の入院は二週間にも及んだ。ヴァイアミ病院での待遇はよかった。今では病院を仕切っているラグランジュ医師をはじめ大部分の医者が、本国から送られてきた役人たちに対抗するカルデラのキャンペーンを支持していたからである。医者たちは病床で「レ・ゲープ」の発行を準備できるようにと、作業板の都合までしてくれた。

しかしこの強制的入院が思いがけない結果を招いた。彼は多くのことを熟考していて、ある夜長いこと眠れずにいたときに、急に次のような結論に至った。おまえは自分のやっていること、そしてその仕事をおまえに依頼している人たちにもううんざりしている。あの愚かな連中のために働きながら死ぬなんて嫌だ。こうなってしまったのは残念なことだが、おまえは金銭から逃れてタヒチにやってきたのだ。まだ仲がよかった頃、アルルで狂ったオランダ人と一緒に、金銭に従属しているヨーロッパ文明の束縛のない、自由で美しい創造と喜びの小さなエデンの園を作りたいと夢見ていたのだから。フィンセントはそれを「愉しみの家」と名づけていた！　運命はなんて不思議で気まぐれなのだろうな、コケ。

もう忘れてしまったのか、コケ。すべては一年半前、おまえの最後の傑作『われわれはどこから来たのか。われわれは何者か。われわれはどこへ行くのか』を描いて、おまえが自殺をしそこなったあとではじまったのだ。小屋の中から物が消えはじめ――なくなってしまったのか、それともなくなったとおまえが思い込んだのか――、おまえの頭の中では泥棒はプナアウイアの先住民にちがいない、との確信が形成された。パウッウラは、そうではない、おまえの想像にすぎないと言っていた。錯乱した思考のメカニズムが始動して、止まらなくなった。おまえはパペエテの裁判所が泥棒を裁くべきだと主張したが、当然のことながら裁判官たちはそのような根拠の薄い告発で裁判を開始することはできないと拒んだ。おまえは、総督府は先住民と共謀してフランス人に敵対行為をしていると、激烈な嫌味に満ちた非常に厳しい公開抗議状を書いた。そのような経緯で「ル・スーリール――ジュルナル・メシャン（微笑――意地悪新聞）」が生まれ、その毒のある内容は植民者たちを喜ばせた。人々は喜んで新聞を買い、お祝いの手紙を送ってきた。するとカルデラ本人がおまえを訪ねてきて、「レ・ゲープ」の編集長になってくれるよう法外な金を積んで頼んだ。おまえにはなにがどうなっているのかわからないうちに、すべてがすらすらと運んだ。十八か月のあいだ、おまえはその毒舌で小さな地震を起こすことで飲み食いし、気晴らしをしながら、その目まぐるしさの中で自分が画家だということも忘れてしまっていた。おまえは自分の運命に満足しているのか。いいや。おまえはカルデラのために働きつづけるつもりかね。とんでもない。

それではどうするつもりなのだ。タヒチのこの呪われた島から一刻も早く出ることだ。

ヨーロッパはすでにこの島を滅茶苦茶にし、かつてこの島を野蛮な場所、休息の場にしていたあらゆるものを破壊していたのだから。おまえのぼろぼろになった骨と、病む肉体を、どこへ運ぶつもりかね、ポール。決まっているじゃないか、マルキーズ諸島さ。あそこではマオリたちもまだ自由で、飼いならされてはおらず、文化も習慣も刺青の技術も手つかずのまま残っており、ヨーロッパ人の目の届かない森の奥では神聖な食人の風習も行なわれているのだ。おまえは生きかえるだろうよ、コケ。新鮮で未開のその新しい環境で、口にするのが憚られる病も進行を停止するだろう。あちらに行ったらまた絵筆を取ることもできるかもしれないね、ポール。

ひとたび彼が決心すると、事態はうまく動きはじめた。ヴァイアミ病院がちょうど退院許可を出してくれたところに、爆弾のように突然、パリはギュスターヴ・ガレ総督を解任するとの知らせが届いた。おまえが仕えてきた植民者たちはその知らせに大喜びしていたので、説得は簡単だった。その勝利のあとでは、新聞を発行しつづけるのはもう意味がなかったからだ。かなりの特別手当を払って解雇してくれた。

数日後、いつも人生の大きな転機の前に陥る興奮状態で、タヒチとマルキーズ諸島間の船について調べていたとき、ピエール・ルヴェルゴが来て、タヒチに住みはじめたアクセル・ノルドマンという身許のしっかりしたスウェーデン人が、プナアウイアのポールの小屋を買いたがっていると知らせにきた。通りがかりに小屋を見て気に入ったらしい。ポールは四十八時間で取引を片付け、かき集めた金で乗船券とわずかな荷物の送料を払い、パウッウラと息子エミールに取るに足りない額を渡した。娘はマルキーズへついていくことをきっぱり断った。家族から遠く離れて、あちらでどうしようというのだ。そこはひどく遠く離れた危険な世界だった。コケはいつ死んでしまうかわからない。そうなったらパウッウラや子供はどうするのだ。彼女は自分の家族のもとに戻るのを望んだ。

おまえはどうでもよかった。本当のところ、パウッウラやエミールはこの新しい生活をはじめるに当たって邪魔になるかもしれなかった。それに引き換え、ピエール・ルヴェルゴが同行を拒否したことに、ポールは腹を立てていた。彼を料理人として連れていきたい、自分の所有するものを等分に分けようと、ポールは持ちかけていたのだ。おまえの隣人はきっぱりとした男だった。世界中の金をもってしてもここから動かなかっただろう。おまえのその常軌を逸した決定に従うほど、彼は狂ってはいなかった。するとポールは、彼をブルジョワ根性の奴とか、臆病者とか、ぼんくら、裏切り者などと言って罵った。

ピエール・ルヴェルゴは彼の侮辱的な態度には応じないで、半分ほど抜けてしまった歯で草の切れ端を噛みながら、しばらくのあいだ考えこんでいた。二人は戸外の大きなマンゴーの木陰に坐っていた。ついに彼は穏やかな落ち着いた口調で、一言一言ことばを区切りながらこのように話した。

「おまえはあちこちで、マルキーズ諸島へ行くのは安い値段でモデルを探せるから、それにあちらの島は未開の土地で、文明も頽廃していないからだと言っているようだね。俺はおまえが皆に嘘をついていると思ってるぜ。おまえ自身にも嘘をついてるだろ、ポール。おまえがタヒチを出ていくのは脚の腫れ物のせいだろう。ひどい臭いがするから、ここではどの女もおまえと寝てくれないからな。だからパウッウラもついていきたくないんだよ。マルキーズはここよりも貧しいから、菓子の一握りもやれば女の子を買うことができるだろうよ。だがな、おまえの新しい夢もやがて悪夢に変わるだろうよ、見てみな」

一九〇一年九月十日、ポールがヒヴァ・オアに向かう南十字星号に乗り込んだとき、パペエテの港には誰も見送りに来なかった。彼はハーモニウムとポルノ写真のコレクション、思い出の品の詰まった長持、ゴルゴタの丘のキリストのような自画像、ブルターニュの雪景色を描いた小さな作品を携えていた。プナアウイアの家の新しい所有者が、すべてを持っていくようにとしつこく言ったにもかかわらず、彼は何枚かの絵画を丸めたものと、想像で作ったトゥパパウの一ダースほどの彫像を置き去りにしてきた。新しい小屋の所有者のアクセル・ノルドマンが数か月後によこした手紙によると、彼の小さな息子が怖がるので、それらのグロテスクな人形は全部海に捨ててしまったとのことだった。

15　カンガージョの戦闘――ニーム、一八四四年八月

黴臭さと猫のおしっこの臭いのする、ニームのオテル・デュ・ガールの暑苦しい部屋で、フローラは一八四四年八月五日から十二日までの六日六晩、ひどい夜を過ごしたが、今回の旅の中でもっともつらい日々だった。彼女はほぼ毎日のように、ぞっとする悪夢を見た。夢の中で、この町の司祭たちが説教壇からそれぞれの教会を埋めている狂信的な大衆を煽動し、煽動された大衆はフローラをリンチにかけようとニームの町の通りに繰り出し、彼女を探しはじめた。彼女は震えながら戸口や玄関、薄暗い片隅に隠れた。安全とはいえない隠れ場からは、王者キリストに復讐しようとして革命を企てている不心得者を探し出そうと、人々が近づいてくる気配が感じられ、その様子が見て取れた。人々が彼女を見つけ出し、憎しみにゆがんだ顔で彼女の身体に飛びかかろうとするとき、目が覚めるのだが、汗びっしょりで恐怖のあまり動けないままいると、教会の香の匂いがするのだった。

ニームに到着して第一日目からすべてがうまく運ばなかった。オテル・デュ・ガールは汚くて無愛想で食事は最悪だった（フロリータ、おまえは食べ物に関しては決してう

るさくはなかったはずだ。なのに、今はよく煮込んだスープ、新鮮な卵と作りたてのバター、家庭料理にあこがれている自分に気づいたね)。差込み、下痢、子宮の痛みと耐えがたい暑さがあいまって、自分が身を捧げているこの仕事が無益なものではないかという思いが募り、一日一日が試練のようだった。なぜならこの巨大な香部屋の中では、おまえは誰一人として労働組合の道標として役に立ってくれる知性ある労働者を見つけられそうもないからね。

ああ、そうだった、一人いたが、それはニーム出身の者ではなく——当然！——リヨン出身だった。四万人の労働者を擁する絹、毛、綿製ショール織物業の中心地において、博愛主義者にして進取の精神を持つフーリエ主義者として紹介された二人の医師——プランドゥーとド・カステルノー——の力添えで開くことができた四つの集会の中で、たった一人だけ思い当たったが、彼はニームの人々がよく考えもせずに丸呑みしてしまっている、知覚を鈍化させるような司教の教義にも、まったく骨ぬきにはされていないようだった。おまえは今までたいていのばかげた行為は一とおり経験してきたと思っていたね、アンダルシア女。けれどニームの町は、ばかげた行為が際限なくあることを教えてくれた。ある集会で一人の機械工が、「金持ちは必要だよ、この世に金持ちがいるから貧乏人も存在するんだろ。だから俺たち貧乏人は金持ちには行けない天国に行けるんだよ」と言うのを聞いた日、フローラははじめはげらげら笑ってしまったが、しばらくすると眩暈がしてきた。説教をする神父が、搾取されるのはよいことだ、だから天国へ達することができる、などと労働者を納得させていることにあまりにも士気をそがれてしまって、怒る元気もないまま、かなりのあいだ黙っていた。

ここニームでの出来事同様、今から十年前、アレキーパ滞在も最後の日々を迎えた頃、あの茶番の悲喜劇、カンガージョの戦いのあいだだけは、ひどく愚かな行為や混乱をフローラは見た。でもたった一つだけちがいがあるんだよ、フロリータ。十年前、アレキーパの郊外でガマラ軍とオルベゴーソ軍が血と死の無言劇を演じていたとき、おまえは特権的な傍観者として、わくわくしたり、悲しんだり、批判的に見たりしながら、先住民やサンボやメスティソ（先住民と白人の混血の男性）たちがなぜ信条や思想や道徳性を欠いた、地方ボスの野望剝き出しの内戦にひきずりこまれて、大砲の餌食となったり、自分たちの運命と何の関係もない戦争の道具となっているのか、理解しようとしていた。それにひきかえ、ここニームでは、人びとの宗教上の偏見と無血革命の主張にまったく耳を貸そうとしない愚鈍さにかっとなって判断力をなくし、直情的で不快な態度をとってしまった。

体調の悪さがおまえをそれほどまでに短気にしてしまったのだろうか。オテル・デュ・ガールのような、みすぼらしくむさくるしいペンションや小ホテルに泊まりながら、行き当たりばったりの生活をしているうちにたまった疲労が、おまえを意気消沈させてしまったのか。ニームの司教たちが大衆をそそのかし、おまえをリンチにかけようとした悪夢はおまえを疲労させた。悪夢に苦しめられるより眠らずにいたほうがましだから、夜の大半を窓を開け放したままにして、ニームの聖職者たちに対して身の毛もよだつような黙示録的終末を企てながら過ごした（もし権力を手にしたら、おまえはひどい厳罰を加えるのだろうね、フロリータ。ニームの人々が自慢にしているローマ時代のコロセウムに聖職者たちを閉じ込め、そこで聖職者の説教によって残酷な獣と化した労働者が聖職者たちを折檻する、というような）。そんな残忍なことを想像しているうちに気分もよくなって、フローラは子供のように笑った。そこで思いはいつもアレキーパに戻ってしまうのだった。

もしかしてすべての戦闘は、白い街アレキーパでおまえの遭遇した戦闘と同じようにいい加減なものだったのではないだろうか。国内の愛国主義者を満足させるために、歴史家たちによって、人類のカオス場面はその後、理想主義、勇気、寛容、信条の首尾一貫した示威行動に変えられ、少数エリートの野望や強欲や狂信的言動の犠牲になった大衆の恐怖、愚行、強欲、エゴイズム、凶暴性、無知などは消し去られていった。百年も経てばあの茶番劇、あの滑稽なお祭り騒ぎのカンガージョの戦闘は、歴史書の中で過去の祖国を語る一ページとして、ペルーの人々によって読まれるようになるだろう。その中では英雄的なアレキーパの町が選挙で選ばれたオルベゴーソ将軍を擁護して、反乱を企てたガマラ将軍に対して勇敢に戦い、血みどろかつ勇壮な戦いの果てに敵を退けた（その結果、数日後に奇跡的に勝利を手にすることになる）と記されるであろう。そうだよ、フロリータ、現実の歴史とは残酷で無惨なものであり、書かれたものは愛国的ペテンの迷宮なのだ。

サン・ロマン将軍率いるガマラの軍隊はアレキーパに着くまでひどく時間がかかったので、ニエト将軍とバルディビア司教地方代理が率いるオルベゴーソ軍は――その参謀長は従姉妹の夫のクレメンテ・アルトハウス大佐が務めていたのだが――、ほとんどその敵の存在を忘れてしまっていた。それで一八三四年四月一日、ニエト将軍は兵隊たちに町へ出て酒を飲んでもよいとの許しを与えた。サント・ドミンゴ通りにあるトリスタン一族の邸宅で、フローラは夜っぴいて歌声や踊ったり叫んだりする声を聞いていたが、町のあらゆる居酒屋で兵隊たちはチチャ酒を飲み、スパイスの効いた煮物などを食べて、開放的な一夜を楽しんでいた。チャランゴとギターのメロディがあたりに響き渡っていた。翌日、遠くの、火山に縁取られた地平線の澄みわたった空気の中、山腹のあたりにサン・ロマン将軍の兵士の姿が目撃された。赤いパラソルで太陽の日差しをさえぎり、双眼鏡を手にしたフローラは敵がやってくるのを認めた。ゆっくり歩いてくる蟻のような小さな斑点がだんだん大きくなって近づいてきた。蜂の巣をつついたように大騒ぎしながら、邸宅の居間ではドン・ピオ、従姉妹のカルメン、叔母のホアキナやその他の身内――叔母、従姉妹、叔父、従兄弟、執事、修道士――があわただしく袋や箱に宝石、金銭、洋服、貴重品を詰め、アレキーパに住む他の住民と同様に、僧院や修道院、教会に身を隠そうと逃げる支度をした。午前も半ば近くになると、ひどい土煙がサン・ロマン将軍の兵士たちの視界をすっかりさえぎってしまったが、そのときフローラの前に、クレメンテ・アルトハウスが全身を武具に固めて汗を流しながら馬に乗って現れた。大佐は家族に指示を与えるために、戦場を一時抜け出してきたのだった。

「ニエト将軍が一晩自由行動を認めるような馬鹿なことを思いついたせいで、わが軍の兵士たちは将校も含めてみんな酔いつぶれている」と彼は怒りをぶちまけた。「もし今、サン・ロマンが攻めてきたら負けてしまう。一刻も早くサント・ドミンゴ修道院へ駆け込みなさい」

ドイツ語で悪態をつきながら大佐は疾走していった。叔母や従姉妹たちが一緒に来るようにと急き立てたが、フローラは男たちと邸宅の屋上に残ることにした。戦闘がはじまったら、すぐ傍のサント・ドミンゴ修道院へ移動すればよい。夜の七時にマスケット銃の最初の一発が炸裂した。銃撃戦は町に近づくことなく、遠くで散発的に何時間も続いた。九時頃にサント・ドミンゴ通りに一人の当番兵が現れた。ニエト将軍が彼の妻に遣わしたもので、一番近い修道院へ急いで退避するように求めていた。ドン・ピオ・トリスタンは伝令が経過を報告しているあいだに、彼に食事と飲み物を与えた。当番兵は疲れで息が切れがちで、話しながら飲み物と食べ物を同時に喉に流し込んでいた。サン・ロマン将軍の準備を整えた大隊がまず攻撃を仕掛けてきた。ニエト将軍の竜騎兵の正面に飛び出してきて、封じ込めた。戦いは膠着状態が続いていたが、夕闇時になってモラン大佐が標的を誤り、ガマラ軍ではなく味方の竜騎兵をめがけて大砲と散弾銃の一斉射撃を浴びせかけて損害を与えてしまった。結末はまだわからなかったが、サン・ロマン将軍の勝利はこれで不可能ではなくなった。敵の軍隊が市中へ侵入するのに備えて、

「男たちは隠れていた」ほうが都合がよいだろう。この知らせがもたらしたパニックを覚えているかい、フロリータ。数分後には叔父たちも従兄弟たちも絨毯、食料、洋服をつめた袋を背負った奴隷――その多くが銀製、磁器、陶器製の寝室用便器を持っていた――を従えて、扉にかんぬきを下ろしてサント・ドミンゴ修道院と教会を目指して行進をはじめた。知らせは火薬のようにすばやく伝わったようで、フローラは避難所へ向かう途中で、町に住むほかのいくつかの家族が怯えた様子で神聖な場所へと駆けてゆくのを見た。彼らは戦勝者の略奪を逃れるために、持てるだけのあらゆる財産と贅沢品を腕に抱えていた。

サント・ドミンゴ教会と修道院は筆舌に尽くしがたい無秩序の中にあった。アレキーパの住民は廊下、玄関、入口のホール、内庭回廊、独房に詰め込まれ、連れてきた子供や奴隷は床に身を横たえており、ほとんど身動きできなかった。吐き気をもよおすような糞尿の臭いと気が狂いそうな喧騒があふれていた。パニック状態の中、いくつかのグループが祈りを捧げたり賛美歌を歌う声が聞こえていたが、修道士たちはあちらこちらを飛びまわりながら、秩序を保つための無駄な努力をしていた。家の格式とその富のおかげで、ドン・ピオとその家族は修道院長の執務室を使う特権を与えられた。親族は大勢で室内は狭かったが、少なくとも代わる代わる身を動かすことはできた。銃撃は夜になって止み、夜明けにはまた激化したが、少しするとすっかり収まった。ドン・ピオがどんな様子か見に行くというのでフローラはついて行った。通りは砂漠のようだった。

トリスタン家の邸宅は侵略を免れていた。屋上から双眼鏡で見ると、空の美しい朝で、清々しいそよ風が火薬のもうもうたる煙を一掃しており、遠くで兵士たちが互いに抱擁しあっている姿が見えた。何が起こったのかしら。そのことは間もなく、足の先から頭まで真っ黒になり、手に引っかき傷を負い、金髪の頭髪を砂で真っ白にして、サント・ドミンゴ通りを馬で疾駆してきたアルトハウス大佐の話でわかった。

「ニエト将軍は配下の将校や兵隊よりずっと馬鹿な奴だ」と軍服の埃を手で叩き落としながら怒鳴った。「敵に止めを刺せるというのに、サン・ロマンが申し出た休戦を受け入れたんだ」

すでに味方の竜騎兵に戦死者が出ていたのに加え――アルトハウスの目算では三十人から四十人ほどの死者を出していた――、モラン大佐率いる砲兵隊が自軍従軍婦の野営地をガマラ軍と間違えて攻撃してしまった。軍の補助兵にも代替兵にもなれる女たちがたくさんいたのに、モランの大砲が粉砕して負傷させてしまったのですよ。それでも、数度の銃剣突撃のあと、ニエト将軍の部隊はバルディビア司教地方代理とアルトハウス大佐自身の勇敢な行動にも鼓舞されて、サン・ロマン将軍の軍隊を後退させた。そのとき司教地方代理とドイツ人大佐が、「敵を追跡して殲滅しましょう」と願い出たにもかかわらず、ニエトは敵の申し出を受け入れて休戦に同意した。サン・ロマンと会って、互いに抱擁し、涙を流し、ペルー国旗にともに口づけしたのだ。ガマラ派がオルベゴーソをペルー国大統領として認める旨を約束したので、間抜けにもニエトのやつはガマラ軍の腹をすかせた兵隊に今、食料と飲み物を持っていってやっている。バルディビア司教地方代理とアルトハウスはニエトに対し、それは敵が時間を稼いで、再編制するための作戦だと説得したのに。休戦を受け入れるなんて狂気の沙汰だ！　ニエトは強情で考えを変えない。サン・ロマンは紳士だ、オルベゴーソを大統領として認めるだろうし、これでペルー国民も和解するだろう、なんて言っている。

アルトハウスはドン・ピオに、アレキーパの中心人物と結束してニエトを解任し、軍の指揮を引き受け、戦闘を再開する指令を出すよう求めた。フローラの叔父は屍のように真っ青になった。ひどく身体の具合が悪くなった、と言って、彼はベッドに横になりにいってしまった。「この年寄りの守銭奴の気がかりはたった一つ、自分の金のことだけなんだ」とアルトハウスはぶつぶつ言った。フローラはこの従兄弟に、戦闘が止んだみたいだから野営地に連れていってほしい、と頼んでみた。少し考えてから、ドイツ人はうなずいて、フローラを自分の馬の尻に乗せた。周りはすべて廃墟と化していた。従軍婦によって占拠されて避難場所や救急施設になる以前に、すでに農園も家も略奪されていた。血まみれになった女性たちはあちこち包帯を巻きつけた姿で、急ごしらえの竈で食事を作っていたが、傷を負った男の兵隊は地面に横たわって、何ら関心を示そうともせず、うなり声を上げているだけだった。ほかの兵隊たちは戦いの疲れから、足を広げ大の字になって寝入っていた。何匹もの犬が死体をくんくん嗅ぎながらあたりをうろついており、空には禿鷲が雲のように群がっていた。アルトハウスが指揮をとる持ち場に戻り、フローラが数人の将校に戦闘の様子を訊ねていたら、サン・ロマンの軍使がやってきた。サン・ロマンの参謀部の決議により、将軍がオルベゴーソを大統領として認めると言った約束は果たせない。将校が全員反対している。であるから、戦闘を再び開始する、と説明した。「ニエトが協定を結んだせいで自分たちは勝ち戦を逃してしまった」とアルトハウスはフローラに嘆いた。フローラに雌のラバを一頭与えて、アレキーパへ戻ったら、再び戦闘がはじまった旨を家族に伝えるように頼んだ。

曙がオテル・デュ・ガールの汚く小さい部屋に差し込んできて、混乱に混乱を重ねながら嘘のような結末に近づいていたあの戦闘の思い出を、一人で面白がっているフローラを捕らえた。その日は嫌なニームでの三日目で、午前中に詩人でパン焼き職人のジャン・ルブールと約束をしていた。彼の詩はラマルティーヌ、ヴィクトル・ユゴーらに賞賛されていた。あの搾取される側の世界から出た詩人がおまえが求めていた闘士で、彼が労働組合の構想をニームに根づかせ、人々を深い眠りから覚ますのに一役買ってくれるのだろうか。とんでもなかった。フランスの有名な労働者詩人であるジャン・ルブールの中に高慢な思いあがり――虚栄心は詩人のかかる病気のようなものだよ、フロリータ、それは広く立証されているだろう――を感じて、一緒にいたわずか十分のうちに嫌になってしまった。口に蓋をしてやろうかしら、そうしたら生意気な分厚い唇を黙らせることができるのではないかしら、と思ったりした。彼は自分のパン屋の店でフローラを迎えると、上の階に案内した。フローラが自分の巡歴の旅と労働組合のことを聞いたことがあるか訊ねると、軟弱で自惚れやの丸ぽちゃ男は、彼の詩的霊感を褒め称えながら、フランス芸術への貢献に感謝する手紙をくれる公爵、学者、権威者、教授を列挙しはじめた。フローラが、差別、不公正、貧困をなくすための無血革命について説明をはじめようとすると、自惚れやが口を挟んできたが、その発言はフローラを呆然とさせた。「けれども、それはまさに我らの聖なるマリア教会がすべきことですよ」フローラは気を取り直して、聖職者というものは——ユダヤ教でもプロテスタントでもイスラム教でも、特にカトリック教ではそうなのだが——搾取する側や金持ちたちと手を組んで、説教により天国を約束し、苦しんでいる人々にそれは運命だと諦めさせているのだ。また、大切なのは不確かな死後の天上でのご褒美ではなく、今ここに建設されるべき、自由で公正な社会なのだ、と彼を啓発しようと試みた。パン職人の詩人は、悪魔でも現れたかのようにびくっとした。

彼は、「あなたは悪い人だ、悪い人だ」と叫んで手で悪魔祓いのような仕種をしながら言った。「僕の信仰と相容れない事業のために、僕に助けを求めにきたのですか」

怒りんぼ夫人は爆発してしまい、彼に対して、自分の生まれに対する裏切り者でペテン師、労働者階級の敵である、その偽りの名声は時が経てば化けの皮がはがれるだろう、と言った。

パン職人の詩人を訪ねたことでフローラはひどく疲れを感じてしまい、プラタナスの街路樹の陰のベンチに坐って、落ち着くまで少し休まなければならないほどだった。すぐ傍に腰掛けていたカップルが、その日の午後、市の音楽ホールで催されるピアニストのリストの演奏を聴きにいくことについて、ふたりして興奮しながら話しているのが聞こえた。珍しい偶然だった。この遍歴の旅に出てから、ほとんどどの町でも彼の演奏会と一緒になった。ピアニストがおまえの後を追いかけているようだったね、フロリータ。今夜は少し休んで、彼の演奏を聴きにいってみたらどうなんだ。だめだね、絶対。おまえにはブルジョワのようにコンサートを聴いて時間をむだづかいするなんてできないよね。

カンガージョの戦闘が終結したことは、一か月後になって、ガマラ軍の大佐ベルナルド・エスクデロを通じてリマで知っただけだった。アレキーパでの最後の日々、おまえは彼との恋――その思い出はジャン・ルブールを完全に消し去ってくれた――に生きていたね、フロリータ。まあ、なんてすごい話だろう！　オルベゴーソ派とガマラ派の戦闘停止の翌日、ニエト将軍は自分の軍隊に命令を下し、狡猾なサン・ロマン将軍を追跡させた。ニエト軍はカンガージョで、ガマラ派の兵隊たちが川で水浴びをしながら休息しているのを見つけた。ニエトは彼らに向かい突撃した。簡単に勝利を手にできる戦いに思えた。けれども、ニエトはまたもや過失からサン・ロマンを助けてしまった。今回はニエトの竜騎兵が標的を誤り、敵の軍勢を狙ったはずの小銃隊の攻撃が、自分の軍の砲兵隊を壊滅させてしまい、その上、モラン大佐は負傷してしまった。ガマラ軍の抗し難い攻撃と信じ込み、圧倒されたニエト将軍の兵隊たちは回れ右をしてアレキーパ目指して狂ったように退却してしまった。同時に、敵の軍隊に何が起こったか知らないサン・ロマン将軍もまた、自分たちの敗北を信じ込み、敵方が優勢と判断して自軍に強行軍での退却を命じた。ニエト将軍の軍隊同様、ガマラ軍の命がけの滑稽な遁走は、二百キロほど離れたビルケまで続いた。それぞれの将軍を先頭に立て、互いに負けたと信じ、互いに背を向けながら逃げて行く二つの軍隊のイメージは、いつもおまえの記憶に残っていたね、フロリータ。父親の故国、あの生まれたばかりの戯画のような共和国で過ごした日々の、混沌と滑稽さのシンボルとして。ときたま、今のようなときには、あの種の思い出はおまえを愉快にさせ、ここフランスでは舞台の専売特許だと思われている、混乱と誤解から起こるモリエール・スタイルの道化芝居の一つが、大きなスケールで演じられているように思えたものだった。

戦闘の翌日、サン・ロマンは彼のライバルが同様に逃げ出していたのだと知って、もう一度軍隊を連れて引き返し、アレキーパを占領しようとした。占領までにはまだ時間的余裕があったので、ニエト将軍は町に入り、負傷兵を教会や病院へ置いたあと、残りの兵と一緒に海岸のほうへ退却することとなった。フロリータは従兄弟のクレメンテ・アルトハウス大佐と、目に涙を浮かべながら別れの挨拶をした。おまえは大好きなこの金髪の蛮人とも、もう会うことはないと思っていたね。おまえは自ら新しい着替え、お茶、ボルドー産ワイン、砂糖の袋、チョコレートやパンを入れて彼の荷物を作ってあげた。

二十四時間後、思いがけずカンガージョの戦闘の勝利者になったサン・ロマン将軍の軍隊がアレキーパの町に入ってきたとき、恐れられていた略奪は起こらなかった。ドン・ピオ・トリスタンが主宰する名士たちの会が、旗と音楽隊を用意して彼らを迎え入れた。勝利軍との団結の証として、ドン・ピオはガマラ軍の理想のための献金二千ペソをベルナルド・エスクデロ大佐に渡した。

エスクデロ大佐はおまえに恋してしまったのだろうか、アンダルシア女。おまえはそうだと確信していたのだろうね。またおまえも彼に恋していたね。そう、たぶんね。けれど手遅れになる前におまえの良識が断念させた。おまえの周りの噂では、エスクデロは三年前から単なる書記官、補佐役、将軍つきの副官ではなくて、あの驚くべき女主人公、ドニャ・フランシスカ・スビアーガ・デ・ガマラの情人でもあった。別称ドニャ・パンチャ、または女元帥、敵には女丈夫と呼ばれるその女は、前大統領であった地方ボス、プロの陰謀家、アグスティン・ガマラ元帥の夫人だった。

女元帥についてはどこまでが本当の話で、どこまでが神話なのだろうか。おまえにはぜったいに究明できないだろう、フロリータ。その人物におまえは魅了され、かつてないほど想像力をかきたてられた。小説の中から出てきたようなその百戦錬磨のイメージは当時、男にのみ許されていた自由で決然とした人間に、自分もなることができるとの判断と気力を、おまえの中に生まれさせた。女元帥はそれをなしとげていた。どうしてフローラ・トリスタンにはできないのか。彼女と出会ったとき、おまえと同じ年頃だったにちがいない。たぶん三十三歳か三十四歳になろうとしていた頃だね。女元帥はスペイン人を父に、ペルー人を母としてクスコに生まれ、ペルー独立の英雄アグスティン・ガマラ——アヤクーチョの戦闘でスクレと一緒に戦った——とは両親によって閉じこめられていたリマの女子修道院で知り合った。少女はガマラに恋をし、彼についていくために修道院を逃げ出した。二人はガマラが司令官を務めていたクスコで結婚式を挙げた。二十歳の娘は、ペルーの婦人たちがそうであったように（そしてそうあるべく望まれたように）、家庭的で受け身で家にひきこもりがちの、子作りに励むような妻ではなかった。頭脳面でも手腕にかけても、とりわけ政治活動、社会活動、軍事行動——これがとくに彼女の伝説を豊かにしたところだが——においても、すべての面で夫の有能な協力者だった。夫が旅行へ出かけて留守のときには、彼女はクスコ総督代理として夫の代わりを務めていた。代理を務めた何回かのうち、一度は陰謀を押し潰したことがあった。彼女は将校の制服姿で金の入った袋と弾を込めたピストルを握り、謀反人らの兵舎に乗り込んでいって言った。「どっちを選ぶのよ。降伏してこの金を皆で分けるか、それとも戦うかよ」謀反人らは降伏を望んだ。ガマラ将軍より頭がよく、勇敢で野望があり、大胆なドニャ・パンチャは、夫とともに馬を乗り回し、乗馬に際してはブーツを履きズボン姿で戦闘服を着ていた。戦闘や小競り合いではもっとも大胆な強者の戦いぶりだった。すばらしい射撃の腕前であることで有名だった。ボリーバルと衝突したときには、彼女は軍隊の最前線に立ち、途方もない大胆さと無鉄砲なほどの度胸でパリアの戦いの勝利者となった。勝利の後は自ら率いる兵隊たちと民族舞踊のワイノを踊り、地酒チチャを飲んだ。兵隊たちとはケチュア語で話し、俗語も知っていた。そのとき以来、彼女の影響力はガマラ将軍のすべてに及ぶようになった。ガマラが大統領であった三年のあいだ、軍隊の事実上の実権はドニャ・パンチャが握っていた。敵に対して前代未聞の策謀や残酷な仕打ちを指示したのは、その度胸と同様、そのためらいを知らない、ブレーキの利かない性格のせいだった。彼女はたくさんの情夫を持っており、人形や愛玩犬のように彼らをかわいがったり、虐待したりしているとも言われていた。

彼女にまつわるあらゆる逸話の中で、フローラにとって二つほど忘れられないものがある。それは自分がその逸話の主人公だったらいいな、と思っていたからだろうね、フロリータ。女元帥は大統領の代理としてカヤオにあるフェリペ王要塞を訪れた。彼女に敬意を表している将校の中に、ゴシップによると彼女の愛人であることを鼻にかけているという男がいるのに気づいた。彼女は一刻も躊躇することなく、その男のところに突進して鞭で顔を打った。

そして、「指揮官、あなたがわたしの愛人であるはずがないでしょう」と叱りつけた。「わたしは卑怯者とは寝たりなんかしないから」

もう一つの話は宮殿で起こったものだ。ドニャ・パンチャは軍隊の四人の将校を夕食に招待した。女元帥は招待客に冗談を言ったり、素晴らしく丁重にもてなして、申し分のない接待の女主人役をつとめた。コーヒーと煙草の時間になると、彼女は召使いたちを下がらせた。扉を閉めると、客の一人に向きなおり、目には怒りを浮かべながら、冷ややかな声で言った。

「ここに居る三人の友人に、わたしの情夫でいることに疲れたと言ったのですか。もしこちらの三人があなたを中傷したのであれば、あなたとわたしでそれに見合うだけのことをしましょうよ。でも、もしその話が事実なら……残念ながらそのようね、顔が青いわ。ここにいらっしゃる将校の皆さんとわたしで鞭打って、あなたの背を砕いてあげましょう」

そうだよ、フロリータ、何度も何度もてんかんの発作に襲われている――そのうちの一度はおまえもその場に居あわせた――あのクスコ女は、軍事的敗北と持病に苦しんでいることを考え合わせると、三十五歳になる前に死ぬことになるだろうと思われたけれど、おまえに忘れがたい教訓を与えてくれた。そうなのだ、屈辱を受けたり奴隷のように扱われることを拒否し、見事、敬意を払われるようになった女たち――そのような女の一人が、世界の果て、文明化されていない国にいたのだ。鞭を操ったりピストルを撃ったりするときも含めて、男性の付属品ではなく、彼女たち自身がりっぱで価値があるのだ。ベルナルド・エスクデロ大佐は女元帥の愛人だったのか。この冒険家のスペイン人はクレメンテ・アルトハウスと同様に、ひと財産を作ろうと内戦時に傭兵としてペルーにやってきたのだが、三年ほど前から影のようにドニャ・パンチャにつき添っていた。フロリータがそのことを思い切って訊ねると、憤慨して否定した。もちろん、ガマラ夫人の敵の中傷です！と。けれどおまえはあまり納得してなかったね。

エスクデロは美男ではなかったが、とても魅力的だった。痩せていて、さっそうとしていて、愛想がよくて、フローラの身近にいる男性の中ではもっとも読書家で、自分の世界を持っていた。アレキーパの町がサン・ロマンの軍隊の占領下でなんとか落ち着きを取り戻した頃には、フローラは彼とともに楽しい日々を過ごしていた。朝に夕に二人は馬に乗ってティアバヤ、ユラの温泉、町の守護火山であるミスティ山の麓などに出かけた。フローラはドニャ・パンチャのこと、リマのこと、リマに住む人たちのことについて、彼を質問攻めにした。彼は限りなく辛抱強く、ウイット豊かに答えてくれた。彼の解釈は知的で気配りは洗練されていた。魅力があふれている男だった。もしおまえがベルナルド・エスクデロ大佐と結婚していたら、フロリータ。そしてパンチャ・ガマラと夫の陸軍元帥のように、おまえも王座の背後で、知性と精神力を用いて、女性がもはや男性の奴隷ではない社会を建設するには不可欠の改革を行なうための権力を握っていたならば。

一時的な思いつきではなかった。そうしたいという衝動――エスクデロと結婚し、ペルーに残り、第二の女元帥となる――におまえは取りつかれてしまい、それまでどんな男に対しても、そしてその後二度としたことのないやり方で女の魅力を振りまいて、彼の心を捉えようとした。不用意にも、男はたちまちおまえの罠にはまってしまった。フローラは目を閉じて――ニームの焼けつくような夏の暑さを鎮めるそよ風が吹きはじめた——あの食後のひとときを甦らせていた。ベルナルドとフローラは、二人だけでトリスタン家にいた。二人の声は高い丸天井に響いていた。突然、大佐が彼女の手を取り口元に近づけて、ひどくまじめに言った。「あなたを愛しています、フローラ。自分はあなたに夢中です。自分をあなたの思いどおりにしてください。自分をいつもあなたの足元においてください」あんなに簡単に勝利を収めて、おまえは幸せに感じたか。最初の瞬間はそうだった。おまえの野心に満ちた計画は現実味を帯びてきた、また、こんなにも早くに。けれどそのすぐあと、彼が立ち去ろうとしたとき、サント・ドミンゴ通りの家の玄関の暗がりでおまえを腕に抱いて自分の身体に引き寄せ、唇を求めた。そこで魔法は解けたのだ。だめ、いけない、ああ　馬鹿ね！　だめよ、絶対だめ！　あんな状態にまた戻るの。思ってもごらん、夜になると毛深い汗まみれの身体がおまえの上にかぶさり、雌馬に乗るように馬乗りになるのよ。悪夢がおまえの記憶に恐怖とともに戻ってきた。世界中の富と引き換えにしたってだめだよ、フロリータ！　翌日、おまえは叔父にフランスへ帰りたいと伝えた。四月二十五日、エスクデロの驚きをよそにおまえはアレキーパに別れを告げた。イギリス人の商人たちのキャラバン隊を利用して、イスライへ向けて出発し、それからリマへ。リマからは二か月後にヨーロッパに向かう船に乗るつもりだった。

アレキーパで出会ったさまざまな人々の面影は、パン職人の詩人ジャン・ルブールの不快さを忘れさせてくれた。理解できない方言を話す人たちであふれている通りを、フローラはゆっくりとオテル・デュ・ガールに向かって戻った。ちょうど外国にいるような感じだった。この旅はパリの人たちが考えているのとはちがって、フランス語はすべてのフランス人が話す言葉には程遠いということをおまえに教えた。この町の角々では曲芸師、手品師、ピエロ、占い師があふれていたが、その数と同じほど通りで手を差し出し、小銭と引き換えに「おやさしい奥さまの魂のためにマリアさまに祈りを捧げます」と言う物乞いもいた。物を乞うことは、彼女を暗澹たる気持ちにさせる行為の一つだった。集会では物を乞う行為は、司祭の勧める慈悲を施すことと同様に、嫌悪感を抱かせる行為だと、いつも労働者たちに言い聞かせていた。施しを求める人を道徳的に貶めると同時に、ブルジョワ階級の人々に、自責の念に駆られることなく貧乏人に対する搾取を続けるための良心を授けているのだ。社会を変革しながら貧困と闘うべきで、施しでは解決できない。フローラの安らぎとやる気はそれほど長続きしなかった。ホテルへの帰り道、公営の洗濯場を通らねばならなかったからだ。そこはニームに到着した当日から呆然とさせられた場所だった。一八四四年、世界一文明化されていると自任する国において、あのような過酷な、非人間的な光景が見られるとは、しかも香部屋と敬虔な信者の町で、あんなひどい仕事を誰もやめさせようとしないなんて、どういうことなのだろう。

洗濯場は岩間を落ちてくる湧水が流れこむ溜池で、長さが六十フィートほど、幅が百フィートほどの広さがあった。町でたった一つの洗濯場だった。三百人から四百人の女たちがその中で水に浸かって、ニームの人々の衣服を洗ったり絞ったりしていた。女たちは洗い場の不合理な配置のせいで腰まで水に浸かりながら、バタンと呼ばれる洗濯板の上で衣類に石鹸をつけ、ゆすがなければならなかった。そのバタンというのが世界にもここだけの代物で、女たちが岸にしゃがめばよいように水に向かって傾斜しているのではなく、反対向きに取り付けられているため、洗濯女たちは水に浸からなければ利用できないのだった。哀れな女たちが皮膚には発疹やしみを作り、水にふやけ、醜い蛙のような身体になるようにバタンを配置するとは、なんと愚かで悪意に満ちた頭脳なのだろう。問題は、何時間も水の中に浸かっていなければならないことだけではなかった。この地方のショール産業の染色職人たちも利用するので、水は石鹸やカリウム、ナトリウム、ジャベル水、油脂の他、インディゴ、サフラン、茜のような染料も含んでいた。フローラは哀れな洗濯女たちと何度も話をした。女たちは十時間も十二時間も水の中にいて、リウマチを患ったり、子宮に炎症をおこしたり、流産をしたり難産だったりしたことをこぼしていた。洗濯場には人が絶えることがなかった。多くの洗濯女は夜に働くことを好んだ。その時間になるといい場所がとれるし、染色職人が減るからだった。最悪の状態に置かれているにもかかわらず、またフローラが彼女たちの境遇を改善するように努力すると説明しているのにもかかわらず、たった一人の洗濯女をも労働組合の集会に参加するよう説得することができなかった。彼女たちは警戒心が強い上に諦めていた。プランドゥー医師とド・カステルノー医師と何度か会ったので、そのときに一度、二人に洗濯場について話してみた。フローラがその労働条件を非人間的だと言うのを聞いて、二人とも驚いていた。どこでもあんなふうに洗濯しているのではないですか。なぜひどいと言うのか、彼らにはその理由がわからないようだった。当然のことながら、ニームの洗濯場がどんなものかを知ったあと、フローラは町に滞在しているあいだ、けっして衣類を洗濯に出すまいと決心した。ホテルで自分の手で洗うことにしよう。

オテル・デュ・ガールはドヌエル夫人の迎賓館とはちがったね、そうだろう、アンダルシア女。かつてのパリのオペラ歌手は、船が座礁してしまったのでリマに留まり、ホテルの主人になった。フローラはそこでペルーでの最後の二か月を過ごした。シャブリエ船長がフローラに勧めてくれたのだが、船長がフローラのことを話しておいてくれたので、ドヌエル夫人は彼女を丁重に迎えてくれた。フローラにとても居心地のいい部屋を提供してくれ、高級ホテルなのに手ごろな料金だった（ドン・ピオは帰りの船賃のほかに四百ペソを旅の費用としてプレゼントしてくれていた）。その八週間のあいだにドヌエル夫人は、迎賓館にトランプをしたりお喋りを楽しみにやってくる、厳選された社交界の人々をフローラに紹介してくれた。リマに住む裕福な家族の主な娯楽は、虚飾生活、社交、ダンス、昼食、正餐、上流社会の噂話だとフローラは気づいた。このペルーの首都はおかしな町だった。たった八万人の人口なのに、この上なくコスモポリタンな町なのだ。ゴミを捨てたり、便器の中身を空けたりするのに使われる用水路と交差している小さな街路では、カヤオ港に停泊する船のイギリス、北米、オランダ、フランス、ドイツ、アジアなど、世界中の国からやってきた乗組員たちが闊歩していた。フローラが、たくさんある修道院や植民地様式の教会を訪ねたり、優雅にドレスアップした人々の厳粛な気晴らしを真似て、マヨール広場をそぞろ歩きしようと出かけたりすると、まわりではパリの大通りにいるよりもたくさんの外国語を耳にするのだった。オレンジやバナナ、椰子の木の茂る果樹園に囲まれた平屋建てのゆったりした家々、涼をとるための広いテラス――この町ではまったく雨が降らなかった――、一軒の家に、一つは家の主人たちのために、もう一つは奴隷たちのためにと、二つの中庭があり、一年中灰色をしている空に挑戦するように、鐘楼が林立しているこの田舎風の小さな町の社会は、フローラが想像もできないほど社交好きで享楽的で官能的だった。

その二か月間は、ドヌエル夫人、そしてフローラ自身の親族と親しくなり（フローラはアレキーパから彼ら宛の手紙を持ってきた）、フローラは贅沢な晩餐を用意した豪邸へ招待されたりして忙しい日々を過ごした。彼女は劇場に行き、闘牛場に行き（忌まわしい闘牛の最中、一頭の牡牛が馬の腹を切り裂き、闘牛士を一人、その角で刺した）、闘鶏や、是非とも行かねばならないパセオ・デ・アグアスにも行った。そこはたくさんの家族が徒歩や馬車で出かけ、互いにちらちら見たり見られたりし、求愛したり、恋に落ちたり、気をもませたりする場所だった。アマンカエスの坂道、聖体行列、ミサ（結婚した女性たちは日曜日ごとに二つか三つのミサに出席する）、チョリージョスの海へ海水浴にも出かけた。宗教裁判所の牢獄をたずね、被告人から自白を引き出すために使われた恐ろしい拷問道具も見た。フローラはあらゆる人と知り合うことができた。共和国大統領のオルベゴーソ将軍にはじまり、人気者の将軍たち、サラベリー将軍のようにそのうちの何人かは、髭もまだ生え揃わぬほど若くて感じの良い美男子だったが、驚くほど無教養だった。知性あふれる名士、ルナ・ピサロ司祭は、フローラを開会中の国会に招いてくれた。

一番印象に残ったのはリマの上流階級の婦人たちだった。彼女たちは自分たちを取り巻く貧困に対して、まったく目も耳も持たないようだった。しゃがみ込んだまま身じろぎ一つせずに死を待っているかのような物乞いや裸足のインディオがあふれている通りで、何の頓着もなく優雅さと富をひけらかしていた。けれど彼女たちの謳歌していた自由ときたら！　フランスでは思いもよらないものだった。彼女たちはタパーダスと呼ばれるリマ特有の衣装を着ていたが、それはこの上なく巧妙かつ思わせぶりな服装で、サヤと呼ばれるぴったりしたスカートと、外套にも似たマントからなり、マントは肩、腕、頭を被い、繊細に身体の線をなぞり、片方の目だけを残して顔の四分の三ほどを隠している。そのように装った――もしくは変装した――リマの娘たちは皆が皆美人でミステリアスに見えて、しかも本来の姿は隠されて見えなかった。誰も――フローラが聞いた自慢話では夫をはじめとして――識別できなかったので、彼女たちは驚くべき大胆さを発揮した。彼女たちはよく一人で外出し――遠くから奴隷がついてきてはいたが――、誰だか識別できないのをいいことに、通りですれちがう知人たちを驚かせたり悪ふざけをしたりしてからかうのが好きだった。女性たちは皆煙草を吸い、ゲームではかなりの金額を賭けた。またいつも自分の魅力を振りまいてひけらかし、ときには紳士たちと羽目をはずすこともあった。ドヌエル夫人は秘密の恋愛、夫と妻のもつれた恋愛のごたごたについての話題をたっぷり持っていた。ときとしてスキャンダルが発覚した場合、ゆったりと流れるリマック川のほとりで、サーベルかピストルによる決闘で決着をつけるのが一般的だった。一人で出かけるうえに、リマの女性たちは年配の婦人も含めて、人目を気にせず堂々と、男装をして馬に乗り、ギターをかき鳴らし、歌も歌えば、踊りも踊った。ここの女性たちは解放されている、とフローラは思ったが、集まりや夜会の席で期待に目を輝かせ、嬉々として口を開けた女性たちに取り囲まれ「パリジェンヌがやっているとんでもない行状」を話すように迫られて困ったりした。リマの女性たちはサテンの室内履きに病的なほど凝っていて、大胆な形のものやあらゆる色のものを揃えていたが、これは男たちの目を引くためのちょっとした工夫の一つであった。そのような室内履きの一つをおまえはプレゼントしてもらったが、何年かあとになって、おまえはそれを愛の証としてオランピアにプレゼントしたね、フロリータ。

フローラがリマにやってきて四週間経ったころ、ドヌエル夫人のホテルにベルナルド・エスクデロ大佐が現れた。アレキーパで囚われの身となり、カヤオ港からチリに向けて亡命するための船を待っている女元帥のお供で、たまたま首都にやってきたのだった。チリでも当然、このスペイン人の軍人が彼女に付き添うことになっていた。夫のガマラ将軍はオルベゴーソに対する謀反の企てが――まさにアレキーパで――ひどく無念な形で終わったあと、ボリビアに逃げていた。女元帥とガマラは、フローラがアレキーパを出て数日後に、例のどたばた喜劇のようにしてサン・ロマン将軍が二人のために征服した町へやってきた。ガマラ軍は住民の強制取立金を何倍にも増やして、アレキーパの住民を激怒させた。そこでロバトン上級曹長率いるガマラ軍の二個大隊が、ガマラの軍に対し反乱を起こして、オルベゴーソにつくことを決意した。彼らは司令部を占拠し、旧敵である憲法の下に選出された大統領を激励した。アレキーパの住民は銃声を聞くと、起こっていることを勘違いしてしまい、もう占領にはうんざりしていたので、石、包丁、猟銃を持って武装し、いまだガマラ軍と思い込んでいる反乱軍に襲いかかった。誤りに気づいたときにはもう遅かった。ロバトン上級曹長と主だった協力者たちをリンチにかけてしまっていた。すると住民たちの怒りはさらに激しくなり、住民の猛攻を前にして分裂して混乱に陥っているガマラとサン・ロマンの軍隊を攻撃しはじめた。兵隊たちは敵側についたり、逃げ出したりした。ガマラ将軍は女装して数人のお供の者に囲まれて逃げ、ボリビアへ亡命した。女元帥を、怒り狂った大衆がリンチにかけようと探していたが、彼女は宿泊していた家の屋根伝いに隣の家に飛び降りたものの、数時間後、そこでオルベゴーソの正規軍によって捕われた。いつも最新の政治状況をつかむのが巧みで機敏なドン・ピオ・トリスタンは、今度はアレキーパの政府暫定委員会の長となり、自分はオルベゴーソ派であると宣言して、町を憲法によって選ばれた大統領の指揮下においた。この委員会が女元帥の追放を決定し、同時にそのことはリマの政府によって承認された。

フロリータは彼女に会わせてくれるよう、ベルナルド・エスクデロに頼んだ。フローラは彼女の牢獄として使われているイギリス船、ウイリアム・ラソン号の舷側で、ドニャ・パンチャと会った。敗北した彼女は今にも死んでしまいそうな様子だったが（その数か月後に死亡した）、この中肉中背でがっちりした身体つきの、くしゃくしゃの髪に燃えるような目をした女性の威厳に満ちた挑戦的な眼差しを見て、その人格の強さを感じることができただけで、フローラは満足だった。

「わたしが野蛮で残酷で恐ろしい、子供を生きたまま食べてしまうドニャ・パンチャだよ」と彼女は無愛想なガラガラ声でフローラに冗談を言った。ドニャ・パンチャはこれ見よがしのエレガントな洋服を着ていて、すべての指に指輪をはめ、ダイヤモンドのイヤリングをつけて、真珠の首飾りをしていた。「リマでは家族がこのようにしろって注文をつけるもんだから、喜ばせようとしてやっているだけよ。本当を言うとね、わたしはブーツを履いて、軍服を着て、ズボンで馬に跨っていたほうがほっとするんだけど」

甲板で打ちとけあって話をしていたら、突然、ドニャ・パンチャが真っ青になった。手や口、肩が震え始めた。目の玉がひっくり返って、唇の端から白い泡がのぞいた。エスクデロと付き添いの女性たちは、彼女を抱えて船室に運び込まなければならなかった。

「アレキーパでの敗北以来、毎日のように発作が続いているのですよ」とエスクデロがその夜、話してくれた。「しばしば日に何回もね。あなたともっと話がしたかったと残念がっていました。明日、また船にご招待するようにと言っていましたけれども」

フローラはまた訪ねて行ったが、会ったのは、血の気のうせた唇に落ち窪んだ目、震える手をした、幽霊のようにすっかり老けこんでしまった女だった。たった一晩のうちに何年分もの年をとってしまったようだ。話をするのも大儀そうだった。

けれど、これがリマにおける最後の思い出ではなかった。首都から十キロほど離れた場所にある、このあたりでは一番大きく一番収穫のあるラバジェ大農園を訪ねたのだ。持ち主のラバジェ氏はとても上品で洗練された男性で、フローラに流暢なフランス語で話をした。彼はサトウキビ畑、サトウキビを圧搾する水車、糖蜜から砂糖を取り出すための蒸留釜を一とおり案内してくれた。フローラはなんとか彼に奴隷について話をしてもらいたいと仕向けた。帰るころになって、ラバジェ氏はその話題に触れた。

「奴隷の不足は農園経営者にとって破滅を意味します」と彼は嘆いた。「たとえば私がこれまでずっと千五百人の奴隷を所有してきて、現在九百人しか所有していないと想像してみてください。奴らは不潔で不注意で怠慢で、野蛮な習慣からあらゆる種類の病気にかかり、蠅のように死んでしまうのです」

フローラはたぶん彼らの強いられている悲惨な生活状態と、まったく教育を受けていないことから来る無知が、奴隷たちの病気にかかりやすい原因だと思いますがと、遠回しに思い切って言ってみた。

「あなたは黒人というものを知らないのですよ」とラバジェ氏は反論した。「自分の子供たちを怠慢から死なせるような者たちですよ。とんでもなく怠慢なのです。インディオたちよりもっと悪い。鞭を使わなければ彼らは何もしないのですから」

フローラはもう我慢ができなかった。奴隷制度は人間性から逸脱しており、文明に対する犯罪である、だから、遅かれ早かれペルーでもフランスと同様に廃止されるだろうと、彼女は語気を強めて言った。

ラバジェ氏は、フローラの傍に誰か別な人間がいるのではないかというふうに当惑しながら、しばらくの間じっと彼女を見つめていた。

「昔フランス植民地だったサント・ドミンゴで奴隷を解放したあと、どんなことが繰り広げられたかご存じですか」と、彼はついに不快そうに反論した。「まったくの無秩序状態で野蛮人に戻ってしまいましたよ。あそこでは黒人同士で共食いしているのです」

そしてそのような者たちが最終的に行きつくところを見せるために、フローラを大農園の土牢に連れて行った。床に藁が敷いてある薄暗い独房の一つに——何か獣のねぐらのように見えた——二人の黒人の少女が丸裸で壁に鎖で繋がれていた。

「なぜここに入れられていると思いますか」とやや勝ち誇ったような口調で彼は言った。「ここにいる怪物たちは、生まれたばかりの自分の娘たちを殺したのです」

「とてもよくわかりましたわ」とフローラは答えた。「わたしが彼女たちの立場だったら、同じように自分の娘に情けを尽くしたでしょうね。たとえ死んでしまうとしても、奴隷としての生き地獄から娘を解放しますよ」

そこから、おまえははじめたのだよね、フロリータ。リマの郊外のサトウキビ大農園から、このフランスかぶれのリマの紳士、奴隷制擁護論者で封建主義者の面前から、おまえの煽動者、反逆者としての経歴を。どちらにしてもあの遠いペルーへの旅に出なければ、あの地に生活した経験がなければ、今のおまえにはならなかっただろう。今のおまえは何だろうね、アンダルシア女。自由な女、そのとおり。けれどおまえは、一貫して成功することのない革命家だったね。少なくともここニーム、香煙が染み付いた修道服に包まれた町では。八月十七日、モンペリエに出発した日、おまえの滞在中の集計を出してみると、これ以上ありえないほどひどい結果だった。『労働者の団結』はたった六十冊しか売れなかった。持参した残りの百部はプランドゥー医師の許に置いてこなければならなかった。しかも委員会を設置できなかった。彼女は四つの会合を持ったのに、出席者は誰一人として労働組合のために働く意思を示してくれなかった。当然、出発の朝、駅に見送りにきてくれた人もいなかった。

けれども数日後、モンペリエに着いたあとだったが、オテル・デュ・ガールの支配人から届いた突然の書簡によると、すべてが終了してから、ニームにおけるフローラの活動に関心を示した人がいたそうだ。幸いなことに、彼女が町を出たあとだった。ニーム警察署長が二人の憲兵を伴い、ニーム市長によって署名された令状を持参してホテルにやってきた。その令状には「ニームの労働者に賃上げ要求をそそのかしたことにより」

フローラに町からの即刻退去を命ずる旨、明記されていた。

　その知らせにフローラは大笑いをし、残りの一日を機嫌よく過ごした。おや、おや。じゃあ、おまえはまったくだめな革命家でもないかもしれないね、フロリータ。

16　愉しみの家——アトゥオナ、ヒヴァ・オア島、一九〇二年七月

一九〇一年九月十六日の明け方、南十字星号がヒヴァ・オア島のアトゥオナの正面に碇を下ろしたとき、ポールは船のブリッジから、小さな港で乗客を待っている小さな集団——白い制服姿の憲兵、長い修道服を着て麦藁帽子を被った宣教師たち、半裸の先住民の子供たちの一群——を遠くに見て、ひどく幸せな気分になった。マルキーズ諸島行きの夢がとうとう現実となったことと、タヒチから六泊六日かかった汚くて窒息しそうなひどい船旅がここで終わりになったからだった。船ではしじゅう蟻やゴキブリを殺したり、食べ物を探して船室をうろつくネズミを追い払っていて、ほとんど一睡もできなかった。

アトゥオナのちっぽけな町——樹木の繁った丘と緑に覆われた険しい二つの山とに囲まれて、約千人が定住していた——に上陸するやいなや、まさにその埠頭で、ポールは正真正銘の王子と知り合いになった。それはアンナン人のキイ・ドンで、その名前は、自国ヴェトナムでフランス植民地行政府の仕事を辞めて政治活動に、テロ活動も含んだ反植民地闘争に身を投じたときについた通称だった。サイゴンの裁判所が彼を破壊活動

分子として裁き、遠く離れたギアナの悪魔島での終身刑を言い渡したというのは、少なくともそういう理由からだった。キイ・ドンと名のる以前は、グエン・ファン・カム王子としてサイゴンとアルジェリアで文学と科学を学んでいた。アルジェリアからヴェトナムに戻り、官僚としての素晴らしい経歴を積んでいたが、フランスの支配と戦うために職を辞した。どのような経緯でアトゥオナにやってきたのだろうか。「レ・ゲープ」で腹黒い獣として槍玉に挙げられていた、前総督ギュスターヴ・ガレのお陰だった。ガレは、そのアンナン人の刑執行のために悪魔島へ送り届ける船がパペエテに寄港したとき、彼と知り合ったのだ。キイ・ドンの教養や知性、洗練された物腰に感銘を受けたガレは、彼の生命を救った。彼をアトゥオナ医療機関の看護人として任命したのである。それが三年前のことだった。アンナン人は東洋哲学をもって自分の運命を受け入れていた。ギアナの地獄に運ばれることでもない限り、ここからは二度と出られないだろうと、彼にはわかっていた。彼はヒヴァ・オアのマルキーズ女と結婚していた。マオリ語を流暢に話し、皆とうまくやっていた。小柄で思慮深く、生まれつき過剰なほどの優雅さを備え、看護人の役目を完璧に遂行し、無教養な人たちの住むこの辺境の地で、自分の知的好奇心と感受性を失わないように精一杯の努力をしていた。

彼はパペエテから着いたばかりの男が芸術家だと知っており、ゴーギャン氏が最期の地と定めた（「無謀にも」と彼は言った）この土地について、必要な知識を提供したい、またここに住むためのお手伝いをしたい、と申し出た。彼の友情と助言はポールにとって計り知れないほど貴重なものであった。キイはポールを港から、彼の友人で部屋を貸してくれる中国系マオリ人、マティカナの小屋に連れていってくれた。その小屋は雑草の生い繁ったアトゥオナ唯一の通りの行き止まりにあった。キイはコケが土地を手に入れて家を建てるまで、長持とトランクを自分の家で預かってくれた。またアトゥオナでそれ以降、友人となるような人々を紹介してくれた。アメリカ人ベン・ヴァーニーはかつては捕鯨船員だったが、酔っ払ってヒヴァ・オアに置き去りにされてしまい、今では雑貨店を経営していた。またブルターニュ出身のエミール・フレボーは農民で商人で漁師であり、また根っからのチェス愛好家でもあった。

森に囲まれた小さな場所で土地を買うのはかなり難しかった。限られた土地はすべてカトリック布教団と、独裁的で頑固で恐ろしいジョゼフ・マルタン司教の所有で、彼は住民を壊滅状態に追いこんだアルコールの害から先住民を救済するために総力をあげた戦いを行なっており、道徳的にいかがわしい他所者には決して土地を売らないだろうと思われた。

キイ・ドン——その博識ぶりや気持ちのよい人柄、崇高な精神から素晴らしい友人となった——が考案した計略に従って、ポールはアトゥオナに到着した翌日から、毎日ミサに出席するカトリック教徒となった。教会ではいつも最前列に坐って熱心に祈り、懺悔をし、しばしば聖体拝領を受けた。午後にロザリオの祈りに出席することもあった。ヒヴァ・オアに到着した当初の彼の信仰心とその振る舞いの正しさは、立派な人間であると司教を納得させた。ジョゼフ・マルタン猊下は、後に苦々しい思いで嘆くことになるのだが、アトゥオナの町の周辺の美しい土地をまずまずの値段でポールに売ることに同意した。そこはトレートル（裏切り者）湾（この湾の名をマルキーズの人々は嫌がっていたが、浜辺と埠頭を指すために相変わらず使われていた）を背にしていて、前方にテメティウとフェアニの二つの壮大な山がそそり立っていた。傍らには島の滝を源とする二十ほどある小川のうちの一つ、マケ・マケ川が流れていた。初めてその偉大な景色に立ち合ったときから、ポールはフィンセントを思い浮かべた。ああ、神様、ここでした。コケよ、ここだったのだ。これこそアルルで狂ったオランダ人が夢見ていた場所なのだ。一八八八年、共同生活をしていたあの秋、ずっとフィンセントは話しつづけていた。隔絶された熱帯の未開の地におまえを指導者とした「南のアトリエ」を創設したい。そこでは何もかもが全員の物で、堕落の源である貨幣は廃止される。自由と美のみを尊重する環境の中で、兄弟愛によって結ばれた芸術家集団が、不滅の芸術を創造することに専念しながら生活する。キャンヴァスや彫刻の活力は幾世紀ものあいだ持ちこたえるだろう。今、コケがくらくらしながら見つめているこのブーゲンビリア、シダ、アカシア、ココ椰子、蔓性植物、パンの木や、プロヴァンスよりさらに白いこの光を見たら、おまえは興奮のあまりどんな叫び声を上げるだろうか、フィンセント。

司教との間に作成した売買契約書に署名を終えて土地の所有者になると、すぐにポールはミサもロザリオの祈りも忘れてしまい、進行する病状——脚と背中の痛み、歩行困難、日々悪化していく視力と呼吸を止めてしまう動悸――と戦いながら、身も心も「愉しみの家」の建設に傾けた。この家の名前は十五年前の夢物語の産物で、アルルで狂ったオランダ人と「南のアトリエ」に思いを馳せながら名づけたものだった。一緒になってポールに力を貸して働いてくれたのはキイ・ドン、エミール・フレボー、これから隣人となるティオカという名の白い髭を生やした先住民、そして島の憲兵のデジレ・シャルピエまでが手伝ってくれたが、彼はコケと素晴らしく気の合う友人となった。

「愉しみの家」は六週間でできあがった。木とゴザや藁を編んだもので建てられていて、マタイエアやプナアウイアの家のように二階建てだった。一階の中央には食堂があり、その両側には対称的に二部屋が作られ、一つは台所、もう一つは彫刻用アトリエだった。食堂は、両脇の部屋に面していない側には壁がなく戸外に開放されていた。上の階には円錐状の屋根の下に、絵を描くためのアトリエと小さな寝室、洗面所があった。ポールは入口に飾るための木彫りパネルを作り、「愉しみの家」と名前を入れ、その両側に垂直に置く長い二つのパネルには、官能的なポーズをとる裸の女性像、様式化された動物と植物、それに、ヒヴァ・オアのカトリック教団（多数の）にも、また少数のプロテスタント教団にも動揺を引き起こした祈願の言葉「神秘的な女であれ」と「恋する女であれ。そうすればおまえたちは幸福になれる」を彫った。ポールが大胆にも自分の家をそのような卑猥な言葉で飾ったことを知って以来、ジョゼフ・マルタン猊下はポールの敵になってしまった。さらに司教は、ハーモニウムやギター、マンドリンの他に、髪を振り乱しながらセックスしている四十五枚のポルノ写真がアトリエの壁に飾ってあるのを知ると、日曜日の説教の一つで、マルキーズ諸島の人々が避けるべき悪魔の存在のようなものとしてポールを糾弾した。

ポールは司教の癇癪を笑っていたが、アンナンの王子は、マルタン猊下を敵に回すと問題を生じる、なぜならば彼は怒りっぽく、しかも執拗で影響力のある人間だから、と警告した。コケがアトゥオナで唯一の雑貨店、ベン・ヴァーニーの店で購入した食べ物や飲み物を十分蓄えていたので、皆は毎日午後になると「愉しみの家」に集まった。半分中国人の血が混ざったコックのカフイとマオリ人の庭師マタハバの二人を雇い、庭師には、プナアウイアでしたように、ここにもひまわりを栽培しようとして必要な指示を与えた。そのひまわりは「愉しみの家」の庭をにぎわすようになった。狂ったオランダ人の思い出は、アトゥオナで暮らしはじめて数か月、ほとんど一瞬たりともおまえから離れることがなかった。どうしてだろうか、コケ。ほぼ十五年のあいだは、おまえの記憶から彼をきれいに消し去ることができていた。疑いなく幸運なことだった。なぜならフィンセントの思い出はおまえを落ち着かない気持ちにさせ、苦しめ、おまえの仕事をだめにしてしまったかもしれないから。けれどもここ、マルキーズ諸島では、おまえもあまり絵を描かなくなっていたから、あるいは疲れていたし病気でもあったから、心遣いの細やかさと狂気を伴った、人の善いフィンセント、かわいそうなフィンセント、我慢のならないフィンセントのイメージが絶えずおまえの意識になだれこんでくるのを阻む手立てがなかった。プロヴァンスで八週間に及ぶ困難な共同生活をしたときの数々の出来事、逸話、論争、憧れ、夢は、あれから十五年を経て、数日前の出来事さえすっかり忘れがちな現在の記憶状況でも、ポールは鮮やかに思い出すことができた（例えばおまえは、ベン・ヴァーニーに同じ週に二度も、ベンが酔っ払ったあとでトレートル湾で目を覚ますと、自分の捕鯨船が出発してしまい、一セントも持たず、身分証明書もなく、フランス語もマルキーズ語も話せないまま取り残された話を、繰り返し話させていた）。

今、おまえは狂ったオランダ人を不憫に思い、慈しみの気持ちさえ持つようになった。しかし、一八八八年十月、兄の呼びかけに応じるようにとのテオ・ファン・ゴッホの勧告と圧力を受け入れて、おまえは彼と生活を共にするためにアルルに行き、彼を嫌うようになってしまった。かわいそうなフィンセント！　おまえの来訪を待ちわび、おまえと彼が芸術家の共同体——真の僧院、小さなエデンの園——の開拓者になることを夢想していたのに、その計画の失敗が彼の精神の健康を破壊して気を狂わせ、殺してしまった。

ポールが彼の生涯で経験した悪夢のような旅行の中では、ブルターニュのポン＝タヴェンからプロヴァンスのアルルまで、六回も汽車を乗り換えたあの十五時間が抜きん出ていた。ポン＝タヴェンをあとにする時は後ろ髪を引かれる思いだった。そこにはポールのことを師と仰ぐ友人の画家仲間がたくさんいた、とりわけエミール・ベルナールとその妹の優しいマドレーヌが。一八八八年十月二十三日の明け方の五時、ぐったり疲れてアルルの駅に着いた。そんな早い時間にフィンセントを起こしては悪いと思って、近くの小さなカフェに身を寄せた。驚いたことにポールが入るのを見ただけで店主は彼だとわかった。「ああ、フィンセントのお友達の画家の方ですよね！」狂ったオランダ人が、ポールの送った『レ・ミゼラブル』の主人公ジャン・ヴァルジャンに扮している自画像を店主に見せていたのだった。カフェの店主はポールのトランクや荷物を担いで手伝いながら、市を取り囲む城壁の外側にあるラマルティーヌ広場までついてきてくれた。ラマルティーヌ広場はカヴァルリ門の近くにあり、その門は旧市街へと続くいくつかある門のうちのひとつで、ローマ時代の円形闘技場や古代劇場からも遠くなかった。ロダノ川の川べりにもっとも近いラマルティーヌ広場の角に、狂ったオランダ人がおまえを迎えるために数か月前に借りた「黄色い家」があった。フィンセントは、ポールが気に入るように、新しい家で絵を描きたい気分になるようにと細部にいたるまで気を配りながら、夢中になって昼も夜も働いて、その家にペンキを塗り、家具を入れ、飾り付けをし、壁を絵で埋めていた。

けれどもおまえには「黄色い家」は居心地がよくなかったね、ポール。というよりも、視線を移すとどこからも攻撃的に襲ってくる、まぶしくてくらくらする色彩の洪水に気分が悪くなった。またフィンセントが心遣いをしながら、またへつらいながらおまえを迎え、おまえにいい印象を与えようとして、「黄色い家」で彼がやったことを誇示しながら案内し、それらがおまえに気に入ってもらえたかどうかを知ろうとやきもきしているのも、居心地が悪かった。実際、その家はおまえに警戒心を抱かせ、なにか圧迫感を与えた。フィンセントは過剰ともいえるほど愛情にあふれ、親切だったので、おまえはその最初の日から、この手の人間はおまえの自由を束縛することになるのではないか、そして自分の生活というものがなくなってしまうのではないか、フィンセントがおまえのプライバシーに入り込んできて、愛情いっぱいの看守人となるのではないか、と感じはじめていた。おまえのように自由な人間にとって、この「黄色い家」は監獄となる可能性があった。

けれども、今、距離を置いて、壮大な眺めが広がっている「愉しみの家」で思い返してみると、激しやすく子供っぽくて、病人が命を救ってくれる医師に頼るように、おまえに頼りきっていた、その狂ったオランダ人は無防備なほどお人好しで、このうえなく寛容だった。人を妬まず、恨みもせず、謙虚に身も心も芸術に捧げて物乞いのような生活をしながら、そのことをまったく気にかけていなかった。極度に感じやすく、妄想に取りつかれていたフィンセントは、あらゆる形の幸せから遠ざけられていたようにポールには思えた。彼は漂流者が板切れにつかまるようにおまえにしがみつき、ジャングルの中で生き延びる方法を教えてくれる賢者か猛者のようにおまえを信じ切っていた。それほど大きな責任をおまえに課したのだよ、ポール。フィンセントは、芸術にも、色彩にも、絵にも精通していたが、人生については何もわかっていなかった。だから彼はいつも不幸だったのだ。だから狂って、三十七歳の若さで腹にピストルの弾を撃ち込んで死んでしまったのだ。それなのに軽薄な奴らが、パリの暇人どもらが、フィンセントの悲劇をおまえのせいにするなんて、なんて不当なことだろう。アルルで共同生活をしていた二か月のあいだにも、おまえはもう少しで気が狂ってしまいそうだったし、そのうえ、オランダ人画家によって殺されそうだったのに。

「黄色い家」では最初からすべてがうまくいかなかった。まず、ポールは散らかっているのを我慢できなかったが、フィンセントにとってそれは当たり前の状態だった。二人は仕事もきっちり分担した。ポールが料理をし、オランダ人が買い物をした。掃除については ある日一方が掃除をしたら、次の日は他方が行なった。本当のところは、ポールが片付けて、フィンセントが散らかした。最初の不和の原因は費用を入れる籠だった。将来、遠い異国に設立しようとしていた芸術家の共同体「南のアトリエ」に取り入れようと考えていた共同所有の試みとして、パリからテオ・ファン・ゴッホが送ってくる金を入れておく共同の財布を作った。小さなノートと鉛筆が備えてあり、各自そこから取った金額を書き込むことになっていた。ポールはとうとう抗議の声を上げた。フィンセントが大きな出費をしていたからだが、とりわけ、婉曲的に書いている「衛生活動費」、つまりラシェルとやることについてだった。ラシェルは若い、糸のように痩せた売春婦だった。「黄色い家」からさほど遠くない、ラマルティーヌ広場を起点とするいくつかの狭い通りの一つで、ヴィルジニー夫人が営んでいる売春宿におり、フィンセントがいつも寝ている女だった。

アルルの赤線地帯は口論のもう一つの原因だった。ポールはフィンセントが売春婦とだけセックスをしているのを非難していた。一方、ポールは金を払ってやるよりも女たちを口説くのが好きだった。彼にとってはアルルの女たちはかなり簡単で、彼女たちはポールのスマートさや話しぶりや自由奔放さに魅了された。ポールが来るまでは、月に数回ヴィルジニー夫人のところへ行くだけだったのに、今では週に二度も通っているとフィンセントは言った。ここのところの性的興奮に彼は苦しんでいた。彼は「姦淫すること」（ルーテル派の元説教師はこの言葉を使っていた）に用いるエネルギーは、芸術家としての仕事に向かうエネルギーを減少させていると思い込んでいた。元牧師の清教徒的偏見をポールはからかった。彼にとっては反対に、ペニスが満足していなければ、絵筆を取る勢いがまったくなかった。

「ちがう、ちがう」激昂しながら、狂ったオランダ人は言った。「俺の傑作はセックスを完全に断っているとき描いたんだよ。精液で描いた作品だ。そのセックス・エネルギーを、女にじゃなくてキャンヴァスにぶちまけたんだよ」

「馬鹿なこと言うなよ、フィンセント。それなら、俺にはあり余るほどのセックス・エネルギーがあるってことじゃないか。絵にも女にも回せるだけのよ」

一致することよりも意見の異なることのほうが多かった。けれども彼がときとして、物質文明とは無縁の、世間から遠く離れた未開の国に逃れて、隠し立てのない兄弟愛に浸り、身も心も絵画に捧げながら暮らせる修道士的な芸術家共同体のことを純粋な期待を込めて語るのを聞くと、おまえは友の夢に従ってしまうのだった。それは確かに心が躍ることだった！　理想あるいは貴婦人のために戦いに身を捧げる中世の騎士のように、芸術に身を捧げる純粋な芸術家、創作家、夢追い人、世俗の聖人の小さな集団を創設するというオランダ人のその切なる願いには、美しく高貴で利害を顧みない寛容なものがあった。それはもしかすると、人類の不幸を終わらせるために革命の支持者を募ろうと、フランス中を死にかけの状態で駆け巡っていたときにおまえ自身の祖母が夢見ていたものと、それほどちがっていなかったかもしれなかった。祖母のフローラと狂ったオランダ人なら、お互いをわかり合えたかもしれないね、コケ。

その「南のアトリエ」についてさえも二人の意見は対立した。ある夜、対称形に作られたフォーロム広場にあるカフェで、夕食後いつものようにアブサンを飲んでいたとき、フィンセントはスーラを芸術家共同体の構成員にしようと、ポールに提案した。「あの点々の製造者を創造者と見なそうってのか」とポールは叫んだ。「だめだ」今度は点描家の代わりにピュヴィス・ド・シャヴァンヌを入れたらどうかとポールが言うと、フィンセントはポールがスーラを嫌うのと同じくらい、シャヴァンヌを嫌うのだった。口論は夜明けまで続いた。おまえは言い争ってもすぐに忘れるたちだったね、ポール。けれどもフィンセントはそうではなかった。彼はいつまでも青ざめたままでひどく不安そうで、何日もそのことについてぶつぶつ文句を言っていた。狂ったオランダ人にとって重要でない、どうでもいいものは何ひとつなかった。すべてが生存の神経中枢に触れ、神、生、死、狂気、芸術など大きな課題に結びつけられていた。

おまえが狂ったオランダ人に感謝しなければならないとしたら、彼が初めて、おまえの関心をポリネシアへ向けてくれたことだ。彼が手に入れ、気に入っていた小説、フランス商船の高級船員ピエール・ロティの『ロティの結婚』のおかげだった。その小説はタヒチが舞台で、そこでは美しく肥沃な自然の中、人々は自由で健全で、偏見も悪意もなく、自然のまま本能のまま快楽に身を委ねながら暮らしていて、野性的な情熱と活力に満ちた、消滅する前の地上の楽園だった。人生に矛盾なんてよくあることだよ、ちがうかね、コケ。文明が西洋社会から取り除いてしまった根源的、宗教的な力を求めて、金銭が支配する頽廃したヨーロッパから、エキゾティックな世界へ逃れることを夢見ていたのは、フィンセントだった。けれども彼はヨーロッパの監獄から逃げ出すことはできなかった。それに対して、おまえはタヒチに行ったし、今はマルキーズ諸島までやってきて、狂ったオランダ人が夢見たものを現実にしようとしていた。

「喜んでくれよ。おまえの夢を叶えてやったよ、フィンセント」とコケは声を張り上げて叫んだ。「ほら、ここに『愉しみの家』ができたよ。おまえはアルルで俺の人生をひどく狂わせやがったが、憧れのオルガスムスの家だ。俺たちが考えていたようなものにはならなかったけどね。おい、わかったか、フィンセント」

周囲には誰もいなくて、誰もおまえに応えてくれなかった。最近完成したアトゥオナの家で飼いはじめたばかりの猫と犬だけがそこにいて、おまえが空間に向かって放った叫び声の意味がわかっているかのように、おまえをじっと見つめていた。その声は間違いなく、ヒヴァ・オアの森の中にたくさんいる野生の鶏や猫や馬を驚かせはしただろうが。

アルルでは宗教についてずいぶん話をし、論議を交わした。フィンセントが受けたようなプロテスタントの清教徒の教育と、一八五四年から一八六四年までの十年間、デュパンルー司教による精神指導の下、オルレアンの近くのサン＝メスマン教会の小さな神学校でおまえが受けたカトリックの教育とでは、どれほど異なっていたことだろうか。人生に立ち向かうにはどちらがいいだろうね、コケ。フィンセントの受けた教育は、より激しく、より禁欲的で、より厳格で、より冷たく、より正直であると同時により非人間的だった。カトリックの教えはより破廉恥で、堕落しやすい人間の本性とより妥協して、文化的芸術的見地からはより贅沢で創造的で、おそらくより人間的でより現実的で、実現可能な生活に近かった。あの冷たい北西の風の吹いていた雨の夜に、「黄色い家」に閉じこもっていたとき、狂ったオランダ人が芸術家としてのキリストについて話し出したことを覚えているか。おまえはまったく口を差し挟めなかったな、ポール。キリストは芸術家の中でも一番偉大な芸術家だと、フィンセントは言っていた。けれども、キリストは大理石も粘土も絵画も蔑み、人間の生きた肉体を作品として細工することを選んだ。キリストは彫像も絵画作品も詩も作らなかった。キリストは不滅の人間を作り、道具類を創造し、そのおかげで男と女は、その人生を完璧で美しい芸術作品にすることができるようになった。長いあいだ、アブサンをちびちび飲みながら、フィンセントはときにはおまえの理解を超えるようなことを話した。けれども、夜明けにフィンセントが、目に涙をためてうめくようにして言った言葉を、おまえは理解したし、けっして忘れはしなかった。

「自分の絵が人々に精神的な慰めを与えられたら、と俺は思っているんだよ、ポール。キリストの言葉が人々に慰めを与えたようにな。古典絵画では『光輪』は永遠を意味していた。その『光輪』とは今、俺が絵の中で色彩の放射と振動とで取り戻そうとしているものなんだ」

ポール、おまえには彼の絵で使われている色彩が暴力的で度を越していると思えて、その花火のような目をくらませる光景が好きではなかったが、それからは、以前よりも敬意を払っていたね。狂ったオランダ人には、おまえの背筋を時にぞくっとさせるような殉教者のような資質があった。

あまり具合はよくなかったが、アトゥオナに移住したことや、「愉しみの家」の建設、新しい友人たちがコケを元気づけてくれた。新しい家での最初の数週間はいろいろ計画を立てて満足していた。けれども次第にマルキーズが、かつて楽園だったこともあっただろうがもはやそうではないことを、いやいやながらも認めざるをえなくなっていった。ここもタヒチと同じだった。マルキーズの女たちは確かにとても美人だったし、タヒチの女たちよりはるかに美しかった。少なくとも彼にはそのように思えた。キイ・ドンも、憲兵のデジレ・シャルピエも、エミール・フレボーも、隣人のティオカも、こう言って笑った。ポルノ写真――彼のコレクションは全ヒヴァ・オアで有名になっていた――を見せてほしいと、「愉しみの家」にやってくるマルキーズの女たちに、ポールは破廉恥にも夫たちの目前で写真のような恰好をさせたり、撫で回したりしているが、その女たちの大半は、彼が思っているほど若くも魅力的でもなく、むしろ年とった醜女で、先住民に被害をもたらしている象皮病やハンセン病や梅毒に冒されていて顔も身体も醜い、ポールは目が悪いから騙されているのだと。ふん、そんなことどうでもいいよね。知らぬが仏だよ。おまえの目が日に日に悪くなっているのは本当だった。しかし本物の芸術家は外の世界にモデルを探さずに、記憶の中に、おまえの目よりもよい状態にある知覚でもってじっと見つめることのできる、自分だけの神秘的な世界に探すものだという説を、おまえはかなり前から支持していたではないか。おまえの説が確かなことを実証するときだぞ、コケ。

これは彼の地アルルでフィンセントとのあいだに不快な議論を起こした原因だった。狂ったオランダ人は写実主義の画家を自称しており、画家は戸外に出て、自然にインスピレーションを得るために、その中でイーゼルを構えるべきだと考えていた。プロヴァンスにおける最初の数週間は穏やかに暮らそうと、ポールは愛想よくしていた。二人の友人はイーゼルやパレットに絵の具を持って、朝も昼もアルルのローマ植民地時代の立派な初期キリスト教徒の墓地跡、アリスカンへ行き、ざわめくポプラの木々に護られながら、小さな聖オノラ教会まで続く壮大な墓と石棺の街路を何枚も絵に描いた。けれども、それほど経たないうちに、雨と北西の強風が戸外で描くことを不可能にしてしまい、二人はポールが望んだように、自然界の代わりに記憶と想像の中に題材を探しながら、「黄色い家」に閉じこもって絵を描かねばならなかった。

おまえにとって一番残念だったのは、少なくともマルキーズ諸島のこの島では人食いの痕跡が残っていないということを受け入れなければならないことだった。その習慣は──おまえの話を聞くと、新しい友人たちはぞっとしたようにしながら、頭を掻いていたが──、おまえにとっては野蛮なことでも、非難されるようなことでもなく、体制順応主義や頽廃に汚染されていない男性的で自然で、自己の再生を絶え間なく目指している、熱情あふれる若くて創造的な文明の印であった。アトゥオナでは、この島でも他の島々でも、マルキーズ人がいまだに人肉を食べているなんて誰も信じていなかった。ずっと昔には確かに行なっていたかもしれないが、今はやっていない。隣人のティオカがきっぱりと断言したし、ポールが訊いたすべての先住民もそれを確言した。その中に、赤毛の者が大勢いるタウアタ島出の夫婦がいた。ハアプアニ──魔法使いと呼ばれている──の妻トホタウアも赤毛だった。トホタウアの長い髪の毛は背から腰までかかっていて、日差しが強くなるとピンク色に輝いた。トホタウアはアトゥオナでのお気に入りのモデルになった。三か月後にヒヴァ・オア島でのおまえの妻となったヴァエオホという名の十四歳の少女──おまえの大好きな年齢だね、コケ──よりずっと気に入っていた。

ヴァエオホを手に入れるために彼は島の内部、ハナウペの谷へ旅しなければならなかった。その旅が、身体を病んだコケにとってヒヴァ・オアでできた唯一の旅だった。島の習慣を熟知しているキイ・ドンと、完璧に二か国語を話すティオカが同行してくれた。蜜蜂と蚊がひしめいている湿気の多い草木の密生した森の中を、馬の背にまたがって行った十キロの危険の多い旅は、ポールの体中の皮膚をひどく腫れ上がらせてしまい、衰弱させてしまった。少女はヘケアニという小さな先住民の集落の長の娘で、首長との交渉は何時間も続いた。とうとう最後にリストに並べた贈り物をベン・ヴァーニーの店で買って支払うことで娘を家に連れてゆくことに同意したが、二百フラン以上の金がかかった。彼は後悔しなかった。ヴァエオホは美しくて働き者でにこやかで、ポールにマルキーズ語を教えることを引き受けた。この島のマオリ語はタヒチのマオリ語とはちがっていたからだった。コケはときには妻にポーズをとらせたが、モデルとしては乳房がピンと張り、腰が大きくて腿が太いトホタウアに意欲をかきたてられるので、彼女のほうを好んだ。もう昔のように頻繁には起きない現象だった。だがトホタウアには意欲がかきたてられた。彼は彼女がポーズを取るのを見ながらいつも抜け目なく愛撫していたが、彼女のほうはその気がないようで退屈そうに我慢していた。とうとうある日の午後、アブサンをしこたま飲んでいたとき、アトリエのベッドに彼女を押し倒した。彼女とセックスしているあいだ、背後で新妻のヴァエオホとトホタウアの夫である魔術師のハアプアニが笑いながら、ひそひそ話をしている声が聞こえた。二人はその光景を楽しんでいたのだ。

　マルキーズ諸島の人々は、セックス行為に関してはタヒチ人より率直で自由だった。女たちをキリスト教徒として慎み深い規範に押し込めようとする、カトリックやプロテスタントの布教団の執拗なキャンペーンにもかかわらず、結婚していようと独身であろうと、女たちはこだわらずに男たちの気を引こうとしたり、からかったりしていた。男たちはいまだに激しく教会に反抗しつづけていた。トホタウアの夫のように一部の男は、頭や踝に花を飾り、手首や腕には女性用の装身具をつけ、男－女のマフーの恰好をして公然と教会に刃向かっていた。

　この新しい島でポールがもう一つ失望したことは、ポリネシアの中でもっとも優れていたマルキーズの刺青の芸術が消滅しかかっていることだった。カトリックやプロテスタントの布教団はこれを野蛮な示威的行為とみなして止めさせようとやっきになっていた。カトリックの神父やプロテスタントの牧師たちの非難を受ける可能性のあるアトゥオナでは、刺青をしている人間はあまりいなかった。島の奥深く、密林に囲まれ隔絶した小さな集落ではまだ続けられていたが、そのような場所へは残念ながら、おまえのひどい健康状態では、出かけていっておまえ自身の目で見ることもできなかった。がっかりだね、コケ！　あの刺青を施した人たちが何キロか向こうにいるというのに、見にいけないなんて。彼はタアオアの谷、ウペケの遺跡、そこにあるという石の偶像、大きなティキを訪ねてみることすらできなかった。そこまで二度ほど馬で登ろうと試みたが、疲労と痛みで意識を失ってしまった。一つ一つの模様が解読できるように重ね彫りされた、マオリ民族の体系化された神秘的な知恵。その見事に美しい刺青の芸術が、密林に点在する集落にいまなお生きていた。すぐ近くにいながら、口にするのが憚られる病気のせいで訪ねられない。そのことがポールを眠れなくさせ、苛立たせ、いく夜かは、突然泣き出してしまった。

嘆かわしいことにこの島まで頽廃の波は押し寄せていた。住民の病気と伝染病の急増は飲酒によるものと考えたジョゼフ・マルタン司教は、アルコール類を禁止した。ベン・ヴァーニーの店ではワインなど酒類を白人に限って売っていた。けれどもこの対策は病気よりも悪かった。ワインを飲めないので、ヒヴァ・オアのマルキーズ人たちは非合法の蒸留器でつくったオレンジや他の果物のアルコールで酔っ払い、内臓を焼け爛れさせるようになった。コケは憤って「愉しみの家」をラム酒の瓶でいっぱいにし、彼を訪ねてくる先住民全員に振る舞ってその禁止令に抵抗した。

自分の天職は絵を描くことだと気づいて以来——パリの証券業界でまだ働いていた頃——初めてポールは深い疲れを感じて、イーゼルの前に坐り絵筆を取る意欲をなくした。脚の潰瘍の熱や衰えた視力、動悸などの体調の悪さだけが、水で薄めたアブサンに角砂糖を一個溶かして呑みながら、何もせずにだらだら過ごさせているのではなかった。それはまた、描いてもむだ、との思いからでもあった。なぜおまえはしゃにむになって、わずかしか残っていないエネルギーをキャンヴァスにつぎ込まねばならないのか。しかも完成したものが長い航海のあとフランスに着いたところで、いつかどこかの商売人が新築の家を飾るためにわずかなフランで購入してくれるのを待ちながら、アンブロワーズ・ヴォラール画廊主の倉庫かダニエル・ド・モンフレーの家の屋根裏部屋で色褪せてゆくだけではないか。

ある日、ヴァエオホがマルキーズ語を教えてくれているとき、半分フランス語で半分マオリ語で何かを言ったが、ポールには理解できなかった。いいや、おまえはわかろうとしなかったのだよ、コケ。何度も繰り返し言わせているうちに、その意味がはっきりしてきた。「毎日、あんたはどんどん年をとっていく。あたしはすぐに未亡人になってしまう」ポールは鏡のところに行き、目が痛くなるまで自分をじっと見つめた。

それで彼は、最後の自画像を描こうと決心した。それは落ちぶれて無為のまま、堕落し、士気喪失したマルキーズの人々のあいだで、彼らと同じように忘れ去られた世界の片隅で零落している自分自身の現実の姿を、身をもって証すことだった。彼はイーゼルの横に鏡を置いて、衰えた瞳がようやく捉えた、今にも消えてしまいそうに霞んだその像をキャンヴァスに描き取ろうとして、二週間以上作業をした。間近に迫る避けようもない自分の最期を、屈辱的な眼鏡の奥で視線にその分別をたたえながら静かに見つめている、ぐったりしてはいるがまだ死んでいない男。その視線の中で、冒険や狂気、探求、敗北、闘争に満ちた激しい人生が語られていた。一つの生命には必ず終わりが来るものだよ、ポール。白い短髪に痩せた体躯、そして平然たる大胆さをもって最後の攻撃を待っている。おまえは確信してはいなかったが、たくさん描いてきた自画像——ブルターニュの農民の姿で、壺の曲面に描かれたペルーのインカ人の姿で、ジャン・ヴァルジャンになぞらえて、オリーヴ園のキリスト像のように、ボヘミアンとして、あるいはロマンティックな人物像として——の中でこれが、別れの、人生の終局を目前にした芸術家の自画像が、もっとも自分を表していると直観的に感じていた。

その自画像を描いていて、アルルの「黄色い家」に雨と北西風に閉じ込められたあの数週間に、オランダ人を虜にした花、ひまわりを描くフィンセントの肖像画を描いたことをポールは思い出した。彼は飽きずにいつもその花を描いていた。絵画に関する持論を展開するとき、しばしば引き合いに出された花だ。それらの絵の花々は、偶然なのか自然界の法則を無視してなのか、太陽の動きを追っていなかった。その花々にはどこか神々しい天球の炎めいたものが感じられ、フィンセントがそうしたように、もし心をこめてじっと観察したならば、「光輪」が花々を取り巻いているのがわかった。彼はひまわりを描きながら、正真正銘のひまわりでありながら、トーチや大燭台でもあるように努力していた。なんて馬鹿げたことだ！　初めておまえに「黄色い家」を案内してくれたとき、狂ったオランダ人は自慢げに、自分が描いた、文字どおり黄金が溶け出してお まえのベッドに燃える光を投げかけているようなひまわりの絵を見せた。おまえはかろうじて嫌悪感を隠した。だからおまえはひまわりに囲まれているフィンセントを描いたのだ。その絵には——どのように見ても——フィンセントが自分の絵に描きこんでいた生き生きした光はなかった。その反対に、どちらかといえばくすんでいて艶がなかった。その作品の中では、花も画家も輪郭をぼかしてぼんやりと周りに溶け込んでいた。しっかりと輪郭を描かれた人物というより、フィンセントはひとつの彫像で、耐えられないほど緊張してこわばっている剝製のようなマネキン人形で、今にも爆発しそうな火山男だった。とりわけ絵筆を握る硬直した右腕は、絵を描きつづけるためにしなければならない非人間的な努力を示していた。それらすべては、しかめた顔に、「俺は描いてはいない、自分を生贄にしているのだ」と言っているかのような、困惑気味の視線に集約されていた。フィンセントはその肖像画がまったく気に入らなかった。それをポールが見せると、フィンセントは青ざめて下唇を嚙みしめ、不快なときに出てくるチック症状をみせながら、しばらく眺めていた。そして最後にこうつぶやいた。「そうだよ、これが俺だよ。でも狂っているね」

　ひょっとしてフィンセントよ、おまえはそのとおりじゃなかったのか。もちろんそのとおりだった。おしつけがましいお世辞を言っていたかと思うと、攻撃しはじめたり、馬鹿げた議論をはじめたり、些細なことで彼に食ってかかったり、うんざりさせるほどくるくる気分が変わるのに気づいて、ポールはそのことに確信を持つようになった。フィンセントは議論のたびにひどい無気力に陥り、何もしなくなってしまうので、ポールは怖くなってお世辞を言ったり、アブサンを振る舞ったり、ヴィルジニー夫人の所へ引っ張って行ってラシェルと寝させたりして、奮起をうながさねばならなかった。

それでおまえは決心したのだ。もう別れる頃合だと。この共同生活はうまくいかないだろう。食卓の会話でそれとなく話題にするよう努め、一緒に年越しをしようと予定していたが、もしかすると家族の都合で、年が明ける前にアルルを発つことになるかもしれないと触れて、おまえはそつなく別れの準備をはじめた。そのように取り繕わないほうがよかったのかもしれないね、ポール。オランダ人はおまえがすでに出て行く意志を固めていると気づいて、神経を高ぶらせ、ヒステリー状態になり、精神が不安定になった。愛する人に置き去りにされる絶望した愛人のようだった。目に涙をため、しゃがれた声で、年が終わるまで一緒にいてくれと哀願し、そうでなければ、取り返しのつかない被害を彼に与えでもしたかのように、恨みと憎しみをこめておまえを見つめながら、何日も口をきかなかった。おまえのことを、強くて闘士であると見込んでしがみつこうとしている、世間に対して無力で見捨てられたその人間に、おまえはときに限りない哀れみを感じた。けれども、そうでないときはおまえは憤慨していた。狂ったオランダ人の問題を負わされなくても、おまえにはもうすでに難題が有り余るほどあった。

一八八八年のクリスマスイヴの数日前に、事態は危機に瀕した。ポールは「黄色い家」でなにか重苦しい感じがしてふいに目覚めた。窓から差し込む薄明かりで、ベッドの足元に立ち、ポールをじっと見ているフィンセントの姿が見分けられた。ポールはびっくりして起き上がった。「フィンセント、どうしたんだ」何も言わずに友人は影のように部屋から出ていった。翌日、フィンセントは彼の部屋に入ったのを覚えていないと、強く断言した。たぶん夢遊病による行為だったのだろう。二日後のクリスマスの前夜、フォーロム広場のカフェでポールは、大変申しわけないが、発たなければならないと告げた。家族の事情でどうしてもパリにいなければならない。数日中に出ていくが、解決したら帰ってきて、また何か月か一緒に暮らせるだろう。フィンセントは時々頭を大げさに振ってうなずきながら黙って聞いていた。かなりのあいだ、二人は話もせず酒を飲んでいた。突然、怒り狂ったオランダ人が半分空になったグラスを彼の顔に投げつけた。ポールはうまく身をかわして避けた。ポールは立ち上がると大またで「黄色い家」へ帰り、最低限の品をいくつかバッグに詰めて出ようとしたとき、入ってきたフィンセントと出くわした。ポールはホテルに行くが、明日残りの荷物を取りに戻るから、と言った。ポールは憎しみを込めずに彼に話しかけた。

「二人のためによかれと思ってこうするんだ、フィンセント。この次グラスを投げられたら、顔を傷つけられるかもしれない。今夜のように俺も気持ちを抑えられるかどうかわからない。もしかしたら俺がおまえに飛びかかって、首を絞めるかもしれない。俺たちの友情はこんなふうに終わるべきじゃないよね」

死人のように真っ青になり、フィンセントは何も言わずに充血した目で彼をじっと見つめていた。少し前から彼は、新兵か仏教の僧侶のように頭を丸めており、今度のように悲しみや怒りが彼を混乱させると、頭蓋骨もこめかみや下顎のようにぴくぴく動いて見えた。

ポールは家を出て——おまえはよく覚えているね——通りに出たが、冬の寒さが骨身に沁みた。城壁に囲まれた町を横切っていると、何軒かの家から家族が歌うクリスマスソングが聞こえてきた。顔見知りの女主人のいる質素なホテルのある駅の方向に向かっていた。ポールがヴィクトル・ユゴー通りを横切ったとき、すぐ背後で足音がした。胸騒ぎがして後ろを振り返ると、まさに数メートルのところに剃刀を手にした裸足のフィンセントが、恐ろしい形相で彼をにらみつけていた。

「どうしたんだ。これはどういうことなんだ」とポールは叫んだ。

オランダ人はくるりと反対を向いて走り出した。友人の様子をすぐに憲兵に知らせなかったのはまずかったのではないかね、ポール。そう、そのとおりだ。しかし哀れなフィンセントが、おまえを刺殺しそこねたあとで、自分の左耳を半分切り落とし、新聞紙に包んだ血だらけの肉の切れ端をヴィルジニー夫人のところの痩せた売春婦、ラシェルに届けるようなことをするなんて、どうして想像できただろうか。その後、タオルで頭を覆って自分のベッドに横になっていたのだが、それだけでは足りないかのように、翌朝、おまえが「黄色い家」に入ってみると——警官らや野次馬に囲まれながら——、シーツも壁も絵も、血で真っ赤に染まっていた。狂ったオランダ人は耳を切り取ったうえに、蛮族の儀式で切断の全舞台を自分の血で清めたかのようだった。そして今度は、あの屑ども、パリのすかし屋たちは、フィンセントの悲劇をおまえのせいにした。なぜならオランダ人は、あの大事件をしでかしたあと、もう健康が回復しなかったからだ。初めはアルル市立病院に閉じ込められたが、それから一年近くサン＝レミのサナトリウムにいて、最後の一か月にオーヴェール＝シュル＝オワーズ村に行き、腹を撃って失敗し、死ぬまでの丸一日、ひどく苦しんだ。今度はパリの暇人たちは、彼が生きているあいだは一枚も彼の絵を買わなかったくせに、死んだあとになって、フィンセントは天才だったと裁定したのだった。あのクリスマスイヴの日、おまえは彼を救えなかったために、彼の死刑執行人、破壊者呼ばわりされたというわけだ。畜生！

死後におまえも天才だったとわかってもらえるのだろうか、ポール。今、狂ったオランダ人の作品についているような高い値段で、おまえの絵も売れはじめるのだろうか。おまえはおそらくそんなことはないと予想していた。それに昔のように、人に認めてもらうことも、有名になることも、不滅の画家になることも、おまえにはどうでもいいことだった。そんなことにはならないだろう。名声と芸術の流行が決定されるあちら、パリのあの軽薄な奴らがおまえの業績に対して興味を示すためには、アトゥオナはずいぶん遠すぎる。おまえにとって今、心を占めているのは絵ではなく、口にするのが憚られる病のほうだ。その病はヒヴァ・オアに来てから四か月目に、またもや激しくおまえを攻撃しはじめた。

潰瘍は脚を侵食していたので包帯がすぐに汚れてしまい、換える気力もなくなるほどだった。ヴァエオホが気味悪がって、もしむりやり彼女に治療をさせるなら彼を置いて出ていくと脅して拒んだので、自分で交換しなければならなかった。包帯を二、三日換えずに放っておくと、ひどい臭気に蠅がたかって追い払うのに疲れるほどだった。パペエテで知り合いになったヒヴァ・オアの診療所長のビュイソン医師はモルヒネの注射を打ち、アヘンチンキを処方してくれた。痛みは治まったものの、夢遊病者のような状態になってしまった。しかしそれは、精神状態が急速にひどく悪化していることの鮮明な前兆であった。おまえは狂ったオランダ人のようになってしまうのだろうか、ポール。一九〇二年の六月、彼は両足の痛みのためほとんど歩けなくなった。プナアウイアの家を売った金もほとんど残っていなかった。最後の貯蓄をはたいて小馬に引かせる小さな馬車を買い、午後になるといつも緑色のシャツを着込み、青いパレオをつけ、パリっ子風のベレー帽を被って、握り手に勃起したペニスを——またも——彫り込んだ新しい木の杖を持って、プロテスタント布教団とヴェルニエ牧師の家の美しいタマリンドの木のあたりを一巡りして、トレートル湾へ出かけた。その時間には、挑みかかるようにいななきながら波間を飛び跳ねている野生の裸馬に乗ったり泳いだりしている男の子や女の子たちで、湾はいつもいっぱいだった。湾の正面にはハナケエ島という小さな無人島があり、それは眠っているマッコウクジラに似ていたが、以前はその大きな鯨を求めて北アメリカからたくさんの捕鯨船が来ていた。それらの捕鯨船をヒヴァ・オアの住民はいまだにひどく恐れていた。話によれば、捕鯨船の船員は住民を酒で酔わせ、そのあとで誘拐し、奴隷として連れていくからだった。それらの捕鯨船のうちの一隻で、湾の名前の由来となった忌まわしいエピソードが起こった。誘拐事件に嫌気がさしたヒヴァ・オアの先住民たちはパーティを開いて、このような船の一つの乗組員を招き、踊ったり、魚や野生の豚のご馳走をしてもてなした。そして祝宴の最中に乗組員全員の首をはねた。

「奴らを食ってしまったと認めろよ」コケはその話を聞くたびに興奮して怒鳴った。「ブラボー！　よくやったぜ。いいことをした！」太陽が沈む少し前に、コケはアトゥオナのたった一つの道を抜けて回り道をしながら、「愉しみの家」へ帰るのだった。彼は小馬を御しながらゆっくりと馬車を走らせた。埠頭から中国人とマオリ人の混血、マティカナの下宿屋まで、視力が落ちてしまったのでほとんどの人を正確には誰だか判別できないまま、出会う人々すべてに礼儀正しく挨拶しながら。

この島に着いた頃は、彼が「レ・ゲープ」の編集長であったことを聞いて、島のカトリック教徒の人々はポールを自分たちの仲間の一人として迎え入れた。けれども、やがて彼の放埒な生活や、飲んだくれで先住民と親密に付き合っていること、「愉しみの家」で起きていることについてのぞっとするような噂話などを聞くにつけ、堕落した男と見方を変えた。「レ・ゲープ」でひどく攻撃されたプロテスタントの人々は恨みを抱きながら、遠くから見ていた。しかし、六月の中頃になってビュイソン医師が突然、パペエテに異動することになると、ポールは雑誌で名指しで攻撃したことのあるプロテスタントの牧師ポール・ヴェルニエに近づくことを余儀なくされた。キイ・ドンとティオカが、アトゥオナでは何らかの医学的知識があるのは彼だけだと教えて、ポールをヴェルニエのところに連れていったからだ。ヴェルニエ牧師は温和で寛大な人柄で、さんざん侮辱されたことを根にもたずに彼を受け入れ、実際に軟膏を脚に塗り、鎮痛剤を与えてくれた。治療はある程度の効果をあげて、一九〇二年七月には再び少しのあいだなら自分の足で散歩もできるようになった。

しばしの回復を祝って、憲兵のデジレ・シャルピエは彼を――芸術家であるから――七月十四日に島のカトリックとプロテスタントの二つの学校の合唱隊のあいだで行なわれる、恒例の音楽コンクールの審査員に任命した。二つの布教団の競争意識は些細なことにも表れた。この対抗関係がこれ以上悪化しないように、ポールは非常に賢明に考えたあげくのソロモン的失策、引き分けを選んだ。そして、双方に一等賞を与えた結果、いずれの布教団にも不満を残すことになり、両者ともポールに対して腹を立てた。そのようなわけで、非難と敵意だらけの中、彼は「愉しみの家」へと退却せざるをえなかった。

しかし、小馬に引かせた馬車が彼の家に着くと、うれしい驚きが彼を待ち受けていた。そこには白髭をはやしたマオリ人の隣人、ティオカが彼を待っていた。ティオカはひどく真剣な面持ちで、もうずいぶん長いこと付き合ってきたのでポールを本物の友人と思っていると言った。互いの友情を祝って儀式を執り行なおうと提案するためにやってきたのだ。それは大変簡素なものだった。それぞれの名前を、元の名前を失うことなく、交換するものだった。そのとおり行なって、その時から、隣人は名をティオカ＝コケ、ポールはコケ＝ティオカと名乗ることになった。これでおまえもいっぱしのマルキーズ人じゃないか、ポール。

17　世界を変える言葉——モンペリエ、一八四四年八月

一八四四年八月十七日、ニームの次にやってきたモンペリエでは、フローラは滞在中に十分な休息を取ろうと自分に言い聞かせた。体調を回復しなければならなかった。疲れきっていて、赤痢がもう二か月も続いている。心臓の近くに埋まっている弾丸の破片が、刺すような痛みを伴って感じられた。けれども運命はままならなかった。予約をしておいたオテル・デュ・シュヴァル・ブランで、一人旅ということがわかると門前払いを食わされたのだ。「よそさまの品格ある施設同様、手前どもはご婦人の方にはお父さまか、ご主人さま同伴とさせていただいております」と支配人に諭された。

「でも、オテル・デュ・シュヴァル・ブランはモンペリエの売春宿と変わらないという話でしたよ」と言い返してやろうと思ったとき、フローラと同時にホテルに着いた一人の旅の商人が進み出て、奥さまの保証人となりたいと申し出た。ホテルの支配人はためらった。フローラは、立派な紳士が二人で一つの部屋をとってくれと言っているのに気づき、びっくりした。「わたしを売春婦だと思ってるの」と叫んで面と向かうと同時に、バシッと音を立てて平手打ちが飛んだ。見下げはてた男はびっくりして頬をさすってい

た。彼女はトランクを持って落ち着き先を探すためにモンペリエの通りに出た。お昼近くなってやっと、改装中の小さなホテル、オテル・デュ・ミディが見つかったが、そこでは彼女が唯一の客だった。滞在中の七日間、フローラは左官や労働者たちが足場を組んで建物を改造したり建て増したりしてざわついている中で暮らした。騒音は耐えがたかったが、疲れていたので他のホテルを探すのは諦めた。

最初の四日間は、労働者たちとも、紹介状を持ってきていた地域のサン＝シモン主義者やフーリエ主義者たちとも、まったく集会を開催しなかった。それでも身体を休めることはできなかった。腹部の腫れと差込みがあまりにひどかったので、フローラは医者に行かざるを得なかった。ホテルから紹介されたアマドール医師はスペイン人であることがわかり、フローラは十年前にペルーから帰国して以来ほとんど使う機会のなかったスペイン語で彼と話した。アマドール医師は同毒療法の熱狂的な実践者で、その説を「新しい科学」と心酔しきって呼ぶ、繊細な外見の五十代の紳士だった。教養があり、顔色が浅黒くて背の高い、サン＝シモン主義の共鳴者で、サン＝シモンの流動性の理論が歴史の発展を理解する鍵であると確信しており、人間の身体も同じ理論で説明できると信じていた。「技術と科学は社会を変える力ですよ、ドニャ・フローラ」と彼はバリトンの声でたびたび言った。彼女は彼と話をするのがとても楽しかった。彼は信念である同毒療法に忠実に、毒は毒をもって制すという言葉のとおり、フローラに砒素と硫黄を調合したものを与えてくれた。フローラは毒にあたるのではないかと思いつつ、恐る恐る飲んだ。しかしその不思議な薬を飲んだ翌日から、彼女はかなり回復した。

この配慮深く礼儀正しい男は、いろいろ見解の相違があったにせよ、おまえの意見を尊重して耳を傾けてくれたね。一八三五年の初め、パリでおまえの大胆で粘り強い性格のおかげで知り合いになった最初の「近代的な男性たち」とよく似ていた。その頃、おまえは「狂ったアントニオ」という渾名の無礼で最悪な乗客にすんでのところで犯されるところだったあのひどい船旅を終えて、ペルーから帰国したばかりだった。覚えているかな、フロリータ。夜になると奴が力ずくでドアを開けておまえの船室に忍び込もうとしているのに、船長は一人旅の女性は襲われて当然とばかりに、そいつに規律を守らせることすらしなかったね。おまえはそのことを訴えたけれど、アランキャル船長は言いわけがましく、何の意味もない戒めをおまえに垂れただけだった。「わしの三十年にわたる長い航海生活の中でも、お一人で旅行なさるご婦人は初めてですな」船酔いはするし、狂ったアントニオには悩まされるし、まったくひどいフランスへの帰郷の旅だった。

しかしパリに着いた当初の数か月間、シャバネ通りの借りたばかりのアパートでは、その不愉快な経験もおまえにはまったく気にならなかった。叔父ピオ・トリスタンから贈られたそこそこの金でおまえは世間並みの生活を送ることができた。ソルボンヌ大学での五年間よりもずっと、教育上豊かだったペルーでの歳月のおかげで、おまえは意気込みと夢にあふれてフランスに戻ってきたのだ。今までとはちがう自分になろう、鎖を解き放ち、精一杯自由に生きようと心に決め、精神の泉を満たし、知性に磨きをかけ、とりわけ、女性たちの人生がおまえの経験してきたものよりよくなるようにありとあらゆる行動を起こそうと決意して、帰国したのだった。

そんな意気込みでフランスへ着くとすぐ、おまえは初めての本を書いた。『外国の女性を歓待する必要性について』と題する、本というよりもページ数もわずかのパンフレットのようなものだった。フランスでの外国人女性に対する無関心、あるいは冷淡な受け入れ態勢について書かれた、非現実的で感傷的で良心的な意図に満ちた文章だったが、今となってはおまえは自分の無邪気さを恥じていた。パリで生活しようとしている外国の女性たちに対して、宿舎を世話し、人々を紹介し、必要に応じて援助できるような団体の創立を提案していたのだ！　団体のメンバーは宣誓を行ない、賛歌を歌い、それに善行、分別、不道徳の撲滅を組織の三つのモットーとして掲げる記章をつける。彼女はおかしくなって――あの頃のおまえはなんて馬鹿だったのだろうね、フロリータ――オテル・デュ・ミディの狭い部屋で伸びをした。その頃、フランス中が取りつかれていた団体設立の流行り病からおまえも免れ得なかったわけだ。

そのパンフレットは若者らしい文章で、無学ぶりが一目瞭然だった。パレ・ロワイヤルにあるドローネ印刷会社の主人は初めから終わりまで、手書き原稿の綴りの間違いに手を加えて直さなければならなかった。おまえは精一杯熟考して書いたが、まったく救いようのないものだったのだろうか。いいところもあった。たとえばおまえの信念の宣言――「人類愛はいかなるものより美しく聖なる信仰であり宗教である」、そして「私たちの祖国は全世界でなければならない」という、国粋主義に対する非難。共同体を設立するということは、サン＝シモン主義者とフーリエ主義者たちの強迫観念に近い望みだった。あのパンフレットが出版されたとき、彼らとおまえはもう付き合いを持っていたのだろうか。

それは書物を通じてのみだった。アンドレ・シャザルはまだ悩みの種であったが、一八三五年、一八三六年、一八三七年と、初めはシャバネ通りのアパートで、後にシェルシュ＝ミディ通りのアパートでおまえは読書にいそしんだ。おまえは女性解放を実現するためにもっとも効果的な武器となりそうに思えた、近代精神を代表している彼らの考え、哲学、教義を吸収しようと努めたものだった。サン＝シモン主義者の機関紙「ル・グローブ」からフーリエ主義者の機関紙「ラ・ファランジュ」まで、おおよそ手の届く限りのありとあらゆる冊子、書籍、記事、講義など、すべてをおまえは読破したかった。おまえは何時間も何時間もメモを取り、カードを作って、要約を書き、アパートで、または登録してあった二つの読書室で過ごした。どれほど強い関心を抱きながら、あの頃の――まだエティエンヌ・カベもスコットランド人のロバート・オーエンの思想もおまえは知らなかった――二つの潮流であったサン＝シモン派やフーリエ主義の人々と接触しようとしただろうか。おまえにはこの二つの潮流が、男性と女性の権利平等の目的を達成するためにはもっとも進んだ考えのように思われた。

「諍いがなく、すべてが生産的である社会」を夢想した哲学者で経済学者のクロード・アンリ・ド・ルヴロワ、すなわちサン＝シモン伯爵が、一八二五年に亡くなり、その後継者であるスマートで優雅、繊細で賢明なプロスペル・アンファンタンがサン＝シモン派の長として今日までやってきた。彼はおまえが最初に尊敬の念をこめた献呈の辞を添えて著作を贈った人々のうちの一人だ。アンファンタンはおまえを、サン＝ジェルマン＝デ＝プレで開かれた支持者の集会に招待してくれた。パリジェンヌたちをとりこにした世俗の修道士がおまえに手を差し伸べてくれたときの、くらくらするほどの感激をおまえは覚えているだろうか。彼は端整な顔立ちで弁が立ち、カリスマ性に満ちていた。メニルモンタンでサン＝シモン派の新しい社会を作る初めての実験の結果、投獄されたことがあったが、そこで仲間との連帯と個人主義の壊滅を図るため、アンファンタンはあの想像力に富んだユニフォームを考案した。背にボタンのついた司祭の祭服型の服で、そのボタンは他人の手を借りることによってのみ留めることができた。プロスペル・アンファンタンは女性救世主を探しにエジプトまで旅行していたが、彼の教義によればその女性は人類の救い主になるはずだった。しかしまだ見つかっておらず、引き続き探していた。サン＝シモン主義者のようなフェミニストの熱狂ぶりは、今のおまえにはなんだか真剣さに欠けていて、贅沢で軽薄な遊びのように思える。けれども一八三五年当時は、おまえの心に届いたのだよね、フロリータ。サン＝シモン主義者の集会で、会を仕切るべく、教父プロスペル・アンファンタンの隣に置かれていた主のない椅子を、どれほど畏敬の念を抱いて眺めたことか。おまえは一人ではない、このパリには、ほかにもおまえのように、女性が劣っていて権利もなく二級の市民と見なされていることに耐えられずにいる仲間がいるのだと知って、おまえはどれほど感動しただろうか。サン＝シモンの弟子たちが執り行なう儀式に置かれたあのからっぽの椅子を前にして、おまえは祈るようにこっそり自分に言いきかせたのだ。「人類を救済に導く女性はおまえよ、フローラ・トリスタン」

けれども、サン＝シモン主義者の女性救世主になるにはプロスペル・アンファンタンとカップルになる——ひらたく言えばベッドを共にする——必要があった。大勢のパリジェンヌたちはそうしたいと憧れていた。けれども、おまえはちがう。おまえの変革者としての熱意はそこまで及んでいた。この運動が説いていた性の自由は——口に出しこそしなかったが——、おまえには乱交に対するある種の弁解のように思われて、それもあっておまえはサン＝シモン派たちについていくつもりはなかった。オランピア・マレズースカと知り合うまでは、おまえにとって性生活は、アンドレ・シャザルの思い出と同様の嫌悪感をまだ思い起こさせていたから。

サン＝シモン伯爵が亡くなってからしばらく経っていたが、シャルル・フーリエは一八三五年にはまだ生きていた。当時六十三歳だったが、その二年後に亡くなっている。おまえは彼と会ったことがあったね、アンダルシア女。その九年後の今、おまえは彼の弟子たち、口先だけで行動に移さない彼らファランステール主義者たちを、決して快くは思ってはいないが、フーリエについては敬意を込めて思い返していた。彼とはあまり接触はなかったが、親を思う子の情愛をこめて『外国の女性を歓待する必要性について』を最初に贈ったのがフーリエで、おまえは、「先生、あなたはわたしの中に女性には稀な精神力、善行を行なうことを強く望んでいる気持ちを見出してくださるでしょう」と熱狂的な言葉で協力を申し出た。とても驚いたことに、その気高くこざっぱりとした老人は、アイロンをきちんとかけたフロックコートを身につけ、善良そうな明るい色の瞳で、シェルシュ＝ミディ通り四十二番地のおまえの家まで、本の礼と革新的な考えと正義感に対する賞賛をじきじき述べるためにやってきた。おまえの人生でもっとも幸せだった日々の一つだったね、フロリータ。

彼の理論の中にはおまえにとって理解するのがとても難しいものもあったが（たとえば、ニュートンによって発見された宇宙の物理的な法則に相当する社会秩序が存在するとか、人類の進化過程には、最終的に幸福な状態である調和の世界に達するまでに、未開で野蛮な八段階が存在するなど）、おまえは「四運動理論」「産業的協同社会的新世界」など「ラ・ファランジュ」やフーリエ主義者たちの他の発行物に掲載された数え切れないほどの論文を読んでいた。けれどもその人柄から出てくる、まばゆいばかりの清潔なモラルを持つ彼自身、つましい生活ぶり――モンパルナスのサン＝ピエール通りにある、本と書類だらけの質素なアパートに一人で暮らしていたが、そこへおまえは砂時計のプレゼントを持って行ったことがあった――、その善良さ、あらゆる形の暴力に対する危惧、人間の本質的善良さに寄せる心の底からの信頼が、一八三五年、一八三六年、一八三七年当時は、おまえをその寛大な知識人の弟子であると感じさせていた。フーリエも結婚制度に対し批判的だった。おまえと同じように、この不幸な制度を、女性を尊厳も自由もない所持品に変えるための呪われた社会制度と見なしていた。世界を四百世帯からなる生活共同体ファランステールで構築し、そこでは搾取者も被搾取者もない、労働とその成果に関しては、楽しくない仕事に対しては多くの報酬を、楽しい仕事に対しては少ない報酬を払うという公正な方法で分配され、男女間の完全な平等が実施される、という彼の理論におまえは魅了された。その理論は、おまえの人類の公正さへの憧れに具体的な枠組を与えてくれた。

けれどもおまえは、フーリエ哲学の性に関する見解にはどうしても同意できなかった。おまえが間違っていたのだろうか。オランピアはそうだと思っていた。誰も自分の悪癖や奇行によって社会から締め出されたり、幸せになることから遠ざけられたりされるべきでないという、師の利他主義的意図はおまえにもわかっていた。彼は高徳の人であり善人であった。みんな自分はノーマルだと思っている小さな集団の中で、ホモやレスビアン、痛みを与えたり受けたりして楽しむ人たち、のぞき趣味の人たち、自慰を好む人たちと一体になって、性の親和力によるファランステールを実際に形成することは可能なのだろうか。それを論破するだけの主張は持っていなかったが、彼の理論のその部分だけがおまえを赤面させた。またその提案は、実現するにはあまりにもとっぴだと思われた。おまけに師が「聖なる乱交」と呼んでいる、性的に一風変わったファランステールの住民たちの生活を想像すると、虫唾が走った。おまえとベッドで戯れながら、気のおもむくまま、頭から足の先までおまえをほてらせながら、「あんたはピューリタンよ、フロリータ、世俗の修道女みたいなものよ」と言ったオランピアは正しかった。

もちろん、社会の文明度は女性たちが享受する独立の程度と直接的に比例しているとのフーリエの主張には、おまえは賛成していた。しかし、他の主張には当惑した。たとえば、宇宙はちょうど八万年続き、この間、人間のそれぞれの魂は地球と他の星のあいだで八百十回転生し、千六百二十六回生まれ変わるとの老人の絶対的確信のようなものに対しては。それは科学というより、迷信のようなものではないだろうか。

一方、この年老いた賢者が毎日正午になると、いつも書き物や読書に使っているパレ・ロワイヤル近辺の喫茶店からあわてて立ち上がり、モンマルトルの丘を登って、サン=ピエール通りにある自分の家へ向かう姿を見たり想像したりするたびに、おまえの心は痛んだ。彼は自宅で、一八二六年に広告を出して以来、未来の幸福な人類の種となる第一次ファランステールへの出資を決意して、彼を訪ねてやってくるかもしれない裕福で理解のある資本家を待っていたのだった。生来の善良さから人間に対する絶対的な信頼を胸に、シャルル・フーリエが一八二六年から一八三七年十月十日、死の当日まで毎日、正午から二時までのあいだ、自宅で来るはずもない客を待っていたことを考えると、おまえの両目は涙であふれるのだった。十一年にわたるこの長く徒労に終わった待機より哀れなものがあるだろうか。

「ラ・ファランジュ」の編集者、ヴィクトル・コンシデランをはじめとするフーリエの弟子たちは、そうは考えていなかった。師の死後七年を経た一八四四年の現在ですら、彼らは寛大な行為のできる資本家たちを信じようとしていた。寛大だって。それはむしろ自殺行為に等しい。もし仮にファランステール思想が勝利を収めるならば、世界から資本主義は存在しなくなる。けれどもそんなことが起こるはずがない、フロリータ、おまえは科学的な知識はなくてもその理由をよく理解していた。資本主義者たちは悪人でエゴイストで、かつ何が自分の利益になるかを知っていた。自分の首を絞めるような敵に、資金を融通するわけがない。だからもうフーリエ主義者たちを信じるのは止めて、おまえは憐憫をこめて彼らを見つめていたのだね。にもかかわらずおまえはヴィクトル・コンシデランとはいい関係を保っていた。彼は一八三六年以来「ラ・ファランジュ」に、ときには当の機関紙にひどく批判的なものも含めて、おまえの書簡や記事を掲載してくれていた。もう彼らとは立場がちがっていることを知りながら、彼はフランス国内を巡る遊説の旅では、おまえのために推薦状をしたためてくれた。

その週なんども会っていたモンペリエの同毒療法医アマドールは、フローラがいらいらしながら、フーリエ主義者やサン＝シモン主義者たちを「弱虫」とか「ブルジョワ」とか非難するのを聞いて、彼女の「すぐにかっとなる性格」を笑った。フローラはこのスペイン男——彼は下顎まで続いている手入れの行き届いた白髪混じりの揉み上げに手をあてながら話していた——の人柄に惹かれるものを感じていた。彼はいつもおまえに好意をもって接してくれただろう、アンダルシア女。だがその心が通いあった関係も、ある日突如としておしまいとなった。彼自身の口から、モンペリエ大学医学部の彼のクラスでは、学界に認められていない同毒療法を教えてはおらず、逆症療法か伝統的な療法を教えていると聞いたその日に。これらの療法については古くさい時代遅れのものとして軽蔑していると、彼はおまえにきっぱりと言ったのだ。

「何だってあなたは自分が信じてもいないことを人に教え、そのうえ教えたことでお金を取ることができるのですか」怒りんぼ夫人は憤慨して、出しぬけにこう言った。「それでは首尾一貫していないし、良識にも反しています」

「まあ、まあ、そのように堅苦しく考えなくても」と医師はフローラのあまりに激しい反応に驚きながら、うまく折り合おうとした。「ねえ、僕も生活して行かなきゃならないんですよ。人生でいかなる場合も完璧に一貫性を保ち、道徳的であることはできません、殉教者としての使命でも持っていない限りね」

「わたしは使命を持たなければならないと思っています」と怒りんぼ夫人は言った。「いつも自分の信念に従って真っ直ぐに行動するように心がけていますの。給料のためだけに自分が信じてもいないことを教えなければならなくなったら、わたしの舌は抜け落ちてしまうわ」

　フローラが彼に会ったのはそれが最後だった。フローラの批判を受けて傷ついていただろうに、アマドール医師は彼女のために、オテル・デュ・ミディまで一人の大工をつき添いにつけてくれた。アンドレ・メダールは落ち着きはなかったが親しみやすい若者だった。労働者相互扶助組合を作っており、そこへフローラを招待した。

「どうしてモンペリエでは講演しないと決めたのですか」

「だってここには賢明な労働者がいないって言われたからよ」とフローラは挑発してみた。

「この町に四百人は賢明な労働者がいますよ」と若者は笑った。「僕もその一人ですから」

「まあ、四百人も賢明な労働者がいるのなら、わたしはフランス中に革命も起こせると思うわ」とフローラは答えた。

アンドレ・メダールが準備した集会には十六人の男性と四人の女性が参加して、成功のうちに終わった。彼らはあまり知識は持っていなかったが、好奇心が強く、フローラの話を聞こうとやってきて、労働組合とユニオン殿堂について興味を示した。何冊かの本を買ってくれて、モンペリエでの活動を促進するために五人のメンバー——女性一人を含む——からなる委員会を作ることに同意してくれた。また彼らはびっくりするようなことをフローラに話してくれた。モンペリエは繁栄するブルジョワの町として落ち着いた佇まいを見せていたが、実際は一触即発の状態ということだった。仕事がないので、たくさんの失業者が関係当局の禁止を無視して街中をうろついており、ときどき、町にたくさんある金持ちの馬車や屋敷に投石したりしていた。

「労働組合の力で急いでこの状況を平和的に変えなければフランスは、いいえ、もしかしたらヨーロッパ全体が、爆発を起こすかもしれません」と集会の終わりにフローラは断言した。「殺戮は悲惨です。さあ、皆さん、仕事に取りかかりましょう」

ゆっくり休養した初めの日々とは異なり、最後の三日間はびっちりのスケジュールだった。同毒療法を処方してくれたアマドール医師のおかげで気分は上々で、気力も充実していた。失敗に終わったが、フローラは監獄も訪ねてみようとしたし、書店を回って『労働者の団結』を置いてもらった。彼女は最後にその地のフーリエ主義者たち二十人ほどと集会を持った。いつものとおり失望に終わった。彼らは理論を行動に移せない専門職や官僚たちで、労働者を頭から信用しておらず、労働者は平穏なブルジョワの生活を乱す脅威的な存在であると考えていた。質問の時間になると弁護士のセサック先生が、「あなたは女性の役割を超えている、女性は政治的な活動のために自分の家庭のある町を離れるようなことをしてはいけない」と非難して、フローラを激怒させた。フローラが弁護士のことを「先史時代の化石、野蛮人、石器時代の穴居人」と評すると、彼は腹を立てた。

セサック先生はしわが目立つ黄色っぽい肌をしていたが、一八三五年から三七年頃のアンドレ・シャザルの、貧困や苦しみや怨みで老けこんだ顔にどこか似ていた。フローラは何度もシャザルに会って対決しなければならなかった。その戦いは記念品のように彼女の胸に銃弾を残し、レカミエとリスフランという二人の腕のいい医師にもそれを摘出することはできなかった。一八三五年から三七年にかけて、シャザルは三度もかわいそうなアリーヌを連れ去って（息子のエルネスト＝カミーユは二度）、娘を陰気で臆病でふさぎこみがちな子供に変えてしまい、今なおそうだった。フローラが自分の二人の子供の親権を求めて訴えたのに対して、悪夢のような法廷は、怠け者で酒浸りで身持ちが悪く堕落していて、子供たちが不幸な生活しかできないむさ苦しいあばら家に住む悪魔に正当性を認めた。いったいなぜなのか。それはアンドレ・シャザルが夫だったからだ。夫というだけで、権限や権利を持っているのだ。自分の娘に肉体的欲望をおぼえるような下劣な奴だとしても。それに対しておまえは、自分の努力で学問を身につけ、本を出版し、立派な生活を送っており、二人の子供たちにも教育を与え、まともな生活を送らせることもできただろう。それなのに、独立した女というものは売春婦であるとの固定観念を持っている裁判官から、おまえはいつも悪意をもって見られていた。ひどい奴らだ！

フロリータ、おまえはどうやってその気も狂わんばかりの年月に、法廷や街中でアンドレ・シャザルと戦う一方で、『ある女賤民《パリア》の遍歴』を執筆することができたのか。このペルー旅行記は、二巻の書物となって一八三八年の初めにパリで出版され、数週間のうちにおまえはフランスの知識人や文学界の人々のあいだで時の人となった。おまえはそのあふれんばかりのエネルギーのおかげで本を書き終えることができたが、今回の旅のここ数か月では、そのエネルギーにも陰りが見えてきているね。

その本は、予審判事の指示やシャザルの狂った要求に応じた警察の呼び出しを受けて、彼女が何度も警察署へ出向いていた頃、その合間を縫ってせわしく書かれたものだった。シャザルは、殺人未遂で裁かれていた法廷で彼自身が認めたように、子供の養育権を奪うことが本当の目的ではなかった。彼の真の望みは、法律上の妻であるにもかかわらず、ずうずうしくも夫を棄てて家庭から逃げ出し、独身を装って男たちに言い寄られながらペルーを旅した破廉恥な行為を記事や本の中でひけらかし、そのうえ、夫のことを強姦魔だとか野獣だとか誹謗して、世間の晒し者にした不遜な女に、復讐を果たすことだったのだ。

そのとおりアンドレ・シャザルは復讐をした。まず哀れなアリーヌを犯した。そうすれば娘と同じように母親を苦しめられるだろうから。一八三七年の四月のあの朝、アリーヌからの短い手紙でそのことを知って、再びフローラはめまいを感じた。少女はフローラに手渡すように親切な水売りの男に頼んで手紙をよこしたのだった。フローラは半狂乱になって、自分の子供たちを救うためにシャザルを近親相姦の強姦者として警察に告発した。シャザルは警官に逮捕される前に、大胆にも通りで、フローラを襲った。信じられないのは――そうだろう、フローリータ？――、弁護士ジュール・ファーヴルの雄弁のせいで審理の争点が、夫が犯した強姦と近親相姦の罪ではなくて、フローラ・トリスタンの人格の異常性や道徳的な問題や行動に過失があるのではないかという点にすり替わってしまったことだ。裁判所は、強姦は「立証されなかった」との判決を下し、子供たちを両親がそれぞれ別々に訪ねていける寄宿舎に入れることを命じた。これがフランスでの女性に対する裁判なのだよ、フロリータ。だからこそおまえは、このキャンペーンの旅に出たのだったね、アンダルシア女。

『ある女賤民《パリア》の遍歴』の出版はフローラに文学的名声といくらかの金――わずかのあいだに第二版も売り切れた――をもたらしたが、同様に問題ももたらした。パリでのその本をめぐるスキャンダルは――おまえのように、自分の私生活をこれほど屈託なく曝けだし、「賤民《パリア》」の身分を誇らしげに主張して、社会や慣習的結婚制度に対する反逆を公言する女性はこれまでまったくいなかった――、リマとアレキーパに初めて本が届いたとき、ペルーで引き起こした物議とは比べようもなかった。おまえはペルーにいて、フランス語の読める紳士たちがあからさまに描写された自分の姿に激怒して、どんなことを言っているか、見たり聞いたりしたかっただろうよ。リマのブルジョワたちがセントラル劇場でおまえの肖像を焼き、アレキーパではおまえの叔父ドン・ピオ・トリスタンがアルマス広場でセレモニーを主催して、アレキーパの上流社会を侮辱したかどで、象徴的に『ある女賤民《パリア》の遍歴』を一部、焚書に処したという話は、おまえを愉快にさせた。細々と生活して行けるようにとドン・ピオがそれまでおまえに送ってくれていたわずかな定期収入が停止されたときは、あまり愉快ではなかったが。自由であるということは代償を伴うものだよ、フロリータ。

その本はまた、おまえの命を奪うところだった。アンドレ・シャザルは、おまえが自分を残酷無情に描いたことが許せなかった。彼は何週間も何か月も犯行を練り上げていた。モンマルトルのぼろ家で、大旅行記が発行された時期の日付が記された「賤民《パリア》」のための墓と墓碑銘のスケッチが見つかった。その年の五月に、彼は二挺の拳銃、五十発の弾丸、火薬、鉛と薬莢を手に入れたが、無頓着に領収書の処分もしていなかった。その頃から彫版工仲間に酒場で、もう少ししたら「あのふしだら女」に対して自分自身の手で判決を下してやると豪語していた。日曜日に幼いエルネスト＝カミーユを、的を狙って打つピストルの練習に連れ出すこともあった。一八三八年の八月は、毎日のようにバック通りにあるおまえの家の周りをうろつくシャザルの姿を見かけたね。警察に届けはしたが、おまえの身を守るための何の措置もとってくれなかった。九月十日、彼はモンマルトルのぼろ家を出て、おまえの家から五十メートルほどしか離れていないレストランで、幾何学の本をじっくり読みながら落ち着き払って昼食をとった。レストランの主人の話では、なにやら書き込みをしながら食べていたそうだ。午後三時半に、おまえは夏の暑さにうんざりしながら歩いて家に帰る途中で、遠くにシャザルの姿を見つけた。彼がおまえに近づいてくるのを目にして、何が起ころうとしているのか予想はついた。けれども威厳を保つためなのか、自尊心からか、おまえは逃げ出すことができなかった。おまえは頭をしっかり立てて歩きつづけた。三メートルのところまで来て、シャザルは持っていた二つのピストルのうち一つを取り出して掲げ、おまえを撃った。腋の下から身体に入って胸に突き刺さった弾のせいで、おまえは地面に倒れた。シャザルが二発目の狙いを定めているあいだに、やっとのことでおまえは起き上がって近くの店まで走ることができた。そこでおまえは気を失ってしまった。後になっておまえは、あの臆病者のシャザルが二つめのピストルを発砲できず、抵抗することもなく警察に渡したのを知った。現在、彼は二十年の強制労働を科されている。フロリータ、おまえは彼から自由になれたのだ、永久に。法廷はアリーヌとエルネスト＝カミーユの姓を、シャザルからトリスタンに変更することも許可した。遅ればせながら、確かな解放だった。ただシャザルは、ほんの少し心臓のほうへ位置がずれていたならばおまえを死に追いやったかもしれない弾丸を、形見としておまえの胸に残した。レカミエとリスフラン両医師が一所懸命取り除こうとしてくれたが、おまえの臓器の奥深く潜り込んでいたため、弾丸を取り出すことはできなかった。殺人未遂事件はおまえをヒロインにし、回復を待っているあいだ、バック通りの小さな家は一躍流行の地となった。パリの著名人たち、ジョルジュ・サンドからウジェーヌ・シュー、ヴィクトル・コンシデランからプロスペル・アンファンタンまでが、おまえの身体を気遣って集まってきた。おまえはオペラ座の歌手よりもサーカスの曲芸師よりも有名になってしまったね、フロリータ。けれども、幼かったエルネスト＝カミーユの死は地震のように突然、冷酷にやってきて、不幸と決別し安らぎと成功の時期のはじまりだと期待していたあの頃のおまえを憂鬱にした。

レカミエとリスフラン両医師はとても親切で献身的に看護してくれたので、おまえは労働組合を促進するための旅に出る前に自筆の遺言をしたため、万が一おまえが死んだ場合は遺体を医学研究のために使ってくれるよう申し出た。おまえの頭部は、かつて参加したことのある会議でこの新分野の学問が前途有望であるとの印象を受けたのを思い出して、パリの骨相学会へ贈ることにした。

胸の冷たい金属のことを考えて、静かな生活を送るようにとの医師たちの助言にもかかわらず、ベッドから起き上がれるようになり外出できるようになると、おまえはたちまちめまいを起こしそうなリズムで動き出した。今やおまえは有名人だったから、多くのサロンがおまえを奪い合った。アレキーパと同様パリでも、レセプション、盛装パーティ、お茶会、社交的集まりなどの社交生活におまえは足を踏み入れはじめた。オペラ座での仮面舞踏会にまで引っぱり出されたが、その豪華な雰囲気におまえは驚かされた。その夜、おまえは鋭い目つきのほっそりした女性――ゴート人風の目鼻だちの美女――と知り合った。おまえに近づき手に口づけしながら、うっとりするような口調で彼女はささやいた。「あなたのことを敬い、うらやんでおりますの、マダム・トリスタン。わたしはオランピア・マレズースカと申します。お友だちになっていただけるかしら」そのとおりにことは運んで、間もなく二人はとても親しくなった。

フロリータ、おまえがもう少しちがう種類の人間だったら、『ある女賤民《パリア》の遍歴』で得た人気と未遂に終わった殺人事件のおかげで、著名なマドンナとなっていたことだろう。今頃は、もう一人のジョルジュ・サンドとして社交界の称賛と尊敬を一身に集めながら、ときにその著作で不正義を告発していたかもしれない。社交界の尊敬すべき社会主義者、それがおまえであっただろうに。ともかく、今のおまえはそうではない。パリのサロンの人魚姫には、社会の現実をほんのわずかにしろ変えることはできないし、政治に対しては微々たる影響も与えることができないと、すぐにおまえは気づいた。行動を起こさなくては。けれどもどうやって。

その頃のおまえは、書物を書くにあたって思想と言葉があれば事足りると思っていた。なんという間違いだろう。思想は大切だが、犠牲者——女性や労働者など——をなくすための行動が伴なっていなければ、美しい言葉も煙のように消えてしまい、パリの井戸端会議から外へ広がっていくことはない。けれども八、九年前には、悪を追及する印刷された言葉だけで社会変革の運動を起こせると、おまえは思っていた。だから、大急ぎで情熱をこめて、窓からはサン゠シュルピス教会の四角い塔を眺望でき、寝室の窓ガラスを震わせながらその鐘の音が聞こえてくるバック通りのアパートで、石油ランプの灯りでまつげを焦がしながら、おまえは著作に励んだ。依頼を受けておまえは『死刑廃止の請願書』を書き上げて、それを印刷して自分の手で下院へ持ち込んだ。しかし議会では何の効力も発揮しなかった。それから、女性の社会的束縛と労働者の搾取を扱った小説『メフィス』を書いたけれど、わずかの人にしか読んでもらえなかったし、酷評された（たぶん評のとおりだったのだろう。彼女は気にはしていなかった。重要なのは人々を楽しい夢に誘う美学ではなく社会の改革なのだ）。「ル・ヴォルール」「ラルティスト」

「ル・グローブ」「ラ・ファランジュ」などに記事を書き、女性の売買に等しい結婚制度を告発し、離婚を要求する座談会も持ったが、おまえの発言は政治家には無視され、カトリック信者を憤慨させただけだった。

イギリスの社会改革者のロバート・オーエンが一八三七年にフランスを訪れると、おまえは彼に会いに行ったが、スコットランドのニュー・ラナークで行なわれている、科学と技術に準拠した農工業共同体や共同組合での実験について、おまえはほとんど知識がなかった。おまえが彼の理論について長々と詳細な質問を行なったので、彼は興味をそそられた。フーリエがシェルシュ＝ミディ通りのおまえの家を訪ねたように、オーエンはバック通りのおまえの小さなアパートの扉を叩いて訪問してくれた。六十四歳のオーエンは、フーリエほど博識でもなかったし夢想家でもなく、もっと実践的な人間で、考えを実践に移す人という印象を与えた。二人は議論を闘わせたり、意見の一致を見ながら話しあったが、彼はニュー・ラナークへ来て小さな共同社会の成果を直接自分の目で見てみないか、とおまえを誘った。そこでは金銭欲に取って代わって連帯が奨励され、児童には体罰のない無償教育が提供され、労働者には原価で販売する協同組合式の百貨店があり、健康で幸せな人々の共同体が築かれつつあった。イギリスはスペンス家の女中をしていた頃から、嫌悪をこめて思い出す国だったが、そこを再び訪ねるという考えにおまえは引きつけられると同時に、ぞっとさせられた。しかしまた、おまえの頭の中の虫がむずむずしてきた。ペルーでやってみたように、出向いていってすべての社会問題について研究したり調査したりし、その後、その結果を包み隠さず述べて、偽善とでたらめに満ちた社会である大英帝国を根底から揺るがすような告発本を出すのは素晴らしいことではないかしら。その計画を思いつくとすぐに、おまえは実行に移す方法を探しはじめた。

ああ、フロリータ、七年前には必要とあらば睡眠を削り食事もとらずに同時にいくつものことをやってのけたのに、肉体がおまえの精神から機動性を奪ってしまうなんて、なんて残念なことだろう。おまえが自分自身に課した仕事は、極度の疲労に打ち勝つための強力な意志力と、骨と筋肉を麻痺させ溶かしてくれるような万能薬を要求していて、おまえは生命の危険を感じて日に二、三回、ベッドやソファに横にならざるを得なかった。

モンペリエのフーリエ主義者からの申し出で、何人かのグループと二度目の集会を持ったあとも、フローラはそのような疲労を感じた。好奇心をそそられながら、彼女は会合に出向いて行った。集まった人々は少しずつ募金を集めてくれていて、労働組合に対して二十フランのカンパがあった。たくさんの額ではなかったが、ともかく何もないよりはよかった。フローラは彼らと話を交わし冗談を言っていたが、急に疲労感が募って、別れの挨拶をしてオテル・デュ・ミディに帰らざるを得なくなった。

ホテルに帰ると二通の手紙がおまえを待っていた。最初に開けたのはエレオノール・ブランの手紙だった。いつも行動的で愛情深くて忠実なエレオノールは、リヨンの委員会での活動、新しい加入者、会合、募金、書物の売り上げ、労働者に関心を持たせる努力について詳細に報告してくれていた。もう一通は近しい関係を保ちつづけている友人で画家のジュール・ロールからのものだった。パリのサロンでは、二人は愛人関係にあり、ロールは彼女を支援していると言われていた。はじめのほうは誤りだった。四年前、ジュール・ロールは彼女の肖像を描いたあと、愛を告白したが、フローラは無情なほどきっぱり断った。彼女の使命、闘いは恋愛の情熱と両立できるものではないので、もうそのことは重ねて言わないでほしいと、はっきりと告げた。彼女は社会変革に心身ともに打ちこむために、恋愛事は断念していた。信じがたいことに、ジュール・ロールは彼女を理解してくれた。恋人になれないのなら友人か兄妹、または同志にしてくれるように彼は望んだ。それで二人はそのとおりの関係なのだ。フローラはこの画家の中に自分を尊敬し愛してくれるある種の人間、まさかのときに友情と支援を申し出てくれる信頼の置ける朋友を見出していた。またロールは経済的に恵まれていたので、フローラの物質的困難を乗り切るための援助をしてくれていた。その後、彼は二度とフローラに愛を告げることはなかったし、手さえ握ろうともしなかった。

彼からの手紙は悪い知らせを運んできた。バック通り百番地にある彼女のアパートの持ち主は、何か月間もの家賃の不払いを理由に、彼女をアパートから追い出したというものだった。家主はベッドと家財を通りに運び出した。知らせを受けたジュール・ロールが家財道具を倉庫に運び込もうと駆けつけたときは、もう数時間経ったあとだった。

彼は、近所の人たちによって彼女の持ち物の多くが盗まれたのではないかと心配していた。フローラは一瞬思考が停止してしまった。彼女は怒りでカアッとなり、心臓がどきどきしてきた。彼女は目を閉じて、あのブタのような家主に雇われた運搬人が、にんにくの匂いのするレインコートを着て、家具や箱や洋服や書類をアパートから運び出し、それらを階段から転がり落として通りの舗道の敷石に山と積み上げている、許しがたい光景を想像した。かなり時間が経ってから、フローラはやっと声を出して、「卑劣なろくでなし」「腹黒い家主ども」「強欲者のしみったれ」などと大声で罵りながら、泣いて気晴らしをすることができた。「すべての家主を生きたまま焼き殺してしまえ」と、パリのあらゆる街角でもうもうたる煙をあげて、見下げ果てた奴らをいぶしている薪の山を思い浮かべながら、彼女は怒鳴った。頭の中でさんざん悪行を組み立てたあとで、フローラはすっかりおかしくなって笑い出してしまった。今度も彼女は、悪意に満ちた想像をすることで自分自身を鎮めた。それはファール通りに住んでいた子供時代から彼女が行なってきたことで、いつも効果を発揮していた。

けれども、そのあとすぐにフローラは、もはや自分には家がないことやなけなしの財産をおそらく失ってしまったことを忘れ、支持者を獲得したり社会変革を説いて回っているあいだ、革命家たちに住居と生活費に関して最低限の保障をする方法について考えはじめていた。修道院やイエズス会の家のように、革命を説いて世界を回っているときに、ベッドと熱いスープを用意して迎え入れてくれる革命家の「避難所」を作る計画について、ホテルの部屋で深夜遅くまで、パチパチと音を立てるランプの灯りの下、彼女は懸命に考えをめぐらせていた。

18　遅まきの道楽——アトゥオナ、一九〇二年十二月

「ポール、あなたはずっと画家になることが望みだったのですか」と、ポール・ヴェルニエ牧師はふいに訊ねた。

酒を飲み、家の主人が自ら作った素晴らしい「とろとろのオムレツ」を食べながら、仲間たちはポールがマルキーズの住民に税金の不払いを勧めて当局に対する挑発を行なったりすると、やっかいなことに巻きこまれてしまうのではないか——ベン・ヴァーニーとキイ・ドンの見解によるとだが——という問題を議論していた。皆は、コケが庭に配置したばかりの、マルタン司教の一番痛いところを突いた二体の木の彫像のことを彼が知ったらいかに激怒するか、その様子を想像して笑ったりしていた。一体は、司教そっくりの顔で祈りを捧げている、角を生やしたグロテスクな男の像で、淫乱神父と命名されていた。もう一つは、大きな乳房と腰を卑猥にひけらかしている女の像で、アトゥオナの巷のうわさでは司教の愛人でもあるらしい家政婦テレーズの名前がつけられていた。また彼らは、雨と霧の中、島の遥か彼方を横切っていった謎の船は、不幸をもたらすアメリカの捕鯨船ではないかと話していた。捕鯨船の乗員たちは島の人々を誘拐し、

無理やり乗組員として働かせたために、ヒヴァ・オアの先住民をひどい不安に陥れてきたのだ。もう鯨はいないのだから捕鯨船だって来るはずがないというフレボーとベン・ヴァーニーの主張が通り、それではかすかに見えた船は正体不明の幽霊船だ、などと言いあっていた。

アトゥオナの牧師の突然の質問はポールを狼狽させた。彼らは「愉しみの家」の水浸しになった庭で話をしていた。幸いなことに雨は止んでいた。一時間ほど前から晴れて雲が消え、真っ青な空に太陽がぎらぎらと輝いていた。一週間ずっと洪水を起こすほどの雨が続いていたが、この晴れ間はポールの五人の友人たち――キイ・ドン、ベン・ヴァーニー、エミール・フレボー、隣人のティオカ、それにプロテスタント布教団のヴェルニエ牧師――を大変喜ばせていた。ヴェルニエ牧師だけが酒を飲んでいなかった。他の者たちはほろ酔い加減の目をして、アブサンやラム酒の入ったグラスを掌の中で温めていた。

「子供の頃から画家を天職と感じていたのですか」とヴェルニエ牧師はもう一度訊ねた。「天職という言葉に私はとても惹かれます。宗教でも芸術でもです。というのも両者のあいだには共通したものがあると私には思えるのですが」

ヴェルニエ牧師は痩せていて年をとらないように見える人で、とても柔らかい口調で言葉をいとおしむように話した。彼は魂と花々に情熱を感じていた。コケのアトリエからかすかに見える、布教団の美しい二本のタマリンドの木の下に広がる庭は、アトゥオナでももっともよく手入れをされていて、もっともかぐわしい香りを放っていた。ポールや他の仲間たちが野卑なことやセックスのことを口にすると、牧師は頬を赤らめた。牧師は天職の話題が自分にとって本当に重要なことであるかのように、心からの関心をもってコケをじっと見つめていた。

「そうだね、俺にこの道楽が取りついたのはかなり遅かったですよ」とポールは熟考しながら言った。「三十歳までは下手な絵一つ描いたこともなかったように思います。芸術家っていうのはボヘミアンかホモだと思っていましたね。軽蔑してたんですよ。戦争が終わって水兵を辞めたときに、何をして生きていけばよいかわからなかった。とうてい思いつかなかった唯一のものが画家になることですよ」

いつもの冗談を言っているのだと思って、おまえの友人たちは笑った。けれども本当にそのとおりだよね、ポール。自分自身をはじめ、誰も合点がいかないのだが。おまえの生涯における一大神秘だな、コケ。何度も何度も、おまえはどうしてこうなったのか考えてみたが、説明がまったくつかなかった。生まれたときからそのような虫を腹の中に飼っていたのだろう。そして顔を出すのにぴったりの状況を待っていたんじゃないのか。そのように遠回しに言ったのは、花柄のパレオがぶかぶかに見えるほど痩せたキイ・ドンだった。

「大の大人が、いきなり自分の天職が画家であると気づくなんて、あり得るかな、ポール。本当のことを話してくれよ」

友人たちが信じてくれなくても、それは本当のことだった。商船に乗って世界の海を駆けめぐっていたときも、その後、ジェローム＝ナポレオン号で兵役に就いたときも、おまえの記憶にある限り、絵にしろ他の芸術にしろ、そのようなものに何らかの関心を持ったことはなかった。またそれ以前、オルレアンでデュパンルー猊下の寄宿学校にいたときも関心はなかった。最近はおまえの記憶も確かではなくなったが、このことだけは確かだった――学生時代も船員時代も、おまえはスケッチひとつ描いたことがなかったし、美術館にも行ったことがなく、画廊にも足を踏み入れたことはなかった。兵役を終えた後、おまえは後見人のギュスターヴ・アローザのいるパリに行ったが、彼の家の壁にかかっている絵を大して気にも留めなかった。後見人が持っていた古代インカのテラコッタの像だけは面白いなと思っておまえは眺めた。けれどもそれは、芸術的な見地からだったのだろうか、それとも幼い頃、リマの曾祖父の弟ドン・ピオ・トリスタンの家ですごく好奇心をそそられた、スペイン征服以前のマントを着た小さな人形像を、おまえに思い出させたからなのか。

「それじゃあ二十歳から三十歳までは、何をしてたんだ」とベンが訊ねた。かつての捕鯨船乗組員で、アトゥオナの雑貨屋の店主であるベンは目を半ば飛び出させ、顔を赤くしていた。けれどその声はまだ酔っ払ってはいなかった。

「証券取引所の株式仲買人とか、投資や金融の仕事をしていたんだよ」とポールは言った。「そして、信じてはもらえないかもしれないけど、いい成績を上げていたんだ。その仕事を続けていたら、たぶん大金持ちになっていただろうね。葉巻を吸い、二、三人の愛人を囲うほどの大ブルジョワにね。お許しくださいよ、牧師」

皆は笑った。身体が大きいことと海に対する情熱から、ポセイドンとポールが渾名をつけた大男のフレボーの笑い声は、地滑りのようだった。すべてのことを哲学的瞑想に耽るかのように、白い髭を撫でまわしながら聞いていた、感情を顕《あらわ》にしないティオカでさえ笑った。おまえの野蛮人ぶりを知っているので、実業界の人間だったとは想像できなかったのだよ、ポール。何も奇妙なことではなかった。自分が過ごしてきた人生なのに、今はおまえ自身でさえ信じがたいことだった。けれどもおまえは、ギュスターヴ・アローザがパッシーの邸宅でコニャックを飲みながら行なった真面目な話の中で、彼と同じように富を築くことができるから証券業界で働いてみないかと勧められた、あの二十三歳の若者だったのか。収入がよいからという勧めに従って、アローザの仲間でパリ証券業界の評判の株式仲買人、ポール・ベルタンの事務所に職を世話してもらったときは――まだその頃は彼に恨みを持っていなかったし、おまえの母親がずっとこの大金持ちの愛人だったとは認めたくなかったこともあった――、彼に感謝していた。病的なほどの時間厳守で事務所に入り、一瞬たりともわき目も振らず心身ともにその難しい仕事に浸りきって、パリ証券市場に収入や財産を投資するために、ベルタン代理店を信用してやってくる顧客をつかむことに没頭していた、身だしなみのいい、よく教育された内気な若者がおまえだったなんて、あり得るだろうか。この十年の間おまえと付き合いのあった誰が、一八七二年、一八七三年、一八七四年と、おまえがあの無愛想でとっつきの悪い雇用主ポール・ベルタンその人に、その業績と几帳面な生活ぶりを理由にしばしば褒められたことのある模範社員だったなんて、想像することができるだろうか。おまえは仕事仲間たちとはちがって、彼らが仕事が終わるといそいそと出向くカフェや酒場で浪費もしなかった。おまえはそうしなかった。真面目人間のおまえは、ラ・ブリュイエール通りに借りた部屋へ帰り、近所のレストランで質素な食事をすませたあとも、まだ事務所の書類に目を通しながら、脚ががたつき軋むテーブルに向かっていた。

「嘘のような話ですね、ポール」ヴェルニエ牧師が、遠くに聞こえる雷で声が掻き消されてしまわないように大声で叫んだ。「若いとき、あなたはそんなふうだったのですか」

「うんざりするようなブルジョワ見習いだったのですよ、牧師。今となっては俺自身信じられませんがね」

「そんならどうやって変化が起きたのかね」どら声でフレボーが割り込んだ。

「奇跡と言うべきだろ」とキイ・ドンが訂正した。アンナンの王子はどきどきしながら、好奇心いっぱいの様子でポールを見つめた。「どうやって」

「それについてはずいぶん考えたが、今でははっきりした答えが言えるよ」ポールは話しはじめる前に、アブサンをすすって甘く刺すような味わいを口で楽しみながら、パイプをふかした。「俺を堕落させたのは、ブルジョワの経歴をめちゃくちゃにしたのは、善人シュフなんだ」

なで肩で、おどおどした目つきをしていてのろのろと歩き、笑いを誘うようなアルザス地方なまりで話すクロード＝エミール・シュフネッケル。善人シュフ。あのおずおずした、人がよくて、いささか精彩を欠く丸々太った男がベルタン代理店に就職したとき——彼はビジネスを勉強して学位を取っていて、おまえよりもずっと用意周到だった——、その彼がおまえの人生に影響を与えるなんて、おまえに想像できただろうか、ポール。その親切で誠実でおずおずして臆病な同僚は、尊敬の念を込めておまえを見つめ、おまえの強くて果敢な人格を羨しがっていた。彼は顔を赤らめながらおまえにそう言った。二人は親友になった。わずか数週間後に、その遠慮がちで臆病そうな同僚はさえない外見の下で、二つのことに情熱を持っていることがわかった。友情が深まるにつれて、彼はそのことをおまえに明かしていった。それは芸術と東洋の宗教で、とりわけ仏教についてクロード＝エミールはたくさんの本を読んでいた。涅槃に到達することをいまなお夢みているのだろうか。けれどもおまえが驚き当惑しながらも、次第に影響を受けるようになったのは、絵画や画家についてのシュフの話しぶりだった。善人シュフにとって芸術家は別の人種で、半ば天使半ば悪魔の、本質的に普通の人間とは異なる生き物だった。芸術作品はこの汚らしい俗悪な世界よりもより純粋でより完成されており、より秩序ある別の現実である。芸術の領域に入ることは別の人生を受け入れることで、そこでは精神のみならず、感覚を介して肉体も豊かになり、喜びを与えられるのだった。

「あいつが俺を堕落させていったんだけど、俺は気づいてなかったね」ポールは乾杯をした。「善人シュフに！　あいつは俺を画廊や美術館や画家のアトリエに引きずっていった。初めて俺をルーヴル美術館に連れていって、古典画を模写するのを見学させた。ある日のこと、どうしてだか、いつだったのかも覚えていないが、暇ができたときに、俺はこっそり絵を描いていた。こうしてはじまったのだ。この遅まきの道楽が。オルレアンのジジ叔父のところにいた子供の頃、マスターベーションをしたときや女中の裸をこっそり覗き見したときのように、何か悪いことをしているような感じがしたものだ。おかしいだろう。ある日、あいつは俺にイーゼルを買わせた。別の日に俺に油絵を教えた。絵筆なんて俺はそれまで手にしたこともなかったのにだよ。あいつは色を混ぜて調合することを教えた。あいつが俺を堕落させたんだ！　猫かぶりで取るに足りない、存在感のない善人シュフが、俺の人生に大異変をもたらした。あの太っちょのアルザス人のせいで、俺はここ、地の果てにいるんだ」

しかし決定的な出来事は善人シュフでなく、どちらかといえばヴィヴィエンヌ通りの画廊に展示されていたエドゥアール・マネの『オランピア』を見にいったときではなかったか。

「稲妻に打たれたかのように、幻影を見たかのように感じたね」とポールは説明した。「エドゥアール・マネの『オランピア』。その絵はそれまで見たこともないくらい印象的な作品だった。で、俺は思った。〈こんなふうに絵を描くのは、ケンタウロスになるとか神になるようなものじゃないか〉俺は思いついてしまったんだ。〈俺も画家にならなければ〉もうあまりよく覚えていないけどね。でもなんだかこんなところじゃないかな」

「一枚の絵が一人の人間の人生を変えることができるのかな」キイ・ドンは信じられないようにポールを見つめていた。

頭上には今、またしても稲妻と雷鳴が地獄のトランペットのように轟き渡って、風がアトゥオナの木々という木々を荒々しく揺さぶっていた。けれどもまだ雨は戻ってきていなかった。濃い霧が再び太陽を隠していた。テメティウ山とフェアニ山に茂る木々の巨大な塊はもう見えなくなっていた。雷が再び途切れて声が聞こえるようになるまで、友人たちは口を閉じていた。

「絵は俺の人生を変えた。俺の人生をめちゃくちゃにしたんだ」とポールはいきなり怒りながら言った。「俺を引っかき回して悪夢をくれた。突然、俺には確かだと思うものが何もなくなってしまったんだ。この足が踏んでいる地面さえもね。おまえらは俺のアトリエにある『オランピア』の写真を見たことがないかな、今、見せてやるよ」

ポールはぬかるんだ庭をばちゃばちゃと音を立てながら横切って、「愉しみの家」の二階に上がった。風が外階段をちぎれんばかりに揺すっていた。『オランピア』の黄色くぼやけた写真は絵はがきや写真などのポールの古い一連のコレクション――ホルバイン、デューラー、レンブラント、ピュヴィス・ド・シャヴァンヌ、ドガ、数枚の日本の版画、ジャワのボロブドゥール寺院のレリーフ像の写真――の中に君臨していた。豪雨が降りはじめたので、七日前からポルノ写真は壁から外して、雨に濡れないように敷布団の下にしまっていた。雨は竹の隙間から入り込み部屋中を濡らしていた。『オランピア』の写真は一番古いものだった。ヴィヴィエンヌ通りでの展覧会の後、おまえは手を尽くしてその写真を探し回り、その時から手放したことはなかった。

友人たちは次々と手送りしながら写真をしげしげと見た。そしてもちろんのこと、黒人の女中が花束を彼女に手渡そうとしているのに、いかにも解放された高慢な女という目つきで世の中全体に対して立ち向かっているヴィクトリーヌ・ムレ（コケは、自分はその娘を知っているが、モデルは描かれた姿と似ても似つかなくて、マネはモデルを変貌させていると話した）の輝く裸体を見て、ヴェルニエ牧師は耳まで赤くした。おそらくこの裸体が何か悪いこととの前触れでもあるように感じたのだろう。彼は帰るための口実を持ち出した。

「すぐにまた雨が来そうだ」とアトゥオナの上空に向かって迫り来る険悪な黒い雲の様子を示しながら、牧師は言った。「伝道所に泳いで帰らなければならなくなるのは嫌です。午後に礼拝があります。この雷では、残念ながら誰も来ないでしょうが。私の庭の植木は一本たりとも残っていないでしょうよ。皆さん失礼します。オムレツは美味しくいただきましたよ、ポール」

グロテスクな淫乱神父とテレーズの像の前を通るときは像を見ないように気をつけながら、牧師は泥の中をせかせかと帰っていった。ティオカの視線は写真に釘付けになっていたが、しばらくして、雪のような顎鬚を撫でながら、ゆっくりとしたフランス語で訊ねた。

「女神か。娼婦か。この女は何者なんだ、コケ」

「女神で娼婦で、他の者でもある」とポールは友人たちのように笑わないで言った。「それがこの絵のすごいところさ。一人の女の中に千の女がいる。あらゆる欲望のための、あらゆる夢のためのね。俺が飽きない唯一の女だ。今では俺にはほとんど見えないがね。でもここともここ、そしてここにあるぞ」

そう言いながら、コケは自分の頭と心臓とペニスをさした。友人たちは再び笑った。

ヴェルニエが予告したように、空は急に暗さを増してきた。墓地のある丘ももう見えなかったが、マケ・マケ川が水量を増し怒号を立てているのが聞こえた。雨が激しくなったので、彼らはグラスを手に彫刻用のアトリエに走って逃げ込んだ。「愉しみの家」では他のどこよりも乾いた場所だった。皆はずぶ濡れだった。たった一つのベンチと破れたソファにちぢこまっていた。ポールは新たに皆のグラスに酒を注いだ。そのとき彼は、滝のような雨が庭のひまわりを台無しにしてしまったのに気づいた。コケは花を惜しみ、狂ったオランダ人を哀れんだ。キイ・ドンは、一日中ヴァエオホを見かけないことをいぶかった。こんなひどい天気の中どこへ行ったのだろうか。

「彼女はハナウペの集落の家族のもとへ帰ったよ。妊娠しているのであちらでお産をしたいらしい。本当のところ、これは俺から自由になる口実なのだよ。彼女はもう帰らないと思うよ。何もかもにうんざりしてしまったようだが、もっともだと思うよ」

　友人たちはきまり悪そうに互いに顔を見合わせた。おまえと潰瘍に愛想をつかしたのだね、ポール。おまえのヴァヒネは不快感を隠せなかったたし、おまえはそんな様子を見なくても気づいた。おまえが身体に触れようとするたびに彼女は顔を歪めた。ああ、かわいそうな娘。おまえはもう汚らしい生きながらの廃人になってしまったのだよ、コケ。けれども今は、アブサンで身体が熱くなり、ここにいる友人たちと話を交わしていて、空は荒れているにもかかわらず気分はいいと、おまえは思いたかった。かなりのひまわりが倒れたからといって、おまえの人生がこれ以上めちゃくちゃになることはないさ、コケ。

「ここに住みはじめて何年にもなるが、こんなひどい雨は見たことがない」とキイ・ドンは空を指しながら言った。激しいにわか雨は竹でできた家の屋根や編み込んだ椰子の葉を揺さぶり、今にも吹き飛ばしてしまいそうだった。稲妻が数秒の間、地平線を照らし出したかと思うと、周囲のヒヴァ・オアの山々を真っ黒な雷雲が視界から消し去った。近くにあるベン・ヴァーニーの店さえ見分けられなかった。背後の海は怒り狂っているように見えた。世界の終わりだろうか、コケ。

「わしもな、この島から出たことはないが、こんな雨は一度も見たことがないぞ」とテイオカが言った。「何か悪いことが起きそうだ」

「この豪雨より悪いものがあるのかね」ベン・ヴァーニーがもつれる舌で笑い飛ばした。

それからポールのほうに向き直りながら、会話を再開した。「つまり、おまえはこの絵を見て、すべてを手放し、絵に専念することになったのか。おまえは野蛮人じゃなくて狂人だよ、ポール」

店主の額にはクシャクシャに固まった赤毛が、まるで剃髪した頭に冠状に残った頭髪のように張り付いていてすごくおかしかった。彼は愉快そうに、また信じられないといった様子で笑った。

「そんなに簡単だったらよかったがね」とポールは言った。「俺は結婚していた。それもまともな結婚だよ。すごくブルジョワ的な家族がいて、妻は次々に子供を産んでいた。どうやって突然、それらを手放せるだろうか。それに、責任はどうなる、道徳は、なんて取り沙汰されるのだろう。あの頃、俺はそんなことを考えていた」

「おまえ結婚していたのか」とキイ・ドンは驚いた。「法律にのっとってか、コケ」

法律とそのほかもろもろのことにのっとってだ。おまえは一八七二年の冬、パリに遊びにやってきたすらりと背の高い、長い金髪を垂らした女ヴァイキング、デンマーク人の教養ある娘、メット・ガッドに夢中だったのだろうか。おまえはまったく覚えていなかった。けれども間違いなく、おまえは女ヴァイキングに恋していたのだ。彼女を誘って口説き、愛を告白して正式に結婚を申し込んだ。コペンハーゲンのブルジョワ中のブルジョワであるメットのおっかない家族が、ひどくおまえを疑い、求婚者を詳細に調べあげたあげく、ようやく同意してくれた。小うるさいスカンジナヴィア人たちを満足させるために、第九区の区役所とパリのルーテル派の教会できちんとした結婚式をした。シャンパンと楽団と大勢の招待客、おまえの後見人ギュスターヴ・アローザと上司ポール・ベルタンの立派な贈り物があった。ドーヴィルへの短いハネムーンを終えると、サン＝ジョルジュ広場のアパートに入居した。そこにおまえは、姉のマリア・フェルナンダと彼女のコロンビア人の許婚ファン・ウリベから贈られた、古代ペルー人が身につけていたマントを飾った。輝かしい未来が約束されている証券業界の若い仲買人として、すべきことはすべて行なった。あの頃のおまえはそんな人間だったんだよ、ポール。たくさん働いて収入もよかった。一八七三年には――ベルタン代理店の他のどの同僚ももらっていない――三千フランの特別賞与をもらい、メットは幸せそうに家を飾り、そわそわと出産を心待ちにしていた。一八七四年に長男が生まれて、エミール（代父となった善人シュフの名からもらったが、北欧の先祖の形見として語尾にeはつけなかった）と名づけたが、長男が生まれると新たに三千フランの特別賞与をもらった。派手好きなメットが買い物や気晴らしで散財するにはちょっとした金額だったが、彼女は家の中にもうすでに敵がいることに気づいていなかった。彼女の勤勉で愛情深い夫は、こっそりとスケッチに手を染め、アカデミー・コラロッシのデッサンと油絵の授業を、シュフと一緒に受けはじめたのだ。そのことにメットが気づいたとき、二人はもうサン＝ジョルジュ広場には住んでいなくて、さらにエレガントな十六区のシャイヨー通りの豪華なアパートに住んでいた。ポールは自分の収入には不相応だとメットに言ったが、彼女の豪華好きな嗜好を満足させるためにポールが折れて、借りることとなった。

女ヴァイキングにポールの秘密の道楽を気づかせたのは、その頃のおまえの人生に決定的な役割を果たしていた人物、カミーユ・ピサロだった。ピサロはカリブにある小さな島のひとつ、セント・トーマス島生まれの男で、奴隷の反乱を支持したために追放されてヨーロッパにやってきた。彼は自分の絵にほとんど買い手がつかないことに動じることなく、印象主義というグループの友人たちとともに前衛芸術家の道を追究していた。クロポトキンなど無政府主義者の知識人がよく出入りしていたので、ピサロは「爆弾を仕掛けない無害なアナーキスト」と呼ばれていた。ポールは彼の風景画を買っていた後見人のギュスターヴ・アローザの家でピサロと知り合い、そのとき以来、互いによく訪問しあうようになった。ポールもピサロから絵を買っていた。収入が少ないのでピサロはパリでは生活ができなかった。ポントワーズの近くの田舎に家を借りていて、ヨブの忍耐強さを授かった聖書風のこの家長は、父親を尊敬する七人の子供を育てながら、きつい性格の女中上がりの妻ジュリに耐えていた。この妻は亭主の友人の前で、金を稼ぐ甲斐性がないと亭主をこきおろした。彼女は、「誰にも気に入ってもらえない風景画ばかり描いているんだからね」と、週末にポントワーズに招かれたポールとメットの前で亭主を叱りつけていた。「ルノワールとかドガみたいに、肖像画や田舎の祭りとか裸体画をもっと描けばいいのよ。あの人ら、あんたよりうまくやっているじゃないのさ」

ある日曜日のこと、皆でチョコレートを飲んでいると、カミーユ・ピサロが、「ポールには真の芸術的な感受性がある」とぽろりと口に出したので、メット・ガッドは驚いた。「それはどういう意味なの」

「ピサロの言ったことは本当なの」とパリに帰ってきてからメットは夫に訊いた。「芸術に興味があるの。そんなこと一度だってわたしに言ったことないじゃない」

おまえはどぎまぎし、罪の意識で、頭から足まで震えが走ったね、ポール。ちがうよ、暇つぶしだよ。夜の時間をカフェや酒場で友人とドミノをして過ごすより健全だし、気がきいているだろ。そうじゃないか、ヴァイキング。彼女は不安そうに顔を曇らせながら言った。そうね、そうよね。女の直感だよ、ポール。彼女は自分の家に崩壊の影がしのびこんでおり、その闖入者が結婚生活を破壊し、光の都で裕福な上流階級のブルジョワとなる彼女の夢を壊してしまうことになると、見抜いていたのだろうか。

そのような出来事のあとで、おまえは新しくはじめた道楽を妻や友人におおっぴらにする権利を得て、ひどく解放された気持ちになった。パリの証券業界で成功を収めている仲買人は、他の人々のビリヤードや乗馬などの趣味のように、余暇にやっている芸術的趣味を世間の人におおっぴらにする権利がないのだろうか。一八七六年、おまえは大胆な行動に出た。姉のマリア・フェルナンダとその新婚の夫フアン・ウリベに、結婚のお祝いに贈った絵『ヴィロフレイの小さな森』を貸してくれるように頼み、それをサロンに出展したのだ。その作品はたくさんの応募作品の中で認められた。一番喜んだのはカミーユ・ピサロで、そのときからおまえを自分の弟子として人に紹介し、クリシーにある友人たちの溜まり場のカフェ、ラ・ヌーヴェル・アテーヌにおまえを伴っていった。印象主義者たちは第二回のグループ展を終えたばかりだった。堂々としたドガや気難しいモネ、陽気なルノワールが、ピサロ——ピサロは白い髭を生やしたビア樽のように太った男で、いつも機嫌がよかった——と話をしているあいだ、おまえは並み居る芸術家を前にして、片隅で証券取引所の仲買人にすぎない自分を恥じて黙っていた。ある夜、ラ・ヌーヴェル・アテーヌに『オランピア』の作者であるエドゥアール・マネが現れたとき、おまえは今にも失神しそうなほど真っ青になった。あまりの感動に打ちのめされて、おまえはかろうじてたどたどしい挨拶をしただけだった。あの頃のおまえはなんてちがっていたのだろうね、コケ。今のおまえからなんてかけ離れていたことだろうか。おまえにはまだ十分な収入があったので、メットは不平を言えなかった。一八七六年四月、給料の他に、三千六百フランの特別賞与を受け取っており、翌年アリーヌが生まれると、おまえは引越しをした。彫刻家ジュール＝エルネスト・ブイヨがおまえのために、ヴォージラール通りにアパートと小さなアトリエを貸してくれた。そこでおまえは家主の指導の下、粘土で造形したり大理石を彫ったりしはじめた。メットの頭部像をおまえはあれほどがんばって彫り上げたが、満足な出来だったか。おまえは覚えていなかった。「その二重生活は困難だったにちがいない」とキイ・ドンが感想を述べた。「証券取引所で仲買人として日に何時間も働き、残った時間は絵と彫刻だ。俺がアンナンで反政府活動をやっていた時分を思い出すよ。昼間は植民地行政府の用心深い役人。夜は反乱の徒。どうやってこなしていたんだ、ポール」

「こなせなかったよ」とポールは言った。「けれども、どうしようもなかった。俺は模範的なブルジョワだったのだよ。妻、子供たち、安定した生活、名声など、背負っていたものをどうやって見捨てられるだろうか。幸い俺には火山のようなエネルギーがあった。四時間も眠れば十分だった」

「酔ったついでにな、おまえに忠告するぞ」とベン・ヴァーニーが突然話題を変えて口を挟んだ。声はもう不安定で、とりわけその目は酔いがすっかり回っていることを示していた。「アトゥオナの当局に刃向かうのはやめろよ。ろくなことにならんぞ。奴らは力を持っているし、俺らは無力だからよ。おまえを助けることなんて俺らにはできないからな、コケ」

ポールは肩をすくめて、アブサン酒を一口すすった。家族に対する義務と、彼の生活に寄生虫の貪欲さで定着してしまった、芸術家としての遅まきの情熱とに二分された、三十二、三十三、三十四歳のあの頃の自分と決別するには、非常な努力を要した。ヴァーニーは何について言っていたんだっけ。おまえが率先してマオリに説いている「道路税」の不払いキャンペーンのことだ。おまえが先住民たちに、アトゥオナから遠く離れて住んでいるなら、子供たちを学校につれていく義務はないと説明したとき、おまえの友人たちは皆ひどく心配した。それからおまえに何が起こったのだろう。何も起こらなかったね。

嵐は周囲の風景を飲み込んでしまった。近くの海やアトゥオナの高峰、丘の麓の墓地の十字架はあっという間に白いガーゼに覆われたように見えなくなった。彼らはもうすっかり包囲されていた。近くのマケ・マケ川は水量を増し、川底の石を掻きまわしていて氾濫しそうだった。ポールは嵐に脅かされている何千もの鳥たちや野生の猫、ヒヴァ・オアの時を告げる鶏のことを考えていた。

「ベンが触れた件だけどね、俺も敢えておまえに忠告するよ」とキイ・ドンは抜かりなく言った。「学期初めにおまえがトレートル湾に行って、神父や修道女のところへ子供を連れてきているマオリの人たちに、遠く離れた地域に住んでいるなら、そうする義務はないって教えていたとき、俺はおまえに警告しただろ。『おまえはとんでもないことをしている』ってよ。おまえのせいで生徒の数は三分の一、いやそれ以下に減ってしまった。司教や神父たちはおまえを許しはしないだろうよ。だが、税金の話はもっと悪い。これ以上無茶なことは止めるべきだね」

ティオカは固くなっていた身体の緊張を解いて笑った、それはめったにないことだった。

「島の半分を回って学校に子供たちを連れていかなければならないマオリの家族は、おまえにこの特別免除制を教えてもらって喜んでいるよ、コケ」と悪戯を褒めるようにつぶやいた。「司祭と憲兵は俺らを騙していたんだ」

「嘘をつくこと、それが神父と警察のやることだよ」とコケは笑った。「俺の師、カミーユ・ピサロは、俺が野蛮人の中で生活しているのを軽蔑しているが、俺の話を聞いたら喜んだだろうよ。彼は無政府主義者だった。僧服と軍服を嫌っていた」

雷が長くうなるようにゴロゴロ音を立て、アンナンの王子が言うつもりだった言葉をさえぎった。キイ・ドンは口を開けたまま、空模様が収まるのを待っていた。なかなか収まらないので、雷が轟く中、聞こえるように声を張り上げて言った。

「税金のほうはもっと悪いよ、ポール。ベンの言ったことは正しい。おまえは無謀なことをしているぞ」と彼独特のやさしい猫なで声のゆったりした口調で釘を刺した。「先住民に税金を払わないように助言することは、反逆、体制の転覆を意味するのだよ」

「おまえは反逆に反対なのか。フランスからインドシナを分離しようとして、悪魔島に島流しの刑を受けたおまえがさ」ポールは大声で笑った。

「俺だけじゃないよ、そう言ってるのは」元テロリストは真面目に反論をした。「町では多くの人がそう言っているぜ」

「新しい憲兵が言っているのは知っている。まったく同じことを言っていた」とフレボーが大きくて不恰好な手を動かしながら横から口をはさんだ。「目を付けられているぞ、コケ」

「クラヴリ、あの糞野郎か。あの人当たりのいいシャルピエに代わって粗暴な馬鹿が来たのは残念だ」ポールはぺっとつばを吐きかける真似をした。「あの憲兵がいつから俺を目の敵にしているか知っているか。初めて俺がタヒチにやってきたその月に、マタイエアの川で裸で水浴びしていたのを見つけて以来さ。あいつは俺から罰金を取りやがった。最悪なのは罰金ではなくて俺の夢を粉々にしたことだ。タヒチは、つまり地上の楽園ではなかった。型に嵌められていて、人間が自由な生活を送ることが妨げられていたんだよ」

「俺らは真面目に話をしているんだぜ」とベン・ヴァーニーがさえぎった。「おまえをいらいらさせるためでも、干渉するためでもないんだ。俺たちはおまえの友人だからね、ポール。やっかいなことになるかもしれんよ。学校の件はもう大変なことになってしまっている。けど、税金の件はもっと深刻なことになるぜ」

「ずっと深刻だ」とキイ・ドンが繰り返した。「先住民がおまえに従って税金を払わなかったら、おまえは危険分子として牢獄行きだ。おまえが俺のような幸運に恵まれるかどうかわかるものか。ここに来てたった一年しか経っていないのに、もう敵がいる。悪魔島で人生を終わりたくないだろう」

「もしかしたら、ギアナには、俺があちこち探して見つからなかったものがあるかもしれないね」と真面目な顔をしてポールはふっと空想した。「さあ、飲もうぜ。未来のことを心配したりせずにね。いずれにしても、あの空の上では何もかもが、マルキーズ諸島におけるこの世の終わりがはじまった兆候を示しているよ」

雷と稲妻が再度はじまって大音響のコンサートになり、「愉しみの家」全体が揺さぶられてふらふらしていた。土砂降りと激しい突風は、いつ家を引きぬいて空中に舞い上げてしまうかわからなかった。近くの川の水があふれ出て庭を水浸しにしはじめていた。彼らはおまえの友人なんだよ、ポール。おまえの身の上を心配してくれている。本当のことを言っているのだ。おまえは何者でもない。金も名誉もない野蛮人の一見習いじゃないか。神父や裁判官、憲兵たちはそんなおまえの背骨をいつでも砕くことができるのだ。ヒヴァ・オアの裁判官であり政治権力の長でもある憲兵のクラヴリがおまえにそう警告していたじゃないか。「あなたが、もしこのまま先住民に反乱を焚きつけつづけるならば、法のあらゆる重しがあなたの上にどさんと落ちてきますから、あなたの貧相な骨では耐えられませんよ。よくわきまえられるように」わかりました。警告をしてくれてありがとうよ、クラヴリ。おまえは何だってまた新たなトラブルやごたごたを探すような真似をするんだ、コケ。馬鹿みたいじゃないか。そうかもしれない。けれども、国が一メートルの道路も、小道も、通りも作っていなくて、アトゥオナの町から一歩出ると、どこへ行っても険しく立ちはだかる森しかないこの島の貧乏な住民から、「道路税」を徴収するのは正当なことだろうか。おまえはヴァエオホとの結婚交渉のためにラバに乗ってハナウぺまで行ったときの、あの悪夢の旅でそれを確認していた。道がないために、おまえはこの場所から動けずにいるのだよね、コケ。だからあんなに望んでいたのに、ウペケにある石の偶像ティキのある遺跡を見るためにタアオアの谷へも行けなかった。この税金はひどいペテンだ。ここに投資されるべき金は誰が懐に入れてしまったのか。一人なのか大勢なのか、ポリネシアか、それともあちらの本国で植民地行政に携わっている、むかむかする寄生虫野郎どもだ。糞食らえだ！　おまえはマオリの人々に不払いをするように引きつづき助言するだろう。おまえは自ら先頭を切って手本を示し、自分が支払わない理由を当局宛に書いてやった。よくやった！　ポール。おまえのかつての師で無政府主義者のカミーユ・ピサロも、おまえの行動に賛同するだろう。それに、天上では、それとも地獄の底でかもしれないが、スカートをはいた煽動者、おまえの祖母フローラも、拍手を送っていることだろうよ。

カミーユ・ピサロはフローラ・トリスタンの本とパンフレットをいくつか読んだことがあり、心からの敬意をこめてフローラのことを話すので、おまえは何も知らなかった母方の祖母について初めて興味を持った。おまえの母親は一度も祖母のことを話してくれなかった。母親を恨んでいたのだろうか。もっともなことだ。フローラは娘のアリーヌをほったらかしにしていた。自分が革命に奔走しているあいだ、アリーヌを乳母と一緒に生活させていた。結局ポールは、祖母フローラの書物を読むことはほとんどできなかった。昼間は代理店で株の状況を報告するために顧客を追って走り回っていたし、自由な時間があるときにはいつも——特に週末の貴重な時間にはピサロ一家の住むポントワーズで——猛烈に絵を描いて描いて、という生活だった。一八七八年、トロカデーロ宮殿に民族誌学博物館が開館した。おまえはそのことをよく覚えていたね。なぜならそこで古代ペルー人——モチカとかチムーとか神秘的な名前がついていた——の制作した陶器の小さな像を目にしたおまえは、数年後にはおまえの信仰となるものの最初の啓示を得たのだ。それらの異国の原始文明では、現代美術にはすでに消え失せてしまった力強さや、精神的な戦闘性が際立っていた。特におまえは、ウルバンバ谷で出土した千年以上も昔のミイラをよく覚えていた。長い髪に真っ白な歯、黒ずんだ骨のそのミイラに、おまえはファニータと名づけた。その骸骨がどうしておまえを惹きつけたのだろう、ポール。おまえは何度も彼女を見にいったね。ある日の午後、監視員の隙をついてキスまでしたじゃないか。

おもしろいじゃないか、ポール。おまえにはもう絵が何よりも重要なものになっていたその頃、証券業界のボスたちはおまえのことを高く評価していた。一八七九年、おまえは申し出を受けて仕事先を変えたが、新しい代理店でもおまえはよくやったので、その年の特別賞与は一財産といえる三万フランだった。女ヴァイキングはどんなに喜んだだろう。メットはすぐに居間と食堂の家具を新しくし、絨毯を再び取り替えた。その年、カミーユ・ピサロの提案で、第四回印象派展に息子エミールの大理石の胸像を出品した。彫像は取り立てて人目をひくことはなかったが、そのときから全世間が――一般の人々も批評家も――おまえを印象派の一員と見なしてくれた。その進展には満足だったかね、ポール。

「狂乱の毎日を送っていたから、満足して嬉しいと思う暇もなかった」とコケは言った。「けれど意欲的だった。それは本当だ。夢のような特別賞与の一部を、女ヴァイキングが許してくれる限り、友人たちの絵を買うのに使った。俺の家は、ドガ、モネ、ピサロ、セザンヌの絵でいっぱいになった。その年、一番感動を覚えた日は、巨匠ドガのおかげによるものだ。俺に絵を交換してほしいと言ってくれたのだ。俺を彼と同等に扱ってくれたのだよ、想像してみてくれよ！」

その年はまた三人目の子、クロヴィスが生まれた年でもあった。一八八〇年には第五回印象派展にも八枚の絵を持って参加した。その年、遠回しの表現で、エドゥアール・マネが初めておまえを褒めてくれた。「私は夜間と休みの日に絵を勉強しているだけの、ただのアマチュアです」とラ・ヌーヴェル・アテーヌでおまえは言った。「ちがうな」とマネがおまえの言葉を強く訂正した。「アマチュアとは下手な絵描きのことだよ」おまえは当惑しながらも幸せだった。一八八一年には善人シュフが、金を処理する新技術を開発している名もない会社に全財産と貯蓄を注ぎ込んで大金を稼ぎだし、美しいが貧乏人の娘ルイーズ・モンと結婚した。これはうまい取引と計算した彼女に間違いはなかった。善人シュフは証券業界から足を洗って美術に専念した。メットは怖くなった。ポール、もしかしてあなたも同じようなばかげたことを夢みているんじゃないの。夫婦の口喧嘩はもう日常茶飯事になっていた。

「どうしてわたしを騙したの、絵が好きなことを隠していたでしょう」

「僕にもわからなかったんだよ、メット」

画家のフェリックス・ジョベ＝デュヴァルに借りた小さなアトリエで、証券会社での時間を惜しみながら、おまえは憑かれたように彫刻をし細工したり絵を描いていた。ジヨベ＝デュヴァルがその故郷について語る話、「コスモポリタンな工業化」に抵抗している、過去に忠実で素朴で伝統的なブルターニュおよびブルターニュ人についての話は、おまえの興味を惹いた。それからおまえは、過去が今も存在しており、芸術が日常と分離していない土地を求めて、大都会パリから逃げ出すことを夢見るようになっていた。そのパリのアトリエで、おまえは今でも誇りに思う数枚の絵を描いている。『カルセル街の画家の室内』『裸体習作』等がそれで、印象派展に出品しているが、その中でも一番の秀作は『眠る子供――習作』だ。一八八一年、メットが四人目の子ジャン＝ルネを出産したとき、デュランン＝リュエルの画廊はおまえの作品を三枚、千五百フランで買ってくれた。そして著名な作家、ジョリス＝カルル・ユイスマンスはおまえを褒め称える記事を書いてくれた。人生はおまえに微笑みかけていたね、ポール。

「そう、そうとも、一番いいときだった。産業界と銀行は崩壊しはじめていた」興奮してポールは、雷の中を皆に聞こえるようにと声を上げた。「フランスでは倒産が続いていたのさ。証券取引所も次々に閉鎖していた。ありがとう、神様。俺の問題を解決してくれてありがとう」

ポールの友人たちは理解できずに彼を見つめた。おまえは経済的な大恐慌が、おまえを除くすべてのフランス人に壊滅的打撃を与えたことを彼らに説明した。それはおまえにとっては解放を意味した。経済的崩壊はその結果、大きな政治的な動揺をもたらした。無政府主義者は迫害され、クロポトキンは捕らえられた。カミーユ・ピサロは身を隠し、貧乏人もブルジョワも、多くの家庭はパニックに陥った。ポール、けれどもおまえはこれらの出来事にまったく無関心で、相変わらず狂ったように夢中になって絵を描きつづけていた。リヨンの証券取引所が閉鎖されると、メットは神経の発作を起こし、好きな人に死に別れたかのように泣いた。パリ証券取引所が閉鎖されると、メットは何日間も食物が喉を通らなくなり、痩せて憔悴しきってしまった。おまえはすこぶる満足だった。この年は七回目の印象派展で、おまえは十一枚の油絵と一枚のパステル画、彫刻を一点出品した。一八八三年八月、証券会社のおまえの上司がおまえを呼び出して、心痛に堪えないという表情をしながら、震え声で、経済が危機に瀕しているから「君をここに置いておくことができない」と言ったとき、おまえは彼をびっくりさせるような行動を取った。その手に口づけをしたのだ。同時に、おまえはうれしそうに言った。「ありがとうございます、社長。たった今、あなたのおかげで私は本物の芸術家になることができました」おまえは幸せでたまらない様子で、走ってメットに報告にいった。金輪際二度と事務所の敷居をまたがないと。おまえは絵だけに取り組むだろう。黙って、青くなりながら、しばらく目をパチパチしていたが、メットは意識を失っておまえの足元に倒れこんでしまった。

「その頃までに、もう俺はすごく変わっていたんだ」とポールは愉快そうに付け加えた。「以前よりも酒を飲むようになっていた。家ではブランデーを、ラ・ヌーヴェル・アテーヌではアブサンを飲んだ。長い時間一人でハーモニウムを弾きながら過ごした。あの楽器は絵を描くように発奮させてくれたからね。そして、ブルジョワを挑発するために、身なりもとっぴなボヘミアン風になった。三十五歳になっていた。本物の人生を生きはじめたんだよ」

急に雷鳴は止み、雨足もいくらか弱くなった。数日間降った雨が、テメティウ山とフェアニ山からアトゥオナに落ちる三十の滝を増水させたので、マケ・マケ川はその両岸から水があふれ出ていた。すぐに氾濫した水がアトリエに押し寄せてきて、水浸しになった。一同を取り囲む霧雨の向こうを指差しながら、ベン・ヴァーニーが歌うように言った。「捕鯨船で航海しているときみたいだ」数分もするとみんなは泥のような急流に踝まで浸かってしまった。一同はずぶ濡れになりながら外を覗いてみた。どこもかしこも水浸しで、新しくできた川が木の幹や根や草、泥、ブリキ缶などを引きずりながら、「愉しみの家」の庭の物をなめるように運び去って大通りのほうへ向かって流れていった。

「あそこに見える塊が何だかわかるか」とティオカが、アトゥオナの上空に居座って垂れ込めている雲より濃い色の、斑点のような物を指差した。「あれを激流は海まで運んでいくのだろうか。俺の家だよ。俺のヴァヒネと子供たちを一緒に連れ去っていなければいいが」

ティオカは、ヒヴァ・オアについたその日からコケに強烈な印象を与えたマルキーズ人特有のストイックな落ち着きぶりで、取り乱すことなく話した。ティオカは、さよなら、と手を振って、膝まで水に浸かりながら遠ざかっていった。雨のカーテンと雲はあっという間に彼の姿を飲み、見えなくなってしまった。彼とはちがって、キイ・ドンとポセイドンのフレボー、ベン・ヴァーニーはようやく行動を起こした。恐れと驚きがすぐに彼らの酒の酔いを醒ましていた。どうしよう。急いで帰って家族がどうしているか見て、それから、おそらく、墓地のある丘に避難したほうがよいだろう。この平地ではハリケーンの襲撃にさらされやすい。その上、津波が押し寄せていた。アトゥオナよ、さらばだ。「俺たちと一緒に丘に登ったほうがいいよ、ポール」とキイ・ドンは言い張った。「この小屋はもたないだろうよ。ただの嵐ではないからね。ハリケーンだ。俺たちと一緒に高台の墓地に避難したほうが安全だよ」

「俺のこの足で泥水の中に飛び込むのかね」ポールは笑った。「やっとどうにか歩ける程度なんだよ。おまえたちは行ってくれよ。俺はここに残って待ち受けているよ。世界の終末は俺の本分だからね」

彼らが身体を縮めて水音を立てながら、膝まで水に浸かり、柵の役目をしている灌木のあたりを通りすぎ、アトゥオナの中心となっている、今ではかき消されてしまった小道のあったほうを目指して出て行くのをポールは見送った。彼らは無事に着くだろうか。大丈夫、皆は天候による災害の経験は持っていた。それではおまえはどうなのかね、ポール。キイ・ドンは正しいことを言っていた。「愉しみの家」は竹と椰子の葉、木の梁で造られているから壊れやすい。今まで風雨に耐えてきたのが奇跡のようなものだ。この状態が続くと、根こそぎにされて押し流されるだろう。おまえを閉じ込めたままで。この死に方ならおまえは受け入れられるだろうか。なんだかちょっとばかばかしい気もする。でも肺炎で死ぬよりはましだろうか。それとも口にするのが憚られる病気のせいで、まもなく消滅するのか。「愉しみの家」には乾いている場所はまったくなく、強烈な風と雨から無事な場所もなくなっていたが、今ではかなり痛みを増している足を引きずって、彼はアブサンをもう一杯注ぎにいった。そしてずぶ濡れになったハーモニウムを機械的に弾きはじめた。ポールは商船で働いていたとき、子供たちが使うこの難しい楽器を船の中で習得した。その音色はいらいらしたり憔悴したりしてどうしようもないときに、安堵感を与えてくれた。彼が絵や彫刻に没頭していたときには——視力が落ちた現在では、そのようなことはめったにないが——、ポールを元気づけ、アイデアを与え、捉え難い完璧さを目指そうとするかつての意志をいくらか思い出させてくれた。このような死に方は思いもかけなかったかね、ポール、太平洋の真ん中の忘れ去られた小島で。マルキーズ諸島は世界から一番隔絶された場所だ。いいさ、もうずいぶん前から俺には覚悟ができているよ。野蛮人の中で、野蛮人の一人として死ぬこと。しかしそのとき、ポールは自分をよそ者と感じさせた、盲目の老婆のことを思い出した。

数週間前に、コケが二階から視力の衰えた目を凝らしながら、夕陽が薔薇色に染めている荒涼としたハナケエの小島とトレートル湾を眺めているとき、ひとりの老婆が杖をつきながら、どこからともなくふらっと現れた。庭に入りこんできた盲目の老婆は、犬の吠えたてる声と猫の鳴き声の中、大声でマオリ語で何か叫んだので、コケは彼女に気づいたのだった。判然としない形をした、女というよりも不恰好な生き物のように見える老婆は、おそらくゴミの中から見つけたと思われる、太い糸で繕った継ぎはぎだらけのボロを身に纏っていた。彼女は杖で左右をせわしく叩きながら家への道を探りあて——不思議なことに——彼女を迎えに行こうとしていたポールのもとへとやってきたのだ。二人は正面から向き合った。彫刻用アトリエ、今、まさにコケが寒さに震えながら、アブサンで恐れと戦っている、この場所だった。老婆は目が見えないのか、それとも見えないふりをしていたのだろうか。彼女が近くに来たとき、彼女の角膜が白くなっているのがわかった。そうか、盲目だった。ポールが口を開く前に老婆は彼の気配を感じて手を上げ、ポールの裸の胸にさわった。老婆はゆっくりと両腕、両肩、臍へと手でさぐっていった。それからポールのパレオを開いて、腹をなで、睾丸とペニスをつかんだ。検査をしているかのように、彼女はつかんだまま考えていた。それから表情を曇らせると、彼女は胸糞が悪そうに叫んだ。「ポパアか」その言葉はコケも知っていた。マオリの人々はヨーロッパ人の男をそう呼ぶのだった。それだけ言うと、そのためにやってきた食べ物も施し物も待たずに、盲目の老婆は踵を返して杖で道を探りながら行ってしまった。彼らにとっておまえはそのような存在だったのだ。包茎のペニスを持つよそ者。その点でもおまえは挫折していたね、コケ。

翌朝、コケはハーモニウムを抱いたまま目覚めた。テーブルで彼は眠り込んでいたのだ。その上にあったたくさんのグラスや瓶は、今や床一面に散らばっていた。水はアトリエから引きはじめていたが、コケの周囲は何もかもが破壊されて滅茶苦茶になっていた。屋根の一部が剝がれて破損していたものの、「愉しみの家」はハリケーンに耐え抜いた。薄青色の空の上では、新しく顔を出した太陽が大地を暖めはじめていた。

19　怪物都市——ベジエおよびカルカソンヌ、一八四四年八月～九月

フローラはときどき、自分のフランス南部への旅を、ウェルギリウスとダンテの地獄への旅と比べてみることがあった。旅で訪れる町いずれもが、先に訪ねた町々よりもさらに汚く、醜く、臆病な町だったからである。たとえば、異臭の漂うベジエでは我慢も限界のオテル・デ・ポストに投宿したが、そこではボーイも宿の支配人も誰一人としてフランス語を話さなくて、オック語のみだった。この街では、工場でも職場でも集会を持つ許可は出なかった。雇い主も労働者も当局を恐れて扉を閉ざしていた。フローラとの会談を承諾したわずか八人の労働者は非常に用心して——ホテルには夜やってきて、裏口から入るなど——、自分の仕事を失うのではないかとひどくびくびくしていたので、フローラはその人たちに労働組合の委員会を組織することを勧めようともしなかった。

フローラはベジエには一八四四年八月最後の二日しか滞在しなかった。カルカソンヌへの郵便輸送船に乗ったとき、牢獄から出たような気持ちになった。彼女は船酔いしないように、船室を利用できない旅人と一緒に甲板に出ていた。そこで彼女は、アルジェリアから帰国したばかりの植民地兵スパヒと、商船の乗組員の若者に、どちらの職業が

社会に対し貢献しているかを比較することを勧めると、口論からはじまってあやうく殴り合いになるところだった。船員のほうは、船は乗客や生産物を運び商業を活発にするが、兵隊は殺し合いをする以外いったい何の役に立つのかと言った。それに対してスパヒは、憤慨しながら戦いで受けた傷を見せ、軍隊はフランスに、本国よりも三倍も大きい北アフリカの植民地をもたらしたばかりだと反論した。兵士が激昂してきて大声で罵詈雑言を喚きたてはじめたので、フローラはこう言って黙らせた。

「あなたはフランスの軍隊が、ナポレオンの時代のように今もって徴集兵たちを獣に変えていることの生きた証だわ」

カルカソンヌまでは六時間ほどだった。彼女は船尾のベンチに腰かけて何本かのロープにもたれかかると、丸まってすぐに眠ってしまった。オランピアの夢をみた。パリを後にして七か月、彼女の夢をみるのは初めてだったね、フロリータ。

心地よくやさしく、少しばかり挑発的でノスタルジックな夢だった。あの女友だちとは本当によい思い出ばかりで、彼女には世話になりっぱなしだった。けれども一八三九年の秋、イギリスから帰国して、オランピアとひどく唐突な別れ方をしたことをおまえは悲しんでいなかった。そうでなければ、知性と愛をもって世界を変革しようとするキャンペーンをおまえは後悔していただろう。ジプシー女の扮装で臨んだオペラ座の舞踏会で知り合い、あのすらりとした鋭い眼差しの婦人からおまえは手に口づけを受けたのだが、オランピア・マレズースカとの付き合いがはじまったのはわずかその数か月後だった。彼女の祖父は名高い東洋学者で、ソルボンヌ大学教授であり、ポーランドを帝政ロシアの頸木から解放するために力を注いでいた。オランピアはフランスへの亡命者で結成されたポーランド国家委員会に協力していて、そのリーダーの一人であるサント＝ジュヌヴィエーヴ図書館の職員、歴史家で愛国者のレオナール・ショズコと結婚していた。しかしなんといっても、彼女は社交界のマドンナだった。オランピアの開くサロンは多くの人に知られており、文学者や芸術家、政治家たちが集まっていたので、木曜の夕べの集いへの招待を受けたとき、フローラは参加することに決めた。優雅な家に、洗練されたもてなし、サロンは著名な人々であふれていた。人気女優マリー・ドルヴァルが小説家のジョルジュ・サンドと、ウジェーヌ・シューはサン＝シモン主義者の教父、プロスペル・アンファンタンと親しく歓談していた。オランピアは素晴らしい機知と親しみを込めて皆をもてなしていた。おまえを愛情こめて迎え、褒め称えながら友人たちに紹介してまわった。オランピアは『ある女賤民《パリア》の遍歴』をすでに読んでおり、おまえの著作に対する賞賛は本心から出たもののようだった。

オランピアがまたサロンに顔を見せるようにと熱心に誘うので、おまえは何度も出向いていったが、いつも気持ちよく過ごしたものだった。三度目か四度目に訪ねたとき、彼女は更衣室でおまえがコートを脱ぐのに手を貸して、髪をとかしてくれたが、「フローラ、今日のあなたはとっても輝いているわ」と言って、おまえの腰をまっすぐ自分のほうに抱きよせて、唇に接吻した。あまりに思いがけなかったので、おまえはなすすべもなく身体を預けて抱擁されるがままになっていた（おまえにとっては初めてのことだったね、フロリータ）。顔を赤らめ、どぎまぎし、動けないまま、おまえは黙ってオランピアを見つめていた。「いままでお気づきにならなかったかもしれませんが、もうわかっていただけましたよね、あなたを愛しておりますことを。お慕いしておりますことを」とオランピアは微笑んだ。そして手をとると他の招待客の前におまえを引っ張っていった。

もしあの突然の口づけがオランピアではなく男のものだったら当然していたはずの反応――平手打ちを食わせ、さっさとその家を離れる――をしないで、なぜあの日の午後、混乱し、狼狽しながら、怒りもせず、帰りたい気持ちにもならず、サロンに残っていたのか、おまえは何度も自分に尋ねてきた。ただの好奇心からだったのか、それとも何か他にあったのか。これはどういうことだろうね、アンダルシア女。これから何が起こるのだろうか。数時間して別れの挨拶に行ったとき、女主人はおまえの腕をとって更衣室に連れていき、おまえがコートとベール付きの帽子を身につけるのを手伝ってくれた。「わたくしのこと怒っていらっしゃらないわね、フローラ」と彼女は耳元で熱くささやいた。「怒っているかどうかわからないのです。戸惑っているのです。女性の方に唇に口づけされたのは初めてですから」「オペラ座であの夜お目にかかってから、ずっとあなたをお慕いしていました」とオランピアはおまえの目を見つめながら言った。「もっとよく知り合うために二人きりで会っていただけますか。お願いですわ、フローラ」

二人でお茶を飲んだり馬車でヌイイ辺りに出かけたりしながら、フローラはアンドレ・シャザルとの結婚生活の経験を話して聞かせ、女友だちの熱い瞳を涙で濡らさせもした。おまえは結婚して以来、セックスには本能的に嫌悪を感じてきたので、一度も愛人を持ったことがない、と彼女に告白した。そっとやさしくオランピアはフローラの手に口づけして、愛し合っている二人の女友だちの間の悦びが、どんなに心地よくて楽しいか教えさせてほしいと懇願した。そのときから出会いの挨拶や別れの挨拶のとき、二人は互いに唇を求め合うようになった。

それからさほど時を経ず、ポントワーズ近くのショズコの家族が夏や週末を過ごす郊外の別荘で、二人は初めてセックスをした。風に揺れる近くのポプラの木が二人の秘密をささやいていた。小鳥のさえずりが聞こえ、暖炉の火で暖められた部屋で、けだるくほろ酔い気分のような雰囲気のおかげで、フローラの警戒心もゆっくり解けていった。女友だちはフローラにシャンパンを口移しで含ませながら、服を脱がせていった。オランピアも自分の服をさっと脱ぎ捨てると、フローラを腕に引き寄せ、優しく言葉をかけながらベッドに横たえた。フローラの身体をじっと情熱をこめて見つめたあとで、その身体を愛撫しはじめた。彼女はおまえをうっとりさせてくれたね、フロリータ、そう、とってもね。困惑し不安をいだいていた最初のあの頃。彼女はおまえに自分が若く美しく魅力的で、女であることを感じさせてくれた。オランピアはセックスに対し恐れや嫌悪感を持つ理由はないこと、肉体の悦びのなかで欲望に身を委ねて愛撫の官能に没頭することは、たとえそれが数時間でも数分でも、生を強く熱く生きる方法だと、おまえに教えてくれた。なんて魅力的なエゴイズムなんだろうね、フロリータ。対等な二人のあいだに、暴力による威嚇のない快感、肉体の悦びがあると知ったことは、自分がより完璧で、より自由な女であることをおまえに感じさせてくれた。おまえはオランピアと過ごしたもっとも幸せだった日々においても、肉体の純粋な快楽に身を任せるとき、罪の意識やエネルギーを浪費しているような、道徳性を喪失しているような感覚を拭い去ることができなかったけれどもね。

その関係は二年足らず続いた。フローラにはたった一度の口論も、仲たがいも、咎めたくなるような不快さの記憶もなかった。二人ともたくさんすることがあったし、特にオランピアは世話をしなければならない夫と家族があったので、たまにしか会えなかったが、会うときには何もかも驚くほどうまく運んだ。まるで恋する娘たちのように、二人で楽しくはしゃぎまわった。オランピアはフローラほど真面目ではなくて社交好きだった。隷属状態にあるポーランドの悲劇以外は、社会的な問題にも女性や労働者の運命についても、関心を持っていなかった。ポーランドについては夫とのかかわりから関心を持っていただけだ。オランピアは彼女なりのこだわりのなさで、夫をとても愛していた。が、しかし彼女はとても生命力にあふれていて、疲れ知らずで、おまえに尽きることのない愛情を注いでくれた。オランピアが広い世間のごたごたや噂話を面白おかしく、また皮肉っぽく話してくれるので、フローラはそれを聞いて楽しんだ。そのうえ、オランピアは歴史、芸術、政治など関心ある分野の話題についてかなり広範囲の読書をこなし、知識を身につけていたので、フローラは知的分野においても彼女から得たものが大きかった。ポントワーズの別荘で何度もセックスをしたが、オランピアのパリのアパートでも、バック通りにあるフローラのアパートでも、ときにはおまえはニンフ、オランピアがシーレーノスに扮して、マルリーの森の外れにあるロッジでも楽しんだ。そこの窓辺にはリスがやってきて、差し出した手からピーナッツを食べた。一八三九年、資本主義の要塞における貧者の状況を本に書くために、フローラはロンドンへ四か月間出かけたことがあったが、週に二、三回、会えなくて辛いとか、いつも思っているわとか、あなたが欲しいわ、などと書いた情熱的な手紙を交換しあい、二人とも再会の日まで、一日一日、一時間一時間、一秒一秒を数えて過ごしたものだった。「夢の中でいつもあなたに口づけし、愛撫して、あなたを食べてしまっているわ、オランピア。あなたの暗い色の髪も、恥骨の暗がりも愛しているわ。あなたを知ってから金髪の女は嫌いになったの」金持ちの楽園であり貧者の地獄である国に対するおまえの憎しみを立証するために、男に扮装して、工場や酒場、貧民街や売春宿を訪ねているあいだに、ロンドンからオランピアに綴ったその燃えるような言葉どおりの想いをおまえは抱いていたのか。その言葉そのものの想いをおまえは抱いていたね。けれど、アンダルシア女よ、それならば、なぜパリに戻るとすぐ、その日の午後にオランピアに、わたしたちの関係は終わった、もうけっして会うべきではないなんて告げたのか。オランピアはいつだって自分に自信があったし、世間を知っている女だから、目と口を大きく開けて青くなっていたね。けれども何も言わなかった。おまえを十分知っていたから、おまえの決意をくつがえすことはできないとわかっていた。唇を噛みしめながら、呆然とおまえを見つめていた。

「あなたを愛していないからではないのよ、オランピア。あなたを愛しているし、あなたはこの世でわたしが愛したたった一人の人よ。あなたのおかげで幸せだったこの二年間のことはずっと感謝しつづけるでしょう。けれどわたしには使命があるの。心と頭をわたしの義務とあなたとの二つに分けていては、使命を達成することができないでしょう。これからしようとしていることは、何事にも何人にも気持ちをそらしていてはできないのよ。あなたにさえも。身も心もこの仕事に捧げなければ。残された時間はあまりないのよ、大好きなあなた。わたしの知る限り、フランスではわたしに代わってくれる人はいないの。ここのこの胸の弾丸がいつ、わたしに止めを刺すかわからない。少なくともできる限りの段取りをつけておかなければ。わたしを憎まないでね。許してちょうだい」

以来二人は二度と会わなかった。しばらくしておまえはイギリスについて痛烈な批判を展開した『ロンドン散策』を書き、『労働者の団結』も書いた。そしておまえは今、世界規模の革命を始動させるため、フランスのピレネー山中の国境の町カルカソンヌに来ている。やさしいオランピアとあんなふうに別れたことを後悔はしていないのか、フロリータ。していない。そうすることがおまえの義務だったのだ。搾取されている人々を救済し、労働者を団結させ、女性の平等を勝ち取り、この不出来な世界の犠牲者に正義をなすことは、快楽に浸り隣人にまったく無関心になってしまう愛の不思議なエゴイズムよりもずっと大切なことなのだ。おまえの人生を今、唯一占めているのは人類愛だけだった。娘アリーヌさえもその心を占める余地はなかったね、フロリータ。アリーヌはアムステルダムで婦人服の仕立て屋の見習いとして働いていたが、おまえは何週間も彼女に手紙を書くことを忘れてしまったりしたね。

カルカソンヌに着いた夜、彼女の訪問を手配してくれたエスクディィエ氏をリーダーとする、その地のフーリエ主義者たちとの不快な出会いがあった。彼らはフローラには城壁のそばのオテル・ボネを予約してくれていた。彼女はすでにベッドで眠っていたが、部屋のドアをノックする音で目を覚ました。ホテルの支配人がさかんに謝りながら、何人かの男たちがフローラにどうしても会いたいと言って訪ねて来ているとのことだった。フローラは、もう時間も遅いし、明日訪ねてくるように言った。けれどもどうしても譲らないので、彼女はガウンを肩にはおって会いにいった。その地のフーリエ主義者たちが十人以上、フローラに歓迎の言葉を述べようとやってきていたのだが、酒を飲んでいた。フローラはくらくらするほど気分が悪くなった。このボヘミアンたちはシャンパンとビールで革命を起こそうとしているのだろうか。ろれつの回らない、焦点の定まらない目つきをしたそのうちの一人が、月の光に照らし出された中世の教会と城壁に案内したいので洋服を着替えてくださいとしつこく言ったので、彼女は答えた。

「解決しなければならない問題を抱えた人間がたくさんいるというのに、わたしには古臭い石の塊など興味ありません。覚えておいてください、キリスト教世界でもっとも美しい教会でも、たった一人の聡明な労働者のためにわたしは躊躇せず差し出しますからね」

彼女がひどく怒っているのが分かったので彼らは帰っていった。

町に滞在した一週間、カルカソンヌのファランステール主義者たち——弁護士、農業専門家、医師、新聞記者、薬剤師、役人たちで、自らを騎士《シュヴァリエ》と呼んでいた——は、いつも問題の原因を作り出した。彼らは権力に貪欲で、フランス南部一帯にかけて武装闘争を計画していた。彼らによると、多くの軍人や駐屯隊全体が合意しているという。最初の集会からフローラは彼らを激しく非難した。その急進性はせいぜいうまくいって、政府の中にいるブルジョワを他の者に交代させるのには役立つかもしれないが、最悪の場合には流血を伴う弾圧を引き起こし、育ちつつある労働階級の運動を破壊してしまう危険性があると、彼女は言った。重要なのは社会の改革で、政治権力ではなかった。謀反の企て、暴力的な思いつきは、労働者を混乱に陥れるだけだ。目的から離脱させる完全に政治的な内容の破壊行動で無駄に消耗させ、軍隊による殺戮を招き、まったく無意味な犠牲者を出すことになる可能性があった。シュヴァリエたちは労働界に影響力があり、フローラの集会には製糸工場と織物工場で働く労働者とともに参加していた。彼らの存在は貧しい人たちを怯えさせた。というのも、このようなブルジョワの前では発言しにくかったからだ。労働組合の目的について説明するのではなくて、武装蜂起のためにしかるべき場所に何挺もの銃と爆薬の樽を隠しているなどと、その計画を労働者にたきつける彼ら政治屋たちに対して、おまえは何時間も反論してくたくたになった。武力行使により権力を得るという考えは、誘惑的であり労働者を煽っていた。

「フーリエ主義者による政府と、現在の政府とでは、どんな相違があるのでしょう」と怒りんぼ夫人は憤慨して怒鳴った。「あなたたち、いや、ここにいる方たちが搾取している労働者にとって、どんな改善が期待できるのでしょう。何とかして権力を手におさめようとするのではなく、いったん搾取と不平等を完全になくそうではありませんか」

フローラは夜になって、疲れきってオテル・ボネに帰ってきた。あの一八三九年の夏、ロンドンにいたときと同じように。その多忙な日々、彼女は人口二百万のあの怪物都市、地球で一番大きな帝国の首都、唸りを上げる工場群とおびただしい富の本拠地で、あらゆることとの調査に専念していた。その繁栄、豪華さ、富という外見の陰には、一握りの貴族階級と有産階級の目のくらむような富のために、もっとも悲惨な搾取、最悪の不公平が、目に見えない形で存在していることや、不幸な人間が、卑劣な行為や虐待に苦しみ耐えていることを世界に示すために、フローラは医師の忠告を完全に無視して、朝早くから日が暮れるまで働いていた。

ちがっているのはね、フロリータ、一八三九年にはすでにその胸に銃弾があったけれども、おまえはわずかばかりの睡眠をとると元気を取り戻し、翌朝にはロンドンでの新たなわくわくさせる活動に出向く準備が整っていたことだよ。旅行者たちはその旅行記に、寄生虫のような貴族社会が暇つぶしをしているサロンやクラブの優美さ、公園の洗面所や、ウエスト・エンドのガス灯、舞踏会の魅力、正餐、晩餐などについて好んで書いていたが、おまえは観光客が足を踏み入れることのない、単なる旅行記には出てこないようないかがわしい場所を冒険して歩いていた。今ではおまえはベッドに入ったときと同じ疲れのままで目を覚ましている。日中、おまえに割り当てられた日程をやり遂げるためには、ありがたいことにまだ手つかずのまま自分の内に残っていたキュークロプスのような頑固な性格にすがらねばならなかった。おまえをいちばん苦しめたのは胸の銃弾ではなかった。差込みと子宮の痛みで、鎮痛剤はもう効かなかった。

　若い頃にスペンス家で働くために住んで以来、おまえがロンドンとイギリスに対して持つようになったあらゆる嫌悪感にもかかわらず、あの国なしでは、そしてイギリス人、スコットランド人、アイルランド人の労働者なしでは、女性を解放して男性と同等の自由を獲得する唯一の方法は、もう一方の犠牲者であり、被搾取者であり、人類の大多数を占めている労働者と連帯して闘争することだと、おまえは気づかなかっただろう。その考えはロンドンで、普通選挙制度、無記名投票、各年ごとの議員の改選、労働者の議員活動を可能にするための議員給与の支給を制定した人民憲章を、法として採択するよう要求していたチャーチスト運動から思いついた。運動は一八三六年からはじまっていたが、フローラが一八三九年六月にロンドンに着いた頃は、最盛期を迎えていた。彼女はデモ行進や集会や署名集めに注目し、町々や各都市、工場に置かれている委員会の素晴らしい組織について調べた。おまえはとても感服していたね。興奮して夜も眠らないで、何千人何万人という労働者がロンドンの通りを行進して行く様子を思い起こしていたね。あれこそが本当の市民軍だ。世界中の搾取されている人々や貧しい者たちがチャーチスト運動のように組織されたなら、誰が彼らに対抗できようか。女性と労働者が一緒になれば向かうところ敵なしだろう。一発も弾を発射することなく、人類に革命を起こし得る力だ。

その頃、チャーチスト運動の国民会議がロンドンで開催されると聞いて、彼女はどこで集会が行なわれるのか調べた。そして大胆にも、「ジョンソン博士の居酒屋」という名のフリート街の袋小路にある貧相な外観の酒場に足を運んだ。煙の立ち込めるじっとりと薄暗いホールには、安ビールとキャベツの煮物の匂いが漂っており、そこに百人ほどのチャーチスト運動のリーダーたちがぎっしりとひしめいていたが、その中にはオブライエンやオコンナーなどもいた。彼らは、人民憲章を支持してゼネストの指令を出すのはどうだろうかと、議論していた。おまえが誰で何をしているのかと訊かれたとき、おまえはしっかりした声で、フランスの労働者と女性たちからお祝いの言葉をイギリスの同胞に伝えにきた、と言ったね。彼らはいぶかしげにおまえを見ていたけれど、つまみ出しはしなかった。またおまえのブルジョワ風の身なりを見て、疑わしげに詮索してくる一握りの労働者たちもいた。数時間もおまえは彼らが議論したり、提案を変更したり、動議を採決したりするのを見ていたね。おまえは恍惚状態だった。もしこの力が全ヨーロッパで数倍に膨れ上がったら、世界を変えることができ、恵まれない人々は幸福になるだろう。会議のある時点で、オブライエンとオコンナーが、そこのフランスからの代表者、会議に集まった人々に何かお話はありますか、とフローラに尋ねたとき、おまえは一秒たりとも躊躇しなかったね。演説の壇上によじ登って、たどたどしい英語でそこに集まっている人々に対して祝福の言葉を述べ、世界の貧しい人々に対する組織と闘争の手本でありつづけてほしいと激励した。おまえは檄を飛ばして短いスピーチを終えたが、それは平和的行動手段を信奉する聞き手たちをすっかり困惑させた。「城を焼き払おうではありませんか、兄弟たち！」

今、あのときの言葉を思い出して笑っているね、フロリータ。おまえは暴力を信じてはいなかったのだから。あの煽るような呼びかけは、おまえのうちにあふれる思いを劇的なイメージで表現しようとした結果だった。堂々と胸を張って闘いはじめた被搾取者仲間と一緒にあの場にいることができたなんて、なんて名誉なことだったのだろう。おまえが求めていたのは、愛、思想、信念で、銃弾や絞首台ではなかった。だからおまえは、軍隊を動員し町の広場にギロチンを設置することですべてを解決しようとした、カルカソンヌの残酷なブルジョワたちに怒りを感じたのだ。あのような愚かな人々に何を期待できるというのか。ブルジョワというのはどうしようもない輩で、そのエゴイズムが普遍の真実を見ることを永遠に阻んでいるのだ。それに対して、おまえは今、かつてないほど、正しい道を歩いているという確信があった。女性を労働者に接近させ、互いに協調して、政治も、軍隊も、政府も潰すことができないような、国境を越えた同盟関係を作っていく。そうすれば天国は抽象的なものではなくなり、司祭たちの説教や信者たちの軽信から離れて、すべての人々にとって現実に日々の暮らしそのものになるだろう。「おまえってなんて素晴らしいの、フロリータ」と高揚して彼女は叫んだ。「ああ、神さま、地球上を正義が支配できるように、わたしのような女を十人ほど送ってくだされば十分なのですが」

カルカソンヌのフーリエ主義者たちのあいだでもっとも目を引いたのは、ユーグ・ベルナールだった。フランスの秘密組織の活動家であり、イタリアのカルボナリ党の党員で、何が何でも市民戦争をしたがっていた。話がうまく魅力的で、労働者たちは彼の言うことをうっとりしながら聞いていた。フローラは彼に面と向かって、「蛇使い」「魔術師」「ナンセンスなデマを飛ばして労働者を堕落させる輩」と言ってやった。怒りもせずに、ユーグ・ベルナールはホテルまでついてきて、あんたは俺が知っている中でいちばん賢い女性だとか、俺が結婚できる女性はあんただけだよ、などとお世辞を言ってフローラをうんざりさせた。はっきりと拒否されているのが分からなければ、この男はいつまでも彼女を口説こうとするだろう。フローラはしまいには笑ってしまった。けれども彼があまりにまとわりついてくるので、少し距離を置いて接することにした。一方、シュヴァリエのリーダーであるエスクディエは、フローラと親しくなろうといろいろ試みていた。彼は黒っぽい服を着たミステリアスで陰気な男で、天才的なひらめきを持っていた。

「あなたは立派な革命家になれますよ、エスクディエ、もうほんの少し愛があって、もう少し欲望を抑えたら」

「痛いところを突きますね、フローラ」と痩せて骸骨のようなフーリエ主義者は、メフィストフェレスのようなひどく陰気な表情で同意した。「欲望、肉欲が、俺の生活の上で一番の問題なのです」

「肉体のことはお忘れなさい、エスクディエ。革命に必要なのは精神、思想よ。肉欲は障害です」

「言うは易く、行なうは難しですよ、フローラ」とファランステール主義者は悲しげにそう言ったが、その目にはフローラを警戒させる表情が浮かんでいた。「俺の肉体は地獄のレギオン軍団からできていますからね。あなたが俺の欲望の世界をのぞかれたら、あまりに純粋なので死ぬほどぎょっとなさいますよ。ところでもしやサド侯爵の本はお読みになりましたか」

フローラは両足が震えるのを感じ、なんとかして話題をそらそうとした。エスクディエの邪悪な瞳から判断するに、いったんその方面に足を踏み入れたら、たくさんの悪魔が巣くっているにちがいない秘密の地獄、魂の好色な本性を顕にするのではと、恐れをなしたのだ。それなのに彼女は自分でも思いがけない行動をとってしまい、気色の悪いフーリエ主義者に突如、打ち明け話をしてしまったのだ。フローラは自由な女だったし、生まれてこの方、四十一年間の経験を十分に積んでおり、また誰をも何をも恐れていなかった。しかし、オランピアとの一時的なアヴァンテュールがあったとしても、セックスは漠然とした不快感を引き起こしつづけていた。なぜなら彼女のこれまでの人生で、肉欲が興奮や悦びをもたらすこともたまにはあったが、それは同時に、男を獣に豹変させ、女性に対して残虐で不当な行為をするもっとも野蛮な姿にさせるものだった。妻を強姦し、その後自分の娘を強姦したアンドレ・シャザルのおかげで、フローラは若い頃からそのことに気づいていた。けれどもなんといっても、一八三九年のロンドンへの旅で、ぞっとしながら彼女が目で見て実際に触れて経験したことは、決して記憶から消し去ることができなかった。その光景があまりにも淫らでひどかったので、『ロンドン散策』の編集者は表現を和らげるように求めた。そして本となったのに誰一人として取り上げてくれなかった。どこでも賞賛を受けた『ある女賤民《パリア》の遍歴』とちがって、首都ロンドンの汚点を告発した本について、パリの知識人は臆病なほど言及しなかった。だからってどうってことないだろう、フロリータ。おまえが正しい道を歩いているっていう証拠じゃないか。「そう、そうだよ、そのとおりだよ」とエスクディエは彼女を元気づけてくれた。

男装というアイデアは、ロンドンに着いてまもなく、イギリス議会へは女性の入場が禁じられていると知って困っていたところ、オーエン主義の友人が思いついたのだった。

トルコ人の外交官がフローラに衣装を調達してくれた。だぶだぶのズボンとターバンに少し手を入れて、アラブ風の上履きには紙を詰めなければならなかった。大英帝国の権力の中心、テムズ川沿いの威風堂々とした建物の入口を通るときはどきどきしたが、国会議員の演説を聞いているうちに、彼女は自分の仮の身分をすっかり忘れてしまった。議員の大部分の印象は、その俗っぽさや、帽子をかぶったまま深々と議員席に腰掛けているような無作法さから、あまりよいものではなかった。けれども、アイルランド独立派の指導者であり、アイルランド人のカトリック教徒として下院に初めて議席を得て、イギリスの植民地主義に対して武力によらない闘争戦略構想を示していたダニエル・オコンネルが話すのを聞いて、彼女は感動した。この男性は醜く、おめかしした御者のような見かけだったが、ひとたび話し出すと——奴隷制廃止と普通選挙を支持していた——品位と理想主義がきらきらして、美男になった。非常に素晴らしい弁舌家だったので、全員が熱心に聞いていた。オコンネルの演説を聞いていて、フローラは「人民の擁護者」という考えが浮かび、労働組合の構想に加えた。それは、女性と労働者の運動集団は議会に代表者を送り、代表者となる者には貧民の利益を守ってもらうために給与を支給しようというものだった。

フローラはその四か月間はよく男装をした。彼女はロンドンをうろついたり、売春宿にいるといわれる十万人もの町の売春婦の実態を知ろうとしたが、ズボンを穿き男物のフロックコートを着て性を隠さなくては、そういったいかがわしい場所に探りを入れることはできなかった。それでも地区によっては足を踏み入れるのが危険なところがあった。スラムから出発して、ウォータールー橋まで続くウォータールー大通りを歩いた夜は、二人のチャーチスト運動家の友人たちが一緒に付いてきてくれたが、彼らはやり手婆やぽん引きや売春婦たちのあいだにうようよしている無数のスリやかっぱらいから身を守るため、杖で武装していた。スリやかっぱらいはどのブロックでも舗道一杯にたむろしており、警察がいなくなると、みんなが見ていてもおかまいなく、一人で歩いているお得意さまを襲った。略奪品は値踏みしながら、歩いていたり馬や馬車に乗っているその辺りの通りがかりの人に、あつかましくも売っていた。規則上は売春は十二歳以上でなければならなかった。けれど、売春斡旋女やぽん引きたちが勧める、化粧を施され、半裸で骨と皮ばかりの汚れた子供たちの中には、自分の身に何が起こるのかまったくわからないまま、ぼうっとしたりまぬけな目つきをしている十歳くらいかあるいは八歳にも満たないような男の子や女の子がいたと、フローラは確信していた。その子供たちがどんなサービスができるかを、あけすけに猥褻に口にするさまは（「この女の子は尻からやってもいいですよ、旦那」とか「この娘は背中に鞭打ちもだいじょうぶでさ。物をしゃぶるのがうまいよ、親方」）、フローラにむかむかするような憎しみを生じさせた。彼女はくらくらして失神しそうだった。破廉恥な会話や酔っ払いの耳障りな声を聞きながら歩いていくはてしない通りには、たくさんの売春宿の赤いランプが闇の中で次から次へと揺れていた。その間、おまえは魔術幻灯や中世の魔女の集会を見ているような不気味な印象を受けたね。ここは地上でもっとも地獄に近い場所ではないだろうか。この下卑た奴らの快楽のために、数ペンスのお金と引き換えに差し出される女の子や男の子の運命以上にひどいものがあるだろうか。

あるかもしれないよ、フロリータ。この商売を専門とするギャングたちに田舎や周辺の町々で誘拐され、ロンドンの売春宿や連れ込み宿に売り飛ばされた女の子や男の子でいっぱいのこのイースト・エンドの売春地区よりもさらに残酷だったのは、ロンドン中心街のウエスト・エンド地区、高級歓楽街にあるフィニッシュと呼ばれる場所だった。フロリータ、おまえはそこで非道極まりないものを経験したね。フィニッシュというのは、ロンドンの社交界の主人である資産家や貴族、特権階級、そして見せかけは解放されている奴隷たちが、夜、乱痴気騒ぎをするために行く居酒屋兼売春宿、酒場兼女郎屋だった。おまえはそこへダンディーな恰好をして、おまえの著作を読んだことがあり、男物の衣装を貸してくれたフランス公使館で働く若者と一緒に行ってみた。彼は、そこで見聞きすることはおまえに必ずやひどいショックを与えるだろうからと、思いとどまらせようとした。本当にそのとおりだった。おまえはそれまで人間が野獣化する有様をすべて経験してきたと思っていたが、女性が屈辱を受ける究極の姿をまだ見ていなかった。

フィニッシュの女たちはウォータールー界隈にいる、腹をすかせ、大部分が結核に冒されている売春婦とはちがっていた。彼女たちは明るい色の服に宝石を着けてドレスアップし、けばけばしい化粧をした高級娼婦だった。真夜中を過ぎると、彼女たちはミュージックホールのコーラスガールのように一列に並んで大金持ちを出迎えた。彼らは夕食をとったり芝居やコンサートを楽しんだあと、夜を締めくくるために、こうした豪華なクラブにやってくるのだ。酒を飲み、ダンスをし、ある者は一人か二人の女を連れて上階の個室へ上がって、セックスをしたり、あるいは彼らを鞭打ったり反対に鞭打たれたり、フランス人が「イギリス的悪徳」と呼ぶ行為をしていた。けれどもフィニッシュにおいていちばんの気晴らしは、セックスでも鞭打ちでもなく、自己顕示と残虐行為だった。夜明け近くの二時か三時になると貴族や資産家たちは上着を脱ぎ、ネクタイ、チョッキ、ズボンつりをはずして、「プレゼント」がはじまるのだった。ピカピカのギニー金貨を女たち——若い娘や少女や子供——に差し出し、それと引き換えに彼らが作った飲み物を飲み干すように命じる。飲み物が胃に流し込まれると大喜びし、輪になって大声で笑いながら互いに喝采するのだった。最初はジンやりんご酒、ビール、ウイスキー、ブランデー、シャンパンを与えているが、すぐにアルコール類に酢やマスタード、胡椒やもっとひどい物を混ぜ込んで、女たちがギニー金貨をポケットに入れてコップに注がれたものを一気に飲み干し、不快そうにしかめ面をして身体を捩り、嘔吐しながら床に倒れるのを見ているのだ。それからいちばん酔いが回っているか、倒錯している者が、拍手喝采の中、そそのかされてズボンの前を開いて女たちに小便をかけたり、もっと大胆な者は女たちの上でマスターベーションをして精液を塗りつけるのだった。朝の六時か七時になって、夜どおしうんざりするほど飲みつづけ悪ふざけした者たちが前後不覚に眠り込んでしまうと、下僕たちが店に入り、主人たちを馬車や二人乗りのベルリン型馬車に引きずって乗せて、屋敷に連れ帰るのだった。

あんなに泣いたことはなかったね、フローラ・トリスタン。アンドレ・シャザルがアリーヌを犯したことを知ったときでさえ、ロンドンのフィニッシュでの、あの二度の夜明けのあとのようには泣きはしなかった。あのとき、おまえは自分のすべての時間を革命に捧げるために、オランピアと別れようと決意したのだ。おまえはあのときほど激しく、哀れみや不快さ、怒りを感じたことはなかった。カルカソンヌで眠れぬ夜を明かしているうちに、イギリスの資産家たちに、その虚しく愚かな生活の中でつかの間の気晴らしをさせるために、一ギニーと引き換えにまずい飲み物を飲み込み、一ギニーと引き換えに有害な液体を体内に入れて内臓を損ない、一ギニーと引き換えに唾を吐きかけられ、小便をかけられ、精液で濡らされた、あの十三、十四、十五歳の高級娼婦たち――スペンス家で働いていた頃、万一誘拐されていたら、おまえも同様の仕打ちをされていたかもしれない――を思い出して、あのときの気持ちが甦ってきたんだね。一ギニーのために！　ああ、神さま、神さま、もしあなたが本当にいらっしゃるのなら、この涙の谷の悪に終止符を打つ労働組合を世界中で始動させるまえに、フローラ・トリスタンの命をお召しになるような、そんな不当なことはできないはずです。〈あと五年、あと八年、生かしてください。それで十分です、神さま〉

もちろんカルカソンヌも例外ではなかった。フローラが出入りを禁じられた織物工場では、男は一日一フラン五十から二フランの給金を得ているのに対して、女は同じ仕事をしてもその半分だった。就業時間は毎日、十四時間から十八時間に延長されていた。絹織物業と毛織紡績業では、法律で禁止されているにもかかわらず、七歳の子供たちが一日八サンチームで働いていた。フローラに対する敵愾心はひどく大きかった。この地方でフローラの来訪は皆に知れ渡っていて、最近では市中で敵対者たちが刃を研いで彼女を待ち構えていた。カルカソンヌでは、企業主たちがビラを配布しているのにフローラは気がついたが、それによると、フローラは私生児で煽動者で、夫と子供を捨て、かつては何人も愛人がいた、現在はサン＝シモン主義者かつイカリア派の共産主義者、堕落した人間であると、非難されていた。この最後の部分でフローラは笑ってしまった。サン＝シモン主義者で同時にイカリア派だなんて、どうしてそんなことがあり得るだろう。二つのグループは互いに憎みあっていた。確かに何年か前、おまえはサン＝シモン主義に共感を抱いていたことがあった。けれどそれはおまえの先史時代のことだ。おまえはエティエンヌ・カベの『イカリア旅行記』を読んだが（一八四〇年に発行された初版本をおまえは著者から献呈されていた）、フランスでは多くの賛同者を得ていたカベに対しても、またその弟子、自分たちを「共産主義者」と称する反逆者たちに対しても、一度だって親しみを感じたことはなかった。それどころか、預言者となる以前は冒険家でカルボナリ党員でコルシカ島の検事総長だった賢人の指揮の下、遠くの国――アメリカやアフリカのジャングル、中国——に渡り、そのような遠隔地に『イカリア旅行記』に描かれているような、貨幣もなく、階級もなく、税金もなく、権力機構もない完全な共和国を建設しようとしていることを、おまえは発言の中で、または論文で批判していた。彼らのような現実逃避の願望ほど、利己的で卑怯なものがあるだろうか。いいや、他の誰もやってくることができない離れた地に、選ばれた者の一握りのグループのための天国の隠遁所を創ろうとして、この不完全な世の中から逃げるべきではない。この世の不完全さに対しては同じこの世の中で、不完全さを改善し変革して、すべての人々にとってこの世界を幸せな祖国にするまで闘わなければならないのだ。

カルカソンヌでの三日目、オテル・ボネに熟年の男性が訪ねてきたが、名前を名乗ろうとしなかった。自分は警官で、上司から彼女を見張るように命令を受けているとのことだった。彼は愛想がよく少し内気そうな感じで、きちんとしたフランス語は話せなかったが、驚いたことに『ある女賤民《パリア》の遍歴』を読んでおり、フローラの崇拝者だと言った。この地域の全警察は、フローラが活動できないようにしろ、人々と敵対させるようにしろとの指令を受けている、なぜならフローラを、労働界で君主制の転覆を説いて回っている煽動者と見なしているからだ、とのことだった。その男のことをフローラは何も恐れることはなかった。彼が何か彼女を傷つけるようなことをするとはまったく思えなかった。彼は感動のあまりこれらのことを教えてくれたのだった。フローラは衝動的に彼の額に口づけした。「教えてくださって本当によかったわ、ありがとう」

その出会いは少なくとも何時間か彼女を勇気づけてくれた。けれど影響力のある弁護士との約束を突如取り消されたときに、彼女は現実に引き戻された。トランシャン弁護士は彼女にそっけない短い手紙を届けさせた。「あなたがイカリア派共産主義に忠実であることがわかりましたので、お目にかかることはできません。私たちの話し合いは耳を持たない者同士のものになるでしょうから」「でもわたしの役目はまさに聾者の耳を聞こえるようにし、盲人の目を開けることなのです」と怒りんぼ夫人は彼に返事をした。

彼女は意気消沈していなかったものの、ロンドンの売春宿やフィニッシュを訪ねたことを思い出すのは気持ちのよいものではなかった。なのに今、彼女はそのことが頭から離れなかった。資本主義の下層社会を踏破する中で、たくさんの悲しいことを目撃したが、これらの不運な女性たちの売春ほどフローラを憤慨させたものはなかった。だからこそ英国国教会の牧師と一緒にロンドンの近郊の労働者の住む地区を訪問したときのことをけっして忘れなかった。ペダル踏みの紡績機がいつも回っている汚いあばら家がいく棟も連なっており、そこには疫病のせいで骨が曲がった裸の子供たちがいっぱいいて、誰も彼も口々に同じ不満を繰り返していた。「男も女も三十八歳か四十歳でもう使い物にならないって、工場の仕事からお払い箱になってしまうんだよ。奥さん、わしらはどうやって食べていったらいいのかね。教会が恵んでくれる食べ物や着る物だけでガキらを養っていくなんてできやしないよ」ウエストミンスターのホースフェリー・ロードにある大規模なガス製造工場では、火と鍛冶の神ウルカヌスの鍛冶炉を思い起こさせる炉の中からコークスを取り出している腰布ひとつの労働者たちを、近くで見学しようとしたが、おまえはほとんど窒息しそうになった。五分ほどいただけで、身体中汗まみれになり、熱気のため死んでしまうのではないかと思った。労働者たちはそこで何時間も身体を焦がしながら働き、コークスを取り除いたいくつもの大釜の上に水を流すときには濃い煙を吸い込んでしまい、皮膚だけではなく内臓器官も傷めているはずだった。そのつらい責め苦のあとで、二人ずつ組になって数時間マットの上に横たわることができるのだった。結核に冒されてしまうからこの仕事を七年以上続けられる人間はいないと施設長は言っていた。これがウエスト・エンドの中心、オックスフォード通り——世界一優雅な通りだ——のガス灯が歩道を一晩中、明るく照らし出す代償なのだ。

おまえはニューゲイト刑務所、コールドバス・フィールズ刑務所、懲治監《ペニテンシャリ》の三つの刑務所に行ってみたが、こちらのほうが穴倉のような労働者の住処より人間的だった。ニューゲイトの受付ホールで収監者を待ち受けている中世の拷問の道具にはぞっとしたね。けれど刑務所に関して言えば、独房も共同房も清潔で、囚人は男女とも——そのほとんどが泥棒なのだが——、工場の労働者たちよりましな食物を食べていた。ニューゲイトでは長官がおまえに、絞首刑を宣告された二人の殺人者と話すのを許してくれた。最初に会った囚人は、人間嫌いのようでまったく無言で、口を開かせることはできなかった。二番目の囚人は笑顔を見せ、ほがらかで、数分のあいだ、沈黙の規則を破ることができるのを喜んでいて、蠅一匹殺すことができないように見えた。にもかかわらず、彼は軍隊の将校をバラバラにしてしまったという。こんなに穏やかで感じがいいのに、どうしてそのようなことをしたのだろうか。骨相学の創始者フランツ・ヨーゼフ・ガルの熱狂的な弟子で、揉み上げを伸ばした医学教授ジョン・エリオットソン医師が説明してくれた。

「あの青年は頭蓋骨の後部に極度に発達した突起が二つあるのですが、そこが自尊心と羞恥心をつかさどっているところの瘤です。触ってごらんなさい。ここですよ、ここ、わかりますか。それで不幸にも人殺しになったのです」

フローラはたった二つの点においてだけイギリスの刑務所制度を批判した。服役者に絶対口をきかせないように定めた沈黙の規則――たった一言でも大きな声を出すと、ひどく重い罰則を科せられた――と、仕事の禁止である。コールドバス刑務所の教養のある所長はかつて兵士として植民地にいた経験があるのだが、沈黙を守るということは神に近づき、神秘的な神憑りの状態となることで、後悔させ改心させるために良い、と言った。仕事に関しては国会でも討議された。囚人に仕事を与えることは労働者にとって不利益だと考えられていた。服役者たちは安価な労働力として雇われるので、不当な競争を労働者たちに強いることになるというのだ。イギリスでは罪人として裁かれるのに年齢制限はなく、これら三つの刑務所でフローラは八歳や九歳の子供たちが強盗や盗みの罪を償うため服役しているのを見かけた。

無邪気な子供たちが鉄格子の中に入れられているのを見るのはつらかったが、彼らにとっては、少なくとも食べ物を与えられ、屋根の下のこざっぱりした独房で眠ることができるので、結果的には望ましいことかもしれないと、フローラは自分自身に言い聞かせた。それにひきかえ、オックスフォード通りとトテナム・コート・ロードに隣接している街区にあるセント・ジャイルズ教区のアイルランド人居住地区——ベインブリッジ通り——では、子供たちは文字どおり飢餓に直面していた。ぼろを着て、ボール箱やブリキで作った屋外も同然のぼろ家で寝ていて、土砂降りの雨が降ったらどうしようもなかった。汚い水溜りや、腐敗臭、ぬかるみ、蠅その他あらゆる種類の害虫——その夜、宿に戻ったフローラは、アイルランド人居住区で服に虱をいっぱいもらってきたことに気づいた——に取り囲まれた環境の中で、骸骨のように痩せ細った人や小さな藁の山の上にうずくまる老人、ぼろ布にくるまった女たちのあいだで、悪夢の中を歩いているような気持ちになった。どこへ行ってもゴミだらけで、足元をねずみが走りまわっていた。仕事がある人々でさえ、家族を食べさせていくのは難しかった。皆が子供を食べさせるために教会が配給してくれる食べ物に頼っていた。アイルランド人の悲惨さと零落状態に比べると、ペティコート・レインの貧しいユダヤ人居住区はまだましだった。確かに貧困は極限状態にあったが、古着を扱う無数のあばら家の店舗や地下店舗で活発な取引が行なわれていて、また、それらの店のあいだで、まだ日が高いというのに、半裸のユダヤ人娼婦が大げさな身振りで客を引いていた。フィールド・レインの市場では、ロンドンの街中で盗まれたあらゆるスカーフが安い値段で売られていて——その小路に入るには、ハンドバッグも、時計も、アクセサリーもはずさなければならなかった——、売り手と値引を求める買い手とのあいだで交わされる滑稽な掛け合いのざわめきやのびのびした喧騒は、フローラにはより人間的なものに感じられ、好ましささえ感じられた。

ベツレヘム病院の精神病棟で血が凍りそうなことが起きたね、フロリータ。チャーチスト運動に携わる友人も、オーエン主義の友人も同意しなかったが、おまえの意見では、精神錯乱は社会病であり、不公正の産物であり、既成権力に対する反抗心の本能的で漠然とした表出であった。だからおまえがロンドンの精神病院を訪問したとき、誰もついてこなかった。ベツレヘム病院は古い施設でこざっぱりしていて、手入れの行き届いた美しい庭があり、整然としていた。院長は案内をしているときに突然、おまえに言った。この病院にはあなたの国の方がおりますよ。フランス人の船員でシャブリエという名です。お会いになりたいですか。おまえは息が止まりそうになった。メキシカン号のあの好人物のザシャリ・シャブリエ船長のことかしら。アレキーパでは彼の求愛から逃れるためにひどい目にあわせてしまったけれども、もしかして気が狂ってしまい、ここに収容されているのだろうか。おまえはその人物が連れてこられるまでの数分間、ひどく不安でいたたまれない気持ちだった。しかし彼ではなくて、自分が神だと信じている容姿端麗な若者だった。ゆったりとしたフランス語でとても穏やかにそのことをおまえに説明した。彼は「隷属関係を終わらせ、女性を男性から、貧者を金持ちから救うため」地上に遣わされた新しいメシアだと名乗った。「わたしたち二人は同じ目的のために闘っているのですね、同志」とフローラは彼に微笑みかけた。彼はウインクして同意した。

あの一八三九年のイギリスへの旅は疲れ果てはしたが有益な経験だった。その経験の成果は、一八四〇年五月、『ロンドン散策』という題名の本となって出版されて、その過激さと率直さでジャーナリストやブルジョワ階級の批評家を驚かせたが、一般の人々の反応は鈍く、数か月で二刷を出しただけで絶版になってしまった。しかしその本だけではなく、社会の二大犠牲者、女性と労働者を結びつけるというおまえの思想、そして『労働者の団結』と今回のキャンペーンの旅もその成果だった。もう五年も経ったんだね、アンダルシア女、あの計画を実現するために超人的な努力をしはじめてから。

それはなんとか達成できるのだろうか。もしおまえが身体を壊していなければ、うまくいっただろう。もし神さまがおまえにあと一握りほどの生命をくれていたなら、きっと達成していただろう。けれどおまえは、必要なだけの年月を生きていられるという確信が持てなかった。きっと神さまは存在していないのだ、だからおまえの言うことを聞いてくれないのだ。あるいは存在しているが、重要なことがたくさんあって忙しく、おまえにとっては重要なことでも差込みや傷ついた子宮のような小さなことにはかかわる余裕がないのだろう。毎日、毎夜、おまえは身体の衰えを感じていたね。初めておまえは、挫折するのでないかとの予感に悩まされた。

カルカソンヌにおける最後の集会で、フローラがあまり考慮に入れていなかったシュヴァリエの一人で、弁護士のテオフィル・マルコーニが、労働組合の支部を作ることを自発的に申し出た。彼によると、最初は躊躇していたが、最終的には、友人たちが主張する襲撃や市民戦争の企てよりも、フローラの戦術のほうがより確実だと確信したとのことだった。社会を変革するための女性と労働者との連帯は、彼にはより賢明で実現可能に思えたのだった。ラフィットという渾名を持つピカレスク小説の悪漢《ピカロ》のような顔をした青年労働者は、マルコーニとの会合のあとフローラをホテルまで送ってくれたが、ファランステール主義者のブルジョワたちに一杯くわしてやるために彼が立てた計画を話してくれ、フローラを笑わせた。盗んだ布地をありえないほど安い値段で手に入れ、フーリエ主義者を装ってシュヴァリエたちに、彼らの資本を二倍にする投資話を持ち込む。資金を集め終わったら、こう言って彼らを嘲ってやる。「強欲のあまりあなたたちは損をしてしまいましたね、皆さん。この金は革命のために労働組合の財源となりますから」冗談を言っていたのだが、彼の目になにか落ち着きのなさがあってフローラを不安にさせた。もしかして、革命が抜け目のない者たちの商売になってしまうのではないか。人懐っこいラフィットは別れぎわに手に口づけしてもいいかと訊ねた。フローラは笑いながら手を彼に差し出して「見習中の若旦那さま」と言ってやった。

城壁に囲まれた街での最後の夜に、フローラは鉄の柄杓がガランガランと陰鬱な音を立てている夢を見た。それは繰り返される記憶で、ある意味ではイギリスへの彼女の旅を象徴していた。その金属の柄杓は、ロンドンの街角でたくさん見かける水汲みポンプのある水飲み場につながれていて、貧しい者たちがそこで喉の渇きをいやしていた。彼らが口にするその水は、水飲み場に辿りつくまでに街の排水溝を通ってくるので、汚染されていた。貧乏の音楽だね、フロリータ。その音は五年前から耳の奥に宿っていた。ときとしておまえは自分自身に言っていた。このガランガランという音はあの世までついてくるのだと。

20　ヒヴァ・オアの呪術師――アトゥオナ、ヒヴァ・オア島、一九〇三年三月

「おまえの人生についての話の中で、俺がいちばん驚いたのは」とベン・ヴァーニーは言うと、ポールという謎を解きあかそうとするかのように彼を見た。「おまえの女房がおまえのばかげた振る舞いによく我慢できた、ということだよ」

ポールはいいかげんにしか聞いていなかった。彼はアトゥオナを襲ったハリケーンの被害の様子を見ようとしていた。以前は、今二人が話しているベン・ヴァーニーの店の階上からはプロテスタント伝道所の木造の塔が見えるだけだった。しかし、荒れ狂う風が木々を数本根こそぎなぎ倒して、残る多くの木々も丸裸にされ枝を折られてしまったので、今ではこのベランダから教会の正面も、ポール・ヴェルニエ牧師のこざっぱりした家も見渡すことができるようになっていた。その両側に植えられた二本の美しいタマリンドの木は、嵐の被害をほとんど受けることがなかったようだ。それらすべてをちらちら見ながら、ポールは海岸へ続く小道に思いを馳せていた。ハリケーンが運んだ泥や石、木の枝や葉、それに根などが塞いでしまって通れなくなっていることだろう。それらを取り除いて、おまえがトレートル湾への夕刻の散歩を再開できるようになるまでに

は、かなりの時間がかかるだろうな、コケ。温和なマルキーズ人たちがあの捕鯨船の乗組員に対してあのような策略を仕掛けたのだろうか。本当に彼らを殺して、食べてしまったのだろうか。

「おまえの絵描きになりたいという気まぐれが家族にもたらした経済的破綻にもかかわらず、女房がおまえと別れずにいたということだけどね」と雑貨店主はしつこく聞いた。彼はポールの過去を聞いて以来、もっと詳しいことを知りたがり、ポールをいつも問い詰めていた。「どうやったらおまえのことを我慢できたんだよ」

「彼女はそれほど長く我慢していられなかったよ。わずか数年だよ」とおまえはしぶしぶ返事をした。「それ以外、彼女にどんな選択があったかな。女ヴァイキングには逃げ道がなかったんだよ。逃げ道が見つかるとすぐ、俺を置いて出ていったのさ。というよりもむしろ、俺が彼女を置いて出ていくように彼女自身が仕向けたのさ」

二人はベンの店の階上にあるテラスで話をしていた。店の中ではマルキーズ語でヴァーニー夫人が子供たちと話している声が聞こえた。ヒヴァ・オアの空では黄昏どきの大きな花火――青や赤やピンク――がはじまっていた。十二月の大暴風は、アトゥオナでは人的被害こそわずかだったが、小屋を壊し、建物の屋根をはがし、木々をなぎ倒し、集落のたった一つの道路を虫食いのでこぼこのぬかるみに変えていた。けれども「愉しみの家」同様、アメリカ人の木造の家は持ちこたえて補修も済み、被害は少なかった。友人の中でいちばん被害を受けたのはコケの隣人ティオカで、増水したマケ・マケ川が彼の小屋を丸ごと運び去ってしまっていた。けれども彼の家族は無事だった。白い髭を蓄えた頑丈な老人とその家族は休みなしに働いており、コケが自分の敷地内に分け与えた小さな土地に、新しい住まいを建てている最中だった。

「俺には芸術のことはあまりわからないがね」と雑貨店主は打ちあけた。「本当のところ、まったくわからない。けど、普通の頭では理解しがたいことだと、おまえは認めなくちゃね。安定した裕福な生活をしていながら、芸術家として新たな生活をはじめるために三十歳と幾つかでそれら全部を手放すとはね。妻と五人の子供がいてだよ。その行為を狂気と言わずになんと言うんだ」

「ベン、わかるかな。もし俺が証券業界で働きつづけていたら、メットや子供たちを殺してしまったかもしれないんだ。たとえそのことでギロチンに送られることになっても、ごろつきのプラドみたいにね」

ベン・ヴァーニーは笑った。けれどもおまえは冗談を言ったつもりはなかったね、コケ。一八八三年八月、おまえは職を失い、行き着くところまで行ってしまった。絵筆を握ること――もうその頃にはおまえの暮らしの中でいちばんの重要事になっていた――の妨げになることをいやいやして一日の大半を潰したならば、おまえを自殺か犯罪――おまえはそうなることを確信していた――に追いやりかねない爆発寸前の状態になる。だから人生を変えることは、おまえや、とりわけメットに大変な犠牲を強いることになることがわかっていても、仕事を失ったとき、とても幸せに感じた。そういうことだった。試練だよ、コケ。疑い深く残酷な神さまによる、おまえが芸術家としての天分を持っているかどうかの試練、そして、おまえが才能を持つに足る人物かどうかを調べるためのさらに困難な試練なのだ。それらの試練をすべて切り抜けてきたはずなのに、二十年経った今、不当な神はおまえに未だに試練を与えつづけている。今度はもっとも忌まわしい試練、視力の低化だ。画家として半分失明状態の試練をどのように切りぬければよいのだろうか。なぜおまえにだけこれほど無慈悲なのだろうか。

一八八三年十二月、メットの最後の出産――ポーラと呼ばれるようになる末っ子のポール・ローロン――の後、ゴーギャン一家はパリを離れ、ルーアンに向かった。そこなら物価が安いし、裕福なルーアンの人々に自分の絵を売ったり、肖像画を描いたりして収入を得られるだろうと、おまえは思いついたのだった。いつものように妄想だったね、コケ。絵は一枚も売れなかったし、肖像画の注文もまったく来なかった。その中世の雰囲気が残る地区の小さなアパートで暮らした八か月のあいだ、メットは毎日自分の運命を呪いながら涙にくれ、芸術家として立つ決心を自分に隠していた、その決心が家族を破滅に追いやったのだ、と非難するのをおまえは聞いていた。けれどもそのような夫婦喧嘩もおまえにはなんてことなかったね、コケ。

「自由で、幸せだったんだよ、ベン」ポールは笑った。「ノルマンディーの風景や、港の船や漁師たちを描いた。もちろんひどい絵ばかりだけれども、すぐに腕のいい絵描きになる自信があった。あとわずかの辛抱だ。俺の血管を流れる熱情がどんなにたぎっていたかわかるか、ベン」

「俺がもしメットだったら、おまえを毒殺したかもしれないぜ」とかつての捕鯨船乗組員が言った。「けど、いずれにしたって、いい亭主ならマルキーズ諸島までやってくるわけがないじゃないか。知ってるか。この島に流れ着いた連中のことを誰かが本に書いたとしたら、すごい物語になるだろうよ。考えてもみろよ。キイ・ドンに、おまえや俺だって」

「いちばん変わっているのはおまえの話じゃないのか、ベン」とポールが言った。「酔っ払って船に乗り遅れるなんてよ。本当なのか。そのとおりだったのか」

アメリカ人はそばかすのある赤ら顔にしわを寄せて、しかめ面でうなずいた。

「本当のことを言うと、俺を乗せずに出港できるように、仲間たちが俺を酔っ払わせたんだ」と誰か他人のことを話しているかのように、恨みがましさをまったく見せずに彼は言った。「捕鯨船で俺はなんか厄介なやつだと思われていたんだろうよ。ここでおまえが皆に思われているようにね。俺たちは似た者同士なんだよ、コケ。ところで当局との問題はどうなった」

「知っている限りでは、裁判は中断されているよ」ポールは周りの椰子の木に向かってつばを吐いた。「たぶん、嵐で書類が紛失してしまったか、駄目になってしまったんだろう。もう俺に危害を加えることはできないよ。自然が神父や憲兵から芸術を守ってくれたんだ。嵐が俺を解放してくれたよ、ベン」

一八八四年七月、メット・ガッドは子供のうち三人と一緒にルーアンからデンマークに向かう船に乗り込んで、ノルマンディー地方の州都にポールを置き去りにし、クロヴィスとジャンを彼に預けて行ってしまった。コペンハーゲンでは女ヴァイキングはいくらかいい暮らしができた。家族はメットにフランス語の教師の仕事を見つけてきてくれた。それで——夢だよ、コケ。いつも夢のような話だ——おまえは、印象主義のためにデンマークを制覇しようと、向こうへ移ることを決意した。

「印象主義って何だね」とベンは知りたがった。

二人はブランデーを飲んでいたが、雑貨店の主はもうほろ酔い気分だった。それにひきかえポールは、ベンよりもたくさん飲んでいたにもかかわらず酔っていなかった。風が背後のカトリック教会のある丘から二人のいる場所まで、サン＝ジョゼフ・ド・クリュニー修道女会の学校の合唱隊が歌う賛美歌を運んできた。この時間になるといつも練習をしていた。マルキーズの暮らしの喜びと官能的なリズムが染み込んでいて、もはや宗教的とは思えないような賛美歌だった。

「芸術運動のひとつだよ。俺が思うにはもうパリでは誰も覚えてもいないだろうよ」とコケは肩をすくめた。「さあ、ベン、最後の乾杯だ。夜になったら、俺の目では自分の家すら見分けがつかなくなるからな」

ベン・ヴァーニーは彼が階段を降り、鉄条網を張り巡らせた庭を横切り、馬車に乗るまで手を貸してくれた。彼が馬車に乗るとすぐに小馬は出発した。馬は道を覚えていて、夕暮れ時の薄闇のなかを障害物を避けながら慎重に進んでいた。ありがたいことに、馬に道を教える必要はなかったな、ポール。たとえ教えたくてもできなかっただろう。口にするのが憚られる病気に痛めつけられたおまえの目では、この暗がりの中、通りの窪みも穴も見分けられなかっただろうよ。おまえはとても気分がよかった。目が見えなくても満足だったな、コケ。空気は生暖かく、何かいいことがありそうな、白檀の香りの柔らかなそよ風に包まれていた。あれはおまえの自尊心にとって難しい試練だった。フレデリクスベア二十九番地、おまえの義理の母や叔父たち、兄弟姉妹、母方のいとこたちに養われ、屈辱を受けながらメットの母親の家に住まなければならなかった。彼らにとっては芸術家と同義語であるボヘミアンになるために、おまえが金融界やブルジョワの生活を捨てたことなど、誰一人として理解できなかったし、ましてや容認なんてできっこなかった。おまえは見るからにみすぼらしく、エキセントリックだったので——もちろん、あの頃はおまえも妻の親戚への当てつけのため、頭にアメリカインディアンの飾りを載せて奇を衒《てら》っていた——、彼らはおまえに屋根裏部屋をあてがった。メットがデンマークの上流社会の若い男女たちにフランス語を教えているあいだ、おまえはひっそりと閉じこもっていなければならなかった。なぜならおまえの無作法な風体に少女たちは動揺し、少年たちは不快感をもって、クラスをやめてしまうかもしれなかったからだ。メットとおまえと子供たちが義理の母の家を出て——おまえが持っていた印象派の絵画のコレクションの一枚が売れたおかげで——、ノレガーダ通り五十一番地に住むようになってからも事態は好転しなかった。そこはコペンハーゲンでも評判のよくない地域だったので、そのことでメットはまたしてもおまえに対し憤りを感じ、自分の運命を嘆くようになった。

また、その国の言葉を話すことができないおまえにとって、屈辱と孤独の試練でもあった。友人もいなければ、絵を買ってくれる人もいないまま、おまえは過ごしていた。憤りつつ休みなく働いて、凍てついたフレデリクスベア公園でスキーをする人々や東公園の木々、そして初めての自画像を描いた。陶器や木彫、デッサン、数え切れないほどのスケッチ。数少ないデンマークの画家たちの一人で、おまえの仕事ぶりに興味を持ったテオドール・フィリプセンが、おまえの作品を見にやってきた。一時間、互いに話を交わした。おまえはデンマーク語で、おまえにとっては感覚のほうが理性より大切だと口にした。突然、おまえはどこからこのような説を引き出してきたのだ。口に出して唱えているうちに、おまえ自身が作りあげた説なのか。絵画とは人間全体の表現であるべきだ。画家の知性、職人的技巧、文化、しかし同様に、画家の信仰や本能、願望、そしてまた嫌悪をも含めて。「原始人のようにね」フィリプセンはおまえの話していることをまったく重要視していなかった。彼はたいていの北欧人と同様、気立てはよかったが感覚の鈍い男だった。けれども、おまえは話した。おまえは予《あらかじ》め熟考することなく、その場で断言したのだ。そしてあとになって再考してみて、それらの言葉がおまえの審美学上の信条を要約していることに気づいた。今でもそうだろう、コケ。近年おまえが発言したり、文字に表したりしてきた芸術上の問題に関する無数の肯定・否定の背後にある、動かせない核心はいつも同じだった。西洋美術は原始芸術の中にある生活の総合体から分離することによって衰退してしまった。原始芸術では、美術は宗教とは切り離すことはできず、食べることや飾ること、歌うこと、セックスをすることと同様に、日常生活の一部を形成している。おまえは作品の中にこの伝統を復活させたかった。

コケが「愉しみの家」に着いたときはもう夜になっていた。家の周りは十二月のハリケーン以来、生い茂った木々はなくなってしまい、まばらになった木々となぎ倒された幹が残る原っぱになっていた。ヒヴァ・オア独特の光景の一つだが、幕が下りて舞台が消えるように、一瞬で暗くなる。うれしい驚きが待っていた。そこにはハアプアニと妻のトホタウアが、台風にも負けずに残った淫乱神父とテレーズのおかしな木彫り像の傍に、並んで坐っていた。二人はトホタウアのような赤毛の人の住む島、タウアタから着いたばかりだった。この胸をときめかせる訪問は何のためなのだろうか。

ハアプアニはためらって、しばらく妻と視線を交わしたあとで、きっぱりと言った。

「おまえの条件を飲むよ。必要に迫られているのだ、コケ」

アトゥオナに着いてすぐに彼を知ってから、ポールはハアプアニを描きたがっていた。彼の個性がポールの好奇心をそそった。彼はフランス人宣教師たちがこの島にやってくる前、タウアタのマオリの集落で神官をしていた。彼が今、ヒヴァ・オアに住んでいるのか、生まれ育った島に住んでいるのか、それとも二つの島を行き来しているのか、誰も確かなところは知らなかった。長いあいだ消息を絶ってから戻ってきたときも、どこに行っていたのか、彼は何も語らなかった。ヒヴァ・オアの住人は、過去の職務から彼には伝統に根付いた知恵や力が備わっていると考えていたし、キイ・ドンによると、今でもマルタン司祭やヴェルニエ牧師、クラヴリ憲兵に隠れて密かに職務を遂行しているとのことだった。コケはその勇敢さを尊敬していた。なぜならハアプアニは年にもかかわらず――もう五十代のはずだった――、ときどき男‐女のマフーのように着飾って「愉しみの家」に立ち寄ることがあり、マオリたちは気にしなかったが、二つの教会と行政当局にそれが見つかったら、非難される可能性があった。彼は筋肉質の美しいトホタウアがモデルになることには反対しなかったが――何度も引き受けていた――、コケが自分を描くことは決して受け入れなかった。おまえが提案するたびに怒った。嵐が彼の考えを変えさせた。ヒヴァ・オアでもタウアタでも大きな被害を受け、家や農園が破壊され、何十人もの人々が死んだが、その中にはかつての呪術師の親類が何人も含まれていた。ハアプアニはおまえに、金が必要だと告白した。その声と表情から判断すると、このことを決意するのに並々ならぬ努力を要したのだ。

おまえの悪い目で、彼を描くことができるのだろうか。

うれしくてコケは二つ返事で引き受けた。すぐに二人は合意して、ポールはハアプアニにいくらかを先払いすることにした。その夜、コケは絵を描く見通しがついたことに興奮して、野生の猫がミャーミャー鳴く声を聞き、雲の切れ目から月が見え隠れするのを見つめながらベッドで寝返りを打ったりして、ほとんど寝付けずにいた。ハアプアニは自分自身が認めている以上にたくさんのことを知っていた。彼がトホタウアに付き添ってきたとき、彼女がポーズを取っているあいだ、コケは彼を観察していた。マオリの神官をしていた過去について彼は一切、明かそうとしなかった。マルキーズ諸島の遠く離れたどこかの島でまだ人肉を食べている可能性について、彼はコケにいつも否定していた。けれどもコケはそのテーマに取りつかれていたので、否定されても納得しなかった。反対に、時には呪術師の抵抗をしのいで、マルタン司祭やヴェルニエ牧師が廃止されたと信じている刺青の芸術について話を聞いた。全マルキーズ諸島の奥深い村々や森の遠く離れた孤立した場所では、マオリの男女の褐色の皮膚に、宣教師によって追い払われた古くからの知恵や信仰や伝統が、今なお保存されていた。ヴァエオホを譲り受けるため、ヒヴァ・オアでのたった一度の旅、島の奥のヘケアニ渓谷のハナウペ村へ向かう旅で、コケはそれを確認した。村の男も女もまったく臆することなく自分たちの刺青をひけらかしていた。コケは通訳を介して村の刺青師と話を交わしたが、にこやかな老人は人間の皮膚に対称形や迷路のような模様を彫り込む芸術家の繊細さと自信を示していた。ハアプアニは、コケがマルキーズ人の信仰について訊ねるたびに、びっくりして猫のように毛を逆立てたが、ときには刺青の意味について張り切って説明してくれた。ある日などは修練を積んだ刺青師の要領で、紙の上にすらすらと形を書いて、ある種の模様に込められている暗示の企み——彼によれば、それらはもっとも古い刺青とのことだった——について説明してくれた。それらは、戦いにおいて戦士を守り、悪霊の待ち伏せに負けない力を与え、魂の純粋さを保証するのに役立つとのことだった。

呪術師は翌朝、日が昇るとすぐ「愉しみの家」にやってきた。コケはアトリエで待っていた。アトゥオナのあたりの空は晴れていたが、無人島の方角の水平線には黒い雲の塊が湧き上がり、赤いマムシのような稲光が嵐を予告していた。コケは射しはじめた光がいちばんよくあたる場所にハアプアニを配置してみて、心がひるんだ。何という不運だ、コケ。何かの塊程度にしか見えないではないか。おまえには縁がぼんやりした塊と、色とりどりの異なる色調の奥行きのある斑点にしか見えなかった。今のおまえの目には、色は染みや霞のような斑点にしか見えないのだ。描こうとしてもむだではないか、コケ。

「ダメだ、畜生め」とコケはまるでキスでもするか、あるいは噛み付きでもするかのように、呪術師にぴたりと身を寄せながらつぶやいた。「たとえまったく目が見えなくなろうが、癇癪を起こして死のうが、おまえを描いてみせるぜ、ハアプアニ」

「平常心を保つことだよ、コケ」とマオリ人は助言した。「マルキーズの人間の考えを知りたいようだから教えるが、それは我々のもっとも大切な信念なのだよ。敵を前にしてでなければ怒りを感じてはいけないのだ」

どこかにいたトホタウアが——彼女が入ってきたのにおまえは気づかなかった——、それらすべてが遊びだとでもいうように笑った。メットにもそのようにいらいらさせる癖があった。冗談を言ったり大声で笑ったりして大事な用件を茶化してしまった。友人にまではなれなかったが、デンマーク人の画家フィリプセンは、おまえにはよくしてくれた。おまえの作品を見るためにノレガーダ五十一番地の家を訪ねてくれたあと、デンマーク芸術の友好協会におまえの展覧会を後援するように働きかけてくれた。それは一八八四年五月一日に開催され、入場者は少なかったが有名な人々がやってきた。慇懃で礼儀正しい紳士淑女たちは作品をいかにも興味深げに見たり、気取ったフランス語で作品についておまえに質問した。けれども、誰も作品ひとつ買わなかったし、コペンハーゲンの新聞に批評が載ることもなく、展覧会は五日間続いた後、終了した。おまえは後になって、その道の権威や学者、保守的な人々がおまえの芸術的大胆さに驚いて、展覧会を終了することを命じたと自慢することになるだろう。しかし、それは事実ではなかった。実際のところ、コペンハーゲンでのたった一度のおまえの展覧会は、客が集まらないことと採算が取れなかったことで、あれほど早く打ち切りとなったのだった。

始末に負えなかったのはおまえが失望したことではなく、その失敗によってメットの家族がおまえにひどく腹を立てたことだった。何だって！　この変わり者のボヘミアンは芸術の名の下に立派な株式仲買人としての地位と仕事を捨てて、しかも描いていたものがこの程度のものだなんて！　モルトケ伯爵夫人は、アメリカインディアンもどきのグロテスクで女のような服装の人物がコペンハーゲンに留まるならば、エミールの学費を援助するのをやめると言ってきた。エミールはゴーギャンの長男で、半年ほど前から彼女の援助を受けていた。女ヴァイキングは、真っ青になってしくしく泣きながら、おまえが出ていかなければ、彼女がフランス語を教えている若い外交官たちは他の教師を探すとメットを脅しているのだと、思い切っておまえに言った。そうなればメットも子供たちも餓死してしまうだろう。おまえはコペンハーゲンから犬のように追い出されたのだ、コケ！　おまえには三等列車に乗ってパリに帰るしか道はなかった。一人でも食い扶持を減らし、メットが他の家族を養うのが楽になるようにと、おまえは六歳の小さなクロヴィスを連れ帰った。一八八五年六月にはじまった別居生活は偽善の産物だった。おまえも彼女も、事態が好転したらすぐにまた一緒に住もうと言って、状況に強いられた一時的な離別を装っていた。しかしながら、心の底でおまえは、別居は長い期間続きそうで、たぶん決定的なものになることが十分にわかっていただろうし、メットにしても同じことだっただろう。そうじゃないか、コケ。そうさ、まあ、ある意味ではそうだった。この十八年間にたった一度、それもほんの数日、二人は会っただけだが――メットは身体に触れられるのも拒否した――、法律的には女ヴァイキングはおまえの妻だった。メットから手紙が来なくなってもう何か月になるだろうね、コケ。

パリに着いたとき、財布には一銭もなかった。子供を背負って、ブラール通りにある善人シュフのアパートに厄介になった。アパートの部屋の窓からはモンパルナスの墓地の石碑が見渡せた。おまえは三十六歳になっていたね、コケ。本物の画家になりはじめていたかね。まだだった。アパートには絵を描くスペースがなかったので、おまえはリュクサンブール公園の栗の木の下に立ち、またはセーヌ川沿いの公園のベンチに坐ってスケッチをし、色を塗ったりした。スケッチブックやキャンヴァスは友人のシュフがプレゼントしてくれたもので、彼はまた妻のルイーズに内緒で、昼にカフェのテラスにしばし坐れるようにと、ときどきおまえのポケットにこっそりと数フランの金を忍び込ませてくれた。眠れない夜、おまえがしてきたことはもしかしたら大きな誤りで、後悔すべき常軌を逸した行為だったかもしれないと怯えたのは、一八八五年の夏のことだったろうか。いや、極度の絶望の時期はそれ以後にやってきた。七月、おまえの持っていた印象派コレクションのひとつが売れて（少ししか残っていなかったし、その大半をメットが持っていた）、おまえはディッペに発った。ディッペでは、ドガを含む知り合いの画家が集団で夏を過ごしていた。シャレ・デュ・バ・フォル・ブランという、画家ジャック＝エミール・ブランシェ所有の大層眺めがよく、独創的な家に皆は集まっていた。そこに集《つど》っている仲間たちが歓迎してくれると信じて、おまえはその家を訪ねた。けれども、どなたもおりませんと言われて執事に閉め出されたとき、おまえは、ドガとブランシェがカーテンの陰から覗いているのに気づいた。それ以降、二人はおまえがまるで好ましからざる人物のように避けつづけた。そのとおりの人物だったのだよ、コケ。おまえは一人で、港や断崖に茸のように出没して、イーゼルと絵の具とブリストル紙を手に、水浴びをしている人や砂浜や聳える岩礁を描いた。絵の出来は悪かった。おまえは自分が疥癬をわずらった犬のように思えた。ドガやブランシェや他のディッペに集う画家たちがおまえを避けたのは奇妙なことではなかった。おまえは乞食のような服装だったし、実際、乞食になっていたのだ。

それでもまだ最悪の事態にはなっていなかった。おまえがパリに戻ったとき、また金はなく、冬がやってきた。姉のマリア・フェルナンダはおまえがディッペにいるあいだ、不承不承預かっていたクロヴィスを帰してきた。シュフネッケル家はもう住まわせてはくれなかった。おまえは東駅近くの通りに小さくみすぼらしい家具なしのアパートを借りた。古道具屋の蚤の市でクロヴィスのために小さなベッドを買った。おまえは一枚の毛布にくるまって寒さに震えながら床で寝た。夏用の服しか持っていなかったし、メットはコペンハーゲンに置いてきた冬用の服をまったく送ってくれなかった。一八八五年の年の瀬から翌年の年始にかけては雪が何度も降り、凍えるように寒かった。クロヴィスは水疱瘡にかかったが、薬すら買うことができなかった。クロヴィスは生きのびたが、たぶん彼にはおまえの強靭な血と、逆境の中で育っていく反骨の精神があるのだろう。クロヴィスにはわずか一握りの米しか食べさせていなかったし、おまえは何日もの間かろうじてカチカチのパンのかけらしか口にできなかった。そこでおまえは——絶望だ、コケ——、おまえと子供が倒れてしまわないように、絵を描くことを諦めねばならなかった。子供を抱いて橋の上から氷のようなセーヌ川に身を投げるしかないと思いつめていたとき、仕事が見つかった。パリのあちこちの駅で広告のポスターを貼る仕事だった。よかったね、コケ。それは戸外で体中糊でべとべとになりながらのきつい仕事だった。けれども数週間働くと、クロヴィスをパリ郊外のアントニーの質素な寄宿舎に入れることができるだけの金が溜まった。

挫折しかけたのは、おまえの生涯で最悪の時期だった一八八五年から翌年にかけての冬だろうか。ちがう。この時期は屋根の下で眠ることができたうえに——ダニエル・ド・モンフレーとアンブロワーズ・ヴォラール画廊のおかげで——、少額だが金が手元にあり、飲み食いには事欠かなかった。ハアプアニの存在がおぼろげに示す色と形をキャンヴァスに手探りに近い状態で表そうと格闘しながら、おまえが日々感じている無力感に比べれば、あの十八年前の酷い冬でさえたいしたことはなかった。ハアプアニについておまえが見ることができたのは、顔のないシルエットだけだったからである。それはさほど重要事ではなかった。トホタウアの夫の、年に似合わず愛嬌のある顔と、絵のしかるべきイメージが頭の中にしっかりとあった。彼は美しい呪術師であると同時にマフーだった。色気があって気品があり、女性を思わせるストレートの長い髪に花を飾って、背中をめらめら燃えるような赤いマントで包んでいた。彼は右手に、植物界について極秘の知識——愛の媚薬、治療のための煎じ薬、毒薬、魔術用調合薬——があることを表す一枚の葉を持っていた。彼の背後には、いつもおまえの絵にあるように（なぜなのだ、コケ）、二人の女が木立の中に潜んでいる——実在の人物だろうか、いや、おそらく想像上の人物なのだろう。二人は中世の修道士を髣髴とさせる男物の謎めいた外套にくるまっている。女たちは呪術師の神秘的かつ怪しげで、また傲慢なほど自由な態度に、驚いているのか、うっとりしているのか、じっと彼を見つめている。呪術師の足元には、マオリの冥府からやってきたようにも見えるおかしな体軀の犬も描かれている。黒い鳥や白っぽいブルーの水が流れる川、背景には森の木々のあいだから夕闇迫る空が覗いている。おまえの頭の中ではほっきりとそれが見えていたが、それをキャンヴァスの上に写し出すにはほとんど直感に頼りっきりで、ハアプアニ本人や、トホタウア、そしてときどき様子を見にくるティオカに、自分では確かめることのできない色彩や色の混ざり具合についてその都度、確認する必要があった。彼らは気持ちよく手伝ってくれたが、おまえが聞いたことに答えるための専門用語や知識を持っていたわけではなかった。彼らの的確でない情報が仕事を台無しにしてしまうのではないかと思い、おまえは苦しんだ。仕事はゆっくりゆっくり進んだ。進んでいたのか、それとも後退していたのか。そんなことは知りようもなかった。自分の非力さに悲鳴をあげたり泣いたり罵ったりすると、ハアプアニとトホタウアはおまえの傍らで、じっと動かないまま、敬意を払いつつ、おまえが気を鎮めて、再び絵筆を握るのを待っていた。

そのとき、ポールは十八年前のひどく辛い思いをした冬を思い出した。パリの鉄道の駅でポスター貼りをしていた頃、一日の仕事を終えてアブサンを一杯やろうとパリ東駅に隣接したカフェに入って坐ったとき、椅子の上に、忘れられたのか捨てられたのか、小さな本を偶然見つけて手にした。本の作者はトルコ人の芸術家であり哲学者で神学者でもあるマーニ・ヴェリビー＝ズンブル＝ザーディで、その随筆の中には彼の三分野の天分が編み込まれていた。彼によると、色彩とは自然界の色というよりも、もっと奥に秘められているもの、かつ主観的なものを表現するものである。それは人間の感受性や信念や想像性の表れである。色彩に対する評価とその使い方で、ひとつの時代の精神性を転覆することができる。人間の中に住む天使と悪魔を。ゆえに、本物の画家は自然界を前にして目にしたものの再現——緑の森、青い空、灰色の海、白い雲といったような——にとらわれてはいけない。画家の義務は色彩を自分の内部の必要性、あるいは単に個人的な気まぐれに従って使うことだ。黒い太陽、太陽のような月、青い馬、エメラルド色の波、緑の雲。マーニ・ヴェリビー＝ズンブル＝ザーディはまたこうも言っている——その教えは今、なんてぴったりなんだろうね、コケ——「画家は本物でありつづけるためにモデルを使わず、ひたすら自分の記憶を信じて描くべきだ。そうすれば彼の芸術は隠されている真実をよりいっそう具現化できるだろう」と。それは今、不自由な目に強いられてまさにおまえが行なっていることだよ、コケ。おまえの最後の絵は『ヒヴァ・オアの呪術師』となるのだろうか。そう思うと、おまえは悲しくていらいらしてきた。

「この絵が仕上がったら、もう俺は絵筆を取らないだろうよ、ハアプアニ」

「つまり俺を描くことで、俺がおまえを葬り去ると言うのか、コケ」

「ある意味ではそうだ。おまえは俺を葬り去ろうとしている。反対に俺はおまえを永遠のものにするのだ。おまえの勝ちだよ。ハアプアニ」

「聞きたいことがあるのだけどね、コケ」トホタウアは午前中ずっと口を開かずにじっとしていたので、ポールは彼女がいるのに気づかなかった。「どうしてあんたは赤いマントをあたしの亭主の肩に着せたのよ。ハアプアニはそんな服を着たことないよ。それにヒヴァ・オアでもタウアタでもそんな恰好をする人なんて、誰もいないわ」

「それはね、俺にはあんたの亭主の肩にあのマントが見えるからだよ。トホタウア」コケは若い女の、深みのあるどっしりした声を聞いて元気が出てきた。その声は頑健な肉体と赤毛の髪、ぴんと張った乳房、大きい腰、太くて艶のある腿、今となっては思い出の中だけにある美しいものすべてと調和していた。「俺にはマオリがその歴史の中で流した血が見えるんだよ。マオリ同士で、食べ物や土地を争って互いに殺しあったり、現実の侵略者やあの世からきた死霊から身を守りながらね。その赤いマントの中におまえの民族の歴史がすべて存在するのだよ、トホタウア」

「あたしに見えるのはここでは誰も身につけない赤いマントだけよ」と彼女は言い張った。「それからその女たちの頭巾は？　二人の女だよね、コケ。それとも男なの。マルキーズの人のはずはないよ。だってこのへんの島でそんな頭巾を頭に被っている女も男も、あたしは見たことがないもんね」

　コケは彼女を抱きしめたくなった。しかしそれは諦めた。腕を伸ばしても空気を抱くだけだろう。彼女は簡単に身をかわすだろう。そうしたらおまえは滑稽な興奮に襲われるだろう。だがわずか一瞬にせよ、彼女に欲望を感じたことはおまえを喜ばせた。口にするのが憚られる病気の進行のひとつの目安は、欲望を持てなくなることだからだ。まだ完全に死んでしまったわけではないぞ、コケ。少し辛抱してがんばれば、この厄介な絵も仕上がるだろう。

オルレアンで過ごした子供時代、ラ・シャペル＝サン＝メスマン神学校の宗教の授業で、デュパンルー司教がキリスト教の偉人たちを賞賛するとき、好んで繰り返したあの言葉は結局きっと正しかったのだろう。後に聖人となった「悪魔のロベール」のように、罪深い魂がさらなる高みに至ろうと駆り立てられるのは、奈落の底に堕ちているときである。おまえにそのようなことが起こったのは一八八五年から翌年にかけて、パリでのあの残酷な冬の後、泥沼に沈み込んでいるような気がしたときだった。そこからおまえは地表まで、空気の澄んだところまで少しずつ上りはじめたのだった。奇跡には名前があった——ポン＝タヴェンだ。多くの画家やアマチュアの画家が、手つかずの景色の美しさ、その隔絶性、ロマンティックな世俗を求めて、ブルターニュを目指していた。おまえにとってブルターニュの魅力は二つあった。ひとつは抽象的なもの、もうひとつは現実的なものだ。フィニステール県の人里離れた小さな村ポン＝タヴェンでは、まだ古い文化が息づいており、人々は宗教や信仰、伝統的習慣から離れるどころか、それに固執し、彼らを近代化へ取り込もうとする国家やパリの努力を徹底的に軽蔑していた。一方、そこではわずかの金で生活ができた。もちろん事態はおまえが望むほどうまくは行かなかったが、あの晴れ渡った一八八六年の七月、おまえのポン＝タヴェンへの旅立ちは——カンペルレ経由の汽車で三時間——、それまでの生涯でいちばん的を射た決心だった。

なぜならポン＝タヴェンで、おまえはやっと画家として最初の一歩を踏み出したからだ。偉大な画家にだよ、コケ。尻軽なパリでは、スノッブで軽々しい奴らはもうおまえのことを忘れていた。絵葉書にあるような村の、三角形をした小さな広場に、長い旅路にすっかり疲れ果てて到着したときのことをおまえはよく覚えていた。村は木の茂った丘に挟まれ、愛の神アムールに捧げられた森を抱く肥沃な谷の真ん中にあり、午後になると潮の匂いのする風がその辺りまで海の便りを運んできていた。地方色を求めてアメリカ人やイギリス人がその地までやってきており、裕福な人々の滞在するホテル、オテル・デ・ヴォワイヤジュールやリヨン・ドールがあった。おまえが探していたのはこのようなホテルではなく、質素な宿屋、グロアネック夫人の館だった。無分別なのか聖女なのか、貧乏な絵描きを迎え入れ、もし金がなければ、描いた絵で宿泊費や食事代金に充てることを受け入れてくれた。なんと素晴らしい女性だろう。おまえの生涯では最良の決断だったよ、コケ。そこに滞在して一週間もすると、おまえはブルターニュの漁師のような恰好――木靴や帽子、刺繍のあるチョッキ、青色の大きな上着――をし、また絵や人を圧倒する物腰や雄弁ぶり、自分に対する過剰な信頼以前に、間違いなくおまえの年齢にもよって、素晴らしいグロアネック未亡人の善意、もしくは正気の沙汰とは思えない恩恵の下に身を寄せる、六人ほどの若い画家たちの集団の長に納まった。もう地獄から脱したよ、ポール。さあ、これからは傑作を描くのだ。

二、三日後にトホタウアはマルキーズのマオリ語で絶叫して、再びコケの仕事を中断させたが、彼には耳にした語句の中に紛れこんでいるマフーという言葉しか聞き取れなかった。今コケは、自分が身を置く闇の、光と正反対の世界で、ハアプアニが好奇心に突き動かされて、ポーズをとっていた場所を離れ、絵に近づいてきたのを感じた。トホタウアがなぜ興奮しているのか知りたくなったのだ。トホタウアが興奮したのは、ハアプアニは腰にパレオを巻きつけているか、裸で描かれているだろうとの想像に反して、絵の中の呪術師は赤いマントの下に、ほっそりした身体に手袋をはめたようにぴったりした洋服姿で描かれており、とても丈の短い上着を着せられていたので、彼のなめらかな曲線の女性のような脚がむき出しになっていたからだった。ハアプアニはしばらく黙って絵を眺めていた。それからコケが指示した場所に戻ってポーズを取った。

「おまえは自分の肖像画について何も言わないのか」と細心の注意を要する、ほとんど不可能ともいえる仕事に再び取りかかりながら、ポールは言った。「どう思ったんだ」

「いたるところにマフーだ」と呪術師は意見を述べるのを差し控えた。「いなければならないところにも、いるはずもないところにもね。おまえはマフーを自然なものと見ないで、悪魔だと思っているんだな。その点でおまえは宣教師たちと似ているよ、コケ」

そうだったのかな。そう言えば、もう数か月前のことだが、トホタウアをモデルにして『カリタス会修道女』を描いていたときに、何か不思議な現象がおまえに起きていた。結局その絵は尼僧の絵にはならず彼女の前にいるマフーの絵になったが、その絵を描いている最中、おまえはそのことを気にも留めなかった。どうしてそれほどマフーにこだわるのだろうか。

「おまえの肖像についてどう思っているか、まだ聞いてないぜ」とコケは繰り返し催促した。

「たった一つ確かなことは、その絵の人物は俺ではないということだよ」と、マオリ人は答えた。

「それはおまえの内にあるハアプアニの像だ」とコケが言い返した。「神父や憲兵に見つからないように、おまえの内に隠れなければならなかったハアプアニのね。信じないかもしれないが、絵に描かれた人物はおまえだと請け合えるよ。おまえだけではないよ。消え去ろうとしている、今に跡形もなくなってしまう本物のマルキーズ人だよ。将来、マオリ人とはどんな人たちだったのだろうと調べるとき、皆は俺の絵を参考にするだろうよ」

トホタウアが楽しそうに、朝を素晴らしく満たすようなおおらかで屈託のない笑い声をあげると、ハアプアニもやはり笑ったが、しぶしぶだった。その夜、二人が帰ってから、コケと話しにやってきたティオカは――日に数回コケが何か必要としているものがないか、確かめるために「愉しみの家」へ来てくれていた――しばらく絵を眺めていた。よく見ようとして、入口にある石油を塗った松明の一つを近づけた。ポールは何の質問もしなかった。少し経ってから、いつも口数の少ないポールの隣人は自分の感想を述べた。

「たくさんの作品の中で、おまえはこの島の女性たちを筋肉質で男のような身体に描いてきた」彼はあれこれ考えながら断言した。「けれどもこの絵では反対になっているね。ハアプアニを女のように描いている」

ティオカが言ったことは正しかった。日中の明るい陽の光のためか、おまえのひたむきな努力、または憐れみ深い神のおかげか、おまえの目に光が戻り、数分のあいだだけ細部に手を加え、色彩にアクセントをつけたりぼかしたりできる瞬間が何度かあったので、ほとんど手探りで描いたにもかかわらず、『ヒヴァ・オアの呪術師』は大体においておまえが意図したとおりの作品となった。機能しなくなったのは視力だけではなかった。手先の動きもそうだった。ときどき手がひどく震えてしまい、身体が落ち着き制御できない筋肉の動きが止まるまで、ベッドに横になっていなければならなかった。そのようにぴりぴりしながらおまえが描き上げたのは傑作ばかりだった、コケ。『ヒヴァ・オアの呪術師』は傑作だろうか。たった数分のあいだでもその目が申し分のない状態でキャンヴァスを見ることができたなら、おまえにはわかるだろうよ。けれども、おまえはいつまでも確信が持てないままなのだろう。

次にやってきたとき、トホタウアは絵についてポールに言った。「どうしてあんたはそんなにマフーに関心があるのよ、コケ」ポールは「絵になるからだよ。目を引くし、珍しいからだよ、トホタウア」と馬鹿な返事をしてしまったが、その質問は一日中、頭の中で鳴り響いていた。その夜、果物を少し食べて、脚の包帯を取り替え、アヘンチンキを数滴水に溶かした痛み止めを飲んだあと、ベッドの中でよくよく考えてみた。なぜだろうな、コケ。おそらく捉えどころがなくてほとんど表に現れることのない、迫害されているマフーは、神父や牧師たちからは、異常もしくは罪悪として嫌悪されてきたからで、これまで生き延びてきた、その未開のマオリの飼いならされていない最後の固有の文化も、ヨーロッパのおかげで、まもなく絶滅してしまうだろう。原始のマルキーズ人たちは、西洋のキリスト教文化によって飲み込まれ、消化されてしまうだろう。おまえはその文化を彼の地、タヒチで、「レ・ゲープ」や「ル・スーリール」の中で取り上げて、意気軒昂に饒舌な文章で、でっちあげたり誇張したりして守っていたな、コケ。タヒチ人たちがそうであったように、彼らも飲み込まれ消化されてしまうのだ。宗教に関するものから、言語、道徳、それから当然セックスへと順番に。すべての西欧ブルジョワ階級のキリスト教徒のように、非常に近い将来、マルキーズ人にとってもことは明快になる。二つの性があるのだから、それで十分じゃないか。乗り越えられない相違によって明確に区別され、分けられたもの——男と女、雄と雌、ペニスとヴァギナ。愛と欲望の分野における不明瞭さは信仰の分野と同じく、野蛮と悪徳のしるしであり、文明にとっては食人習慣と同じように下劣なものなのだ。男-女、女-男は、父なる神がソドムとゴモラに対して行なったように、根絶しなければならない異常性だった。残り少なくなったこの島のかわいそうなマフーたち！　偽善的な植民者や植民地行政府の行政官たちは、家庭での料理人や洗濯係、子守や番人としての評判に目を付けて、彼らを探し出して家事手伝いとして雇った。だが、宗教と対立しないように、女のように身を飾ることや装うことを禁止した。マフーたちは見つけられるのをとても恐れながらも、頭に花を絡ませ、手首にはブレスレット、踝にはアンクレットをはめて、女の子のように身を飾って、しばしそのような装いを大胆に見せびらかしていたが、そのとき彼らは、自分たちがひとつの文明の最期の喘ぎであるとは思ってもいなかっただろう。自分のうちに持っているすべてのもの——願望と夢——を受け止める原始人たちの、健康で天真爛漫で自由な生き方はもう絶えてしまうのだ。『ヒヴァ・オアの呪術師』はひとつの墓碑だよ、コケ。

あの盲目のマオリの老婆がおまえの包茎のペニスを掴んで放った言葉にもかかわらず、おまえはマルタン猊下や憲兵のジャン＝ピエール・クラヴリらよりも彼ら先住民にずっと近い存在だった。おまえがパペエテで雇われていた、無知と金銭欲から感覚が麻痺してしまった植民者たちよりも、おまえは野蛮人を理解していたからだ。おまえは野蛮人たちを尊敬していた。羨んでいた。おまえの似非《えせ》同国人を軽蔑しているのと同じほど激しく。

少なくともおまえは確信を持っていたね、コケ。おまえの絵は近代的で文明的なヨーロッパ人の絵ではないと。その点については誰も誤解することはないだろう。以前から、おまえはおぼろげながら直感していたが、完全なる確信をもって納得したのはブルターニュ地方、最初はポン＝タヴェン、次いでル・プールデュにおいてだった。芸術はパリの芸術家や批評家、学者、収集家たちによってはめこまれている、窮屈な型や小さな視野を打ち砕かねばならない。芸術とは世界に開かれたものであり、諸文化と交錯し、異なる空気、異なる風景、異なる価値観、異なる民族、異なる信仰、異なる生活様式や道徳を取り込む必要がある。このようにしてのみ、パリの人々の、享楽的で安易で軽薄で商業的な存在が芸術から奪ってしまった勢いを、取り戻すことができるだろう。おまえはそれを成し遂げたのだ。世界と出会うために国を出て、ヨーロッパが知らないもの、あるいは否定したものを探し、学び、陶酔しながら。おまえにとっては高くついたかもしれないが、おまえは後悔していないよね、コケ。

おまえは後悔していなかった。このような状態だったが、ここまで到達したことをおまえは誇りに思っていた。絵を描くには代価がいるが、おまえはそれを払い終えた。ポン＝タヴェンで過ごした夏と秋の数か月のあとで、冬と対峙しようとしてパリへ戻ったとき、おまえはもうちがう人間だった。表面も内面も変わっていた。ついに自分の進む道を発見できたことに幸福を感じ、自分に対する確信に満ち、狂喜していた。おまえは、大胆不敵さとスキャンダルとを渇望していた。パリへ戻って最初にやったことのひとつは、善人シュフの妻、美しいルイーズを襲うことだった。それまで彼女には面白半分にちょっと手を出すくらいだったが、いまや手に負えない、無鉄砲な因習破壊者のアナーキーな気性で、二人だけになった初めての機会——善人シュフは美術学校でデッサンの授業を行なっていた——を利用してルイーズに襲いかかった。彼女を陵辱したとも言えるかな、ポール。それは誇張だ。彼女を誘惑して、堕落させた、それだけだ。なぜかと言うと、ルイーズが抵抗したのは最初だけだった。それ以降、彼女は納得したと言うより、体裁を取り繕っていたにすぎない。そして、彼女はまったくその失態を後悔しているようには見えなかった。

「あなたって野蛮人ね、ポール。どうしてわたしに手を出すのよ」

「おまえが言ったとおりだからさ。俺は野蛮人なんだよ。俺の道徳はブルジョワどもの道徳とはちがうんだよ。今、俺の本能が俺の行動を命じているんだ。この新しい哲学のおかげで、俺は偉大な芸術家になるだろうよ」

預言的な行動原理の宣言だね、コケ。善人シュフはあの裏切り行為に気づいただろうか。もし気づいていたとしたら、おまえを許すだけの度量があったのだろう。あのアルザス人は崇高な人間だ。文明的道徳の規範においては疑いなくおまえのずっと上を行く。だからこそ、疑いなく善人シュフは、いつになっても絵が下手なのだ。

翌日、コケは何度か筆を入れてから、ハアプアニに約束の額を払った。作品は完成した。期待どおりだったかい。おまえはそうであることを望んでいた。いずれにしても、もうおまえにはこれ以上、仕事を続ける体力も気力も残っていなかった。

21　最後の闘い――ボルドー、一八四四年十一月

ボルドーに到着した、忌まわしい一八四四年九月二十四日、フローラはピアニスト、フランツ・リストのコンサートが行なわれるグラン・テアートルの桟敷席への招待を受けた。彼女は、ボルドーの婦人たちが宝石や優美さをひけらかすこの社交界のイベントが、自分にとって公的活動の最後になるとは思ってもいなかった。残りの数週間はサン＝シモン主義者のエリザとシャルル・ルモニエ夫妻の家のベッドで過ごすこととなった。一年前に来たときは、この夫妻はあまりにブルジョワだからと、彼らに紹介されるのを断った。矛盾してるね、フロリータ、生涯の最期の日まで矛盾してるね。

ボルドーに到着したとき、彼女の気分は悪くはなかったが、疲れきっていらいらし、失望していた。というのも、カルカソンヌを出てからトゥールーズでもアジャンでも、王政側の知事や警察署長が、労働者との集会に押し入ったり禁止したり、警棒を振りかざして集会に集まった人々を追い払ったりまでして、彼女の活動を困難にしていたからだ。悲観的になるのは健康のせいではなくて、フローラがキャンペーンの旅をやり遂げるのを、あらゆる手段で阻もうと決定した当局のせいだった。

ロンドンから帰国した五年前、人類を変革するために労働者と女性の強力な同盟を築くという構想に夢中になり、労働者と繋がりを持とうと熱心に活動しはじめた頃、正真正銘の平和主義のおまえが破壊活動分子と見なされ、権力に追いまわされるようになるなんて想像できただろうか。パリに戻ってきたとき、おまえには幻想と夢だけがあふれていただけでなく、健康面でもはちきれそうだった。「ラトリエ」と「リュッシュ・ポピュレール」（おまえの『ロンドン散策』を褒めてくれたのはこの二つの出版物だけだった）の二大労働雑誌をおまえは克明に読み、社会変革をめざすメシア、哲学者、教条主義者、理論家など、あらゆる人を訪ねたり、著作を読んだりしたが、それらはおまえに有益だったというよりも、困惑と混乱をもたらした。というのも、社会主義者やアナーキストの改革者の中には、まったくおかしなでたらめを説く狂人めいた者や奇人変人がたくさんいた。例えば——思い出すと笑ってしまうのだが——墓掘人のような風貌のカリスマ彫刻家ガノーはイヴ主義の創始者で、その教義は男女平等と女性の解放という考えに基づいていたので、最初の数週間、おまえはひどく無邪気に彼を信じていた。この狂信的な目つきをした腕の長い陰気な男が、イヴ主義というのは人類のはじまりのカップルであるアダムとイヴからきており、家族というものに敬意を表して、弟子たちには自分をマパと呼ばせているが、その言葉はママとパパの最初の音をとったものだとおまえに説明した日に、おまえの彼に対する尊敬の念は崩壊してしまった。彼は馬鹿で、イカサマ師というより狂っていたのだ。

九月八日から十九日までのトゥールーズ訪問は、フローラにとって実り多いものになったかもしれないのに、警察に妨害されて台無しになってしまった。到着した翌日、ポム通りにあるオテル・デ・ポルトで二十人ほどの労働者と集まりを持っていたところ、その会場に警察署長ボワッスノーが乗り込んできた。もじゃもじゃの髭を生やした意地悪な目つきの太鼓腹の男は山高帽を取りもせず、挨拶もしないでフローラに警告した。

「革命を説くためにあなたがトゥールーズに来ることは許可されておりません」

「わたしが来たのは革命を起こすためではなく、革命を防ぐためなのですよ、署長さん。そのような判断を下す前に、ぜひわたしの本を読んでください」とフローラは答えた。「ヨーロッパでもっとも勢力のある王国で、たった一人の女が警察署長や知事たちを怖がらせるようになるなんて、いつからのことでしょうか」

警察署長は一言「警告しましたから」と言い、挨拶もせずに出ていった。

彼女はトゥールーズの知事と話をしてみようと努力したがむだだった。禁止令はこの街で彼女が人々と接触しようとする情熱を失わせた。サン＝ミッシェル地区のある小ホテルで八人の皮革職人と一度だけ秘密の集まりをなんとか取り付けることができた。警察に見つかるのではないかと不安なあまり、職人たちは怯えきった目で、通りに面した扉をちらちら見ながら聞いていた。民主的で共和派系であることを売り物にしている新聞「レマンシパシオン」を訪ねたが、こちらも失敗に終わった。新聞記者たちは、まるでフローラが悪夢や不運の前兆に対する毒消しを売っているかのように見ていて、労働組合の目的に関する詳細な説明にまったく注意を払わなかった。記者の一人はおまえはジプシーかと聞いた。これらのシュヴァリエの中でもっとも厚顔な男、リブロルという名の箒棒のように痩せた好色そうな目つきの編集者が、フローラに向かってウインクしながら二重の意味に取れる言葉をささやきはじめたとき、侮辱は頂点に達した。

「あなたはわたしを誘惑しようとしているの、馬鹿ね」と、その言葉をさえぎりながら怒りんぼ夫人は大声で言った。「今まで鏡を見たことがないの、かわいそうに」

フローラは立ち上がると、バタンと思いきり音を立てて扉を閉めた。同僚たちの笑い声の中で、おまえの激しい反応に言葉を失いあっけにとられていたリブロルの顔が、恥ずかしさでどんなに赤くなったか――見事にやり返してやったね、フロリータ――を思い出しているうちに、怒りはすっかり収まった。

四日間を過ごしたアジャンでは、やはり警察のせいでトゥールーズよりうまく行かなかった。この町には労働者相互扶助協会がたくさんあった。もっともな理由から「アヴィニョンの有徳の人」という渾名を持つ親切なアグリコル・ペルディギエは、フローラの考え方とは一致していなかったが、大きな度量で誰よりも助けになってくれ、パリからこれらの団体にフローラが行くことを知らせてくれていた。ペルディギエの友人たちはいろいろな同業組合との会合を取り持ってくれた。だが、実際に行なわれたのは最初のものだけだった。集会には十五人ほどの大工と印刷工が集まった。そのうちの二人はとても頼もしい人たちで、労働組合の委員会を創設したいと言ってくれた。彼らはフローラがいろいろな意味で希望を抱いていた町の知名人、ジャスマンという名の詩人で理髪師の男に会いに連れていってくれた。しかし当然のこと、ブルジョワたちのお世辞がこのかつての民衆詩人をすっかり虚栄心の強いだめな男に変えてしまっていた。その運命から逃れられる詩人はいないように思われた。彼は自分がプロレタリア出身だと思い起こすことも望まず、尊大な態度をとっていた。デブでなよなよと媚びを売る気障《きざ》な男だった。パリにいたとき、ノディエ、シャトーブリアン、サント＝ブーヴなど著名な人々にどのように歓待されたか、ルイ＝フィリップ王の御前で自らの作品『ガスコンの詩』を朗読したとき、どれほど感激したかなどを綿々と語ってフローラを辟易させた。陛下は彼の詩の朗読を聞いて感動のあまり涙を一筋流されたという。フローラが訪問の理由を説明し、労働組合のための援助を願い出ると、理髪師詩人は恐怖に顔をしかめて、絶対に嫌だ、と言った。

「僕はあなたの革命思想を絶対、支持しませんよ。フランスではもう十分血が流されたでしょう。何か勘違いされているのではないですか」

「あなたは信頼のおける労働者で、仲間に忠実な方だと思っていましたわ、ジャスマンさん。わたしは間違えていたようです。あなたはただ単に跳ねまわっている猿以外の何物でもなく、ブルジョワお抱えの道化師の中の操り人形でしかなかったのね」

「僕の家から出ていけ、出てってくれ」と太っちょ詩人は扉を指しながら言った。「ひどい女だ」

その午後、警察署長がホテルにやってきて、この地ではどんな集会も許さないと伝えた。フローラは禁止に従わないことに決めた。タンプル通りにある小ホテルで、靴職人と彫版師を中心にして四十人ばかりの異なる職種の労働者たちが待っていてくれた。フローラが持論を展開しはじめて十分も経つか経たないかの頃、小ホテルの周りを二十人ほどの軍曹と五十人ほどの兵隊が取り囲んだ。四十代の屈強な警察署長はへんてこなメガフォンを手に大声でわめきながら、出席者に一人一人出てきて名前と住所を書くように命じた。フローラは職人たちに動かないでいるように頼んだ。「兄弟の皆さん、武力でわたしたちを無理やり連れ出させるようにしましょう。そうすればスキャンダルになって、人々にこの不法行為を知らせることができます」けれども、大部分の人は仕事を失うことを危惧して命令に従った。彼らは帽子を手に頭をたれて一列になって出ていった。七人の労働者だけがフローラを取り囲んで残った。すると軍曹たちが入り込んできて罵りながら警棒で彼らを殴った。突き飛ばして、彼らを外に出した。フローラには手を出さず、彼女の激しい抗議にも答えなかった。「わたしも殴ればいいでしょ、わたしも。卑怯者」

「この次、禁止令に従わなければ留置所行きだぞ。アジャンの泥棒や売春婦たちと一緒のな」と、署長はどら声で脅した。メガフォンを手に曲芸師のような身振りをしている。

「これで自分がどんな立場にいるかわかったか」

この事件はアジャンの相互扶助協会と同業組合に加入する人々の行為を自粛させ、予定されていたすべての会合が取り消された。少人数で人目につかない形の集会をしようとのフローラの提案を誰も受け入れなかった。そのようなわけでアジャンでの最後の数日を、フローラは孤独で退屈し失望しながら過ごした。署長やその上司たちよりも、労働者の臆病さに腹が立った。御上の一回のこけ脅しでうさぎのように逃げ出してしまったのだ！

ボルドーに向けて旅立つ前日、ちょっと奇妙なことが起きた。オテル・ド・フランスの部屋の小さな机の中に、誰か泊まり客が忘れたらしい小さな美しい金時計をフローラは見つけた。フロントに持っていこうとしたときある誘惑が心に浮かんだ。〈これを頂いてしまったら、どうなるのだろうか〉この年になってまったく物欲はなかった。悪事を働いた泥棒は目的を達したあと、どのような気持ちになるのか、彼女は知りたかったのだ。恐怖、うれしさ、それとも後悔するのだろうか。それからの数時間、彼女が感じたのは、重荷、不快感、恐怖感、そしてばかばかしいとの意識だった。彼女はホテルを引き払うときに渡していこうと決めた。けれどもそれまで長く待っていることはできなかった。七時間後に彼女は気が気でなくなり下に降りていって、たった今見つけたばかりと嘘をついて、ホテルの経営者の手に渡してきた。手馴れた泥棒にはなれなかったね、アンダルシア女。

よく考えてみると、フロリータ、この旅もそんなにむだではなかったね。ここ数週間、労働者と会うのを阻んできた警察署長や知事の動きも、おまえの布教が芽を出しつつある証拠ではないだろうか。予想していた以上に大勢の人々がおまえの考えに同意してきているのだろう。おまえが通ってきた道に残してきた波紋は広がりつづけ、遅かれ早かれ大きな運動となるだろう。フランス人、ヨーロッパの人々、世界中の人々。この運動に奔走しはじめてからまだ一年半しか経っていないのに、もうおまえは権力の敵、王国への脅威なのだ。まさに成功そのものじゃないか、フロリータ。そんなに落ち込むことなんかないだろう。一八四三年二月四日、あの素晴らしい「鍛冶屋の親方」ゴッセがパリで開いてくれたあの集会、おまえが初めてパリの労働者のグループに労働組合について話をしたあの集会から、どれほど進展してきたことか。一年半はそれほど長くはないが、おまえのあらゆる骨や筋肉に積もるこの疲労を考えると、百年ほどにも感じられるだろう。

　おまえはこの十八か月間に起こったもろもろのこと、いろんなエピソード、感激、落胆など、たくさんの出来事を忘れてしまったね。けれどもゴッセが後援してくれたあの労働者相互扶助協会での集会で、自らの構想を人々の前で初めて説明したときのことを、おまえはけっして忘れはしないだろう。パリの皮革染色職人たちのあいだの生きた殉教者、アシル・フランソワが議長を務めた。おまえはひどく緊張してしまい、幸いなことに誰にも気づかれなかったが、ズロースを濡らしてしまった。参加者たちはおまえの話に耳を傾け、質問をし、議論がされて、最後には活動の組織的核となる七人からなる委員会が結成された。あのときは、なんて簡単なのかしら！と思っていたね、フロリータ。

幻覚だった。そのあとに開催された委員会との集会で、まだ印刷されていなかった『労働者の団結』の原稿が批判され、おまえの仕事はだんだん悪意をもたれるようになっていった。彼らの第一の異議は、「人材的にも倫理的にも恥ずべき状態」というフランスの労働者に関する言及だった。事実としてもそれらの言及が、労働者たちには悲観主義でやる気をなくさせるように思えたのだ。おまえが自分を非難した労働者たちを「救済されることを望んでいない粗野で無知な人々」と呼んでいるのを知って、「鍛冶屋の親方」ゴッセは後になって何度も繰り返し思い出すことになる教訓をおまえに授けた。

「いらいらしても何もいいことはありませんよ、フローラ・トリスタン。あなたはこの闘いをはじめたばかりではありませんか。アシル・フランソワから学び取ってください。彼は家族を養うために、朝は六時から夜の八時まで働いて、その後八時から午前二時まで仲間の労働者のために働いている。あなたと意見が異なるからといって彼を『粗野で無知』と呼ぶことは正当ですか」

「鍛冶屋の親方」はまさに粗野でも無知でもなかった。むしろ知識の源だった。パリで普及運動をはじめた最初の数週間、おまえを誰よりも支えてくれた。ついにはおまえは彼のことを自分の師、精神上の父とみなすようになった。けれどもゴッセ夫人はその崇高な連帯意識を理解しなかった。ある夜、集会が行なわれているアシル・フランソワの家に、夫人は怒り狂って両手を腰にあてながら現れ、ギリシアの復讐の女神フリアエのように、おまえに対して悪口雑言を投げつけた。唾を飛ばし、顔にかかる魔法使いのような毛を払いのけながら、夫を奪おうとして油断のならない策略を巡らせつづけるならば、裁判に訴えてやるとおまえを脅した。ゴッセ夫人はおまえが年老いた労働者のリーダーに恋していると思ったのだ。ああ、なんておかしいんだろうね、フロリータ。おかしいよね。けれどプロレタリア向けのボードビルだったあのシーンは、なにもかも容易ではないことをおまえに教えてくれた。とりわけ正義と人類のための闘いは。またその事件は、貧しくて搾取される者であっても、労働者というものは多くの点で、ブルジョワにとてもよく似ていることを、おまえに認識させたのだった。

一八四四年九月末のボルドーでのリストのコンサートには、音楽が好きというよりも好奇心から行ってみたのだが（六か月も前からおまえのフランス各地への旅の途中、何度も一緒になったり、別れたりしたピアニストとはどんな人だろうか）、結局はもうひとつのボードビルになってしまった。おまえは急に眩暈がして床に倒れ込んでしまい、聴衆の全視線――その中には演奏を中断されてしまった当のピアニストの怒りの視線も含まれていた――が、グラン・テアートルのおまえのいた桟敷席に集まった。そしてあの軽率な新聞記者の記事が最後の幕を下ろした。彼はおまえをこの世の空気の精《シルフィード》として描くためにこの一件を利用した。「うっとりするほど美しくエレガントで華奢な身体、威厳に満ちて潑剌とした雰囲気、オリエントの炎が燃え立つ瞳、マントにもなりそうな黒く豊かな髪、オリーヴ色の美しい肌、白く上品な歯並び、作家で社会改革者でもある、光と影の申し子フローラ・トリスタンは昨夜、眩暈を起こして倒れた。どうやら巨匠リストの傑出したアルペッジョに包まれてトランス状態に陥ったものと思われる」ふかふかのベッドで目を覚ましたおまえは、このばかげたくだらない記事を読んで髪の付け根まで真っ赤になった。フロリータ、おまえはどこにいるのだろう。みずみずしい花の香がして、陽の光が差し込んでいる、上品なリネンのカーテンのかかったこの優雅な寝室は、おまえが宿泊しているつましいホテルの部屋とはまったく別物だった。それはシャルルとエリザ・ルモニエ夫妻の邸宅だった。前夜、グラン・テアートルで眩暈に襲われたおまえを、どうしても自分の家へ連れて帰りたいと夫妻は言い張ったのだった。ホテルや病院よりもここのほうがおまえはよりよい世話が受けられるだろう。そんなわけだった。シャルルは弁護士で哲学の教授でもあり、エリザは子供や青少年向けの職業学校の世話役だった。二人は敬虔なサン＝シモン主義者で、プロスペル・アンファンタン教父の友人だったが、理想主義者で教養深く、寛大で、普遍的同胞愛とサン＝シモンの説いた「新しいキリスト教」のために生涯を捧げていた。その前年、二人と知り合うのを拒んだおまえの無礼な言動を、彼らは一切根にもっていなかった。おまえの著書を読んでおり、おまえを尊敬していた。

その後の数週間、この夫婦のフローラに対する振る舞いは、これ以上ありえないほど入念なものだった。夫妻は家の中でいちばん居心地のよい部屋を彼女に与え、ボルドーで信望の厚い医師、マビ二世を招き、昼夜、フローラに付き添ってもらうために若い娘のアルフィーヌを看護師として雇った。彼らは往診代や薬代を負担し、フローラが費用を返すことさえ、口に出させなかった。

　マビ二世医師はコレラだろうと診断した。翌日別な検査の結果、腸チフスの可能性のほうが高いと、医師は指摘して訂正した。病人のひどい衰弱状態にもかかわらず、楽観視していた。絶対安静を命じ、健康にいい治療食や乾布摩擦とマッサージを指示し、朝も夜も三十分おきに飲む強壮剤の水薬を処方した。最初の二日間は処置が効いてフローラは快方に向かっていた。けれども三日目には、高熱が出て脳溢血を起こした。彼女は何時間もうわごとを言い、ほぼ意識不明の状態がつづいた。ルモニエ一家はこの地方の名医、ジントラック博士が陣頭指揮をとる医師団による会議を召集した。医師団はフローラを診察し、彼らだけで討論したあとで、かなり深刻な状態であると打ち明けた。しかし彼らは、確かに状態は悪いが命はとりとめるだろうと考えていた。希望を失うべきではないし、病人には病状を気づかせるべきではない。医師団は、瀉血と吸い玉による治療を行ない、新しい水薬を今度は十五分おきに与えるように指示した。献身的に誠心誠意フローラを看護して消耗してしまったアルフィーヌを助けるために、ルモニエ一家は夜間の寝ずの番をしてもらう看護師を一人雇った。客の意識がはっきりしているときを見計らって、家の主人たちが、誰か——たとえば娘さんのアリーヌとか——家族に付き添いのため来てもらいたくはないか、と訊ねると、フローラはためらうことなく、「リヨンのエレオノール・ブランをお願いします。彼女もわたしの娘です」と言った。

エレオノールがボルドーに到着すると——青ざめ、震えているあの懐かしい顔があふれんばかりの愛情をこめてベッドの彼女に挨拶をした――フローラに自信や闘う意志、生に対する愛着が戻ってきた。

労働組合のキャンペーンがはじまった一年半前、「リュッシュ・ポピュレール」がフローラに好意的だったのに対し、もう一方の労働者のための雑誌「ラトリエ」は最初、彼女を無視し、後になって「スカートをはいたオコンネル志願者」とからかった。それにひきかえ「リュッシュ」は二回にわたり討論会を組織し、その討論のあと、参加者の十五人中十四人は、フランスの男女の労働者に未来の労働組合に加わることを求めたフローラのアピールに、賛成票を投じた。彼女は人前で話すことへの恐れをすぐに克服したが――すらすら話すことができたし、討議の時間はとても充実していた――、いつもながら欲求不満を感じていた。なぜなら参加を勧めたにもかかわらず、それらの集会には女性はまったくと言っていいほど姿を見せなかったからだ。たとえ何人かの女性が来てくれたとしても、彼女たちはあまりにもおどおどしていて元気がなく、気の毒に思うっても、話すときは、許可を求めるかのようにまず会場にいる男性たちをちらちらと見ていた。

（と同時に怒りを感じた）ほどだった。彼女たちがたまに思い切って発言することがあ

一八四三年の『労働者の団結』の出版はまったくの偉業だった。今でも、意識不明の状態からわずかな時間、覚醒したときには、誇らしい気持ちになることができた。もう三版に達していて、たくさんの労働者の手に行き渡ったその本を出版できたのは、逆境

に立ち向かっていく意志の強さの勝利だったね、アンダルシア女。パリの知っている出版社はみな、取るに足りない理由を挙げて出版することを拒否した。実際のところ、彼らは権力機関と摩擦を起こすのを恐れていたのだった。

　その頃のある朝、バック通りに面した小さなバルコニーからサン＝シュルピス教会の堅固な塔——そのうちの一つの塔は未完成だったが——を見ているうちに、ジャン＝バティスト・ランゲ・ド・ジュレ教区神父の物語（それとも伝説だったか、フロリータ）をおまえは思い出したんだよね。神父はある日、パリでもっとも美しい教会の一つを献金のみで建立すると言い出した。彼はそう思いつくと迷わず施しを求めて一軒一軒の戸口を回りはじめた。世界中の女性と労働者にとって未来の福音書ともなり得る一冊の本を出版するために、どうしておまえは同じことをしないのか。その思いつきがひらめいてからすぐにおまえは、「知識人と献身的なあらゆる人々への懇願書」を執筆した。まず自分の署名、つづいて娘のアリーヌ、友人の絵描きジュール・ロール、女中のマリー＝マドレーヌ、水売りのノエル・タファネルの署名、そしてただちに、本の出版に対する資金協力を求めて、その懇願書を友人や知人のすべての家に回した。あの頃のおまえは、なんて健康で丈夫だったのだろう、フローラ。パリの町中を、十二時間でも十五時間でもその懇願書を持って——おまえは二百人以上の人々を訪ねたわけだが——行ったり来たりして駆け回ることができた。最終的には、ベランジェ、ヴィクトル・コンシデラン、ジョルジュ・サンド、ウジェーヌ・シュー、ポーリーヌ・ロラン、フレデリック・ルメートル、ポール・ド・コック、ルイ・ブラン、ルイーズ・コレなどの著名人も賛同してくれたね。けれど、ドラクロワ、ダヴィッド・ダンジェ、マドモワゼル・マルスなど、多くの影響力のある重要人物がおまえを門前払いにした。そして当然ながら、世界における社会正義のための闘いを独占したい、イカリア派共産主義者のエティエンヌ・カベの協力は得られなかった。

その一八四三年に、バック通りのフローラのアパートを訪ねる人々の構成が急激に変化した。彼女は木曜日の午後を訪問客に充てていた。以前は知的好奇心にかられてやってくる専門家や新聞記者や芸術家たちだったが、一八四三年初頭からは主として労働者協会や労働団体の指導者、幾人かのフーリエ主義者やサン゠シモン主義者が来るようになった。だが一般的にフーリエ主義者やサン゠シモン主義者は、フローラを極端な過激主義だと批判していた。バック通りの狭いアパートを訪ねてきて、クスコから取り寄せたものだという嘘とともに、彼女から湯気の立つチョコレートを振る舞われた客はフランス人ばかりではなかった。ときにはイギリスのチャーチスト運動家やオーエン主義者たちが、パリに来たついでに寄っていった。ある日の午後、アーノルト・ルーゲと名乗るフランスに亡命しているドイツ人社会主義者が訪ねてきた。フローラの話にメモを取りながら、注意深く耳を傾けている知的で落ち着いた男だった。不公平と搾取を終わらせるためには、世界中の労働者と女性を団結させる大きな国際規模での運動が必要だと唱えるフローラの主張に、彼は大変感銘を受けていた。彼はいろいろ質問をした。正確なフランス語を話し、来週、友人の、やはり亡命ドイツ人で若い哲学者のカール・マルクスという男を連れてきてよいかと、許可を求めた。社会全体を救済するにあたって、労働階級が重要な役割を果たすという彼の考え方がフローラと似ているので、マルクスとなら実り多い話し合いがもてるだろうと、彼は請け合った。

アーノルト・ルーゲは実際に、翌週またドイツ人の同志六人を連れてやってきたが、全員亡命者で、その中にはパリでよく知られているモーゼス・ヘスもいた。だが、カール・マルクスの姿はなかった。彼はルーゲとともに発行しているグループの意見発表の場である雑誌「独仏年誌」の最新号の準備に手間取っていた。けれどもおまえはその少しあと、変てこな巡り合わせで彼と知り合いになったのだよね。そこはセーヌ左岸の小さな印刷屋で、『労働者の団結』の印刷を引き受けてくれた唯一のところだった。印刷所の古ぼけた足踏み印刷機でページが刷り上がるのをおまえが見守っていたところ、髭を伸ばした顔を苛立ちで紅潮させ、かっかしている、汗びっしょりの若い男が、聞くに堪えないフランス語で唾を飛ばしながら文句を言いはじめた。「印刷屋はなぜ自分との約束を守らず、注文してあった雑誌の印刷を後回しにして『今来たばかりのこのご婦人のちゃらちゃらちゃらした文学』などを優先するのか」

当然、怒りんぼ夫人は椅子から立ち上がって彼の前に進み出た。

「ちゃらちゃらした文学、とおっしゃいましたか、あなた」と、かっかしている男と同じような声でフローラは叫んだ。「覚えておいていただきたいのですが、わたしのは

『労働者の団結』という本で、人間の歴史を変えるかもしれないものなのよ。どういう正当性があってあなたは去勢された鶏みたいにキーキー叫びにきてるのよ」

怒鳴りちらしていた男はドイツ語で何かぶつぶつつぶやいていたが、しばらくしてわからない表現があると言った。「『キョセイサレタニワトリ』とはどういう意味ですか」「帰って辞書で調べてください。ついでですけど、フランス語をもっと磨くことね」と怒りんぼ夫人は笑いながら助言した。「ついでですけど、汚く見えるからその針ねずみのような髭を剃ったほうがいいわよ」

言葉の能力のなさを突かれ赤くなった男は、「ハリネズミ」もわからないし、このような状態では議論を続ける意味もないと言った。彼は不機嫌そうに挨拶しながら帰っていった。その後、フローラは印刷所の主人から、あの短気な外国人はアーノルト・ルーゲの友人のカール・マルクスだと教えられた。もし木曜日のバック通りでの集まりで彼に紹介されたなら、あの男はどんなに驚くかしらと想像すると、彼女はおかしくなった。フローラは挨拶を交わす前に手を差し出して「この方とわたしは古くからの知り合いですわ」と先に言ってやろうと思った。けれどもアーノルト・ルーゲは一度も彼を連れてこなかった。

エレオノール・ブランがボルドーに滞在した二週間のあいだ、朝から晩までフローラの傍にぴったり付き添って世話をしてくれたおかげで、病人はゆっくりだが本当に快方に向かいはじめているように医者たちには思われた。フローラはひどく痩せていて肉体的には衰弱していたが、気力はあるようだった。腹部と子宮に強い痛みがあり、それはときには頭と背中にも及んだ。医師団が少量のアヘンを処方したのでそれらの痛みはいくぶん治まって、彼女は何時間もつづけてぐっすり眠った。意識を取り戻したときにはよどみなく話ができ、記憶もしっかりしているように思えた。（「わたしがいつも言っていることを守っているかしら、エレオノール、いつもどんなことに対しても、なぜそうなるのか、自分に問いかけている？」「はい、いつもそうしているから、いろんなことが学べます」）そのような時期に何日かかけて、フローラは娘のアリーヌに宛てて心のこもった手紙を口述して書き取らせた。アリーヌはルモニエ夫妻から病気の知らせを受けて、アムステルダムから数枚にわたる心痛に満ちた手紙をよこしていた。また、フローラはエレオノールに、リヨンの労働組合の委員会の詳細を報告するよう求めた。フローラはリヨンの委員会が、今までに各地に結成された支部をまとめる指導的な役割を果たすべきだと繰り返し主張した。

「助かる見込みはどれほどでしょうか」とエレオノールを前にシャルル・ルモニエがジントラック医師に訊ねた。

「数日前だったら、あまり見込みがないと申し上げたかもしれませんが」と医師は片眼鏡を磨きながら、ぼそぼそと言った。「今ではもう少し楽観的です。そうですね、五〇パーセントほどでしょうか。私が心配しているのは胸に残っている銃弾のほうです。この衰弱ぶりから見ますと、その異物は身体の中で移動するかもしれませんから。そうなると致命的です」

二週間経ったところで、エレオノールはつらいけれどもリヨンに戻らなければならなかった。家族や仕事、労働組合の委員会の仲間たちが彼女を必要としていた。労働組合のほうはいまだにフローラの指揮下にあり――彼女は本心からそう言った――、フローラは彼らの機関車だった。エレオノールは病人と別れるにあたり、何週間かしたらまた訪ねてくると約束して平静に振る舞っていた。けれども部屋から出るやいなや、彼女はひどく取り乱して泣き出し、エリザ・ルモニエが諭したり慰めたりしても、なだめることはできなかった。「もう二度とお目にかかれないのはわかっています」と血の気のない唇を噛みしめながら、彼女は繰り返した。

実際、エレオノールがリヨンに帰ってすぐにフローラの様態は悪化した。彼女は何度か胆汁を吐き、部屋の中にいつまでも消えない悪臭を撒き散らしていたが、アルフィーヌは限りない忍耐をもって処置していた。彼女は汚れたものの後始末をし、朝も夜も病人の身体を清潔に保つようにした。しばしばフローラは強烈な引きつけに襲われて、その身体に不似合いな力に取りつかれたかのようにベッドの外へ飛ばされたが、日ごとにそれは激しさを増してゆき、とうとうフローラは落ち窪んだ目をした、小枝のように細い腕の骸骨のようになってしまった。発作が起きると、二人の看護師とルモニエ夫妻とで、やっとのことでフローラの身体を押さえておくことができた。

けれどもアヘンのおかげで、フローラは大部分を半ば意識不明の状態で過ごしていた。

彼女の目は大きく見開かれ、何かを見ているかのように瞳の奥に恐怖の光があった。ときどき、彼女は支離滅裂な独り言をいい、幼少時代のことやペルー、ロンドン、アレキーパ、父親のこと、労働組合の委員会のことについて話したり、謎の敵対者と激しい論争を繰り広げたりしていた。「わたしのために泣かないで」ある日、そう言っているのがベッドの足元に坐って付き添っていたエリザとシャルルに聞こえた。「それよりわたしに倣ってちょうだい」

一八四三年六月、『労働者の団結』が出版されると、労働団体とフローラの集会もパリの中心や郊外で毎日行なわれるようになった。もうこちらから集会を働きかけることもなかった。労働界でフローラは人に知られるようになり、同業組合や相互扶助協会などの多くの組織や、ときには社会主義者やフーリエ主義者、サン＝シモン主義者のグループも彼女を招いていた。イカリア派の共産主義者のクラブまでが、エティエンヌ・カベによって構想されたイカリア国の建設用土地をテキサスに購入するための資金作りを一時中断して、おまえの理論に耳を傾けようとした。イカリア派の人々との集会は、がなりあいのうちに終わってしまったが。

熱い議論が飛び交う会議は夜遅くまで長引くこともあったが、フローラを困惑させたのは彼女が提案した大きなテーマ――老人や病人、事故にあった労働者のためのユニオン殿堂、すべての人が無料で受けることのできる教育、働く権利、国民の擁護など――について討論しないで、取るに足りないことや陳腐なこと、ばかばかしいことに時間を費やしていることだった。おさだまりのごとくある労働者が、あなたは本の中で「子供たちにパンを買うべき金を酒場に行って飲んで浪費してしまっている」と書いて労働者たちを批判していると、フローラを非難した。また、サン＝マルタン通りに近いジャン＝オーベールの袋小路にある屋根裏部屋での集会で、ロリーという名の大工が、フローラにふいに言い出した。「ブルジョワを前に労働者の悪癖を暴き立てるなんて、あなたはとんでもない裏切り行為を犯しましたよ」フローラは彼に答えた。偽善や嘘がいつもブルジョワの武器であるように、真実はプロレタリアのいちばんの武器であるべきだ、と。なんと言われても言いたい人には言わせておこう。悪癖は悪癖だし、粗野なことは粗野、と彼女は言いつづけるだろう。彼女の話を聞いていた二十人ほどの労働者はあまり納得してはいなかったが、すでにパリで伝説となっているフローラの怒りの爆発を恐れて誰も彼女に反駁しなかったし、あるものはわざとらしい拍手までした。

フロリータ、覚えているかい、ロンドンのガスがかかったような霧の中を泳ぐように進みながら、ラ・マルセイエーズが一七八九年の大革命で歌われていたように、労働組合賛歌を作っておまえのキャンペーンの旅に持ち歩くという素晴らしい考えを思いついたことを。そうだね、覚えているね、ぼんやりとだけれど。そしてまた、そのアイデアがどんなに滑稽で、馬鹿げた形で終わったかも。おまえが労働組合の賛歌を書いてほしいと最初に頼んだ相手は、ベランジェだった。その有名な男性はパッシーにある自宅で、三人の招待客たちと食事をともにしながらおまえに応対した。四人は半ば感銘を受け半ば嘲笑しながら、社会革命を平和裏に行なうために、なるべく早く労働者を高揚させ、奮起して連帯し行動させるような賛歌を、できるだけ早く作るのが必要不可欠であると、おまえが主張するのを聞いていた。ベランジェは依頼に対して、インスピレーションが湧かないまま筆を進めるのは無理だと言って断った。そしてあの偉大なラマルティーヌも、あなたが説いていることは、理想を歌った「平和のラ・マルセイエーズ」の中に私がすでに詠みこんでいますからと言って断った。

それで、フロリータ、おまえは愚かにも「人間の連帯を讃える歌」のコンクールを開催しようと思いついた。賞品はメダルで、いつも寛大なウジェーヌ・シューが提供してくれるだろう。でも、なんて大きな誤りだっただろうね、アンダルシア女。百人ものプロレタリアの詩人や作曲家がコンクールに押しかけてきて、才能によって、それがないならばあらゆる手段を使って、コンクールで勝利を収め、メダルと名声を手に入れようとした。おまえが単純にもブルジョワの悪徳と思っていた虚栄心が、庶民的なコンクールの参加者のあいだで、互いに足を引っ張り合わせ、自分が賞を手に入れようとして、どれほど多くの策略や混乱、中傷、下劣な攻撃を引き起こすか、想像もしていなかった。おまえはめったにないほど怒りまくり、大声で喚いて、とうとうそのへぼ詩人たちや偽音楽家たちのせいですっかり声がかれてしまった。うんざりした審査員が賞をM・A・ティスに与えると、やけになったコンクール出場者の一人、フェランという愛嬌はあるが馬鹿な詩人が、ひどくまじめな顔をして「テンプル叙情騎士団」の大師匠であると自ら名乗り、メダルと賞の本を奪っていったことが発覚した。すぐそのあとで別の人が受賞者だとわかったのだった。フロリータ、おまえは笑っているね。そんなに具合が悪くはないのだね、微笑む力が残っているのだから。夢の中であっても、そして少量のアヘンが効いているのだとしても。

ぼんやりと話し声は聞こえたが、しっかり聞き取るだけの集中力も明晰さもおまえにはなかった。だから一八四四年十一月十一日、ストゥーヴネルと名のる厚かましいカトリック信徒団の香炉捧持者が司祭を同行しておまえに終油の秘跡を行なうため、シャルルとエリザ・ルモニエ夫妻の屋敷にやってきて、おまえが敬虔なる信者で、過去にそうするように頼まれたからと言ったときも、おまえは自分の身を守ることもできず――怒りんぼ夫人はもう声も出なければ、力もなく、意識もなかった――、その部屋からペテン師と司祭を追い出すこともできなかった。いつもすべての宗教に寛大なエリザとシャルル・ルモニエはびっくりして騙されたまま、ペテン師の言うことを鵜呑みにして部屋に彼らを通し、おまえの動かぬ身体をゆだねた。後になってエレオノール・ブランが憤慨して、もし五感が正常に働いていたならフローラはそのような反啓蒙主義的な無言の儀式を決してさせなかったと夫妻に明らかにしたので、二人は申し訳ないと思い、腹を立てた。けれども偽のストゥーヴネルと司祭服を身に纏った黒ずくめの男はすでに自分たちの目的を達していて、女性と労働者の伝道者フローラ・トリスタンは、死の床で神の許におけるやすらかな永遠の世界に入るために聖なる教会の助けを求めたとのデマを、ボルドーの町の通りや広場に広めていた。かわいそうなフローラ。

『労働者の団結』の最初の見本が手に入るとすぐにフローラは、かねてより宛て先を手に入れていたすべての同業組合や互助組織にその本を送り、フランスにある三千の仕事場や工場などにチラシを配った。おまえの宣言書に対して、たくさんの手紙が読者から寄せられたのを覚えているよね。四十三通も。そのうちの何通かは、おまえが女性であることが障害になっているのではないかと心配して問い合わせているものもあったが、どの手紙も勇気と希望の言葉で綴られていた。女であることが障害になっただろうか、フロリータ。本当のところ、そうでもなかったね。障害になったといえばなったかもしれないけれども、この八か月のあいだに労働者と女性の同盟のためにさまざまなプロパガンダを行ない、かなりの数の支部を設置することができた。スカートの代わりにズボンをはいていたとしてもこれ以上は無理だっただろう。受け取った手紙の一つに、職場の仲間のために二十五冊の冊子を送るように言ってきたジュネーヴのイカリア派の労働者のものがあった。別の手紙はオーセールの錠前師で相互扶助協会の組織者ピエール・モローからのもので、彼は、パリから出発してフランス全土、さらにはヨーロッパ全土をくまなく遊説行脚し、おまえの構想を広めて労働組合を始動させるようにおまえに勧めた、最初の人間だった。

彼はおまえを説得したね。すぐおまえは準備にかかった。それは素晴らしい考えだった。おまえは情熱的に準備を進めているあいだにも、そのことを友人のモローやおまえの話に耳を傾けてくれる誰彼なしに話し、それから自分自身の胸にも言い聞かせていた。「議会、教会の説教壇、集会でも、労働者のことは何度も取り上げられた。けれども誰も労働者と話し合いをしようとしなかった。わたしはそれをやってみよう。彼らの職場に出かけ、家を訪ね、必要なら酒場にだって出向いて彼らと話してみるわ。そこで、彼らの苦しみをわたしの目で確かめながら、彼らがどのような運命に置かれているのかに目覚めさせ、なんとしてでも、彼らを貶め、彼らの命を奪っている忌まわしい貧困から抜け出せるようにしてみせるわ。それからわたしたち女性を団結させるのよ。そして闘うのよ」

それをやったんだよね、フロリータ。心臓近くにある銃弾を、体調の悪さを、疲労を、おまえの体力を蝕んだ不気味なはっきりしない慢性的な疾病をはねのけて、この最後の十八か月でやってのけたんだね。あまりうまく行かないこともあったけれども、おまえの努力や信念、勇気、理想が足りなかったからではないんだよ。あまりうまくいかなかったとしたら、この現世でものごとは夢の中のようにうまくは運ばないということなんだよ。残念だね、フロリータ。

アヘンを処方しているにもかかわらず、フローラが痛みにうめき、身体を捩らせるので、一八四四年十一月十二日、医師団は腹部にシップ、背中に吸い玉をあてがった。だが痛みは少しも軽減されなかった。十四日には臨終だと告げられた。彼女は熱に浮かされたまま三十分ほど叫び声を上げうなりつづけたあとで――最後の闘いだよ、怒りんぼさん――、昏睡状態に陥った。夜の十時に亡くなった。四十一歳だったのに老女のようだった。ルモニエ夫妻はおまえの巻き毛を二房切り取った。一房はエレオノール・ブランのため、もう一房はアリーヌのために。

ルモニエ夫妻とエレオノールのあいだで、フローラが生前三人に頼んでおいた遺体の処置に関して短い議論が持ち上がった。エレオノールはフローラの遺言に従って、頭部はパリの骨相学研究団体に、遺体はピッティ病院に渡して、リスフラン医師が生徒の前で死体解剖することを望んだ。葬儀は一切行なわず、遺体の残りは共同墓地に埋めてほしいとの遺言だった。

けれどシャルルとエリザ・ルモニエ夫妻は、フローラはこれほどの勇気と寛容をもって闘ってくれたのだから、遺言での決断は守られるべきではないと主張した。夫妻は、女性たちや労働者たち、今を生きる人々、将来生まれる人々が彼女の墓前で身をかがめて彼女を讃えることができるようにするべきだというのだ。とうとうエレオノールは、彼らの主張を受け入れた。アリーヌには相談されなかった。

ルモニエ夫妻はボルドーの芸術家に亡骸からデスマスクを取るように依頼し、遺体埋葬のために、シャルトル会の歴史ある墓地に墓を購入した。二日のあいだ、通夜をしてその死を悼んだが、宗教上の儀式は行なわれず、聖職者が通夜に来ることも許されなかった。

葬儀は十一月十六日、正午より少し前に執り行なわれた。葬列はサン＝ピエール通りのルモニエ家を出て、雨が降り出しそうな曇天の下を徒歩で進み、ボルドーの中心街をゆっくりと抜けてシャルトル会の墓地に向かった。葬列には文筆家やジャーナリスト、弁護士、かなりの数に及ぶ町の女性たち、そして百人近くの労働者が加わった。これらの労働者たちはかわるがわる棺を担いだが、ほとんど重さを感じないほど軽かった。棺台の縄は大工、石工、鍛冶屋、錠前職人の四人が持った。

墓地でフローラを埋葬しているあいだ、ルモニエ夫妻は葬列からだいぶ離れたところに、自分たちの家に司祭を連れ込んだストゥーヴネルと名乗った男の姿を見つけた。この男は痩せていて、真っ黒な服を着ていた。彼の目からは涙が、懸命にこらえようとしているにもかかわらずあふれていた。彼はひどく動揺して、深い悲しみに打ちひしがれている様子だった。参列者が帰ったあと、立ちはだかるようにしてルモニエ夫妻が彼に近づいた。彼がいかに打ちのめされ、憔悴しきっているかがわかって二人は驚いた。

「あなたは嘘をおっしゃいましたね、ストゥーヴネルさん」とシャルルが厳しい口調で言った。

「それは僕の本名ではありません」と身体を震わせながら、涙声で彼は答えた。「彼女によかれと思って嘘をつきました。この世で僕がいちばん愛した人でしたから」

「あなたはどなた」とエリザ・ルモニエが訊ねた。

「僕の名前などどうでもよいことです」と悲しみと苦しみが滲み出ている声で、その男は言った。「彼女は僕のことを醜悪な渾名で知っておりました。この街の人々がかつて僕を嘲ってつけた名『聖なる去勢男』です。僕が踵を返したら、どうぞ僕のことを笑ってやってください」

22　薔薇色の馬――アトゥオナ、ヒヴァ・オア島、一九〇三年五月

一九〇三年の初め、もはやサンタ・アナ女学校の少女たちを「愉しみの家」に連れてくるため策を巡らせたり、お世辞を言ったりする必要がなくなったことに気づいた頃、自分の生涯も最後の直線コースに入っていると、ポールは悟った。サンタ・アナ女学校ではクリュニー修道女会の六人の修道女たちが指導に当たっていたが、彼女たちはアトゥオナの町でポールと擦れちがおうものなら、不安そうに十字を切った。なぜならますます頻繁に、ますます大勢で、少女たちは学校を逃げだしてポールをこっそり訪ねるようになったからだった。彼女たちはもちろんおまえに会いに来たわけではなかったし、一歩家に入ると、おまえの手が及ぶのはよく承知していたが、おまえにしてみても、今では半ば盲人の重病人だったたから、少女たちと快楽に耽るためというより儀式を遂行するだけで、胸や尻や性器を愛撫したり、裸になるように促したりするだけだった。彼がそのような行為をすると、彼女たちはトレートル湾を丸木舟で水を切って進むより危険なスポーツをおまえと行なっているかのように、かけっこをしたり、きゃあきゃあ言ったりして興奮し、わくわくしているのだった。本当のところ、少女たちはポルノ写真を

見にやってくるのだった。カトリック布教団の女学校やプロテスタント系の小さな学校の先生や生徒、またアトゥオナのほかの人々のあいだでは、それらの写真は伝説的なものので、罪のシンボルそのものとなっていたにちがいなかった。少女たちはもちろんまた、庭のジョゼフ・マルタン司教——淫乱神父——とその家政婦で愛人とされるテレーズの木偶の彫刻を見て笑い転げるために来ていた。

ヒヴァ・オア島にやってきた最初の年の初めの数か月間のように、もし少女たちがおまえに危険を感じていたならば、どうしておまえのいる「愉しみの家」へ今のように自由に出入りしただろう、コケ。今のおまえの悲惨な状態からして、危険な事態にはならないだろう。マルキーズの少女たちの処女を奪うこともないだろうし、孕ませる心配もはできなかっただろう。たとえそれが許されたとしても、おまえは少女たちとセックスをすることはできなかっただろう。おまえはもうかなり前から勃起しなくなっていたし、性欲自体起きなくなっていた。ただ、脚が狂いそうなくらい焼けついて痒く、身体が刺すように痛み、心悸亢進のせいで呼吸困難に陥ったりした。

ヴェルニエ牧師は、すでにコケの身体には習慣になっていたモルヒネの注射を、もう痛みに対して効果を発揮しなくなっていたこともあり、少なくとも一時的に止めるように説得した。コケは従順にも誘惑物を手元に置くまいとして、雑貨店主のベン・ヴァーニーに注射器を預けていた。パペエテから取り寄せた芥子入り軟膏を塗っても両脚の潰瘍の疼きを和らげることはできず、そのうえ、悪臭に蠅が集まってきた。わずかにアヘンチンキだけが症状を抑えてくれたが、そのせいで、友人たちの誰か――すでに家を再建し終えた近所のティオカやアンナン人のキイ・ドンやヴェルニエ牧師、フレボー、ベン・ヴァーニー――が彼に会いにやってきても、ポート・サイドで手に入れたエロティックな絵葉書の体位をかまびすしく目を輝かせながら眺めている小鳥の群のようなクリュニー修道女会の学校の少女たちが飛び込んできても、ほとんど出ていけないほど、植物のような無反応状態に陥っていた。

「愉しみの家」に集まる悪戯っ子でおませな少女たちの存在は、その若さの息吹でおまえの周りを彩ってくれ、しばらくのあいだ病気を忘れさせ、ほっとさせてくれた。おまえは少女たちが家の中を部屋から部屋へ出入りして、すべてを掻き回すのを許し、使用人に命じて飲み物や食べ物を出してやっていた。クリュニー派の修道女たちはきちんと教育をしていたらしく、おまえが気づいた限りでは、こっそりと訪ねてくる少女たちは誰も「愉しみの家」の記念として品物も絵も持ち帰っていなかった。

ある日、いい日和であったことと脚の痛みが引いたことに元気づけられて、コケは二人の使用人の手を借りて小馬が引く馬車に乗せてもらい、浜辺へと出かけた。沈みゆく前のひととき、太陽は隣のハナケエ島――あの永遠に動かないマッコウクジラの島――の上にきらめいて、その情景は涙を誘うほど感動的だった。そして健康を失ったことをこれまでになく悲しく思った。木々に覆われた急斜面のテメティウとフェアニの山々に登りたい、隔絶した村を求めて深い谷間を探険したいと、どれほど思ったことだろう。

そのような村では、神秘的な刺青が施されるのを見ることができるかもしれなかったし、若返りのために人肉を食う祝宴に招いてもらえるかもしれなかった。それらの習慣は決してなくなってはおらず、森の奥深く密かに、マルタン猊下やヴェルニエ牧師、クラヴリ憲兵の権限が及ばないところで行なわれていることをおまえは知っていた。帰路、アトゥオナの脊椎ともいえる通りに馬を走らせているとき、おまえの衰えた目はカトリック布教団の建物――男子校、女子校、教会、ジョゼフ・マルタン司教の館――に隣接する空き地になんとなく引き寄せられて、馬を止めてその場所に近づいた。一人の修道女の監視の下、年少の女生徒の一団が輪になって、楽しそうに叫び声を上げながら遊んでいた。中央の「鬼」になった少女が仲間の少女たちの一人に近づき何事か訊ねている隙に、輪の中では残りの少女が大急ぎで位置を変えていた。制服に包まれた少女たちの輪郭や姿をぼんやりさせているのは、日光の反射のせいではなかった。子供たちの遊戯の光景をぼやけさせているのは衰えゆく視力のせいだった。「鬼」の少女は輪になっている仲間たちに近づきながら、何を訊ねているのだろうか。輪の中にいる少女たちは「鬼」の子供と別れるときに、なんと答えているのだろうか。少女たちはそれぞれ機械的に繰り返しているので、決まり文句があるのは明らかだった。フランス語ではなくマルキーズのマオリ語で遊んでいたので、コケにはよくわからなかった。特に子供が話していたから余計だった。だが、彼はすぐに何の遊びか察知した。「鬼」の子供がスキップしながら、輪の中の仲間たちに何を訊ねているか、そのたびごとに、何と繰り返しながら追い返されているかをコケは察知した。

「ここは楽園ですか」

「いいえ、お嬢さん、ここではありません。次の角へ行って訊いてください」

温かいうねりがコケの胸に込み上げてきた。これで今日は二度目だ。ポールの目は涙にあふれた。

「楽園遊びをしているのですね、シスター」と背が低くほっそりとした、大きな襞のある修道女服に半ば埋まったような修道女に訊ねてみた。

「あなたが決して辿りつけない場所ですよ」小さな手で握りこぶしを作ると、ポールに向かってちょうど悪魔祓いのようにかざしながら修道女は答えた。「向こうへ行ってください。この子たちに近づかないで」

「俺も幼い頃この遊びをしたものですよ。シスター」

コケは小馬に拍車をかけ、マケ・マケ川のせせらぎの音のするほうへ向けた。「愉しみの家」はその川の岸辺にあった。マルキーズの少女たちもやはり、楽園遊びをしているのだとわかったくらいで、どうしておまえはそんなに感動したんだ。彼女たちを見ていて、思い出がありありと甦ってきたからだった。おまえの肉眼ではもう決して見ることができない世界がはっきりと。よだれ掛けをして半ズボンをはいた巻き毛のおまえ自身の姿、輪になっている小さないとこたち、サン・マルセロ地区に住む近所の子供たちの真ん中で、「鬼」のおまえは、リマ仕込みのスペイン語で訊ねながら、あちこちと走りまわっていた。「ここは楽園ですか」「ちがいます。次の角へ行って訊いてください」その間、おまえの背後では、子供たちが円の中で場所を移動していた。エチェニケ家とトリスタン家の住む家は、リマの中心にあるコロニアル様式の屋敷の一つで、インディオや黒人や混血の召使いや執事であふれていた。おまえの母親がおまえと姉のマリア・フェルナンダに、近づいてはならないと禁止していた三番目の中庭には家族の狂人が閉じ込められていて、彼が突然あげる叫び声は家に住む幼い子供たちを怖がらせた。おまえは怖いことは怖かったが、内心は魅惑されてもいた。楽園遊びだって！　おまえはまだその見つかりにくい場所を知らないな、コケ。存在するのかな。名前だけの遊びだよ、幻想だよ。死んだあとにだって見つけられまい。クリュニー派のあのシスターが予言したように、おまえには地獄に居場所が予約されているだろうからな。楽園遊びに夢中になり、疲れはてたマリア・フェルナンダとおまえが、楕円形の鏡と油絵がたくさん掛けてある、絨毯が敷かれふかふかのソファがある応接間に入っていくと、そこには母の大叔父ドン・ピオ・トリスタンが、外から覗かれることなく通りを眺められる大きな格子窓の傍に坐りながら、いつもの湯気の立つチョコレートの入ったカップを横に、ビスコテーラと呼ばれるリマ製ビスケットをその中に浸しつつ飲んでいた。人のよさそうな笑みを浮かべて、いつもおまえに一枚差し出しながら、こう言ったものだ。「ここにおいで、パブリート、わんぱく坊主」

一九〇三年の初頭から、名前を口にするのが憚られる病気だけが深刻さを増したわけではなかった。ポールと当局との、名指しで言えばジャン＝ピエール・クラヴリとの対立は悪化し、おまえを法廷紛争に巻き込んだ。ついにある日、ベン・ヴァーニーとキイ・ドンたちは大げさに騒いでいたのではないとおまえは気づいた。事態の進展によっては、おまえは監獄につながれ、わずかな財産のすべてを没収されるかもしれなかった。

一九〇三年一月、懸案の裁判案件を解決するために、総督府がときおり島々に送っている移動判事の一人がアトゥオナにやってきた。クラヴリの助言と意見にいつも従ってばかりでうんざりさせられる裁判官のオルヴィル判事は、まず最初に、島の北側にあるハナイアパ谷の海岸の、小さな集落に住む二十九人の先住民の事件を取り上げることになった。クラヴリとマルタン司教は密告にもとづき、密造酒を醸造して人々を酔わせ、先住民にアルコール類の飲酒を禁じた規則を犯したとして、二十九人を告発していた。コケは被告人の弁護を引き受け、法廷で彼らの代理人となることを表明していた。けれども実際には彼らの擁護者としての任務を果たすことができなかった。尋問の日、ポールはマルキーズ人のような恰好をして、パレオだけを巻き、刺青をしている胸部をさらけ出して裸足で出廷した。挑発的な態度で被告人のあいだに、先住民がするようにあぐらをかいて床に腰を下ろした。長い沈黙のあと、激怒しながらポールを見ていた裁判官のオルヴィルは、法廷に対する敬意を欠いていると非難して、ポールを法廷から追い出した。被告の弁護を引き受けたいのなら、ヨーロッパ人の服装をして来いということだった。しかし四十五分ほどして、ポールがズボンをはきワイシャツを着てネクタイを締め、上着を着て、靴を履き、帽子を被って戻ってみると、裁判長はすでに判決を下しており、二十九人の先住民に五日間の禁錮、百フランの罰金を言い渡していた。コケの怒りは非常に激しく、裁判が行なわれた建物——郵便局——の門のところで血を吐いて、何分間も意識不明に陥ってしまった。

数日後、友人キイ・ドンがアトゥオナの町が眠りについた夜遅くに、「愉しみの家」へやってきて、憂慮すべき情報を伝えた。その情報は二人の共通の友人、エミール・フレボーを通して得たもので、彼が直接手に入れたものではなかった。フレボーはクラヴリの親友でもあり、二人は焼けた石を使って土の中で焼く料理のタマラアが大の好物で、一緒にこの料理をよくやっていた。最近誘い合って釣りに出た日、憲兵は嬉しさに気も狂わんばかりにして、タヒチから届いた当局の通知をフレボーに見せた。そこには「至急ゴーギャン個人に対し、彼を破産あるいは破滅に至らせるとも、訴訟手続きを開始すること。その根拠は、義務教育と税金の支払いに対する彼の攻撃によってカトリック布教団の仕事を弱体化させ、フランスが保護義務を負う先住民を混乱させたことである」とあった。キイ・ドンはこの文章を書きとめて持参しており、ランプの光を頼りに落ち着いた声で読み上げた。アンナンの王子はすべてにおいて穏やかで猫のようにしなやかだった。コケには、猫かジャガー、または豹を思わせた。本当にこの善き友人がテロリストだったのだろうか。これほど穏やかで繊細な口調の男が爆弾を仕掛けるとはとても考えられなかった。

「俺をどうするつもりなのかな」と、コケは肩をすぼめながら、ついに言った。

「いろんなことをね、しかもどれも深刻なことだ」キイ・ドンはゆっくりと、ポールが頭を近づけなければ聞こえないほど小さな声で答えた。「クラヴリは君のことを心底嫌っている。彼自身が手続きを取ったにちがいないこの指令を受けて喜んでいるんだ。フレボーも私と同じように考えている。気をつけろよ、コケ」

病に冒され、何の影響力も持たず、資産もないおまえが、どうやって気をつけることができるのだろうか。コケは、アヘンチンキと病気が日々彼を引きずり込む呆けた夢遊病者のような状況の中、その陰謀の鉾先は彼自身ではなく、彼の身代わりの人間だとでも言わんばかりに、ことを成り行きに任せた。しばらく前からポールは、日々痩せこけ、現実から遊離して、ぼんやりしているのを感じていた。二日後に召喚状が届いた。ジャン＝ピエール・クラヴリはポールが先住民に手本を示そうとして、通行税の支払いを拒否する旨を通告してきた手紙を根拠に、当局、つまりクラヴリ自身に対する名誉毀損を理由に裁判を起こしていた。フランス法曹界に前例のない迅速さでオルヴィル判事は、三月三十一日、いつもの郵便局で尋問を行なうので、そこで提訴について糾明されるだろうと通達してきた。コケは自分の弁護を準備するために、期日の延長を早急に求める申請をヴェルニエ牧師に口述筆記してもらった。オルヴィル判事はそれを拒否した。一九〇三年三月三十一日の裁判は非公開で行なわれ、一時間足らずで終わった。ポールは手紙を自分が書いたものだと認め、憲兵に対して容赦のない表現だったことを認めざるを得なかった。整理されておらず乱雑で法的な根拠も一切ない彼の口頭弁論は、腹部に痙攣が起きたため身を折り曲げて口を閉ざしてしまったので、突如終わってしまった。その日の午後、オルヴィル判事が判決文を読んだ。五百フランの罰金、三か月の重禁錮だった。ポールが有罪判決を不服として控訴を申し立てると、オルヴィルは軽蔑し脅すような態度で、パペエテの裁判所がこの控訴に対して記録的な早さで決定を下すよう自らが働きかけ、罰金と刑期を増してやると言った。

「棺桶に片足つっこんでやがるくせに。いかがわしい蛆虫め」コケが「愉しみの家」に戻るため、よろけながらどうにかこうにか馬車の御者台によじ登っていると、背後でクラヴリ憲兵がつぶやくのが聞こえた。

「最悪なことにクラヴリが正しい」とコケは思った。これから先のことを想像して彼はぞっとした。罰金を払えるような状態ではないので、当局、つまり憲兵自身がおまえの全所有物を占有することとなるだろう。「愉しみの家」にまだ残っている絵画と彫刻は差し押さえられ、総督府によりおそらくパペエテで競売に掛けられ、とんでもないやつらに安値で投売りされるだろう。それでコケは、ありったけの気力を振り絞って、まだ救うことができそうなものを救い出そうと取り組んだ。けれども荷造りするには体力がなかったので、ティオカに取り次いでもらって、ヴェルニエ牧師に協力を頼んだ。アトゥオナのプロテスタント布教団長はいつものように、理解と友情の模範を示してくれた。紐とボール紙、包装紙を持ってきて、十四枚の絵画、十一枚のデッサンをひとつにまとめて、パリのダニエル・ド・モンフレー宛に、数週間後の一九〇三年五月一日にヒヴァ・オアを出港する予定の船で送るための荷造りを手伝ってくれた。ポール・ヴェルニエ牧師自身が、ティオカと彼の二人の甥の手を借りて、誰にも見られない夜のうちに荷包みをプロテスタント教会に運んだ。牧師は自分で港まで荷物を運んで発送手続きをし、船倉の中にそれらがきちんと納められているかどうか確かめることをポールに約束した。その善き人物が約束を果たしてくれることをおまえは確信していた。

どうしておまえは「愉しみの家」にあるすべての絵画やデッサンや彫刻を、ダニエル・ド・モンフレーに送らなかったんだ、コケ。その後、彼は何度も同じ問いかけを自分自身にした。おそらく一生の終わりにあたって、今置かれている孤独な状態よりさらに孤独になるのをおまえは避けたかったのだろう。けれども、おまえの目ではおまえのアトリエに山積みされているそれらの絵画の色も線も、いくらかの形もぼんやりした構図も、ほとんど見分けられないのに、それらが自分と一緒にいてくれると思うなんて、馬鹿げたことだった。画家がその職業と制作に不可欠の手段である視力を失くすことは不条理なことだ。哀れな瀕死の野蛮人のおまえを、なんて残酷なやり方で痛めつけるのか、いまいましい神だ。このような罰を受けるなんて、五十五年の生涯でおまえはそんなにも悪い人間だったのだろうか。そうだな、そうかもしれないな、ポール。メットはそう思っており、そのとおりのことを一年前だか、二年前になるか、最後の手紙で書いてきていた。彼女に対して悪い男で、子供たちに対しては悪い親で、友人に対しても悪人だ。そのとおりだったのか、コケ。ここに残した作品の大部分は、おまえの両目がすでに悪化してはいたものの、今ほどは使い物にならない状態ではなかった数か月前に描かれたものだった。おまえはそれらの作品の形や色合いや色調について、記憶の中でかなりはっきりと覚えていた。どの絵が気に入っていたかね、コケ。間違いなく『慈善を施す修道女』だ。肉体、自由、裸体、自然などに対する恐れの象徴である、頭巾や修道女服やたれ布で身を包んだカトリック布教団の一人の修道女は、男 - 女の自由で芸術的な身分を、創り出された性を、拘束されない想像力を、ゆったりと信念をもって世の中に対して披露している半裸のマフーと、対照をなしていた。ことごとく相容れない二つの文化のその習慣や宗教、弱小で隷属民族の美的価値観や道徳の優越性と、強い支配民族の頽廃的で抑圧的な劣等性が示されている作品だ。おまえが、ヴァエオホではなくマフーと同棲していたなら、まだここにおまえとともにいて、世話をしてくれていたかもしれない。夫にいちばん忠実で誠実な妻はマフーだということはよく知られている。おまえは完璧な野蛮人ではなかったんだよ、コケ。マフーを伴侶とすること、それがおまえに必要なことだったのだ。彼はマタイエアの樵夫、ジョテファのことを思い出した。おまえはまた、ヒヴァ・オアの島に生息する野生の馬に捧げた油絵やデッサンにも愛着を感じていた。野生の馬は突如群れをなしてアトゥオナまで疾走してきて、美しい目を驚きに大きく見開いたまま、行く手をさえぎるものをなぎ倒しながら村を駆け抜けていった。とりわけ夕焼けの空のような薔薇色に馬たちを描いた何枚かの作品を、おまえはよく覚えていた。馬たちは浜辺で裸のマルキーズ人たちのあいだを、そのうちの一人を高々と裸の背にまたがらせながら、トレートル湾を楽しげに駆け回っていた。パリの上品な人たちは何と言うだろうか。馬を薔薇色に塗るなんて、エキセントリックで頭がおかしいと言うだろうか。マルキーズ諸島では、海に沈む前の太陽は火の玉となって生物も無生物も真っ赤に染め、数分間の奇跡の瞬間、地球の表面すべてを虹色に染め上げることなど、彼らには想像できないだろう。

五月一日から、コケはベッドの上に起き上がる力もなくなってしまった。二階のアトリエに寝たまま、「時」が静止したかのように何もしないでいた。蠅が包帯を巻いた脚だけでなく、身体のほかの部分や顔にまでたかっていることさえほとんど気づかず、追い払おうともしなかった。脚の焼けつくような痒みと痛みがぶり返してきたので、彼はベン・ヴァーニーに注射器を返してくれるよう頼んだ。そしてヴェルニエ牧師にはモルヒネをあてがってくれるよう頼んだが、それを牧師は拒否することができなかった。

「ねえ、犬のように、生皮をはがされるように苦しんでいることに、どんな意味があるのでしょうか。俺の命は数日、長くても数週間だというのに」

手探りで、注射針の消毒も行なわず、ポールは自らモルヒネを打った。睡魔が筋肉を弛緩させ、痛みと痒みを鎮めたが、想像力はそうならなかった。反対に、想像力はかきたてられて活気に満ちていた。芸術家の理想的な生き方、密林の野蛮人。その密林には、マレーシアの森に住む素晴らしい虎やインドに生息するコブラのような、しなやかで獰猛な動物たちがいる——多種多様な夢想を綴った未完の手記を、彼は想像の中で甦らせていた。芸術家とその伴侶の女、二人は同時に官能的な肉食動物でもあるのだが、都会の愚かで卑劣な大衆とは無縁の遠く離れた孤立した場所で、魅惑的で陶酔させるような猫科の臭気に囲まれながら、創作をし肉体的快楽を求めつつ、誇りをもって過ごすだろう。残念ながらポリネシアの森には肉食獣もガラガラ蛇もおらず、繁殖しているのは蚊だけだ。時々、マルキーズ諸島ではなく、日本にいる自分を彼は想像していた。おまえは月並みなポリネシアではなくて、あの国へ楽園を探しに行くべきだったのだよ、コケ。洗練された日出づる国では、人々は一年のうち九か月を農業に従事し、残りの三か月を芸術家として生きるという。日本人とはなんとまれなる民族だろうか。彼らのあいだでは、西洋芸術を頽廃に追いやった芸術家とそれ以外の人々のあいだの悲劇的な隔たりは生じなかった。日本ではすべての人がいかなることにも従事できた。百姓であると同時に芸術家でもあり得た。芸術とは自然を真似るのではなく、技術を習得し、現実の世界とは異なる世界を創ることだった。日本の版画家たちよりうまくこれをやった者はいなかった。

「親愛なる友人たちよ、寄付を募ってくれないか。着物を一枚買って、俺を日本に送り出してくれないか」コケは自分を囲んでいる空間に向かって力の限り叫んでいた。「俺の遺骨を黄色人種のあいだに埋めてくれ。それが俺の遺言だよ。あの国はずっと前から俺を待っていてくれる。俺の心は日本人なのだ」

おまえはおかしくなって笑ってしまったが、一言一句叫んだことは信じていたことだった。コケはモルヒネによる半ば昏睡状態から何度かわずかに覚醒したが、そのようなときに一度、ベッドの足元にヴェルニエ牧師と、彼が名前を交換した兄弟のティオカがいるのが目についた。ポールはもったいぶった口調で、詩人マラルメから直接贈られた『牧神の午後』の初版本を、自分の形見としてプロテスタント布教団長にお渡ししたいと言い張った。ポール・ヴェルニエは感謝して受け取ったが、彼が心配しているのは別のことだった。

「野生の猫だよ、コケ。君の家の周りをうろついていてなんでも食べてしまう。モルヒネの作用で動けなくなっている君に嚙みつくかもしれないと、私たちは心配しているんだよ。ティオカが君に彼の家に来るようにと言っている。あちらのほうが彼も彼の家族も、君の面倒を見ることができるだろうよ」

彼は断った。もうかなり前から、ヒヴァ・オアの野生の猫は、島に住む野生の鶏や野生の馬と同じようにおまえの友だちだった。猫たちは飢えをしのぐための食料を求めてやってくるだけではなく、おまえに付き添い、その健康を気遣ってくれているのだった。そのうえ、猫たちはとても賢いので、自分たちに害を与える腐敗した生き物の肉を食べるとは思えなかった。おまえがそう言うと、ヴェルニエ牧師とティオカが笑ったのでおまえは嬉しかった。

しかし数時間後だったか数日後だったか、それとももっと前だったかもしれないが、コケはベン・ヴァーニー（この店主はいつ「愉しみの家」に来たのだろうか）がベッドの足元に坐っているのを見た。彼は他の友人と話しながら、悲しそうに、憐れみを込めてポールを見つめていた。

「俺のことがわからないようだよ。俺を間違えて、メット・ガッドと呼ぶんだ」

「それはコケの奥さんだよ。スカンジナヴィアの国、たぶんスウェーデンに住んでいると思う」とキイ・ドンが優しく言っているのが聞こえた。

もちろん、間違っていた。メット・ガッドは確かにおまえの妻だったが、スウェーデン人ではなくデンマーク人だった。もし彼女がまだ生きているとしたら、ストックホルムではなくコペンハーゲンで、翻訳をしたりフランス語を教えながら生活しているだろう。それをコケは元捕鯨船員に教えてやりたかったが、もう声が出ないにちがいないし、また話す声が小さすぎて皆に聞こえるとも思えなかった。友人たちはおまえに意識がないかのように、またはもう死んでしまったかのように、おまえのことを話しつづけていた。おまえはそのどちらでもなかった。水のカーテンがおまえからアトゥオナの友人を隔てているかのようで、いつもとはちがって変な感じだったが、おまえには彼らが話すのが聞こえたし、その姿も見えた。おまえはなぜメット・ガッドを思い出したのだろうか。もうずいぶん前から彼女からの便りは絶えていたし、おまえも手紙を書いていなかったのに。そこに彼女はいた。背の高いシルエットと男っぽい横顔と、彼女が結婚した若者が、弱肉強食の実業界で成功した裕福なブルジョワの新たなギュスターヴ・アローザではなく、将来も定かでない芸術家で、彼女をプロレタリアの生活に貶めたあげく、子供と一緒にコペンハーゲンに送り出し、彼がボヘミアン生活を繰り広げているあいだ、代わって子供を養わせたことがわかったときの恐怖と失望が。メットは同じままだろうか。年をとって太り、醜くなってしまっただろうか。コケは友人たちにメット・ガッドは十年前、十五年前の面影をいまだ保っているかどうか訊ねたかった。けれども彼は自分が一人になっていることに気づいた。おまえの友人たちは帰っていったよ、コケ。まもなくおまえには猫たちがニャオニャオと鳴くのが聞こえ、空気のように軽い鶏の足音や、マルキーズの馬たちのいななきのように鼓膜を震わせる鶏たちのコケコッコーが聞こえてくるだろう。おまえが一人ぼっちだとわかるとすぐに、これらの動物たちは全員「愉しみの家」に戻ってきてくれた。おまえは家の周りを灰色の影がうろついているのを、その長い髭でおまえのベッドの縁を探っているのに気づくだろう。けれども、友人のヴェルニエが心配しているように、その猫たちはおまえに襲いかかりはしないだろう。もしかしたらおまえに関心がないのかもしれないし、同情してくれているのか、あるいは脚の悪臭のために近づかないのかもしれないが。

メットの像は最初のマオリ人の妻、テハッアマナの像と絶えず交錯した。おまえの思い出の中でテハッアマナについて脳裏にこびりついたようにまず思い出されるのは、青みを帯びた長い髪や美しい張りのある胸、汗に光る太腿よりも、不思議なことに左足の奇形の七本の指——五本は普通で、残りの二本はとても小さいこぶ状の突起——だったが、おまえはそれを『テ・ナーヴェ・ナーヴェ・フェヌーア（かぐわしき大地）』の中で忠実に描いていた。あの絵は今、誰の手にあるのだろう。あれは佳作程度で傑作には至らなかった。残念だ。友人たちがベッドの傍らからおまえを覗き込みながら様子を見ていたようだが、まだおまえは息をしていたね、コケ。その頭の中は鍛冶屋の炉かつむじ風のようで、ひとつの考え、ひとつのイメージ、ひとつの思い出を引き止めて、十分な時間をかけて理解し、楽しむことはできなかった。そうではなくて、頭の中に現れたすべてのものが、次の瞬間には消えてゆき、別の人物の顔や考えや姿の新たな滝に取って代わられ、それらはまたおまえに認識されるほどの時間、意識に留まることなくどこかへ移動していった。おまえは、空腹も喉の渇きも足の焼けつくような痛みも胸の動悸も感じていなかった。ひとつの森をそっくり消し去ってしまうパナマシロアリに貪られた木のように、おまえの肉体が口にするのが憚られる病によって蝕まれて腐乱し、消滅したような奇妙な感覚に包まれていた。おまえは今、精神だけになってしまった。非物質的な存在だよ、コケ。苦痛も腐敗も届かなくて、大天使のように汚れがない。

その落ち着きは突然、変化した（いつだ、コケ。すぐにか。もっと経ってからか）。というのも、おまえは自分の作品がより滑らかにより平らになるように作品にアイロンをかけ、色彩があせるように輝きが鈍くなるように作品を洗いはじめたのが、ポン＝タヴェンにおいてだったか、ル・プールデュにおいてだったか、アルルだったか、パリだったか、それともマルティニックだったか、場所を特定しようとしたからだった。そのやり方は友人や弟子たちの（誰だったっけ、ポール。シャルル・ラヴァルかな、エミール・ベルナールかな）失笑をかい、最後には彼らのほうが正しいとおまえは認めなければならなかった。なんの効果もなかったのだ。この失敗はおまえをひどく落胆させた。モルヒネはそのうっとうしい暗雲からおまえを引っ張り出してくれたかね。おまえはやっとのことで注射器を手に取って針を小瓶に差し込み、液体を数滴吸い上げて、注射針を脚に腕に腹、そして触れる場所すべてに刺し、注射できただろうか。おまえにはわからなかった。けれどもおまえはずいぶん長い間、星もなく音もしない闇の中で、まったく安らかに眠っていた気がする。今は昼間のように思えた。おまえは気分がよくなって落ち着いていた。「おまえの信念は無敵なんだよ、コケ」彼は興奮して叫んだ。けれども誰も気づかなかったにちがいない。なぜならおまえの言葉はまったく響かなかったからだ。「俺は森の中の狼だ。尻尾のない狼なんだ」しかしおまえには自分自身の声も聞こえなかった。なぜならもうおまえの喉は声を出すことができなかったか、あるいはおまえは口がきけなくなってしまっていたからだ。

　しばらくして友人の一人、おそらく忠実な真の友、名前を交わした兄弟のティオカ・ティモテが傍らに坐っていると、彼は確信した。コケは彼にいろいろ話しかけたかった。もうずっと以前、アルルと狂ったオランダ人から逃れてパリに着いたその日、殺人鬼プラドの公開処刑に居合わせたこと、明け方の薄明かりの中、大衆の笑い声に包まれながらギロチンに切断されたその頭の像が、たびたび悪夢の中に現れたことを、コケは話したかった。また、十二年前の一八九一年六月、初めてタヒチに着いたとき、マオリの歴代最後の王、ポマレ五世の死去に遭遇したが、そのとてつもなく巨大な象皮病の君主は、ラム酒やブランデー、ウイスキー、カルヴァドスなどを混ぜ合わせて作り上げた死に至るカクテルを、昼も夜も飲みながら数か月も数年も過ごし、ついに肝臓が破裂してしまったのだが、普通の人間なら数時間で死んでしまっただろう、などと話したかった。ポマレ五世の葬儀では、タヒチ島全体や近隣の島からパペエテに集まった何千人ものタヒチ人たちが葬列に従いながら泣いていたが、その葬儀は豪華であると同時に、どこか戯画的だったことも話したかった。けれども彼が話しかけたかった誰か定かでない相手にはポールの声は聞こえなかったし、何を話したかも理解できないようだった。なぜならその話し相手はおまえが何を言っているか聞き取ろうとして、あるいはまだ呼吸をしているのか確認しようとして、おまえの身体に触れるほど身をかがめていたからだ。話そうとして、そんなにがんばっても甲斐がないよ、誰にも理解できないのだからね、ポール。ティオカ・ティモテはプロテスタントで酒は口にしないから、ポマレ五世の自堕落な飲酒の習慣をきびしく非難したかもしれない。おまえの飲酒癖も無言のうちに非難していたんじゃないかな、コケ。

それから自分が誰であるかも、そこがどこであるかもわからないような状態で、限りなく長い時間が経ったような気がした。けれどももっと彼に苦痛を与えたのは、昼か夜かの区別がつかなかったことだった。そのあとでティオカの声がはっきり聞こえた。

「コケ、コケ、聞こえるか。大丈夫か。ヴェルニエ牧師を呼んでくるからな、今すぐに」

隣人の話し方はいつも抑揚がなくて聞き取りにくかった。

「意識を失っていたようだよ、ティオカ」とコケは言ったが、今度は声が喉から出たので、隣人も聞き取れた。

少し経つと、ティオカとヴェルニエがあわてふためいて階段を上って来る音が聞こえ、二人が緊張した面持ちでアトリエに入ってくるのがコケにも見えた。

「ポール、どんな具合かな」と牧師は傍に坐りながら、ポールの肩を手でぽんぽんと叩いて訊ねた。

「一度か二度意識を失っていたんじゃないかな」とポールが身体を動かしながら言った。友人たちがうなずいているのが彼にはわかった。二人は無理をして彼に微笑みかけていた。二人は手を貸して彼の身体をベッドの上に起こし、何口か水を飲ませた。ねえ、昼なんだろうか、夜なんだろうか。正午を回っていた。けれども太陽は照っていなかった。空には黒い雲がかかっていて、今にも雨が降り出しそうだった。ヒヴァ・オアの木々や灌木、花々はうっとりするような匂いを放ち、葉や枝の緑は濃くみずみずしく、ブーゲンビリアは炎のように赤く燃えていた。おまえは、友人たちがおまえの言ったことを聞いてくれたことと、おまえが彼らの言っていることを聞き取れたことで、すごくほっとしていた。あの世をさ迷ったあとで、おまえは会話を楽しみ、この世の美しさを感じ取っていた。

彼はかなり前から持ち歩いている小品、雪で覆われたブルターニュの風景画をこちらに持ってくるように指をさしながら頼んだ。二人がアトリエの中を動き回っている音が聞こえた。イーゼルを引きずってから、ギシギシいう音が聞こえたが、それは間違いなくネジの位置を調整して、その雪景色の風景画をポールが見やすいように彼の寝ているベッドの正面に置こうとしていたからだろう。彼には絵は見えなかった。ぼんやりしたいくつかの形を見分けられただけだった。その形のどれかが、白い雪片の嵐の下で出くわしたあのブルターニュであるにちがいない。コケには見えなかったが、あの風景がそこにあると知っただけで元気づけられた。「愉しみの家」の中に雪が降っているようにぞくぞくした。

「フローベールの小説『サラムボー』を読んだことがあるかね、牧師」とコケは訊ねた。

ヴェルニエは読んだと答え、よく覚えていないが、と付け足した。カルタゴ人たちと野蛮な傭兵たちについて書かれた異教徒の物語じゃなかっただろうか。コケは彼に、あの本はとても素晴らしい本だったと言った。フローベールは燃え立つような色彩で、ひとつの野蛮な民族の偉大な活力や生命力、創造力を描写した。その音楽的な響きが気に入っていた初めの部分を、コケは暗誦した。「『カルタゴの町外れにある、メガラの、ハミルカルの庭園でのことだった』エキゾティズムは命ですよね、牧師」

「君がよくなって嬉しいよ、ポール」ヴェルニエが優しい口調でそう言うのが聞こえた。

「学校の子供たちの授業に出なくてはならない。私が二、三時間いなくなってもかまわないか。いずれにしても午後には戻ってくるよ」

「どうぞ、どうぞ、牧師。ご心配なく。もうよくなったから」

コケは彼に冗談を（「俺は死ぬことでクラヴリを負かしてやるんだよ、牧師。だって俺は奴に罰金を払わないし、奴は俺を監獄にもぶちこめないからな」）言いたかったが、もう一人きりになっていた。しばらくすると、野生の猫が戻ってきて、アトリエの中をうろついた。そこにはまた野生の鶏もいた。どうして猫は鶏を食べないのだろうか。こいつらは本当に戻ってきたのかな、それとも幻覚なのかな、コケ。以前ははっきりと分離していた夢と現実の境界が、少し前からぼやけてきていたからだ。今おまえが身を置いている状態は、おまえがいつも描きたがっていたものではないかね、ポール。

その「時」のない「時」の中で、コケは善人シュフの仏教徒の友人たちが祈っているときに唱えていた反復句の一つを真似しながら、繰り返した。

ざまあみろ
クラヴリ
俺は死んでしまうのだ
ざまあみろ

そうだ、してやったりだ。おまえは罰金も払わなければ監獄にも行かないだろうよ。おまえの勝ちだよ、コケ。おぼろげながら、もうほとんど「愉しみの家」にやってきていなかった怠け者の使用人の一人が、カフイという名前だっただろうか、ポールに近づいて臭いを嗅ぎ、身体に触れたのがわかった。それから姿が見えなくなる前に「ポパアは死んだ」と彼が叫ぶのが聞こえた。だが、おまえはまだ死んでいるはずはなかった。おまえは考えつづけていたのだから。昼か夜かの区別がつかなくなっていたのが残念だったが、彼は落ち着いていた。

とうとう外で声がするのを彼は聞いた。「コケ、コケ、大丈夫か」ティオカだ、間違いない。が、コケは返事をしようという気力も湧かなかった。もう自分の喉から声を発することはできないとわかっていた。アトリエに続く小階段をティオカが上ってくるらしく、彼の裸足の足が踏板の上に立てる音が聞こえた。コケには自分の顔を覗きこんでいる隣人の顔が見えたが、その表情がひどく悲しそうで取り乱していたので、彼に苦痛を与えていることをとっても申し訳なく感じた。コケはこう言おうとした。「悲しまないでくれよ、俺は死んでいないよ、ティオカ」しかし当然ながら、一言も発せなかった。コケは頭や手足を動かそうとしたが、やはりできなかった。半ば閉じかかった目にひどくぼんやりと、名前を交わした兄弟が拳を一つ振り下ろすたびにうめき声を上げながら、力いっぱい頭を叩きはじめたのが見えた。「ありがとうよ」マルキーズ人たちの秘儀にのっとって、肉体の死からおまえを救おうとしたのだろうか。「そんなことをしてもむただよ、ティオカ」おまえは感動で胸がいっぱいになり、泣きたかったが、もちろん乾いた目から涙は一滴も出てこなかった。コケにはまだ周りの世界を感じ取れていたので、いつものあいまいでゆっくりした幻覚を見ているふうに、ティオカがコケを生き返らせようとして頭を叩いたり髪の毛を強く引っ張ったりしたあとで、それを断念したのがわかった。彼は今度は、ベッドの傍で声をあげて泣きながら、悲しみをこめてやさしく歌いはじめると同時に、その場で両足を揺り動かしながら、マルキーズ諸島のマオリ人たちが死者と別れるときの踊りを踊りはじめた。ティオカ、おまえはプロテスタントではなかったのだね。隣人がうわべだけ帰依した福音主義の陰で、祖先の宗教をいつも心に秘めていたとわかり、おまえは嬉しかった。おまえはまだ死んではいけないんだよ、ティオカがおまえの魂に付き添い、見送ってくれているのだから。そうだろう、コケ。

今、彼がいる「時」のない「時」の中で、召使いのカフイに案内されてヒヴァ・オアの司祭、ジョゼフ・マルタン猊下がプロエルメル会のブルターニュ修道院の二人の修道士を従えてアトリエに入ってきた。二人はカトリック教会所属の男子校を取り仕切っていた。二人の修道士は彼を見るとすぐに十字を切ったが、司教はそうしなかったのを感じた。マルタン猊下は身をかがめながらじっとコケを見つめていたが、そうしたからといって彼のとげとげしい表情は微塵も和《やわ》らがなかった。

「なんて汚いんだろう」と言っているのが、コケには聞こえた。「それになんてひどい悪臭だ。もう死んでからずいぶん経っているにちがいない。死臭が漂っている。できるだけ早く埋葬しなければならないな。腐敗すると疫病が発生する可能性がある」

彼はまだ死んでいなかった。けれどももう目は見えなかった。そこにいた人たちの誰かがポールの瞼を閉じたからか、そうでなければ死は画家の目からもうはじまっていたからかもしれなかった。けれども、耳は聞こえていた。周りで話していることは、彼にかなりはっきり聞こえていた。ティオカが司祭に腐臭は死臭ではなくて、コケの化膿している脚が原因であり、彼はたった今、息を引き取ったばかりで、つい二時間前までは彼やポール・ヴェルニエ牧師と話していたと説明しているのが聞こえた。それからどのくらい経ってからか、プロテスタント布教団長もアトリエにやってきた。アトゥオナの人々の魂を求める果てしない戦いの中の、獰猛な敵同士が挨拶を交わすよそよそしさにおまえは気づいていた（それとも、最後の幻想か、コケ）。そして彼は何も感じなかったが、牧師が自分に人工呼吸を施そうとしているのがわかった。マルタン司祭は皮肉っぽくその行為を咎めた。

「おやまあ、何をしているのですか。あなたは神さまではないでしょ。死んでいるのがわかりませんか。あなたは生き返らせることができるとでも思っているのですか」

「彼を死なせないためにあらゆることを試みるのが私の義務です」とヴェルニエは返事をした。

司祭と牧師のあいだの自制しつつも張り詰めていた敵意は、ほとんどすぐにあけすけな舌戦に発展した。そしてますます遠くますます弱くなりながらも（おまえの意識も死に向かいはじめているのだよ、コケ）二人の声はずっと彼に聞こえていたが、議論の内容はどうでもいいような気がした。しかしながらこれが異なる状況にあれば、おまえがこのうえなく喜ぶ口論だった。司祭は怒ってプロエルメル会の修道士たちに、仕切りの壁から数限りなくある卑猥な写真を剝がし取って焼いてしまうように命じた。ヴェルニエ牧師は、それらのポルノ写真は慎みと道徳に対する侮辱ではあるが、故人の世襲財産に属しており、法は法ゆえ、何人も、宗教界の権威者であろうとも、裁判を経なければ処分することはできないと主張した。突然、ジャン＝ピエール・クラヴリ憲兵の不快な声が——こいつはいつの間にこの「愉しみの家」に忍び込んだのだ——牧師を擁護した。「大変恐縮ですが、猊下、私の義務は壁の猥褻な物も含め故人の所有物すべての遺産目録を作成することです。貴殿がそれらの品を焼き捨てたり、お持ちになられたりすることは許可できません。申し訳ありませんが、猊下」

司教は何も言わなかったが、おまえが耳にした雑音は、この突然の邪魔者に対して憤っている彼の心の中の怒りや不満や抗議の表れにちがいなかった。すぐに新たな口論が発生した。司教が口頭で死体の埋葬のための指示を与えはじめると、ヴェルニエ牧師は普段の慎み深さ、協調性からは考えられない異常なほどの力を込めて、死者がヒヴァ・オアのカトリック教徒墓地に埋葬されることに反対した。ずいぶん前からポール・ゴーギャンとカトリック教会との関係は断たれていて、もはや無関係だ、それどころか敵意さえ持っていたと、牧師は主張した。司祭は怒鳴るような大声を上げて、故人は確かに罪深い人間で社会の悩みの種だったが、カトリック教徒として生をうけた。だから誰がなんと言おうと異教徒の墓地ではなく、社会的に認知された場所に埋葬されるべきであると応答した。憲兵クラヴリが割って入って、それは島における政治と民事の責任者として私が決定すべきことだ、と言うまで大声は続いた。クラヴリはすぐに決定しようとしなかった。精神状態が鎮まるのを待ち、両論について落ち着いて考慮することを選んだ。彼はその夜一晩考えて決定することとなった。

それから先、彼はもう何も見えず何も聞こえず何もわからなかった。おまえはすっかり死んでしまったのだからな、コケ。まだ温かいポール・ゴーギャンの遺体の傍らでヴェルニエと交えた二つの議論について、ジョゼフ・マルタン司教が自分の思いどおりに事を運んだこともわからなかった。そのために取られた方法は合法性や道徳の点で、もっとも適切なものとは言い難かったが。その夜、「愉しみの家」には、ひょっとして野生の鶏か猫が忍び込んでいたかもしれないが、コケの遺体だけが残っていた。マルタン司教はアトリエの壁を飾っていた四十五枚のポルノ写真を盗むよう命じた。異端審問のように薪で焼こうとしたのか、あるいはこっそり隠し持って、時折、その誘惑を目前にして意志の固さや抵抗力を試そうとしたのかもしれないが。

また、憲兵のジャン＝ピエール・クラヴリが埋葬の地を決定する前の、一九〇三年五月九日の明け方、アトゥオナの住民たちが自分の小屋で伸びをして、あくびをしながら眠気を追い払っている頃、マルタン司教はカトリック布教団の司祭の指揮の下、四人の先住民の担ぎ手を送り出して、故人の遺体を布教団が調達した簡素な木の棺に収めさせ、マケ・マケの丘へ運び出してカトリック教徒の墓地に大急ぎで埋葬したことも彼は知らなかった。このようにして、抗争においてはライバルのプロテスタントから一得点——一つの遺体か、一つの魂か——を、カトリックは勝ち取ったのだった。そんなわけでヴェルニエ牧師がキイ・ドンとベン・ヴァーニーとティオカ・ティモテを伴って、コケを無宗派墓地に埋葬しようと朝の七時に「愉しみの家」に行ったときには、アトリエは空っぽで、コケの遺体はマルタン猊下が決定した場所の土の下に埋葬されている、とのメモがあった。

コケは自分の唯一の墓碑銘が、ヒヴァ・オアの司教がその上位の聖職者たちに宛てた手紙であるとは、まったく知るよしもなかった。時が経つにつれてコケは有名人になり、賞賛され、研究され、彼の作品は世界中の収集家や美術館によって奪い合いとなるが、すべての彼の伝記作家たちは、このつらい地上の谷で楽園を見つけようと夢見る芸術家たちの運命が、しばしば不当なものであることを象徴しているとして、これを引用することとなるのである。「この島において最近、記すに足ることはひとつ、ポール・ゴーギャンという男の突然の死だが、彼は評判高い芸術家ではあったが神の敵であり、そしてこの地における品位あるものことごとくの敵であった」

解説

田村さと子

一九六〇年代に北のメキシコから南のアルゼンチンまで、さらにカリブ海地域も含めたラテンアメリカ諸国で書かれた多くの小説は、先進諸国の文学状況が停滞している中で、文化や社会の問題性をそれまで予想もつかなかった視点から鋭く描きだして広く世界の関心を惹きつけた。

いわゆる〈ブーム〉といわれるラテンアメリカ文学の隆盛であるが、空前のベストセラーとなった『百年の孤独』（ガブリエル・ガルシア＝マルケス）はじめ、『パラディソ』（ホセ・レサマ＝リマ）、『アルテミオ・クルスの死』（カルロス・フエンテス）、『石蹴り遊び』（フリオ・コルタサル）、『英雄たちと墓』（エルネスト・サバト）などの大作が立て続けに出現した。

その社会的背景としては、第二次世界大戦後にこの地域が激しい社会変動を経験したこと、産業の発展、都市化と中間層大衆の台頭、読者層の増加、スペイン内戦による知識人のこの地域への亡命、ラテンアメリカ市場を開拓したいスペインの出版社の進出、キューバ革命による民族意識の高揚など、さまざまな事情が挙げられている。

一方、〈ブーム〉に属する作家たちの意識に注目してみると、かつての宗主国固有の不滅の伝統に束縛されたスペインの小説を拒否し、スペイン語を越えた向こう側、アメリカ合衆国やアングロサクソン諸国、フランス、イタリアなどに文学的源泉を求めた結果だった。彼らはそもそも文化的にも血統的にも混血の存在であるが、引き継ぐべき伝統をもたない孤児としての感覚が大きな自由を与えてくれ、解放されたことによって、彼らが書いた小説の国際化が可能となったのだった。

バルガス＝リョサは、『都会と犬ども』『緑の家』というすばらしい初期の代表作をもって、きわめて早熟な作家として〈ブーム〉という壮大な結合体に、その火付け役ともなって登場した。それ以降現在まで、四十年以上にわたり現代作家として世界の文学界をリードしてきた彼の数多くの話題作を辿ってみよう。

『都会と犬ども』

この作品のストーリーを簡単に紹介する。士官学校の生徒のボスであるジャガーに指示されて、一年生のカーバは試験問題を盗む。そのことをみな知っているが沈黙を守っている中で、奴隷の渾名をもつ繊細で内省的なリカルドが教師に密告し、カーバは放校処分を受ける。その直後の野外軍事演習中にリカルドは殺される。殺人者はジャガーだと別の生徒アルベルトによって告発されるが、学校当局は名誉が傷つくことを恐れて事故死と処理し、事件をうやむやに葬り去る。学校内で起こっている事件を中心に六人の少年のストーリーが展開されるが、少年たちが学校と灰色の大都会リマ、現在と過去、並行する補完的な二つの世界を行き来する過程で、ペルーの暴力的な社会、その弱肉強食の世界で、誠意を信じないシニカルな生き方を身につけていかざるを得ない姿が描き出されている。

作品は二部とエピローグで構成されていて、各部はともに八章から成り、各章はさらにいくつかの断片に分かれ、合計八十一の断片がある。これらの断片は移行するたびに舞台や時間を移動し、文体や叙述形態も変化するとともに、一見矛盾する巧みな語りと絡み合っている。その語りによって、ペルーの社会や士官学校、あるいはジャガーの描写の場面で、少年たちが蔓延する暴力に直面したときの恐怖が、多角的な視点や距離から描き出されている。作品の文学性はテーマよりもテーマを処理する技法にある、とのバルガス＝リョサの考えがすでに確立されていて、意識が流れるままの内的独白と、整然とした客観的描写の組み合わせや、一つの会話の中に他の会話を挿入するなどの技法は、当時のフランスやアメリカの新しい文学に触発されたものであるが、その物語性と実験的な技法は、読者を小説の流れの中に最後まで引きずり込んでゆく。

この作品の素材は、バルガス＝リョサ自身の約二年半にわたるレオンシオ・プラド士官学校での経験である。生まれる直前に両親が別居したため、彼は母親と母方の祖父母のもとで甘やかされ、文学に親しみながら育った。しかし十歳のときに両親が和解し、死んだと聞かされていた父親が突然出現して一緒に暮らすことになった。だが、父はすでに他人であって互いに心が通わない。当時のペルー社会では、詩人はホモであり、すべての作家は浮浪者のようなものである、とみなされていた。とりわけ、マチスモの典型である彼の父親にとって、文学は社会的罪悪であった。文学という軟弱な世界に憧れる息子の性根を鍛え直すためとして彼が放り込まれた国立の全寮制軍人養成学校は、彼自身が「私が私の生まれた国というものを発見したのはレオンシオ・プラド士官学校のおかげである。そこはそれまで生活してきた中流階級という境界によって定められた世界とひどくかけ離れた社会だった。そこには密林地帯やアンデス山脈やあらゆる地方、人種、経済的階層出身の少年がいた」と言っているように、ペルーの各地からさまざまな人種や社会階層の少年たちの集まる事実上の少年院であった。厳しい規律、その裏で監督の目を盗んで行われる不正行為、腕力と抜け目のなさがものをいう世界での衝撃的な経験は、彼の心に人格が変わるほどのトラウマを残した。しかし皮肉なことに父親の思惑は外れて、ここでの経験が彼の作家としての資質を強化することになった。『都会と犬ども』で教師の目を盗んでポルノ小説を書き、仲間に売るアルベルトは作家の分身であるとみなされているが、彼にとって「好ましからざる本」を読むことは学校に対する反抗であった。息苦しい生活の中で文学は生きがいとなり、書くことは自分自身を救済し正当化する行為となっていく。彼にとってこの士官学校は実験場であり、そこでの約二年半は作家となるための貴重な準備期間となったのだった。

『緑の家』

『都会と犬ども』に続く二作目の長編小説が『緑の家』（一九六六）である。この作品の舞台の一つは、彼が一九四五年から一年間、祖父の赴任によって過ごした海岸地帯の町ピウラである。ここの砂漠に建つ緑色の娼家や、警察さえ恐れて近づかないスラム街の浮浪者らの様子は、当時九歳の少年の目には忘れられない幻想的なイメージを与えた。しかし、レオンシオ・プラド士官学校を退学してサン・ミゲル学院で最終学年を過ごすために戻ってきたときには、そのイメージはもう蘇ることはなかった。ペルーの研究者ホセ＝ミゲル・オビエドは、戯曲を書いたり詩集を出したりしていたこのピウラ時代がバルガス＝リョサの原始時代である、と指摘しているが、大人の世界に足を踏み入れかけた十六歳の彼が目の当たりにしたのは、番長たちがたむろする何の変哲もない娼家である緑の家、夕方から明け方まで、おが屑のような砂の雨を降らせる淋しい砂漠の町から、貧しい旧市街の傍にモダンな町並みができる都市への変貌であった。これらのイメージの落差は、作品の中でこの町を巡るサブストーリーの二重性として表現されている。

もう一つの舞台は、学生時代の一九五八年にアマゾン密林地帯への調査隊に加わって訪れたマラニョン川上流地域（サンタ・マリア・デ・ニエバ、イキートス）であり、『緑の家』の緑にはジャングルの色も象徴されているといえよう。

この作品は当初、別々の二つの物語として書き始めていたものだが、互いに侵犯しあうようになってきたため、急遽一つの物語としてまとめられた。アンデス山脈をはさんで空間的に隔てられていると同時に、現代を生きる都市の住民と石器時代を生きる密林の先住民という、時間的にも隔たりのある二つの地域の人々の五つの物語が循環するように語られている。

密林地帯にあるサンタ・マリア・デ・ニエバという村の伝道所で暮すアマゾン先住民の少女ボニファシアと、彼女に恋をする治安警備隊のリトゥーマ軍曹の物語。白人の搾取に抵抗しようとして逆にやられてしまう、アマゾン先住民アグアルナ族の頭目フムの物語。密林の中の島を根城とし、好戦的な先住民を従えて他部族を襲う謎の神話的人物である日系人フシーアと、その友人アキリーノ老人の物語。ピウラの貧民街マンガチェリアと、そこで生まれた四人の不良仲間の物語。そして、この小説の中心となるピウラの娼家「緑の家」とその建設者である謎の男アンセルモの物語。これらの物語はそれぞれ独立した中編小説としての量と質をともに備えているが、数ページごとにこれらの物語が切り替わりながら同時進行していくため、それぞれの作品を細切れに読んでいくかのような印象を与える。しかし、時間と空間を異にし独立しているかのように思える五つの物語は、合流したり分離したりしながら流れつつ、『緑の家』という大きな物語に注ぎ込んでいく。

この作品で描かれているのは、彼が参加した密林地帯への調査で認識したペルーの文化的多様性と、それゆえに引き起こされる貧困や不公正、腐敗などの現実的な状況や社会問題であり、ラテンアメリカの不幸な歴史が生み出した歪んだ社会で、疎外され自己崩壊の過程を生きている人々である。作品は、そのような人々を時間と空間の二つの座標軸を自由に移動しながら多面的に描きつつ、一つの全体像を浮かび上がらせている。彼の騎士道小説への傾倒は有名で、彼自身繰り返しそのことを語り、また騎士道小説『ティラン・ロ・ブラン』に関しては専門家の一人とみなされているが、多様な世界を一つの物語に包含することが、それぞれを独立した作品として仕上げるよりも相乗的な効果をあげることを騎士道小説から学んだようだ。

ラテンアメリカに共通する二つの強固な権力組織、軍隊と教会に対する批判は、初期の作品から一貫してその底流に流れている。軍隊への批判は『都会と犬ども』から『パンタレオン大尉と女たち』などに引き継がれていくが、教会への批判は『緑の家』において先住民の子どもを拉致して強制的にキリスト教教育を施し、母語を捨てさせ、結局は都会で下働きをするしか生きていけない娘たちを作り出している修道女たちや、緑の家を焼くガルシア神父の行為に読み取れよう。

一九六四年、ベネズエラを代表する作家であり元大統領のロムロ・ガジェゴスの八十歳を記念して、ロムロ・ガジェゴス賞が創設され、カラカス市建設四百年の一九六七年に第一回の選考が行われた。そして過去五年間（現在は各年）にスペイン語で書かれた最も優れた賞に与えられるこの賞の第一回受賞作として『緑の家』が選ばれた。授賞式で彼が行ったスピーチ「文学は熱い火である」は、ラテンアメリカで文学者であることの困難さを述べつつ、作家の存在理由は反逆と批判にある、とその使命を語ったものだが、それは、彼が文学を信じることのできる数少ない作家の一人であることを示していると同時に、文学に対する作家の情熱を語ったものとして、のちのちまでさまざまな形で取り上げられていくことになる。

『ラ・カテドラルでの対話』

『ラ・カテドラルでの対話』（一九六九）は四部からなる膨大な作品であり、出版当時は二分冊であった。下敷きとして一九四八年から八年間続いたオドリア独裁政権下の政治を取り上げているが、単なる政治小説ではなく、彼が志向する全体小説への試みの頂点をなす作品として高い評価を受けている。

新聞記者サンティアゴ・サバラと、かつて彼の父フェルミンの運転手をしていたアンブロシオ・パルドが十年ぶりに偶然出会い、場末のバー〈ラ・カテドラル〉で四時間にわたって交わす対話が物語の枠組みである。この二人の対話には七十名近い人物が登場し、それらの人物を巡るさまざまなエピソードが浮かび上がってくるが、中心人物はサンティアゴとフェルミン親子、アンブロシオとオドリア大統領の側近であるカジョ・ベルムーデスである。

ブルジョワ家庭に育ちながら、その社会階層の偽善と堕落ぶりに嫌悪感を抱き、大学で左翼活動に加わるが活動家に徹することができないサンティアゴと、権力と癒着している政商の父フェルミン、黒人とインディオの混血、サンボとして生まれて社会の底辺に生きるアンブロシオ、その幼馴染で貧しい境遇から這い上がり、独裁者の右腕として権力をふるう、独裁政権の腐敗を象徴するカジョ。これらの四人を軸に権力の中心にいる人物から底辺の人々のエピソードが語られるが、そこに浮かび上がってくるペルー社会はおぞましいほど醜悪で混沌としている。自国の問題に関するラジカルな自覚をもっているバルガス＝リョサは、このような社会を生み出すメカニズムを多面的に描く手法として会話を用いている。複数の会話の同時進行、一つの会話への他の会話の挿入、そこには対話の当事者が知り得ないはずの過去の人々の会話も含まれている。また、この対話を行っている二人に加えて語り手の存在も重要である。全知の語り手という視点と登場人物同士の対話を組み入れることで、物語世界が多面的、重層的に展開されている。二つ以上の物語の同時進行、映画のモンタージュ的な劇的な場面の切り替えなどの面にも、散文の可能性を追求した新たな技法が見受けられる。

ラテンアメリカ文学の六〇年代に共通している内容と形式の特質として、強固な物語性と実験的な技法が上げられるが、フリオ・コルタサルの『石蹴り遊び』やレイナルド・アレナスの『めくるめく世界』などと同様、六〇年代のバルガス＝リョサの作品にも同様の特質が認められよう。

『パンタレオン大尉と女たち』『フリアとシナリオライター』

一九七〇年代はバルガス＝リョサにとって「批評の季節」ともよばれ、『ガルシア＝

マルケス――ある神殺しの歴史』（一九七一、博士論文）や『果てしなき饗宴――フロベールと「ボヴァリー夫人」』（一九七五）などを発表して活発な評論活動を続ける一方で、それまでの作風と質を異にする、ユーモアを基底とする作品『パンタレオン大尉と女たち』（一九七三）や『フリアとシナリオライター』（一九七七）を発表する。

『パンタレオン大尉と女たち』のパンタレオンは謹厳実直な軍人の鑑であり、アマゾンの中心都市イキートスに派遣される。ここで彼は、猛暑で性欲が異常に昂進した守備隊の兵士たちの性的非行防止を目的とした、従軍慰安婦部隊である婦人巡察隊を編制して軌道に乗せることに成功する。ところが婦人巡察隊が、彼女らの奉仕を享受できないことを不満とする地元の男たちに襲われて、その一員が駆けつけた軍との銃撃戦の犠牲となってしまう。この事件によってパンタレオンの秘密任務が公になり、その全責任を押し付けられて彼は退任を迫られる。しかし軍人としてしか生きていけない彼は辺境への左遷を受けいれる。以上がストーリーだが、この作品での軍隊を中心とする社会批判は風刺や諧謔が中心となっていて、戯画的である。とりわけ軍の格式ばった文体でセックスに関するさまざまな調査事項が記載されている報告書が滑稽味をより際立たせている。

バルガス＝リョサは「笑いを手段としなければ文学に昇華しきれない現実があることに気がついた」と述べているが、ユーモアを戦略的に取り入れるようになった背景には、六七年に出版されたガブリエル・ガルシア＝マルケスの『百年の孤独』が一般読者に親しまれる一方で、新たな文学的可能性を開拓していることがあり、これに影響されて親しまれる作品を目指すようになったと指摘されている。

『フリアとシナリオライター』は彼が十九歳のときに周囲の反対を押し切って結婚した叔父の義理の妹であるフリアとの恋の顛末を語る自伝的物語と、かつてリマのラジオ局でアルバイトをしていたときに知り合ったシナリオライターが書いたラジオドラマが交互に展開しているところに特徴がある作品である。前作同様、ユーモアに溢れた作品であるが、前作のユーモアが兵士の行動を巡る滑稽味であるのに対して、この作品の場合はパロディがその要素となっている。

『世界終末戦争』

『世界終末戦争』（一九八一）は彼自身が資料収集を行い、現地調査を行って書き上げた四部からなる重量感溢れる長編歴史小説で、題材が初めてペルーを離れてブラジルとなっている。彼が「ある物語についての物語」と述べているように、〈カヌードスの反乱〉と呼ばれる歴史的事件を扱ったブラジルの作家エウクリデス・ダ・クニャの作品『セルタンゥ（奥地）』（一九〇二）を下敷きにしたものである。

ブラジルでは帝政から共和国制に移って間もない一八九六年十一月から翌年十月までの十一か月間、北東部の辺境セルタンゥで説教師アントニオに率いられた狂信者たちによって〈カヌードスの反乱〉が起こっている。この反乱を中心にして、重要な登場人物である流れ者のガリレオ・ガル、狂信的な信者マリア・クワドラード、『セルタンゥ』

を書いたダ・クニャをモデルとした近眼の記者、盗賊の魔王ジョアンなどのエピソードが組み合わされている作品だが、登場人物の過去が語られる中で、それらの物語が絡まりあい、小説全体の時空間がふくらんでいくように構成されている。ストーリーの展開もその輪郭も明瞭で、『緑の家』や『ラ・カテドラルでの対話』のように時間や空間が突然入れ替わることはなく、直線的に語られている。

十九世紀末、ブラジル北東部の奥地に現れたキリストの再来を思わせる説教師アントニオは、国家と教会を分離した共和国政府はアンチキリストである、と宣言し、信者を反乱へと導いていく。彼らは州政府が数度にわたり送り込んだ討伐隊との戦闘に勝利するものの、事態を重視した共和国政府が派遣した大量の軍隊の猛攻撃によって、三万人とも言われる〈神の国〉カヌードスの住民の大半は死んで反乱は終結する。

バルガス＝リョサがこの実際に起こった反乱の中に、現在のラテンアメリカの政治・宗教的対立の根底にある、微妙な差異を一切認めない不寛容なファナティシズムの危険性を見出したことが、初めてペルー以外を舞台とし、かつ初めて歴史小説を彼に書かせる動機となったのであろう、とみなされている。人格を破壊されるような過酷な辺境の地で、解放者を待望しながら、抑圧にあえぐ底辺の民衆の姿を迫力あるタッチで描ききったことや、登場人物たちの立場に合わせた多様な言述スタイルを採用した点においても、バルガス＝リョサの円熟した作家としての力量が発揮されており、代表作の一つとなっている。

この後、革命の挫折を描いた『マイタの物語』（一九八四）、エンターテインメントの推理小説『誰がパロミノ・モレーロを殺したか』（一九八六）、アマゾンの密林に住む先住民であるマチゲンガ族のさまざまな伝説や歴史を物語る語り部を取り上げた長編小説『密林の語り部』（一九八七）と、八〇年代も活発な創作活動を展開するが、やはり読者にとって忘れられないのはペルー大統領選への出馬である。

政治家としての活動

バルガス＝リョサは作家としてデビューして以来、独自性がいまだ確立されておらず政治的・社会的問題を抱えているラテンアメリカにおいて、文学者は政治に無関心ではいられない、社会的役割を担っている、として、ペルーやラテンアメリカの政治や社会問題について活発な発言を行ってきた。一九八七年には自国で銀行国有化を唱えるガルシア大統領に対して、民主主義の危機であるとのキャンペーンを張り、反対運動を組織して成功に導いたことで、政治家としての力量を認められた。しかし、大統領選への出馬が、新自由主義を唱えるテクノクラートや公職の分配を基礎とする利害誘導政治型の二大保守党に擁立されていることに、彼の読者たちは大きな戸惑いを感じたのだった。

バルガス＝リョサは十代でサルトルの作品に心酔し、他の多くのラテンアメリカの知識人同様、キューバ革命には当初から支持を表明してきた。だが一九六八年の旧ソ連によるチェコスロヴァキア侵略をカストロが支持したこと、それに続いて起こったエベルト・パディジャら五人の作家が自らの反革命活動を自己批判させられた「パディジャ事件」によって、キューバ革命政権と決別した。しかし、それでも当時は、資本主義と社会主義のうちどちらかを選ばなければならないとしたならば、歯を食いしばってでも社会主義と答えると、社会主義への支持を表明していた。それが、平等を志向するような社会よりも、たとえ、独裁的なものであれ自由な社会にはより多くの自由がある、との彼の発言が示しているように、現存の社会主義のあり方を否定する一方で、現代資本主義への批判的な観点を喪失してしまったような姿勢が、読者たちの戸惑いの原因だった。

バルガス＝リョサの政治的思想を巡るこの一八〇度の転換の背景として、キューバ革命の中で、平等の理念を実現していく過程で、同一化を巡るさまざまな問題が露呈されたことによって、彼は同一化を認めることはできない、多様性の中での共存こそ自由である、と考えるようになったこと、その一方でユートピア的な思想やラジカルな選択は避けるべきである、良識こそが政治的美徳の最良のものである、との彼の主張に、カミュやアイザイヤ・バーリンの思想の影響の存在が指摘されている。

結局、大統領選挙でバルガス＝リョサはアルベルト・フジモリに敗れてペルーを後にした。一九九三年に出た回想録『水を得た魚』では章ごとに過去と現在が交互に語られているが、現在の部分では一九九〇年の大統領選までの約三年間身を投じた政治活動について、権謀術数の政治の世界での経験がいかに過酷なものであったかが語られている。

その後、これまでいくつかの作品に登場してきた警察官のリトゥーマを主人公とした長編小説『アンデスのリトゥーマ』（一九九三）がベストセラーとなり、またこの作品によってスペインのプラネタ賞を受けて、作家として見事カムバックを果たした。続いて出た『継母礼讃』（一九八八）の続編である『官能の夢』（一九九七）も各国でベストセラーの上位入りとなった。大統領選出馬を境として、以前を前期、以後を後期とするならば、その後期を代表する重厚な大作とみなされているのは『チボの狂宴』（二〇〇〇）であろう。

『チボの狂宴』

この作品では、カリブ海のドミニカ共和国の現代史の一コマ、ヤギ《チボ》という渾名のラファエル・レオニダス・トルヒージョ将軍の独裁制が崩壊する最後の日々の出来事――体制転覆の陰謀の企てから独裁者の死、その後の報復、北の巨人の支配下にあるラテンアメリカの政治の現実、十四歳で国を出て長くアメリカに住む独裁者のブレーンの娘ウラリアの秘密など――が語られている。独裁制の末期を詳述することによって読者に当時のドミニカ共和国に身を置かせ、ラテンアメリカ現代史上、最も残虐な独裁者の姿に接近させる。たった一人の男の権力にがんじがらめになっている保守主義の構造の一つひとつを鋭い視線で生々しく描き出しているが、用いられた明確で直截な文体が非常に効果をあげている。物語が展開していくに従って語りの緊張感が増していき、最後の結末でぞくぞくするようなクライマックスを迎える。バルガス＝リョサ自身が、フィクションも含まれていると言っているように、読み物ではあるが一つの時代の終焉についての歴史的考証としても面白く読め、独裁政治は文学的なインスピレーションを与えてくれる、なぜなら悪のこの上ない表出だからだ、との彼の言葉が示すように、バルガス＝リョサの独裁者に対する明晰な分析が高く評価されている。

『楽園への道』

二〇〇三年になって出版されたのが本書『楽園への道』である。スペイン語の原題 *El Paraíso en la otra esquina* は「次の角の楽園（天国）」という意味で、人間にとって文明の初期段階から渇望され続けてきたユートピアに関する小説である。このタイトルは、〈楽園遊び〉というバルガス＝リョサ自身が幼い頃に経験した遊びから取られている。彼の説明によると、子どもたちの描く正方形の外に目隠しした鬼がいて、その正方形に戻るために鬼は「ここは楽園ですか」と尋ねるのに対して、尋ねられた子どもが「いいえ、楽園は次の角ですよ」と答える遊びだ。この遊びをしながら、彼は不可能の追求をしていると感じていた。彼のいう不可能なものとはユートピアであり、これを追い求めた十九世紀の女性解放家フローラ・トリスタンと、その孫の画家、フランスにおける印象派の創始者の一人であり、西洋美術をプリミティブ文化へと向わせたポール・ゴーギャンという、実在の二人が重要な登場人物となっている。

一九九三年に出た回想録の中でバルガス＝リョサは、「一九八六年、私が五十歳を迎えたときに、フランス人でありペルー人である革命家フローラ・トリスタンに着想を得た小説を書く計画をしていた。その計画はずっと以前から、大学時代に彼女の『ある女賤民《パリア》の遍歴』（邦訳『ペルー旅行記　1833－1834――ある女パリアの遍歴』小杉隆芳訳、法政大学出版局）を読んで以来のものだ」と書いている。大学生の時代からずっと彼女に魅せられてきたバルガス＝リョサは、この作品を書くために十四か月間パリに住み、フローラの著書『ロンドン散策』（小杉隆芳・浜本正文訳、法政大学出版局）、『労働者の団結』『フランス巡りの日記　1843－44』を中心に彼女の人物像について細かく調べて考察する一方で、その足跡を追ってイギリスを訪れ、また楽園を夢見てゴーギャンが渡ったタヒチや、彼が没したマルキーズ諸島のヒヴァ・オアを旅している。

フローラ・トリスタンは、フランス人女性とスペイン軍に属していたペルー出身の大佐とを父母として一八〇三年にパリで生まれた。四歳のときに、父親の死によってそれまでのブルジョワ的生活を失ってしまい、浮浪者や売春婦がたむろする安酒場が並ぶ貧民街の一角で下層の生活をせざるを得なくなった。若くして石版工房で彩色工として働きはじめ、一八二一年、その工房の所有者アンドレ・シャザルと結婚する。この結婚生活の中で、セックスや結婚に対する憎しみが芽生え、結婚というものは女を男に売り、男の奴隷とする制度であると考えるようになる。そして第三子を妊娠中に夫を捨てるが、当時の女性にとって家庭を放棄することは犯罪的行為であり、堕落した女とみなされた。その後の何年かは、伝記上謎である。夫の追跡を逃れてひっそりと生活し、おそらくイギリスで女中として働いていたものと推測されている。

フランスに帰国した一八二九年、ある偶然が彼女の人生を転換させた。とあるバーで彼女のトリスタンという名前を耳にした船乗りが、トリスタンという姓の一族がペルーのアレキーパで大変裕福な生活をしている、との消息を伝えてくれたのだ。それは彼女の父親の一族だった。フローラは手紙を書き、その後、父親の遺産を要求するために約五か月の船旅の末、一八三三年にアレキーパに着く。しかし、親族は遺産に関して彼女と見解を異にした。彼女の両親はスペインのビルバオで結婚していたが、形式にのっとって行われていなかったとして、その結婚を正式なものと認めなかったのである。彼女は別の人物になってパリに戻った。次から次へと襲いかかってくる不幸を耐え抜いてきた小柄な女性は、女性解放家のアジテーターに変身したのだ。彼女が生きた十九世紀はいくつものすばらしいユートピアが創り出され、また、ユートピアが手に届く夢のように思えた時代だった。彼女は女性の視点から見た理想的な社会を設計しようと提起する。フローラはペルーで女性が自立できることを理解したのだった。

パリで学び、知識人の集まりに出入りするようになったフローラは『外国の女性を歓待する必要性について』や『ある女賤民《パリア》の遍歴』を出版して広く認められるようになった。その名声によって彼女の所在を知ったアンドレ・シャザルは子どもを取り上げようと裁判を起こし、スキャンダルになる。シャザルはフローラを銃撃するが、彼女はかろうじて死を免れることができた。彼女を殺せなかった弾丸は彼女を解放することになった。シャザルは監獄に行くことになったからである。

フローラは、敬愛していたユートピア社会主義の提唱者の一人であるフーリエの「それぞれの社会で女性が手に入れることのできる自由の程度によって文明は評価される」との言葉を我がものとし、ラジカルな政治的挑戦に専念するようになる。一八三九年にはイギリスに行き、ここで女性だけでは解放を勝ち取れないことを確信する。フランスに帰国した彼女は、女性解放の闘いは他の抑圧されている人々、労働者とともに闘ってこそ成功する、と考えて『労働者の団結』や『ロンドン散策』などの著書を出版した。その後、世界を平和裏に変革したいと望んでいる労働者と女性の委員会を結成するための活動に専念するようになる。自分と同じ〈棄民〉である地方労働者たちへの共感と愛に支えられて、安宿に投宿し、無理解で宗教的偏見に凝り固まった労働者を説得し、教化しながらフランス各地を巡礼し、その旅先のボルドーで、一八四四年に没している。

バルガス＝リョサは、「小柄で黒髪に色白、スズメバチのような細いウエストをした、頭の回転が速いフローラの最大の魅力は、決して運がよいといえない人生の中で、自分の不幸を決して他人のせいにしたり嘆いたりせずに、頭をあげて逆境に立ち向っていったところにある。その反逆心に満ちた強い性格、夢想や感受性のおかげで、めぐり合わせた人生の悲惨さを、自らの活動に着想を抱かせる素材へと昇華させていくことができた」と、スペインの新聞のインタビューで述べている。

またバルガス＝リョサは、フローラとゴーギャンの関係について次のように語っている。

フローラの歴史に没頭していくに従って、その孫のゴーギャンの像が大きくなっていった。彼も情熱的な生涯を生きた人物である。証券会社で働いていた二十六歳のときに、たまたま友人の勧めで絵を習い始めたことで、人生が変わってしまった。それまで芸術や絵画にまったく興味のなかった男が自分の天職を発見すると、それにすべてを捧げた。祖母と同じく多くの旅をし、ペルーで生活した経験もある。アルルで、ゴッホとのあいだに何があったのか。ゴッホが耳を切ったとき、ゴーギャンは傍にいた。何が起こったのかは正確にはわからない。フローラ同様、謎に満ちている。

この二人の主人公の人生に謎があることが作家にとって利点であった。フローラはアンドレ・シャザルの許を逃れてからペルーに現れるまでどうしていたのか、推測する以外にない。そこに私は夢中になった。ジグソーパズルのピースはその人物の実像よりも私の見解にぴったりの人物として想像できるからだ。ゴーギャンの場合は常軌を逸した人生であり、地理上の旅をしただけではなく、社会の中でも旅をした。つまり身分を移動した。その魅力は個性の転換である。社会的にも経済的にも成功の道を歩いているブルジョワの裕福な若者だったのが、狂ったボヘミアンになり、一時期はほとんど乞食のような状態だった。その後、エキゾティックな場所を求めてあちこち訪ね回るが、それらの場所についての証言はほとんどない。二人の場合、それらの空白部分を埋めるための人物像を仕上げる上で、想像力が大きな活動領域を得ることができた。

また、フローラが死んでから四年後にゴーギャンは生まれているので、二人は顔を合わせたことはなかった。小説の中で私はゴーギャンの彼女に対する気持ちを少し付け加えているが、実際のところ彼は祖母にはあまり関心がなかったようだ。しかし二人は個性が似ており、似た遺伝子があったことは確かだ。二人には夢想家としての資質があった。だから苦しみ、現実と衝突したのだ。フローラは一時期、周囲の人間を手段として利用したことがあったし、ゴーギャンは自分が信じ意図したことと行動が首尾一貫していたことで、死者を出したり、傷ついた人を置き去りにしてきた。しかし総合的に見ると、二人には深い誠実さがあった。

二人が普遍性という道を目指したことを、私は賞賛している。近代的視点から見れば、二人は反ナショナリストだ。彼らにとって大切なものは祖国ではなくて人類だった。彼らにとって正義と自由は単にフランス人のためのものではなく、人類のためのものだった。フローラが彼女の闘いを始めたとき、女性のための正義を主張していたが、最終的には女性を含むあらゆる被害者、労働者、貧乏人、被搾取者のための正義の要求になった。フローラの労働組合という概念は完璧に国家の枠を超えていた。では、ゴーギャンが行った生命力に満ちた豊かで多様な芸術の追究は彼をどこに連れて行ったか。西洋美術も含めて、フランス美術を否定することにより、彼は原始文化を求めて出て行かねばならなかった。そして何を発見したか。別の美的規範に基づいた世界が存在していること、そして活力の衰退した西洋美術には原始文化の生命力を注入しなければならない、ということだった。当時、ヨーロッパ芸術の視野がヨーロッパにしか向けられていなかった時代には偉大な革命だった。ゴーギャンの絵画はヨーロッパの人々にとって視界に入っていなかった世界への扉を開いたのだ。フローラとゴーギャン、いずれも地球の市民であり、彼らが生きた時代では斬新で大胆で並外れた存在だった。

祖母のフローラが生まれ、孫のゴーギャンが死ぬまでのあいだに十九世紀の時間がそっくり経過している。この間、アナーキズム、ユートピア社会主義、オーエン主義など大きなイデオロギーや主張が生まれた。偉大なユートピアやイデオロギーや野心が存在したすばらしい世紀だった。バルザックやディケンズの時代であった。よりよい世界を創造することができると夢見た世紀だ。フローラが不可能な地上の天国を求める一方で、ゴーギャンは芸術家にとっての楽園を、芸術的な完璧さを求めた。それは間違っていた。なぜなら、天国を地上にもってくることはできないからだ。しかし、彼らの考えによって世界は前進した。天国は見つけられなかったが、それを求めていく中で、彼らはすばらしい生き方を見出し、最大の成果を得たのだ。

「私とフローラとゴーギャンの接点はペルーである。二人がペルーへ行っていなかったら、関心を抱かなかったことは明白である」と述べたように、この二人が私の心を捉え続けたのは、たとえ短期間であれ、ペルーに滞在していたことによる。フローラにとってペルーでの出来事は大きな失望だった。彼女の望みは個人的な問題の解決だった。父の家族が彼女を認知してくれて相続人となることを期待していたが、そうはならなかった。そのことが彼女の中の反逆精神を焚きつけたのだ。当時、ガマラ大統領夫人の女元帥が活躍していた。彼女は男の領域を侵犯し、戦争に勝利して政治分野で決定権を持っていた。フローラにとってそれが非常に印象的だった。フランスと比較してひどく後れている国で、女たちが主導権を持ち、自己主張できる。それならば、私たちも自己主張できる場をもって行動することができる、との考えを彼女に抱かせたのだ。彼女が自由のための闘士の資質を自覚したのはアレキーパであった。

一方、ゴーギャンの経験にも興味深いものがある。十九世紀後半から末にかけてエキゾティズムはヨーロッパ社会に深く浸透し、一つの風潮になっていた。その影響は無視できないが、しかし彼の南方への憧れの根っこにはリマでの生活があった。リマにあった母の大叔父ドン・ピオの広大な屋敷で、若くて美しい母と一歳年上の姉との幸せな幼年期を過ごしたことと深く結びついている。貧困と苦難の生活の中で、彼が思い出す南半球のそこは、一つの楽園だったにちがいない。『楽園への道』でゴーギャンを扱った偶数章では、私が選択した彼の絵画の基調をなすライトモチーフを描いた。取り上げたのは私の好きな作品である。いつかこの小説で取り上げた絵を入れた版を出すのが夢である。

バルガス＝リョサがこの小説を書くにいたった動機は、フローラ・トリスタンにあったことは先に述べたとおりである。写真家であるバルガス＝リョサの娘モルガナは、父親の取材旅行に同行して『楽園の写真集』を出版している。その写真集にはフローラが滞在したアレキーパのドン・ピオの屋敷があったサント・ドミンゴ通り三十番地に掛けられている〈ここは著名な作家であり、社会解放の闘士であったフローラ・トリスタンが、一八三三年九月三日から一八三四年四月二十五日まで滞在した屋敷跡である〉とのアレキーパ市が作ったプレートの写真が収められている。アレキーパ生まれのバルガス＝リョサは、幼い頃からこの女性解放家であり作家であったフローラ・トリスタンのことを耳にして身近に感じてきたであろうし、彼女がこの地で闘士として目覚めたことを誇りに思ったに違いない。「私とペルーとの関係は、夫婦というより、むしろ不義の関係に近い。猜疑心や激情、嫌悪に満ちている」と彼はしばしば述べているが、この作品では共和国として生まれたばかりのペルーの動乱の時代や、ペルーにおけるフローラの動向を書くバルガス＝リョサのタッチにはとりわけ熱がこもっていて、改めて彼の祖国への深い情愛を感じさせる。

彼には、フローラ・トリスタンに対して正当な評価が行われていないとの不満がある。フローラは独学者であり、労働組合もユニオン殿堂のアイデアも、未来社会の生活共同体ファランステールを描き、ファランステール主義と呼ばれる運動を創設したフーリエに、またサン＝シモンに負っている。しかし彼女は『労働者の団結』で「女たちと労働者は犠牲者であり、団結させるべきだ。団結すれば抑えがたい力となる。そしてそれは国際的な力となり、革命が起きる」と彼女が辿りついた独自の思想を書いている。これと同様の考えが『共産党宣言』で唱えられるのは彼女の死後四年ほどたってからであり、『労働者の団結』を出版してから四年半たっていた。エンゲルスは彼女の著書を確実に読んでいたにもかかわらず、まったく言及していないのはなぜか。バルガス＝リョサは、男の仕事に女が入りこんできたからだ、マルクスもエンゲルスも『共産党宣言』の土台である思想のパイオニアとして彼女を認めるべきである、という思いを抱いていた。モルガナは写真集の最後のページで「フローラは歴史の表面から完全に姿を消してしまった。今、これが歴史に登場する第二の機会となりますように」と書いているが、ここにバルガス＝リョサがフローラによせる熱い思いが読み取れるであろう。

本作品は歴史小説である。彼は自身の歴史小説について、「大学時代の歴史の先生が歴史に対する情熱を目覚めさせてくれた。それが影響しているのが『世界終末戦争』『マイタの物語』『チボの狂宴』そしてこの『楽園への道』である」と述べている。また「歴史的事実と歴史的人物という原材料を持ちながら小説を書くことはとても面白い。そのまま書くのではなくて、まったく自在に書くのだ。私はこの原材料を探すことに熱中してしまう。その過程で思想や人物や状況がトランポリンのように浮かんでくる」との感想を述べている。

一方、歴史とフィクションの関係について、「作家が詳細な調査をするのは真実を見つけるためではなくて、なぜそうしなければならないかを認識しながら嘘をつくためである。作家とはウサギを猫に変えてみせる手品師であり、この魔法の結果、もっともらしく感動させるものとなる。そして創作したものが、最終的に歴史をしのいで、集団の想像力の世界を支配することができるのだ」とも主張している。

『楽園への道』では構成として対位法が用いられている。奇数章では一八四四年四月以降のフローラのフランス巡礼の旅と、その行き先で彼女が回想する過去が重なって語られ、偶数章ではゴーギャンがタヒチに渡ってからの生活と絵画が描かれる様子、タヒチに渡る前の回想や友人たちとの会話から過去が浮かび上がる形式が取られているが、互いに譲り合うことはない。主従のない物語を並置し、交差して重ね合わされる構成レベルでの対位法は、フローベールが交響曲の同時性や全体性を表現するために用いた方法であり、二が一に収斂していくのを回避しながら重ね合わせる手法である。すでに『緑の家』や『ラ・カテドラルでの対話』『フリアとシナリオライター』などでも用いられているが、『緑の家』や『ラ・カテドラルでの対話』では構成レベルのみならず、異なる時間や異なる場所での会話や意識や出来事のレベルにまで及んでいる。しかし本作品では、意識や会話レベルでの連続性は保たれており、バルガス＝リョサとおぼしき全知の語り手が話を展開させながら、フローラやゴーギャンに二人称で語りかけるところに特徴がある。また物語の展開をスムーズに運ぶために直接話法から伝達動詞のない話法への転換が用いられているが、これはすでに多くの研究家から指摘されているように、彼が傾倒している騎士道小説の語りの手法を取り入れたものである。

翻訳にあたっては *El Paraíso en la otra esquina*, Alfaguara, 2003 を用いました。翻訳については会田宣子さんとマヤベル・モハロさんに、フランス語表記については久米あつみさん、西尾和子さんにお世話になりました。解説を書くについては立林良一さんからいただいた資料と、杉山晃さん推薦の研究書を参考としました。またフローラ・トリスタンの生涯と思想やその時代背景、およびゴーギャンの著書、研究書などの資料集めについてお名前は書きませんが、たくさんの方々にお力添えいただきました。心からお礼申し上げます。

二〇〇七年十月

文庫版訳者あとがき

このたび、『池澤夏樹＝個人編集　世界文学全集』収録のマリオ・バルガス＝リョサ『楽園への道』文庫化にあたり、全集版解説を補足する形で、バルガス＝リョサのその後の主な作品について紹介していきたい。

『ケルト人の夢』

『楽園への道』邦訳刊行の二年後、二〇一〇年に、バルガス＝リョサはノーベル文学賞を受賞した。受賞直後に発表されて世界的な注目を浴びた長編小説が『ケルト人の夢』である。歴史小説であり、ジャーナリスティックな記録でもある。

この作品は、アフリカ（コンゴ）とラテンアメリカ（ペルー）における植民地支配の残虐な搾取の実態を描いており、フィクション化されてはいるが語られる中心的な出来事は、両国での先住民たちに対する酷使、虐待、ジェノサイドである。これらすべては、それぞれの国の政治・社会・行政的構造を買収し腐敗させた商社の、すさまじい貪欲さによって引き起こされたものだ。

アイルランド出身の英国領事であり、植民地においてヨーロッパ諸国が犯す不正義や専横的行為を自覚した最初の西洋人の一人、ロジャー・ケイスメントに最大の敬意を払いつつ、バルガス＝リョサはケイスメントの日記に書きとめられた同性愛者や小児性愛者としての側面も語る。ケイスメントはアイルランド独立のための蜂起に加わり、家宅捜査をされる。その際に押収された日記には、彼の精神、心の動き、性に関する洞察が記されていた。天使であると同時に悪魔、あるいは男性的なるものと同時に女性的なるものを抱える人間の矛盾する側面が描き出されており、心理小説的な面白さも備えている。

アマゾンの歴史を研究していく中で出会ったケイスメントという実在の人物に関する綿密な調査を踏まえたこの重厚な小説は、二十世紀の暗黒時代、第一次世界大戦中のケイスメントの晩年に焦点をあてており、政治・社会的な歴史小説『世界終末戦争』や『チボの狂宴』など、ノーベル文学賞受賞の際に「権力の構図を暴き、個人の反逆と抵抗と敗北を激烈に描き出した」と評価された作品の系列に属する。

『つつましい英雄』

二〇一三年に発表された『つつましい英雄』は、ノーベル文学賞受賞後に初めて書かれた作品である。舞台はペルー北西の町ピウラと首都リマで、『チボの狂宴』や『ケルト人の夢』などしばらく海外を舞台に作品を書いてきたバルガス＝リョサが故国に復帰し、ペルーのスペイン語を用いて、言葉によるカテドラルのような作品を作り上げた、と高い評価を受けている。この作品の最大の魅力は登場人物間の会話であろう。登場人物たちはそれぞれ独自の声を持ち、読者は語彙豊かな、登場人物にぴったりの言葉に耳を傾けながら読み進めることになる。小説が物語を語るだけのものではなくて、どのように語られるかを評価の対象とするならば、模範的作品と言えるであろう。

主人公はリマの知識人と勤勉な地方人で、前者はこれまでもバルガス＝リョサの作品に登場してきたリゴベルト、後者のフェリシト・ヤナケはこの作品で生をうけた人物である。しかしフェリシトにはモデルが実在する。バルガス＝リョサは恐喝を受けながらもマフィアに屈することなく正面から立ち向かった、地方に住む無名の人物の存在を新聞で知った。そして、

「時として社会や歴史上の一時期に不幸な状況に陥り、厭世的な考えを持たざるを得なくなることもあるが、この社会を構成するのは信念や道義をもつ善良な人々で、彼らは個々の信条と自らの振る舞いを合致させるべく努力して生きていることを私たちは往々にして忘れがちである。（……）他人を踏みにじり容易に現金を手に入れようとする事件が日常生活に多大な影響を与えるが、そのような不条理に敢然と立ち向かう勇気や誠実さを持つ無名の英雄たち、つつしみを知る英雄たちこそ、真の道徳を築き上げる隠れた力なのだ」

と、執筆の動機を語っている。

また、この作品に再登場し、彼の読者には馴染み深い人物たち、リトゥーマ（『ある訪問者』以降、『緑の家』など五作品に登場）やリゴベルトとルクレシアの夫妻（『継母礼讃』に登場）などの存在は、彼の作品に親しんできた読者に、作品世界の膨らみをより感じさせることとなるだろう。

『五叉路』

『つつましい英雄』が最後の作品になるのではないかと受け止められていたが、今年の三月には新作『五叉路』が発表された。本の裏表紙ではバルガス＝リョサ自身が、本作品において明らかにしたかった点を次のように要約している。
「この小説のアイデアは、ある夜突然、思いがけない状況で官能的な経験をすることになる、友人同士の二人の女性のイメージから始まった。そのあとは推理小説、ほぼスリラー小説のようになり、そのスリラー小説がフジモリとモンテシーノスの独裁政権の最後の数か月におけるペルー社会の壁画のように変質していった。いずれにしてもこの物語のタイトルに、ペルーのリマを象徴する住宅地区〈五叉路〉をあてるアイデアを私は気に入った。そしてまたこの物語が配置されている時代も気に入っている」

社会的な地位と経済的な基盤に恵まれ、リマの高級住宅に住む二組の夫婦には長い友好関係がある。フジモリ政権下、リマ市ではゲリラの不穏な動きがある一方で、誘拐や暴力事件が多発している。夜間外出禁止令の時間にかかって帰宅できなくなった二人の女性は女性同士の愛の営みに目覚める。このレスビアンの場面から始まる物語は、政治権力が絡むゴシップ記事、テロ、マフィアの暗躍などペルー国家の暗部に対する批判精神をテーマとする小説へと変化していく。

美しい二人の女性の享楽的な性愛場面と、地位のあるエンジニアに降りかかる性的スキャンダル、殺人、邪悪な権力者、ジャーナリズムの権力への服従などが、シーンを変えながら交互に描写される。ストーリーテラーのバルガス＝リョサ特有の語り口は変わることなく、上流ブルジョワ階級から、様々な不当な扱いを受けている下層階級まで、集団、個人、組織の堕落が生み出したと思われる社会的現実を、相互に組み合わせながら雄弁に物語っていく。

小説以外に多くの評論も手掛けているバルガス＝リョサだが、作家としての出発点は戯曲であった。デビュー作は十六歳の時に書いた『インカの逃亡』で、当時住んでいたピウラ市の記念行事の一環として彼の演出で上演されている。

戯曲への情熱はここ十年ほどの間にさらに強くなったようで、二〇〇五年に『嘘から出たまこと』を自ら主演して初上演したのを皮切りに、二〇〇六年には『オデュッセウスとペネロペ』、二〇〇八年には『千夜一夜物語』と、いずれも自ら主演、上演してきた。二〇一五年一月にはマドリードの劇場で、ボッカッチョの『デカメロン』を踏まえた戯曲『ペストの物語』を同じく自ら主演して上演し、話題を呼んだ。演劇の魅力について彼は、「演劇は簡潔さ、的確さという点において、小説よりも詩に近い。演技とは後戻りも反復もできない、他の芸術にない危険を孕む闘牛のようなものである」と述べている。

また、小説の新作に取り組んでいるとも聞く。年を重ねても名声に安住することなく新たな挑戦を行う姿は、〈知的冒険者〉という言葉がぴったりである。

田村さと子

二〇一六年十二月

本書は、二〇〇八年一月、小社より刊行された
『楽園への道』（池澤夏樹＝個人編集　世界文学
全集Ⅰ－02）を文庫化したものです。

楽園《らくえん》への道《みち》

二〇一七年 五 月一〇日 初版印刷
二〇一七年 五 月二〇日 初版発行

著 者 マリオ・バルガス＝リョサ
訳 者 田《た》村《むら》さと子《こ》
発行者 小野寺優
発行所 株式会社河出書房新社
〒一五一－〇〇五一
東京都渋谷区千駄ヶ谷二－三二－二
電話〇三－三四〇四－八六一一（編集）
〇三－三四〇四－一二〇一（営業）
http://www.kawade.co.jp/

ロゴ・表紙デザイン 粟津潔
本文フォーマット 佐々木暁
本文組版 株式会社創都
印刷・製本 凸版印刷株式会社

Printed in Japan ISBN978-4-309-46441-1

高慢と偏見

ジェイン・オースティン　阿部知二〔訳〕　46264-6

中流家庭に育ったエリザベスは、資産家ダーシーを高慢だとみなすが、それは彼女の偏見に過ぎないのか？　英文学屈指の作家オースティンが機知とユーモアを込めて描く、幸せな結婚を手に入れる方法。永遠の傑作。

黄金の少年、エメラルドの少女

イーユン・リー　篠森ゆりこ〔訳〕　46418-3

現代中国を舞台に、代理母問題を扱った衝撃の話題作「獄」、心を閉ざした四〇代の独身女性の追憶「優しさ」、愛と孤独を深く静かに描く表題作など、珠玉の九篇。O・ヘンリー賞受賞作二篇収録。

ボヴァリー夫人

ギュスターヴ・フローベール　山田𣝣〔訳〕　46321-6

田舎町の医師と結婚した美しき女性エンマ。平凡な生活に失望し、美しい恋を夢見て愛人をつくった彼女が、やがて破産して死を選ぶまでを描く。世界文学に燦然と輝く不滅の名作。

倦怠

アルヴェルト・モラヴィア　河盛好蔵／脇功〔訳〕　46201-1

ルイ・デリュック賞受賞のフランス映画「倦怠」（C・カーン監督）の原作。空虚な生活を送る画学生が美しき肉体の少女に惹かれ、次第に不条理な裏切りに翻弄されるイタリアの巨匠モラヴィアの代表作。

O嬢の物語

ポーリーヌ・レアージュ　澁澤龍彥〔訳〕　46105-2

女主人公の魂の告白を通して、自己の肉体の遍歴を回想したこの物語は、人間性の奥底にひそむ非合理な衝動をえぐりだした真に恐れるべき恋愛小説の傑作として多くの批評家に激賞された。ドゥー・マゴ賞受賞！

スウ姉さん

エレナ・ポーター　村岡花子〔訳〕　46395-7

音楽の才がありながら、亡き母に変わって家族の世話を強いられるスウ姉さんが、困難にも負けず、持ち前のユーモアとを共に生きていく。村岡花子訳で読む、世界中の「隠れた尊い女性たち」に捧げる物語。

リンバロストの乙女　上

ジーン・ポーター　村岡花子〔訳〕　46399-5

美しいリンバロストの森の端に住む、少女エレノア。冷徹な母親に阻まれながらも進学を決めたエレノアは、蛾を採取して学費を稼ぐ。翻訳者・村岡花子が「アン」シリーズの次に最も愛していた永遠の名著。

リンバロストの乙女　下

ジーン・ポーター　村岡花子〔訳〕　46400-8

優秀な成績で高等学校を卒業し、美しく成長したエルノラは、ある日、リンバロストの森で出会った青年と恋に落ちる。だが、彼にはすでに許嫁がいた……。村岡花子の名訳復刊。解説＝梨木香歩。

べにはこべ

バロネス・オルツィ　村岡花子〔訳〕　46401-5

フランス革命下のパリ。血に飢えた絞首台に送られる貴族を救うべく、イギリスから謎の秘密結社〈べにはこべ〉がやってくる！　絶世の美女を巻き込んだ冒険とミステリーと愛憎劇。古典ロマンの傑作を名訳で。

キャロル

パトリシア・ハイスミス　柿沼瑛子〔訳〕　46416-9

クリスマス、デパートのおもちゃ売り場の店員テレーズは、人妻キャロルと出会い、運命が変わる……サスペンスの女王ハイスミスがおくる、二人の女性の恋の物語。映画化原作ベストセラー。

モデラート・カンタービレ

マルグリット・デュラス　田中倫郎〔訳〕　46013-0

自分の所属している社会からの脱出を漠然と願う人妻アンヌ。偶然目撃した情痴殺人事件の現場。酒場で知り合った男性ショーヴァンとの会話は事件をなぞって展開する……。現代フランスの珠玉の名作。映画化原作。

愛人 ラマン

マルグリット・デュラス　清水徹〔訳〕　46092-5

十八歳でわたしは年老いた！　仏領インドシナを舞台に、十五歳のときの、金持ちの中国人青年との最初の性愛経験を語った自伝的作品として、センセーションを捲き起こした、世界的ベストセラー。映画化原作。

クーデンホーフ光子の手記

シュミット村木眞寿美〔編訳〕　41032-6

明治二十五年、東京の町娘・光子はオーストリアの伯爵ハインリッヒ・クーデンホーフに見初められて結婚、激動の欧州に渡る。夫の死後七人の子供を育て上げ、黒い瞳の伯爵夫人と称された光子の知られざる手記。

パリジェンヌ流　今を楽しむ！自分革命

ドラ・トーザン　46373-5

明日のために今日を我慢しない。常に人生を楽しみ、自分らしくある自由を愛する……そんなフランス人の生き方エッセンスをエピソード豊かに綴るエッセイ集。読むだけで気持ちが自由になり勇気が湧く一冊！

私のインタヴュー

高峰秀子　41414-0

若き著者が、女優という立場を越え、ニコヨンさんやお手伝いさんなど、社会の下積み、陰の場所で懸命に働く女性たちに真摯に耳を傾けた稀有な書。残りにくい、貴重な時代の証言でもある。

小川洋子の偏愛短篇箱

小川洋子〔編著〕　41155-2

この箱を開くことは、片手に顕微鏡、片手に望遠鏡を携え、短篇という名の王国を旅するのに等しい——十六作品に解説エッセイを付けて、小川洋子の偏愛する小説世界を楽しむ究極の短篇アンソロジー。

第七官界彷徨

尾崎翠　40971-9

「人間の第七官にひびくような詩」を書きたいと願う少女・町子。分裂心理や蘚の恋愛を研究する一風変わった兄弟と従兄、そして町子が陥る恋の行方は？　忘れられた作家・尾崎翠再発見の契機となった傑作。

東京プリズン

赤坂真理　41299-3

16歳のマリが挑む現代の「東京裁判」とは？　少女の目から今もなおこの国に続く『戦後』の正体に迫り、毎日出版文化賞、司馬遼太郎賞受賞。読書界の話題を独占し“文学史的事件”とまで呼ばれた名作！

霧のむこうに住みたい

須賀敦子　41312-9

愛するイタリアのなつかしい家族、友人たち、思い出の風景。静かにつづられるかけがえのない記憶の数かず。須賀敦子の数奇な人生が凝縮され、その文体の魅力が遺憾なく発揮された、美しい作品集。

塩一トンの読書

須賀敦子　41319-8

「一トンの塩」をいっしょに舐めるうちにかけがえのない友人となった書物たち。本を読むことは息をすることと同じという須賀は、また当代無比の書評家だった。好きな本と作家をめぐる極上の読書日記。

なぜ古典を読むのか

イタロ・カルヴィーノ　須賀敦子〔訳〕　46372-8

卓越した文学案内人カルヴィーノによる最高の世界文学ガイド。ホメロス、スタンダール、ディケンズ、トルストイ、ヘミングウェイ、ボルヘス等の古典的名作を斬新な切り口で紹介。須賀敦子の名訳で。

ユルスナールの靴

須賀敦子　40552-0

デビュー後十年を待たずに惜しまれつつ逝った筆者の最後の著作。二十世紀フランスを代表する文学者ユルスナールの軌跡に、自らを重ねて、文学と人生の光と影を鮮やかに綴る長篇作品。

須賀敦子全集　第1巻

須賀敦子　42051-6

須賀文学の魅力を余すところなく伝え、単行本未収録作品や未発表・新発見資料満載の全集全八巻の文庫版第一弾。デビュー作「ミラノ　霧の風景」、「コルシア書店の仲間たち」、単行本未収録「旅のあいまに」所収。

須賀敦子全集　第2巻

須賀敦子　42052-3

遠い日の父の思い出、留学時代などを綴った「ヴェネツィアの宿」、亡夫が愛した詩人の故郷トリエステの記憶と共に懐かしいイタリアの家族の肖像が甦る「トリエステの坂道」、およびエッセイ二十四本を収録。

須賀敦子全集 第3巻
須賀敦子 42053-0

二人の文学者の魂の二重奏「ユルスナールの靴」、西欧の建築や美術を巡る思索の軌跡「時のかけらたち」、愛するヴェネツィアの記憶「地図のない道」、及び画期的論考「古いハスのタネ」などエッセイ十八篇。

須賀敦子全集 第4巻
須賀敦子 42054-7

本を読むことが生きることと同義だったという須賀の、書物を巡るエッセイを収録。幼年期からの読書と体験を辿った「遠い朝の本たち」、書評集大成「本に読まれて」、及び本や映画にまつわるエッセイ三十三篇。

須賀敦子全集 第5巻
須賀敦子 42055-4

詩への愛こそ須賀文学の核心だった。愛読した詩人たちの軌跡とその作品の魅力を美しい訳詩と共に綴ったエッセイ「イタリアの詩人たち」、亡夫への思いがこめられた名訳「ウンベルト・サバ詩集」他。

須賀敦子全集 第6巻
須賀敦子 42056-1

イタリア文学への望みうる最良のガイド。ギンズブルグ、サバ、ダンテなど愛した作家や詩人の作品論「イタリア文学論」と、親しみ訳した作家たちの魅力の核心を生き生きと綴った「翻訳書あとがき」を収録。

須賀敦子全集 第7巻
須賀敦子 42057-8

名作「こうちゃん」をはじめ須賀の創作の原点が収められた私家版冊子「どんぐりのたわごと」全十五号と、夫の突然の死から四年、孤独と向き合いミラノに別れを告げるまでの日々をつづった「日記」を収録。

須賀敦子全集 第8巻
須賀敦子 42058-5

留学生活や新婚生活を生き生きと伝える両親宛書簡やペッピーノとの愛の書簡、若き日々の瑞々しいエッセイ、遺された小説草稿、詳細な年譜など、その希有な人生の軌跡を辿った貴重な資料満載。